KB043049

짐승
다운
순정

짐승다운 순정

1판 1쇄 찍음 2020년 11월 19일
1판 1쇄 펴냄 2020년 11월 26일

지은이 | 태 은
펴낸이 | 고운숙
펴낸곳 | 봄 미디어

기획 · 편집 | 박나영, 이조은, 최수항
표지 디자인 | 우물

출판등록 | 2014년 08월 25일 (제387-2014-000040호)
주소 | 경기도 부천시 길주로 64, 1303(굿모닝 오피스텔)
영업부 | 070-5015-0818 편집부 | 070-5015-0817 팩스 | 032-712-2815
E-mail | bommedia@naver.com
소식창 | http://blog.naver.com/bommedia

값 14,000원

ISBN 979-11-6632-060-6 03810

짐승다운
순정

태은 장편 소설

Contents

1장

사장님 vs 비서님

오후 3시. 인천 공항.

추적추적 비가 내리는 날이었다. 봄비가 젖은 한국의 향이 코끝을 스쳤다.

꿉꿉하고 습한 비를 싫어하는 사람도 있겠지만 현재민, 그는 특유의 비 냄새와 분위기를 유난히 좋아했다.

"환영해 주는 건가."

얼음장처럼 차가운 인상인 재민의 입매가 작게 휘었다. 하늘에서 뿌려 주는 봄비만이 한국에 돌아온 자신을 반겨 주는 것만 같았다.

짧다면 짧고 길다면 길었던 2년이란 시간. 재민은 자의 반 타의 반으로 때마침 해외 지사가 설립된 샌프란시스코로 2년간 경영 공부 겸 연수를 떠나게 되었다.

처음으로 사랑했던 여자의 배신으로 만신창이가 되어 버린 재민은 그 충격을 쉽사리 극복해 내지 못했었다. 보다 못한 아버지의 설득과 강요로 결국엔 재민도 도망치다시피 떠나기로 마음을 먹었다.

훌훌 털어 버렸다. 모조리.

재민은 독기를 품고 오로지 일에만 몰두했다. 자신을 더욱더 강하고 단단하게 성장할 수 있게 된 터닝 포인트가 되었다. 결코 2년이란 시간을 허투루 보내지 않았다.

"봄 냄새. 비 냄새. 좋군. 내가 한국 사람이 맞긴 한가 봐."

길고 매끈한 손이 시야를 가리고 있는 선글라스를 벗겨 냈다.

시야가 밝아지며 익숙한 풍경이 보이자 왠지 모를 설렘을 느꼈다. 재민은 이런 자신이 우스운지 짧은 실소를 흘렸다.

"현재민!"

조용히 비 내리는 풍경 감상에 빠져 있던 중, 까랑까랑한 여자의 외침이 재민의 정신을 깨웠다.

휙휙 손을 시원하게 흔들며 뛰듯이 걸어오는 장성은. 재민이 유일하게 스스럼없이 얘기할 수 있는 여자이자 친구였다.

"기어코 왔냐."

"이 싸가지! 말본새 하고는. 2년 만에 반가운 친구를 보고 첫마디가 겨우 그것뿐이야?"

무뚝뚝한 재민인 걸 알지만 성은은 낮에 서운함을 내비췄고 가늘게 뜬 눈으로 재민을 노려봤다.

그런 성은의 반응이 재밌는지 재민이 옅은 미소를 머금으며 성은의 머리 위로 손을 얹어 톡톡 두어 번 두드렸다.

"그러다 눈 찢어진다."

"아, 손 치워!"

"까칠하긴."

"이 바쁜 몸이 비를 뚫고 마중 나왔는데 태도가 영 불량합니다, 현재민 씨?"

"내가 어린애도 아니고. 닭살 돋게 무슨 마중이냐."

"어휴. 감정 메마른 놈."

"쓰읍."

'놈'이라는 거친 단어에 재민이 미간을 찌푸리자, 성은이 입술을 삐죽이며 잠시 접어 둔 우산을 다시금 활짝 펼쳤다.

"일단 밥부터 먹으러 갈래? 차는 저쪽에 있어."

"그러자. 기내식이 입에 안 맞아서 내내 굶었더니 배고프네."

" 입맛 까탈스러운 건 여전한가 봐?"

"사람이 쉽게 변할 리가 있나."

"네네. 아주 한결같으십니다."

재민이 능청스럽게 어깨를 으쓱이며 성은의 손에서 우산을 가로채어 대신 들었다. 성은은 고개를 절레절레 흔들면서도 주차장으로 걸음을 옮겼다.

꼬르륵 소리가 날 정도로 재민은 허기져 있는 상태였다. 뭐가 먹고 싶은지 묻는 성은에게 재민은 0.1초의 고민도 없이 한국에서 지낼 당시 자주 찾던 단골 한정식 집으로 가자고 말했다.

스테이크와 와인을 즐겨 먹을 듯한 도시적이고 세련된 외모와는 다르게 재민은 구수한 청국장에 윤기가 자르르 흐르는 흰 쌀밥을 가장 좋아했다. 평소 한식을 가장 선호하는 편이었다.

"다음 주에 바로 취임식 있는 거 알지?"

"어."

"오오. 예상했던 것보단 어째 덤덤하다?"

"뭐, 한국 들어오라는 아버지 명이 떨어졌으면 끝난 거 아니겠냐. 그 정도 각오는 하고 한국행 티켓 끊었지. 놀면 뭐 하겠냐. 일하는 게 오히려 편하지."

"하긴. 네가 유흥을 즐기는 놈도 아니고, 그렇다고 게임에 빠져 사는 놈도 아니니까."

재민이 어깨를 으쓱이며 물로 입안을 적셨다.

"역시 이 누님이 현재민 잘 키웠지."

"얼씨구?"

성은의 능청에 재민이 못 말린다는 듯 피식 웃으며 고개를 절레절레 흔들었다.

상다리가 부러질 정도로 가득 들어찬 밑반찬들과 메인 메뉴가 허기진 그들의 식욕을 돋웠다.

건강한 재료들이 듬뿍 들어가 돌솥에 지어져 나온 밥과 구수한 된장찌개. 그리고 매콤 달콤한 양념게장과 생선구이까지 재민의 눈과 입을 즐겁게 했다.

"아, 내가 부탁했던 비서는 남자로……."

"미안."

"야."

말을 채 끝맺지도 않았음에도 성은이 '미안'이라며 두 손을 모아 슥슥 비벼댔다.

밥을 뜬 숟가락이 입으로 들어가지도 않고 멈칫하는 재민이 이내 수저를 내려놓았다. 일그러뜨린 얼굴로 성은을 무섭게 쏘아봤다.

성은이 어색한 웃음을 흘리다가도 머리를 긁적였다.

"너무 그렇게 무섭게 쳐다보지 마라. 우리 공 비서가 또 엄청 똑 부러지고 똑똑해! 네 마음에도 쏙 들 거야."

"후우. 불편하다고 여자는."

"여자로 보지 말고 비서로 보면 돼. 아니, 네가 어디 눈앞에서 홀딱 벗은 여자 세워 놔도 눈 하나 깜박이는 녀석이야?"

"지금 그 말이 아니잖아."

"알아, 알아."

"아는 녀석이 이러냐?"

이러한 재민의 반응을 성은은 진작 예상했었다. 그럼에도 불구하고 여비서를 곁에 두려고 했다.

가장 아끼고 믿는 후배의 능력을 높이 샀고, 완벽주의자에 까칠한 재민의 비위를 맞추고 케어해 줄 수행 비서로 제격이었다.

"싫은 소리 한번 하면 눈물부터 쏟고 앞뒤 상황 딱 잘라먹고 사표 쓰니 어쩌니 잠적해 버리는 여 비서를 내가 한두 번 본 줄 알아?"

"에이. 우리 공 비서는 절대, 안 그래. 이 장성은이 보장해!"

"바꿔."

"미안."

"바꾸라고 했다."

절대로 물러서지 않는 재민과 성은의 실랑이가 계속되었다.

"남자 비서가 없는 것도 아니잖아. 바꿔."

"야. 남자 비서가 그렇게 흔한 줄 알아? 채용 공고 띄워도 응시하는 남자는 사막에서 바늘 찾기라고."

배실배실 웃던 성은도 재민의 고집에 결국엔 웃음기가 사라졌다.

성은이 자신만큼이나 뜻을 굽히지 않자, 재민은 짜증이 섞인 한숨을 내쉬며 불만 가득한 얼굴로 입을 다물었다.

골똘히 고민에 잠긴 재민을 쳐다보고 있던 성은의 입매가 슬며시 휘었다.

'너처럼 차갑고 독불장군인 녀석한테는 라희 같은 비서가 딱이야.'

봄비치고 제법 많은 비가 내리는 거리는 생각보다 운치 있었다.

우산 하나에 몸을 밀착시키며 걷는 연인들의 모습이 부럽고 아름답게 비춰졌다.

"빗소리 좋고, 소주 맛도 죽이고."

투명한 소주잔을 들고서 싱긋 미소 짓는 그녀, 공라희.

보고만 있어도 맑고 깨끗한 소주를 눈으로 감상하던 라희가 이내 한 번에 입안으로 털어 넣었다.

"어후. 봄인데 무슨 비가 이렇게 많이 쏟아지냐."

라희의 친구 김하나가 포장마차 입구에서 우산을 접고 라희가 앉아 있는 테이블로 다가왔다.

"왔어?"

"어. 뭐야, 넌 그새를 못 참고 의리 없이 먼저 소주 깠어?"

"네가 늦게 온 건 생각 안 하고?"

마주앉자마자 티격태격하는 동갑내기 친구. 돈독한 우정과 반가움을 표현하는 그녀들만의 귀여운 방식이었다.

하나가 라희를 향해 눈을 흘기며 정겨운 플라스틱 의자에 털썩 앉았다. 그러자 라희가 웃으며 소주병을 쥔 팔을 쭉 뻗었다.

"엉덩이 붙이자마자 술병부터 들이미는 거 봐."

"어허. 주당께서 왜 이러시나?"

"사돈 남 말 하시네. 술이라면 사족을 못 쓰는 계집애가."

"하하. 그러니까 주당 간의 예의를 지켜 주는 거잖아."

"자랑이다."

"그렇게 계속 툭툭거릴 거면 썩 물러가라."

하나가 말꼬리를 잡고 툴툴거리자, 라희가 가자미눈으로 손을 내저었다.

"건배."

"원샷."

짜릿함과 상쾌함. 알코올이 말랐던 목을 입안을 촉촉이 적셔 주었다.

주량을 조절하면서 마시는 그녀지만 이렇게 비가 오는 날이면 감성에 젖어 쭉쭉 들이켜게 된다.

"오늘 우동 국물 끝내준다. 역시 이모네 포장마차 우동이 최고야."

"야, 김하나. 너 또 혼자 후루룩 입 대고 들이켜기만 해 봐!"

"치사하게, 알았다고. 술이나 받아."

"네네. 넘치지 않을 만큼만 따라 주세요."

"허이고. 여부가 있겠습니까."

주거니 받거니 술잔을 기울였다. 그녀들의 상큼한 웃음소리가 빗소리와 함께 어우러져 더욱이 흥을 돋웠다.

라희와 하나는 포장마차에서 소박하게 마음 편히 마시는 술을 즐겼다. 단골을 넘어 포장마차 주인에게 양딸과도 같은 존재로 오랜 인연을 이어 가고 있었다.

평범하고도 흔한 메뉴인 우동이지만 이모의 우동은 감칠맛이 일품이었다. 고춧가루와 김 가루, 그리고 쫑쫑 썬 파와 후춧가루까지. 라희와 하나는 수저의 움직임을 멈출 수 없었다. 저녁을 먹지 못한 날이면 아예 각자 우동 한 그릇씩 시켜 놓고 식사를 하기도 했다.

"캬, 죽인다. 역시 소주엔 이 우동만 한 게 없다니까."

"100% 동감하고요. 소주 한 병 더 시킨다?"

"좋아."

좋은 안주가 있으니 술병도 순식간에 비워 버리게 된다. 라희는 두 병째 뚜껑을 따고서 콸콸 잔을 채웠다.

"참. 이번에 우리 회사 사장님 새로 부임하신다고 하더라."

"그래?"

"응. 성은 선배가 메인 비서로 라희 널 추천했던데."

"뭐?"

"아직 모르는 거 같긴 하더라니. 성은 선배가 연락 안 했나 보네?"

성은에게서 연락을 받지 못했던 라희가 놀란 눈을 번쩍 떠올렸고 당황스러운 낯으로 되물었다.

"그게 정말이야? 선배한테서 직접 들었어?"

"응. 어제 점심 같이 먹었거든. 완전 싱글벙글이던데? 널 기필코 무원그룹에 잡아넣을 거라고. 의지가 대단했어!"

"아……."

"나도 완전 찬성이지! 널 노리고 있는 회사들이 좀 많니. 잽싸게 스카우트해야지."

소주잔을 만지작거리는 라희가 심오한 표정을 짓고 있었다.

"선배가 조만간 전화할 거 같다. 널 좀 예뻐하냐."

"난 비서고 뭐고 이제 징글징글하다니까 그러네. 내가 얼마나 호되게 당했는지 네가 제일 잘 알면서 그래."

"잘 알지. 그런데 꼭 그런 개 같은 사장만 있는 게 아니잖아. 그 빌어먹을 쓰레기 새끼가 돌연변이 놈이지."

다시금 생각해도 분노가 치밀었다.

라희는 한 달 전까지만 해도 화림철강의 김성혁 사장의 수석 비서로 일했었다. 한 치의 빈틈도 없는 완벽함을 추구하는 일 중독의 커리어우먼.

게다가 꽤나 예쁘장한 외모와 털털한 성격의 라희를 가만히 놔둘 남자는 없었다.

철저하게 철벽을 치고 휘어잡아 버렸지만 김성혁 사장은 라희가 케어하기 버거울 정도로 음담패설과 스킨십을 서슴지 않는 더러운 행실에 치를 떨었다.

반반한 얼굴과 자신이 가진 지위와 부로 여자를 상품으로 취급하는 인간 말종에게 걸려 버렸다.

라희를 가지려고 수없이 들이대 보지만 마음대로 되질 않자 남자의 힘으로 억지로 관계를 가지려다 혼쭐이 났었다. 비서라는 직업까지 싫어지게 만든 장본인이었다.

'비서는 징글징글한데……'

"진짜 이대로 비서직은 그만둘 거야?"

하나가 라희의 술잔을 채워 주며 진중하게 물었다. 아까웠다. 유능한 라희의 천상 직업이라고 해도 과언이 아닌 비서를 라희가 그만둔다는 것이 하나로선 안타깝기만 했다.

"글쎄. 좀 더 쉬고 싶달까."

라희 본인도 고민에 고민을 얹고서 망설이고 있는 건 사실이었다.

대학 졸업하고 줄곧 해 온 게 비서직이었기에 다른 일을 찾아보거나 모험을 한다는 건 두려움이 앞섰다.

이미 질려 버렸으나 완전히 놓을 수 없는, 말 그대로 애증의 직업이었다. 무엇보다 하고 싶을 만큼 흥미를 이끄는 일이 딱히 없었다.

젊은 나이에 등급 높은 수석 비서까지 오를 수 있었던 건 라희의 뛰어난 실력 덕분이었다. 최단기간의 화려한 경력은 많은 기업들로부터 서로 데려가려 줄다리기를 할 정도였으니.

"넌 비서가 딱이야. 친구이자 같은 비서로서 라희 널 존경하거든."

하나가 소주를 털어 넣고서 물끄러미 라희를 바라보며 제 진심을 전했다.

그런 하나의 예쁘고도 감격스러운 한마디에 라희가 생긋 웃으며 비어진 잔에 소주를 따라 주었다.

"놀면 뭐 해. 얼른 돈 벌어서 시집갈 준비해야지."

"시집은 개뿔. 난 화려한 독신으로 살 거야."

"참 나, 그런 말 하는 애들이 예고도 없이 휙 가 버리는 거 모르시나?"

"난 진짜 결혼 생각은 없단다, 친구. 우리 엄마랑 공기 좋은 곳에서 집 짓고 사는 게 꿈이야."

"엄마가 퍽이나 우리 효녀 딸이라고 업고 다니시겠다. 너 결혼 안 한다는 게 부모한테 제일 큰 불효다."

말문이 막힌 라희가 애꿎은 입술만 삐죽였다. 자신을 빤히 쳐다보는 하나를 애써 모른 체 시선을 피해 버리는 라희의 얼굴빛에 왠지 모를 쓸쓸함이 묻어났다.

"선배 전화 오면 꼭 받아. 그리고 알겠습니다, 하고 야무지게 대답하고. 알았어?"

"흥."

"너 요즘 같은 취업난에 대기업 프리패스로 재취업 확정인 게 쉽게 오는 기회인 줄 아니? 배부른 소리하지 말고 무조건 오케이 해."

"잔소리는."

"나랑 같이 일하면 좋잖아! 우리 자기랑 다시 같이 일할 수 있다니, 생각만으로도 신난다!"

어깨를 들썩이며 방방 날뛰는 하나를 보고 있자니, 라희도 왠지 모를 긍정의 미소가 흩날렸다.

"한 전무님 때문에 그만두니 어쩌니 하더니."

"아, 한 전무 진짜! 또 생각하니 열 받네."

하나는 무원그룹 한진우 전무의 비서를 맡고 있었다. 어찌나 티격태격하는지, 톰과 제리가 따로 없었다.

"어젠 나보고 뭐라는 줄 알아?"

"왜 또. 이번엔 뭐라고 갈구기에."

"갈구기만 하면 양반이게? 대놓고 인신공격! 아니지, 성희롱이다 이건!"

"뭐? 서, 성희롱?"

평소 점잖고 젠틀한 이미지로 비서들이나 직원들에게 인식되어 있는 한진우 전무.

라희도 기념 파티 같은 공식 석상에서 두어 번 봤던 적이 있었는데, 반듯하고 깔끔한 남자였다.

"그렇다니까? 나보고 막 목이 돌아갔냐면서."

"엥? 목이 돌아가다니?"

무슨 뜻인지 이해가 되질 않는 라희가 고개를 갸웃거리며 눈만 꿈벅거렸다.

하나가 벌게진 얼굴로 씩씩거리더니 이내 소주를 들이켜고는 말을 이어 갔다.

"가슴이 없다고 대놓고 놀려 대잖아. 앞이랑 뒤랑 구분이 안 간다면서. 목도리 도마뱀이냐고!"

"뭐? 하하."

"어찌나 깐족대는지. 전무만 아니었으면 한 대 쥐어박고 싶다니까?"

"하하, 한 전무님 진짜 웃기시다. 목이 돌아갔대."

라희가 허벅지를 찰싹찰싹 때려 가며 박장대소했다. 눈물까지 찔끔거리며 웃어 댔다.

"야, 공라희. 웃지 마라?"

"아, 내 배꼽."

열불이 나 속이 터져 나가는 하나는 제 속도 모르고 자지러지는 라희가 얄밉기만 했다.

어금니를 꽉 깨물고 으름장을 놓지만 라희의 웃음은 좀처럼 멈추지 않았다. 하나가 자리에서 벌떡 일어섰다.

"나 집에 간다."

"아, 알았어. 안 웃을게."

라희가 억지로 웃음을 꾹꾹 눌러 담고서 하나의 손을 잡아 다시 자리에 앉혔다.

"에효. 그래 웃어라. 마음껏 웃어."

"재밌다. 너랑 한 전무님."

"재밌기는. 내가 돈만 아니었다면 당장에 사표 던졌다."

"워워. 진정하고 한 잔 받아."

"그래."

✤   ✤   ✤

어제까지만 해도 그칠 새 없이 내리던 봄비가 그쳤다.

"공라희. 결국은 네 발로 돌아가는구나."

화장대에 앉아 립스틱으로 메이크업을 마무리 짓던 라희가 거울에 비춰지는 자신의 모습을 보며 나지막이 중얼거렸다.

절대로 비서로 복귀하지 않으리라 다부지게 외쳤지만, 주위에서 뻗어 오는 복귀 유혹의 손길에 결국 당하고 만다. 혼자서 발버둥 치며 고집을 피웠던 라희는 이런 자신이 우스운지 헛웃음을 픽픽 흘렸다.

"슬슬 출발해 볼까."

오전 10시를 가리키는 벽시계. 오늘은 정식 출근이라기보다는 오리엔테이션이나 다름없는 날이었다.

자신을 강력하게 수석 비서로 추천한 선배이자, 무원그룹의 비서 총책임자인 부장 성은에게 간단히 회사의 업무 방침과 인수인계를 받기로 스케줄이 예정되었다.

무원그룹. 대한민국에서 가장 영향력 있는 기업이다. 여러 방면의 사업으로 자국에서의 브랜드 점유율은 압도적이었다. 해외로까지 뻗어 나가는 글로벌 기업으로 급격히 성장 중인 그룹이기도 했다.

"날씨 좋다."

언제 그렇게 비를 쏟아 냈냐는 듯 화창하게 갠 하늘은 구름 한 점 없이 맑았다.

버스 정류장에서 내린 라희는 무원그룹 정문으로 향했다. 구름 위로까지 솟아 있다는 착각이 들 정도로 으리으리하게 솟은 높은 건물을 우러러보았다.

"높다."

목이 꺾여라 한참이나 올려다보다 햇볕에 눈이 부셔 시선을 내렸다.

정문 앞에 도착했다고 성은에게 연락하려 휴대폰을 꺼내려는 그때, 반가움이 묻어나는 목소리가 라희의 움직임을 멈추게 했다.

"라희야!"

"선배!"

성은이 라희를 마중 나왔다. 며칠 전, 그녀는 전화기를 한 시간 동안 붙들고 라희를 설득했었다.

묵혀 둔 수다까지 떨다 보니 총 두 시간 동안 통화한 셈이다. 그럼에도 불구하고 그녀들은 뭐가 그리도 할 말이 많은지 부둥부둥 껴안으며 격한 반가움을 표출했다.

"누가 보면 이산가족 상봉한 줄 알겠다."

"그러게 말이야. 우리 선배는 여전히 동안 외모를 유지하고 계시네요?"

"요게, 나이 많은 선배 놀리는 거야?"

"후배의 진심을 이렇게나 몰라주니 조금 서운한데요?"

"능청은. 어서 올라가자."

"응."

로비를 지나 엘리베이터를 타고 비서 팀이 자리하고 있는 사무실로 향했다.

밖에서 보던 건물 역시나 웅장한 아우라를 뿜어냈지만, 건물 안도 역시나 세련되고 깔끔했다.

"여기가 비서실. 들어가자."

"응."

처음 회사에 입사했을 때처럼 라희는 긴장되고 설레었다. 문을 열고 들어가자 널찍한 사무실이 시선을 사로잡았다.

기존의 비서들과의 첫 대면. 성은이 직접 소개를 시켜 주었다. 라희는 정중히 인사를 건네며 웃는 얼굴로 첫인상을 비췄다.

'하나는 전무실에 있겠구나.'

슬쩍 주위를 둘러보니 친구 하나의 모습이 보이질 않았다. 뭐 당연한 건지도 모른다. 한진우 전무의 사무실에 있을 거니까.

"라희 씨, 여긴 비서 업무 팀 사무실이에요. 라희 씨는 사장실에 자리 지킬 거니까 딱히 자리는 없지만 필요한 거나 도움 청할 일 있으면 언제든 연락하면 되고, 모든 자료는 여기서 다 볼 수 있습니다."

"네. 알겠습니다."

"어후, 공라희에서 바로 공 비서네. 벌써 일할 때의 공라희 비서처럼 눈이 활활 타오르십니다?"

"회사니 당연한 게 아니겠습니까."

라희와 성은이 동시에 작은 웃음을 터뜨렸다.

공과 사를 구분하는 그녀이기에 사내선 표정과 말투부터 달라졌다. 이래서 라희를 좋아하고 높이 사는 거지만 말이다.

"사장실로 올라가자."

"네."

성은이 사장실로 가자며 턱짓해 보였고 먼저 앞서 걸었다. 라희는 업무를 보고 있는 비서들에게 작은 목례로 인사를 하며 뒤따라 나갔다.

"와. 저분이 그 화림철강 김성혁 사장 확 눌러 버렸다는 그분이지? 멋지다."

"포스부터 장난 아니다. 같은 여자가 봐도 엄청 카리스마가 느껴져!"

"밉보이면 안 된다고 하더라. 일할 때는 엄격하고 실수도 용납 안 한다고 하더라고."

"정말? 어떡해. 긴장해야겠다."

라희와 성은이 나간 사무실에선 소곤소곤 비서들의 잡담으로 잠시 동안 소란스러웠다.

소문 한번 빨랐다. 뭐, 곳곳에 비서 동기들이 이직하면서 흩어져 있으니 이 바닥만이 아니라도 사람이 모이는 곳은 언제나 소문과 루머들이 무성했다.

특히나 라희 같은 경우는 비서들에게는 워너비였고, 화끈한 매력에 여자들에게도 지지를 받는 편이었다.

"사장실 리모델링 싹 했지. 어때, 깔끔하지?"

"우와. 끝내줍니다. 일할 맛 나겠습니다."

"아 진짜! 사내라도 둘이 있을 땐 좀 편하게 하자!"

"하하. 알았어. 정식 출근이 아니니까 한 발 물러선다."

"으이구. 한번 둘러봐."

고개를 끄덕인 라희가 또각또각 발걸음을 움직였다.

앞으로 자신이 몸담을 비서 공간을 둘러보았다. 업무를 보게 될 널찍한 책상이 마음에 들었는지 싱긋 웃으며 책상 위로 살포시 손을 얹어 쓰다듬어 보기도 했다.

한참을 구경하던 라희가 발걸음을 옮겨 사장실로 들어가 보았다. 문을 열자마자 보이는 환경에 입에서 감탄이 절로 흘렀다.

"역시 무원그룹답네."

호화로운 인테리어, 감각적인 배치와 작은 소품들까지도 럭셔리했다.

"꽃이 없네. 식물이랑."

라희는 꽃과 다육 식물들을 좋아했다. 완벽한 이곳에서 단 한 가지의 아쉬움이 남는 건 바로 꽃과 식물이었다.

꽃과 식물은 보는 것만으로도 마음의 안정과 기분 전환이 되었고,

전자파와 밀폐된 공간의 탁한 공기를 정화해 주기도 한다.

"출근할 때 준비해 와야겠다."

사장실을 천천히 둘러보며 화분 놓을 곳을 천천히 눈으로 그리고 있을 때였다.

문밖에서 시끌시끌한 대화 소리가 들리자, 라희는 몸을 틀어 집무실을 나왔다.

"라희야! 꺄아!"

자신을 발견한 하나가 오두방정을 떨어 대며 라희에게 안겼다.

"몸으로 덤비지 말라니까."

"반가워서 그렇지, 반가워서!"

"우리 어제도 봤단다, 김 비서?"

못 말리는 귀염둥이. 라희는 고개를 절레절레 흔들며 검지로 하나의 이마를 꾹 눌러 밀었다. 그러자 하나가 입술을 내밀어 뚱한 표정을 지었다.

"한 전무님. 여긴 어쩐 일이십니까?"

"우리 김 비서가 친구 얼굴 보러 간다기에 나도 궁금해서 겸사겸사……."

능청스럽게 대답을 이어 가던 중, 한진우 전무가 라희의 얼굴을 또렷하게 보게 되자 말끝을 늘리며 이내 입을 다물게 되었다.

당혹스러운 표정이었다. 진우의 의아한 반응에 성은과 하나는 물론, 묘한 시선을 받고 있는 라희도 뻘쭘한지 어색한 표정이 나타났다.

라희를 빤히 쳐다보는 진우가 마음에 안 드는지 찌릿 눈을 흘겼다.

"전무님. 우리 라희가 엄청 미인이긴 하지만 초면에 그렇게 불순한 눈으로 쳐다보시면 실례죠."

"뭐? 아니, 내가 또 언제 불순한 눈빛으로 쳐다봤다고 그럽니까?"

"지금요."

하나가 어금니를 꽉 깨물며 스타카토로 악센트를 주며 말했다. 그러자 뭐가 그리도 즐거운지 진우의 얼굴은 싱글벙글했다.

"생사람 잡지 맙시다? 난 우리 김 비서 하나만으로도 감당이 안 된다니까."

"허 참!"

"이렇게 눈 동그랗게 뜨고 덤빌 때마다 내 심장이 박살 난다고 몇 번이나 말했는데. 일부러 그러는 겁니까?"

"느끼합니다, 전무님."

"담백한 거겠지요."

티격태격하는 진우와 하나의 사이는 참으로 편안해 보였다. 아니, 정확하게 말하자면 서로에게 사심이 듬뿍 들어간 달짝지근한 향기가 퍼졌다.

그런 두 사람의 모습을 물끄러미 바라보는 라희의 입가엔 의미 모를 미소가 맺혔다.

'요것 봐라? 한 전무님을 안주 씹듯이 그렇게 물어뜯을 땐 언제고. 그런 거였어? 김하나 앙큼하네.'

겉과 속이 다른 새침데기 하나가 앙큼하기만 했다.

"어휴. 제발 부탁이니까 둘 다 사내에선 불필요한 언행은 삼가 부탁합니다. 그러다 스캔들 난다."

"서, 선배! 그런 거 아니라니까."

"아니면 조심 좀 하자. 왈가닥 김 비서."

성은의 충고 아닌 충고에 하나가 당황한 낯으로 양손을 저어 가며 부인했다.

"면전에다 대고 딱 잘라 선을 그으니까 괜히 서운하네."

"흠흠. 전무님 미팅 시간 촉박하신 거 같은데요. 어서 출발하셔야 합니다."

하나의 재촉에 손목시계를 확인한 진우는 혼자 보내려는 하나의 손목을 잡아끌었다. 주차장까지 배웅해 달란 뜻이었다.

"네네. 갑니다, 가요. 대신 배웅은 해 줘야죠. 공 비서님, 그럼 또 봅시다."

"네. 또 뵙겠습니다."

"아 그리고 성은이……, 아니, 장 부장은 미팅 끝나고 전화할 테니까 나 좀 보고."

"네. 연락 주십시오."

"라희야 전화할게."

"그래. 수고해."

하나와 진우가 먼저 자리를 떴다.

"라희야. 회의실로 가자. 계약서랑 기본 자료들 준비해 뒀어."

"네. 가요."

✤ ✤ ✤

무원그룹의 상층. 무원그룹의 오너인 현진환 회장의 집무실이다.

재민은 아버지 현 회장에게 입국했다는 보고를 해야 했기에 떨어지지 않는 발걸음을 억지로 이끌고 왔다.

딱히 아버지와의 관계가 원수처럼 으르렁거리는 사이는 아니다. 그렇다고 살갑게 친구처럼 지내는 사이 또한 아니었다.

부전자전인지 무뚝뚝하고 감정 표현에 서툰 것이 쏙 빼닮은 부자지간이다.

한국에 들어온 지 며칠이 지났지만 시차 적응에 꽤 힘들어했던 재민이었다. 그나마 다행인 건 현 회장이 제주도의 호텔과 곧 완공될 백화점 순례를 떠난 탓에 마음 편히 푹 자고 쉴 수 있었다.

"오랜만입니다. 강 실장님."

"도련님. 아니, 이제 사장님이시죠."

"쑥스럽네요. 앞으로 잘 부탁드립니다."

"저야말로 잘 부탁드립니다."

강 실장과도 오랜 세월을 봐 왔던지라 자연스럽게 서로의 안부를 나눴다.

"회장님께서 도련님 오시길 엄청 기다리고 계셨습니다."

"아버지 건강하시죠?"

"네. 정기적으로 건강 검진 잘 받으셨습니다."

"옆에서 잘 보좌해 주셔서 감사합니다."

"당연한 겁니다. 그럼 회장님께 도련님 오셨다고 보고 드리고 오겠습니다."

"네."

강 실장이 인자한 미소를 머금으며 이내 현 회장의 집무실로 들어갔다.

겉으로 내색하진 않지만 재민은 아버지의 건강이 걱정이었다. 강 실장의 말에 재민은 한시름 놓았다.

"들어가시면 됩니다."

강 실장이 열어 둔 문으로 손을 뻗으며 재민에게 들어가도 된다는 제스처를 보였다. 재민은 작게 고개를 꾸벅이며 발걸음을 옮겼다.

"아버지."

재민이 먼저 아버지를 부르며 다가섰다.

현 회장이 안경을 벗으며 잘 드러내지 않는 치아를 보였다. 감정 표현이 서툰 그가 환히 웃을 정도로 2년 만에 본 아들을 진심으로 반가워했다.

"단단해져 돌아왔구나."

다부지게, 남자답게 돌아온 아들이 현 회장은 뿌듯하고 대견했다. 억지로 해외로 보내긴 했지만 현 회장은 재민이 마음잡고 다시 일어설 거라고 믿어 의심치 않았다.

"건강하시죠."

"그래. 건강이 재산인데 잘 관리해야지."

"맞습니다."

"낯선 곳에서 고생해 보니까 어때."

"고생은요. 여기서 배울 수 없었던 것도 배웠고, 다른 생각 안 하고 한 가지에만 집중할 수 있어서 나름 재밌더라고요."

그저 흐뭇한 미소로 재민을 쳐다보는 현 회장은 한층 성숙해진 모습을 볼 수 있어 만족스러웠다. 생각보다 잘 버텨 주어 고맙기까지 했다. 물론 입 밖으로 꺼내어 표현하진 못하지만 말이다.

"한 전무가 그동안 애 많이 썼다. 앞으로 재민이 네가 도와주고 베풀면서 그렇게 서로 윈윈 하도록 열심히 해 봐."

"네. 그럴게요."

"친구라지만 이젠 사내에서 자주 부딪칠 텐데 직원들 입에 오르내리도록 경솔하게 행동 말고. 공적인 자리에선 예의 지켜 가면서 각별히 신경 쓰도록 해."

"명심할게요."

진중한 얘기가 오갔다. 그만큼 재민의 역할이 앞으로 무원그룹에서 중요한 영향을 미칠 것이기 때문이다.

현재에 머무를 수 없었다. 아무리 흔들림 없는 굳건한 국내 최대 기업이지만 사업이란 건 잠시도 긴장을 놓을 수 없다.

언제 어떻게 될지 모르는 것이 사업이다. 무원그룹의 미래를 짊어질 재민에겐 지금 이 시점이 가장 중요할 때다.

"바쁘실 텐데 전 이만 가 볼게요."

"그래."

회장실을 나선 재민이 뚜벅뚜벅 복도를 거닐며 휴대폰을 꺼내 들었다.

회사에 온 김에 진우 얼굴이나 볼까 싶어 전화해 볼 참이었다. 통화 버튼을 누르려다가도 업무에 방해가 될까 그만두기로 했다.

"저녁에 연락해 보지 뭐."

혼잣말로 읊조리던 그때, 우정의 텔레파시라도 통한 것인지, 진우에게서 전화가 걸려 왔다.

"하여간 새끼."

실소가 잇새를 비집고 흘렀다. 고개를 절레절레 흔들던 재민이 이내

25

통화 버튼을 눌렀다.

"어."

—야 인마! 한국 온 지가 언젠데 연락 한 통 없이 잠수를 타?

"시차 적응에 힘들어서 내내 쥐 죽은 듯이 잠만 잤다. 좀 봐줘라."

일절 외부 활동은 하지 않고 암막 커튼으로 둘러싸인 오피스텔에서 잠만 잤다. 그만큼 예민한 남자였다.

"안 그래도 지금 막 아버지 뵙고 나오는 길에 너한테 전화하려던 참이었다."

—지금 회사라고?

"어."

—나 미팅 있어서 나왔는데.

"저녁에 술 한잔 하자."

—좋지. 회장님 좋아하시지?

"뭐 그런 거 같기도 하고."

—에라이. 이 무뚝뚝한 자식아.

진심으로 우러나오는 진우의 핀잔에 재민이 인정한다는 듯 소리 없는 미소를 띠었다.

"고맙다."

—뭐가.

"나 대신 아버지 잘 챙겨 줘서."

—징그럽게 왜 그러냐. 외국 물 먹더니 머리가 어떻게 됐나.

"이건 고맙다고 해도 난리지."

—하하.

진우와 통화를 하며 엘리베이터에서 내려 로비를 거닐었다.

—참, 네 비서될 분 봤다.

"후우. 장성은 그건 말을 안 들어 먹는다."

—성은이가 귀에 딱지 앉도록 말했겠다만 남자 비서는 흔하지 않다. 요즘은 더더욱 남자 비서는 가뭄이더라고.

26

진우가 성은과 똑같이 말했다. 재민은 진우까지 이런 말을 하는 거 보니 정말로 남자 비서 찾기가 어렵다는 걸 느꼈다.

그래도 한숨이 나오는 건 어쩔 수 없었다. 재민이 머리를 만지며 시무룩해진 표정을 짓고 있었다.

─그런데 재민아. 네 비서될 분 말이야.

"왜. 또 첫눈에 반했나 봐?"

─내가 금사빠도 아니고!

"그럼 왜……."

진우를 놀려 대며 웃던 재민의 입술이 순식간에 굳어지며 걷던 두 발이 급브레이크를 밟듯 우뚝 멈춰졌다.

어디론가 향하는 시선. 불안정하게 흔들리는 동공.

재민의 낯빛이 싸늘하게 식어 버렸다.

─야. 현재민. 왜 말을 하다 말아?

"나중에 다시 통화하자."

─뭐?

"이따 전화할게."

─현재민!

고래고래 소리를 질러 대는 진우의 목소리를 무시하며 재민이 전화를 끊어 버렸다.

"설마. 아니겠지."

낮고 굵은 재민의 목소리가 미세하게 떨렸다.

짙은 눈매가 매섭게 변했다. 바들바들 떨리는 손은 이내 힘을 주어 주먹을 꽉 쥐었다.

"젠장. 기억하기 싫은 얼굴을 떠올려 버렸군."

기억하기 싫은 얼굴. 2년간 억눌러 파묻어 버렸을 거라고 생각했지만 아니었나 보다.

재민은 후, 하고 긴 숨을 내쉬며 고개를 가로저었다.

재민의 옛 연인. 처음으로 사랑이라는 감정을 느끼고 꺼내 보였던,

정말 사랑했던 여자였다.

아버지의 반대가 있었지만, 끝까지 놓지 않고 직진하겠다는 각오는 여자의 배신으로 무너뜨려 버렸다.

그 여자의 얼굴을 떠올리게 만든 건 다름 아닌 로비에서 정문으로 나가던 라희였다.

"별거 아니야. 별거 아니라고."

그저 분위기가 닮은, 옆모습이 닮은 여자일 뿐이라고 재민은 스스로를 다독였다.

그리고 다시 멈췄던 다리를 움직였다.

✦   ✦   ✦

공식적인 첫 출근의 날이 밝았다.

라희는 꼭두새벽부터 일어나 몸단장을 했고, 아침밥도 든든하게 챙겨 먹었다. 한국인은 밥심으로 산다는 말. 학창 시절에는 절대로 느낄 수 없었던 말이었다.

밥 먹으라며 달콤한 아침잠을 깨우는 엄마의 말을 그 당시엔 그저 잔소리로 여겼다. 어렸을 땐 배부름보다는 고작 1분 1초의 꿀맛 같은 잠이 더 좋았으니까.

하지만 사회생활을 하면서 혼자 떨어져 독립하게 되니 뼈저리게 깨닫게 되었다.

"좀 이르긴 한데…… 화분도 사야 하고 커피도 한잔하려면 일찍 나서는 게 좋겠다."

화려하지 않지만 지적이게. 라희는 단정한 투피스와 은빛의 손목시계를 채웠다.

출근길에 나서기엔 이른 감도 있지만 첫 출근이니까 여유롭게 시간을 흘려보내는 것 또한 괜찮을 거 같았다. 핸드백을 어깨에 메고 집을 나섰다.

러시아워를 방불케 하는 출근 시간을 피해 일찍 나섰던 터라 지하철 안은 생각보다 한산했다. 모처럼 편안하게 앉아서 갈 수 있었던 라희는 휴대폰에 이어폰을 장착하며 평소 즐겨 듣던 노래를 감상했다.

떨리기보다는 설레었다. 대부분의 사람들은 인지 못 하는 비서라는 직업. 그저 사무직이라고 생각한다. 하지만 깊숙이 파고들고 경험해 본 사람들은 하나같이 똑같은 대답을 할 것이다.

무겁고도 사명감을 가져야 하며 자신을 내려놓고 맞서야 하는 것이 비서라는 직책이라는 걸 말이다.

그만큼 혹독하고 별의별 상황을 다 겪어 보았던 라희는 어떠한 상황이 몰아쳐도 재깍재깍 쳐 낼 수 있을 만큼 몸이, 아니, 세포부터가 반응했다.

"이렇게 일찍 여는 꽃집은 처음이네."

도매 시장도 아닌 보통의 소매점에서 일찍 오픈하는 가게는 드물었다.

사전 답사와 같았던 회사 방문 때 무원그룹 옆 건물의 상가 1층에 꽃집이 있는 걸 발견했었다. 오픈 시간이 오전 7시부터라는 팻말을 또렷이 기억하고 있었다.

딸랑, 싱그러운 아침 햇살과도 같은 종소리.

"어서 오세요. 좋은 아침입니다."

손님을 맞이하는 상냥한 목소리. 당연히 꽃집은 여자가 운영하고 있을 거라고 보통은 생각하기 마련이었다. 라희 또한 마찬가지였다.

하지만 그 고정 관념을 완전히 깨부숴 버렸다. 미소년의 향기를 물씬 풍기는 아름다운 미소를 가진 남자였다.

라희는 자신도 모르게 흠칫하게 되었다. 그런 라희를 보며 당연한 반응일 거라고 예상하고 있을 남자가 오히려 웃었다.

처음 온 손님이 라희처럼 꽃집에 들어와서 이러한 반응을 보였던 적이 한두 번이 아니었기에.

라희는 놀란 표정을 거두며 멋쩍은 미소와 함께 사근하게 물었다.

"안녕하세요. 지금 오픈 중인 거 맞죠?"

"네. 맞습니다, 손님."

"사장님이세요?"

"작은 가게라 사장이라고 불리는 것도 민망하네요."

"에이. 사장이라는 이름표에 당당하셔야죠. 이 비싼 강남땅에서 사업자로 자리 잡기가 얼마나 어려운 일인데요."

"시작은 빚이지만, 열심히 뛰고 있습니다. 하하."

왠지 모를 친밀감. 라희와 남자는 처음 만난 관계가 아닌 것처럼 대화가 물 흐르듯 자연스럽게 이어졌다.

"저희 가게엔 처음이시죠? 보통 처음 방문하신 분들이 손님과 같은 반응이세요. 투박한 남자가 앞치마 메고 꽃집을 지키고 있으니."

"아니에요. 꽃이랑 아주 잘 어울리는 분이신데요?"

'The Flower' 꽃집 사장이자, 플로리스트 박지웅. 라희와 비슷한 또래로 보였다.

"다육 식물도 있나요?"

"그럼요. 이쪽으로 오시겠어요?"

모실 사장의 취향과 알레르기가 있는지 없는지 알 길이 없으니 무난한 다육 식물로 정했다.

라희는 귀엽고 자그마한 다육 식물들로 몇 개 사려 했다. 선인장의 종류도 많다. 눈에 보이는 것들이 모두 예뻤다.

라희는 무엇을 살지 고민이 되는지 검지로 입술을 톡톡 건드리며 눈으로 훑었다. 마치 자장면과 짬뽕 중 뭘 먹을지 고민하는 듯 심오한 표정이었다.

그런 라희를 보고만 있던 박지웅이 결국 추천해 주었다. 사장이 추천해 주니 왜인지 더 눈이 가고 이끌려 그것으로 결정했다.

"이건 첫 방문하셔서 앞으로 잘 부탁드린다는 선물입니다."

"우와. 너무 예뻐요. 제가 드라이플라워를 또 엄청 좋아하거든요."

라희와 어울리는 파스텔 퍼플 컬러의 안개꽃. 박지웅이 예쁘게 잘 말려진 드라이플라워를 포장해 건넸다. 라희가 꽃처럼 싱그러운 미소로 감사히 받았다.

"저 여기 단골될 거 같아요."

"저야 감사하죠."

"자주 올게요. 오늘부터 무원그룹 비서로 첫 출근이거든요."

"그래요? 첫 출근이라니. 축하드려요."

"감사합니다. 꽃도 감사해요. 남자한테 꽃 받아 본 게 언제였지. 애석하게도 기억이 나질 않네요."

능청스러운 라희의 말에 박지웅이 뒷목을 긁적이며 쑥스러운 듯 얼굴을 붉혔다.

"그럼 전 이만 가 볼게요."

"네. 파이팅입니다."

"사장님도요!"

풍요로운 마음을 가득 안고서 라희는 씩씩하게 무원그룹 정문으로 향했다.

짝짝짝. 웅장함이 느껴지는 널찍한 대회의실을 울리는 박수갈채.

미세하게도 입매가 휘지도 않는 차가운 표정. 열정적인 청년의 패기와 늠름함이 참석한 이들을 신뢰와 믿음으로 사로잡았다.

아들, 또는 조카뻘인 어린 나이의 재민이지만 그 누구도 무시 못 할 카리스마와 살아 있는 눈빛은 임원들과 주주들까지도 단번에 제압했다.

재민은 당당하고 자신감 있게 자신의 포부를 드러냈다. 앞으로 무원그룹의 미래를 책임질 신입 사장 현재민의 취임 인사말이 짧고 굵게 마무리되었다.

'드디어 끝난 건가.'

불편하고 갑갑했다. 이런 자리는 재민에겐 익숙지 않았을뿐더러 성격상 맞지 않았지만 참고 감수해야 했다. 또한 사장이 된 이상 이러한 자리가 수두룩할 테니 적응해야 한다.

겉으론 태연해 보였다. 떨림이라곤 찾아볼 수 없을 만큼. 하지만 재민을 뼛속까지 제대로 아는 사람이라면 보였을 것이다. 긴장감으로 손에 땀이 찰 지경까지 이르렀다는 걸 말이다.

얼마나 극도의 긴장을 하고 있는지 친구이자 전무인 진우는 웃음이 나올 정도로 또렷하게 보였다.

현 회장도 기특하다는 눈으로 아들을 지켜보고 있었다. 앞으로 무원 그룹의 미래는 걱정 없었다.

현 회장은 자신의 피를 물려받은 재민을 의심치 않았다. 허투루 시간을 쓰거나 주와 색을 멀리하는 녀석이라 더욱이 안심되었다.

대회의실은 어느덧 한산해졌다. 아니, 휑했다.

재민과 진우만이 여전히 자리를 지키고 있었다. 이제야 천천히 몸을 일으켰다.

"너 엄청 긴장했더라?"

진우가 깐족거리는 표정과 목소리로 재민을 놀려 대며 다가왔다.

"귀신같은 놈."

"하하. 내가 그 눈썰미로 이 자리 지키고 있는 거 아니겠냐."

"그래. 아주 대단한 무기를 가지고 계십니다."

진우의 날카로운 찌름에 재민이 픽, 하고 웃으며 넥타이를 고쳐 매었다.

"앞으로 잘 부탁한다. 나보다 진우 네가 더 무원 경영권에는 빠삭할 거 아냐. 잘 좀 가르쳐 줘라."

"알아서 잘하는 놈이 않는 소리 하기는."

"진심이라고 인마."

"닭살 돋는다."

재민의 진심이 묻어나는 부탁의 말. 진우는 왠지 모를 진지함이 싫어 어깨를 으쓱이며 시선을 피해 퉁명스레 대답했다. 당연히 재민의 마음을 고스란히 전해 받을 수 있었다.

그저 평생 친구인 재민의 무거운 어깨를 조금이나마 가벼운 마음으로 첫 시작을 할 수 있도록 해 주고픈 진우의 배려가 숨어 있었다.

"참. 비서될 분은 만나 봤어?"

"아니. 바로 회장실 올라갔다가 취임식 온 거라서."

"그렇구나. 하하……"

어색한 진우의 웃음에 재민이 고개 틀어 빤히 쳐다봤다. 녀석의 성격과는 다른 오묘한 행동에 재민의 미간이 살짝 좁혀졌다.

'아무리 봐도 김세연이랑 닮은 거 같은데……'

김세연. 재민의 전 여자 친구였다.

진우는 재민의 비서가 될 라희를 보고 김세연과 묘하게 닮은 느낌을 받았다.

김세연을 아는 성은에게 닮은 거 같다고 말했지만 성은은 콧방귀를 뀌며 노발대발했다.

"그런 얄팍한 넌한테 어따 대고 우리 라희를 붙여? 얼굴도 분위기도 완전 다르거든? 웃기고 있어 정말!"

"옆모습이 닮았더라고. 얼마나 놀랐는 줄 알아?"

"안 닮았다니까? 그런 여우 끼가 철철 흐르는 얼굴이랑……"

"아, 알았어. 안 닮았어. 됐지? 어우, 목청도 좋다 정말. 고막 나가겠네."

김세연을 알고 있는 성은이 씩씩거리며 입에 거품 물고서 방방 날뛰었다. 그 정도로 그녀를 증오하고 재수 없어 했다.

시간이 지났음에도 김세연이란 이름만 들어도 이가 바득바득 갈렸다. 재민이 얼마나 힘들어했는지 옆에서 지켜봐 왔으니 성은의 이러한 반응도 무리가 아니었다.

쉴 새 없이 나불대야 하는 촐랑이 진우가 입을 다물고서 멍해져 있자, 재민이 고개를 갸웃거리며 진우의 어깨를 툭 건드렸다.

"왜 그러는데. 내 비서될 여자 아는 여자냐?"

"어? 아, 아니. 알기는 무슨. 다만……."

"다만?"

'다만'이라고 말끝을 늘리는 진우가 불안정한 동공을 굴리며 재민의 눈치를 살폈다.

뭔가 있구나, 싶었다. 재민의 건조해진 낯빛. 진우를 향해 어서 이실직고하라는 듯 무언의 압박으로 노려봤다.

그때, 대회의실을 쩌렁쩌렁 울리는 성은의 외침에 재민과 진우가 동시에 소리가 나는 쪽으로 고개를 휙 돌렸다.

"현재민 사장님!"

성은이 숨을 헐떡이며 재민을 불렀다.

취임 첫날부터 바쁘게 시작되는 재민의 빠듯한 스케줄이 줄줄이 소시지처럼 이어져 있었다.

그럼에도 재민과 진우가 여유롭게 담소를 나누고 있는 모습을 포착하니, 성은이 성난 황소와 같이 무섭게 거리를 좁혀 왔다.

"거 참, 우리 장 부장은 아침부터 씩씩하네."

"한 전무님은 지금 김 비서가 찾고 난립니다. 휴대폰도 놔두고 오셨다면서요."

"우리 김 비서가 또 내가 격하게 보고 싶은가 보네."

"이 화상아. 그만 까불거리고 얼른 내려가라?"

"넵!"

깐족깐족 너스레를 떠는 진우에 성은이 주먹을 말아 쥐어 때리는 시늉을 하자, 공손한 자세로 허리를 굽혔다.

티격태격하는 두 녀석을 물끄러미 지켜보고 있던 재민은 오랜만에 유쾌한 웃음이 터져 나왔다.

"우리 김 비서가 찾는다는데 난 그럼 실례!"

"뛰십시오. 한 전무님."

"빡빡해 장성은. 재민아, 수고해라."

"어, 너도."

진우가 손을 살짝 들어 보이며 이내 급히 자리를 떴다. 이제 다음 타깃인 재민을 향해 성은이 눈이 찢어져라 노려봤다.

"뭘 또 쪼르르 찾으러 왔어. 곧 내려가려고 했는데."

"지금 사장님 스케줄이 빠듯하다고요. 그리고 공 비서랑 정식으로 인사는 하셔야죠. 앞으로 한 몸으로 움직이셔야 하는데."

"그만 좀 압박해. 첫날부터 숨통을 조여라, 아주."

"이해해 줘. 나도 뭐 이러고 싶어서 그러는 줄 알아? 첫날부터 일복 터진 현재민 사장님 때문입니다."

성은이 중얼중얼 제 뜻을 전하자, 재민이 농담이라며 웃어 보이곤 어서 가자며 턱짓해 보이더니 앞서 걸었다.

사장실로 올라가는 동안 재민은 표정 없는 얼굴로 말없이 걷기만 했다. 그런 재민을 슬그머니 올려다보는 성은이 잔잔한 미소를 머금었다.

"공 비서랑 잘 지내 봐. 어디 하나 나무랄 데가 없어. 네가 싫은 소리 한번 내뱉지 못할 정도로."

"그렇다면 다행이고."

"보통의 여비서들하고는 확연히 달라. 네가 눈으로 보고 하루하루 지내다 보면 분명 인정할 거야."

성은은 내심 신경 쓰였다. 아니, 걱정스러웠다. 진우한테서 그 얘길 듣기 전까지만 해도 이렇진 않았다. 재민도 라희도 서로에게 상처가 된다면…… 성은은 상상하기도 싫었다.

재민도 한결 누그러졌다. 성은이 이 정도로까지 자신을 설득하려는 거 보니 딱히 문제 있을 비서는 아닐 거라는 생각이 들었다.

'그래. 빠릿빠릿하게 일만 잘하면 돼. 나도 모르겠다.'

재민이 짧은 숨을 내쉬며 여전히 앞만 보고 뚜벅뚜벅 걸었다.

'사장실'이라고 문패가 반듯하게 걸려 있는 문 앞에 섰다. 성은이 문고리를 돌려 열었고, 재민을 향해 들어가라고 눈짓했다.

고개를 작게 끄덕이는 재민이 안으로 들어가자 성은이 뒤따랐다.

비서가 업무를 보는 공간. 라희가 경쾌하게 손가락을 튕기며 첫 출근의 일과를 시작하고 있었다. 성은이 사장을 모시러 갔기에 그 틈에도 라희의 눈과 손은 멈추지 않았다.

달칵. 문을 여는 인기척에 키보드 위로 현란하게 움직이던 손을 거뒀고 자리에서 일어섰다.

"사장님 오셨나 보다."

첫인상이 중요했던지라, 라희는 재빨리 단정하게 옷매무새를 다듬고 표정에 신경 썼다.

무심한 낯으로 들어오던 재민이 천천히 시선을 올리는 비서와 눈을 마주쳤다.

"……!"

라희의 얼굴을 가까이서 또렷하게 보게 된 재민은 놀란 마음을 감출 수 없었다. 흐트러짐 없던 표정이 라희, 한 여자로 인해 파르르 떨렸다.

그때 회사서 본 여자가 라희였을 줄이야. 재민은 어떻게 반응해야 할지를 몰랐다.

'이 여자가…… 내 비서가 될 여자라고? 하아.'

재민의 반응을 보니 진우가 느낀 것처럼 라희가 김세연을 닮긴 닮았나 보다. 하지만 여전히 성은은 느끼지 못했다.

'아니 대체 어디가? 뭐가 닮았다는 거지? 남자랑 여자랑 보는 눈이 다른 건가…….'

성은은 애써 침착하려 했다. 이 어색하고 불편한 분위기를 어서 빨리 깨뜨리려 먼저 입을 열어 라희에게 재민을 소개했다.

"라희야, 아니, 공 비서. 앞으로 공 비서가 모실 현재민 사장님이셔."

"처음 뵙겠습니다. 앞으로 사장님을 보좌할 비서 공라희입니다."

또박또박, 반듯한 말투와 부담스럽지 않은 온화한 미소로 라희가 재민에게 인사했다.

예쁘장하고 단아한 외모의 라희를 보통의 남자들이라면 호감을 가질 정도로 매력적인 외모와 첫인상을 안겼다.

하지만 재민은 오히려 눈매에 날을 세우며 불쾌함을 낯에 그대로 드러내고 있었다.

'왜 그러시지? 처음부터 여비서는 마음에 안 들어 한다는 건 알고 있었지만……'

재민의 매서운 페이스에 라희는 괜스레 민망해졌다.

대놓고 여비서는 싫다고 거부했다는 건 성은에게 익히 들어 알고 있었다만, 이 정도일 줄은 미처 몰랐다. 너무 쉽게 생각했었나 싶었다.

마주한 세 사람의 주변은 차갑고도 시린 칼바람이 휘몰아치는 착각이 들 정도로 한기가 맴돌았다. 무거운 분위기 속에서 잠시 침묵이 흘렀다.

그때 재민의 입꼬리가 조용히 한쪽으로 휘어졌다.

'웃었어……'

재민의 소리 없는 미소가 라희는 오스스하게 몸 전체에 소름이 돋았다.

'6개월이지. 계약 기간이.'

재민의 머릿속에선 전자 칩을 삽입해 놓은 것처럼 빠르게 굴러갔다. 비서 계약 기간부터 떠올랐다.

성은의 뜻을 따르기로 하면서 재민도 성은에게 한 가지 조건을 내걸었다.

장기 계약이 아닌, 단기 계약으로. 6개월씩 재계약을 하도록.

단, 라희의 몸값과 복지는 정직원 이상으로 최고 대우를 해 주겠다는 약속도 함께 말이다.

'그래. 어디 버텨 볼 수 있으면 버텨 봐.'

재민이 한 발 물러섰다. 계속 보니 닮은 거 같기도 하고 아닌 거 같기도 하고.

하지만 김세연을 떠올리게 했다는 것만으로도 재민을 괴롭게 한 건 사실이니까. 그만큼 재민은 옛사랑에 상처가 컸다.

솔직히 성은만 아니었다면 이미 성사된 계약을 엎고 위약금을 물어 주고 끝낼 수도 있었다.

"현재민입니다. 계약 기간 동안, 잘 해 봅시다."

'계약 기간 동안'이라는 말에 악센트를 주어 압박하는 것 같았다.

라희는 그런 재민을 묵묵히 응시했다. 하지만 라희는 언짢음 대신 이 상황을 즐기는 것 같았다.

승부욕하면 공라희였다. 재민의 선제공격이 라희의 승부욕에 불을 지피는 상황이 되어 버렸다.

'끝까지 여비서라고 마음에 안 드시나 보구나.'

당혹스러울 법도 한데 라희가 유연하게 대처하는 거 같아 성은은 한 시름 놓았다.

한 성격하는 재민과 라희가 서로 탐색전이라도 하는 것처럼 고요한 스파크가 파바박 튀었다.

라희가 재민을 향해 생긋 웃었다.

'사장님 입에서 재계약 이야기가 나오도록 만들어 보겠어.'

라희의 미소에 재민이 미간을 찌푸렸다. 심상치 않은 분위기임을 직감했음에도 태연하게 웃을 수 있다는 것. 결코 만만하게 볼 상대가 아니라는 걸 재민은 느꼈다.

재민도 슬며시 입매가 포물선을 그렸다. 라희의 속마음을 꿰뚫었다.

'쉽지 않을걸. 먼저 그 입에서 사표 던진다는 말 나오도록 만들어 보지.'

지혜로운 호랑이는 쉽게 발톱을 드러내지 않는다. 이 말은 고단수인 재민과 라희를 가리키는 말이라고 해도 과언이 아니었다. 기 싸움, 눈 싸움을 보고 있는 제3자가 다 숨이 턱턱 막힐 지경이었다.

'하아, 내가 못 살아 정말. 이대로 정말 괜찮을까……'

두 사람 사이에서 이러지도 저러지도 못한 채 안절부절, 속으로 끙끙대던 성은은 오전부터 체력이 바닥나 버렸다.

'제발 무사히, 조용히 가자. 제발……!'

첫 대면부터 불꽃 튀기는 사장과 비서. 그들의 공식적인 첫 업무가 시작되었다.

✦　　✦　　✦

'하나만 걸려라' 하고 쫓는 재민과 '실마리도 제공하지 않겠다' 며 사정거리를 유지해 나가는 라희.

만만치 않은 두 남녀가 만났으니 하루도 조용히, 곱게 지나가는 법이 없었다.

"오늘 일정에 대해 말씀드리겠습니다."

"잠깐."

오늘의 스케줄을 읊으려는 라희의 말을 재민이 싹둑 잘라 버렸다.

"네. 말씀하십시오."

라희는 벌써 익숙해져 버린 것인지 여유로운 표정으로 재민의 이어질 말을 기다렸다.

"이 꽃."

어제까지만 해도 없었던 이름 모를 꽃. 재민이 제 책상 위에 만개하게 퍼져 있는 드라이플라워를 검지로 가리켰다. 눈에 거슬리는 것인지 한쪽 눈썹이 치켜 올라갔다.

'오전부터 슬슬 시동을 거시네.'

재민의 속내가 훤히 들여다보였다. 이번엔 또 꽃으로 딴죽을 걸려나 보다.

어제 성은에게서 이미 확인했다. 재민이 꽃을 싫어한다든가, 알레르기가 있다든가. 꼼꼼히 물어 보았다.

성은의 대답은 '아니오' 였다.

"문제 있으십니까?"

"내가 공 비서한테 꽃을 사다 놓으란 지시는 없었던 걸로 기억합니다만."

"마음에 안 드시면 다른 꽃으로 사다 드리겠습니다."

"꽃은 다 싫어합니다. 서류로 가득할 책상 위에 화분, 화병은 거슬려서 말이죠."

괜한 걸로 트집 잡는 재민 스스로도 지금의 행동이 유치하다고 생각은 했다. 하지만 왜일까. 라희에게는 초등학생도 안 하는 유치한 행동만 골라서 하고 있었다.

"꽃이 무슨 죄입니까. 이렇게 보고 있는 것만으로도 심신이 정화되고 예쁜데 말입니다."

'하! 말귀를 못 알아먹는 건가. 아니면 일부러 따박따박 말대답하는 건가.'

사장의 명령이자 싫다는 뜻을 충분히 밝혔음에도 눈 한번 깜박이질 않고 맞받아치는 라희를 아니꼽게 노려봤다.

"당장 치워 줬으면 합니다."

"그래도 제가 사장님 생각해서 준비해 놓은 건데, 며칠만이라도 그냥 두시면 안 되겠습니까?"

"네. 안 되겠습니다."

꿋꿋했다. 끝까지 싫다는 의사를 내비치는 재민에게 라희가 수긍하며 물러서기로 했다.

'꽃이 싫다는데 억지로 놔두게 하는 것도 내 욕심이고 이기심이지. 이 예쁜 꽃이 무슨 죄가 있겠어.'

솔직히 사장이 아니라, 타인에게도 싫다는데 자신의 고집으로 강요할 수는 없었다. 라희가 그런 성격도 아니고.

그저 재민이 일부러 어린아이처럼 어처구니없는 생떼를 쓰는 것임을 알기에 라희도 조금만 재민을 약올려 주려 했을 뿐이었다.

"알겠습니다. 곧 정리하겠습니다."

원했던 대답을 라희의 입에서 듣게 되자 재민은 왠지 모를 승리감을 느끼며 얼굴빛이 환해졌다.

"그럼 마저 이어 보시죠. 일정."

"네. 30분 후, 세화건설 한재성 본부장님과 선약 있으십니다. 점심식사까지 함께하실 예정입니다."

"다음."

"2시부터 무원그룹에서 후원하는 장학재단 이사장님께서 저희 사옥으로 방문하시기로 했습니다. 이 부분은 방금 회장실 실장님께 보고 받았습니다. 회장님께 갑작스러운 일정이 생기셔서 사장님께서 대신 일정 소화해 달라고 부탁하셨습니다."

재민이 고개를 작게 끄덕이며 순순히 넘어갔다.

"다음."

"4시 30분부터 관리자분들과 회의 있으십니다."

오늘 대표적인 일정만 들었을 뿐인데도 재민은 숨이 턱턱 막혔다.

정말 일복 많은 건 알아줘야 했다. 사장 자리 앉자마자 이렇게 쓰나 미처럼 몰려드니.

"설마 더 읊을 게 있는 건 아니겠죠."

"이상입니다."

라희가 비즈니스 수첩에서 시선을 거두며 마무리했다.

'어후. 얼굴 뚫리겠네. 스케줄 더 잡았다가는 물어뜯을 기세야.'

더 말했다간 자신을 뚫어 버릴 기세로 그르렁거리는 재민이 폭발해 버릴 것 같았다.

'당신 성격 이미 다 파악했으니까 그만 으르렁거리세요.'

저 무표정한 포커페이스와 매서운 눈매가 라희의 입이 다물어지자 겨우 평정함을 찾았다.

샐쭉 웃음이 나왔다. 오히려 라희는 이런 재민의 성격을 반겼다.

부모님이 물려주신 예쁜 얼굴과 탄탄한 몸매. 걸어 다니는 바비 인형이라고 불릴 정도였다. 그런 라희를 웬만한 남자들이 가만히 놔둘 리가 없었다. 돈과 명예를 쥐고 있는 남자들이라면 더더욱.

대기업의 임원들의 수행 비서로 여러 기업에 몸을 담았었던 라희에게 추잡하게 치근덕거렸다. 머리가 벗겨진 아버지뻘이나 삼촌뻘에게 그런 험한 일을 여러 번 당하다 보니, 더욱더 충격을 받았다.

그렇게 라희는 자연스럽게 남자라면 치가 떨렸고 멀리했다. 독신으로 살겠다는 마음을 먹게 만든 계기이기도 했다.

하지만 재민은 자신보다 더욱더 이성에게 무관심했다. 아니 기피한다고 해야 할까?

말투는 시리고 표정은 날카롭지만 비서와 사장으로 존대어로 딱 적정한 선을 그어 놓고 넘어서지 않는 재민이 되레 편했고 마음에 들었다.

"비서 계약이 6개월인 거 알고 있죠?"

"네? 아, 당연히 알고 있는 부분입니다."

"공 비서는 프로급이라고 알고 있습니다. 그것도 맞습니까."

"뭐, 자기 자랑 같지만 그렇다고 생각합니다."

"신입도 아니고 이쪽 방면에서 1, 2년 일한 것도 아니니, 단 한 번의 실수도 용납하지 않겠습니다."

"긴장되네요."

"공 비서가 실수하는 즉시 계약 파기할 생각입니다."

생각지도 못한 재민의 도발. 라희가 마음에 들지 않는다는 걸 직설적으로 인식시켰다.

흐트러짐 없는 라희가 자신만만한, 유연한 미소를 띠었다.

"사장님께서 저를 그렇게나 높이 평가해 주시고 칭찬해 주시니, 몸둘 바를 모르겠습니다."

'나 참. 칭찬한 거 아니다, 공 비서.'

뻔뻔하다고 해야 하나. 재민이 기가 막히는지 헛웃음을 흘렸다. 라희가 쐐기를 박듯이 말을 이어 갔다.

"저도 인간인지라, 실수는 할 수 있습니다. 하지만 사장님 말씀 감사히 가슴에 담아 더욱더 정신 똑바로 차리고 업무에 임하겠습니다."

'말은 또 뭐 저렇게 잘해?'

재민은 왠지 한 방 제대로 먹은 기분이었다.

"잘 부탁드립니다, 사장님."

"그래요. 앞으로 잘해 봅시다. 공 비서."

"최선을 다해 사장님을 보좌하겠습니다. 실수 없이, 제대로."

라희가 꾸벅 허리를 굽혀 인사했다. 그러곤 재민의 뜻대로 치워 주기로 한 꽃병을 들고 집무실을 나왔다.

또각또각 조신한 발걸음으로 자리로 착석했다. 한쪽으로 꽃병을 내려놓고서 손끝으로 톡톡 건드려 보았다.

"예쁘기만 하구만."

어깨를 으쓱이는 라희가 이내 마우스로 손을 얹었다. 검지로 클릭을 하려다가도 멈칫하던 라희의 입에서 풋, 하고 웃음이 비집고 나왔다.

"공라희. 너 앞으로 정신 똑바로 차려야겠다. 잘리면 어쩌나."

이상하게도 기분이 나쁘지는 않았다. 무엇보다 라희는 제 자신을 믿었다.

또한 그간 잊어버리고 있던 신입 때의 열정 가득한 초심을 재민이 다시금 끄집어내 주었다.

"오늘도 잘해 보자, 공 라희. 힘내!"

스스로에게도 채찍을 놓지 않았다. 그리고 긍정적인 힘을 함께 불어넣었다. 남에게 위로와 격려를 받는 것보단 라희는 스스로를 응원하고 반성했다.

"오랜만에 일이 즐거워졌어."

2장
조금씩, 천천히

본격적으로 재민이 행동을 개시했다. 그간 비서로서의 시간을 걸어온 라희를 실험해 보고 싶었다. 하나하나 따져 들고 파고들었다. 물론 재민이 원하는 건 스펙이 아니라, 문제 해결 능력이었다.

성은의 극찬이 이어지는 라희를 좀 더 깊숙이 알고 싶었다. 제아무리 마음에 들지 않는 비서라지만 그건 사적인 감정이었다. 일만 잘한다면야 재민도 딱히 내칠 이유는 없었다.

하지만 시종일관 미소를 잃지 않으며 쉽사리 허점을 드러내지 않는 라희가 왜 이토록 얄미운 것일까. 아직까진 조금의 앙금은 남아 있는가 보다.

'뭐가 저렇게 즐겁나? 아니면 내가 우스운 건가?'

제 뜻대로, 원하는 방향으로 라희가 넘어오지 않자 괜스레 배알이 꼴리는 기분이었다.

"공 비서. 오늘까지 면세점 입점 관련 PPT 완료해서 보고하도록 하세요."

"지금 바로 올리겠습니다. 그렇지 않아도 미리 해 둬야 될 거 같아서 어제 끝냈습니다."

"뭐, 뭐라고요?"

"왜 그러십니까? 사장님께서 빠릿빠릿한 처리 좋아하시잖습니까."

재민이 당황한 낯으로 짧은 탄식을 흘렸다. 곧 제주지점 면세점 입점을 앞두고 있는 상태라 여기저기서 정신없는 상황이었다.

엊그제 자료가 넘어왔을 것인데 그걸 또 단번에 쳐 냈을 거라고는 재민은 예상 못 했다.

라희가 생긋 눈을 접어 웃으며 위풍당당하게 재민을 쳐다봤다. 재민은 또 한 방 먹었다는 듯 매끄러운 입술을 혀로 쓸더니 이내 고개를 삐딱하게 젖히곤 매섭게 눈을 떴다.

"하, 오케이. 일단 패스하고 그럼 작년도 상반기 매출과 올해 상반기 매출 한눈에 볼 수 있도록 부탁합니다."

"5분만 주십시오."

"5분…… 흐흠! 5분으로 된단 말입니까?"

"비서 팀에서 현재 막바지 작업 중이라고 한 시간 전에 전달 받았습니다. 지금쯤이면 마무리됐을 것이니 비서 팀으로 제가 직접 다녀오도록 하겠습니다."

"아니 무슨……!"

"사장님께서 취임하신 지 일주일이 지났습니다. 당연히 무원그룹의 경영실 상황 보고를 드려야 하며, 사장님의 지시가 떨어질 거라고 예상했습니다. 하여 미리 비서 팀에 요청해 놓았습니다."

"그래요. 아주 빠릿빠릿하십니다."

"칭찬 감사합니다."

"내가 지금 칭찬하는 걸로 보입……! 하, 됐습니다."

참 아이러니했다.

냉철하리만큼 좀처럼 감정을 드러내지 않고 마인드 컨트롤에 능한 재민이 왜 라희 앞에서는 전전긍긍, 발끈하며 스스로 무너뜨리는지……

감정이 들쑥날쑥, 사춘기 소년처럼 행동하게 되는 자신이 어이가 없었다.

말을 섞어 봤자 말려들어 갈 뿐이었다. 재민은 버럭하려다가도 이내 말을 채 끝맺지 못하고 목 안으로 꿀꺽 삼켰다.

'현재민, 진정해라. 말려들지 말자……. 아니 왜 계속 심리전에서 밀리는 거냐고!'

분해 죽을 것 같다. 몸에 열이 바짝 오를 만큼.

'마음대로 되진 않을 거다. 이 찡찡이 사장님아.'

붉으락푸르락, 시종일관 변화하는 재민의 표정을 표정을 보는 게 생각보다 재밌었다.

'귀여운 거 같기도 하고.'

허우대 멀쩡한, 덩치 큰 사내가 귀엽다고 느껴진 건 아마도 처음이지 않을까.

"회장님과의 점심 선약까지 30분 남았습니다."

"알고 있습니다. 나도 눈이 있어서 시계 볼 줄 안단 말입니다."

"풋."

자신도 모르게 라희의 입에선 작은 실소가 터져 나왔다.

잽싸게 입을 꾹 다물어 보지만, 이미 재민의 짙은 눈썹이 두어 번 꿈틀거렸다. 언짢음이 덕지덕지 붙은 얼굴로 라희를 노려봤다.

"지금 비웃은 겁니까?"

"흠흠! 죄송합니다. 유의하겠습니다."

"그만 나가 보세요. 머리가 지끈거리네요."

"많이 아프십니까? 두통약 사다 드릴까요?"

"됐습니다. 신경 쓰지 말고 공 비서 일이나 보시죠."

재민이 관자놀이를 꾹꾹 누르며 반대 손으로 라희에게 나가 보라며 손을 내저었다.

"아, 식사하고 돌아오시면 바로 검토하실 수 있도록 매출 비교표와 거래처 투자 실황 보고서, 그리고 면세점 입점 관련 PPT 준비해 놓겠습니다."

재민이 입을 달싹이며 라희의 시선을 피했다. 그러곤 서류로 고개를 내리며 말했다.

"컨디션이 별로라 그런데, 내일 보고 받도록 하죠."

'역시나 날 괴롭히려고 억지를 부렸던 거지.'

알고 있었고 장단에 맞춰 주긴 했다만, 그래도 재민이 참 밉살스러웠다.

"제가 한 말 못 들었습니까? 그만 나가 보라니까요."

"네. 알겠습니다. 사장님."

단어 한마디 한마디에 힘을 주어 대답하는 라희가 이내 작은 목례와 함께 집무실을 나갔다.

"아, 진짜. 이거 이대로 괜찮은 건가."

문이 닫히자 손가락에 끼워 돌리던 펜을 툭 던지다시피 놓았다. 의자에 등을 기대어 탁한 숨을 내쉬었다.

어느 정도 예상은 했다만, 그 이상의 막강의 비서 라희로 인해 속이 새까맣게 타 버릴 것만 같았다. 부글부글 화가 들끓었다.

"하나만 걸려라. 당장에 잘라 버릴 테니까."

점심시간. 구내식당이 아닌 하나가 추천하는 식당에서 점심을 먹기로 했다.

회사 근처의 깔끔한 김치찌개 정식이 유명한 가게였다. 입에 침이 마르도록 극찬을 아끼지 않았던 하나의 말대로 입소문이 자자한 곳인지 식당 안은 북적북적했다.

"라희야. 여기!"

먼저 식당으로 가 자리를 잡고 있겠다던 하나가 손을 흔들며 라희를 불렀다.

쩌렁쩌렁한 목소리에 라희가 호선을 그리며 테이블로 다가갔다.

"뭐가 그렇게 급해서 혼자 쌩 가 버렸어?"

"말했잖아. 여긴 점심시간엔 직장인들은 물론 남녀노소 일부러 먹으러 오는 곳이라고. 미어터지기 전에 서둘러야 돼."

"못 말려. 공복에 전력 질주를 하셨어?"

"그렇지! 눈썹이 휘날리도록 뛰었는데도 딱 한자리 비어 있었던 거 있지? 난 역시 운이 좋아."

장난스럽게 핀잔을 주는 라희에게 하나가 눈을 뾰족하게 노려보다가도 이내 뿌듯한 얼굴로 앙증맞게 브이를 그렸다. 그런 하나가 귀여운지 라희가 고개를 절레절레 흔들면서도 수저를 세팅했다.

무심코 고개를 튼 라희는 바깥 풍경에 눈을 동그랗게 떴다. 투명한 창문 밖으로 점점 몰리는 사람들로 인해 줄이 길어지고 있었다.

"여기 진짜 유명하긴 한가 보다. 밖에는 벌써 줄이 길어지고 있어."

"시원하고 칼칼해. 조미료 쓰지 않는 걸로도 유명하거든. 감칠맛 제대로야."

"이야. 기대되는데?"

"라희 너 김치찌개 좋아하잖아. 아마 여기 단골하자고 그럴 거다."

"그 정도란 말이지?"

"완전 확신해!"

찰떡궁합인 라희와 하나의 우정. 그녀들은 동시에 웃음을 터뜨리며 심심찮은 담소를 나누었다.

"한동안 정신없었지?"

"그렇지 뭐. 새로운 환경에 발을 들였으면 적어도 2, 3주는 죽자 살자 매달려서 내 것으로 만들어야지. 누가 대신 해 줄 게 못 되니까. 적응도 노력이고 실력이지."

"크으, 역시 우리 공 비서의 명언은 청산유수지. 듣는 내가 다 짜릿하다."

"별······."

하나의 오버스러운 호들갑에 라희는 숟가락을 문 채로 한심하게 쳐다봤다. 그러자 하나가 킥킥대더니 아예 손으로 입을 가린 채 유쾌하게 웃었다.

"사장님이랑은 어때? 성은 선배가 네 걱정 엄청 하더라. 괜히 쉬고 있는 널 추천해서 억지로 무원에 끌어들인 건 아닌가 미안해하더라고."

"선배도 참. 그렇게 싫다는데도 데려올 땐 언제고."

라희가 풋, 하고 웃었다.

"걱정 붙들어 매시라고 해. 난 생각보다 즐겁거든."

"이거, 이거 뭐야? 진심으로 네 얼굴에 즐거움이 터지는데? 뭐 있지?"

"있긴 뭐가 있어. 내 일이 즐겁다는 건데."

하나가 의심스러운 눈초리로 살금살금 캐묻지만 라희는 눈썹을 올렸다 내리며 묘한 표정을 짓고 있었다.

"아니야. 뭔가 있어."

"그만 스톱하고 밥이나 마저 먹읍시다. 사람들 줄 서서 기다리는 식당은 테이블 회전이 빨라야 돼."

화제를 전환하고 싶은 라희와는 달리 하나는 좀처럼 포기할 줄을 몰랐다.

의미심장한 라희의 미소를 눈에서 지울 수가 없었다. 궁금해 죽겠다는 듯 본격적으로 칭얼거리기 시작하는 하나에 라희는 진이 다 빠져 버릴 것 같았다.

결국엔 백기를 든 라희가 차분하게 얘기해 주었다.

"하하. 사장님도 사장님이지만, 라희 너도 참 대단하다, 대단해. 완전 꿀잼 극장이잖아?"

"네 일 아니라고 막 말하지. 김하나."

라희가 찌릿 노려보자 하나가 코를 찡긋거리며 배시시 웃었다.

"사장님 깐깐하고 까칠하다고 소문이 자자하더라."

"그런 소문 퍼뜨리는 인간들 때문에 루머가 생성되고 한 사람 인생 망치는 거지. 잘 알지도 못하면 말부터 옮기냐."

"어머. 사장님 비서라고 지금 감싸는 거야?"

"대기업 차기 후계자가 그럼 칠렐레팔렐레하면서 가볍게 보여야겠어?"

"하긴 그렇긴 하지."

맞는 말이었다. 하나는 수긍하며 고개를 끄덕였다.

"그래도 그 잘생김이 떡칠이 되어 있는 얼굴이랑 환상적인 몸매에 끝장나는 슈트발이지. 진짜 여직원들이 관심 있는 건."

"뭐, 인정."

"진짜 수상해! 우리 콧대 높은 공라희 님께서 1초의 망설임도 없이 인정하다니!"

"호들갑 좀. 내가 콧대 높은 게 아니라 사실 그대로 말한 것뿐이야."

라희 입에서 이토록 청량감 가득한 대답이 나올 줄은 몰랐다. 하나는 놀라움과 동시에 흥미를 느꼈다. 라희의 심상치 않은 감정의 변화를 하나는 캐치하게 되었다.

덤덤하고 무심하게 김치찌개에 빠져 있는 라희는 무뎠지만.

여전히 툭하면 호출에 '공 비서!'를 남발하는 재민으로 인해 라희는 인내심의 한계에 다다를 지경에 이르렀다.

참고 또 참으며 '이 또한 지나가리라.'라고 속으로 수없이 반복하며 읊으며 스스로를 다독였다. 이를 악물고.

단 한 번의 실수라도 용납하지 않겠다는 재민의 공격적인 선포에 라희는 사소한 업무라도 실수 하나 없이 깔끔하게 클리어했다.

그렇게 어느덧 한 달이란 시간이 흘렀다.

정신없이 바쁜 하루하루. 공식적으로 무원그룹의 경영권을 쥐게 된 사장 재민과 새로운 직장에서 신임 사장의 곁에서 보좌하는 라희도 본인의 자리에서 열심히 뛰었다.

"사장님. 동원산업 부사장님과 야간 골프……."

"미안한데, 그 약속 취소시켜 줬으면 합니다."

"무슨 이유로 약속 취소를 원하시는지 구체적으로 여쭤볼 수 있을까요? 아니면 어디 아프십니까?"

"딱히 내키지 않는 친목이라서 말입니다."

요 며칠 바빠 본의 아니게 휴전 중이라는 걸 잠시 잊고 있었다.

숨 좀 돌릴 수 있게 되자 이렇게 또 바로 슬슬 시동을 거는 재민에 라희가 뾰족한 표정으로 얕은 숨을 내쉬었다.

'어째 잠잠하다 했다, 내가.'

일부러 자신을 곤경에 빠뜨리려는 재민의 검은 속내가 훤히 보였다.

일그러지려는 표정을 애써 활짝 폈다. 라희도 어느 정도 재민을 컨트롤할 수 있고 다룰 수 있는 스킬도 늘어 갔다.

"3일 전 사장님께서 흔쾌히 허락하신 부분입니다."

"생각이 바뀌었습니다."

"무책임하십니다."

라희의 입에서 무겁게 나오는 무책임하다는 말에 재민의 미간이 깊게 패였다.

재민은 그저 라희를 골려 주려 해 본 말이었다. 기업과 기업 관계에서 그 어느 고위급 임원이 제멋대로 주무를 수 있겠는가.

"이렇게 사장님 개인적인 사유로 인해 거래처 기업과의 약속을 깨버리시면 안 됩니다. 무원그룹은 물론 무원 계열사에까지 영향을 끼치며 브랜드 이름과 이미지에 타격을 부릅니다."

"누가 타격을 입는다는 말입니까. 먼저 손 내밀고 계약을 원하는 쪽은 무원이 아니라 상대 기업입니다."

재민의 칼날처럼 매서운 눈매와 시린 목소리. 예민한 문제로 번져 가자 장난으로 그치려던 재민도 덩달아 발끈하게 되었다.

"사람 입에서 입으로 전해지는 소문이 가장 무서운 겁니다. 회장님께서 수십 년간 청렴하게 열정을 쏟아 일궈 내신 신뢰도를 이런 식으로 무너뜨리는 건 아니라고 봅니다."

"……."

라희의 따끔하고도 정신을 번쩍 들게 하는 말에 재민은 순간 꿀 먹은 벙어리가 되었다. 프로답고 많은 경험을 한 게 말에 묻어져 나왔다.

달라 보였다. 첫 대면에서의 껄끄러움과 개인적인 작은 앙금까지 뽀독뽀독 지워 버릴 만큼.

열변을 토해 내듯, 건방지게 쏘아붙였던 것에 라희는 아차 싶었다. 그래도 명색이 무원의 2인자나 다름없는 사장에게 너무 주제 넘는 훈계를 한 건 아닌가…….

'젠장.'

재민은 할 말이 없었다. 다 맞는 말이었다.

아버지가 피땀 흘려 가며 국내를 넘어 글로벌 기업으로 키워 온 열정을 그 누구보다도 잘 알았다. 그 시간 동안 가까이서 지켜봐 왔으니 말이다.

'말발이 뭐 이렇게 세냐고, 이 여자는.'

라희의 화려한 말발에 재민은 금세 꿍해진 낯으로 입술을 일그러뜨렸다.

독설을 내뱉어도 꿈쩍 않는 라희를 도무지 이겨 낼 수가 없었다. 그저 조용히 눈빛으로 찍어 누르고 있었다.

'기가 세. 너무 세!'

재민은 이토록 기가 센, 강심장인 여자를 처음 경험해 봤다. 그러니 당혹스러워할 만도 했다.

"사장님께서 정말로 싫으시다면 동원산업 측으로 제가 정중히 뜻을 전하겠습니다."

재민이 그렇다, 아니다 확실히 대답하지 않고서 입을 꽉 다물고 있자, 라희가 다시금 되물었다.

"확실한 의사를 말해 주십시오. 그래야 제가 상황에 맞도록 대처하지 않겠습니까."

"그……."

장난은 여기까지. 하지만 재민은 상황이 이렇게까지 나빠지게 되니 선뜻 대답을 하지 못했다. 한풀 꺾인 재민이 멋쩍은 얼굴로 애꿎은 뒷목을 쓰다듬었다.

그때 똑똑, 노크 소리가 정적을 깼다. 재민이 라희에게 턱짓을 해 보였다. 아무래도 비서가 자리를 비웠으니 직접 사장실로 노크를 했던 것이다.

라희는 눈치껏 알아차리며 재민에게 고개를 끄덕였고, 이내 몸을 틀어 직접 집무실 문을 열었다. 사장실을 찾은 인물은 비서 팀의 이선영이었다.

조금은 경직된 낯으로 라희에게 꾸벅 인사를 했다.

"선영 씨, 무슨 일이에요?"

"아, 공 비서님. 장 부장님께서 연락을 드렸는데 연결이 안 된다고 하셔서요. 곧 미팅 들어가셔야 해서 저한테 부탁하셔서 직접 대면 보고 드리러 왔습니다."

내선전화도, 휴대폰도 받질 않자 성은이 직접 사장실로 올라가 보라고 이선영에게 부탁을 하고 미팅에 들어갔다.

상황 보고를 전해 받고 있는 라희의 뒷모습을 뚱한 얼굴로 쳐다보던 재민이 의자에 몸을 늘어뜨렸다. 의자를 빙그르르 돌려 투명한 유리창 밖으로 보이는 빌딩 숲을 무심하게 바라봤다.

"아, 그랬어요? 미안해요."

"아닙니다. 사장님께서 동원산업 부사장님과 골프 선약 있으시다고 하셨잖습니까."

"아, 네. 그렇죠. 사장님께서 사흘 전에 아주 흔쾌히 오케이 하셨던 약속이죠."

라희가 일부러 재민이 들으라는 식으로 또박또박 목소리에 힘을 주어 말했다.

달그락. 무언가 바닥으로 떨어지는 마찰음에 라희가 슬쩍 고개를 틀었다.

휴대폰을 손에서 놓쳐 떨어뜨렸나 보다. 재민이 허리를 굽혀 잽싸게 휴대폰을 주워 드는 뒷모습이 라희의 눈에 포착되었다.

'아마 양심에 찔렸겠지.'

라희는 순간 웃음을 터뜨릴 뻔한 위기를 겨우 모면할 수 있었다.

은근한 허당 구석이 있는 재민이 재밌었다. 남들은 완벽하다고 하지만 라희는 그의 허점을 알고 있다 보니 인간미가 느껴지고 밉지 않은 시선으로 보게 되는 것 같다.

"공 비서님."

"아, 선영 씨 미안해요. 그래서요?"

"회장님께서도 사장님과 함께 동반하고 싶으시다는 뜻을 장성은 부장님께 전달 받았습니다."

"그래요?"

'어머. 찡찡이 사장님, 이 이상 뻗대지 못할 거 같습니다만?'

이토록 속이 후련할 수 있을까. 라희는 묵은 체증이 쑤욱 내려가는 상쾌한 기분을 느꼈다.

'되는 일이 하나도 없구나. 모양 빠지네, 현재민. 젠장!'

낯 뜨겁고 민망했다. 귀까지 붉게 물들어 화끈거렸다.

현 회장이 함께 동반하고자 한다는 말을 들은 이상, 취소시킬 수 없었다.

물론 취소할 마음은 애초에 없었지만.

속으로 킥킥거리던 라희가 이내 이선영에서 슬쩍 알았다는 뜻을 내비치며 돌려보냈다.

심호흡과 함께 뒤돌아선 라희가 다시금 재민의 책상 앞으로 바짝 붙어 섰다.

라희가 가까이 다가오는 인기척을 느낀 재민이 심술 가득한 얼굴로 의자를 돌려 정면으로 마주했다.

'아주 고소해 죽을 지경이지? 아, 짜증 나.'

라희 자신은 인지하지 못하고 있겠지만 얼마나 웃음을 참고 있었던 건지 새하얗던 그녀의 얼굴이 앵두빛으로 물들어 있었다.

"공 비서는 배려심도 참 깊군요. 저 들으라고 일부러 목청껏 대화를 나누시고."

재민은 라희가 먼저 입을 떼기도 전에 선수 쳐서 비꼬듯 말했다. 그렇게 티를 팍팍 냈음에도 재민이 무반응이라면 그게 오히려 더 이상하니까.

라희는 고개를 살짝 끌어 내린 채 미소 지었다.

"사장님의 대답을 아직 듣지 못했습니다. 취소……시킬까요?"

"나 참. 사람을 아주 궁지로 몰아 지근지근 밟으려고 하네요."

"깔끔하게 확답을 주시면 추후 문제 되지 않으니까요."

재민이 피식 웃었다. 이러한 상황을 자초한 스스로가 우스웠고, 지능적으로 자신을 컨트롤하는 라희에 당해 낼 재간이 없었다.

"퇴근 시간 30분 전에 일어날 거니까 공 비서도 알아서 퇴근하도록 하세요."

"네. 알겠습니다."

"결재할 서류는 이게 끝입니까?"

"네. 자리 비우시는 동안 올라오는 승인 요청은 제가 처리하도록 하겠습니다."

"그래요. 그만 나가 봐요."

한결 보드라워진 재민의 말투와 표정. 라희의 마음도 어느 정도 편안해졌다. 나가 보라는 말과 함께 결재 파일을 펼치고 펜을 쥐는 재민을 라희가 가만히 내려다봤다.

"커피 준비해 드릴까요?"

"진하게 부탁합니다."

"바로 준비해 드리겠습니다."

❖   ❖   ❖

오랜만에 필드 나가서 라운딩을 뛰니 몸이 피로했다. 휴일에도 제대로 쉬지 못하고 일했던지라, 게다가 빡빡한 일정으로 가득한 평일에 저녁 골프까지 쳤으니 지칠 만도 했다.

그것도 친한 친구나 지인이 아닌 비즈니스로 거래처 임원과 임원들만큼이나 어색한 아버지 현 회장과 동행했으니 평소보다도 2배는 더 피곤했다.

집으로 귀가한 재민은 샤워로 전신을 씻은 후 노곤한 몸을 이끌고 거실로 나왔다.

"영화나 한 편 보고 잘까."

몸은 지치는데 이상하게 잠은 오지 않았다. 마침 내일은 토요일, 휴일이었기에 영화 한 편 보면서 늦게 잠자리에 들어도 부담이 없었다.

편안하게 소파에 몸을 기대어 리모컨으로 영화 목록을 내리던 중, 재민의 휴대폰이 울렸다. 진우였다.

"왜."

─집이지?

"어."

─10분이면 도착.

"뭐?"

─불금인데 알코올은 섭취해 줘야지.

"오지 마. 영화 한 편 보고 잘 거니까."

─참 지루하게도 살지, 현재민.

"네가 쓸데없이 과하게 에너지가 넘쳐나는 거라는 건 모르겠냐?"

─하하. 됐고. 맥주만 사서 갈 테니까 치킨 주문 넣어 놔라.

진우가 제 할 말만 하고 전화를 뚝 끊어 버렸다.

재민은 귀찮은지 오만상을 그리며 진우를 씹어 댔다. 그러면서도 기대었던 몸을 반듯하게 세워 앉더니 신경질적으로 배달 앱에 접속해 치킨을 주문하고 있었다.

"귀찮은 놈."

영화는 물 건너가 버렸다. 재민은 커다란 TV를 꺼 버리고는 잔잔한 음악을 선곡해 블루투스 스피커에 연결했다.

재민의 집으로 무작정 출발했던 것인지 도착 10분 전에 그제야 전화해 통보했나 보다.

"이야. 집 좋다."

편의점에서 맥주와 간단한 안줏거리들을 양손 가득 사서 온 진우가 재민의 새 보금자리인 아파트에 감탄사를 터뜨렸다.

그간 서로 회사일로 바빴던 터라, 오늘 처음으로 재민의 집에 방문하게 되었다.

"어지간히도 사 왔네."

"불금인데 이 정도는 마셔 줘야지."

진우가 킥킥대며 자리 잡고 앉아 검은 비닐에서 맥주 캔을 꺼내어 세팅했다.

고개를 절레절레 흔들던 재민도 이내 양반다리를 하고 바닥에 앉았다.

치킨이 올 때까지 그들은 가볍게 한 캔 비우려 했다. 치이익, 캔을 따는 소리가 두 남자의 식욕을 당겼다.

"건배."

진우가 건배하자고 팔을 뻗었다. 재민의 길고 쭉 뻗은 유연한 손가락이 캔을 잡았고 옅은 미소를 흘날리며 진우의 캔을 무심하게 툭 한번 쳤다.

"크으. 좋다. 이 맛이지!"

"맥주 맛 좋네."

최고의 뷰를 자랑하는 재민의 안식처. 한강의 아름다운 야경을 배경 삼아 마시는 맥주 맛은 아주 일품이었다.

따끈따끈하게 갓 배달되어 온 바삭한 프라이드치킨과 함께 재민과 진우는 두 번째 캔을 땄다.

"공 비서랑은 어때?"

"뭐가."

"한 달이나 일해 본 소감 말이다."

"소감은 무슨."

"말 좀 해 봐, 인마."

"대체 뭘 말하는 건데."

빼질빼질 열매를 잔뜩 먹은 진우가 무뚝뚝하게 대답을 피하는 재민을 들들 볶아 댔다.

재민은 마지막 한 모금 남은 맥주를 완전히 비웠고 캔을 가볍게 한 손으로 찌그러뜨리곤 비닐봉지로 넣었다. 그러자 진우가 다시 새 캔을 따서 재민에게 내밀었다.

"예상보다 빠르게 인정한 거 같다? 처음엔 아주 바득바득 이를 갈고 난리더니."

"잘해."

"어?"

재민이 '잘해'라며 단답으로 툭 던졌다.

진우가 무슨 뜻인지 순간 이해가 되질 않는지 눈만 껌벅였다. 짧은 찰나에 뇌가 일시 정지된 것처럼 멍했다.

"잘한다고. 일."

"오호라. 소문은 익히 들었다만, 공 비서가 그 정도란 말이지? 깐깐, 까칠에다 칭찬에 인색한 현재민의 입에서 잘한다는 말이 나왔다면 이거 말 다 한 거지."

진우가 연신 감탄사를 내뱉으며 능글맞은 표정과 함께 짝짝 느릿하게 박수까지 쳐 댔다.

웬만해선 재민의 입에서 누구의 칭찬이 나오기가 어렵다는 걸 진우가 가장 잘 알고 있었으니 이러한 반응이 나오는 것도 무리는 아니었다.

"이건 친구를 아주 성격 파탄자에 짐승 취급을 하네."

재민이 얼굴을 구기며 긴 다리를 뻗어 진우의 다리를 퍽퍽 찼다. 그 럼에도 진우는 까르르 웃어 대며 여전히 재민을 놀려 댔다.

"유치한 놈. 어휴."

"그래, 나 유치한 놈이다. 몰랐냐?"

"그 나이 먹고도 여전해서 한심할 뿐이다."

절레절레 고개를 흔드는 재민이 프라이드 목 조각을 뜯었다.

"목 좋아하는 건 여전하네. 목을 좋아해서 노래를 잘하나?"

"그러는 넌 날개를 좋아해서 금사빠에 바람둥인가?"

"야! 내가 무슨 바람둥이라고!"

"시끄러. 밤에 고성방가 할 거면 나가."

"하! 싸가지하고는."

발끈하는 진우와는 달리 재민은 평온함 유지한 채 무미건조하게 말을 툭툭 내뱉는다.

진우는 제 분에 못 이겨 부들부들거렸고 목이 타는지 맥주를 벌컥벌컥 마셨다. 그럼에도 분이 가시질 않는지 성난 콧김을 내뿜으며 재민을 노려봤다.

그런 진우의 시선이 느껴지지만 재민은 애써 못 본 척 맥주만 홀짝였다. 피식 웃음이 나왔다. 진우의 이러한 반응이 재밌어 재민이 매번 골려 주게 된다.

"삐쳤냐?"

"하! 남자가 속 좁게 그딴 걸로 삐치겠냐?"

거울을 들이밀고 싶었다. '나 삐쳤소!'라고 광고라도 하듯 얼굴에 나타나 있음에도 아니라고 발뺌하는 진우가 우스꽝스러웠다.

"뭐야. 벌써 다 마셨나?"

남자 둘이서 금세 그 많은 양의 캔을 깔끔하게 클리어 해 버렸다. 진우는 아쉬운지 괜히 부스럭거리며 비닐을 뒤적였다.

"편의점 가서 좀 더 사 올까?"

"스카치위스키 있는데. 딸까?"

"오 좋지!"

"기다려. 가져올게."

진우가 스카치위스키에 눈을 반짝였다.

재민은 몸을 일으켜 주방으로 가 진열장에서 고급스러운 병에 담긴 스카치위스키를 꺼내었다.

✣ ✣ ✣

새로운 외식 사업을 런칭할 계획 중인 무원그룹. 재민이 사장으로 취임 후, 처음으로 큰 프로젝트를 맡게 되었다.

현 회장의 뜻이고 지시였다. 회장 아들, 새파랗게 젊은 청년이 사장 자리에 앉아 경영권을 손에 쥐고 주무르는 것을 탐탁지 않아 하는 몇몇 소수의 임원들이 있다는 것을 알게 되었다.

그래서 현 회장은 일부러 더 이번 프로젝트 건을 재민에게 밀어붙였다. 이 기회로 재민의 능력과 사업가로서의 성공을 확실하게 보여 주어야겠다고 생각했다.

꽤 큰 임무를 맡게 된 재민은 외식 사업에 함께할 관리직들과 각 부서에서 인재들을 선출해 회의실에서 첫 회의가 진행되었다.

"어? 사장님."

"닭살 돋게."

첫 회의였기에 간단하게 끝냈다. 제일 마지막으로 회의실을 나오던 재민을 발견한 성은이 웃으며 다가왔다.

"벌써 회의 들어갔어? 확정된 게 며칠이나 됐다고."

"이쪽 바닥 베테랑도 아닌 내가 여유를 부리면 비정상인 놈이지."

"이야. 기합이 잔뜩 들어갔네."

재민과 성은이 나란히 복도를 거닐며 심심치 않게 대화를 나누었다.

"동원산업 부사장님이 재민이 네가 마음에 들었나 보더라."

"예상 밖의 얘기네."

"자세한 건 모르겠는데 동원 부사장님 비서가 내 친구거든. 너에 대해서 좋게 말하더래."

재민은 의외의 소식에 갸우뚱했다. 형식적으로 골프만 쳤지 딱히 대화를 많이 나누거나 유쾌한 분위기는 아니었기 때문이다.

"이번 동원산업 창립 기념일 파티 때 꼭 참석해 달라고 연락 받았어."

"아……."

"공 비서한테 전하려고 연락했더니 마침 외근 중이라."

"어. 거래처에서 미팅 때와 달리 서면으로 보낸 계약서 조항들을 교묘하게 바꿔 놨더라고."

"진짜? 와, 간도 크네. 무원을 상대로 그런 얄팍한 짓이 통할 줄 알았나."

"공 비서가 나한테 보고하기 전에 훑던 중에 발견했어. 난 회의 들어가야 돼서 공 비서가 혼자서도 충분하다고 곧장 출동."

재민의 입가에 묘한 미소가 맺혀 있었다. 겉으로 과격하게 분노의 감정을 표출하진 않았지만, 라희의 얼굴 표정에선 충분히 드러내고 있었다.

재민은 자신보다 더 부들부들 떨며 화가 나 있는 라희의 모습이 신선한 재미로 다가왔다. 그 당시의 상황이 떠올랐는지 재민이 소리 없이 웃으며 턱을 매만졌다.

성은은 양손을 바지주머니에 찔러 넣고서 정면을 응시하고 있는 재민을 물끄러미 쳐다봤다.

재민과 라희의 관계가 미세하지만 말랑말랑해져 가고 있는 중이라는 기분 좋은 느낌을 받았다.

'후. 이제는 좀 편안하게 지켜봐도 되는 걸까.'

성은이 안도의 미소를 띠었다. 자존심 센 재민과 라희는 첫 대면부터 불꽃을 튀기며 물러섬 없는 기 싸움을 벌였으니. 성은이 이토록 가슴 졸이며 걱정거리로 남아 있을 수밖에 없었으니까.

"거 봐. 내가 라희를 왜 네 곁에 붙이려고 애걸복걸하면서 매달렸는지 이제야 알겠지?"

"……."

"눈을 씻고 찾아봐도 어디서 우리 공 비서 같은 비서 만나기 쉽지 않다?"

"흐흠! 시간 되면 커피 한잔 마시고 가라."

괜스레 민망함이 화르륵 올라왔다. 재민은 어색한 헛기침으로 성은의 시선을 피했고 성큼성큼 큰 보폭으로 앞서 걸었다. 성은이 킥킥거리며 재민의 뒤를 쪼르르 따라붙었다.

"말 돌리기는. 솔직하지 못하다니까."

"커피 마시기 싫으면 네 갈 길 가."

"사장님이 타 주는 커피 맛 좀 볼까나?"

"그럼 잔말 말고 따라붙고."

"넵! 사장님!"

계단을 이용해 사장실로 향했다. 오른쪽으로 방향을 꺾자, 라희와 기획 팀 박경수 과장이 포착되었다.

"라희 이제 막 들어왔나 보네?"

막 회사로 들어왔는지 핸드백과 노란 서류 봉투를 품고 있었다. 하지만 라희의 표정이 그다지 좋지 못했다.

박경수가 사장실로 들어가려는 라희를 잡아 두고서 온갖 말을 쏟아 붓고 있었다.

딱 봐도 촉이 왔다. 라희를 마음에 두고 어찌해 보려는 개수작이.

"누구."

"어?"

"남자."

"기획 부서에 박경수 과장님. 대전 본부에서 승진해서 본사로 발령 받고 이번 주부터 출근하셨어."

'기획 부서 박경수 과장이라.'

왠지 모를 불쾌감이 밀려드는 재민은 누군지 알게 되자 눈살이 찌푸려졌다.

첫인상으로 사람을 판단해선 안 된다지만, 박경수는 지금 보고 있는 언행만 봐도 스캐너를 민 것처럼 모든 게 간파되었다.

"재민아. 네가 봐도 찝쩍대는 걸로 보이지."

"어."

"박경수 과장은 본부에서도 유명했다더라. 여직원들 치근덕거리는 걸로."

"……."

성은의 말에 재민의 얼굴이 일그러졌다. 저런 걸 뭐 하러 승진까지 시켜 본사로 올렸는지.

박경수는 사장과의 첫 만남 전부터 눈 밖에 나 버리게 되었다. 아니, 앞으로 감시 대상이지.

우뚝 멈춰 서서 라희와 박경수를 지켜보고 있던 재민이 움직이려 하자 성은이 슈트 소매를 잡았다. 그러자 재민이 성은을 쳐다보며 왜 그러냐고 눈으로 물었다.

"한번 지켜보자. 라희 표정 보니 한 소리 하겠는데? 이대로 네가 등장하면 라희 말도 못 해 보고 속앓이할걸."

라희를 잘 알고 있는 성은이 일부러 재민을 막아 세운 것이다.

할 말은 꼭 해야 하는 성격. 무엇보다 이치에 어긋나거나 예의를 씹어 먹은 사람은 라희가 가장 싫어하는 부류였다.

"공 비서는 나보다 어린 거 같은데 몇 살이지?"

"박경수 과장님. 굉장히 무례하신 질문을 하셨습니다."

"나이 물어본 게 그렇게 무례한 건가?"

"박 과장님과 저, 초면입니다. 게다가 여긴 사내고요. 반말 찍찍 내뱉는 건 예의에 어긋나며 경우가 아니죠."

"……."

시리도록 차가운 표정으로 엄중한 경고의 메시지를 날리는 라희. 박경수 과장은 순간 전신이 쭈뼛 섰다. 입술에 접착제를 발라 놓은 것처럼 붙어 입이 떨어지지 않았다.

"앞으로 각별히 주의해 주십시오. 그리고 사장님과의 약속은 30분 후입니다만. 어떠한 보고도, 연락도 없이 사장실로 무작정 찾아오시는 경우 또한 두 번 다시 반복되는 일 없도록 부탁드립니다."

"하……?"

박경수가 어이가 없다는 듯 실소를 흘렸다.

"죄송합니다만 먼저 들어가 보겠습니다. 외근 다녀오는 길이라 사장님께 보고 드려야 합니다."

어안이 벙벙한 표정으로 서 있는 박경수를 향해 라희는 살짝 고개를 숙여 인사했다. 그러곤 단호하게 몸을 틀어 사장실로 들어가 모습을 감췄다.

"뭐야, 저건. 뭘 믿고 저렇게 당돌해?"

박경수가 헛웃음을 흘리다가도 이내 표정이 싸하게 굳어졌다.

"많이 참았네. 우리 공 비서."

성은은 보고 있는 자신이 더 속이 시원해했다. 톡톡 튀는 강력한 탄산의 사이다를 원샷으로 들이켠 것처럼.

'참 신기한 여자야.'

이런 여자는 처음이었다. 가냘프고 작은 여자. 하지만 라희는 보통의 남자들보다도 당당하고 씩씩했다. 배짱 두둑한 그녀가 재민에겐 신기했고 조금씩, 조금씩 흥미를 유발시켰다.

옅은 미소가 맺히려다가도 박경수가 뒤돌아서자 재민의 살짝 말려 올라가려던 입매가 쑤욱 주저앉아 굳어 버렸다.

재민도 이내 붙어 있던 발을 떼어 내며 걸었다.

"사, 사장님! 안녕하십니까!"

재민을 발견한 박경수가 황급히 허리를 90도로 굽히며 큰 목소리로 인사했다. 하지만 재민의 무시무시한 표정은 미세한 움직임조차 없이 유지되었다.

"뭡니까."

"네……? 아, 죄송합니다. 제 소개를 잊었네요. 본사로 기획 팀 과장으로 발령 받은 박경수라고 합니다. 잘 부탁드립니다."

"30분 일찍 온 이유를 묻는 겁니다."

"그게……."

"본부에서는 이렇게 멋대로 행동하셨나 봅니다? 박경수 과장님."

"……죄송합니다."

"시간과 약속은 개인, 조직에서의 가장 중요한 신뢰이자 기본입니다."

"명심하겠습니다."

"그만 내려가시죠. 그리고 현 시각으로부터 30분 뒤 기획팀 이석준 부장 올려 보내세요."

재민의 딱딱한 태도에 당황스러움도 잠시, 단호한 말에 박경수는 안절부절못했다.

"보고는 제가……."

"이 부장한테 보고 받도록 하죠. 나눌 대화가 많을 거 같군요."

"사, 사장님……!"

재민은 들은 체도 않고 박경수를 지나쳤다. 박경수는 절망에 가까운 표정으로 고개를 푹 숙였다.

사장실 문고리를 잡고 돌리려던 재민이 다시금 움직임을 정지했다. 날카로운 눈으로 박경수를 겨냥했다.

"제가 자리를 비웠을 경우는 공 비서가 제 대신입니다."

"……?"

"내 비서한테 무례하게 굴지 마십시오."

재민이 그 한마디를 끝으로 문을 열고 들어갔다. 박경수는 너덜너덜해진 채 자리를 떠났다.

"어머. 내 비서래…… 내 비서라고 했어!"

혼자 덩그러니 서 있던 성은이 제자리서 방방 뛰어 대며 까르르 웃었다.

"현재민 입에서 내 비서라는 말을 듣다니. 내 일도 아닌데 왜 이렇게 짜릿하지?"

성은은 온몸에 전율이 흘렀다. 라희를 자신의 비서로서 완전히 인정한다는 선포와도 같은 뜻이었다.

✦ ✦ ✦

타닥타닥. 키보드 소리가 끊김 없이 멜로디 타듯 이어졌다.

퇴근 시간이 한참이나 지났음에도 불구하고 라희는 의자에 엉덩이가 붙은 것처럼 자리를 지키고 있었다.

오늘은 재민과 동행한 외부 미팅 스케줄이 많았던지라, 비서의 기본 업무와 미팅한 내용들을 문서로 작성해 기록해 두어야 했다.

"벌써 8시네. 어쩐지 배가 고프더라."

시곗바늘이 8시를 가리키고 있었다.

다른 날보다 유난히 배가 고팠다. 아무래도 점심을 먹기엔 애매한 시간에 미팅하면서 점심까지 먹어서 그런가 보다. 그 후엔 먹은 거라곤 커피뿐이니 허기질 만도 했다.

"떡볶이랑 튀김이 당기네. 먹고 갈까……?"

사옥에서 도보로 5분 거리에 있는 자그마한 떡볶이 천막 집. 최근에 발견하게 된 떡볶이 집이었다. 지금까지 먹어 본 떡볶이 중 단연 최고라고 자부할 만큼 중독적인 맛이었다.

상상만 해도 꼴깍꼴깍 침이 넘어간다. 괜스레 배를 쓰다듬어 보던 라희가 이내 마무리 작업에 박차를 가했다. 어서 끝내고 먹자 골목으로 뛰어가고 싶었다.

다시 한번 확인 후 저장 버튼을 누르던 그때였다. 철컥 문이 열리는 소리에 라희는 자동으로 고개가 문 쪽으로 돌아갔다. 이 시간에 사장실을 방문할 사람은 없는데…….

"아직 퇴근 안 했습니까?"

재민이었다. 당연히 라희가 퇴근했을 거라고 생각했다.

8시가 넘었는데도 환하게 켜진 형광 불빛에 한 번, 책상에 앉아 있는 라희에 한 번 놀랐다.

재민은 문고리를 잡은 그대로 우뚝 멈춰 서서 라희를 쳐다봤다.

"처리해야 할 업무가 있어서요. 이제 일어서려고 했습니다."

라희의 말에 재민이 살짝 고개를 끄덕이며 문을 닫고 천천히 다가왔다.

"퇴근하신 줄로 알고 있었습니다만."

"휴대폰을 두고 가서 말입니다."

라희는 다시 자리에 앉아 PC를 끄고 정리 정돈했다.

재민도 집무실로 들어가 책상 위에 덩그러니 놓여 있는 휴대폰을 챙겼다. 연락 온 곳이 없는지 화면을 켜 확인했다.

연이은 미팅으로 인해 무음으로 설정되어 있던 휴대폰. 읽지 않은 메시지와 부재중 내역을 살펴보며 급한 불부터 끄려는지 전화를 걸어 통화도 하고 메시지 답장도 보냈다.

집무실에서 나오니 라희가 자리에서 일어나 핸드백에 소지품을 챙겨 넣고 있었다.

재민은 왠지 모를 어색함을 느꼈다. 이대로 휙 나가 버리기도 뭣했고, 그렇다고 할 말도 없는데 말을 보태는 것도 성격에 맞질 않고.

어울리지도 않는 고민을 하고 있을 때였다. 고요한 공간에서 조금은 우렁차게 울리는 소리에 재민의 눈썹이 한번 올라갔다 내려갔다.

꼬르륵.

"……?"

라희의 배에서 난 소리였다.

배는 고팠지만 꼬르륵 소리를 내지는 않았었다. 하필, 왜 하필 재민의 앞에서 뱃고동 소리를 내는지.

눈이 마주친 재민과 라희 사이에 정적이 흘렀다. 두 사람은 잠시 동안 눈만 껌벅껌벅 익숙지 않은 눈 맞춤을 했다.

피식, 먼저 정적을 깬 건 재민의 바람 빠지는 웃음소리였다. 아니, 억지로 참으려는 감탄사에 가까웠다. 재민이 말아 쥔 주먹을 입에 가져가 슬며시 시선을 돌렸다.

평온함을 유지하고 있던 라희의 뺨이 부끄러운 홍조를 뗬다. 핸드백을 어깨에 걸치고 의자를 밀어 넣는 라희에게 재민이 책상 앞으로 가까이 다가갔다.

"오늘 종일 동행하느라 고생했을 텐데 야근까지 하셨네요. 좀 늦은 시간인 거 같지만 저녁 같이합시다."

"아, 아닙니다. 당연한 일인데 그러실 필요까진……."

'체하고 싶지 않다고요. 밥은 편하게 먹고 싶답니다.'

편하지 않는 사람과 마주 보며 밥을 먹다간 체할 것 같았다. 그것도 같은 공간에 있는 것만으로도 말수 적고 어색한 재민이라면 더더욱.

"배고프다고 울부짖는 그 소리가 제 발목을 붙잡는 거 같아서 말입니다."

한 건 잡았다는 저 표정. 놀리는 거다. 라희는 앙다문 입술을 꼬물거리며 심드렁하게 재민을 쳐다봤다.

"같이 나갑시다. 나도 저녁 전이라 배고프네요."

"괜찮습니다. 말씀만으로도 감사합니다."

"뭐 좋아합니까. 한식? 양식? 일식?"

"아니……."

라희는 정중히 거절의 뜻을 보였으나, 재민은 듣는 시늉조차 하지 않았다.

공적이든 사적이든 정말 확실한 성격이구나. 모르고 있었던 것도 아닌데 라희는 매번 깜박 잊게 된다. 그 누구도 재민의 기질을 꺾을 수가 없었다.

라희는 어쩔 수 없다는 듯 핸드백 어깨끈을 고쳐 멨다.

"제가 먹고 싶은 거 분명 사 주신다고 하셨습니다?"

"한 입 가지고 두말하는 얄팍한 놈은 아닙니다. 그래서 드시고 싶은 건 있습니까?"

"네. 오늘 꼭 먹으려던 게 있거든요."

"뭡니까?"

"음. 일단 비밀로 할게요."

"무슨 비밀씩이나."

라희가 비밀이라며 생긋 웃었다. 그 웃음이 재민의 궁금증을 유발하게 했다.

떨떠름한 표정으로 가만히 라희를 내려다보던 재민은 자신이 내뱉은 말이 있기에 그녀의 뜻대로 따라가려 했다.

"그럼 가실까요?"

"뭐 그럽시다."

먼저 앞서 걸어가는 라희의 뒷모습을 물끄러미 눈으로 쫓고 있던 재민도 이내 움직여 뒤따랐다.

엘리베이터 올랐다. 재민은 자연스럽게 차를 세워 둔 지하 3층 버튼을 눌렀다. 하지만 라희가 냉큼 지하 3층 버튼을 재터치하며 불빛을 사라지게 했다. 그러곤 1층 버튼을 눌렀다.

라희의 행동을 지켜보던 재민이 고개를 갸웃거리다가도 슬쩍 라희에게로 몸을 틀었다.

"회사 근처입니까?"

"네. 걸어서 5분 정도 거리예요. 차를 가져가기엔 혼잡하고 주차할 곳도 마땅치 않더라고요."

"흐음."

엘리베이터 문이 열리자 재민과 라희는 나란히 로비를 지나 정문으로 향했다.

"얼마나 대단한 맛집이기에 비밀로 부칩니까? 금방 알게 될 텐데."

"그러게요. 아주 중독적인 맛을 보여드릴게요."

"중독적인 맛이라."

"생생한 후기 기대할게요, 사장님."

"나 참. 밥 한 끼 먹고 내가 감상평까지 남겨야 됩니까."

재민이 양손을 바지주머니에 찔러 넣은 채 못마땅한 듯 툴툴거렸다. 그런 재민을 한번 쳐다보는 라희가 소리 없이 웃었다.

뭐 얼마나 대단한 맛집으로 데려가는 건지, 참 장황하게도 기대감을 심어 놓는 걸까.

재민은 밑져야 본전이라고 생각하면서 적정의 기대로 살짝 얹어 라희가 안내하는 길을 따라붙었다.

회사들이 밀집되어 있는 곳이라 주위에 음식점들과 카페, 브랜드숍도 많았다. 밤을 수놓는 네온사인과 조명들. 회식하는 단체도 많은지 평일임에도 거리는 사람들로 북적였다.

어색할 줄 알았던 것과는 달리 회사 일에 대한 주제지만 대화가 편안하게 이어졌다.

둘만이 공감되고 통하는 주제니까.

'어……?'

어깨에 닿는 포근한 온도. 무언가에 이끌리듯 매끄럽게 움직이는 몸.

"계약 일정은 차주로 미뤘으면 하는데. 직접 만나서 얘기를 더 나눠 보고 싶은 게 제 생각입니다."

재민이 자연스럽게 말을 이어 가면서 무심하게 라희의 어깨에 팔을 두르듯 감싸 슬쩍 안쪽으로 밀어 넣었고 자신이 바깥쪽으로 걸었다. 복잡한 거리에서 차들이 더욱더 난폭하게 과감하게 지나다니는 게 영 신경 쓰였나 보다.

살포시 터치했었던 라희의 어깨에서 손을 떼어 낸 손은 다시금 바지 주머니로 안착했다.

순간 라희는 심장이 '쿵!' 울렸다. 아주 세고 강한 울림이었다. 전신이 휘청거리고 있다고 착각이 들 만큼.

이유는 모르겠다. 아니, 오랫동안 이성에게 느꼈던 떨림과 설렘이 죽어서일지도 몰랐다.

가만히 생각해 보니 남자와 단둘이서 밤거리를 걷는 것이 오랜만이었다.

"듣고 있습니까?"

"네? 아, 그럼요."

"……?"

상당히 어색했다. 라희는 어색한 자신의 행동을 감지했다. 멀뚱멀뚱 자신을 쳐다보는 재민에게 라희가 애써 웃으며 상황을 부드럽게 넘기려 했다.

"사장님 뜻 잘 반영해서 제가 내일 KD 측 담당자와 잘 조율해 보도록 하겠습니다."

"……그래요."

작은 천막 아래 조명이 밝혀진 떡볶이 집에 다다랐다.

"저기예요."

라희가 검지로 가리키는 쪽으로 재민의 시선이 따라갔다.

"설마 저 천막은 아니겠죠?"

"설마는 언제나 사람 잡는 법이라죠."

라희는 웃음이 터져 나올 것만 같았다.

설마, 하는 재민의 살아 있는 표정. 예상했던 반응이지만 이렇게 눈으로 보게 되니 재밌었다.

재민은 저절로 발걸음이 느려졌다.

"빨리 오세요."

라희가 먼저 천막으로 뛰듯이 빠른 걸음으로 성큼성큼 앞서갔다. 내키지 않는 재민은 터덜터덜 무거운 발걸음을 움직였다.

"이모. 떡볶이 2인분이랑, 순대는 1인분만 주세요. 그리고 튀김도 먹을게요."

"튀김은 어떤 걸로 튀겨 줄까요?"

"사장님, 드시고 싶은 튀김 있으세요?"

"잘 모릅니다."

"그럼 제가 알아서 시킬게요. 드셔 보세요."

재민은 그저 고개만 끄덕였다.

"김말이랑 고추튀김으로 부탁드려요."

"그래요."

이렇게 서서 천막 아래서 먹어 본 적이 언제였는지 기억이 가물가물했다. 군것질거리로 어릴 때에는 먹어 봤지만, 식사로 분식을 먹기에는 왠지 허한 기분이 들었다.

하지만 라희는 뭐가 그리도 즐거운지, 룰루랄라 콧노래를 흥얼거리며 세팅하느라 정신없었다.

따끈한 어묵 국물을 종이컵에 두 잔 담고, 튀김에 찍어 먹을 간장도 덜어 담고, 포크와 미니 집게까지 챙겼다.

"떡볶이랑 순대 먼저 받아요."

"감사합니다!"

침샘을 자극하는 떡볶이와 순대의 비주얼. 라희는 배가 고파 정신이 혼미해질 지경이었다.

포크를 들고 재민에게 먼저 먹어 보라며 권했다.

"먼저 드셔 보세요."

"……."

하지만 재민은 떡볶이와 원수라도 졌는지 전투적으로 쳐다보고 있을 뿐이었다. 그것도 잠시 재민이 포크를 슬쩍 쥐었고 입을 열었다.

"무슨 떡볶이 떡이 이렇게 두껍습니까? 가래떡 두께 그대로네요."

재민은 이렇게 큰 떡볶이 떡은 처음이었다. 신기한 눈으로 쳐다보며 작은 감탄사를 내뱉었다.

이 집만의 특별한 매뉴얼이었다. 떡볶이 주인이 좋은 햅쌀을 빻아 가래떡으로 뽑는 떡집에서 매일 직접 구입해 만들어진다.

비법 육수와 소스에 먹기 좋게 썬 가래떡과 어묵의 조화는 한 번도 먹어 보지 못한 사람은 있어도 한 번만 먹는 사람은 없을 정도로 은근한 단골들이 많았다.

"떡이 진짜 대박이죠? 전 원래 떡보다 어묵을 더 좋아했는데 여기 떡볶이 먹을 땐 떡만 조져……, 아니, 먹어요."

재민이 피식 소리 내어 웃었다.

"나 신경 쓰지 말고 편하게 먹어요. 같이 조져 드릴 테니."

"하하……. 어서 드세요."

"그러죠."

사양하지 않고 곧바로 떡볶이 떡을 입에 넣었다. 오물오물, 라희는 세상 행복한 표정으로 음미했다.

그런 라희를 흘깃거리던 재민도 따라 포크로 떡을 쿡 찍어 베어 물었다. 별로 기대치가 없었던 재민의 눈이 휘둥그레 떠졌다.

신세계를 맛보았다. 떡볶이가 맛있어 봤자 뭐 얼마나 맛있겠냐고 속으로 꿍얼거리던 재민은 반성이라도 해야 할 판이었다.

"어떠십니까?"

"뭐 이런 골 때리는 맛이 다 있습니까?"

"하하!"

상상 그 이상으로 격하게 반응하는 재민에 라희가 고개를 뒤로 젖히며 박장대소했다.

굵고 쫀득쫀득한 쌀떡의 식감과 마법의 소스 맛에 금세 푹 빠져 버렸다. 바쁘게 포크로 떡볶이를 찌르고 입으로 쏙쏙 밀어 넣기를 반복했다.

그러면서도 한 입, 한 입 먹을 때마다 고개를 기울이며 연신 감탄사를 내뱉었다.

'맛있어하니까 다행이네.'

파사삭파사삭. 열이 바짝 오른 기름에 튀겨지는 튀김의 익어 가는 소리가 식욕을 돋구었다.

이 집만의 또 한 가지의 매력은 손님의 요청에 따라 그때그때 튀김을 튀겨 낸다는 것이다.

떡볶이를 먹으면서도 재민은 튀김이 만들어지는 과정을 구경하듯 쳐다봤다. 참으로 먹음직스러웠다.

"김말이랑 고추튀김 나왔어요."

"맛있겠다. 감사합니다."

갓 튀겨 나온 김말이와 고추튀김. 고소한 냄새가 침샘을 자극했다.

"따끈따끈할 때 먹는 튀김이 제일 맛있어요. 드셔 보세요."

라희는 튀김 먹을 생각에 얼굴이 웃음꽃으로 만개했다. 재민에게 먹어 보라고 권하며 자신도 떡볶이를 찍어 먹던 포크를 살포시 내려놓고 미니 집게로 김말이부터 집었다. 튀김은 집게로 먹어야 맛있다는 라희의 관념이었다.

김이 스멀스멀 피어나는 튀김을 쳐다보고 있던 재민이 라희가 집은 김말이로 시선을 옮겼다. 그러곤 자신도 라희를 따라 포크 대신 집게를 들고 김말이를 집었다.

어떻게 먹나 관찰하는 재민의 눈빛이 진지해서 재밌게 비춰졌다.

라희는 아무것도 찍지 않고 한 입 물었다.

"호, 맛있다."

뜨거워서 고개를 젖히며 입으로 호호거리는 라희가 살짝살짝 씹으며 맛을 음미했다.

바삭하고 고소한 맛이 아주 만족스러웠다. 자신을 쳐다보는 재민의 시선을 느낀 라희가 고개를 틀었다. 김말이를 집게에 집고서 멀뚱히 있는 재민의 입꼬리가 휘어졌다.

"튀김 맛있게 먹는 세 가지 방법 알려 드릴게요."

"어디 한 번 들어나 봅시다."

무시당할 줄 알았는데 흔쾌히 알려 달라고 기다리는 재민이 웃겼다. 라희가 짧은 웃음을 흘리며 왼손 검지를 하나 폈다.

"첫 번째. 갓 튀겨 나온 튀김 본연의 맛을 깨뜨리지 않고 먹기."

"첫 번째 실행해 보도록 하죠."

"뜨거우니까 조심해서 드세요. 갓 튀긴 튀김은 그냥 먹어도 맛있어요."

재민이 머뭇거리는 것 같다가도 느릿하게 베어 물었다.

바삭한 튀김옷과 김의 향과 당면의 감촉이 입안 가득 퍼져 나갔다.

재민은 만족스러운지 호호거리면서도 고개를 작게 끄덕였다.

"두 번째. 간장에 콕! 찍어 먹기."

"간장에다가 콕……. 음, 괜찮네요."

웬일인지 군소리 없이 말을 잘 듣는 건지. 마치 선생님 말을 잘 따르는 유치원생 같았다.

"세 번째! 떡볶이 국물에 찍어서 먹기."

"떡볶이 국물에 말입니까?"

"네."

재민에겐 생소하기만 했다. 떡볶이 국물에 튀김을 찍어 먹어 본 경험이 없었다. 튀긴 음식이나 분식을 즐기지 않았기 때문이다.

재민이 멈칫하다가도 떡볶이 국물에 새 김말이를 찍어 먹어 봤다.

두 번째 골 때리는 맛이었다. 재민이 라희를 쳐다보며 오물거렸다. 아주 맛있다는 재민만의 표현임을 라희는 느낄 수 있었다.

"어떠십니까?"

"이게 최고네요. 떡볶이 국물에 찍어 먹는 튀김이 가장 맛있군요."

"취향대로 드세요. 모자라시면 말씀하시고요. 이모님이 바로 튀겨 주세요."

아주 작정하고 먹는다. 전투적으로.

분식의 중독적인 맛을 제대로 알아 버렸다. 재민은 튀김을 연이어 주문했고, 떡볶이는 물론 어묵 국물의 깊은 맛에 푹 빠져 버렸다.

'이러다 거덜 내겠는데?'

남자의 식사량은 정말 상상 그 이상이었다. 여자와는 확연히 달랐다. 이 떡볶이 집은 새벽 장사까지 못하고 밤 장사로 천막을 내려야 할 판이었다. 그만큼 재민이 어마어마한 양을 먹었다.

저렴하고 맛있는 배부른 한 끼였다. 떡볶이는 재민이 샀으니 라희가 후식으로 커피를 샀다. 테이크아웃한 아이스 아메리카노를 마시며 재민과 라희는 다시금 회사 방향으로 거닐었다.

"잘 먹었습니다, 사장님."

"덕분에 저도 맛있는 한 끼였습니다. 커피도 얻어 마시고 말입니다."

"커피에는 까다로우신 편이신데 괜찮으십니까?"

라희의 말에 재민이 의미 모를 실소를 흘렸다. 그러자 라희가 고개를 갸웃거렸다.

"사실대로 말해도 됩니까?"

"네? 무슨……."

"커피를 좋아하는 건 맞습니다. 하지만 까탈스럽고 예민하게 굴었던 건 일부러 공 비서 난처해하는 모습을 보고 싶어서 억지를 부렸던 겁니다."

"허……."

예상치 못한 재민의 솔직한 고백에 라희가 어이없다는 듯 헛웃음을 흘리며 살짝 벌어진 입술로 재민을 쳐다봤다.

뭐 어느 정도 예상은 했다만, 이렇게 당사자의 입에서 직접 듣게 되니 얼이 빠진다.

"철두철미한 공 비서한테 늘 당하는 내 입장을 생각해서 참아 주시죠."

"당한다는 표현은 좀 그렇습니다. 일방적으로 사장님께서 제가 마음에 안 드셔서 마음을 열지 않으신 것뿐이라고요."

라희가 뾰로통한 얼굴로 조곤조곤 사실을 꼭 집어 말했다. 재민은 인정한다는 듯 조용히 커피를 한 모금 마시며 호선을 그렸다.

"그래서 이제 유치한 짓은 멈추려고요."

"우와. 예상했던 것보다 빨리 백기를 드시네요?"

"왜요, 아쉽습니까? 더 질리게 만들어 드릴 수도 있습니다."

"아뇨."

라희가 고개를 좌우로 흔들며 황급히 대답했다. 재민이 평소와는 달리 고른 치아를 보이며 웃었다. 그러자 라희도 따라 샐쭉 웃었다.

"휴전이십니까. 아니면 종전이십니까?"

"글쎄요. 애매하네요."

"애매하다니요?"

"실수를 용납하지 않겠다는 건 유효하거든요."

"……빡빡하시네요."

"나도 실수하는 일 없도록 최선을 다할 겁니다. 공 비서도 그런 마음 가짐으로 임해 줬으면 합니다."

충분히 재민의 뜻을 전달 받았다. 라희 역시도 이렇게 투명하고 건강한 마음가짐의 사장을 모시고 있다는 것이 뿌듯했고, 복이라고 생각했다.

어느 사장이 비서에게 실수 없이 최선을 다한다는 말로 존중과 믿음을 보여 주겠는가. 있다고 해도 라희에겐 신사적인 사장의 보좌는 재민이 처음이었다.

재민과 라희는 함께 떡볶이를 먹고 커피도 마시며 처음으로 편안하게 대화를 나누게 된 이 시간으로 인해 조금은 가까워진 기분을 느꼈다.

밤거리를 걷는 기분이 생각보다 좋았다. 재민도 라희도 똑같은 마음인지 한동안 침묵을 유지하며 천천히 밤을 음미하듯 걸었다.

화창한 날씨를 기대했었다. 애석하게도 하늘에서 비가 내렸다.

올해의 봄은 비가 내리는 날이 많았다. 그래서 회사 직원들이 비 오는 날은 정말 싫다며 투덜거리기도 했다.

물론 라희는 비 오는 날을 좋아했다. 하지만 오늘은 이리저리로 움직여 외근을 해야 했기 때문에 일기예보가 엇나가길 바랐다.

자차가 없으니 비오는 날 대중교통을 이용하는 그 불편함과 찝찝함은 어느 누구나 싫어하는 부분이다.

우산을 썼음에도 버스 정류장에서 회사로 걸어오기까지 빗방울이 옷과 핸드백을 적시고 있었다. 사무실로 들어선 라희는 손수건을 꺼내어 톡톡 가볍게 두드리듯 젖은 부분을 닦아 냈다.

그때 라희의 손을 정지시키게 만드는 집무실에서의 탁, 소리. 서랍을 닫는 마찰음이었다.

"사장님 벌써 출근하셨나?"

보통날과는 달리 재민이 이른 출근을 했나 보다. 게다가 라희도 우산을 들고 혼잡한 버스를 타기 싫어 일찍 출근한 거였다.

손수건을 책상에 두고서 라희가 집무실로 또각또각 조신한 발걸음으로 다가갔다.

똑똑.

"네. 들어오세요."

재민이 한결 다정한 목소리로 노크에 응답했다. 라희는 문고리를 잡아 돌리며 안으로 들어갔다.

라희의 시선을 꽉 채우는 늠름한 자태로 앉아 있는 재민의 모습. 흐린 날씨임에도 잘난 외모가 더욱이 빛을 내어 반짝반짝거렸다.

'아침부터 그 잘생긴 얼굴은 여전하구나.'

어느 순간 당연하다는 듯 재민의 외모를 인정하게 되었다. 뭐 일찌감치 인정한 부분이었지만.

조용했다. 의아할 정도로. 라희가 집무실 문턱을 넘었음에도 다가오기는커녕 아무런 말도 꺼내질 않자 재민이 서류로 향했던 시선을 슬며시 들었다.

멀뚱히 서서 자신을 쳐다보고만 있는 라희를 재민도 피하지 않고 응시했다. 결국엔 재민이 먼저 입을 열었다.

"매일 이 시간에 출근하십니까? 상당히 이른 시간인데."

"오늘은 비 때문에 도로가 혼잡할 거 같아서 일찍 나섰습니다."

라희의 대답에 재민이 느릿하게 고개를 두어 번 끄덕였다.

"사장님도 일찍 출근하셨네요? 혹시 제가 처리하지 못한 부분이 있었습니까?"

"아뇨. 전 비오는 날은 좀 일찍 눈이 떠지는 편이라서 말입니다. 그냥 빨리 움직였습니다."

"아 그렇습니까. 커피 한잔 내려드릴까요?"

"좋죠. 공 비서도 같이 한잔 합시다."

"네? 저도 같이 말입니까?"

"시간도 이르니 천천히 합시다. 내가 불편하다면 억지로 강요하진 않고요."

"아닙니다. 그럼 커피 준비해 오도록 하겠습니다."

웬일로 커피까지 같이 마시자고 하는 건지. 지금껏 사내에서 커피를 마셔 본 적은 없었다.

라희는 작은 의문을 품었지만 별거 아니라는 듯 지워 버리고 커피를 내렸다.

널찍한 집무실이 향긋한 커피 향으로 물들어 갔다. 따뜻한 김이 아지랑이처럼 모락모락 피어오르는 커피와 비 오는 날의 분위기가 더해지니 고요하게 숨어 있던 감성까지 무르익는다.

"운전면허는 있습니까?"

"네. 있습니다만."

"그럼 비도 오는데 불편하게 움직이지 말고 내 차 쓰도록 해요. 난 오늘 외부 스케줄 없다면서요."

재민이 대뜸 자신의 차를 쓰라고 호의를 베풀자 라희가 조금은 놀란 듯 눈이 커졌다.

서서히 마음을 열어 가는 걸까. 눈에 띄게 자신을 향한 태도나 말투가 부드럽고 나긋했다.

꽤 기분이 좋았다. 노력해서 인정을 받는 그 짜릿한 쾌감은 라희를 더욱더 힘을 솟게 만든다.

"생각해 주셔서 감사합니다. 하지만 거절할게요."

"보험 빵빵하게 들어 있으니 괜찮습니다."

커피 잔을 내려놓는 재민이 정말 진지한 얼굴로 보험이 빵빵하게 들어가 있다고 말했다. 라희는 순간 웃음이 터질 뻔했다. 겉은 강하고 단단해 보여도 내면까진 들여다볼 순 없었지만 참 깨끗하고 순수한 사람이라는 걸 느낄 수는 있었다.

"면허증은 있습니다만 운전 경험이 거의 없거든요. 1년에 한두 번 렌터카 빌려서 단거리 운행만 해 본 게 다라서요."

"뭐 어떻습니까. 그래도 해 보고 안 해 보고의 차이는 상당히 큽니다."

"초보나 다름없습니다. 사장님 차는 외제차라서 심장이 벌렁벌렁합니다. 조작법도 어렵고."

"별거 없는데."

재민은 뭐가 그리 어렵겠냐며 이해하기 어렵다는 듯 고개를 슬쩍 기울였다.

그거야 본인 차니까 그렇겠죠. 재민의 생각을 읽은 라희가 속으로 피식 웃었다. 게다가 차에 능숙하고 관심이 많아 기본적인 상식이 있는 남자와는 달리 보통의 여자들은 차에 대해 무지했다.

"무엇보다 저 같은 초보가 빗길 운전은 가장 어렵고 무섭습니다."

"아 그렇겠군요. 내가 생각이 짧았습니다."

"아닙니다. 배려해 주시는 마음만으로도 솔직히 감동 받았습니다."

"……흐흠! 무슨 감동씩이나."

재민이 순간 당황했는지 괜스레 헛기침을 하며 고개를 옆으로 휙 돌려 시선을 피했다.

이제는 재민의 버릇까지 간파했다. 저렇게 당황하거나 민망할 때는 큼큼, 애꿎은 목을 가다듬으며 시선을 피해 버리는 것을.

라희도 재민을 대하는 눈빛과 목소리 톤이 한층 나긋나긋해지고 포근하게 변해 갔다.

재민과 어느 정도 편해졌지만 그렇다고 절대로 긴장을 놓아선 안 됐다. 모시는 상사에게는 깍듯하게, 예의 있게 최선을 다해야 한다.

귓불까지 빨갛게 달아오른 재민을 지켜보는 것도 재밌었다. 라희는 고개를 살짝 끌어 내린 채 애써 웃음을 참았다.

머쓱한 재민이 표정을 굳히며 커피로 화제를 돌리려 했다.

"커피가 맛있네요."

"향도 좋고 부드럽죠?"

"그러네요. 입안에서 풍미가 오래 남아서 마음에 드네요."

"사옥 뒷길에 하루하루 원두 볶는 카페가 새로 생겼거든요. 신선하고 맛도 괜찮아서 바꿔 봤어요."

"앞으로 여기 원두만 쓰도록 합시다."

"커피에 까다로운 사장님 마음에 들어서 천만다행입니다."

"그때 말했잖습니까. 일부러 억지 부렸던 거라고."

"그래도 이왕이면 맛있는 커피를 마시고 싶으셔서 더 달달 볶으신 거 아니십니까?"

"네네. 아주 족집게십니다."

라희가 은근히 약을 올리자 재민이 밉지 않는 눈으로 흘겼다. 그러자 라희가 새침하게 웃으며 커피 잔을 양손으로 감싸며 장난기 깃들 눈웃음을 그렸다.

"괴팍한, 성질 더러운 사장이 마음에 들어 하니 다행입니다?"

"전 괴팍하다느니 성질 더럽다느니, 그런 직설적인 단어 사용한 적 없는데요?"

"됐습니다. 공 비서한테는 말발로 덤벼선 도로 내가 당하는 일이 다반사니까."

"하하."

으르렁거리던 두 사람 사이에서 정말로 많이 발전했다. 한 공간에서 마주 앉아 웃기도 하고 농담도 주고받으면서 커피를 마실 수 있는 여유를 즐기게 되었다.

시간이 약이라는 말이 있다. 그저 시간만 흘려보낸 것이 아니었다.

재민과 라희는 마찰도 굉장히 많았다.

하지만 그 마찰의 시간을 통해서 서로의 진심도 알게 되었고, 최선을 다해 일하고 있음을 마음이 먼저 알아차리면서 거리를 서서히 좁혀가고 있었다.

3장
이끌림, 감정의 변화

어쩌다 보니 진우가 머무르고 있는 전무실을 찾은 건 오늘이 처음이다. 재민은 잠깐 비는 타임에 숨도 돌릴 겸 겸사겸사 진우와 커피나 한잔 할까 싶어 무작정 찾아갔다.

똑똑. 가볍게 노크한 후 문을 열고 들어갔다.

"사장님. 안녕하십니까."

"수고 많으십니다."

때 아닌 사장의 등장에 하나가 재빠르게 몸을 일으켜 섰고 예의를 갖춰 인사했다. 재민도 작은 미소를 머금으며 화답했다.

"한 전무 자리에 있습니까? 따로 연락은 안 하고 불쑥 찾아왔습니다."

"전무님 외부 스케줄 끝내시고 방금 주차장에 도착하셨다고 연락 받았습니다."

"아 그렇습니까?"

"곧 올라오실 겁니다. 안으로 모시겠습니다."

하나가 데스크에서 나와 집무실로 재민을 안내하려 할 때였다. 문도화끈하게 여는 진우가 휘파람을 솔솔 불어 대며 모습을 드러냈다.

"김 비⋯⋯, 어라?"

해맑게도 하나를 부르다가도 눈앞에서 재민이 버티고 서 있는 걸 발견했다. 진우는 의외라는 듯 고개를 갸웃거리며 느릿하게 다가왔다.

그러다가도 이내 삔질삔질, 한 삔질이로 돌아온 진우가 익살스럽게 말했다.

"이게 누구십니까. 우리 사장님께서 어쩐 일로 이 누추한 곳까지 귀한 발걸음을 해 주셨습니까요?"

재민이 작작 하라며 미간을 찌푸리고서 찌릿 눈을 흘겼다. 그러자 진우가 킥킥대며 고개를 가로저었다.

"시간 되면 커피나 한잔 할까 해서 왔는데."

"커피 좋지. 방금 미팅에선 입에 맞지도 않는 전통 차만 마셨더니 혀가 깔깔하다."

"고역이었겠네. 넌 어린애 입맛이라 그런 거 질색하는 놈이니까."

"어린애 입맛까지는 아니거든?"

"풋."

"어쭈. 김 비서. 너무 대놓고 크게 비웃었어."

하나의 웃음소리에 진우가 뚱한 표정을 쳐다봤다. 하나는 애써 웃음을 참으며 아니라고 손을 내젓지만 찔끔찔끔 웃음이 잇새로 새어 나오는 건 어쩔 수 없었다.

진우가 살짝 몸을 틀어 손에 들고 있던 종이 백을 하나에게 내밀었다.

"이게 뭡니까 전무님?"

"마카롱 먹고 싶다며."

"네? 그건 그냥 혼잣말로⋯⋯."

"혼잣말은 무슨. 확성기를 달아 놓은 것처럼 쩌렁쩌렁하더만."

"전무님. 제가 언제⋯⋯!"

"아 몰라. 기껏 생각해서 사다 줬는데 또 말씨름으로 기운 빼겠네."

'사심 가득하네. 멋있는 척은.'

재민은 속으로 웃었다. 척하면 척. 게다가 저렇게 티 나게 행동하는데 누가 모를까.

진우와 하나를 지켜보던 재민이 콧등을 매만지며 안면 근육이 씰룩씰룩 물결쳤다.

"커피 준비해 드리겠습니다."

"됐어. 재민아, 커피는 카페 가서 마시자. 답답해서 움직인 거 같은데."

"뭐 그러든지. 비서님 편하게 드세요."

재민의 말에 하나가 쑥스러운 듯 수줍은 미소를 띠었다.

"다음에 또 찾아 주시면 제가 직접 커피 내려드릴게요."

"다른 상사한테 흑심 품지 말고. 김 비서."

"제가 언제 흑심을 품었다고 그러세요?"

"지금 김 비서 눈빛이 아주 불순했거든."

"뭐라고요?"

하나가 앙칼지게 진우를 노려봤다. 하지만 진우는 어깨를 으쓱이며 표정으로 놀려 댔고 먼저 앞서 문을 열고 나가는 재민을 뒤따라갔다.

"하여간. 밉상이야, 정말!"

하나가 발을 동동 굴리며 씩씩거렸다. 그러면서도 종이 가방을 소중한 보물처럼 책상 위로 내려놓고서 마카롱 상자를 꺼내었다.

"맛있겠다."

그새 헤벌쭉 웃는 하나가 색색의 마카롱을 보며 입맛을 다셨다.

"라희도 마카롱 좋아하는데."

누가 친구 아니랄까 봐 입맛도 똑 닮았다. 좋아하는 디저트를 보니 친구가 생각나는 우정과 의리도 쌍둥이처럼 닮은 그녀들이었다.

하나가 바로 라희에게 전화를 걸었다.

— 어. 하나야.

"라희야. 마카롱 먹을래? 사장님 방금 전무님이랑 카페에서 커피 드신다고 나가셨거든."

—나 지금 밖인데. 은행 일 보고 있어.

"그래? 그럼 회사 들어오면 여기 들렀다 가. 마카롱 챙겨 놓을게."

—오케이. 땡큐.

✦ ✦ ✦

커피 향으로 그윽한 카페로 자리를 옮긴 재민과 진우는 창가 햇볕이 잘 드는 곳으로 자리를 잡았다. 편안한 자세로 잠깐 동안 커피 한잔의 여유를 즐겼다.

"면세점 오픈 일정은 잡혔고?"

"아직. 조금 더 심사숙고해서 결정하려고. 이것저것 마음에 안 드는 점투성이라."

"네가 너무 완벽함을 추구하려고 하니까 그러지. 하긴, 그런 점이 네 장점이자 회사에도 좋긴 하다만."

"너무 욕심을 부리는 건 아닐까 싶다가도 도무지 그냥 지나칠 수가 없어서."

"너답게 밀고 나가. 아무도 뭐라 할 사람 없으니까."

재민이 진우를 향해 미소로 대신 답했다. 그래도 자신을 믿어 주고 진실한 조언을 해 주는 건 진우뿐이니까.

"금요일에 성은이랑 오랜만에 셋이 뭉쳐서 술 한잔 하자."

"금요일?"

커피를 홀짝이던 진우가 오랜만에 성은과 함께 셋이서 뭉치자고 했다. 하지만 재민이 난감한 표정을 지었다.

"왜. 약속 있어?"

"어. 동원산업 창립 기념 파티 참석해야 될 거 같아서. 일부러 초대까지 해 줬는데 얼굴이라도 비춰야 되지 않을까 싶다."

"아 맞다. 동원 부사장이 재민이 네가 마음에 들었다고 성은이가 그러더라."

"장성은 입은 쉬지를 않네."

"원래 좀 딱따구리잖냐. 하하……, 아악! 뭐, 뭐야!"

"딱따구리라서 참 죄송하게 됐습니다. 전무님?"

진우의 귀를 잡아당기는 성은이 어금니를 꽉 깨물며 등장을 알렸다.

"귀 떨어지겠어!"

"엄살떨지 마라. 그 정도로 네 귀 꿈쩍도 않으니까."

진우는 귀를 부여잡고서 원망 가득한 얼굴로 노발대발했다.

고개를 절레절레 흔드는 재민이 커피 잔을 들자, 성은이 재민에게 눈을 흘기며 주먹으로 팔뚝을 툭 쳤다.

"입 쉬지 않아 죄송합니다. 사장님."

"커피는. 주문 해 줘?"

"마시고 가던 길이었다. 왜."

"까칠하긴."

구석 쪽에서 성은이 지인을 만나고 있었다. 지인이 먼저 일어서고 성은은 화장실을 들렀다가 나오던 중 재민과 진우를 발견하고 쪼르르 왔던 것이다.

재민이 피식 웃으며 옆 의자를 빼 주자 성은이 조금은 누그러졌는지 털썩 엉덩이를 붙이고 앉았다.

"무슨 얘기 중이었어?"

"금요일에 우리 셋이 뭉쳐서 술 한잔 하자고 했는데, 재민이가 그날 동원 창립 기념 파티 초대받아서 안 되겠다고 하네."

"아 금요일이었구나."

성은이 팔짱을 끼고서 작은 감탄사를 내뱉었다.

"그런 자리는 처음이지만 참석해서 대충 분위기나 흐름도 지켜보고 얼굴들도 익혀 놓으면 좋을 거야, 재민아. 앞으로 더 큰 자리들도 많을 거니까."

"참석은 해야지. 그런데 동원 부사장 말고는 전혀 모르는 사람들뿐일 거라. 내가 말주변도 없고, 그래도 꽤 알려진 인물들은 내가 못 알아

보면 뒷말이 많을 건데. 벌써 피곤해진다."

재민은 벌써부터 기가 다 빨리는 기분이었다.

하긴. 어렸을 때 현 회장을 따라 한두 번 봤었던 기업인들이였기에 재민은 전혀 얼굴을 기억하지 못했다. 게다가 낯가림까지 있으니. 재민 나름의 작은 걱정거리였다.

가만히 생각에 잠긴 듯 심오한 표정을 짓고 있던 성은이 이내 좋은 생각이 났는지 '무릎을 탁' 쳤다.

"재민아. 공 비서랑 같이 동행해라."

대뜸 라희와 동행하라니. 재민은 커피 잔에 입을 가져가던 중 멈칫하더니 성은을 쳐다봤다.

"공 비서?"

"응."

"뭐 하러 일부러 업무 외 시간까지 내가 잡아 둬야 하냐. 가뜩이나 툭하면 늦은 시간까지 야간 업무까지 보는 사람인데."

"……."

"……?"

걱정과 안쓰러움이 고스란히 드러나는 재민의 말에 진우와 성은이 순간 약속이나 한 것처럼 벌어진 입으로 멍해졌다.

재민은 여유롭게도 커피를 머금고 있었다. 두 딱따구리가 입을 다물고 있자 이상한지 재민이 그제야 고개를 틀어 자신을 빤히 쳐다만 보고 있는 녀석들을 발견했다.

"왜. 그 부담스러운 표정은 뭘 말하고 싶은 건데."

재민이 심드렁한 낯으로 진우와 성은을 향해 시선을 겨냥했다.

진우가 슬며시 시선을 피하며 고요한 미소를 보였다.

'미운 정이라는 게 참 무섭지. 왠지 앞으로 재밌어질 거 같은 느낌적 느낌이 드는 건 왜일까.'

재민의 입에서 저런 말이 술술 나올 줄이야. 진우로선 상상도 못 했던 일이었다.

성은 또한 진우와 같은 생각이었다. 하지만 두 사람은 속으로 삼킬 뿐, 입 밖으로 꺼내어 재민을 놀려 대지 않았다. 섣부른 행동일 것만 같았다.

혹시나 괜스레 말을 내뱉었다가 의식해서 겨우 사이가 좋아진 라희와 틀어지면 곤란하니까.

"그래도 웬만해선 라희랑 동행하는 걸 추천. 이쪽 바닥은 라희가 꿰고 있으니까. 모르는 인물이 없어. 네 옆에서 잘 잡아 줄 거야."

"흐음."

솔깃해지는 성은의 유혹의 말에 재민은 가만히 생각을 정리했다.

'그럼 슬쩍 부탁해 볼까.'

생각하는 로댕과 같이 그대로 본을 떠 놓은 것 같은 재민을 지켜보고 있던 진우와 성은은 이내 서로 시선을 마주하며 소리 없이 푸스스 웃었다.

재민이 달콤한 치즈케이크와 아이스 아메리카노를 테이크아웃해서 사무실로 왔다. 하지만 횡한 데스크만 재민을 반길 뿐, 라희의 모습은 보이질 않았다.

"아직 안 왔나 보군."

잠깐 은행 일 좀 보고 오겠다던 라희가 아직 돌아오지 않았구나 싶었다.

그때, 문이 열리는 인기척에 재민이 탕비실 방향으로 고개를 틀었다.

라희가 앙증맞은 화분을 들고서 모습을 드러냈다.

"오셨습니까? 한 전무님과 티타임 중이시라고 김 비서한테 전해 들었습니다."

"네."

라희는 자신의 일거수일투족을 쏙쏙 꿰고 있었다. 재민은 저도 모르게 웃음이 나왔다. 물론 입꼬리가 휘는 옅은 미소였지만.

화분에 물을 주고 단정하게 정리하고 나왔나 보다. 처음 보는, 새로운 화분이었다.

"식물을 참 좋아하나 봅니다."

"좋아해요. 허브 예쁘죠? 옆 상가 꽃집 사장님께서 단골이라고 선물로 주셨어요."

허브를 눈에 담아내며 배시시 웃는 라희의 얼굴은 순수함 그 자체였다. 늘 강하고 비즈니스적인 미소만 보였던 라희가 이렇게 좋아하는 화분을 품고서 어린아이같이 좋아하는 모습은 재민의 눈동자 속에 스며들게 만들었다.

집중하게 만드는 그녀만의 매력이 점점 재민의 심장을 두드리고 있었다.

"젊은 남자 분이 참 섬세하고 꼼꼼하세요. 꽃 좋아하는 남자치고 나쁜 남자 없거든요."

"……."

남자. 젊은 남자.

이 두 단어가 재민의 눈썹을 꿈틀거리게 했다. 미간에 저절로 힘이 가해져 깊게 패였다.

"꽃집 사장……."

"사장님도 의외시죠? 저도 처음 방문했을 때 놀랐어요. 남자일 줄은 예상 못 했거든요. 아, 남녀 차별 두는 거 아니에요."

'남자라 이거지. 꽃집 사장인 남자한테 선물을 받았다는 거지, 이거.'

알 수 없는 불쾌감. 언짢음. 재민의 매끄러운 입술이 미세하게 떨렸다.

애지중지 감싸고 있던 화분을 여전히 생글거리는 얼굴로 책상 한편에 내려놓는 라희를 주시했다.

재민이 순간 흠칫했다. 자각하지 못했던 자신의 반응에 놀랐다.

'잠깐. 네가 뭔 상관이야. 왜 혼자 부들부들거리는 거냐고.'

이해하기 어려운 제 행동에 재민은 바로 표정을 지웠다. 그러곤 라희에게 주려 테이크아웃해 온 치즈케이크와 아이스 아메리카노를 대놓고 화분을 가려 버리는 위치에 조금은 투박하게 내려놓았다.

라희가 제 시선을 가로막는 작은 상자와 커피를 끔뻑끔뻑 쳐다보다 슬그머니 재민에게로 시선을 들었다.

"설마 저 주시려고 사 오신 겁니까?"

"의문을 품는 그 설마가 맞습니다."

그 설마가 맞다고 한다.

'정말 나 주려고 사 왔다고……?'

라희는 우스갯소리로 한번 장난처럼 툭 던져 본 말이었다. 하지만 자신을 위해 직접 카페서 테이크아웃 해 왔다는 말을 재민의 입에서 듣게 되었음에도 영 믿기 힘든 눈치였다.

그런데 왠지 화가 난 것은 힘이 잔뜩 들어간 얼굴과 목소리에 정말 받아도 되는지 의문이 들게 했다.

"그럼 저 진짜 먹습니다?"

"먹어요. 공 비서 먹으라고 사 온 겁니다."

"정말이시죠?"

"거 참. 지나치게 의심이 많네요. 먹는 걸로 장난치는 놈은 아닙니다."

라희가 커피와 케이크에 선뜻 손도 대지 못하고 계속해서 의심을 품은 눈으로 재차 확인하며 묻자, 재민이 허리춤에 손을 얹고서 눈살을 찌푸렸다.

"인내심이 그리 강한 놈도 아닙니다. 그쯤 해 두시죠."

그제야 라희가 입을 꾹 다물며 슬그머니 투명한 비닐 안에서 커피를 담은 일회용 컵을 꺼내었다. 입 닫고 먹을 테니 그만 인상 풀라는 듯 재민을 쳐다보며 스트로를 쪽 빨았다.

"감사합니다. 잘 마실게요."

그래도 자신을 생각해서 사 왔으니, 라희는 감사의 인사를 전했다.

'그만 편하게 먹고 싶은데…….'

아니 먹으라고 인상까지 쓸 때는 언제고.

재민이 석고상처럼 굳어 버린 건지 부담스럽게도 라희를 뚫어지게 응시하고 있었다.

스트로를 이로 잘근잘근 씹으며 재민이 언제 집무실로 들어갈까 기다려 보지만 좀처럼 움직일 생각이 없어 보였다.

'그럼 그렇지. 대충 감 잡았어.'

눈치라면 라희도 재민 못지않았다. 이유 없는 호의와 공짜는 없다.

'자존심 센 이 남자가 아무 이유 없이 불필요한 행동을 보일 리가 없지.'

커피를 쪽쪽 빨아 삼키던 라희가 이내 커피를 내려놓았다.

"커피 마셨습니다."

"예?"

"웬만한 부탁은 오케이 한다는 뜻입니다."

"……!"

정말 무서운 여자다. 재민은 순간 온몸에 소름이 쫘르르 돋았다. 재민은 자신도 알지 못하는 생각과 속을 라희가 훤히 들여다보고 있다고 느껴졌다.

당황한 티가 팍팍 났다. 꽤나 당혹스러웠나 보다. 재민이 초조함을 드러낼 때 나오는 버릇. 입술을 혀로 핥고 쓸고 일그러뜨린다.

라희는 아주 평온한 얼굴로 머뭇거리는 재민을 관람하듯 즐겁게 지켜보고 있었다.

하, 하고 옅은 한숨을 내쉬며 검지로 이마를 긁적이던 재민이 이내 라희와 눈을 맞추고 서서히 입을 열었다.

"부탁이 있습니다."

툭툭 쏘아붙이던 조금 전과는 다른 부드러운 목소리. 라희는 싱그러운 벚꽃이 만개한 듯한 미소를 지었다.

"그럼 한번 들어 볼까요? 사장님께서 제게 어떤 부탁을 하실런지 상당히 궁금하네요."

재민의 안면 근육이 움찔움찔했다. 이 상황을 즐기는 라희를 눈으로 보고 있으니 속은 부글부글 끓는다만 부탁하는 입장이라 억지로 삭일 수밖에 없다.

'고단수야. 이젠 아주 손안에 쥐고 가지고 놀지?'

재민은 혼자 속으로 읊조리고만 있는 자신이 우스웠다.

점점 라희에게 길들어져 가고 있다는 느낌적인 느낌이 드는 건 왜일까. 하지만 진심으로 화가 뻗질 않는 것이 참 아이러니했다.

"금요일 저녁. 공 비서의 시간과 몸을 빌리고 싶습니다."

✣   ✣   ✣

벚꽃 놀이도 제대로 못 해 보고 짧기만 한 봄은 눈 깜짝할 새 휙 지나가 버렸다.

여름의 문턱 앞에 다다른 날씨는 하루가 멀다고 점점 더워져만 갔다. 특히나 오늘은 완전한 여름과 같이 햇볕이 강했다. 몸에 열도 많고 더위에 약했던 라희는 사무실에서도 꽤 더웠나 보다. 몸이 찝찝해 샤워를 하고 싶다는 생각뿐이었다.

특별한 약속도 없어 바로 귀가했다. 갑갑한 오피스 룩부터 벗어 던지고 곧장 욕실로 들어갔다. 차가운 물로 전신을 적셔 피로와 열을 씻어 내렸다.

"시원하다. 이제야 좀 살 거 같네."

개운했다. 샤워를 마치고 욕실에서 나올 때의 그 기분을 라희는 참으로 좋아했다.

냉장고에서 캔 맥주 하나를 꺼내 들고서 터덜터덜 거실로 나왔다. 소파가 있음에도 바닥에 양반다리를 하고 앉아 소파에 등을 기대었다.

치이익. 캔을 딸 때의 그 소리와 감촉은 언제나 짜릿했다. 머리가 깨질 것같이 차가웠다.

"크으, 갈증이 싹 해소되네. 이 맛에 맥주를 마시지."

맥주 한 모금으로 라희의 얼굴에선 생기가 넘쳤고 저절로 미소가 입
가에 맺혔다.

다시 캔을 입으로 가져가려던 그때였다. 소파 위에 내동댕이쳐 있던
핸드백에서 벨소리가 울렸다. 라희는 캔을 테이블 위로 내려놓고 팔을
쭉 뻗어 핸드백을 끌었다.

휴대폰 화면에 뜨는 발신자를 확인한 라희가 설렘으로 물든 얼굴로
통화 버튼을 터치했다.

"엄마! 우리 신 여사님!"

─깜짝이야. 이 나이에 벌써 귀까지 멀겠다.

"하하. 미안, 미안. 볼륨 줄이겠습니다."

라희가 가장 사랑하는 사람. 동시에 존경하는 존재. 엄마였다.

─우리 딸 잘 지내고 있나, 궁금해서 전화했어. 직장 옮기고 정신없
을까 봐 한동안 전화 안 했었어.

"언제든 하셔도 됩니다. 직종을 바꾼 게 아니라 직장만 옮긴 건데
뭘."

─그래도 조심스럽지. 새로운 환경에 적응하고 회칙도 다를 텐데.
초반엔 정신없지.

언제나 딸 걱정뿐인 엄마. 라희는 고맙고 미안했다.

얼마나 궁금하고 하고 싶은 말이 많았을까. 무엇보다 딸의 목소리가
듣고 싶어서 수화기를 올렸다가 내려놓기를 반복했을 엄마의 모습이
눈에 선명하게 그려졌다.

"바쁘다는 핑계로 먼저 전화도 안 하고. 나, 참 못된 딸이다. 그치?"

─왜 그런 생각을 해. 우리 딸처럼 엄마 생각하고 챙기는 딸이 어딨
다고 그래.

따뜻한 엄마의 위로에 심장이 저릿했다. 못해 준 것만 생각이 났다.
좀 더 연락도 자주 하고 집으로 내려가 엄마랑 시간도 보내야 했는데.
몸이 피곤하다고 소홀한 게 라희는 늘 미안함으로 마음에 품고 있었다.

─동네 사람들이 다 부러워해. 효녀 딸 뒀다고. 딸 하나는 기가 막히

게 잘 낳았다고 난리야.

"아닌데? 내가 우리 엄마 딸로 태어나게 돼서 완전 복 받았는데?"

─호호. 능청은. 그래도 기분은 좋다 딸?

"다음 생애에도 엄마 딸로 태어나고 싶어. 아니다. 내가 이번엔 엄마 할 테니까 엄마가 내 딸로 태어나라."

─뭐?

신 여사가 화통하게 웃었다. 생각지도 못한 말이었다.

"엄마한테 받았던 사랑을 나도 돌려주고 싶어. 엄마만큼 좋은 엄마가 될 수 있을지는 모르겠지만."

진심이 담긴 딸의 말을 가만히 듣고 있던 신 여사는 감동으로 가슴이 뭉클했다. 딸의 목소리만 들어도 눈시울이 붉어진다.

자나 깨나 자식 생각. 자식 걱정. 세상 어느 부모의 마음은 똑같았다.

─엄마 감동 받았어. 하지만 다음 생에도 내 딸로 태어나 줘. 못해 준 게 너무 많아. 일찍 가장이 되게 하고, 부모의 사랑도 추억도 더 만들어 주지 못해서 미안해.

"무슨 그런 말을 해……."

결국엔 라희의 눈에서 눈물이 뚝뚝 떨어졌다. 울먹이는 목소리에 애써 힘을 주어 밝게 웃었다.

유복한 집안에서 태어난 건 아니다. 그렇다고 하루하루 먹고 살기 빠듯할 정도로 가난하지도 않았다.

라희의 아빠 병준은 전자제품에 들어가는 부품을 생산하는 작은 공장의 사장이었다. 오순도순 행복한 가정 속에서 자랐던 라희는 유년 시절 피아니스트를 꿈꿨다. 재능도 있었고 즐거워했다.

콩쿠르 나갔다 하면 대상을 휩쓸던 꿈 많은 소녀는 갑작스러운 공장의 화재로 아빠를 잃었고 꿈도 잃었다.

화재 소식을 듣고 공장으로 달려간 신 여사는 남편을 애타게 찾다 그만 화재 속에서 무너져 내리던 잔해에 깔려 겨우 구조되었다. 목숨을 건졌으나 한쪽 다리는 완치되지 못했다. 다리를 절뚝이며 불편한 몸으로 살아가고 있는 신 여사는 다리의 불편함보다도 남편을 잃은 슬픔이 더욱더 아팠고 깊은 상처로 가슴에 낙인이 박혔다.

"아픈 곳은 없고?"

— 걱정 마. 엄마는 건강하다니까. 아직 팔팔해.

"그럼 다행이지만. 그래도 건강 검진은 매년 받아야 되는 거 알지?"

— 그럼요. 누구 말씀이신데요.

"내가 적당한 달에 예약해 둘게. 이번엔 서울 와서 큰 병원에서 한번 받아 보자."

— 아무튼 유별나.

"건강 문제는 유별나야 돼."

— 따님 말 들어야지. 들들 볶아 댈 거 생각하면 없던 병도 생기겠어.

"하하. 엄만 날 너무 잘 알아."

신 여사도, 라희도 호쾌하게 웃었다. 서로를 가장 잘 알고 걱정하는 애틋한 모녀니까.

— 피곤할 텐데 쉬어. 오늘도 고생 많았다.

"응. 엄마도 잘 자. 자주 연락할게."

— 그래.

통화를 마쳤음에도 라희는 좀처럼 휴대폰을 놓지 못했다. 엄마의 포근한 목소리의 여운이 길게 이어졌다.

"어? 메시지가 들어와 있었네?"

휴대폰을 만지작거리던 중 새로운 메시지 알림을 발견했다.

이 시간에 누굴까. 라희는 입술을 모아 내밀며 가느다란 손가락으로 터치했다.

⟨현재민입니다. 잡니까?⟩

"사장님? 웬일로 메시지를 다 보내셨을까. 무슨 일 있나……?"

재민의 메시지였다. 라희는 고개를 갸웃거리며 멀뚱히 화면을 쳐다보고 있었다.

재민이 처음으로 제게 메시지를 보내왔기 때문에 더욱 의아할 수밖에.

무슨 일이라도 있는 걸까. 이 시간에 자냐고 메시지를 보냈으니 그런 생각을 하게 되는 것도 무리는 아니었다.

라희는 손가락을 튕기며 기다리고 있을 재민에게 답장을 써내려 갔다.

〈아뇨. 안 자요. 무슨 일 있으십니까?〉

라희는 무릎을 세워 턱을 얹고서 답장을 기다렸다. 하지만 메시지음은 울리지 않았다.

"흐음……."

은근히 재민의 연락을 기다리고 있는 알 수 없는 감정. 라희는 휴대폰 화면에서 눈을 떼지 못했다.

"늦게 답장한 건가. 주무시나 보네."

답장이 안 오는 거 보니 기다리다 잠이 들었나 싶었다. 라희는 멋쩍은 듯 웃으며 마시던 캔 맥주로 목을 적셨다.

그때 화면이 켜지면서 또 한 번의 벨소리가 울렸다.

"네. 사장님."

—늦은 시간에 미안합니다.

"아닙니다. 무슨 일이십니까?"

—내일 바로 회사로 출근하시면 됩니다. 일산 지점에서 문제가 생겼나 봅니다.

"아 그렇습니까? 화림 측에서 따로 연락은 못 받았는데."

—지점 대표가 제 친구라 바로 저한테 직통으로 연락했습니다.

라희는 작은 감탄사를 내뱉으며 고개를 끄덕였다.

용무는 끝난 거 같은데. 휴대폰을 귀에 댄 채 두 사람 사이에선 정적이 흘렀다.

—식사 중입니까?

맥주를 삼키는 소리까지 재민의 청각을 자극케 했다. 저녁을 먹고 있는데 전화를 한 건 아닐까 미안함이 묻어나는 물음이었다.

"저녁을 먹기엔 시간이 늦었죠. 샤워하고 갈증 나서 가볍게 맥주 마시고 있어요."

맥주를 마시고 있다는 말에 피식 재민의 웃음소리가 라희의 고개를 갸웃거리게 했다.

"사장님은 저녁 식사 하셨습니까?"

—공 비서 말대로 저녁을 먹기엔 늦은 시간이죠. 우연인지 몰라도 나도 맥주 한 캔 하고 있었습니다.

"슬슬 맥주의 계절이죠, 오늘 특히나 더웠고. 전 여름이 쥐약인데 사장님께선 더위 많이 타십니까?"

—더위는 많이 타는 편인데. 그래도 사계절 중 여름을 가장 좋아합니다.

"물 좋아하시나 보다. 전 맥주병이거든요."

꽃잎이 흩날리는 향긋한 바람이 살랑살랑 부는 분위기가 심상치 않았다.

라희와 재민은 맥주를 홀짝이면서 끊어지지 않는 대화로 꽤 긴 시간 동안 휴대폰을 붙들고 있었다. 처음으로 근무 시간 이외의 시간에 목소리를 듣게 된 것이다. 생각했던 것과는 달리 둘 사이에선 어색함 따위는 찾아볼 수 없었다.

마치 연인 사이에서의 달콤한 통화 중인 것 같았다.

—맥주 더 마시지 말고 그만 자세요.

"사장님도요."

—아 그리고 부탁 들어줘서 고맙습니다.

"어려운 일도 아닌걸요, 뭘. 기꺼이 사장님께 제 시간과 몸을 빌려드리겠습니다."

―아, 아니. 그건 내가 말이 잘못 나왔던 거라고 말했잖습니까!

이제는 재민을 놀리기에 맛을 들였나 보다. 당황해서 말까지 더듬거리며 버럭하는 재민이 재밌었다.

―이만 끊습니다.

"하하, 주무세요. 내일 뵙겠습니다."

금요일. 동원산업 창립 기념 파티에 참석하기로 한 날이다.

조금은 이른 시간에 퇴근하고 움직이려 했다. 아무래도 도로가 혼잡해지기 전에 출발하는 것이 현명한 방법이었으니까. 재민이 집무실 문을 열고 나왔다.

"준비됐습니까?"

"네. 사장님. PC만 끄면 됩니다."

"시간은 넉넉하니 서두르지는 말고요. 내가 빨리 정리하고 나선 거라."

"서둘지 말라고 하면서 앞에서 버티고 계시니, 조급하지 않을 수가 없는데요?"

"……."

라희가 장난 서린 표정과 목소리로 한마디 툭 던졌다. 그러자 재민이 옷매무새를 가다듬던 손을 내리더니 시원한 눈꼬리를 늘어뜨리며 찌릿 노려봤다.

이제 아주 만만하지, 내가. 재민의 목 끝까지 차오른 말이었지만 내뱉진 않았다. 해맑게 눈웃음을 그리며 웃고 있는 라희를 조금 더 보고 싶으니까.

"농담입니다. 무례했다면 죄송합니다."

"이미 뱉어 놓고 죄송하다고 합니까."

"풋."

재민의 반응에 라희가 이번엔 소리 내어 웃었다. 고개를 느릿하게 가로젓는 재민도 못 말리는 비서에겐 못 당해 내겠다는 듯 가벼운 실소를 흘렸다.

시스템이 완전히 종료되자 라희는 모니터까지 껐다. 재민이 일찍 나오는 바람에 라희는 메이크업을 고칠 시간도 없었다.

그래도 메이크업 상태는 확인해야 되는데. 일반적인 곳도 아닌 중요한 자리에 참석하니까.

슬쩍 재민을 흘깃거리니 휴대폰으로 시선을 내린 채 집중하고 있었다. 라희는 이때다 싶어 슬그머니 파우치에서 팩트 케이스를 꺼내어 그대로 뒤돌아섰다. 뚜껑을 열어 거울로 후다닥 얼굴을 돌려가며 상태를 확인했다.

작은 거울 속에 등장한 재민에 살랑살랑 고개를 좌우로 틀던 라희의 움직임이 멈춰졌다. 뚫어지게 자신을 쳐다보고 있는 재민의 눈빛이 숨을 참게 만들 정도로 치명적이었다.

흐트러짐 없는 깊은 눈동자 속으로 빨려 들어갈 것만 같았다. 몇 걸음 뒤에 서 있는 그였지만 그녀의 뒷모습을 바라보고 있는 시선은 강렬했다. 몸 전체가 단번에 녹아내릴 것 같았다.

라희도 여자인지라 그것도 잘생긴 남자가 자신에게로 쏟고 있는 시선을 받아 내고 있기엔 감당하기 벅찼고 가슴이 떨렸다.

라희는 잠시 멍해진 정신을 깨우며 팩트 뚜껑을 닫고 몸을 틀었다. 정면으로 보이는 재민은 언제 그랬냐는 듯 다시금 휴대폰으로 고개가 내려져 있었다.

"사장님."

"갑시다."

억대를 족히 넘기는 고급 외제차의 웅장함에 그 어떤 차들도 바짝 붙지 못할뿐더러 클랙슨 한 번을 울릴 용기도 없다. 공식적인 도로 교통법의 안전거리보다도 멀찌감치 떨어져서 말이다.

"다행히도 도로에 차가 거의 없는 거 같군요. 금방 도착하겠습니다."

"그러게요. 다행이다."

'나 같아도 이런 고급 외제차 근처엔 얼씬도 못 하겠다.'

여유 있게 출발하니 도로는 혼잡하지는 않았다. 그렇다고 도로가 텅텅 비어 있는 것도 아니다. 그저 재민의 번쩍번쩍한 자동차로 붙는 자동차가 없을 뿐이었다.

쌩쌩 달리는 자동차는 바람을 가르고 힘차게 달렸다. 속도를 올려도 전혀 흔들림이 없이 안락했다.

'쿠션도 좋네. 역시 외제차가 좋긴 좋구나.'

이래서 사람들이 외제차, 외제차 하는구나 싶었다.

곧은 척추까지 감싸 주는 푹신한 쿠션과 보들보들한 가죽. 보조석에 앉은 그대로 잠이 들어도 침대에서 푹 잔 것처럼 편안할 것 같았다.

동원산업의 창립 기념 파티는 올해 완공한 동원호텔에서 성대하게 열린다.

호텔 입구로 갓 진입한 재민은 초대된 손님들을 맞이하는 발레파킹 직원들을 지나쳐 바로 지하 주차장으로 들어갔다. 주차를 완료한 재민에게 라희가 넌지시 왜 그냥 지나치냐고 물었다. 그러자 재민이 시동을 끄며 무심하게 대답했다.

"나 말고 타인이 내 차에 손대는 거 굉장히 싫어합니다."

이유는 간단명료했다. 재민의 고집이 고스란히 드러났다. 라희는 그럴 수도 있겠다 싶어 고개를 끄덕이다가도 이내 머리를 스치고 지나가는 무언가에 재민을 향해 고개를 틀었다.

"저번에 저한테는 차 빌려 준다고 타라고 하시지 않았습니까?"

"……기억 안 납니다."

당황했다. 당황하면 나오는 저 입술 핥는 버릇. 재민이 정면만을 응시하며 기억이 안 난다고 모르쇠로 일관했다. 거짓말이 뻔히 보이는데 말이다. 라희는 숨죽여 킥킥댔다.

젠장. 그때 왜 그런 말을 지껄였을까. 앞으로 입조심해야겠다고 다시금 다짐하게 되는 순간이었다. 그것도 라희에게는 더더욱.

"비 오는 날이었는데. 정말 기억 안 나십니까?"

"그만 내리죠."

민망하니 괜스레 쌀쌀맞게 대처하는 그였다.

굵직한 목이 불긋불긋 물들어 있었다. 재민이 운전석 문을 열고 내리자 라희도 따라 내렸다.

상반되는 표정의 두 사람은 나란히 엘리베이터에 올랐다.

바지 주머니에 손을 찔러 넣고 있던 재민이 왼손을 빼내어 손목시계를 확인했다.

자연스럽게 시선을 돌리던 라희의 눈에 들어온 재민의 셔츠 소매. 고급스럽게 반짝이는 커프 링크스가 떨어질 듯 말 듯 헐겁게 매달려 있는 걸 발견했다.

"사장님. 잠시만요."

라희가 재민의 손목을 탁, 잡아챘다.

"뭐, 뭐 하는 겁니까?"

갑작스러운 스킨십. 라희의 손길에 재민이 움찔했고 표정이 경직되었다.

"가만히 계셔 보세요. 바닥에 떨어지면 흠집 납니다."

"그러니까 뭐가……! 아."

푸드덕거리던 재민이 그제야 알아채면서 얌전해졌다. 그러자 라희가 손목을 놓으며 재민에게로 아예 몸을 틀었다. 양손으로 커프 링크스를 야무진 손놀림으로 단단하게 고정시켜 주었다.

재민은 혼자 오버스럽게 반응한 자신이 우스웠다. 멋쩍은 듯 라희가 다듬어 준 셔츠 소매를 반대 손으로 매만졌다.

'요즘 왜 이러냐. 왜 계속 반응하게 되는 거냐고.'

침착하려 했다. 태연하려 했다.

하지만 라희의 사소한 행동에도 눈빛에도 반응하게 되는 자신을 도무지 컨트롤할 수 없었다.

✣　　✣　　✣

아름다운 클래식 선율이 흐르는 연회장으로 들어섰다.

대기업의 창립 기념 파티라 그런지 초대된 인물들을 보면 대부분 고위직 관련자들과 정치권 인물들이 대다수였다.

어색하고 불편하기만 한 자리. 재민에겐 공식적으로 처음 행사에 참석하게 된 거다. 자신도 모르게 내내 경계의 눈빛으로 일관했다. 그와 반면에 라희는 익숙했다. 비서로서 자주 동행했던지라 아주 노련했다.

"사장님. 와인이나 샴페인으로 목 좀 축이시면서 긴장 푸십시오."

"그럼 운전은 누가 합니까. 그리고 누가 긴장했다고 합니까?"

'긴장한 티 팍팍 나거든요? 거울 갖다 들이밀어 버릴까 보다.'

라희는 속으로 읊조리며 웃었다. 틱틱거리는 재민의 모습이 이제는 어린아이의 칭얼거림처럼 귀엽게 느껴졌다.

"슬슬 북적거리기 시작하네요."

예정된 시간이 다다르니 연회장도 북적이기 시작했다. 라희의 말에 재민도 심드렁하게 고개를 끄덕였다.

"제가 상대가 다가오려고 할 때 간단한 프로필 말씀드리겠습니다."

"그렇게까진 안 해도 될 거 같은데."

"모르시는 말씀입니다. 사장님께서도 상대가 누군지, 확실하게 답하셔야 합니다."

"내가 일일이 알 필요까지 있습니까?"

대한민국 최고의 기업 무원그룹의 자신감이라고 할까. 재민은 왜 자신이 아래 기업에게까지 살살거려야 하는지 썩 내키지 않았다. 그렇다고 예의 없이 행동하거나 상대를 깎아 내리는 언행을 내뱉진 않겠지만 말이다. 굳이 피곤하게 살살거릴 필요는 없다는 뜻이었다.

난색을 표하는 재민에게 라희가 얕은 한숨을 내쉬며 또박또박 일목

요연하게 말했다.

"시대가 변했습니다. 비즈니스 또한 상황에 따라 시대에 맞게 자연스럽게 변화하고 있습니다."

"그 부분은 저 또한 인정하는 부분입니다."

'그러면 얘기가 쉬워지겠네.'

라희가 생긋 웃었다. 꽉 막힌 사람은 아니라서 천만다행이다 싶다.

"무원그룹에 잘 보이려는 간부들 많죠. 이런 자리일수록 참석해서 어떻게 해서든 눈에 들려고 발버둥을 치는 쪽도 많고요. 또한 무원의 거래처, 협력업체처럼 작은 끈이 연결된 곳도 있습니다."

"그렇죠."

조곤조곤 똑 부러지게 쉼 없이 말을 이어 가는 라희에게 이상하게도 빨려 들어가게 된다.

"허튼짓 못 하도록 감시하는 개념과도 같다고 생각하시면 됩니다. 무언의 압박도 필요합니다."

"허튼짓?"

재민이 피식 웃었다. 조금은 과격한 단어까지 쓰면서 재민의 흥미를 돋우는 라희의 영리한 플레이었다.

재민이 슬며시 입꼬리를 휘었다. 라희의 입에서 이어질 얘기는 그를 기대케 했다. 나날이 자신을 놀라게 만드는 그녀의 능력이라고 해야 하나, 재주라고 해야 하나. 무튼 재민은 어느새 즐기고 있는 자신을 발견하게 되었다.

"하청업체들까지 대부분의 고위직 간부들이 알고 있지는 않습니다. 극소수죠. 그들이 사장님께서 자신의 존재를 잘 알고 있다고 생각해 보십시오. 뒤에서 함부로 행동 못 할 겁니다."

"그럴싸하네요."

"내가 당신들 지켜보고 있다. 정기적으로 보고받고 있으니 눈 밖에 나는 행동은 삼가라. 일일이 모든 업체들 하나하나 꿰뚫고 있다는 사장님이라는 걸 그들이 인지하게 된 이상 매순간 긴장을 안고 있겠죠. 무

104

언의 압박. 그게 참 무서운 법이거든요."

재민은 감탄을 금치 못했다. 공라희, 그녀가 이 정도일 줄은 몰랐다.

천부적인 상황 판단과 분석. 마법의 묘약을 뿜어내는 것 같은 설득력을 갖춘 화려한 말발. 어디 하나 빠지는 곳이 없었다.

재민이 묘한 눈빛을 담은 눈으로 라희를 내려다봤다. 그녀에게 박힌 고정된 시선은 미동조차도 없었다.

"옵니다. 두 시 방향 그레이 정장 착용한 대선컴퍼니 한용주 부사장입니다."

성큼성큼 다가오는 인물. 라희가 재민의 뒤로 한걸음 물러서서 나지막이 정보를 읊조렸다.

라희 말대로 두 시 방향으로 고개를 튼 재민은 잠시 멍해 있던 표정을 풀고서 제게 다가오는 한용주 부사장에게로 시선을 옮겼다.

"회장님과 특별한 인연이 있으시다고 들었습니다. 아마도 사장님에 대한 얘기를 많이 들으셨을 듯 예상됩니다."

복화술을 하듯 빠르지만 또렷하게 재민에게 전달했다. 그러곤 상냥한 미소를 머금으며 완전히 다가온 한용주 부사장에게 정중한 목례로 인사했다.

"현재민 사장님. 처음 뵙겠습니다."

"안녕하십니까. 대선컴퍼니 한용주 부사장님."

뭐, 재민의 얼굴이야 취임식 당시 TV 뉴스며 기사로 화려하게 언론에 노출되었으니 먼저 알아보고 다가오는 사람은 많았다.

한용주 부사장은 처음으로 대면했음에도 자신의 존재를 알고 먼저 손을 내미는 재민에 꽤나 놀란 듯 보였다. 기분 좋은 놀람. 이 작은 것이 상대의 기분을 좋게 만들면서, 재민의 위상을 더 높게 되는 계기가 될 것이다.

"회장님께 사장님 말씀 많이 들었습니다. 무원그룹 미래를 짊어질 사장님에 대한 기대와 믿음이 아주 대단하시더라고요."

"감사합니다. 회장님과 특별한 인연이 있으시다고 들었습니다. 좋은 기업인이라고 회장님께서 칭찬을 아끼지 않으시더군요."

"하하. 과찬이십니다. 부끄럽군요."

물 흐르듯 자연스럽게 대화가 이어졌다. 비즈니스적으로 딱딱 맞춰져 오가는 인사치레지만 딱히 거부감은 들지 않았다.

이런 자리 아니면 자주 엮일 일은 없기에 일부러 솔직해질 필요도, 날을 세울 필요도 없으니까.

오히려 이런 가벼운 주제가 대화의 끝맺음이 빠른 지름길이기도 했다.

"LJ패션 박찬성 대표입니다. 옆에 계신 여자 분은 1년 전에 재혼한 사모님이신데 재혼 관련에 예민하신 분이라 아예 말을 건네지 않는 편이 좋습니다. 눈인사 정도만."

"보타이한 키 작으신 분, 일라이 케미컬 본부장님입니다. 말씀하시는 걸 굉장히 좋아합니다. 본인 자랑, 칭찬해 달라는 위주로 대화의 주제를 이끌어 가는 분이라 좀 피곤하실 수 있습니다."

막힘없는 라희의 컴퓨터 같은 기억력. 가히 혀를 내두를 정도였다.

라희 덕분에 재민은 무사히 넘겼다. 그리고 상대에게 자신의 인상을 강렬하게 인식시켰다.

"후."

재민이 마른 한숨을 내쉬었다. 이제야 숨 좀 돌릴 여유가 생겼다.

"피곤하시죠?"

"사람 상대가 가장 피곤한 법이죠. 성격에 맞지도 않고."

"맞습니다."

꽤 많은 사람들을 상대하다 보니 지치나 보다. 가뜩이나 평소 말수도 적은데 이 짧은 시간에 거의 하루치 말을 쏟아 냈으니.

라희가 상냥한 목소리로 다독이듯 재민의 곁을 지켰다.

"어색하진 않았습니까?"

"사업가의 피는 못 속이나 봅니다. 사장님 엄청 자연스러우셨습니다. 유연하게 대처도 완벽하셨고."

"공 비서 덕이죠. 동행해 줘서 고맙습니다."

"……."

재민의 온화한 시선과 다정한 보이스. 라희는 심장을 손끝으로 긁어 내리는 듯, 간질간질한 기분을 느꼈다.

예상 밖의 재민의 말과 함께 떨리는 눈 맞춤은 그녀를 얼어 버리게 만들었다.

"동원 부사장만 보고 나갑시다. 어차피 오래 있을 생각 없었으니까."

"네. 알겠습니다."

"술 한잔할래요?"

"……술이요? 저랑 말입니까?"

술 한잔하자는 재민의 제안. 예상치 못했던지라 라희가 놀랄 만도 했다. 가뜩이나 큰 눈이 부리부리하게 떠졌고, 설마 하며 검지로 본인을 가리켰다.

그런 라희의 반응에 재밌는지 재민이 작은 미소를 머금으며 고개를 두어 번 끄덕였다.

"썩 내키지 않는다면 거절하셔도 됩니다. 질척거릴 생각 없습니다."

재민이 어깨를 으쓱였다. 편하게 대답해도 된다는 뜻이었다.

"불금인데 이대로 집에 가기엔 아깝긴 하네요. 그럼 사장님께서 술 사 주시는 겁니까?"

"기꺼이."

"아싸."

주먹을 말아 쥐며 신이 나는 추임새를 넣는 라희에 재민이 피식 웃으며 고개를 가로저었다.

"어? 동원산업 부사장님 오십니다."

때마침 창립 기념 파티에 초대했던 동원산업 부사장이 재민을 발견하고 성큼성큼 거리를 좁혀 왔다.

"이야, 현 사장님. 참석해 주셔서 감사합니다."

"초대해 주셔서 감사합니다. 호텔도 아주 멋스럽네요."

재민과 동원 부사장은 가벼운 악수와 함께 인사를 나누었다.

'누구지?'

휴대폰 진동이 울렸다. 라희는 조용한 움직임으로 뒤돌아서서 발신 자를 확인했다.

비서 팀의 내선 전화번호였다. 순간 라희의 표정이 와그작 일그러졌다. 요사이 부쩍 라희의 신경을 건드리는 인물이 있었다.

'이번엔 또 어떤 고의적 사고를 쳤다고 떠넘기려 할까.'

통화도 전에 화가 부글부글 끓었다. 이 바닥에 오래 발을 붙이고 있다 보니, 척하면 척이었다.

라희는 릴렉스, 릴렉스를 속으로 연이어 읊으며 마인드 컨트롤로 스스로를 진정시켰다.

재민과 동원산업 부사장의 대화가 아주 잠깐이지만 짧은 공백이 있을 때를 눈치껏 캐치했다. 라희는 재민에게 자그마한 목소리로 속삭이듯 말했다.

"사장님. 비서 팀에서 연락이 와서 그런데, 밖에서 통화 좀 하고 오겠습니다."

"그래요."

라희는 정중히 고개를 숙이며 인사하곤 연회장 밖으로 신속하게, 그러나 하이힐의 굽이 요란한 소음을 내지 않도록 조심조심 빠져나왔다.

"급한 대로 복구되는 부분까지 제 메일로 발송해 놓으세요."

— 죄송합니다. 공 비서님.

전혀, 전혀 죄송한 목소리가 아니다. 라희는 기가 차서 말도 안 나올 지경이었다.

속에선 열불이 터졌다. 라희는 대리석 벽으로 몸을 기댄 채 아랫입술을 잘근 물었다 놓았다.

'성격 많이 죽였다. 공라희.'

고작 몇 달이지만 그간 비서 팀의 사원들은 여동생처럼 귀여움도 떨고 유쾌했다. 하지만 일은 똑 부러지게 잘했다. 라희가 딱히 날을 세우면서 일일이 가르칠 것도 없었다. 그렇기에 무원에서의 라희는 때론 든든한 옆집 언니처럼, 유연하게 아래 비서들과 서로에게 힘을 주고 의지하며 지냈다.

하지만 2주 전, 타 기업에서 1년 이내의 경력을 갖고 무원으로 직장을 옮겨온 강나영이 깊숙이 잠들어 있던 마녀를 깨우고 있었다.

일하기 싫어하는 티가 팍팍 났다. 놀기 좋아하고 명품만 사는 것만 봐도 대충 파악이 된다.

한두 번은 눈감아 줄 수 있었지만, 더 이상은 한계였다. 이런 마인드의 인간에게 자비와 배려는 필요치 않았다.

"강나영 씨."

—네?

"내가 좋은 사람은 아닙니다."

—무슨…….

"눈감아 주는 것도 여기까집니다."

—제가 많이 부족해서…….

"아뇨. 뒤처진다고 부족하다고 해서 전 화낸 적도 훈계한 적도 없습니다. 사명감까지는 바라진 않아요. 최소한 자신이 맡은 일에 노력과 성의는 보여야 된다고 생각하는 주의죠."

—…….

라희를 너무 쉽게, 만만하게 봤나 보다. 강나영은 얼음장처럼 차갑고 단어 하나하나에서 소름이 돋게 만드는 라희의 목소리에 말문이 막혔다. 입도 벙긋 못 하고 마른침만 꿀꺽꿀꺽 삼키는 소리가 스피커를 통해 들렸다.

"하고 싶은 말은 많으나, 지금 제가 사장님과 동행중이라 이쯤에서 멈춥니다. 월요일에 면담 좀 하시죠."

─공 비서님. 오해가 있으…….

"불금, 주말. 즐겁게, 편안히 보내세요. 월요일에 뵙죠."

라희는 엄중한 경고의 메시지와 함께 통화 종료 버튼을 눌렀다.

"어디서 꼼수를 부리고 있어. 제 시간에 일은 못 끝냈고, 노는 건 포기 못 하겠다 이거지."

생각해 낸 방법이 참 정 떨어지게 했다. 부모와 선생의 보호를 받아야 하는 미성년자도 아니고, 어엿한 직장인이자 성인인데. 그저 눈감아 주고 기회를 한 번 더 준다는 것인데 깨닫지 못하고 연이어 실망시키는 행동이 라희는 마음에 들지 않았다.

"이게 누구야. 공라희 비서님 아니신가?"

열을 식히고 있던 중 자신을 아는 체하는, 익숙하진 않지만 낯설지 않은 목소리에 라희는 무심하게 고개를 틀었다.

그것도 잠시 제게 다가오는 반듯한 외모의 남자를 확인하게 되자, 라희는 벽에 기대었던 몸을 꼿꼿하게 세웠고 세상 반가운 얼굴로 마주 섰다.

"어? 실장님!"

"오랜만이야. 라희 씨."

정말 반가웠다. 라희가 처음 사회생활을 시작했던 NJ홈쇼핑. 완전 햇병아리 비서였던 그녀가 마침 비서들의 공석으로 실장 이한준의 비서로 수행하게 되었다.

"그러게요. 정말 오랜만이에요. 이탈리아에서 돌아오셨다는 얘기는 건너 건너 들었어요."

"라희 씨랑 생이별을 하고 출국한 뒤 상사병에 시달렸지만 잘 버티고 한국으로 완전히 컴백했지."

"하하. 실장님도 참. 아니지, 이제 상무님이시죠?"

"신분이 업그레이드돼서 다시 라희 씨 찾으려니까 벌써 무원에 자리 잡았다며?"

"어머. 그때와 달리 이제는 제 몸값이 확 올랐는데 감당하실 수 있으십니까?"

"가지고 있는 주식 팔아서라도 라희 씨랑 일하고 싶지."

"와아. 제가 그 정도란 말입니까?"

"그럼. 어디 나쁜이겠어? 눈독 들이는 곳이 많잖아."

하하 호호 웃음소리와 얘깃거리가 와르르 쏟아져 나왔다. 그만큼 서로가 반가웠다.

그런 두 사람의 모습을 언짢음이 덕지덕지 붙은 얼굴로 지켜보고 있는 남자. 코너 모퉁이에서 매섭게 뜬 눈으로 재민이 뚫어 버릴 기세로 주시하고 있었다.

통화가 길어지나 싶었다. 재민은 동원 부사장과의 얘기를 끝마치고 연회장을 나와 라희를 찾아 나섰던 것이다.

"……."

경계의 눈빛. 명치에서부터 활활 끓어오르는 분노. 이 낯설고 어색한 감정을 재민은 절제할 수 없었다.

무엇보다 재민을 긴장케 하는 건 이한준 상무는 같은 남자가 봐도 훤칠하고 준수한 외모였다. 나이는 재민의 또래로 보였다.

라희와 이한준의 대화가 재민의 예민한 신경 조직들을 날카로운 바늘로 쿡쿡 찌르고 있었다.

스스럼없이 웃고 주거니 받거니 잘도 어울리는 라희와 이한준을 보고 있자니 재민의 손이 부들부들 떨렸고 주먹을 꽉 쥐게 만들었다.

이한준이 라희 머리를 쓰다듬는 행동이나 볼을 손가락으로 톡톡 눌러 대는 작은 스킨십이 자연스러웠다.

꽤 가까운 사이로 비춰졌다. 그것이 재민의 발을 내딛게 만들다가도 겨우 감정을 억제해 멈춰 세웠다.

'누군데. 대체 누구기에 스킨십도 받아쳐 주는 거지?'

누굴까. 어떤 사이일까.

이한준의 존재가 재민을 초조하고 조급하게 만들었다. 라희가 이토록 활짝 웃으며 살갑게 상대를 대하는 건 처음 보았다.

"우린 언제 같이 일해 보나. 계약 기간 많이 남았겠네?"

"그렇지도 않아요. 6개월 단기 계약이라."

"뭐? 6개월?"

의외의 소식에 이한준의 눈이 번뜩였다. 이해가 되지 않으면서 찬스 같기도 했다.

"네. 자세히 말씀드리기는 좀 그렇지만 사정이 있어서요."

"그래? 그럼 한 2~3개월 남은 건가?"

라희가 왠지 모를 씁쓸한 미소를 흘리며 고개를 끄덕였다.

'그러고 보니 3개월도 채 안 남았네. 재계약 선택권은 사장님이 쥐고 계시니까……'

이상했다. 재민의 입에서 재계약을 받아 내겠다던 패기와 자신감이 어느 순간 시들해져 버렸다. 아니, 무의식중에 재민을 향한 감정의 변화가 라희를 약하게 만들어 버렸는지도 모른다.

"계약 끝나면 무조건 1순위는 나야."

"네?"

"대기 번호 1번이라고. 조건은 다 맞춰 준다."

"음. 생각해 볼게요."

"이러기야? 아니면 재계약 생각이 있는 건가?"

"노코멘트하겠습니다."

"치사하다. 무원 사장이 꽤 잘해 주나 봐?"

"네. 잘해 주세요."

1초의 고민도 없이 잘해 준다고 대답하는 라희에 이한준이 눈을 샐쭉 늘어뜨리며 짓궂게 웃었다.

"뭐야. 그 사심 가득 담은 미소는."

"네? 사, 사심은 무슨……. 그런 거 아닙니다."

"아 왜 괜히 서운하지?"

"상무님 장난기는 여전하시네요."

이한준의 능청에 라희가 바람 빠지는 웃음을 흘리며 고개를 도리도리 흔들었다.

"나랑 일했었던 게 좋았어, 아니면 무원 사장이랑 일하는 게 좋아?"

"무슨 그런 질문을 하십니까."

흠칫. 재민이 어깨를 들썩였다. 긴장하며 귀를 쫑긋 세워 모든 신경을 라희에게로 쏟아부었다. 쿵쿵, 심장 박동까지 묵직하게 전신을 울렸다.

'내가 왜 긴장하고 있는 거지? 왜?'

속으로 자신에게 되묻지만 정의되는 답은 찾을 수 없다. 여전히 시선은 라희에게로 꽂혀 있었다. 기대를 듬뿍 담은 눈동자로.

"지금은 현재 제가 모시는 사장님이요. 좋은 분이세요. 배울 점도 많고요."

"졌네, 졌어. 안 되겠다. 나 오늘 강소주로 다친 마음을 달래야겠어."

"하하, 상무님."

안도. 재민은 저도 모르게 참고 있던 숨을 훅 내쉬었다. 심장이 밖으로 튀어나올 기세로 뛰었다. 좀처럼 진정되질 않는 심장 위로 손을 얹었다.

시선을 내렸다 슬며시 떠올리던 재민의 입매가 시원한 호선을 그렸다. 피식, 웃음이 나왔다.

"모양 빠지게 뭐하고 있는 거냐. 현재민."

도둑고양이처럼 몰래 숨어 지켜보고 있는 자신이 우스웠다. 그럼에도 기분 좋은 건 어쩔 수 없었다.

입술을 혀로 유연하게 핥던 재민이 슬며시 옷매무새를 다듬었다. 그러곤 성큼성큼 위풍당당한 발걸음을 내딛었다. 거리를 좁혀 가던 중, 이한준과 정통으로 눈이 마주쳤다.

은근한 남자들의 자존심, 기 싸움이라고 해야 할까. 재민도 이한준도 딱히 피할 이유가 없었다.

라희의 등 뒤로 바짝 다가선 재민은 여린 어깨 위로 살포시 손을 얹으며 옆으로 나란히 섰다.

갑작스러운 손길에 라희가 어깨를 작게 들썩였다. 재민이란 걸 확인하게 된 라희는 순간 아차 싶었다. 통화만 하고 들어갔어야 했는데 오랜만에 만난 이한준과의 수다가 생각보다 길어졌다는 걸 이제야 인지하게 되었다.

"사장님⋯⋯."

"통화는 끝냈습니까?"

"아 네. 동원 부사장님과는 말씀 잘 나누셨습니까?"

라희의 물음에 재민이 고개를 끄덕이는 걸로 대신 답했다.

시선을 느릿하게 이한준에게 옮겼다. 그런 재민의 시선을 눈치챈 라희가 바로 이한준을 소개했다.

"사장님. 소개해 드릴게요. NJ홈쇼핑 이한준 상무님이십니다."

"처음 뵙겠습니다. 현재민입니다."

"상무님. 무원그룹 현재민 사장님이십니다."

"반갑습니다. 이한준입니다."

이한준이 먼저 재민에게 손을 내밀며 악수를 청했다. 이한준의 손을 흘깃거리던 재민이 이내 가볍게 손을 맞잡았다.

"⋯⋯?"

이한준이 악수로 맞잡은 손을 내려다보다가 다시 고개를 들어 재민을 쳐다봤다.

묘하게 힘이 들어가 제 손을 압박하고 있다는 건 기분 탓일까. 반응을 보이지 않던 이한준도 이내 질 수 없다는 듯 손아귀에 힘을 보태어 꽉 움켜쥐었다.

설렁설렁 손을 흔들던 두 남자의 악수가 어느새 힘 싸움으로 번지고 있었다. 하얗게 변해 가는 손과 흔들리던 손은 멈춰서 부들부들 떨리고만 있었다.

라희는 눈만 껌벅껌벅 멍하니 쳐다보고만 있었다. 무슨 상황인지 알 리가 없지만 부자연스러운 이상한 낌새는 느꼈다.

"사장님⋯⋯?"

라희가 말끝을 늘리며 조심스럽게 재민을 불렀다. 그러자 재민이 서서히 손에서 악력을 풀었고 완전히 이한준의 손을 놓아 버렸다.

"그만 갑시다."

"네. 상무님 반가웠어요."

"나도 무척 반가웠다고. 조만간 식사라도 하자. 연락할게. 번호는 그대로지?"

'하! 뭐? 식사? 연락할게?'

이한준의 입에서 나온 단어 한마디 한마디가 재민을 언짢게 했다. 짙은 그의 눈썹이 날을 세우듯 치켜 올라갔다.

무엇보다도 친근하게 라희의 이름을 부르며 가까운 사이임을 일부러 제게 드러내어 놀리는 기분이 들었다.

"번호는 그대로예요. 그럼 먼저 가 볼…… 어어! 가 볼게요, 상무님!"

재민이 등을 감싼 팔로 밀듯 재촉하니 라희가 놀랐나 보다. 그래도 이한준에게 끝맺지 못한 말을 재차 전하며 떠밀리듯 멀어져 갔다.

"사장님."

"말씀하세요."

"숨찹니다."

"……숨?"

"사장님의 쭉쭉 뻗은 긴 다리와는 달리, 제 다리는 아쉽게도 짧아서 뛰다시피 걸어야 합니다."

"아…… 미안합니다."

그제야 재민이 보폭을 줄이며 라희의 발걸음에 맞춰 걸었다.

'왜 안 하던 행동을 보이시지. 상무님이 마음에 안 들었나?'

라희가 갸우뚱할 만도 했다. 한결같았던 차분함과 침착함을 보였던 재민이 왠지 모를 조급함을 보이니.

"칵테일 좋아합니까?"

"네? 칵테일이요?"

"별론가."

"아뇨. 딱히 즐겨 마시진 않아서 잘 몰라서요. 사장님이 추천해 주시는 걸로 먹어 볼게요."

"흐음. 그냥 공 비서가 가자는 곳으로 갈 테니 육성 내비게이션 부탁합니다."

육성 내비게이션이란다. 라희는 순간 웃음이 터졌다.

재민이 무심하게 툭툭 내뱉는 말에 라희가 웃음이 터진 적이 한두 번이 아니었다. 그것도 무표정한 얼굴로.

안전벨트를 채우던 재민은 뜬금없이 소리 내어 웃는 라희를 무미건조한 표정으로 쳐다봤다.

"왜 웃습니까."

"아니, 육성 내비게이션이라니 웃기잖아요."

"별게 다 웃긴가 봅니다. 공 비서는 웃음 포인트가 특이하네요."

"사장님 은근 말씀 재밌게 하세요. 제 취향 적격인데요?"

"제가 재밌다고요? 머리털 나고 그런 소리는 또 처음 듣네요."

"하하."

"나 참."

깔깔거리는 라희를 기가 찬다는 듯 미간을 좁히며 쳐다봤다. 이내 고개를 절레절레 흔들며 시동 버튼을 터치하듯 가뿐하게 눌렀다.

"그만 안전벨트 하고 길 안내 하시죠."

"넵! 도로로 나가셔서 일단 쭉 직진하시면 됩니다."

매끄럽게 핸들을 돌리며 서서히 주차장을 나와 도로로 진입했다. 서늘한 에어컨 바람. 차 안은 쾌적한 공기와 향기가 편안하게 해 주었다. 그만큼 재민이 자동차에 얼마나 애정을 쏟고 관리를 잘해 왔다는 건지 알 수 있었다.

"이한준 상무라고 했습니까?"

"네?"

잠깐의 침묵이 흐르던 중 재민이 먼저 입을 열었다.

주어는 싹둑 잘라먹고 대뜸 이한준 상무라고 내뱉자, 창밖을 보고 있던 라희가 재민을 향해 고개를 휙 틀었다.

"친한가 봅니다."

"아, 친분이 있다면 있는 편이죠."

"……."

"제가 대학 졸업하고 처음 입사한 곳이 NJ홈쇼핑이었거든요. 그땐 실장님이셨는데 유독 잘 챙겨 주시고 유쾌하신 분이라 제가 잘 따랐습니다."

"그렇군요."

정면을 응시한 채 '그렇군요'라며 한숨 서린 영혼 없는 말을 끝으로 재민이 입을 다물었다. 그런 재민의 반응이 시원찮은지 고개를 젖힌 채 물끄러미 쳐다보고 있었다.

먼저 말을 꺼낸 게 누군데. 라희가 입술을 삐죽였다.

'그렇게 쳐다보는 건 좀…….'

라희의 시선이 제게 고정되어 미동조차 않자 재민은 괜스레 귓불이 뜨겁게 열이 올랐다. 부끄러움을 넘어 민망했다.

마른침을 꿀꺽 넘기며 태연해지려는 그는 노력하고 있었다.

"그렇게 대놓고 노골적으로 쳐다보면 아무리 강심장인 사람도 민망한 법입니다."

"은근하게 쳐다보는 건데. 사장님이 절 의식하고 신경 쓰시고 있다는 게 아닐까요?"

"하! 공 비서, 알고 보니 도끼병도 있나 봅니다?"

"크흠! 아니면 말고요. 그런데 당황해서 버럭하시는 거 보면 긍정의 뜻으로 보이기도 하고……."

"아닙니다. 아니라고요."

굵직한 목까지 불그스름하게 물들어 가고 있었다. 재민이 '허참!' 추임새까지 넣어 가며 어설픈 부정을 한다. 당혹스러워 어쩔 줄 몰라 하는 재민의 반응이 재밌는지 라희가 눈을 질끈 감은 채 푸스스 웃느라 바빴다.

어느새 단둘이 있어도 어색함 따윈 찾아볼 수 없었다. 완전히 편안한 사이가 되었다. 농담을 주고받으며 진짜 본인의 내면의 성격도 드러내면서 말이다.

가까워지면서 재민을 놀려 대는 맛도 있었다. 그만큼 재민은 순수하고 거짓말을 못하는 맑고 투명한 사람임을 라희는 깨닫게 되었다.

"사장님. 저기 사우나 건물 지나서 좌회전하시면 됩니다."

"네네."

"혹시 삐치셨습니까?"

"삐치긴 누가 삐쳤다고 그럽니까. 됐고, 지금 가는 곳 주력이 뭡니까?"

"소주요. 맥주도 있고, 막걸리도 있고. 아니면 제가 소맥 말아드릴까요?"

"소맥? 말아?"

소맥을 말아 준다니. 재민에겐 생소했다. 말만 들어 봤고, TV에서 본 적은 있다만 경험해 보진 못했다. 아니, 못 한 게 아니라 안 했다는 말이 정확한 표현이지만 말이다.

참 웃겼다. 재민이 짧게 소리 내어 웃었다. 뭐 때문에 웃는지 이해가 되질 않는다는 라희의 순진무구한 표정이 한몫 거들어 재민을 더욱더 웃게 만들었다.

"자신 있습니까? 이도저도 아닌 맛을 선보인다면 아까운 술만 버리는 건데."

"어머. 사장님은 서울 땅 밟으신 지 몇 달 안 돼서 소문을 못 들으셨나 보다."

"소문이요?"

"소맥으로 팔도를 제패한 황금 회오리가 바로 접니다."

"뭐라고요? 하하하."

황금 회오리. 그것도 팔도를 제패했단다. 재민의 웃음이 제대로 터졌다. 운전대를 잡은 손이 부르르 떨릴 정도로.

태어나서 이토록 크게 웃었던 적이 있었나 싶을 정도로 호탕하게 웃었고 좀처럼 웃음이 잦아들지 않았다.

"이야. 팔도를 제패한 소맥 전문가의 손맛이라. 기대됩니다."

"반어법이십니까?"

"설마요. 기분 탓일 겁니다."

"진심으로 말해 주세요."

"하하."

허파에 구멍이라도 난 것처럼 연이어 피식거리는 재민을 라희가 뾰족한 눈으로 노려봤다. 입술을 구겼다 펴던 라희가 좌회전 신호를 받고 핸들을 꺾는 재민에게 다시 내비게이션 역할을 톡톡히 이어 하며 목적지에 도착할 수 있었다.

4장
긴장

　오래된 주택을 개조해 만든 가게. 좁은 공간에서의 북적이는 사람들의 열기와 대화 소리가 난무한 이곳에 재민은 영 적응하지 못하는 눈치다.
　스텐 알루미늄의 동그란 테이블과 체중을 감당할 수 있을까 의심하게 될 정도로 앙상한 플라스틱 의자. 재민은 안절부절못했다. 자칫 이 앙상한 의자가 부서져 주저앉을 것만 같았다.
　"세팅해 드릴게요."
　세월의 흔적이 고스란히 묻어나는 커다란 원형 알루미늄 쟁반에 직원이 기본으로 제공하는 밑반찬들과 주문한 소주를 담아와 테이블에 세팅해 주었다.
　시원한 콩나물국과 계란찜, 각종 소스와 신선한 야채들. 라희는 물티슈로 손을 닦아 내고는 오이를 쌈장에 찍어 한입 베어 물었다.
　"음. 시원하고 아삭하다."
　"……."
　오이를 오물거리며 계란찜을 뜨려할 때 재민의 모습이 눈에 들어왔다. 팔짱을 끼고서 허리를 꼿꼿이 세운 재민이 왠지 모르게 불안해 보였다.

'귀하신 몸이야. 아무튼.'

사람이 자란 환경이 다르니 자신과 다른 뜻이라고 해도 무시해서도 강요해서도 안 된다. 그런데 이상하게도 라희는 그런 재민의 모습이 웃음을 나오게 했다.

'익숙하지 않을 텐데 너무 센 메뉴로 정했나.'

재민의 입장에서 생각해 보면 좀 더 배려했으면 어땠을까, 미안한 마음도 들었다.

"메인 메뉴 나왔습니다. 콩나물과 감자수제비 사리는 다 익을 때쯤 약불로 줄이고 넣어 드시면 됩니다."

"감사합니다. 와, 맛있겠다."

"세상에⋯⋯."

"푸흡."

얼음이 된 채 눈만 깜박깜박. 짙은 다갈색의 눈동자가 못 볼 거라도 본 것처럼 부산스럽게 흔들렸다.

재민은 눈앞에 펼쳐진 광경을 경계했다. 선뜻 움직이지도, 입을 벙긋거리지도 않았다.

보글보글 새빨간 양념 국물이 맛깔스럽게 끓고 있었다. 보고만 있어도 땀구멍을 열게 만드는 매콤한 향. 재민을 경악하게 만든 주인공은 빨간 양념에 퐁당 빠져 익어 가는 닭발이었다.

'이걸 먹는다고? 진심으로?'

"아 맞다. 앞치마!"

"⋯⋯앞치마라니요."

손뼉을 짝 한번 치던 라희가 앞치마를 찾았다. 재민은 이번엔 또 무슨 쇼킹한 상황으로 몰고 가려나 의심스러운 눈으로 긴장했다.

라희는 대답도 않고 자리에서 벌떡 일어났다. 그러곤 가게 한쪽 언저리에 비치되어 있는 앞치마를 2개 챙겨 왔다.

"여기요."

"됐습니다."

"하시는 게 좋을 텐데."

앞치마를 하나 건네 보지만 재민은 팔짱을 낀 그 모습 그대로 됐다며 단호하게 말했다.

"스타일 구겨지게."

"간지가 밥 먹여 줍니까? 그 비싼 와이셔츠에 양념 묻으면 세탁해도 쉽게 지워지지 않는다고요."

"하아…… 정말이지, 공 비서한테 선택권을 주는 게 아니었습니다."

정말 진심이 묻어 나오는 말과 한숨이었다. 질겁하는 재민의 표정이 아주 볼만했다.

라희가 웃음과 함께 다시금 앞치마를 재민에게 내밀었다. 하지만 재민은 선뜻 손을 뻗지 못했다.

답답한지 라희가 자리에서 일어나 재민의 곁으로 섰다. 그러고는 억지로 앞치마를 입히듯 목 부분을 끼워 넣었다.

"뭐, 뭐 하는 겁니까?"

"제가 오자고 했는데 옷 버리면 제가 사 드려야 할 거 같아서요. 저 그 비싼 와이셔츠 살 만큼 간이 크질 못할뿐더러 부유하지 않습니다."

"누가 사 달라고 했습니까? 입기 싫다니까요!"

티격태격, 청춘 남녀의 작은 실랑이가 마치 시트콤처럼 재밌었다. 한 발 물러선 제삼자의 눈에는 알콩달콩한 연인의 모습처럼 귀엽게 비춰졌다.

"됐다."

"……."

"천상천하 유아독존."

"뭐요?"

"우리 사장님 차도남이시라고요. 매력이 아주 그냥."

"하! 지금 은근히 돌려 까는 겁니까?"

"에이, 기분 탓일 겁니다. 전 칭찬한 건데요?"

"공 비서."

"앞치마 하나 입히는 것도 힘드네요. 힘 빠져서 오늘 닭발 작살내겠
다."

움찔움찔 안면 근육이 자유자재로 움직였다. 라희의 능청스런 말발
에 재민은 좀처럼 받아치지 못했다. 사실대로 말하자면 뚱해지기야 한
다만 그런 라희의 말발은 이상하게 중독성이 있었고 귀엽게 다가왔다.

라희도 앞치마를 하고 자리에 앉았다.

"닭발이 익을 동안 주먹밥 만들어 드릴게요."

매서운 눈 모양으로 뻣뻣하게 앉아 잇는 재민을 향해 라희가 생긋
웃으며 위생 장갑을 꼈다.

셀프 주먹밥. 만드는 재미가 있고 원하는 모양, 크기로 직접 제조할
수 있다는 것이 나름의 즐거움도 있었다.

흰 쌀밥에 참치와 잘게 썬 햄. 그리고 김 가루와 마요네즈까지. 정말
맛이 없을 수가 없는 재료였다. 야무진 손놀림으로 조물조물 골고루 비
벼 동글동글 앙증맞은 미니 사이즈로, 한입에 쏙 들어갈 크기로 만들었
다.

떨떠름한 낯으로 라희를 지켜보던 재민의 표정도 점차 부드럽게 풀
려 갔다. 주먹밥이 맛있어 보였다.

"사장님. 의자 불편하십니까?"

"네. 의자가 앙상하네요."

"음, 그럼 이쪽으로 앉으세요."

"거기서 거기죠. 의자 자체가 힘이 없는 거 같은데."

"제 의자는 단단하거든요. 사장님이 앉고 계신 의자가 좀 불안정해
보이긴 해서요."

"……그런가."

똑같은 플라스틱 의자지만 유독 재민의 의자가 라희의 눈에도 확연
히 보일 만큼 불안해 보이긴 했다. 라희의 제안에 마주 보고 있던 재민
이 슬그머니 엉덩이를 들어 라희의 옆쪽으로 앉았다.

"어때요? 그래도 불편하십니까?"

"뭐, 한결 낫네요. 흔들리진 않아서 앉을 만은 합니다."

라희의 말대로 확실히 원래의 의자가 말썽이었나 보다. 자리를 옮긴 의자는 안정감 있고 휘청거리지 않아 힘을 주고 있던 몸도 자연스럽게 풀어져 갔다.

이렇게 나란히 앉은 것처럼 가까이 앉은 게 재민은 신경이 쓰이나 보다. 의자만 바꿔서 앉아도 됐을 법한데, 입을 다물고 옆자리로 앉은 것이다.

그것도 잠시 눈앞에서 익어 가는 닭발을 무심코 보게 된 재민의 미간이 저절로 찌푸려졌다.

'아니 저게 어째서 먹는 요리가 될 수 있는 거지?'

적응해 보려 죄 없는 닭발과 눈싸움도 해 보지만, 영 맛있는 그림으로는 보이질 않는다.

"음식 앞에서 그런 표정은 실례랍니다."

"이게 정말 맛있어서 먹으러 온 겁니까?"

"그럼요. 제가 제일 좋아하는 메뉴 1위거든요. 같이 야무지게 먹어 봐요."

"혼자 드세요. 전 됐습니다."

"그런 게 어딨습니까."

"여기 있습니다."

"일단 한번 드셔 보시고 말씀하시라니까요. 거의 다 익어 가는데 먼저 소주 한잔 할까요?"

"그럽시다."

라희가 녹색의 소주병을 살포시 쥐었다. 손목 스냅으로 아주 유연하고 간결하게 병을 흔드는 라희를 재밌다는 듯 쳐다봤다.

"보셨습니까?"

순진한 눈으로 묻는 라희에게 재민이 '피식' 실소를 흘렸다. 정말로 전설로 남을 만한 황금 회오리였다.

따닥. 병뚜껑을 따는 소리가 라희의 흥을 돋웠다.

"전 이 소리가 왜 이렇게 좋죠?"

"주당이 따로 없으시네."

"사장님도 술 잘 드시죠?"

"공 비서만큼은 마시겠죠."

"어머. 제 주량이 얼마인 줄 아시고요?"

"술꾼의 냄새가 나는 것 같네요."

"하하. 한잔 따라 드릴게요."

"넘치지 않을 만큼만 따라 줘요."

"넵!"

재민의 머릿속에서 잠깐이지만 닭발이 잊혀졌다. 술을 즐겨 마시진 않지만 재민 역시 소주의 깔끔함과 달콤함을 좋아했다. 주량은 딱히 취한 기억이 없고 알아서 페이스 조절을 할 만큼 스스로의 컨트롤에도 능했다.

소주와 작은 볼거리인 활기찬 회오리가 더해지니 그들의 테이블은 화기애애했다. 서로의 잔을 채워 주며 건배와 함께 원샷으로 단번에 털어 넣었다.

"위험하다."

"위험?"

"오늘 소주 왜 이렇게 달죠?"

"정말 위험하군요. 저 먼저 일어나겠습니다."

라희가 소주가 달다는 말과 함께 얼굴에 화색이 돌았다. 재민이 그런 라희에게 장난치듯 능청스럽게 자리에서 일어나는 시늉을 보였다.

생각지도 못한 재민의 행동에 라희가 고개를 뒤로 젖혀 가며 유쾌하게 웃었다.

"제가 순순히 보내드릴 거 같습니까?"

"무섭네요. 술과 함께 있는 공 비서는 피해야 한다는 걸 확실히 깨닫고 갑니다."

"딩동댕. 소주가 달 때는 저 무서운 여자 맞아요."

소주 한잔으로 참 행복했다. 지친 하루를 모조리 보상받는 기분이랄까. 침대로 떨어지면 오늘 밤은 아주 푹 잘 거 같았다.

"이렇게 잡고 먹으면 돼요."

"그게 말처럼 쉬운 줄 압니까?"

"절 믿고 한 번 드셔 보세요."

위생 장갑을 어찌어찌해서 끼우는 데에 성공했다. 하지만 가장 큰 난관에 부딪쳤다. 재민이 닭발을 잡고 맛을 보는 것이 관건이었다.

이래서는 재민을 설득하다 밤을 지새울 거 같았다. 라희는 기다리다 지쳐 닭발을 한입 물었다.

"역시, 이 맛이라니까요."

콜라겐 덩어리 닭발 맛에 라희는 온몸으로 황홀한 맛을 표출했다. 변하지 않은 신선한 닭발과 달큰한 양념. 엄지를 치켜세울 정도다.

재민은 못 볼 거라도 본 듯 오만상을 그리며 콩나물 냉국을 막걸리 마시듯 들이켰다.

차마 닭발에 시선을 두지 못한 채 계란찜과 주먹밥만 깨작였다. 재민이 맛있게 닭발을 쪽쪽거리는 라희를 관찰하듯 보고 있었다. 참 맛있게도 먹는다. 보고 있는 재민의 침샘이 활발해질 만큼.

더 이상 제게 권하지 않고 술잔이 빌 때마다 채워 주는 라희였다.

"맛있습니까?"

"네. 양념이 제대로 숙성돼서 닭발에 잘 배였어요."

재민이 슬쩍 라희에게 말을 건넸다. 맛있냐는 재민의 물음에 라희는 고개를 끄덕이며 매운 양념으로 인해 홧홧해진 입술을 혀로 핥았다.

"쓰읍, 하아."

"쯧쯧. 그렇게 매워하면서 왜 고통을 일부러 만들어서 느낍니까."

"닭발은 원래 이런 맛에 먹는 거라고요. 또 매운 게 중독성도 강하고 계속 찾게 되는 마성의 매력을 갖고 있잖아요."

"전 별로."

"스트레스 확 풀고 싶을 땐 매운 음식만한 게 또 없답니다."

재민은 이해가 안 된다는 표정을 짓다가도 이내 고개를 절레절레 흔들었다.

'그냥 눈 딱 감고 한번 드셔 보시지. 백날 입 아프게 얘기해 봤자 한 번 먹어 보는 게 빠른데.'

맛있게 먹는 라희의 모습과 먹어 보라고 계속 권하니 슬슬 호기심을 가지게 되었다. 재민은 닭발을 빤히 쳐다보고 있다가도 위생 장갑을 낀 손으로 툭 건드려 보기도 했다가 쥐었다 내려놓기를 반복했다. 그러다가도 무슨 대단한 결정을 한 것처럼 전투적인 낯으로 닭발을 물었다.

'어라? 닭볶음탕 맛이랑 거의 흡사하잖아?'

재민은 닭볶음탕을 좋아했다. 그것보다 양념이 조금 더 맵고 혀를 자극했지만 그것이 또 다른 매력으로 다가왔다. 닭발의 징그러운 비주얼이 선입견을 갖게 했지만, 맛을 본 재민의 입이 바삐 움직이기 시작했다.

'진작 먹지 그랬어요.'

라희가 속으로 웃었다. 재민의 얼굴이 환하게 밝아졌다. 예전에 떡볶이를 먹었을 때와 똑같은 표정과 반응이었다.

입안에서 느껴지는 닭발의 보들보들한 감촉과 쫀득한 식감이 마음에 들었나 보다. 무엇보다 양념의 맛이 최고였다.

"어떠십니까? 비주얼은 좀 그래도 확 당기죠?"

'또 놀리고 싶어서 슬슬 발동 걸려 그러네.'

살아 움직이는 라희의 짓궂은 표정. 재민은 선뜻 대답은 못 하고 오물거렸다. 슬쩍 라희를 흘깃거리며 이내 반대 손으로 숟가락을 쥐어 양념 국물을 한가득 떠먹었다.

"충분히 대답이 됐네요. 사장님만의 맛있다는 표현인 거죠?"

"괜찮네요, 뭐. 흐흠!"

"주먹밥도 국물에 적셔서 드셔 보세요. 별미예요."

"그러죠."

포악한 흑표범이 먹이 앞에서 온순한 양이 되었다. 라희의 말대로 주먹밥을 국물에 담그듯 적셔 맛보았다. 이것 또한 별미인지 작은 추임 새와 함께 고개를 두어 번 끄덕이며 하나 더 입에 넣었다.

"안주 좋으니까 본격적으로 술로 달려 볼까요?"

"오케이. 한 병 끝내고 두 병째부터는 황금 회오리 실력 좀 봅시다."

"맛보시면 사장님 오늘 집에 안 들어가시려고 할 텐데."

"스스로 컨트롤을 잘해서 말입니다. 그런 걱정은 살포시 접어 두시죠."

"이야. 자신만만하시다. 저 또한 자신 있는데. 동이 틀 때까지 사장님이 저 붙잡고 안 놔주실 거라고."

흥미로운 두 사람의 자신감. 재민과 라희는 서로를 빤히 응시한 채 웃고 있었다. 왜인지 자연스럽게 작은 내기로 이어지게 되었다.

신은 과연 누구의 손을 들어주게 될까. 재민도 라희도 궁금했다.

"소맥 제조 들어갑니다. 눈 크게 뜨시고 관람하세요. 아무나 볼 수 없는 스킬이거든요."

"일단 기대는 해 봅니다. 성에 차지 않을 시 남은 닭발 건드리지 마십시오."

"좋아요. 그거 받고, 사장님께서 한 번 더를 외칠 시, 닭발 새로 시켜 주셔야 합니다."

"그러죠."

환상적인 황금 회오리를 눈앞에서 감상하게 된 재민은 실로 놀라움을 금치 못했다.

눈으로 즐거움을 더했고, 맛으로 감탄사를 연이어 뿜어냈다. 그렇게 재민과 라희는 소맥으로 끝없이 달렸다. 소주병과 맥주병을 몇 병이나 비웠는지 세던 것도 잊어버릴 만큼.

분위기가 무르익었다. 역시 사람과 사람 간에 친해지는 최고의 방법은 단연 술이었다.

많이 편안해진 사이라고는 하지만 알 수 없는 작은 벽이 있는 건 사실이었다. 술이란 베이스가 얹어지면서 완전히 벽을 무너뜨리면서 급속도로 단단해졌다.

"이제 그만 백기를 드시는 게 어떻겠나 싶은데?"

"아직 멀었는데요? 사장님 지금 약한 모습 보이시는 겁니까?"

"점점 혀가 반 토막 난 거처럼 발음이 꼬이고 있습니다만."

"애교죠, 애교."

"얼씨구?"

어눌하게 발음이 꼬이는데도 애교란다.

못 말리는 라희의 대답에 재민이 헛웃음을 흘리며 고개를 절레절레 흔들었다.

라희가 한계점에 도달해 가는 중이라는 건 확연히 티가 났다. 반쯤 내려와 게슴츠레해진 눈꺼풀과 아이처럼 헤죽헤죽 웃음을 풀풀 흘리는 그녀는 누가 봐도 취한 사람이었다.

테이블에 팔을 접고서 턱을 괴는 라희가 흐릿한 시야로 재민을 쳐다봤다. 언제부터였을까. 재민과 라희는 서로에게로 몸이 틀어져 있었다. 나란히 앉아 있음에도 마주 보고 있는 것처럼.

"한 가지만 물어봐도 돼요?"

"네. 아프지 않을 정도만 물어보시든가."

재민이 옅은 미소를 띠며 라희와 똑같이 턱을 괴고 눈높이를 맞췄다.

깊은 진한 눈과 풀어진 눈. 두 사람의 눈이 가까이서 서로를 응시했다. 북적거렸던 가게도 한산해지면서 서로에게만 집중할 수밖에 없는 환경이 조성되었다. 따뜻하면서도 묘한 분위기를 이끌어 가는 입김과 얕은 호흡이 성인 남녀의 시각과 촉각을 예민케 했다.

"아직도 남자 비서를 두겠다는 생각은 변함없으십니까?"

아이처럼 뚱한 얼굴로 꿍얼꿍얼 말했다. 이제 와서 속내를 드러내는 거 보니, 재민과 정도 많이 들었나 보다.

재민의 눈이 반달 모양으로 접히며 웃었다.

'꽤나 서운했던 모양이군.'

아직도 마음에 담아 두고 있었나 보다. 외면으로는 강해 보이고 긍정적인 그녀지만 내면은 유리알처럼 투명하고 연약했다.

"대답해 주세요."

어눌한 발음으로 대답해 달라는 라희가 귀여웠다.

"바보 같긴."

"에……?"

"공 비서. 아니 라희 씨 똑 부러지는 줄 알았는데 바보네요."

"뭐예요……. 똑 부러지는 거랑 무슨 상관이라고. 대답 회피하시는 거죠?"

오리 입술이 되어 투덜거리는 그녀가 재민에게 눈을 흘겼다.

"맨정신으로 다시 물어보세요. 그때 대답하겠습니다."

"됐거든요? 치사해서 안 듣고 만다."

재민의 대답이 마음에 들지 않는지 뚱해진 라희가 입술을 삐죽였다.

앵두빛으로 물든 탐스러운 입술이 재민의 시선을 끌어당겼다. 꿍얼대는 입술 모양도 예뻤다. 가까이서 얼굴을 마주하고 있는 유혹의 거리. 넋을 놓고 바라보게 되는 유혹의 입술로 재민은 자칫 본능적으로 고개를 비틀어 라희의 입술을 머금을 뻔한 위기를 겨우 넘길 수 있었다.

결국 이렇게 넘어가 버린 건가. 재민의 매력적인 입매가 부드럽게 휘어졌다.

다시는 여자도, 사랑이란 감정도 심장이 반응하지 않을 거라고 재민은 확신하고 있었다. 아니, 두 번 다시 마음을 주지도 상대가 심장을 파고들게 여지를 주지도 않을 거라고 다짐했었다.

미운 정이 든 걸까, 아니면 라희의 매력에 빠져 버린 걸까. 뭐, 이런

들 저런들 상관없다. 지금 이 순간 눈과 코, 입, 신경 세포들까지 라희에게 집중되어 있으니까.

'인정할 수밖에 없겠군.'

난공불락, 독불장군의 닉네임이 붙는 재민이 이렇게 인정해 버렸다. 라희를 여자로 보고 있다는 것을.

재민의 손이 라희의 입술 쪽으로 향했다. 흐트러진 눈꺼풀을 힘없이 껌벅이던 라희가 게슴츠레해진 눈을 떠올리며 재민을 쳐다봤다.

뜨거운 심장이 자신에게 다가오는 재민으로 인해 콩닥콩닥 수줍게 뛰기 시작했다. 마른침을 꼴깍 삼키게 되는 라희의 얼굴에선 열이 바짝 올랐다.

"사장님……."

"……."

떨리는 목소리로 재민을 불렀다. 하지만 재민은 대답 없이 천천히 거리를 좁혀 왔다. 긴장하고 있는 자신을 컨트롤하기 힘들었다. 라희는 숨도 내뱉지 못하고 호흡을 멈췄다.

그때 재민의 보드라운 손가락이 라희의 입꼬리를 꾹 눌렀다.

"머리카락."

"네?"

"맛있나 봅니다."

"아."

라희의 머리카락 한 올이 입꼬리에 살짝 물려 있자, 재민이 손가락을 이용해 빼 주었다. 놀란 토끼눈이 된 채 얼굴을 붉히는 라희가 귀여운지 장난스럽게 앙증맞은 콧방울을 손가락으로 튕기듯 톡 건드렸다.

"긴장했습니까?"

"기, 긴장은 누가……."

"아니면 다른 기대를 한 건가."

"허! 아니거든요? 사장님 취하셨습니까?"

"큭."

재민의 짓궂은 장난에 라희는 알면서도 방방 날뛰며 부정했다. 화끈거리는 얼굴을 손부채로 연이어 휘저으며 민망함을 감추려는 모습이 재밌었다.

"라희 씨."

"또 왜요."

"예쁘네요."

"……."

"왜 이제야 눈에 보이게 된 걸까요. 당신이 참 예쁜 여자라는 걸 말입니다."

재민의 그 한마디에 잔잔하게 일렁이던 심장이 전속력으로 달리기를 한 것처럼 쿵쾅쿵쾅 숨 가쁘게 전신을 울렸다. 심장이 밖으로 튀어나올 기세였다.

얼굴은 당장이라도 뻥, 하고 터질 만큼 새빨갛게 물들었다.

가벼운 장난을 칠 만한 사람이 아니었다. 마음에도 없는 빈말을 하는 성격도 아니다. 그렇기에 라희는 혼란스럽고 자신이 어떻게 받아들여야 할지 당혹스러웠다.

두 사람 사이에서 어색한 기운이 맴돌았다. 정적이 흐르는 동안에도 재민과 라희는 서로에게서 시선을 떼지 못했다.

그것도 잠시 라희가 어색한 이 상황을 넘기려 퉁명스런 낯으로 소주병을 쥐었다.

"흠흠. 한동안 잠잠하시다 했더니 이제는 또 별 희한한 방법으로 괴롭히는 겁니까?"

"진심까지 왜곡해 버리는 겁니까? 이거 서운한데요."

"아, 안 들려, 안 들려! 사장님 이런 캐릭터 아니지 않습니까? 평소대로 하세요."

"제 본모습입니다만."

"그만! 술이나 받으세요!"

이렇게 개구쟁이 같은 모습도 있었나. 재민의 행동이 영 적응이 안

132

되어 라희는 닭살이 돋을 지경이었다.

라희가 격하게 몸으로 반응하자 재민이 고개를 뒤로 젖히며 호탕하게 웃었다. 재민 역시 라희의 털털하면서도 귀여운 모습의 본 성격을 알게 되었다. 사내에서의 라희는 마치 군인처럼 체계적이고 딱딱하면서도 빈틈없는 비서다.

"누가 먼저 쓰러지는지, 내기한 거 잊으신 건 아니겠죠?"

"물론이죠. 이미 내 쪽으로 승리의 기운이 기운 거 같지만."

"끝날 때까지 끝난 게 아니라는 말이 있죠. 마지막까지 승부는 어떻게 될지 모르는 거예요."

동이 틀 때까지 마시진 못했다. 여자치고는 술을 잘 마시는 편에 속했지만 절대 강자인 재민을 꺾기엔 역부족이었다.

피식, 재민의 잇새로 작은 실소가 새어 나왔다. 난감하다는 듯 길고 쭉 뻗은 손가락이 콧등을 매만졌다.

"이런. 곤란하게 됐군."

취기가 올라오는 건 한순간이었다. 라희는 그만 테이블에 이마를 박은 채 잠이 들고 말았다.

그런 라희와는 달리 재민은 마치 술 한 잔도 마시지 않은 것처럼 아주 멀쩡했다. 얼굴엔 붉은 기도 없었고, 눈도 말똥말똥 또렷했다.

이렇게 밖에서 술을 오래, 많이 마신 것도 상당히 오랜만이었다. 재민의 기분이 어느 때보다도 들떠 있었다.

"자신만만하더니. 아주 곯아떨어지셨네."

알코올 탓인 걸까. 재민의 입가엔 미소가 메마르질 않았다. 그의 맑은 눈동자는 라희에게로 고정되어 있었다.

라희의 고운 머리칼을 쓸어 주는 재민의 손길에 애틋함이 묻어났다.

"그나저나 집을 모르는데. 난감하게 됐군."

일단 대리는 부르긴 했다만, 라희의 집을 알 리가 없다. 재민이 턱을 매만지며 난감한 표정을 지었다.

취해 잠이 든 여자를 위험하게 홀로 호텔에 데려다 놓을 수도 없었다. 재민은 심오한 고민 끝에 결국 자신의 집으로 데려가야겠다는 답을 내렸다.

"어차피 내일은 주말이니까."

❀　　❀　　❀

쩝쩝. 지극한 탈수 증상을 느꼈다. 전날의 과음으로 알코올이 분해되기까지는 시간이 걸리기 마련이다.

혀와 입안이 바싹 말랐다. 목구멍에서는 가뭄인 논밭처럼 쩍쩍 갈라졌다. 결국엔 눈을 뜰 수밖에 없었다.

비몽사몽 플러스 숙취로 지끈지끈거리는 머리는 핑그르르 돌았다. 라희는 억지로 눈꺼풀을 떠올렸다. 멍하니 눈만 껌벅이기를 반복하던 라희가 순간 오싹한 기운을 감지하며 두 눈을 부릅떴다.

"……!"

낯선 천장. 하지만 익숙한 향기.

라희는 거짓말처럼 머리부터 발끝까지 오스스 소름이 돋았다.

"서, 설마……."

직감적으로 알 수 있었다. 자신의 집도, 호텔이나 모텔도 아니라는 걸.

그렇다면 답은 뻔했다.

"미쳤구나, 공라희. 단단히 돌았어……."

새하얀 이불을 꽉 쥔 손이 바들바들 떨렸다. 혹시나 하는 마음에 옆으로 고개를 느릿하게 틀었다.

"후우."

자신도 모르게 달뜬 숨을 깊게 내뿜었다. 안도의 한숨. 하지만 그것도 잠시 라희는 울상이 되어 두 눈을 질끈 감았다. 재민이 현재 옆자리에 없다고는 하지만 그의 집이니까.

딱 봐도 재민의 취향이자 성격대로 깔끔한 인테리어와 소품들이 눈에 쏙쏙 들어왔다.

데굴데굴 머릿속이 빠르게 굴러갔다. 이 상황을 어떻게 대처해야 할지 난감하기만 했다.

"실수한 건 없겠지……? 없을 거야. 그렇지?"

라희는 주사가 없었다. 그렇다고 해도 안심할 순 없다. 사람 일은 모르는 거니까. 무엇보다 처음으로 라희는 테이블에 머리를 박은 이후 필름이 끊겨 버렸다.

혼이 나가 버린 라희는 눈 뜬 송장처럼 누워 있었다.

그때였다. 철컥 문이 열렸다.

"일어났습니까?"

"……."

재민이 말끔한 낯으로 모습을 드러냈다.

눈도 껌벅이지 못하고 얼음이 되어 버린 라희. 도무지 입이 떼어지질 않았다. 재민이 팔짱을 낀 채 문 벽에 기대어 라희를 빤히 쳐다봤다.

눈동자만 데굴데굴 굴리던 라희가 이내 슬그머니 상체를 일으켜 앉아 애꿎은 이불만 만지작거렸다.

피식. 재민이 실소를 흘리며 고개를 가로저었다.

"해장합시다. 눈곱만 대충 떼고 나와요."

"괜찮은데……. 저 바로 집으로 갈게요."

"집까지 모셔다 드릴 테니까 같이 해장합시다. 나름 장 봐 와서 만들었는데."

"죄송해서요."

"죄송할 게 뭐 있나. 숟가락 하나 더 놓은 것뿐인데. 어서 나와요."

"네……."

라희의 얼굴에선 민망함과 미안함이 동시에 묻어났다. 그제야 재민의 얼굴을 똑바로 쳐다볼 수 있었다. 왜인지 재민의 얼굴이 굉장히 밝아 보였다.

재민이 문을 닫아 주고 다시금 주방으로 갔다.

"나 실수한 거 없겠지?"

재민의 반응이 애매했다. 장난을 치는 거 같기도 하고, 부끄러워할 자신을 배려해 주려는 거 같기도 했다.

"후다닥 밥만 먹고 집 가야겠다."

이불을 걷어 내고 침대에서 내려온 라희는 야무진 손놀림으로 베개와 이불을 깔끔하게 각 잡아 정돈했다.

침실에 있는 욕실로 쭈뼛쭈뼛 들어갔다.

라희는 거울에 비춰지는 자신의 모습을 보고 헉 소리를 내며 진저리 쳤다.

"몰골 봐라……. 폐인이 따로 없네."

이렇게 한심할 수가 없었다. 라희는 이런 자신을 채찍하며 땅이 꺼져라 한숨을 길게 내쉬었다.

누군가에게 쥐어뜯긴 것처럼 난리가 난 머리와, 반쯤 지워지고 번져 있는 화장. 귀신같은 몰골을 재민에게 보였으니, 라희는 하늘이 무너지는 심정이었다.

고개를 툭 떨어뜨린 채 연이어 한숨만 내뱉던 라희의 눈에 들어온 작은 파우치를 슬며시 손에 쥐었다.

"그렇게 술을 마셨는데도 부지런하시다."

라희가 샐쭉 웃었다. 칫솔과 클렌징, 스킨로션이 담긴 파우치였다.

라희를 위한 재민의 배려가 돋보였다. 해장할 재료들을 사면서 여행용으로 된 생필품 파우치를 사 왔던 것이다.

어차피 집에 가서 완전한 샤워를 할 거라 라희는 양치와 클렌징으로 끝냈다. 거실로 나오자 냄새만으로도 해장이 되는 얼큰하고 시원한 냄새가 코끝을 자극했다. 어서 몸속으로 집어넣고 싶을 정도로.

사뿐사뿐 기대에 찬 발걸음이 주방으로 향했다. 식탁 위에는 두 개의 수저와 밑반찬이 정갈하게 차려져 있었다.

라희의 시선을 단숨에 사로잡는 건 국을 뜨고 있는 재민의 뒷모습이었다.

트레이닝 바지에 깔끔한 하얀 면 티셔츠까지도 멋스럽게 만드는 명품 몸매. 널찍하고 다부진 어깨는 한 번쯤은 기대어 보고픈 상상을 하게 만들었다.

요리를 준비하는 남자의 모습이 이토록 섹시하게 느껴지는 건 처음이었다. 라희는 자신도 모르게 멍하니 서서 예술 작품을 관람하는 관객이 되어 있었다.

"섹시하다."

속으로 읊조려야 했던 말이 귀신에 홀린 것처럼 입 밖으로 내뱉고 말았다.

'미쳤어. 나 지금 뭐라고 나불거린 거야?'

라희는 화들짝 놀라 자신의 입을 틀어막았다. 혹시나 재민이 들었을까 노심초사했다.

국을 뜨던 재민의 움직임이 멈췄다. 따라 라희도 숨을 멈추고 긴장하게 됐다. 재민이 몸을 틀어 뒤돌아섰다. 무표정한 얼굴로 라희를 쳐다보다가도 이내 슬그머니 입꼬리가 한쪽으로 말려 올라갔다.

"제가 좀 섹시하긴 합니다."

"아, 아니 사장님."

"대놓고 칭찬 받으니 좀 부끄럽긴 하네요."

"제가 말이 잘못 나왔……."

"매사에 솔직하고 당당한 라희 씨가 답지 않은 변명도 하고."

"변명이 아니라……."

"그만 앉아요. 밥만 뜨면 되니까."

뭐가 그리도 재밌는지 재민의 입술이 씰룩씰룩 물결쳤다. 반대로 라희는 얼굴이 화끈거려 죽을 맛이었다.

'술이 덜 깼냐, 공라희. 하아…….'

멋대로 나불거린 입을 쥐어뜯고 싶었다. 재민이 국을 마저 뜨자, 라희가 울상이 된 채 밥솥이 있는 곳으로 갔다.

주걱과 밥그릇 두 개가 미리 놓여 있었기에 밥솥을 열어 고슬고슬 지어진 밥을 한번 털어 주고는 적당량을 퍼서 담았다.

마주 앉은 두 사람. 왠지 모를 어색한 공기와 함께 잠깐의 정적이 흘렀다.

재민이 먼저 수저를 들면서 입을 열었다.

"어서 먹어요. 입맛에 맞을지는 모르겠지만."

"잘 먹겠습니다."

라희가 쭈뼛거리며 숟가락을 들었고 국을 먼저 떠서 맛보았다.

"와아, 진짜 시원해요. 너무 맛있는데요?"

"다행이네요."

라희의 눈이 초롱초롱하게 빛을 냈다. 진심으로 맛있어 하는 반응이다.

재민의 요리 솜씨에 엄지를 치켜세울 만큼 맛있었다. 콩나물과 김치를 넣어 끓인 해장국. 적당하게 칼칼하고 콩나물과 김치에서 나오는 시원함과 감칠맛에 푹 빠져 버렸다. 알코올로 찌든 몸속을 깨끗하게 씻겨 주는 기분이었다.

라희가 칭찬 세례를 퍼부으며 아예 국그릇째 들고 호로록 마셨다. 재민은 뿌듯함과 만족스러움에 얼굴에선 온화한 미소가 맺혔다.

"요리 잘하시네요? 집에서도 직접 밥해서 드세요?"

"네. 아침은 꼭 먹어야 돼서."

"부지런하시다. 의외인데요?"

의외라는 말에 재민이 뾰족하게 눈을 흘겼다. 그러자 라희가 풋, 하고 웃었다.

"나쁜 뜻이 아니라 좋은 뜻입니다. 여자인 저보다 낫네요."

"라희 씨는 집에서 밥 안 먹습니까?"

"가끔씩요. 주말엔 직접 해서 먹고, 평일엔 보통 시리얼이나 빵으로 때워요."

"한국 사람이 쌀을 먹어야지. 특히 아침을 든든하게 먹어야 하루를

138

버티죠."

"맞는 말씀입니다만 그게 참 쉽지 않더라고요."

라희가 겸연쩍은 듯 숟가락을 고쳐 쥐며 희미한 미소를 흘렸다.

"어? 잠깐만요."

"왜 그럽니까?"

"사장님."

"말씀하세요."

"제 이름 부르신 거 맞죠?"

"……어제 닭발 뜯으면서부터 이름으로 불렀습니다만."

재민의 어깨가 미세하게 움찔거렸다. 라희가 대놓고 물어보니 부끄러웠나 보다.

억지로 라희의 이름을 불러야겠다는 노력을 한 건 아니다. 어느 순간 재민의 입에서 이름을 부르고 있었다. 그러니 재민 자신도 흠칫했던 것이다.

"우와. 친근감 있고 좋다. 미운 정이 참 무섭다는 말이 맞는 말인가 봐요."

"제가 밉습니까?"

"제가 아니라 사장님이 절 미워하지 않으셨습니까?"

식사를 멈춘 채 재민과 라희가 눈을 마주하고서 묘한 미소를 짓고 있었다. 경계와 불안정한 눈동자가 아닌 달짝지근한 눈빛으로.

"라희 씨를 미워한 적은 단연코 없었습니다."

"그 말…… 믿어도 됩니까?"

"거짓말을 할 바에는 차라리 침묵합니다, 전."

진지해진 얼굴로 대답하는 재민에 라희의 입가에 기분 좋은 웃음이 방글방글 흩날렸다.

"모시는 상사님의 말씀을 믿어야 하죠. 기분은 좋네요."

"믿어 봐요. 나를."

"……?"

재민이 다시금 믿어 보라며 단단히 못 박았다. 라희가 고개를 갸웃거리며 아리송한 표정을 지었다. 자신을 향한 재민의 행동과 언변이 요즘 부쩍 살가워지고 부드러웠다.

'친밀감을 표현하는 거겠지. 오해해선 안 돼.'

라희가 조금은 씁쓸한 표정으로 스스로를 다스렸다. 이렇게 멋진 남자가 달콤한 목소리로 속삭이는데 어느 여자가 설레지 않겠는가.

"옷 불편하죠?"

"괜찮습니다. 금방 집에 갈 건데요 뭐."

"불편해 보여서 내 옷으로 갈아입히려고 했지만."

"어머."

"변태 소리 들을까 봐 그냥 두기로 했습니다."

"그런 수고까진 안 해 주셔도 됩니다. 판단 잘 하셨어요."

"아흔아홉 번의 유혹이 따르긴 했죠."

재민이 능청스럽게 장난을 쳤다.

"100번째는 어떻게 됐을지 몰랐겠다, 그런 뜻으로 들리는데요?"

"제대로 맞혔네요."

"하하! 사장님 혹시 저한테 흑심 품고 계십니까?"

"흑심이라면 흑심을 품고 있죠."

"네……?"

그저 장난스러운 분위기에 장단을 맞춰 맞받아쳐 주었던 라희가 당황하고 만다.

휘어진 입꼬리가 파르르 떨리며 머리가 멍해져 버렸다. 그런 라희의 반응에 재민이 너털웃음을 흘리며 김치 한 조각을 라희의 밥 위에 사뿐히 얹어 주었다.

"내 손으로 해장국까지 만들어 바치는 여자. 내게 특별한 사람일 겁니다."

"……."

"특별한 사람과 이제부터는 각별한 사이로 가 볼 생각입니다."

"특별한 사람……. 각별한 사이……."

두근두근. 심장이 뛰기 시작했다. 낯설고 어색한 심장 박동과 심장을 간지럽히는 이 느낌. 생각 없이 불필요한 실언을 내뱉는 성격도 아닌 재민이기에 라희는 더더욱 혼란스러웠고 머릿속이 새하얀 도화지가 되었다.

재민의 눈을 볼 수가 없었다. 라희는 멍하니 영혼 없는 숟가락질로 밥만 꾸역꾸역 입에 넣고 있었다.

"기다려요. 옷만 갈아입고 나올 테니까."

"아, 아뇨. 택시 타고 가면 됩니다."

"……."

재민이 미간을 좁히고서 불만스러운 표정을 짓자, 라희가 애꿎은 입술만 달싹이며 시선을 회피했다.

"내가 불편합니까?"

"불편한 게 아니라 죄송해서요. 모처럼 쉬는 주말인데…… 오전부터 장 보시고 밥까지 해 주셨잖아요."

"아침잠은 없는 편이고, 밥은 어차피 먹는 거니 죄송할 필요 없습니다."

"그래도."

"라희 씨 집을 제가 알아야 될 거 같아서 말입니다."

재민의 말에 라희가 눈을 동그랗게 뜨고 바라봤다. 지금 무슨 말을 하는 거지?

"앞으로 자주 함께 저녁이든 술이든 먹을 예정이라서."

"저랑요……?"

"네. 술로 분명히 덤빌 텐데 또 먼저 쓰러지면 집으로 제가 모셔다 드려야 할 거 아닙니까."

"덤빈다니요!"

라희가 퉁명스럽게 불만을 표출하며 입술을 삐죽였다. 그러자 재민이 재밌다는 듯 웃었다.

"라희 씨 집을 몰라서 내 집으로 데려오긴 했지만 다음에도 또 내 집으로 데려와서 달콤한 유혹을 견뎌야 하는 고역을 주는 건 잔인하지 않습니까?"

"무슨 그런 말씀을……."

"한 번의 인내는 무사히 넘겼지만, 두 번의 인내는 내가 견뎌 내지 못할 겁니다. 나도 남자니까요."

재민의 패기 있는 한마디에 라희는 얼굴이 다 화끈거렸다. 수줍음을 넘어선 부끄러움에 몸 전체가 고열을 앓는 것처럼 홧홧했다.

'이 남자 왜 이럴까……. 진심인 건가?'

※　　　※　　　※

철컥. 시원하게 문을 열고 들어섰다.

회의를 마치고 돌아온 재민은 자리를 지키고 있어야 할 라희가 보이질 않자 멀뚱히 서서 두리번거리게 된다.

"……어디 갔나?"

예상 시간보다 회의가 길어지긴 했지만, 제게 보고 없이 자리를 비우는 라희가 아니었다.

데스크 앞에서 왔다갔다 잠시 머무르던 재민이 이내 슈트 안주머니에서 휴대폰을 꺼내었다.

"메시지도 없고."

라희가 메시지를 남겨 놓았을 거라고 예상하며 확인해 보지만 라희의 흔적은 없었다.

어느 순간부터는 라희가 눈앞에 없으면 왠지 모를 불안감과 신경이 온통 쏠려 다른 것에 몰두하지 못했다. 언제나 함께 있던 사람이라 그런지 잠시라도 자리를 비우면 그 빈자리가 크게 느껴졌다.

휴대폰 화면을 뚫어 버릴 기세로 노려보던 재민이 심오한 표정을 짓더니 라희에게 전화를 걸려 했다. 하지만 통화 버튼을 누르려는 손가락이 멈칫했다.

"……아니다. 회사 일로 자리를 비운 거겠지."

재민이 고개를 가로저으며 이내 종료 버튼을 눌러 다시 안주머니로 휴대폰을 무심하게 넣었다.

지금까지 개인적인 일로 멋대로 자리를 벗어난 적이 단 한 번도 없었으니까.

집무실로 들어가려 몸을 틀던 중 재민의 시야에 자그마한 화분이 들어왔다.

라희의 책상 위에 두 개의 화분이 나란히 놓여 있었다. 재민은 그 중 하나의 화분을 지그시 바라보며 옅은 미소를 머금었다. 그러곤 이내 화분을 손에 들었다.

"넌 아무 죄도 없었는데 말이지."

재민은 화분에게 말을 던지며 피식, 소리 내어 웃었다.

라희가 첫 출근 날 공기 정화 식물을 재민의 책상에 올려두었다. 괜한 기 싸움으로 재민은 싫어하지도 않는 화분을 눈앞에서 치워 버리라고 했었던 바로 그 화분이다.

"잘 크고 있었네."

사랑과 정성으로 라희가 화분들을 잘 기르고 있었다. 워낙 꽃과 식물들을 좋아하는 그녀니까 당연했다.

괜스레 기분이 들뜨는 이유는 뭘까. 재민의 얼굴에선 방글방글 웃음으로 번져 있었다. 화분을 든 채 그대로 집무실로 들어갔다.

화분을 내려놓으면서 결재 파일 위로 포스트잇이 붙어 있는 걸 발견했다. 또박또박 바른 글씨체. 라희의 메모였다.

포스트잇을 떼어 메모를 눈으로 읽었다.

사장님. 비서 팀 긴급 회의 호출로 자리를 비우게 됐습니다. 사장님께서도 회의 중이시라 메시지 대신 메모로 보고 드립니다.

"역시."

보고 없이 돌발 행동을 할 라희가 아니었다.

"어라. 물이 새네."

라희가 회의 들어가기 전 물을 줬나 보다. 받침대를 챙기는 것을 깜박했다.

화분에서 물이 새어 책상을 적시자 재민이 화분을 들어 밑바닥을 봤다.

"뭐라고 써 놓은 거야."

화분 바닥에 네임 펜으로 작은 글씨가 쓰여 있었다. 재민이 실눈을 뜨며 가까이 들여다봤다.

퇴짜 맞은 가여운 아이.

퇴짜 맞은 가여운 아이.

재민이 옅은 미소를 머금었다. 자신이 했던 유치한 행동들을 떠올리니 미안한 마음도 함께 묻어났다.

"그래. 내가 미안하다."

화분을 물끄러미 바라보며 미안하다고 읊조렸다.

"물이 계속 새네. 받침대를 가져와야겠군."

흙이 섞인 물이 쪼르르 새어 나오자 재민은 곧장 나가 라희의 책상 위에서 받침대까지 챙겼다. 다시 자리로 돌아와 책상을 티슈로 잘 닦은 후 화분을 이름패 옆에 반듯하게 놓았다.

의자에 앉아 턱을 괸 채 재민은 화분만 뚫어져라 쳐다봤다. 그저 바라만 보고 있을 뿐인데 괜스레 기분까지 좋아졌다. 라희의 말대로 꽃과 식물들은 보고만 있어도 마음이 정화되는 것 같다. 그 당시엔 몰랐지만 지금에서야 가슴에 와닿는 순간이었다.

바쁘게 달리다 찾아온 잠깐의 여유. 처리할 일도, 스케줄도 없었다. 게다가 라희까지 없으니 널찍한 사장실이 이토록 크게 느껴지고 적적

할 줄이야.

재민은 금세 지루함을 느꼈다. 의자에 몸을 늘어뜨린 채 좌우로 의자를 돌려 대고 있을 뿐이었다.

"입도 심심하고. 커피도 마시고 싶고."

달콤한 간식거리와 커피가 당겼다. 카페까지 사러 가기는 귀찮아 조금은 시무룩해져 눈만 껌벅거렸다.

"내가 만들어 먹지 뭐."

재민이 자리에서 벌떡 일어섰다. 커피라도 마셔야겠다는 생각에 재민은 탕비실로 향했다.

늘 라희가 손수 내려 주는 커피만을 마셨었다. 하지만 라희가 현재 자리를 비웠으니 재민은 직접 내려 마시려 했다.

"확실하네. 맘에 들어."

피식. 절로 웃음이 났다. 위생적이고 깔끔하게 정리정돈이 되어 있는 탕비실 내부를 훑는 재민은 아주 만족스러웠다. 싱크대에도 물 한 방울 맺혀 있지 않았다.

자신과 마찬가지로 라희 역시나 깔끔한 성격이라 더욱더 마음에 들었다.

"어디 한번 볼까."

기계치는 아니었지만 처음 작동해 보려는 커피머신은 영 낯설고 조심스러울 수밖에 없다.

재민은 허리춤에 양손을 얹은 채 커피머신을 뚫어 버릴 기세로 쳐다보고 있었다. 기계와 기 싸움이라도 하는 듯 말이다.

이리저리 만져 보지만 잘 안 되는지, 재민은 검지로 이마를 긁적였다.

"공 비서한테 전화해 볼까."

라희에게 전화를 해 볼까 싶다가도 이내 고개를 가로저었다. 그럴 바엔 그냥 카페서 사 오는 게 나으니까.

그러던 중, 재민의 눈에 띈 인스턴트커피 봉지. 블랙커피임을 확인하며 한쪽 편에 있는 전기포트 전원을 켰다.

"아쉬운 대로 마시지 뭐."

✦　　✦　　✦

"딸기 타르트와 샷 추가하신 아메리카노 테이크아웃 나왔습니다."

"아, 네. 감사합니다."

테이크아웃으로 주문한 디저트와 커피를 건네받은 라희가 서둘러 카페를 나섰다.

"어후. 시간이 벌써 이렇게 됐네."

손목시계를 확인한 라희는 생각보다 늦어진 시간에 놀라 혀를 샐쭉 내밀었고 이내 조금 더 빠르게 움직였다.

자리를 너무 오래 비우게 된 그녀는 초조하기만 했다. 그럼에도 라희가 카페를 들렀던 이유는 재민이 좋아하는 디저트를 사야 했기 때문이다.

점심을 부실하게 먹은 재민이 계속 신경 쓰였다. 비서 팀 회의를 마치고 조금이나마 빨리 도착하기 위해 얼마나 전속력으로 달렸는지 모른다.

달콤한 디저트는 그다지 좋아하지 않지만 그래도 딸기 타르트는 손에 꼽힐 정도로 재민이 좋아하는 디저트였다.

엘리베이터가 열리자마자 몸을 던지듯 튕겨 나온 라희는 사장실로 들어갔다.

"후우. 하아."

데스크 앞에서 호흡을 가다듬던 라희가 문이 활짝 열려 있는 집무실을 보게 되었다.

"……?"

고개를 갸웃거리던 라희는 다가가 열린 문 앞에 서서 안을 살펴보았다. 재민은 자리에 없었고 휑한 공기만이 라희를 반겼다.

"문 열어 두시고 어딜 가셨지? 아무리 급해도 이러실 분이 아닌데."

재민답지 않은 행동에 라희는 작은 의문을 품을 수밖에 없었다. 안으로 들어가 테이블 위로 테이크아웃해 온 것을 조심히 내려놓았다. 그러곤 스커트 주머니에서 휴대폰을 꺼내었다.

이제는 익숙하다 못해 친숙하기만 한 재민의 번호. 라희는 재민에게 전화를 걸었다.

"어라……?"

재민의 벨소리가 아주 가까이서 들렸다. 라희는 이게 무슨 상황인지 눈만 껌벅였고 이내 소리가 나는 쪽으로 발걸음을 옮겼다.

"탕비실? 탕비실에 계시나?"

의아한 장소에서의 인기척. 라희는 통화 종료 버튼을 눌렀다.

"제장. 끊어졌……, 아윽!"

탕비실 안에서 재민의 짧은 비명 소리와 함께 바닥으로 무언가 떨어지는 묵직한 소리가 났다. 놀라 토끼눈이 된 라희는 황급히 탕비실 문을 열었다.

"사장님!"

"아. 공 비서…… 왔습니까?"

라희는 눈앞에서 보고 있는 광경에 진심으로 놀랐다.

바닥에는 추락해 망가진 전기포트와 쏟아진 뜨거운 물의 김이 모락모락 피어오르고 있었다. 전기포트에서 눈을 돌린 라희는 벌겋게 부어오른 손등을 털며 애써 웃고 있는 재민의 모습에 기함했다.

"어디 봐요. 데이신 거예요?"

"별거 아닙니다."

라희는 대충 상황이 눈에 그려졌다. 무엇보다 라희의 신경은 온통 데인 재민의 손이었다. 쓰라림에 얼굴이 일그러진 줄도 모르고 별거 아니라며 손을 뒤로 숨기려 하자, 라희는 조금은 화난 얼굴로 재민의 손목을 낚아채어 손등을 확인했다.

"하아! 이게 별거 아니라고요? 어떡해."

"괜찮다니까 그러네……, 아!"

"괜찮긴 뭐가 괜찮다고 그래요."

라희는 재민의 손을 싱크대로 가져가 물을 틀었다. 차가운 물로 손 등을 적셨다. 급한 대로 조금이나마 통증을 가라앉혀 보겠다는 것이다.

재민이 쓰라림에 아랫입술을 잘근 물고서 참아 보려 애썼다. 그러면 서도 자신의 손을 잡고 있는 라희를 조용히 내려다보았다.

자신보다 본인이 더 아픈 얼굴로 데인 손에만 집중하고 있는 라희가 왜 이렇게도 예뻐 보이는 걸까. 아픔도 잊은 채 재민의 입가엔 저절로 미소가 맺혔다.

"저한테 연락하시지 그랬어요. 이게 뭐예요. 속상하게."

잔소리 같을지 몰라도 속상하다며 투덜거리는 라희였다. 재민은 속 상하다는 라희의 말에 몸이 하늘로 붕붕 뜬 것처럼 기분이 좋았다.

"정말 속상합니까?"

재민의 낮은 저음의 목소리가 오늘따라 더욱더 라희의 심장을 간지 럽혔다.

아차 싶었다. 자신도 모르게 속상하다며 상사에게 과한 애정의 표현 을 한 건 아닌지, 라희는 흠칫하게 되었다.

"나 때문에 속상하다는 거 맞죠?"

"당연히 속상하죠. 모시는 상사가 제가 없는 사이에 다쳤는데 속상 하고 죄송하죠."

"그저 모시는 상사라서 속상하다는 건가요?"

"……."

"남자."

"네?"

"라희 씨한테 각별한 남자가 상처 입어서 속상했으면 하는 바람이었 는데."

"아……. 저, 사장님."

"아직 내 노력이 부족한가 봅니다."

"……."

재민이 라희에게 서운함을 드러냈다. 하지만 서운하다고 해서 그것을 라희에게 표현할 수는 없었다. 자신이 지금의 관계를 넘어서고 싶다고 해도 라희의 마음은 아직 아니니까. 머리로는 알지만 기분이 가라앉는 건 어쩔 수 없었다.

라희는 말을 잇지 못했다. 아직은 자신의 마음이 확실치도 않았고, 그렇다고 재민이 정식으로 고백한 것도 아니니까. 무엇보다 재민의 위치가 부담스러웠다. 자신과 어울리지 않을뿐더러 모시는 상사와의 스캔들은 절대로 용납할 수 없다는 것이 비서 공라희의 신조였으니까.

좀처럼 자신의 감정을 드러내지 않았다. 오랫동안 남자를 마음에 둔 적이 없었으니 그럴 만도 했다.

정수리가 타들어 갈 것처럼 뜨겁다. 재민의 시선이 뜨겁다 못해 홧홧했다. 자신을 향한 시선을 느끼기에 라희는 고개를 들 수가 없었다. 왠지 부끄러웠다. 고개를 숙인 채 마른 수건으로 재민의 손등을 톡톡 두드리듯 물기를 닦았다.

"화상 연고랑 얼음찜질 준비하겠습니다. 집무실로 가서 기다려 주십시오."

"그럴 거 없습니다. 큰 화상도 아닌 거 같은데."

재민이 뚱한 말투로 거부하자 라희가 그제야 고개를 들어 재민을 향해 눈을 뾰족하게 떴다.

"정말 괜찮아서 그럽니다."

"그럼 황 교수님께 진료 예약 전화 드리겠습니다."

"치사한 방법으로 나오십니다. 알았습니다. 얌전히 기다리고 있죠."

병원에 가는 걸 유독 싫어하는 재민이었다. 그런 약점을 이용해 으름장을 놓자 재민이 한 발 물러서며 라희의 뜻을 따랐다.

"그냥 두세요. 제가 치우겠습니다."

재민이 미안하고 머쓱한지 뒷목을 쓰다듬었다.

"사고는 내가 쳤는데 치우는 건 공 비서가 하네요. 그나저나 전기포트가 망가져 버렸는데 어떡하죠."

"사장님 다친 상처가 더 중요합니다."

1초의 고민도 없이 재민이 더 중요하다고 말을 매듭짓는 라희다.

말 한마디에도 감동을 받을 수 있다는 걸 재민은 처음 느껴 보았다. 버티고 서 있는 재민을 등 떠밀듯 탕비실 밖으로 내보내고 나서야 라희는 후다닥 움직였다.

라희의 손길에 못 이겨 얌전히 소파에 앉아 그녀가 오기를 기다렸다.

"이건……, 피식."

재민이 테이블 위로 커피와 디저트 상자를 발견했다. 눈꺼풀을 살포시 닫은 채 작은 실소를 터뜨렸다.

"꼭 내 머릿속을 들여다보고 있는 거 같군."

라희의 센스와 눈치에 재민은 다시금 혀를 내두를 수밖에 없었다.

지시를 하지 않았음에도 이렇게 마법을 부리는 요정처럼 라희는 재민을 기쁘게 만들었다.

"안달 나도록 만들더니 이젠 앓게 만드는군."

안달 나다 못해 상사병에 시달리도록 앓게 만든다. 공라희. 그녀는 재민의 심장에 타투처럼 낙인 되어 버렸다.

"사장님."

라희가 구급상자와 냉찜질을 위한 얼음주머니를 가지고 들어왔다.

"손 주세요."

라희는 재민의 앞에 무릎을 꿇듯 앉더니 손부터 달라며 제 손을 내밀었다.

"뭐 합니까. 일어나요."

"어서 손 주세요."

"이리로 앉아요."

"옆에선 치료하기 더 불편해요."

내가 뭐라고. 재민은 라희가 자신에게 무릎 꿇는 행동에 격한 반발을 하며 일어서길 요구했다. 그리고 옆자리를 툭툭 두드렸다. 하지만 라희는 상관없다는 듯 아랑곳 않고 화상 연고 뚜껑을 열었다.

재민은 그런 라희가 마음에 안 드는지 미간을 찌푸렸다.

결국엔 재민이 엉덩이를 들어 반쯤 몸을 일으켰다. 그러곤 라희의 양쪽 팔뚝을 잡고서 일으켜 가볍게 소파로 여릿한 몸을 앉혔다.

"어어……!"

재민의 힘으로 순식간에 서로의 위치가 바뀌었다. 조금은 야릇한 자세가 되어 버렸다.

라희의 눈이 커다래졌다. 놀람과 당혹스러움이 동시에 묻어났다. 그녀는 마치 재민의 품 안에 갇혀 있는 것 같은 착각이 들 만큼 코끝이 닿을 듯 말 듯 가까운 거리에 호흡을 내쉬지도, 들이마시지도 못했다.

"말 안 듣네요. 공라희 씨."

재민의 낮고 색정적인 목소리와 제 인중과 입술에 닿는 입김에 심장이 쿵쾅쿵쾅 걷잡을 수 없이 빠르게 뛰었다.

라희의 얼굴 전체가 뜨겁게 홧홧해졌다. 자신을 지그시 바라보는 재민의 눈동자는 정신을 몽롱하게 만들었다.

낯선, 위험한 공기가 그녀의 몸 전체를 휘감았다. 솜털까지 쭈뼛 설 만큼, 재민의 치명적인 눈빛은 라희로선 도무지 감당하기 벅찬 유혹이 아닐 수 없다.

'정신 차려. 공라희.'

남자에게 혼을 빼놓고 있을 여유도 없을뿐더러, 모시는 상사에게 마음을 줘서도 안 되었다. 비서라는 옷을 입게 된 직후부터 라희의 철칙이 되었기 때문이다. 물론 지금껏 단 한 번도 상사에게 마음을 품었던 적이 없었다.

라희가 제게서 시선을 피해 버리자 재민의 눈썹이 치켜 올라갔다 내려갔다.

아쉬움이 잔뜩 묻은 낯으로 재민은 라희의 가녀린 팔뚝을 놓아주었고 서서히 멀어졌다.

엉거주춤 공중에 떠 있던 엉덩이는 테이블로 붙였다.

그렇게 가까이 마주 앉게 된 재민과 라희의 사이에선 잠시 동안 침묵이 흘렀다.

영 어색하고 부담스럽기까지 한 라희는 다시금 정신을 차리려 눈을 크게 떴다 내렸고 얼음주머니로 손을 뻗었다.

"손…… 주세요."

시선을 내리깐 채 마치 무슨 큰 잘못이라도 한 것처럼 기어 들어가는 목소리로 말했다.

라희가 고개를 푹 숙인 채 손을 달라고 하자, 재민은 뭔가 마음에 안 든다는 듯 고개를 옆으로 비스듬히 젖힌 채 라희를 빤히 쳐다만 볼 뿐 꿈쩍도 않았다.

그러자 라희가 슬며시 고개를 들어 재민을 쳐다봤다. 자신의 눈을 똑바로 쳐다봐 주길 기다린 것인지 재민은 그제야 자그마한 라희의 손바닥 위로 손을 얹었다.

벌겋게 부어오른 재민의 손등 위로 얼음주머니를 살포시 얹었다. 그 짧은 찰나에 많이 부어 있었다.

'으…… 아프겠다.'

보고만 있어도 상당히 아파 보였다. 라희는 저절로 미간이 좁혀졌다. 마치 자신이 데인 것처럼 고통스러워하는 표정이었다.

그런 라희를 사랑스럽다는 눈으로 지그시 바라보게 되는 재민의 입매가 유연하게 휘었다.

재민은 오히려 다친 것이 잘된 일이라고까지 생각되기도 했다. 꼭 위기가 기회로 뒤바뀐 것처럼.

나만이 느낄 수 있는 아주 미세한 것일지도 모르지만 자신을 향한 라희의 솔직한 마음을 엿볼 수 있는 행운을 거머쥐게 된 것이었다. 또한 이렇게 가까운 거리에서 호흡하며 작은 스킨십으로 오로지 둘만의 시간을 보낼 수 있다는 것이 재민을 설레게 만들었다.

"사장님. 아리진 않으세요?"

"괜찮습니다. 내가 순발력이 아주 뛰어나다 보니 그나마 많이 데이진 않았죠."

재민이 장난기를 더해 능청스럽게 대답하자 라희가 풋, 하고 웃었다. 일부러 분위기를 풀어 보려 너스레를 떠는 것임을 라희는 당연히 알고 있었다.

"순발력 좋으신 분이 이렇게 사고를 치십니까?"

"이 정도로 사고까지야. 공 비서 전화를 받으려다가 아주 잠깐 한눈을 팔아서 그런 거 아닙니까."

라희는 왠지 모를 미소가 입가에 맺혔다.

"어머, 결국은 사장님 다치신 게 제 탓이 되는 건가요?"

"아. 말이 또 그렇게 되나? 그건 아닌데."

"풋. 농담입니다. 앞으로 탕비실 출입 금지세요. 무조건 저한테 시키세요."

"고작 한 번 실수한 거 가지고 출입 금지까지는 너무한 거 아닙니까?"

"한 번은 아니지 않습니까? 제가 모를 줄 아셨죠?"

"무슨……"

"흠흠. 아닙니다. 아무튼, 탕비실 출입 금지세요. 이러다 사장실 살림살이 다 때려 부수겠어요."

"하, 뭐라고요?"

"사장님 은근 물건들 잘 망가뜨리시는 거 아십니까?"

"그, 그건……!"

핵심을 제대로 찔렀다. 예상치 못한 라희의 말에 재민이 꽤나 당황한 모양이다. 그 표정이 참으로 재밌었다.

보면 볼수록 재민은 첫인상과는 너무나도 달랐다. 쉽게 마음을 주지 않고, 제 사람으로 인정하기까지 오래 걸리지만 한번 마음을 주면 참 따뜻하고 배려심 많은 남자다.

최근에 알게 된 거지만 완벽한 그에게서 또 다른 내면의 모습을 자주 보게 되었다. 허당의 향기가 솔솔 난다고나 할까. 인간미가 넘쳤고 귀엽기도 했다.

"그건?"

"……단지 운이 좋지 않은 겁니다. 내가 뽑기 운이 없거든요."

"푸핫!"

"지금 비웃는 겁니까?"

"설마요. 제가 감히 어떻게 사장님을 비웃겠습니까."

"비웃는 걸로 느껴집니다만."

재민의 눈썹이 꿈틀거렸다. 웃고 있는 라희를 뾰족한 눈으로 노려봤다.

그러자 라희가 입술을 앙다물며 터져 나오려는 웃음을 억지로 꾹 눌러 담았다.

'멀쩡한 물건들이 왜 사장님 손에만 가면 망가지는 걸까요.'

라희는 구급상자에서 드레싱 밴드와 화상 연고를 꺼내며 말했다.

"음, 뽑기 운이 없다기 보다 사장님 힘이 좋아서 그런 거라고 생각할 게요."

"힘이라……"

'힘'이라는 단어에 재민의 입꼬리가 조금은 음흉하게 말려 올라갔다. 왜인지 말실수를 한 거 같은 느낌. 라희는 순간 머리카락이 쭈뼛 섰다.

'내가 지금 무슨 말을 한 거지……?'

슬며시 시선을 들던 라희는 음흉한 표정을 짓고 있는 재민과 눈이 마주치자 움찔했다. 그런 뜻이 아님에도 불구하고 이상하게 분위기가 야릇하게 흘러가니 당황스러울 수밖에.

그때 재민이 불쑥 얼굴을 들이밀었다. 매력적인 중저음의 목소리가 라희를 긴장케 만들었다.

"내가 보통 남자들과는 달리 힘이 많이 좋긴 합니다."

"……"

"공 비서한테 보여 주지 않았음에도 인정받는 거 같아 기분은 좋은 데요?"

"……화, 화상 연고 바를 겁니다. 따끔거려도 참으세요."

얼굴이 화르르 달아올랐다. 민망함에 어쩔 줄 몰라 하는 라희가 다급하게 화상 연고를 쥐어 적당량을 덜어 내고 있었다. 그 모습이 귀여워 재민은 소리 없이 웃고 있었다.

반대로 재민을 흘깃흘깃 쳐다보는 라희는 죽을 맛이었다.

라희는 호호, 입바람을 불며 섬세한 손길로 화상 연고를 발라 주었다. 재민이 한쪽 눈을 살짝 찡그렸고 아랫입술을 이로 잘근거렸다. 따끔거리는 고통보다도 라희의 뜨거운 입김이 피부로 스며들어 혈관까지 홧홧하게 만드는 기분이었다.

여자의 입김만으로도 몸 전체의 신경들을 자극해 흥분을 끌어 올린다는 것을 재민은 처음 느껴 보게 되었다. 그 느낌이 상당히 짜릿했다. 절대로 잊을 수 없는 감각이었다.

드레싱 밴드로 마무리한 라희는 양손으로 밴드 겉을 한 번 더 매만졌다. 재민은 마음이 이끄는 대로 제 손을 잡고 있는 라희의 손을 보드랍게 말아 줘었다. 재민의 돌발 행동에 라희는 흠칫하다가도 이내 손을 느릿하게 빼내며 자리에서 일어났다.

"다 됐습니다."

재민은 허공에서 쓸쓸히 떠 있는 자신의 손을 보며 멋쩍은 미소를 지었다.

구급상자와 얼음주머니를 정리하는 라희를 쳐다보던 재민도 이내 테이블에서 일어섰다.

"고마워요."

"아닙니다."

라희가 생긋 웃으며 재민의 앞으로 한 발자국 다가섰다.

"정리해 드리겠습니다."

라희는 치료를 위해 걸어 두었던 재민의 셔츠 소매를 손수 정리해 주며 단추까지 채워 주었다. 거기서 멈추지 않고 셔츠 깃과 넥타이까지 반듯하게 고쳐 주었다.

라희의 손길을 얌전히 받아들이고 있는 재민의 시선은 그녀에게 고정되어 있었다.

말로는 설명할 수 없는 포근하고 설레는 기분. 오랜 시간 굳어져 있던 재민의 심장이 라희로 인해 활기를 되찾아 가는 듯 건강하게 뛰었다.

"사장님. 약국에 좀 다녀오겠습니다."

"약국?"

"네. 화상 연고랑 드레싱 밴드 사다 드릴 테니까 집에서도 꼭 연고 발라 주셔야 됩니다."

"공 비서한테 해 달라고 할 건데요?"

"네?"

재민의 말에 라희가 고개를 갸웃거렸다. 그러자 재민이 다친 손을 들어 보이며 개구진 미소를 그렸다.

"투박한 곰손이라 난 못 합니다."

억지를 부리는 거다. 아니, 어린아이의 귀여운 칭얼거림이라고 해야 할까.

라희는 웃음이 튀어 나올 뻔했지만 애써 표정 관리를 했다. 눈을 가늘게 늘어뜨리며 재민을 흘겨보았다. 재민은 그저 널찍한 어깨를 으쓱이며 당당한 얼굴로 라희를 쳐다봤다.

"상사의 명령이라면 감히 어길 수는 없겠죠."

"명령까지는 아니고요."

라희가 샐쭉 웃으며 장난기를 섞은 말투로 대답했다.

"명 받들겠습니다. 하지만 사장님께서 직접 저를 찾아와 주셔야만 치료해 드리겠습니다."

"좋습니다."

살얼음판을 걷는 것처럼 냉랭했던 초기 때의 재민과 라희의 관계.

그 몇 개월간 상당히 많은 변화가 이루어졌다. 그들의 대화는 어느덧 웃음과 더불어 화기애애한 분위기를 연출했다.

"그럼 전 이만 나가 보겠습니다."

재민이 고개를 끄덕였다. 라희는 목례를 한 뒤 집무실을 나서려 몸을 틀었다. 그러던 중 눈에 익은 무언가를 발견하게 된 라희의 움직임이 멈춰졌다.

오전에 물까지 주며 애정을 쏟은 화분이 왜 재민의 책상 위에 있는 것일까. 라희는 의아하기만 했다. 눈만 껌벅껌벅, 멀뚱히 화분을 쳐다보고 있던 라희에 재민도 화분으로 시선을 내렸다.

"화분이 왜 여기에……."

"……."

재민의 눈동자가 갈 길을 잃은 듯 어수선하게 흔들렸다.

'뭐라고 대답하지? 젠장. 화분 가져올 때 왜 생각을 못 한 거냐고.'

변명거리를 생각도 않고 무작정 화분을 가져와 버린 재민은 난감한 표정을 지을 수 없었다. 라희가 화분을 선물했을 때 온갖 트집이란 트집은 다 잡아 윽박질렀던 것이 떠올라 쉽사리 입이 떨어지질 않았다.

라희가 무표정으로 재민을 쳐다봤다. 재민이 슬그머니 라희의 시선을 피하며 괜스레 헛기침으로 민망함을 감추려 했다. 애써 태연하게 데스크로 발걸음을 옮긴 재민이 의자에 앉았다.

"사장님. 이 화분……."

"원래 나 주려고 산 화분이었잖습니까."

"그렇긴 하지만…… 굉장히 언짢아하지 않으셨습니까?"

"흐흠! 내가 그랬습니까? 기억이 나질 않군요."

어색하기 짝이 없는 재민의 언행에 라희의 눈매가 뾰족하게 변했다.

'어이가 없네, 정말.'

어이가 없고 기가 찼다. 얄미워 꼬집어 주고 싶었다. 하지만 라희는 화가 나기보다는 헛웃음이 나올 지경이었다.

뭐, 처음부터 알고 있었으니까. 재민이 일부러 자신을 골려 주기 위해 무조건 딴지부터 걸고 봤다는 걸.

라희의 입꼬리가 슬며시 말려 올라갔다. 왜인지 상황이 역전되어 뒤집어졌음을 느꼈다.

"그때 사장님께서 뭐라고 하셨더라?"

"……."

"꽃은 다 싫어합니다. 서류로 가득할 책상 위에 화분이나 화병은 거슬려서 말이죠."

라희가 능청스럽게 재민으로 빙의한 것처럼 아주 흡사하게 성대모사를 했다. 그러자 재민은 민망함에 어쩔 줄 몰라 했다. 재민은 쪽팔림이 물밀 듯 밀고 들어와 굵직한 목덜미는 물론 귓불까지 새빨갛게 물들어 갔다.

'아 쪽팔려 진짜……!'

라희는 정말 토시 하나 틀리지 않고 재민이 했던 말을 고스란히 기억하고 있었다.

고개를 들지도 못하고 재민은 괜스레 어색한 손놀림으로 서류만 뒤적거렸다. 그러던 중 묵직하고 모서리가 날카로운 파일이 다친 손등으로 툭 떨어졌다.

"아……! 쓰읍."

"괜찮으세요?"

라희는 킥킥거리며 웃다가도 재민의 신음 소리에 화들짝 놀라 재민의 손을 감싸 쥐었다.

"내가 잘못한 거 인정합니다. 그러니까 그만 마음 풀어요."

그제야 재민이 라희와 눈을 맞추며 진심으로 사과의 뜻을 전했다.

마음 풀라니. 라희는 그저 조금 놀려 주고 싶었던 것뿐이다. 재민의 진심이 아니었다는 걸 잘 알고 있었으니 당연히 앙금은 없었다. 오히려 제게 사과를 건네는 재민에게 고맙기까지 했다.

라희가 재민의 손을 놓아주며 만개한 꽃처럼 활짝 미소 지었다.

"제가 웬만한 독설에 꿈쩍도 않는다는 거, 누구보다도 사장님께서 제일 잘 아실 거라고 생각됩니다만."

라희의 말에 재민의 눈이 반달 모양으로 휘었다.

"잘 알고 있죠. 그리고 겉은 단단해 보여도 속은 작은 파도에도 무너져 내리는 모래성처럼 연약하다는 것도 잘 알고 있습니다."

"……."

이 기분은 뭘까. 처음 느껴 보는 감정이다.

가슴속을 뜨겁게, 울컥하게 만드는 재민의 그 한마디에 라희는 왠지 모를 감동을 느꼈다. 머릿속이 새하얀 백지장이 될 정도로 멍해져 버린 라희는 재민의 짙은 다갈색 눈동자만을 응시하고 있었다.

5장
떨림, 심장이 뛴다

오전부터 임원 회의가 시작되었다.

젊은 피의 열정적인 경영자 재민은 카리스마 넘치는 리더십으로 임원들을 잘 이끌어 나갔다. 취임 기간이 짧았음에도 불구하고 재민은 임원들에게 믿음과 신뢰를 듬뿍 얻고 있다.

'이런. 시간이 벌써 이렇게 됐군.'

재민이 손목시계를 흘깃 내려다보며 속으로 읊조렸다. 아무리 일이 중요하다고 해도 시간을 오버하면서까지 할 필요는 없기에 재민은 회의를 마무리했다.

"오늘 회의는 이것으로 마치도록 하겠습니다. 다음 회의는 추후 지정해서 공지하도록 하겠습니다. 식사 든든하게 하십시오."

"수고하셨습니다."

회의가 끝나자 임원들은 하나둘씩 자리에서 일어났고 금세 널찍한 회의실은 휑해졌다.

재민이 느긋하게 태블릿 PC와 서류들을 정리하고 있을 때였다. 진우가 기지개를 펴며 재민의 곁으로 어슬렁어슬렁 다가와 이내 데스크에 엉덩이를 걸치듯 앉았다.

"손은 또 어쩌다가 그 지경이냐?"

회의 중 재민의 손등에 드레싱 밴드가 붙여져 있는 걸 발견한 진우가 궁금한지 물었다.

"별거 아니야."

진우의 물음에 재민이 무심하게 대답하면서도 왜인지 입은 웃고 있었다. 고개를 갸웃거리는 진우가 재민의 얼굴을 빤히 쳐다봤다.

"수상해."

"뭐가."

"냄새가 난단 말이지."

수상한 냄새가 난다며 킁킁거리는 진우에 재민이 미간을 찌푸리며 한심하게 쳐다봤다. 그러자 진우가 까르르 웃었다.

"또 무슨 헛소리를 지껄이려고."

"주먹다짐이라도 한 건가?"

"쯧쯧. 네가 생각하는 게 그렇지 뭐."

기껏 생각해 낸 게 주먹다짐이란다. 재민은 혀를 쯧쯧 차며 고개를 가로저었다.

"참나. 이건 걱정해 줘도 지랄이지?"

"처웃으면서 걱정해 주는 거 전혀 달갑지 않다."

진우가 뾰족하게 날을 세운 눈으로 재민을 노려봤다. 뚱한 얼굴로 꿍얼거리는 녀석의 반응이 재밌는지 재민은 피식 웃으며 그만 자리에서 일어섰다.

"밥이나 먹으러 가자. 배고프다."

진우의 등을 한 번 툭 친 재민이 먼저 앞서 걸어 나가자 입술을 삐죽이는 진우도 몸을 일으켜 뒤따랐다.

두 사람이 걸음을 옮겨 도착한 곳은 깔끔한 외형의 두부전골 가게였다. 가게로 들어선 두 사람은 주문을 했고, 조금 뒤 음식이 차례로 나왔다. 허겁지겁 말도 없이 먹던 두 사람은 어느 정도 배가 차자 그제야 고개를 들어 서로를 보았다.

"공깃밥 추가해야겠다. 재민이 넌?"

"나도."

아침도 거르고 출근해서 오전 내내 회의로 에너지를 쏟았으니, 재민도 진우도 밥 한 공기로 배를 채우기에는 턱없이 부족했다.

"깍두기도 없네."

진우가 벨을 눌러 직원에게 공깃밥 추가와 밑반찬 리필도 부탁했다.

"이 집은 깍두기가 참 맛있다니까."

"아주 쏟아붓네, 부어. 깍두기 리필만 몇 번째냐."

깍두기 귀신이라도 붙었는지 진우는 밥 한 숟갈에 깍두기를 두 개씩 먹었다. 재민의 장난스런 핀잔에도 진우는 어깨를 으쓱이며 젓가락으로 깍두기를 공격했다.

밥 두 공기를 말끔히 클리어한 재민은 수저를 내려놓았고, 물컵으로 손을 뻗었다.

그때였다. 깍두기를 집던 진우의 젓가락에서 그만 미끄러져 깍두기가 재민의 와이셔츠로 마치 총알이 튀어 나가듯 발사되었다.

"……."

순식간에 벌어진 일에 진우의 얼굴이 굳어져 버렸다.

'아, 세상에.'

진우가 속으로 망했다고 연신 읊조렸다. 깍두기 접시로 뻗은 젓가락을 거두지도 못한 채 재민의 눈치만 살피게 되었다.

한 박자 느리게 반응한 재민이 천천히 고개만 아래로 툭 떨어뜨렸다. 새하얀 셔츠를 벌겋게 물들여 놓은 깍두기의 흔적을 발견하게 되자 재민의 얼굴이 험악하게 일그러졌다.

"……야!"

부글부글 화가 들끓는 재민이 결국엔 진우를 향해 윽박지르듯 목소리를 높였다.

"미, 미안하다. 하하……."

진우가 미안하다며 어색한 웃음을 흘날렸다. 하지만 오히려 재민의 화를 더욱더 돋을 뿐이다.

"젓가락에 기름이 발렸나, 왜 이렇게 미끄럽지?"

"이거 어떡할 거야. 김칫국물은 잘 빠지지도 않는데. 하아……."

"쏘리. 사장님."

능글맞게 넘어가려는 진우가 재민은 영 못마땅하기만 하다.

재민이 신경질적으로 손을 닦던 물수건을 쥐어 대충 자국을 지워 보려 했다. 하지만 지워지기는커녕 빨간 자국이 더 넓게 번져 버리는 바람에 더 이상 손을 쓸 수가 없게 되었다.

"젠장!"

짜증 가득한 재민이 물수건을 거칠게 내려놓으며 실실거리고 있는 진우를 노려봤다.

"내가 일부러 그랬나. 대신 내가 계산할게."

진우가 점심값은 자신이 낸다며 계산서를 들고 자리에서 일어났다. 재민도 셔츠를 툭툭 건들며 벗어 두었던 슈트 상의를 입었다. 복근 쪽에 물든 흔적을 감추려 단추까지 채웠다.

배를 든든하게 채운 재민과 진우는 여유로운 발걸음으로 회사로 향했다. 이런저런 얘기를 하며 걷던 중, 진우의 시선에 자신의 비서인 하나가 잡혔다.

저절로 입가에 미소가 번진 진우는 하나를 불렀다.

"김 비서."

휴대폰을 보고 걷던 하나가 자신을 부르는 목소리에 고개를 들었다.

"전무님…… 안녕하십니까, 사장님."

진우를 부르다가도 재민을 발견한 하나가 정중히 인사했다. 재민도 하나를 향해 고개를 살짝 꾸벅이며 인사에 답했다.

"김 비서, 점심은?"

"이제 먹으러 가려고요."

"혼자?"

"아뇨. 라희……, 아니, 공 비서랑 카페서 간단하게 먹기로 했거든요."

라희와 하나는 카페에서 샌드위치와 케이크로 간단하게 점심을 먹기로 약속했었다.

점심시간에 맞춰 카페에서 만나기로 했지만, 하나가 사무실을 나서려고 할 때 거래처 직원에게서 전화가 오는 바람에 15분이나 지체되고 말았다.

먼저 도착해 기다리고 있을 라희에게 메시지를 보내면서 급히 카페로 가는 길이었다.

'이 카페인가?'

라희의 이름이 나오자 재민이 바로 반응했다. 자연스럽게 고개를 오른쪽으로 틀어 통유리로 되어 있는 카페의 안을 살피게 되었다.

"또 빵 쪼가리로 대충 때우나? 제발 밥으로 속을 든든하게 채우라고 했잖아."

"또, 또. 전무님 잔소리 그만 듣고 싶다고요. 귀에 딱지 앉겠어요."

빵을 좋아하는 하나가 영 못마땅하기만 한 진우가 고개를 절레절레 흔들며 얕은 한숨을 내쉬었다. 그 한숨 속에서 하나의 건강을 걱정하는 진우의 마음이 고스란히 묻어 나왔다.

하지만 매번 빵으로 잔소리를 하는 진우의 핀잔에 입술을 삐죽이며 나름의 반발을 해 본다.

"하여간 이 빵순이."

"빵순이라 죄송합니다."

티격태격하는 진우와 하나. 그 와중에도 재민은 두 사람에게 시선조차 주지도 않고 있었다. 투명한 유리창임에도 불구하고 강렬한 햇빛 탓에 안이 보이질 않아 라희를 찾으려 끙끙대고 있었다.

"전무님. 공 비서 혼자 오래 둬서 저 그만 가 봐야겠어요."

"한 전무. 우리도 커피 한잔하고 가자."

"음, 그럴까? 어차피 빵순이 비서 없어서 커피도 못 얻어 마실 거 같으니까."

진우는 하나를 빤히 쳐다보며 재민의 말에 대답했다.

재민이 먼저 성큼성큼 앞서 걸으며 카페 문을 시원하게 열고 들어섰다. 입구에 서서는 라희를 찾으려 고개를 요리조리 돌린다.

그때 재민의 시야에 들어온 매우 불쾌한 그림. 단숨에 미간에 힘이 들어가며 눈살이 찌푸려졌다.

픽업 데스크 앞에서 라희와 꽃집 사장 박지웅이 함께 있었다.

"또 저 녀석인가?"

라희와 박지웅이 함께 있는 모습을 최근 자주 목격하게 되었다.

재민에게 있어 박지웅의 존재는 눈엣가시였다. 신경이 쓰여 죽을 것만 같다. 라희가 박지웅에게 웃어 주는 것조차도 싫었고 배알이 꼬였다.

양손을 바지 주머니에 찔러 넣은 채 당장이라도 눈에서 레이저 빛이 쏘아질 것처럼 매서운 눈으로 라희와 박지웅을 주시하고 있었다.

"커피 고마워요."

"케이크도 드시지. 점심도 안 드셨다면서요."

"친구 커피까지 사 주신 것만으로도 감사한걸요."

뭐가 그리도 즐거운지 웃음이 끊이질 않는 두 사람의 대화에 재민의 입매가 파르르 떨려 왔다. 질투라는 무서운 감정은 금방이라도 터질 것처럼 아슬아슬해 보인다.

주문한 아이스 아메리카노가 나왔다. 라희가 양손에 하나의 것까지 들었고 박지웅도 자신의 커피를 쥐었다.

"라희 씨. 그럼 전 이만 가 볼게요."

"네. 커피 잘 마실게요."

징그럽게 눈웃음은. 박지웅의 사소한 눈짓, 표정까지도 질투로 불타오른 재민의 신경을 자극했다.

그렇게 인사를 하고서 라희는 자신의 커피 빨대를 입에 물어 쪽쪽 마시면서 한쪽 구석의 테이블로 자리를 잡고 앉았다.

박지웅이 입구로 다가왔고 이내 재민의 옆을 지나쳤다. 재민은 심기 불편한 낯으로 몸을 틀었고 문을 열고 나가는 박지웅의 뒤통수를 뚫을 기세로 노려보고 있었다.

박지웅이 나감과 동시에 진우와 하나가 카페 안으로 들어섰다. 하나는 곧장 라희에게로 달려가 어깨를 톡톡 두드렸다.

"미안. 많이 기다렸지?"

"괜찮아. 일 때문인걸, 뭐."

"라희야. 나 화장실만 후딱 다녀올게. 급해 죽겠어."

"못 말려. 천천히 다녀와."

무시무시한 얼굴을 하고 서 있는 재민을 진우가 어깨로 툭 건드렸다.

"왜 그렇게 살벌한 얼굴로 입구 앞에 섰어? 미리 주문이나 하지."

"……."

"무슨 일 있냐?"

"아니, 일은 무슨."

"커피는 네가 사라? 밥은 내가 샀으니까."

능글능글하게 웃으며 말하는 진우에 재민이 찌릿 노려보다가도 이내 카운터로 발걸음을 옮겼다.

"난 오늘은 따뜻한 카푸치노."

진우가 옆으로 찰싹 달라붙어 카푸치노를 외친다. 재민은 지갑을 꺼내더니 카드를 꺼내어 진우에게 넘겼다.

"난 아메리카노. 샷 추가. 그리고 공 비서랑 김 비서 커피랑 디저트도 결제해."

"이야. 제대로 쏘시네? 그런데 공 비서 테이블엔 커피는 있는데?"

진우가 라희의 테이블을 한번 쳐다보며 말했다.

"새로 주문해. 거슬려."

"어? 뭐가 거슬린다는 거야?"

"아, 그런 게 있어. 주문이나 해."

"짜증은."

재민은 괜스레 진우에게 짜증을 팍팍 내게 된다.

라희가 박지웅이 사 준 커피를 마시고 있다는 것이 영 언짢고 기분이 나빴다. 그 커피를 눈앞에서 당장이라도 치워 버리고 싶었다.

마침 하나가 지갑을 들고서 디저트를 주문하러 카운터로 다가왔다.

"김 비서님. 디저트는 제가 사 드릴게요. 한 전무랑 같이 주문해요."

"네? 아…… 괜찮습니다, 사장님. 마음만 감사히 받을게요."

"제가 사 드리고 싶어서 그래요. 먹고 싶은 거 다 주문하도록 해요."

"감사합니다."

하나는 정중히 거절하다가도 이내 수줍게 웃으며 감사 인사를 했다.

"또 남의 상사한테 예쁘게 웃어 주지?"

"아, 아파요! 전무님!"

뚱한 얼굴을 한 진우가 한손으로 가볍게 하나의 양쪽 볼을 잡아 눌러 자신을 보도록 만들었다.

어린애도 아니고. 진우의 유치한 행동이 우스워 웃음이 나왔다. 재민은 또다시 티격태격하는 두 사람을 뒤로하고 라희가 앉아 있는 테이블로 성큼성큼 다가갔다.

주문을 하러 간 하나를 기다리며 라희가 입으로 빨대를 가져가려고 할 때였다.

타악, 조금은 거칠게 플라스틱 커피 용기를 빼앗듯 가져가 버리는 손길에 라희는 화들짝 놀라고 만다. 순식간에 벌어진 상황에 놀란 토끼 눈이 되어 버린 라희가 서서히 고개를 들었다.

"사장님?"

재민의 등장에 눈만 껌벅이며 멍한 표정을 지었다.

재민이 의자를 빼고서 다리를 꼬고 앉았다. 그러곤 라희에게서 빼앗은 커피를 쪽쪽 마셨다. 그것도 아주 공격적으로, 라희의 눈을 똑바로 쳐다보면서 말이다.

가뜩이나 큰 라희의 눈이 동공이 튀어나올 정도로 부리부리하게 뜨였다. 자신이 입에 물었던 빨대를 재민이 거리낌 없이 물고 있으니 경악을 금치 못했다.

"사, 사장님! 제가 입에 문 빨대……!"

"뭐가 이렇게 맛이 없어?"

"네……?"

갑작스레 등장해서는 괜한 트집을 잡아 툴툴거리는 재민이 라희는 당황스럽기만 하다.

'젠장, 골 깨지겠네.'

재민은 머리가 깨어질 것 같았다.

그럴 만도 했다. 얼음 가득한 아이스 아메리카노를 절반 가까이 숨도 쉬지 않고서 쭉쭉 들이켰으니. 골이 찌릿찌릿한 고통이 뒤따랐다. 하지만 라희 앞에서 티를 낼 순 없어 나름의 포커페이스를 유지하려 애썼다.

재민이 자리에서 벌떡 일어섰다. 라희가 고개를 들어 재민을 멀뚱히 올려다봤다.

라희의 시선이 느껴짐에도 재민은 눈을 마주치지 않고 외면했다. 이내 커피 용기를 들고서 셀프 바로 직진했고 가차 없이 커피를 부어 버린다.

'한동안 잠잠하더니 왜 또 심술이야. 뭐가 또 맘에 안 드는 건데!'

재민의 행동에 어이가 없는지 라희의 입에선 헛웃음이 흘렀다.

잠잠하다 못해 다정하고 친근하게 다가오던 재민이 다시금 심술을 부리자 라희는 뾰로통한 낯으로 조용히 재민을 노려보며 속으로 곱씹었다.

그런 재민의 행동을 진우와 하나도 커피와 디저트가 담긴 트레이를 든 채 멀뚱히 쳐다보고 있었다.

"김 비서님. 저 주세요. 무거운데."

"네? 아, 괜찮습니다. 무겁지 않아요."

"이리 줘요."

언제 그랬냐는 듯 재민이 다정한 미소와 함께 하나의 트레이를 대신 들었다.

'허! 웃겨, 정말. 이중인격자!'

방금 전 자신에게 보인 행동과 하나를 대하는 행동이 180도 달라 이를 바득바득 갈았다. 라희는 재민을 향해 틀었던 몸을 똑바로 고쳐 앉았다. 괜스레 짜증이 치솟아 라희는 양팔을 겹쳐 팔짱을 끼고서 고개를 휙 틀어 버린다.

"라희 씨, 안녕."

"전무님, 안녕하세요."

진우가 트레이를 테이블에 내려놓으며 인사를 건네자 라희가 황급히 팔짱을 풀고서 일어나 예의 있게 인사했다.

"합석해도 되지? 이거 라희 씨 사장님께서 샀음."

"그, 그럼요."

"앉아, 앉아. 내가 뭐 대단한 놈이라고."

"대단하신 분 맞죠! 무원의 전무님이신데요?"

"크으, 나 왜 눈물이 핑 돌지? 사장님한테도 천대받고 파트너인 비서한테도 홀대받는데."

진우가 능청스럽게 엄지와 검지로 콧등을 집고서 고개를 틀더니 이내 눈물을 훔치는 시늉을 했다. 언제 봐도 유쾌한 진우의 행동이 재밌는지 라희는 샐쭉 웃음을 터뜨렸다.

하지만 한 발자국 뒤에 서 있는 재민과 하나의 표정이 좋지 못하다. 대놓고 자신들을 씹어 대는 진우를 도끼눈을 뜨고서 노려봤다. 자신을 노려보는 뜨거운 시선에 진우는 두 사람을 향해 개구쟁이처럼 웃어 보였다.

이렇게 네 명이서 한자리에 모인 적은 처음이었다. 생각보다 재밌는, 신선한 조합이었다.

재민이 무심한 표정으로 스트로 비닐을 뜯었다. 커피 잔에 빨대를 꽂더니 라희의 앞으로 내려놓는 것이다.

라희는 그런 재민을 멀뚱히 쳐다봤다. 하지만 재민은 자신을 향한 라희의 시선을 모른 체하며 자신의 커피를 여유롭게 마시고 있었다.

'참 이상한 남자란 말이지⋯⋯.'

배려 있고 다정한 모습을 보이다가도 돌아서면 툭툭거리며 찬바람 쌩쌩 부는 태도를 보이는 재민의 행동에 라희는 도무지 예측할 수가 없었다.

마치 밀당을 하는 기분이랄까. 오묘한 표정으로 그를 쳐다보고 있자 재민이 라희 쪽으로 고개를 살짝 틀었다.

"나 그만 노려보고 커피나 드시죠."

"어머. 딱 걸렸네. 아 참, 그렇지! 우리 사장님은 눈치가 어마어마하게 빠르다는 걸 제가 깜박했네요."

"⋯⋯비꼬는 겁니까?"

"에이. 설마요."

왠지 자신이 라희에게 말린 기분이었다. 재민의 눈썹이 꿈틀거리며 가늘게 뜬 눈으로 라희를 흘겼다. 라희는 샐쭉 웃으며 보란 듯이 커피를 마셔 보였다.

"이렇게 모인 조합도 꽤 괜찮은데?"

재민과 라희를 지켜보며 입술을 씰룩거리던 진우가 넌지시 말을 던졌다. 그러자 재민과 라희가 동시에 진우를 쳐다봤다.

"자, 기념으로다가 건배라도 하자. 비록 술이 아닌 커피지만 말이야."

능글능글한 표정과 함께 진우는 건배를 하자며 커피 잔을 든 팔을 앞으로 쭉 뻗었다. 모두 피식 웃으면서도 손은 커피 잔을 들었고 가볍게 잔을 부딪쳤다.

"팍팍 먹어. 눈치 보지 말고."

"제가 언제 눈치를 봤다고⋯⋯."

"재민이 흘깃거리면서 디저트엔 손도 못 대고 있으면서."

진우의 타박에 하나가 찌릿 눈을 흘기면서도 재민을 의식해 억지 미소를 짓고 있었다.

"김 비서님. 저 신경 쓰지 말고 편히 드세요. 점심이라면서요."

"네…… 그럼 본격적으로 먹어 보도록 할게요."

"하하. 그렇지. 이래야 우리 김 비서지."

하나의 말이 재밌는지 진우가 소리 내어 웃으며 하나의 머리를 쓰다듬었다. 그러자 하나가 하지 말라며 고개를 요리조리 움직여 진우의 손을 떼어 내려 했다.

재민 또한 살짝 턱을 끌어 내린 채 작은 미소를 머금고 있었다.

본격적으로 먹겠다는 하나는 정말로 내숭 따윈 내려놓고 복스럽게도 먹기 시작했다. 라희는 자신의 귀여운 친구를 못 말리겠다는 눈으로 보고 있었다.

"참 신기하다니까."

"네? 뭐가요?"

"그렇게 먹는데도 살 안 찌는 거 보면 타고난 건가?"

"전무님. 하나는 아침저녁으로 하루 두 번을 운동해요. 먹기 위해서 운동한다고나 할까?"

라희의 말에 진우가 놀랍다는 표정으로 감탄사를 내뱉었다.

"이야, 그런 거였어? 생각보다 자기 관리에 철저하구나, 우리 김 비서가."

"생각보다라뇨? 은근히 기분 나쁩니다 전무님?"

"칭찬이지, 칭찬."

"참 나."

"근데 왜 쪄야 할 곳은 안 찌는지."

"쪄야할 곳이라니……. 전무님, 진짜 혼나고 싶으세요?"

"하하. 아아, 아프다니까!"

상사이니 참아야지 하던 하나가 이제는 못 참겠다는 듯 주먹을 말아 쥐고서 진우의 팔뚝을 내리쳤다. 진우는 아프다며 몸을 비틀면서도 낄낄거렸다.

재민은 한심하다는 듯 진우를 쳐다보며 고개를 절레절레 흔들었다.

그러던 중 디저트는커녕 포크조차도 손대지 않고서 커피만 마시는 라희를 발견하게 되었다. 재민은 그 모습을 보자 저절로 미간이 찌푸려졌다.

"공 비서도 어서 먹지 그래요. 점심시간 얼마 남지도 않았는데."

"네?"

"아니면 공 비서도 내숭을 보이는 건가?"

"내숭이라니. 사장님 저 먹는 거 보셨으면서도 그런 말씀이 나오십니까?"

"하긴, 닭발이며 떡볶이며 상사가 앞에 있는데도 야무지게 드셨지."

"비꼬시는 겁니까?"

"설마요."

재민이 어깨를 으쓱이며 바람 빠지는 웃음을 흘렸다. 꼭 조금 전 라희와 똑같은 언행으로 작은 복수를 하는 것 같았다.

"커피만 마시면 속 버립니다."

"아직도 배가 빵빵해요. 아침을 너무 과하게 먹어서 생각 없어요."

"뭐 얼마나 맛있는 걸 먹었기에 아침부터 과식을 했습니까?"

"엄청 맛있는 거 먹었죠."

"메뉴는?"

"갓 담근 배추김치랑 열무 물김치에 잡채, 삶은 문어, 꼬막무침……."

"그걸 다 아침에 먹었단 말입니까?"

끊임없이 나오는 메뉴들에 재민의 입이 떡하니 벌어졌다. 라희가 메뉴 하나하나를 읊을 때마다 점심을 먹은 지 얼마 지나지 않았음에도 불구하고 군침이 돌며 식욕이 확 당겼다.

한식을 좋아하는 재민이었기에, 그것도 자신이 좋아하는 음식들뿐이라 눈이 번뜩였다.

"네. 오늘 퇴근하고 저녁에 먹으려고 했는데 도무지 참을 수가 없어서요."

"직접 요리한 겁니까?"

"아뇨. 저희 엄마 손맛이 아주 끝내주거든요. 어젯밤에 퀵으로 보내주셨더라고요. 혼자 먹기엔 양이 많아 큰일이긴 하지만 그래도 맛있으니까."

재민이 느릿하게 고개를 끄덕이면서 저도 모르게 입맛을 다시듯 입술을 달싹였다.

"내가 다 좋아하는 요리들이군요."

"아 맞다. 사장님 한식 좋아하시죠."

"네. 아주 좋아합니다."

두 눈이 강렬하게 일렁였다. 좋아한다고, 먹고 싶다고 라희에게 어필을 하는 것이다. 하지만 라희는 그 사실을 아는지 모르는지 묘한 미소만 머금은 채 입을 다물어 버린다.

'먹고 싶다니까? 같이 저녁을 먹자든가, 도시락을 싸다 준다든가.'

재민은 속으로만 꿍얼거린다. 먼저 제게 말해 주었으면 하는 바람이었다. 하지만 그것도 잠시 씁쓸한 미소를 짓게 된다.

'내가 지금 무슨 생각을 하는 거냐. 라희 씨가 내게 그런 말을 할 이유가 없는데 말이지……'

연인 관계도 아닌데, 아주 친밀한 관계도 아닌데 라희가 해 줄 이유가 없다. 현실을 깨우치게 되는 재민의 가슴 한쪽이 허했다. 어깨가 축늘어진 재민은 커피를 머금으며 씁쓸함을 달래었다.

왜 사장님 속마음까지 훤히 보이는 걸까. 재민의 속마음을 고스란히 느낄 수 있는 자신이 라희는 참 아이러니했다. 그럼에도 왠지 모를 기분 좋은 감정이 그녀를 생긋 웃게 만들었다.

'우리 엄마 음식 맛보면 그 맛에 못 헤어 나올 텐데. 마약이거든요.'

슈트 단추를 채우고 있던 것이 갑갑했다. 재민은 진우가 만들어 놓은 깍두기 흔적을 감추려 자리에 앉았음에도 단단히 여미고 있었다. 하지만 불편한지 결국은 단추를 툭 풀었다.

라희의 눈에 엷게 남은 흔적이 단번에 들어왔다. 그걸 또 기가 막히게 발견하다니. 대단한 눈썰미다.

가만히 두고 볼 그녀가 아니기에 조용히 행동 개시를 한다. 핸드백에서 작은 사이즈의 무언가를 꺼내었다. 그러곤 재민에게로 몸을 튼 라희는 바지 안에 단정히 정리된 그의 셔츠를 빼내더니 아래쪽 단추 두 개를 풀었다.

"뭐, 뭐 하는 겁니까!"

"사장님. 가만히 좀 계셔 보세요."

"아니 공 비서……!"

라희의 과감한 돌발 행동은 재민을 기겁하게 만들었다. 다부진 체격의 몸은 소스라치게 놀라 들썩였고 라희의 손을 제압하려 했지만 당황해서일까 왜인지 헛손질을 하고 만다.

재민의 다급하고도 상기된 목소리와 움직임에 티격태격하던 진우와 하나는 마주앉아 있는 재민과 라희를 멀뚱히 쳐다보고 있었다.

칙칙, 붉은 주황빛으로 번진 곳에 스프레이를 서너 번 펌핑하자 상쾌한 피톤치드 향이 은은하게 퍼져 나갔다. 라희는 양손으로 재민의 셔츠를 잡고서 스프레이를 뿌린 곳을 살살 문질렀다. 이제야 라희의 행동을 이해하게 된 재민은 이내 얌전해졌다.

셔츠를 비벼 댈 때마다 보드라운 그녀의 손이 복근에 살짝살짝 닿았다. 잔잔하게 일렁이던 심장이 빠르게 뛰기 시작했고 자신도 모르게 복근에 저절로 힘이 들어갔다. 어느새 굵직한 목과 귓불이 빨갛게 물들고 있었다.

서서히 얼룩이 지워져 가자 라희는 물티슈로 톡톡 두드리듯 닦았다. 금세 깍두기 국물의 흔적이 거짓말처럼 사라져 버렸다.

"말끔해졌다."

"……흐흠!"

라희는 만족스러운 얼굴로 혼잣말처럼 읊조렸다. 그러자 재민이 쑥스러운 듯 주먹을 입으로 가져가 헛기침을 했다.

"신기하죠?"

"그러네요. 그건 뭡니까?"

"마법의 칙칙이요."

"마법…… 칙칙이?"

"얼룩 지우개 같은 거예요. 직업상 화이트 블라우스를 자주 입으니까 늘 가지고 다녀요."

참 세상 좋아졌구나 싶었다. 그 지우기 어렵다는 김칫국물을 말끔하게 지워 버리다니 말이다. 고개를 끄덕이던 재민을 가만히 쳐다보던 라희가 이내 짓궂은 낯으로 말을 던졌다.

"셔츠 정리, 제가 해 드려요?"

"……"

온몸이 뜨겁고 심장이 녹아 버릴 만큼 빠르게 뛰었다. 모든 신경이 마비된 것처럼 제스처도, 말도 나오지 않는다.

"제가 손수 해 드리겠습니다."

"돼, 됐습니다! 제가 하죠."

라희가 셔츠로 손을 뻗자 재민이 상기된 얼굴로 벌떡 일어섰다. 그러곤 곧장 뒤로 돌아 성큼성큼 화장실로 향했다.

귀여우시네. 당황한 재민의 반응과 표정이 라희의 눈에선 귀엽게 느껴졌다.

후각을 자극하는 정겹고 맛있는 음식들이 식탁을 빼곡히 메우고 있었다. 배가 고픔에도 라희는 저녁 식사를 뒤로 미루고 분주하게 움직였다.

"흐음. 마땅한 통이 없네."

반찬통을 넣어 두는 수납장 문을 열고서 얕은 한숨을 내쉬었다. 엄마가 보내 준 반찬들을 통에 옮겨 담는 바람에 몇 개 없던 반찬통이 동이 나 버렸다.

라희는 결국 접시로 다시 옮겨 담았고, 반찬통을 씻어 마른행주로 물기를 닦아 냈다.

재민에게 나눠 줄 음식들을 예쁘게, 맛깔스럽게 담았다. 나름 뿌듯한 표정을 짓고서 말이다.

"아, 아하하!"

뜬금없는 웃음소리가 고요한 공기 속에서 경쾌하게 흩날렸다.

"……잠깐. 나 왜 웃었지?"

입가에 맺혀 있던 웃음이 순식간에 사라져 버렸다. 라희는 자신이 왜 웃었는지 당혹스럽기만 하다. 하지만 그 이유를 금방 알아차리게 되면서 얼굴이 화끈거렸다.

무의식중에서도 재민을 생각하며 정성스럽게도 음식을 담고 웃고 있는 자신이 어이가 없었다.

열이 오르는 뺨을 손으로 감싼 채 고개를 획획 흔들었다.

"이게 다 김하나 때문이야. 왜 그런 쓸데없는 말을 해서는."

손부채질로 얼굴의 열을 식히려는 라희는 괜스레 하나를 곱씹었다.

"내가 말이야. 눈치가 100단인 거 알지? 촉이 왔어. 사장님이 아무래도 널 좋아하는 거 같아."

"난 봐 버렸지. 너랑 붙어 있던 꽃집 사장을 노려보는 사장님의 눈에서 살기가, 살기가!"

"질투하는 거라니까? 사장님이 라희 널 좋아한다는 거에 내 손모가지를 건다."

정말로 하나는 촉이 좋았고 눈치가 100단이다. 하지만 라희는 끝까지 아니라며 부정했고 촉새처럼 재잘거리는 하나의 입을 틀어막아 버렸다.

딩동!

176

"아, 깜짝이야! 이 시간에 누구야……."

초인종 소리에 놀란 라희가 흠칫 몸을 떨며 놀란 가슴을 쓸어내렸다.

이 시각에 찾아올 사람은 없었다. 라희는 마른 숨을 내뱉으며 이내 현관으로 발걸음을 옮겼다.

"누구세요?"

슬리퍼를 신으며 누군지 물었다. 하지만 돌아오는 대답은 없었다.

요즘 세상이 흉흉해져 여자 혼자 살고 있다면 더욱더 경계하고 조심해야 했다. 라희도 라희지만 엄마가 걱정하기에 더욱 조심하며 살고 있었다.

'뭐야…… 왜 아무 말도 안 하는 거야.'

괜스레 겁을 먹게 되는 라희는 숨도 참아 가며 조용히 문 중간의 자그마한 렌즈로 얼굴을 가져갔다.

'사장님……?'

라희의 눈이 휘둥그레졌다. 문 앞에 서 있는 인물은 다름 아닌 재민이었다.

생각지도 못한 재민의 방문에 라희는 어안이 벙벙한 채 굳어져 버렸다. 그것도 잠시 라희는 잠금장치를 해제하고 서서히 문을 열었다.

다시금 초인종을 누르려 손가락을 가져갈 때 문이 열리자 재민이 흠칫하며 손을 거두었다. 그러곤 어색하게 슬며시 미소를 지어 보이는 재민이 이 상황이 쑥스러운지 혀로 입술을 쓸었다.

라희 역시 당황스러움과 어색함에 눈동자만 도르르 굴리다 이내 입을 열었다.

"사장님께서 이 시간에 저희 집엔 무슨 일로……."

"아, 그게 그러니까……. 그……, 그래. 소독! 소독 부탁하려고 찾아왔습니다."

"소독이요?"

"라희 씨가 소독 부탁하려면 직접 찾아오라고 하지 않았습니까."

"그건 맞지만 회사에서 충분히……."

"샤워하니 드레싱 밴드가 너덜너덜해져서 말입니다."

그러고 보니 지금 재민의 모습은 평소와는 확연히 달랐다. 늘 반듯하게 이마를 드러내고 있던 머리가 자연스럽게 이마를 덮고 있었고, 슈트 대신 캐주얼한 스타일의 옷을 입고 있었다.

워낙 키도 크고 몸도 탄탄했던 재민이라 어떤 옷을 입어도 핏이 살아났다. 그러니 지금처럼 청바지에 흰 티셔츠만 입어도 멋진 옷을 걸친 사람처럼 태가 났다.

"이대로 계속 밖에 세워둘 겁니까?"

"네? 아, 일단 들어오세요."

남자를 집 안으로 들인 것은 재민이 처음이었다. 그래서인지 라희는 회사에서 보인 성격과 달리 머뭇거리며 상당히 어색해했다.

라희의 집에 처음으로 발을 들이게 되었다. 재민은 왜인지 설레고 들뜬 기분을 감출 수 없다.

크지도 작지도 않은 그녀만의 공간. 올 화이트 컬러로 깔끔하고 심플하게 꾸며져 있었다. 그리고 그녀만의 특유의 향긋한 내음이 심장을 간지럽히는 것 같다.

조금은 긴장한 낯빛으로 재민은 자신도 모르게 두리번거리며 라희의 집을 구경하고 있었다. 그러자 라희가 짓궂은 말투로 툭 던졌다.

"남의 집을 너무 자세하게 보는 건 실례예요, 사장님."

"아, 미안합니다."

라희의 한마디에 아차 싶어 흠칫한 재민은 시선을 거두며 뒷목을 쓰다듬었다.

라희는 그저 이 어색한 분위기를 풀어 보려 농담을 던져 본 것뿐인데, 재민은 부끄러움이 확 밀려와 딴청을 부린다. 그런 재민의 행동이 재밌는지 잇새를 비집고 웃음이 서려 나왔다.

"농담이에요. 혼자 사는 집치고는 많이 횅하죠?"

"아뇨. 라희 씨 성격처럼 깔끔하고 딱 필요한 것들만 있으니 오히려 세련돼 보이네요."

재민의 대답이 마음에 들었는지 라희는 생긋 웃으며 소파로 재민을 이끌었다.

"사장님. 이쪽으로 앉으세요."

"네. 참, 이거 받아요."

"이게 뭔가요?"

재민이 종이 가방을 건네자 라희가 조심스럽게 받으면서도 고개를 갸웃거렸다.

"라희 씨 동의 없이 멋대로 들이닥치긴 했다만, 그래도 첫 방문인데 빈손으로 오는 건 경우가 아닌 거 같아서 말입니다."

"아…… 그러실 필요까진 없는데……."

"뭐 대단한 걸 사 온 건 아니니까 부담 가질 거 없어요."

"감사합니다."

재민의 마음이 라희는 그저 고맙기만 했다. 종이 가방 안을 들여다보는 라희의 눈이 반달 모양으로 예쁘게 휘었다.

"우와. 게발선인장이네요."

"역시 단번에 알아맞히는군요."

"그럼요. 예전에 키워 본 적 있었거든요. 한파에 꽁꽁 얼어 죽어 버렸지만."

라희가 앙증맞은 혀를 귀엽게 내밀며 순수하게 웃었다. 한파 주의보가 내려졌을 때 깜박하고 베란다에 두었던 게발선인장을 안으로 들여놓지 못해 그만 꽁꽁 얼어 죽어 버리고 말았다.

"사장님께서 선물로 주셨으니까 이번엔 죽이지 않고 예쁘게 잘 키워 볼게요. 정말 감사해요."

"별로 비싼 것도 아닌데."

환한 미소와 함께 너무나도 좋아하는 라희를 보고 있자니 재민은 괜스레 쑥스러움이 더해져 심장 박동이 묵직하게 울렸다.

재민은 목을 가다듬으며 소파에 엉덩이를 붙이고 앉았다. 그것도 경직된 상태로 허리를 꼿꼿이 세운 채 말이다.

어정쩡하게 앉아 있는 재민의 자세는 라희의 웃음을 유발했다. 라희는 종이 가방을 한쪽으로 놓아두고서 구급상자를 가지고 재민에게 다가갔다.

"사장님. 왜 내려오세요?"

재민이 소파에서 내려오더니 바닥에 양반다리를 하고 앉았다.

"또 옆으로 앉으면 불편하다고 내 앞에 무릎 꿇고 앉아 고집부릴 거 같아서 말이죠."

"그거야……."

라희가 말끝을 늘리며 멀뚱히 서 있자 재민은 라희의 손에 들려 있던 구급상자를 빼앗듯 가져갔다. 반대 손으로는 라희의 손을 잡아 제 앞으로 앉도록 이끌었다.

"구급상자 귀엽네요."

"네? 아 저도 귀여워서 천 냥 마트에서 천 원 주고 산 거예요."

"그렇게 싸단 말입니까?"

"천 냥 마트엔 저렴하지만 좋은 제품들이 많아서 저는 거기 자주 이용해요. 심심하면 거기 구경 삼아 가기도 하고요."

"궁금하군요. 다음엔 나랑 같이 갑시다."

같이 가자는 재민의 말에 라희는 느릿하게 고개를 끄덕이는 걸로 대신 답했고 이내 구급상자를 열어 소독 준비를 했다.

"근데 아직도 아프세요? 아물어야 할 시기인데."

"……아프진 않습니다."

"그러지 말고 병원 진료를 받아 보시는 게 어떠세요?"

"그 정도는 아니라니까 그러네."

"그래도 덧나면……. 어? 사장님. 거의 다 아물었는데요?"

재민의 손등에서 너덜너덜한 드레싱 밴드를 떼어 내던 라희가 고개를 치켜들어 재민을 쳐다봤다. 이제 소독과 연고를 바를 만큼의 상태는 아니었다. 거의 다 아물어 있는 상태였다.

재민 역시나 자신의 상태를 인지하고 있었다. 하지만 라희의 집을 찾아올 구실을 만들어야 했으니까. 생각해 낸 방법이 소독 핑계였다.

한마디로 계획적으로 실행에 옮긴 것이다.

재민은 자신의 손을 잡은 채 빤히 쳐다만 보고 있는 라희의 시선을 스리슬쩍 피하며 입을 꾹 다문 채 모르쇠로 일관했다.

그 태도에 라희는 오늘에서야 비로소 확신이 섰다. 재민이 자신에게 호감을 가지고 있다는 것을. 아니, 호감을 넘어서 좋아하고 있음을 말이다.

라희와 눈이 마주쳤다. 그 순간 라희의 입매가 묘하게 휘었다.

눈치를 챈 것일까. 속을 꿰뚫어 보고 있음을 대변해 주는 의미심장한 미소였다.

"흉터 재생 연고 발라 드릴게요."

"그런 것도 있습니까?"

"네. 세상 참 좋아졌죠?"

"그러네요. 그리고 보면 난 참 눈을 감고, 귀 닫고 세상을 살아온 거 같군요. 재미없게 산 거 같은."

"에이, 모를 수도 있죠. 겨우 그런 걸로 자신 스스로를 깎아내리지 마세요. 세상은 경험하면서 알아가는 재미가 있는 흥미로운 세계잖아요."

라희의 얘기가 오히려 재민을 더 흥미롭게 만들었다. 말 한마디 한마디가 참으로 예쁘고 올바른 그녀에게 시간이 흐를수록 더더욱 빠져들게 되었다.

"음. 드레싱 밴드는 이제 안 붙여도 될 거 같아요. 오히려 피부가 숨을 못 쉬어서 덧나 염증 생기면 또 고생하시니까요."

말 잘 듣는 아이처럼 재민은 고개를 끄덕이며 순순히 라희의 말을 따랐다. 그만큼 재민은 라희에게 무한 신뢰를 보내고 있다.

"사장님. 저녁은 드셨…… 으앗!"

구급상자를 정리하고 자리에서 일어서던 라희는 순간 머리가 핑그르르 돌아 힘없이 휘청거렸다. 우당탕, 구급상자가 바닥으로 추락하면서 라희의 몸이 앞으로 쏠렸다. 쓰러지는 듯했지만 재민의 순발력과 탄탄한 두 팔로 라희를 안았다.

건강한 라희지만 단 하나, 만성 빈혈을 앓고 있었다. 딱히 일상생활에서 위험하거나 불편할 정도는 아니지만 한 번씩 심한 빈혈로 인해 몸을 가누지 못하고 휘청이면서 경미한 찰과상을 입기도 했다.

순식간이었다. 재민의 허벅지 위로 앉아 어린아이처럼 안기게 된 꼴이라니. 라희는 놀란 토끼 눈이 되어 몸이 딱딱하게 굳었다. 꼼짝달싹 못한 채 그렇게 멍해졌다.

거센 파도가 휘몰아치듯 뜨거운 심장이 쿵쾅쿵쾅 널뛰었다. 심장 소리를 그가 듣게 될까, 하는 생각이 들면서 전신을 울릴 만큼 더욱더 빠르게 뛰었다.

정말 오랜만이었다. 티가 날 정도로 이렇게 누군가를 향해 심장이 뛴다는 것이.

"죄, 죄송합니다."

라희답지 않게 떨리는 목소리였다. 한결같이 평온함을 유지하는 재민의 표정은 흐트러지지 않았다.

"괜찮습니까?"

"네……."

"어디 아픕니까?"

"아뇨. 제가 빈혈이 좀 있어서요. 바닥에 앉거나 쪼그려 앉았다가 갑자기 일어설 때 순간 빈혈 증세를 보여요."

"빈혈 오래 두면 위험한데. 병원 가서 검사 받아 보는 게 좋겠군요."

"만성이라 약 먹을 때만 괜찮아지고 다시 반복돼서요."

자신을 걱정하는 재민의 진실된 눈동자가 영롱하게 반짝였다. 라희의 얼굴이 홧홧해지면서 붉게 물들어 갔다.

민망하고 야릇한 자세. 라희는 아차 싶어 재민에게서 떨어지려 몸에 힘을 주어 보지만, 더 강한 힘으로 허리를 단단히 안고 놔주질 않는 그였다.

"사장님……?"

"방금 당신이 말했잖아. 갑자기 몸을 일으키면 어지러움을 느낀다고."

오묘한 떨림 속에서 눈이 마주쳤다. 시간이 멈춘 것처럼 재민과 라희는 그렇게 떨리는 눈동자로 서로를 응시하고 있었다.

순간 고요한 정적이 흘렀다. 밀착된 몸. 살결에 닿은 부분에서부터 전해지는 체온이 심장 박동 수를 드높였다. 굉장한 자극, 그리고 유혹이었다.

여전히 시선을 떼지 못하는 두 사람은 눈동자 속으로 빨려 들어갈 것만 같다.

재민의 눈꺼풀이 살포시 내려졌다. 재민의 시선이 머문 곳은 수줍은 붉은 빛깔로 물든 라희의 입술이었다. 자그맣고 도톰한 입술은 상대를 유혹하기에 충분했다.

그 유혹적인 입술을 단번에 집어삼키고 싶은 욕망이 치솟아 재민의 강인했던 이성을 흔들어 놓았다.

키스. 하고 싶어.

혈관을 관통하는 피가 고온의 열로 들끓는 기분이랄까. 재민의 몸 전체가 펄펄 끓는 열로 얼룩져 갔다.

쿵쾅쿵쾅. 라희는 심장이 입 밖으로 튀어나올 것만 같았다. 자신의 입술에 닿은 재민의 시선을 느끼는 순간 입술이 타들어 가는 화끈함을 느꼈다.

극도의 긴장감으로 가뜩이나 큰 눈이 동그랗게 뜨였고 입술과 입안은 갈증을 느낄 만큼 바싹 말라 버렸다.

'이 분위기…… 어쩌지? 어떻게 해야 할지 모르겠어.'

라희는 신경이 마비된 것처럼 아무런 말도, 어떠한 액션조차 취할 수가 없었다.

다가온다. 그의 얼굴이, 아니 입술이.

숨을 훅 들이마시고 내뱉지 못하는 긴장감이 감도는 순간에도 거리는 가까워져만 갔다.

재민이 고개를 비스듬히 젖히자 라희의 눈꺼풀이 파르르 떨리면서 감겼다. 뜨겁고도 야한 그의 숨결이 입술과 인중 주위로 꽃잎이 흐드러지듯 내려앉았다.

입술이 닿을 순간이었다. 심장 박동처럼 움직이는 시곗바늘 소리만이 흩날리던 정적을 부수는 소리가 들려왔다. 재민과 라희의 움직임을 멈추게 만든 꼬르륵 소리. 그것도 아주 경쾌하게.

라희는 감았던 눈을 번뜩 떠올렸다. 코앞에서 당황해 얼어 버린 재민의 얼굴을 멍하니 쳐다보고만 있었다.

그것도 잠시, 그녀의 안면 근육이 움찔거렸고 다물고 있던 입술이 씰룩씰룩 물결쳤다.

"푸흡. 하하하."

결국은 입술이 벌어지며 웃음이 터지고야 말았다. 유쾌한 라희의 웃음소리가 집안 가득 울려 퍼졌다.

살면서 이토록 당황했던 적이 있었을까 싶다. 재민은 당혹스러워 어쩔 줄 몰라 했고, 굵직한 목과 귓불이 순식간에 새빨갛게 물들어 버렸다.

'젠장……!'

당황함 플러스 쪽팔림. 그리고 라희와의 키스 기회를 잃어버렸다는 것. 재민은 동시에 여러 가지 감정에 휩싸였다. 거지 같은 타이밍이다. 꼬르륵 소리를 낸 자신의 배를 쥐어뜯고 싶을 정도로 아쉬워 죽을 지경이다.

'풋. 큰일 날 뻔했네. 분위기에 취해서 키스부터 할 뻔했잖아?'

라희는 점차 웃음을 거두며 속으로 읊조렸다. 분위기 탓이라고는 했지만 자신의 속마음이 고스란히 행동으로 나왔던 것임은 분명했다.

'좀 귀엽네?'

재민의 표정과 반응이 라희의 눈에는 어쩐지 귀엽게 느껴졌다. 남자가 귀엽다고 직접적으로 느낀 적은 재민이 처음이라고 해도 무방하지 않았다.

재민이 실망, 낙담한 듯 커다란 손으로 얼굴을 덮은 채 고개를 아래로 툭 떨어뜨렸다. 그런 재민을 놀려 주고 싶은 생각도 들었지만, 왜인지 안타깝고 미안한 기분이 드는 까닭은 무엇일까. 라희는 소리 없는 미소를 그린 채 재민의 품에서 나와 일어섰다.

"흠흠. 아직 식사 전이셨나 봐요?"

"네. 뭐……."

라희의 물음에 재민이 얼굴에서 손을 거두며 얼버무리듯 대답했다.

"안 그래도 저도 이제 막 저녁 먹으려던 참이었는데. 괜찮으시면 사장님도 같이 드시겠어요?"

"저야 고맙죠."

"식탁으로 가요."

"저 손 좀 씻고……."

"네. 화장실은 저쪽이에요."

재민의 어색한 미소를 흘긋 살핀 라희는 눈치껏 먼저 주방으로 들어갔다.

"하아……."

라희가 주방으로 모습을 감추자 재민은 그제야 탄식이 섞인 한숨을 내쉬었다. 얼굴을 일그러뜨린 채 몸을 일으켜 화장실로 들어갔다. 거울 속에 비춰지는 자신의 모습을 가만히 쳐다보다가도 이내 신경질적으로 머리를 쥐어뜯듯 헝클었다.

"되는 일이 없네. 이 무슨 망신이냐고."

낯이 뜨거워진 재민은 세면대에 양손을 짚은 채 탁한 한숨만 푹푹 내뱉었다.

손을 씻고 주방으로 들어갔다. 식탁에 빼곡히 차려진 진수성찬에 재민의 눈이 휘둥그레졌다. 정말이지 맛깔스러운 빛깔을 띠며 식욕을 자극했다.

"앉으세요."

"네."

재민이 자리에 앉자, 라희가 국을 떠서 놓아 주었다.

"와아, 한정식 집에 와 있는 거 같네요. 아니, 무슨 잔칫날인가?"

재민의 솔직한 감탄사에 라희가 싱긋 웃었다.

"저희 엄마가 손이 커서요. 반찬 한 번씩 보내 주실 때마다 이렇게 보내 주세요."

"아무리 그래도 보통 요리 솜씨가 아니면 엄두도 못 내실 텐데."

"요리 솜씨는 물론이며 이렇게 많은 것도 뚝딱 만드세요. 우리 엄마지만 생각할 때마다 신기하고 존경스러워요."

엄마를 떠올리니 자동으로 얼굴에서 웃음꽃이 활짝 피어나는 라희는 신이 난 목소리로 재민에게 마음껏 자랑했다.

그런 라희를 보며 한 번 웃고, 차려진 요리들을 보며 두 번 웃는 재민이었다.

"어서 드세요. 또 꼬르륵 울겠네요."

"흐흠!"

익살스런 표정으로 장난을 치는 라희에 재민은 헛기침을 하며 시선을 피해 수저를 슬쩍 쥐었다. 하지만 재민은 쉽사리 손을 움직이지 못하고 왜인지 머뭇거리는 듯 보였다.

"의심 마시고 드셔 보세요."

"아니, 그게 아니라, 너무 많은 요리들이 있으니 뭐부터 먹어야 할지 모르겠네요."

다 좋아하는 많은 요리들이 막상 눈앞에 있으니 재민은 어떤 음식부터 손을 대야 할지 행복한 고민에 빠진 것이다. 그런 재민이 재밌는지 라희는 샐쭉 웃으며 젓가락을 반듯하게 쥐었다. 그러곤 조각내어 썰지 않은 배추김치 한쪽을 집었다.

"밥 뜨세요."

"네?"

"숟가락으로 밥 시원하게 떠 보세요."

밥을 뜨라는 라희의 말에 재민이 고개를 끄덕이며 밥을 한 숟갈 떠 올렸다. 그러자 라희가 긴 배추김치를 밥 위에 올려 주었다.

"김치를 먼저 맛보면 알 수 있잖아요. 이 집이 음식 잘하는구나, 솜씨 좋구나 하고."

"그렇죠."

라희의 말에 100%, 아니 200% 공감했다. 재민이 픽, 하고 웃으며 이내 한 입 크게 먹었다. 고개가 절로 꺾이는 맛. 아삭하고 시원한 깊은 감칠맛에 재민이 눈을 부릅떴다. 이렇게 맛있는 김치는 처음이었다.

"우와. 와아."

재민의 입에선 연신 감탄사가 쏟아졌다.

"진짜 맛있죠?"

"네. 이렇게 맛있는 김치는 처음 먹어 봅니다."

"엄마 요리 솜씨는 김치로 충분히 예상되시겠죠?"

"네. 이 김치만으로도 밥 두 공기는 거뜬히 먹겠는데요?"

재민이 엄지를 치켜세우며 계속해서 탄성을 쏟아 냈다. 라희는 뿌듯한 얼굴로 어깨를 으쓱였다.

"꼬막무침도 드셔 보세요. 삶은 문어도 보들보들하니 맛있어요."

"잘 먹겠습니다."

늘 홀로 쓸쓸히 식탁에 앉아 저녁을 먹었던 라희였다. 맛있는 엄마표 집밥이 당연히 맛있긴 하지만 혼자 먹게 되니 왠지 모를 허전함과 쓸쓸함으로 금방 숟가락을 놓게 되는 날이 많았다.

오늘만큼은 달랐다. 그 허전함을 채워 주는 사람이 생각지도 못한 재민이 될 줄이야.

무엇보다도 라희의 저녁 식사를 즐겁게 만들어 주는 것은 시원시원하게, 복스럽게 밥을 먹고 있는 재민을 눈앞에서 보는 일이었다. 라희는 어느새 뿌듯한 미소를 가득 머금고서 재민을 바라보고 있었다.

"밥 한 공기 더 먹을 수 있습니까?"

"네? 벌써 다 드셨어요?"

너무 넋을 놓고 재민만 쳐다보고 있었던 걸까. 라희는 밥 한 공기 더 먹을 수 있겠냐는 재민의 말에 밥그릇으로 시선을 내렸다. 휑했다. 자신이 잠시 다른 생각을 하는 동안 순식간에 밥그릇을 비워 버렸다.

라희는 자리에서 일어나 재민의 밥그릇을 가져갔다.

"더 드릴게요."

"라희 씨."

"네?"

"꽉꽉 눌러 담아 주세요."

꽉꽉 눌러 달라고 진지한 얼굴로 요청하자 라희가 웃음을 터트렸다. 재민이 미간을 살짝 좁히며 입술을 샐쭉이는 모습까지도 라희는 재밌다 못해 귀여웠다.

'여러 가지 모습을 많이 보여 주시네. 매력 있어, 현재민.'

천천히, 느긋하게 지내면서 재민의 매력이 하나둘씩 보이기 시작했다. 그만큼 라희도 재민에게 마음이 움직이고 있다는 뜻일 것이다.

"자, 고봉밥으로 담았습니다. 많이 드세요."

조상님께 드리는 고봉밥처럼 꾹꾹 눌러 담았다. 재민도 이 상황이 재밌는지 작은 미소와 함께 다시금 밥을 한술 떴다.

머리를 내린 재민의 모습은 처음 보았다. 강인함이 돋보이는 헤어스타일과는 다른 부드러운 미소년의 분위기를 풍겼다. 타고난 건지, 관리에 공을 들인 것인지 재민은 동안을 갖고 있었다.

"사장님, 귀엽네요."

"······뭐라고 했습니까?"

"귀엽다고요. 머리 내리니까."

귀엽다는 말을 들어 본 적이 없다. 재민은 헛것을 들었나 싶을 만큼 입이 살짝 벌어진 채 멍해 있었다.

풋, 하고 웃은 라희가 손을 뻗어 재민의 머리를 살랑살랑 흐트리며 어린아이처럼 해맑게 웃었다.

"진짜 귀여우세요. 앞으로 머리 내리고 다니시면 좋겠다."

라희의 싱그러운 미소에 재민은 넋을 놓다가도 이내 자신의 머리를 흐트리던 라희의 손을 잡아챘다.

갑작스레 잡힌 손목에 놀란 것도 잠시, 아차 하는 마음이 피어올랐다. 아무리 현재 분위기가 좋고 서로 꽤 가까워졌다고는 해도 지켜야 할 선을 넘었음을 인지했다.

"죄송해요……. 제가 선을 넘고 무례하게……."

"그런 징그러운 단어는 나와 어울리지 않는데."

움츠려 있던 라희에게 무표정한 얼굴로 쳐다보다가도 이내 마음을 사르르 녹일 듯한 달콤한 미소를 지은 재민이 말을 이어 갔다.

"이왕이면 멋있다, 잘생겼다고 말해 줬으면 합니다."

"……."

재민의 보드라운 미소와 목소리에 라희는 순간 말문이 막혀 버렸다. 두근거림이 멈추지 않는다. 오늘 몇 번씩이나 그 때문에 가슴이 뛰었다.

라희가 말없이 얼어붙은 얼굴로 쳐다보고만 있자 재민은 잡고 있던 라희의 손등을 엄지로 매끄럽게 쓸며 다시금 입을 열었다.

"회사에서는 아무래도 머리를 올릴 수밖에 없을 거 같고. 오늘처럼 사외에서 라희 씨 만날 때는 내리도록 하죠."

6장
미처 알지 못했던

콧노래를 흥얼거리게 되는 기분 좋은 날.

별것도 아닌 늘 똑같은 레퍼토리가 반복되는 하루임에도 라희의 기분은 보통 날보다도 한껏 들뜬 상태였다. 그녀의 얼굴은 벚꽃이 만개한 것처럼 활짝 폈다.

아마도 재민이 라희의 집을 찾아왔던 그날 이후부터였을 것이다. 혼란스러웠던 자신의 마음을 확실히 깨닫게 되었고, 자신을 향한 재민의 마음을 확신할 수 있었던 그날부터.

또한 최근에는 퇴근 후 재민과의 데이트 아닌 데이트로 시간을 보내면서 오랜 시간 죽어 있던 연애 세포와 설렘이 기지개를 펴고 깨어나고 있었다.

"죄송합니다. 더 이상의 조절은 어려울 거 같습니다. 저희 쪽에서도 최선으로 맞춰 드린 부분이라."

라희가 난감한 표정을 그린 채 거래처 책임자와 통화 중이었다.

무원그룹에서 보기 드물게 거래처 기업에서 제시하는 사항들을 최대한 반영해 주었다. 하지만 더 이상의 요구는 들어줄 수가 없다. 계약이 성사되지 않더라도 말이다. 물론 이 계약을 파기한다고 해도 무원은 전혀 타격 따위 입지 않는다. 아쉬운 쪽은 상대 기업이니까.

사장 재민의 뜻을 충분히 밝힌 라희는 다음 미팅 약속을 잡고서야 통화를 끝낼 수 있었다.

"점점 더 과한 요구를 하네. 사장님이랑 직통으로 통화했으면 바로 엎어 버렸을 거다."

칼날처럼 매섭고 단호한 재민의 성격을 모르는 것도 아닐 텐데······. 아마도 비서인 라희에게 슬쩍 흘려 보고 사장에게 잘 구슬려 달라는 수를 던진 것임이 분명했다. 이 바닥에서 오래 일을 해 왔던 라희에게는 절대로 통하지 않을 테지만 말이다.

마침 재민이 회장실에서의 호출로 자리를 비웠으니 망정이지. 상대 기업에서는 천만다행, 나이스 타이밍이었을 거다.

태블릿 PC로 스케줄을 쭉 훑어보던 라희가 슬쩍 몸을 꼬며 앓게 앓는 소리를 냈다.

"너무 오래 앉아 있어서 그런가, 엉덩이가 저리네."

꽤 긴 시간을 앉아 업무를 보던 라희니 삭신이 쑤시고 엉덩이가 저릴 만도 했다. 자리에서 일어선 라희는 주먹을 말아 쥐어 엉덩이를 톡톡 두드렸고 이어 스트레칭으로 몸을 풀었다.

"흐음. 아직도 영 소식이 없네. 그냥 내가 할 걸 그랬나."

손목시계를 흘깃거리던 라희가 미간을 찌푸리며 읊조렸다.

"지겹다, 지겨워."

고개를 절레절레 흔드는 라희는 이내 화를 넘어서서 헛웃음이 나왔다.

라희의 심기를 건드는 유일한 인물. 비서 팀의 강나영이 한동안 잠잠하다 싶더니, 또다시 살금살금 라희의 인내심을 시험하려나 보다.

약속한 시간이 지났음에도 코빼기도 보이질 않고 연락 한 통도 없다.

"상전이 따로 없다니까."

결국은 라희가 비서 팀으로 직접 움직이려 했다.

비상계단을 이용해 비서 팀으로 내려가던 중이었다. 어두운 비상구를 울리는 낯익은 목소리가 라희의 발걸음을 저절로 멈추게 만들었다.

목소리의 주인공은 바로 라희가 친히 찾아뵈러 가던 상전 강나영이었다.

뭐가 그리도 즐거운 걸까. 까르르 박장대소를 하다가 한껏 상기된 하이 톤의 목소리로 수다를 떨고 있었다.

"어제 클럽에서 만난 남자랑 원나잇으로 쿨하게 끝내려고 했는데. 글쎄 그 남자가 오늘 또 만나자고 애걸복걸하더라니까? 내가 그렇게 매력 있나? 하하."

부끄러운 줄도 모르고. 아주 '나 어제 원나잇했어요'라고 동네방네 광고라도 하려나 보다. 그것도 업무 시간에. 눈살이 찌푸려지는 라희는 어이없다는 듯 실소를 흘렸다. 이젠 거의 해탈할 지경에 이르렀다.

사람 자체로는 미워하고 싶지 않은데. 정말이지 강나영은 아무리 좋게 보려 노력해 보지만 쉽지 않은 인물이다.

한숨이 절로 나왔다. 라희는 잠시 멈추었던 두 발을 다시금 내디뎠다.

비상구 문 옆 벽에 기대어 통화를 하고 있던 강나영은 또각또각 계단을 내려오는 하이힐 소리에 고개를 틀었다.

"……."

여유롭게 계단을 내려오는 라희와 정통으로 눈이 마주쳤다. 광대가 치솟도록 껄껄거리고 있던 강나영의 안면 근육이 순식간에 굳어 버렸다.

포커페이스로 강나영의 정면으로 섰다. 라희는 조용히 강나영의 눈을 뚫어지도록 응시했다.

—야 강나영! 왜 갑자기 말을 하다 말어?

휴대폰 스피커 밖으로 강나영의 통화 상대가 애타게도 이름을 불러 대고 있었다. 얼어붙은 강나영이 겨우 정신을 차리고 서둘러 대처했다.

"내가 다시 연락할게. 끊어."

─뭐? 갑자기 왜……!

이따가 연락한다는 말을 끝으로 황급히 종료 버튼을 누른 강나영은 이내 뻐딱하게 벽에 기대어 섰던 몸을 꼿꼿하게 고쳐 섰다.

"안녕하세요, 공 비서님."

"네. 안녕하세요, 나영 씨."

무거운 분위기 속에서 어색한 인사. 비상구 안은 메아리처럼 인사말이 울리더니 이내 잠깐의 정적이 흘렀다.

가볍게 미소를 보이는 라희가 먼저 입을 열었다. 최대한 차분하게, 흥분해서 언성을 높이지 말자고 제 스스로를 다독이면서 말이다.

"안 그래도 지금 나영 씨 만나러 가는 길이었는데. 잘 됐네요."

"아……."

입은 웃고 있는데 눈빛이 매서웠다. 강나영은 자신을 친히 만나러 오는 라희의 명목을 알기에 흔들리는 눈동자로 마른 입술만 달싹였다.

'아 어쩌지. 아직 절반도 못 했는데.'

난감한 표정을 짓는 강나영이 속으로 탄식을 내뱉었다. 라희의 눈에 띄지 않으려 점심도 사내 식당을 뒤로하고 편의점에서 인스턴트로 대신했었다. 하지만 안타깝게도 그 수고를 깨부숴 버리고 라희와 맞대면하고 하고 있다.

"작년 하반기 실적 분석해서 내게 오후 3시까지 넘겨주기로 한 거, 설마 잊은 건 아니겠죠?"

"……."

뼈를 시리게 만드는 라희의 차가운 목소리에 강나영은 쉽사리 대답하지 못했다.

라희는 태연하게 손목시계를 한 번 내려다보고는 다시금 강나영을 향해 매섭게 눈매를 치켜떴다.

"현재 오후 3시 44분. 약속한 시간보다 44분이 초과되었네요."

"……."

어떠한 물음에도 강나영은 대답이 없었다. 입에 접착제라도 붙여 놓

193

은 건지, 조금 전까지만 해도 전화 통화로 신나게 웃고 떠들던 입은 굳건히 닫혀 있다.

끝마치지 못했다면 깔끔하게 죄송하다고 하면 될 것을. 강나영의 이런 무책임하고 답답한 행동을 마주하면 라희뿐만 아니라 그 누구라도 오장육부가 뒤틀릴 것이다.

"그렇게 입 다물고 어물쩍 넘어가려는 행동. 사생활에서도 물론이지만 조직 생활에선 더더욱 고쳐야 할 단점입니다."

"······죄송합니다."

그제야 강나영이 죄송하다며 운을 떼었다.

"명확하게 상황 설명을 해 줬으면 합니다. 그래야 내가 상황에 맞게 액션을 취할 거 아닙니까."

강나영은 자신의 잘못은 자각하지 못하고 라희에게 싫은 소리를 듣고 있는 것이 영 언짢은가 보다. 짜증과 불쾌감이 얼굴에 덕지덕지 붙어 있었다.

"표정 관리 또한 사회생활에서 꼭 필요한 부분이고요."

"······시간이 좀 더 필요합니다."

강나영은 억지로 표정을 감추고 시간이 필요하다고 기어 들어가는 목소리로 말했다.

라희의 입술이 일그러졌다. 시간이라면 충분히 줬고 끝내더라도 진작에 끝냈어야 했다. 기껏 핑계를 댄 것이 시간이 부족하다는 거라니. 순간의 상황을 벗어나려는 강나영의 어쭙잖은 변명은 오히려 라희의 신경을 더욱더 쿡쿡 찌를 뿐이다.

"시간이라면 충분했을 텐데요. 업무 시간에 사적인 통화를 할 시간은 있나 보죠?"

날카롭게 찌르고 들어오는 라희의 말에 아무리 뻔뻔한 강나영도 찍소리 못 했다. 아니, 할 수가 없었을 것이다. 적어도 눈치가 있는 사람이라면 말이다.

강나영과 마주하고 있는 것조차도 라희에겐 스트레스다. 한숨이 절

194

로 서려 나왔다.

"후우. 현재 어디까지 진행되었죠?"

"퇴근 전까지 마무리……."

"퇴근 전까지 정말 가능한 건가요? 상황을 벗어나려고 생각 없이 막 내뱉지 말고요."

"……."

"퇴근 전까지 마무리하겠다고 내뱉은 그 말. 그것 또한 약속입니다. 상대는 그 말을 믿고 하염없이 기다리고 있을 텐데, 지키지 못할 약속으로 실망감을 주는 건 좀 아니지 않나요?"

강나영은 자신을 꿰뚫고 있는 라희가 이제는 무섭기까지 하다. 입술을 잘근거리며 결국엔 고개를 아래로 툭 떨궜다.

이번만큼은 라희도 쉽게 넘어가지 않았다. 지금까지의 라희라면 자신이 마무리한다고 넘겨받아 처리했을 거였다. 하지만 결국엔 이 또한 강나영의 버릇을 잘못 들인 자신에게도 책임이 있다고 깨닫게 되었다. 그렇기에 라희는 강나영이 최대한 끝까지 마무리할 수 있도록 물러서 있었고 충분한 여유 기간을 주었다.

"일단 강나영 씨를 한 번 더 믿어 보도록 하죠. 퇴근 전까지 부탁드릴게요."

"네. 알겠습니다."

"업무 시간인데 그만 사무실로 가요. 나도 자료 찾을 게 있어서요."

여기까지 내려온 김에 라희는 비서 팀 자료실에서 필요한 자료들을 찾아 가려 했다. 강나영과 함께 비상구에서 나와 복도를 거닐었다.

"그럼 수고해요. 난 화장실 좀 들렀다가 갈게요."

"네."

라희는 강나영의 어깨를 다정한 손길로 톡톡 두어 번 두드려 주며 화장실로 들어섰다.

라희가 화장실로 들어가자마자 뒤돌아선 강나영의 얼굴이 악독하게 일그러졌다.

"재수 없어. 꼰대 같은 게 훈계질은."

화장실 입구의 거울 앞에 서 있던 라희가 그만 강나영의 저급한 말을 듣고 말았다. 머리를 매만지려 들었던 손이 허공에서 그대로 굳어 버린 채.

충격이 채 가시기도 전에 이어지는 강나영의 말은 라희의 자존심과 심장을 갈기갈기 찢어 버린다.

"꼴랑 6개월짜리 계약직인 주제에 더럽게 나대네."

숨도 쉴 수 없을 만큼 패닉에 가까운 충격으로 라희의 전신이 파르르 떨고 있었다. 눈물샘을 터뜨리게 만들 정도로 강나영의 말은 비수처럼 꽂혀 심장을 도려내는 고통이었다.

잊고 있었다. 6개월의 계약이라는 걸. 그리고 어느덧 한 달도 채 남지 않았다는 사실을.

✢   ✢   ✢

아버지 현 회장과 모처럼 얼굴을 마주하며 짧은 다과 시간을 가졌다. 딱히 부드럽지는 않지만 딱딱하지도 않은 비즈니스 대화였다.

"벌써 가시는 겁니까?"

현 회장의 집무실에서 재민이 나오자 성은이 자리에서 일어났다. 재민이 말없이 고개를 끄덕이는 걸로 대신 답하며 성은의 앞으로 다가섰다.

"수고."

"배웅해 드리겠습니다."

"무슨 배웅씩이나."

무슨 할 말이라도 있는 것인지 성은이 배웅까지 해 준다며 앞장서서 문을 열었다. 재민은 의아한 성은의 행동에 눈썹을 올렸다 내리며 이내 느긋한 발걸음으로 완전히 회장실에서 빠져나왔다.

성은이 엘리베이터 버튼을 누르고는 재민을 향해 몸을 틀었다. 씰룩

씰룩 소리를 죽인 웃음을 지으면서.

"그런 표정으로 쳐다만 보지 말고 말을 해."

"역시나 눈치가 100단이야."

재민이 충수 판으로 시선을 고정한 채 입만 벙긋거렸다. 재민의 예사롭지 않은 촉은 성은의 혀를 내두르게 했다.

"말을 아껴야겠어. 남녀 사이에 제삼자가 쓸데없는 오지랖으로 망쳐 버리면 어떡해."

"……?"

성은의 알 수 없는 표정과 말에 재민이 충수 판에서 시선을 거두고는 심드렁한 낯으로 성은을 쳐다봤다.

"오지랖이야 과한 건 알고 있다만."

"우이씨! 뭐라고?"

"남녀 사이라니. 뭔 말이야."

"아무튼! 장성은 우리 사장님을 응원하겠습니다요."

"쓰읍. 왜 말을 하다 마냐고. 뭐야."

"어? 엘리베이터 도착했네요. 사장님, 그럼 조심히 들어가십시오."

"야, 장성은!"

궁금한 건 못 참는 재민이 신경질적으로 되묻지만, 막무가내로 열리는 엘리베이터 안으로 등 떠미는 괴력을 발휘한 성은은 태연하게 웃으며 손을 흔든다.

"하여튼. 한진우랑 같은 과라니까. 아후, 피곤하다."

진우와 성은은 마치 쌍둥이처럼 똑같은 성격이다. 재민은 고개를 절레절레 흔들며 피곤해했지만 실소가 나오는 건 어쩔 수 없다.

무심한 표정으로 사장실 방향 복도를 거닐었다. 그러던 중, 투명한 유리창 너머 바깥 풍경을 바라보는 여린 라희의 뒷모습이 두 눈 속에 또렷하게 박혔다.

재민의 매끄러운 입매가 호선을 그렸다. 라희를 바라볼 때 재민의 미소는 이제는 아주 자연스러운 표정이 되어 버렸다.

바지 주머니에 찔러 넣고 있던 손을 빼내어 넥타이를 고쳐 멘 재민은 성큼성큼 큰 보폭으로 라희를 향해 거리를 좁혀 갔다.

깊은 생각에 잠겨 있는 것인지 라희는 재민의 인기척을 느끼지도 못하고서 힘없는 초점으로 빼곡한 빌딩 숲만을 바라보고 있었다.

재민은 허리를 살짝 굽혀 라희의 얼굴 옆으로 자신의 얼굴을 들이밀었다.

"무슨 생각을 그렇게 골똘히 합니까?"

"꺄악!"

멍하니 있던 라희는 불쑥 얼굴을 들이밀며 귓가에 대고 나지막이 속삭이는 목소리에 자지러지게 놀랐다.

"어어……! 조심!"

놀란 라희 때문에 재민도 덩달아 놀랐다. 또한 기함하며 뒤로 고꾸라지려는 라희의 허리를 재빠른 순발력으로 감싸 안아 단단히 부여잡았다.

허리를 꺾인 채 두 눈을 부릅뜬 라희는 많이 놀랐던 모양인지 순간 머릿속이 멍해져 버렸다. 시야가 뿌옇게 흐려지도록 눈 한번 깜박이질 못하고 있었다.

"공 비서."

재민이 고개를 비스듬히 젖히며 라희의 이름을 불렀다. 그러자 라희는 눈을 느릿하게 껌벅이며 서서히 반응했다.

"……."

한 뼘 정도 거리에서 또렷하게 보이는 재민의 얼굴에 한 번 더 놀랐다. 라희는 재민의 가슴팍을 밀어내며 후다닥 떨어져 똑바로 섰다.

민망함에 어쩔 줄 몰라 하는 그녀는 애꿎은 머리만 매만졌다. 어쩐지 재민의 얼굴을 똑바로 쳐다보지 못하겠다.

그런 라희의 행동을 가만히 지켜보던 재민은 양손을 바지 주머니에 찔러 넣었다.

"무슨 일 있습니까?"

"네? 아, 아뇨. 일은 무슨……. 왜 그렇게 생각하세요?"

"……표정이 좋질 못해서 말입니다."

"그런가요? 아무 일 없는데…….'"

표정에서 고스란히 드러났나 보다. 라희는 뺨을 쓰다듬으며 어색한 미소를 짓고 있었다.

'흐음. 분명 무슨 일이 있는 거 같은데.'

평소와는 다른 라희의 부자연스러운 행동과 어두운 낯빛이 재민은 신경 쓰였다. 웬만해선 감정을 표정으로 드러내지 않는 그녀였으니까.

✤　　✦　　✤

입맛이 없어 저녁도 건너뛰었다.

라희는 소파에 무릎을 모아 턱을 받치고서 리모컨만 영혼 없이 누르고 있었다. 그것조차도 싫증이 났는지 라희는 TV를 꺼 버리고 리모컨을 툭 내려놓았다.

"하아……."

무릎 사이로 얼굴을 묻은 채 탁한 한숨만을 내뱉었다.

겉으로는 강해 보이는 그녀지만, 속은 유리알처럼 연약해 깨지기 쉬웠다. 혼자서 끙끙 앓고 삭인다.

어린 강나영에게서 그런 소리를 들었으니 자존심이 상했을 테지만 라희는 그것보다도 자신이 하고 있는 비서 일에 대한 회의감을 느꼈다.

"다시 들어와서는 안 됐었어."

전 직장에서 상사에게 심적으로 큰 상처를 입은 뒤 꽤 소란스럽게 사직을 했다. 그 계기로 완전히 비서직을 미련 없이 내려놓았다. 알뜰살뜰 모아 두었던 돈으로 그동안 하고 싶었던 플라워 케이크 가게를 차리려고 했었다. 하지만 성은과 하나의 끈질긴 권유로 무원그룹으로 들어오게 되었다.

그렇다고 해서 두 사람을 탓하지는 않는다. 끈질기게 붙잡았다고 해도 결국 선택은 자신이 했으니까.

그런 것들을 떠나 라희를 고민하게 만드는 건 바로 재민이었다.

라희는 소파에서 일어나 베란다로 나왔다. 재민이 처음 자신의 집을 방문했던 날 선물로 주었던 게발선인장 앞에 살포시 쪼그려 앉아 물끄러미 바라보았다.

"이렇게 정이 들 줄은 몰랐는데."

내내 굳어 있던 라희의 입꼬리가 유연하게 휘었다.

찌릿찌릿했던, 기 싸움으로 번진 재민과의 첫 대면. 과거가 되어 버린 지난날을 지금에서야 떠올려 보면 이제는 웃음이 절로 나왔다.

참, 미운 정이라는 것이 무섭다는 말을 실감할 수 있었다. 정을 넘어서 좋아하는 마음으로까지 발전된 걸 보니 시간과 인생은 알 수 없다.

싱그러운 미소와 함께 톡톡 게발선인장을 검지로 건드려 보는 라희는 언제 그랬냐는 듯 얼굴에 환한 빛깔을 내뿜고 있었다.

"맥주 한 캔 마실까."

머리가 깨질 정도로 차가운 맥주가 확 당겼다. 맥주가 생각난다는 것은 그녀의 기분이 풀어졌다는 뜻이었다. 신기했다. 그를 떠올리는 것만으로도 뽀얀 눈처럼 사르르 녹아내리니 말이다.

라희는 몸을 일으켜 게발선인장을 뒤로 하고 조금은 발랄한 발걸음으로 냉장고로 향했다.

"안 돼……."

냉장고 문을 연 라희가 믿을 수 없다는 듯 아쉬움의 탄식을 흘렸다.

"언제 다 마셨지? 당연히 있을 줄 알았는데!"

맥주 캔을 채워 놓는 자리가 휑했다. 늘 떨어지기 전에 미리 채워 놓는데 근래 바빴던 탓에 마트에 들러 맥주를 살 시간이 없었다.

"귀찮지만 별수 있겠어. 먹고 싶은 건 또 꼭 먹어야 직성이 풀리지."

이미 라희는 샤워를 마치고 파자마로 갈아입은 상태였다. 하지만 맥주를 마시고픈 의지를 꺾을 순 없었다. 트레이닝복으로 갈아입고 지갑만 챙겨 집을 나섰다.

"나온 김에 머 고기도 사야지. 편의점 머리 고기가 또 기가 막히게 맛있지!"

라희가 좋아하는 편의점표 머리 고기. 평소 맥주와 함께 머리 고기를 자주 즐겼던 라희였기에 떠올리기만 했을 뿐인데도 설레었다.

맥주와 머리 고기 생각에 라희는 경쾌한 발걸음으로 계단을 내려갔다. 그것도 잠시 집 밖으로 나오자 보이는 익숙한 실루엣이 라희의 발걸음을 멈춰 세웠다.

"사장님……?"

라희의 입에서 나온 의외의 인물은 재민이었다.

똥 마려운 강아지처럼 부산스럽게 왔다 갔다하는 재민을 눈만 껌벅이며 멀뚱멀뚱 쳐다보고 있었다.

재민의 손에는 휴대폰이 쥐어져 있었다. 라희에게 메시지를 썼다 지웠다를 반복하며 나름의 심오한 고민 중이었다.

연락도 없이 무작정 자신의 집 앞에서 여유가 없는 표정의 재민을 갸우뚱한 얼굴로 바라보던 라희는 이내 인기척을 내며 다가갔다.

"사장님."

"……!"

자신을 부르는 라희의 목소리에 재민은 화들짝 놀랐다. 널찍한 어깨가 눈에 띄게 들썩일 만큼.

당황한 낯으로 갑자기 운전석 문을 여는 재민의 행동에 라희가 푸스스 웃음을 터뜨렸다. 라희의 웃음소리에 재민은 멋대로 반응하는 자신의 행동이 민망해진 나머지 귓불이 빨개졌다.

"흐흠!"

재민은 운전석 문을 다시금 닫고서 괜스레 먼 산을 보며 헛기침을 했다.

"여기서 뭐 하세요?"

"그게 그러니까, 우연히 지나던 길이었습니다."

"아, 그러시구나. 전 사장님이 일부러 절 보러 오신 줄 알았는데. 제가 오버했네요."

머리를 긁적이며 어쩔 줄 몰라 하는 모습이 어찌나 재밌는지. 재민을 놀려 먹는 재미가 쏠쏠했다.

"그럼 가시던 길 가 보세요. 전 이만."

웃음이 폭발할 것만 같았다. 라희는 애써 웃음을 꾹 참고서 태연하게 고개를 살짝 꾸벅이며 재민을 지나쳐 앞으로 나아갔다.

'아 이게 아닌데!'

재민은 마음과는 달리 제멋대로 나불거리는 입이 원망스럽다. 재민은 머리를 헝클다가도 이내 큰 보폭으로 성큼성큼 라희의 뒤꽁무니를 쫓았다.

"다 늦은 시간에 어딜 갑니까?"

"겨우 9시밖에 안 됐는데요?"

"겨우 9시라니. 깜깜해서 혼자 돌아다니기에는 위험한 시간입니다."

"동넨데요 뭘."

"그래서 더 위험하다는 겁니다. 이런 후미진 골목에, 게다가 가로등도 몇 없는 곳일수록 위험 지대잖아요."

재민의 말에 라희는 입을 다물 수밖에 없었다. 솔직히 라희도 인정하는 부분이니까. 조금 무섭긴 했다. 이 동네는 가끔씩 사건 사고가 생기는 동네였으니까.

재민이 양손을 바지 주머니에 찔러 넣은 채 묵묵히 걷기만 하는 라희를 내려다보았다.

"어디 가는 겁니까?"

"편의점이요. 맥주 마시고 싶어서 냉장고 열었더니 마침 똑 떨어졌더라고요."

"맥주 안 마신다고 죽는 것도 아닌데."

"그건 그렇지만 제가 먹고 싶은 건 꼭 먹어야 되는 성격이라."

어깨를 으쓱이며 대답하는 라희에 재민은 못 말린다는 듯 작은 실소와 함께 고개를 가로저었다.

"그런데 진짜 어둡네. 동네가."

"익숙해져서 전 괜찮은데."

참 태평하고도 겁도 없는 여자다. 재민은 태연하기만 한 라희를 조금은 마음에 안 든다는 듯 미간을 좁히고서 쳐다보고 있었다. 그러자 라희가 고개를 들더니 샐쭉 웃었다.

"편의점까지 데려다주시게요?"

"산책 겸 데이트."

"데이트요?"

"네. 산책 데이트. 밤 데이트. 편의점 데이트."

"……펴, 편의점 이쪽이에요."

이럴 땐 또 당당하고도 솔직하다. 조금 전만 해도 집 앞에 있는 걸 들켜 허둥대는 모습과는 정 반대다.

'특이하단 말이야. 알 수 없는 남자야.'

괜스레 화끈거리는 얼굴. 라희는 툭 말을 던지고는 빠른 발걸음으로 앞서 걸었다.

편의점 앞에 다다랐다. 라희는 걸음을 멈춰 세우고 재민을 향해 넌지시 물었다.

"맥주 같이 마셨으면 좋겠지만 운전하셔야 되니까 술은 안 되겠고."

"못 마실 거 없죠. 대리 부르지 뭐."

"내일 일찍 회의 잡히셨잖아요."

"고작 맥주 몇 캔 마셨다고 다음 날 지장 있는 것도 아닌데."

"그래도 안 됩니다. 컨디션 조절하셔야죠. 가뜩이나 어제 잠도 못 주무셨다면서요."

"사외에서도 공 비서의 잔소리를 들어야 하니까."

재민이 퉁한 얼굴로 어깨를 으쓱이자 라희가 소리 없는 웃음을 지었다.

"맥주는 다음에 제가 사 드릴게요. 편의점 파라솔 아래서 마시는 맥주가 또 색다른 맛이 있죠."

"그러지 말고 오늘은 여기서 마시고 다음엔 라희 씨 집에 정식으로 초대 받아서 술 한잔하고 싶은데."

"……저희 집에서요?"

"네. 왜요. 안 됩니까?"

"아니, 안 될 건 없는데……."

라희가 말끝을 늘리며 눈동자를 데구루루 굴렸다. 왜인지 머뭇거리는 라희에게 재민은 장난을 걸고 싶은 마음이 꿈틀거렸다.

재민은 라희 쪽으로 허리를 살포시 굽혀 얼굴을 가까이 들이밀었다. 그의 입꼬리가 야릇하게 휘었다.

"나한테 잡아먹힐까 봐 겁납니까?"

"허……! 거, 겁나긴 누가 겁난다고 그러세요?"

"큭."

당황한 낯으로 버벅거리는 라희에 재민이 웃음을 터뜨렸다.

자신을 놀리고 있음을 깨달은 라희가 아랫입술을 잘근 물고서 재민을 노려봤다. 다시금 평온을 찾은 라희가 눈을 게슴츠레 늘어뜨리고서 씨익 웃었다.

"그리고! 누가 사장님한테 쉽게 잡아먹힐 거 같아요? 저, 생각보다 쉽지 않은 여잡니다?"

"이런. 어려운 여자를 휘어잡는 것도 재미있겠네요."

"사장님 꽤 위험한 남자였구나. 좀 더 거리를 둬야겠는데요?"

"라희 씨가 거리를 둔다면 내가 더 거리를 좁혀 가겠죠. 난 현재 우리 둘 관계보다 좁힐 생각만 가득 차 있거든요. 단 1cm도 멀어지는 꼴은 못 봅니다."

"……."

저음의 보이스는 치명적이리만큼 섹시하다.

심장을 두드리는 묵직한 듯 간지러운 말 또한 라희의 입을 틀어막게 해 버린다.

그런 자신을 보며 보드라운 미소까지 보이는 재민에게서 어떻게 시선을 거둘 수 있겠는가. 하얗던 그녀의 두 뺨이 루비 빛깔처럼 물들어 갔다.

"흠흠! 그런 식으로 여자 꼬셨나 봐요?"

"내가 라희 씨 꼬시려 노력 중이라는 건 어떻게 알았지? 역시 눈치가 빠르시네요."

재민의 능청스러움에 라희의 입이 떡하니 벌어지고 만다.

"사장님 원래 이런 캐릭터 아니지 않습니까?"

"그런가? 뭐, 사람이야 상황에 따라 변화하기도 하죠. 가지고 싶은 건 최선을 다해 손에 쥐려 노력하는 놈이기도 하고요."

가지고 싶은 것. 절대적으로, 최선을 다해 목적한 바를 이루고 싶은 것.

지금 재민의 목표이자 성취하고 싶은 건 사랑, 라희다.

"아무튼 맥주는 안 돼요. 아이스크림 드세요."

"그럼 콘 아이스크림으로."

"알았어요. 제가 사 올 테니까 여기 앉아서 기다리세요."

재민을 편의점 파라솔 아래 앉혀 놓고, 라희는 조금은 붉은 기가 퍼진 얼굴로 빠르게 잔걸음으로 편의점 안으로 들어갔다.

"후우, 주책맞게 뭔 놈의 심장이 이리도 나대는 거야."

라희는 심장 위로 손을 얹은 채 나직이 읊조렸다.

심호흡을 하며 심장을 작게 두드리던 중 편의점 직원과 눈이 마주쳤다. 입구에 서서 멀뚱히 있던 자신을 이상한 눈으로 바라보자, 라희는 어색한 미소를 지으며 맥주가 진열된 냉장고로 향했다.

재민은 플라스틱 의자에 앉아 다리를 꼬고 앉았다. 입에선 연이어 피식피식 웃음이 비집고 나온다.

이제는 라희가 너무나도 귀여웠다. 완벽주의자, 책임과 사명감으로 딱딱하고도 도도한 모습만을 보이는 그녀지만, 속엔 그녀만의 허당스러운 귀여운 모습이 감춰져 있었다. 이 귀여운 모습을 재민은 오직 자신만이 보고 싶고 알고 싶었다.

오로지 라희만을 눈으로 쫓고 있는 재민은 턱을 매만지며 중얼거렸다.

"귀여워."

＊　　＊　　＊

"앗, 차가워."

잠깐 휴대폰 메시지를 확인하던 재민은 냉기로 꽁꽁 뭉친 아이스크림이 뺨에 닿자 상체가 작게 움찔거렸다.

"말씀하신 콘 아이스크림 대령입니다."

재민의 반응에 샐쭉 웃는 라희가 콘 아이스크림을 재민에게 건넸다. 맞은편 의자로 앉은 라희는 비닐을 옆 의자에 내려놓고서 아이스크림만 꺼내었다.

빵빵하게 담긴 비닐을 물끄러미 쳐다보던 재민이 이내 아이스크림을 한 입 베어 물며 툭 말을 던졌다.

"호프집이라도 차리려고 그러나."

"네?"

"무슨 맥주를 한 보따리씩이나 샀습니까?"

"한 번 살 때면 냉장고 꽉꽉 채워 놔요. 자주 사러 나가는 것도 귀찮고, 왠지 냉장고에 줄 맞춰 진열되어 있는 거 보면 뿌듯하달까?"

진심으로 뿌듯해 보이는 얼굴. 못 말리는 그녀에 재민은 고개를 절레절레 흔들며 피식 웃었다.

"하여튼 술꾼이라니까."

"어머. 술꾼한테서 술꾼이라고 핀잔까지 받네. 사장님도 만만치 않으시면서."

"내가 술꾼이라고요?"

"사장님 집에 각국의 술이란 술은 다 집합되어 있잖아요. 진열장까지 따로 짜신 거 맞죠?"

206

"난 술을 모으는 게 유일한 취미일 뿐이지, 술꾼은 아닌데."

재민이 어깨를 으쓱이며 아이스크림을 물었다. 그러곤 입꼬리를 끌어 올리며 라희를 쳐다봤다.

"내 집에 한 번 와 봤으면서 술꾼답게 술만 눈에 들어왔나 봅니다? 그것도 인사불성으로 취한 상태였는데도 말이죠."

"아침에 맨정신일 때 본 거거든요? 넓은 거실에 유일하게 술 진열장만 있으니까 당연히 눈이 갈 수밖에 없죠. 못 봤다는 게 더 이상하겠다."

라희가 입술을 삐죽거리며 톡 쏘듯 대답했다. 그런 라희의 반응이 재민은 귀엽기만 했다.

팥빙수 아이스크림을 선택한 라희는 뚜껑을 열었다. 미니 스푼으로 얼음을 쿡쿡 찔러 조금씩 깬 후 토핑들과 함께 떠먹었다.

맛있어 보이는 빙수 아이스크림을 재민은 자신도 모르게 쳐다보고 있었다.

"팥빙수 아이스크림도 있었나?"

"어? 모르셨어요? 오래됐는데."

"그렇군."

"어릴 때부터 전 이거 엄청 좋아했거든요. 요즘도 생각나면 한 번씩 찾아요."

재민이 고개를 느릿하게 끄덕였다. 그새 얼마 남지 않은 자신의 아이스크림을 마저 해치웠다. 그러면서도 라희의 빙수 아이스크림에 시선이 꽂혀 있었다.

"맛있습니까?"

"당연히 맛있죠. 집에서 먹을 땐 우유도 넣어서 먹는데, 엄청 맛있어요."

"오리지널인 상태도 상당히 맛있어 보이네요. 라희 씨는 뭐든지 맛있게 먹어서 참 예쁩니다."

"……."

스푼을 입에 물려던 라희의 행동이 정지 버튼을 누른 것처럼 멈춰졌다. 제게 예쁘다는 말을 아무렇지 않게 내뱉는 재민을 떨리는 눈동자로 바라봤다.

"먹고 싶어지게 만드네."

"흐흠! 그럼 더 맛있게, 오버해서 먹어야지."

재민을 약 올리듯이 라희는 익살스런 표정으로 빙수를 연속적으로 떠먹어 보였다. 그러자 재민이 장난스럽게 눈을 가늘게 늘어뜨리고서 라희를 흘겨봤다.

그것도 잠시 재민은 생글거리며 스푼을 입으로 가져가려는 라희의 손목을 덥석 잡았다. 주저 않고 빙수를 품은 스푼을 자신의 입으로 이끌었고 그대로 머금었다.

"아, 아니 그걸 왜⋯⋯."

재민의 뜬금없는 행동에 라희는 당혹스러워 어쩔 줄 몰라 했다. 가뜩이나 큰 눈이 더욱 큼지막하게 커졌고, 말까지 더듬었다. 하지만 재민은 그녀와는 달리 표정도 말투도 아주 자연스러웠다.

"달다. 진짜 맛있네."

"사장님⋯⋯ 그 스푼 제 입에 닿았던 건데⋯⋯."

"그래서 더 달짝지근한가?"

"에⋯⋯?"

자신의 입에 닿았다고 더 달짝지근하단다. 그러면서 재민이 자신을 똑바로 응시하며 혀로 입술을 핥는데 그 모습이 어찌나 야하고 자극적인지, 라희는 순간 얼굴에 열이 바짝 올랐다.

재민의 능청스러움은 나날이 라희의 입을 떡하니 벌어지게 만든다.

이 순간이 그저 재밌기만 한 재민은 기분 좋은 웃음이 얼굴에서 거둬지질 않는다.

아예 턱을 괴고서 라희를 뚫어지게 쳐다보고 있었다. 라희가 민망해하고 어색한 반응을 보이는 것이 그의 눈에는 귀엽게만 비춰졌다. 살짝 붉어진 뺨도 한 입 베어 물고 싶을 만큼 사랑스러웠다.

"먼저 초대해 주면 답례로 내 집에도 정식으로 초대할게요. 각국의 술을 맛보게 해 드리죠."

"글쎄요. 그다지 당기진."

"술 브랜드에 따라 안주도 각각 맞게 손수 만들어 줄 건데."

"으음……."

라희가 검지로 턱을 톡톡 건드리며 고민하는 척 연기를 한다. 당연히 각국의 술도, 요리도, 재민과의 둘만의 시간도 거부할 수 없는 유혹이었으니까.

재민은 비스듬히 고개를 젖힌 채 라희의 장난을 묵묵히 받아 주면서 대답을 기다리고 있었다.

"아무한테나 해 주지 않는 내 요리와 웬만해선 맛보기 힘든 술까지 대접한다는데도 고민하는 겁니까?"

"참 유혹적인 제안이긴 한데, 혼자 사는 남자 집으로 초대받았으니 당연히 고민되지 않겠어요?"

라희가 팔을 교차해 팔짱을 끼고서 새침하게 대꾸했다. 그러자 재민이 웃으며 라희를 따라 팔짱을 끼고서 매력적인 입꼬리를 휘었다.

"뭐, 상대의 유혹에 빠른 경계 태세를 취한 액션은 아주 좋은 습관이네요. 물론 나는 제외라고 말씀드리고 싶지만 말입니다."

"사장님을 제일 경계해야 할 것 같은 느낌이 드는 건 왜일까요?"

"내가 치명적인 매력을 소유한 남자이긴 하죠."

재민이 널찍한 어깨를 으쓱이며 뻔뻔하게 자화자찬했다.

생각지도 못한 재민의 대답에 라희는 웃음을 빵 터트리면서 박장대소했다.

깔깔거리며 배를 잡고 웃는 라희를 가만히 쳐다보는 재민이다. 기분이 묘하게 나빠지는 이유는 뭘까. 농담 반 진담 반으로 던져 본 말이지만 괜스레 뚱해지는 그였다.

"……지금 비웃는 겁니까?"

"크흠. 그럴 리가요."

뾰로통해진 표정과 입술을 작게 삐죽이는 모습이 귀여웠다. 재민을 골려 주는 것이 어느덧 라희에겐 즐거움이 되었다. 재민은 첫인상과는 달리 참으로 솔직하고 아이처럼 순수함을 간직하고 있는, 마음을 이끄는 남자다.

"우리 사장님이 설마 삐치셨나?"

우리 사장님이란다. 재민은 우리 사장님이란 그 한마디에 그새 불퉁해진 얼굴이 펴졌다. 좋아 죽겠다는 속마음을 숨길 수 없었는지 입매가 휘어 씰룩씰룩했다.

"저 그렇게 속 좁은 사람 아닙니다."

"하하. 아, 사장님."

라희가 눈물을 찔끔거려 가면서 깔깔댔다. 정말 오랜만에 이토록 박장대소로 시원하게 웃어 보는 것 같았다.

그런 라희를 바라보고 있던 재민도 결국 피식 웃고 만다.

겨우 웃음을 거둔 라희가 손끝으로 눈가를 정리했다. 그러곤 재민을 향해 생긋 웃으며 천천히 입을 열었다.

"사장님 매력 있으세요. 본인 입으로 말씀하신 그 치명적인 매력에 제가 또 의식하게 되는 건 사실이니까?"

"……."

생각지도 못한 솔직담백한 라희의 말에 재민의 눈이 또렷하게 뜨였다.

라희는 멍하니 입을 다물고 있는 재민을 쳐다보다 이내 자리에서 일어섰다. 다 먹은 아이스크림 용기를 쓰레기통에 넣고서 재민을 향해 살짝 몸을 틀었다.

"이제 그만 가요. 10시가 넘었어요."

그 한마디를 던지고 왜인지 쑥스러운 미소를 머금은 라희가 집 방향으로 걸었다.

"이제 정면으로 부딪쳐 고백을 해야 할 때라는 거군."

재민의 매력적인 입매가 유연하게 휘었다. 라희가 자신을 향한 마음을 흘려보내었다. 이제 고백을 해도 된다는 신호를 보낸 것이다.

"사장님. 빨리 와요!"

라희가 가던 길을 멈추고 뒤돌아서서 그를 재촉했다.

재민은 씨익 웃으며 일어섰고 다시 앞서가는 라희를 뒤쫓았다. 성큼성큼 긴 다리로 뛰듯이 빠른 걸음으로 따라잡았다.

맥주가 담긴 비닐봉지를 라희의 손에서 빼앗듯 가로채었다. 그리고 다른 한 손으로는 라희의 보드라운 손을 살포시 감싸 잡았다.

'어……?'

자신의 손을 잡은 재민의 체온은 심장으로까지 전해지는 기분이었다. 라희는 얼떨떨한 표정으로 재민을 올려다보았다. 어쩐지 기분이 좋아 보이는 재민을 가만히 응시하던 그녀는 이내 그와 잡고 있는 손으로 시선을 내렸다.

재민이 슬며시 손깍지까지 끼며 살랑살랑 흔들었다. 라희의 얼굴이 활짝 피어났다. 턱을 끌어 내린 채 수줍게 미소 짓고 있었다. 그리고 자신도 조금은 힘을 주어 재민의 손을 감쌌다.

✤　　✤　　✤

똑똑.

"네. 들어와요."

결재 서류에 사인을 그리던 재민이 노크 소리에 들어오라고 답했다. 라희가 가벼운 발걸음으로 재민의 책상 앞으로 섰다.

"사장님, 한결가구 부사장님 측에서 급히 연락이 왔습니다."

"그래요? 혹시 오늘 점심 약속 취소된 건가?"

기대하게 되는 재민의 눈동자가 반짝거렸다.

라희는 약속이 취소되기를 간절히 바라고 있는 재민의 속마음을 꿰뚫었다. 자신의 입에서 취소되었음을 말해 주길 기다리는 재민 때문에 순간 표정이 무너져 내릴 뻔했다.

"사장님이 기대하시는 그 소식이 맞습니다."

"아, 진짜 반가운 소식이네요."

"그렇게 좋으세요?"

"네. 라희 씨가 없었다면 혼자 춤이라도 췄을 정도로요."

못 말리는 상사의 리액션에 라희는 고개를 가로저으면서도 잇새로 웃음이 비집고 나왔다.

"그렇게 좋으십니까?"

"한결 부사장은 정말 우유부단하고 불필요한 과한 결정 장애가 있어서 얼마나 갑갑한지 모릅니다. 나까지 판단이 흐려질 거 같다고나 할까."

재민이 진절머리가 난다는 듯 고개를 절레절레 흔들며 혀를 찼다.

뭐, 라희도 재민의 말에 100% 공감, 또 공감하는 부분이긴 했다.

"라희 씨."

"네. 사장님."

"오늘 저녁, 같이 할래요?"

"저녁이요?"

재민이 입가에 미소를 띠며 고개를 끄덕였다. 하지만 라희는 난감한 표정을 지었다.

"약속 있습니까?"

"네. 사회에서 처음 사귄 친구가 있는데 서로 바빠서 얼굴을 못 본 지가 오래됐거든요 마침 오늘 둘 다 시간이 맞아떨어져서 저녁 먹기로 했어요."

"흐음. 내가 한 발 늦었네요. 아쉽지만 어쩔 수 없죠."

재민의 낯에서 아쉬움이 고스란히 드러났다. 금세 시무룩해지는 재민이 왜 이렇게 귀여운 걸까. 기분까지 좋아지게 만들었다.

"대신 토요일에 저희 집으로 초대할게요."

"정말입니까?"

이렇게나 감정의 기복이 명확한 사람이었나 싶을 정도로 재민은 격한 반응을 보였다.

"빨리 토요일이 왔으면 좋겠군요."

"너무 기대하지는 마세요. 딱히 특별한 건 없으니까."

"특별한 날로 만들면 되는 거죠. 기억에 남을, 아주 특별한 순간임을."

"……."

의미심장한 말과 가슴 떨리는 그의 눈빛은 라희의 심장을 꽉 움켜쥐었다.

'정말 기대해도 될까요……?'

기대하고 싶어졌다. 그리고 그 특별한 순간을 맛보고 싶었다.

달콤한 그들의 눈 맞춤은 집무실 공기까지 달짝지근하게 물들였다.

"재민아!"

재민과 라희가 흠칫 놀라 문 쪽으로 고개를 획 틀었다. 벌컥 문을 열고서 재민을 씩씩하게 부르는 인물은 진우였다.

동시에 자신을 쳐다보는 진우가 눈을 껌벅거리다가도 이내 능글맞게 경례를 하듯 손을 눈썹 위치로 올리며 웃었다.

"이런. 공 비서님 자리에 안 계시길래 자리를 비운 줄 알았네요. 실례."

"한 전무님, 안녕하십니까."

조금 놀란 것뿐이었던 라희는 진우를 보며 미소를 띠우고서 정중히 인사했다.

'하아. 저 새끼를 그냥…….'

"노크할 줄 모르냐?"

"미안, 미안. 사장님 눈에 힘 푸십시오."

자신을 매섭게도 노려보는 재민에 진우는 킥킥거리며 다가왔다.

"그럼 말씀 나누십시오. 전무님 커피……."

"커피는 괜찮아요. 이제 곧 점심시간인데."

"네. 알겠습니다."

라희가 집무실을 나가자 재민이 도끼눈을 뜨고서 진우를 노려봤다.

"용건."

"쌀쌀하긴. 점심 약속 없으면 같이 먹자고."

"네가 사면 같이 먹어 줄 의향은 있고."

"편의점에서 간단하게 때울까?"

"안 가."

"배고파 죽겠다. 어차피 곧 점심시간인데 지금 나가자."

"앞장서."

❖　✛　❖

라희는 하나와 성은과 감자탕집에서 점심을 함께했다.

배불리 식사를 마치고 카페로 자리를 옮긴 그녀들은 얼마 남지 않은 점심시간이지만 커피와 수다로 잠깐의 여유를 즐겼다.

"아, 배불러 죽겠다. 볶음밥까지는 오버였나?"

"에이, 선배. 감자탕 먹고 볶음밥으로 화려한 마무리를 해 줘야지 한 끼 잘 먹었구나 싶지!"

"그건 그렇지."

하나와 성은이 짝짜꿍이 맞아 박수를 치며 까르르 웃었다.

떠들썩한 테이블. 못 말리는 친구와 선배를 보며 조용히 커피를 마시던 라희도 따라 웃게 된다.

커피로 손을 뻗으려던 성은이 갑자기 무언가가 생각났는지 손을 거두며 라희를 향해 고개를 틀었다.

"참, 그렇지. 라희 너 이번 주 금요일이 계약 만료지 않아?"

"응. 맞아. 용케 기억하고 계셨네요, 장성은 부장님?"

"당연히 기억해야 할 중요한 일이지요."

성은이 싱글벙글한 얼굴로 라희의 장난스러운 말에 맞받아쳤다.

"올라가서 바로 서류 준비부터 해야겠다. 내가 요새 정신이 없어서 미리 얘기를 못 했네.”

“6개월 단기 계약이라 짧을 줄은 알았지만 더 빠르게 혹 지나가 버리
네.”

하나의 말에 동감했다. 6개월이란 시간은 눈 깜짝할 새 지나가 버렸
다.

“재민이, 아니, 사장님께서는 너한테 따로 재계약 언급은 없으셨
고?”

성은이 씨익 웃으며 넌지시 물었다.

라희는 조금은 쓸쓸한 미소를 머금으며 고개를 작게 가로저었다. 라
희의 표정을 찰떡같이 캐치한 성은은 라희의 뺨을 손등으로 쓰다듬듯
톡톡 건드렸다.

“혹시라도 서운하게 생각하지는 마.”

“서운하기는. 그런 거 아니야.”

“그렇다면 다행이지만. 사장님이랑 6개월이란 짧으면서도 긴 시간을
지내 왔으니까 너도 잘 알 거야. 아닌 건 칼같이 쳐 내신다는 거.”

“응. 잘 알고 있는 부분이지.”

“네가 마음에 들지 않았다면 무슨 수를 써서라도 제 손으로 가차 없
이 잘라 버렸을 것도 알 거고.”

“그렇지. 꽤 단호하신 분이시니까.”

라희도 충분히 알고 있는 부분이었다. 그 정도로 재민은 본인의 뜻
에서는 절대적이라는 걸.

“사장님 단점이라면 단점이 있어.”

“응? 단점?”

단점이라. 라희는 갸우뚱한 얼굴로 성은에게 되물었다.

“흔한 경우는 아니지만, 사장님은 사물이든 감정이든, 어느 한 가지
에 꽂히게 되는 순간 그 외의 것은 신경을 못 쓰시거든.”

“······?”

라희는 좀처럼 성은의 말뜻을 알아차릴 수가 없었다.

"아, 난 알겠다!"

곰곰이 생각에 잠긴 라희는 갑자기 자신은 알겠다며 목소리를 높이는 하나에게 시선을 돌렸다. 그러자 하나가 입술을 안으로 말아 넣고서 웃음을 참는 티를 팍팍 냈다. 라희가 미간을 좁히며 가만히 쳐다보고 있자 하나가 그제야 반짝이는 눈으로 입을 열었다.

"쉽게 말해서 사장님은 어디에 심하게 꽂히면 세세한 것까지는 신경을 못 쓴다는 거잖아? 지금 사장님의 머릿속을 흔들어 놓는 건 사랑. 즉 우리 라희! 너한테 빠져서 정신을 못 차리고 있다는 거지!"

"……뭐? 넌 무슨 그런 말도 안 되는 추측을……."

"딩동댕! 하나가 정확하게 정답을 말했네."

"서, 선배까지 왜 그래."

당황스러운 탓에 라희의 얼굴은 열이 화르르 올라 붉어졌다.

재민의 마음을 모르는 건 아니다. 하지만 이렇게 다른 사람들의 눈에도 보이고 눈치채고 있었다니. 놀라울 수밖에 없다.

"라희 너도 사장님 마음에 있는 거 맞지? 그치?"

"……."

"이 언니 눈을 속이려고 하지 마라?"

"뭐, 뭐라는 거야. 언니는 개뿔."

오랜 시간 라희를 봐 왔던 하나는 그녀의 마음을 완전히 간파하고 있었다.

하나가 눈을 게슴츠레 뜨고서 대답을 재촉하듯이 끈질기게 놀려 댔다. 그럼에도 라희는 아랑곳 않고 애써 포커페이스로 커피만 홀짝였다.

"솔직해져도 돼. 여기서 뭐라 할 사람 없으니까."

"나는 대 찬성이야."

"공라희 씨. 언제까지 남자는 무조건 거부할 거야. 인정하시게나."

"허이고. 김하나 네가 나한테 그런 말을 하는 건 스스로 찔리지 않냐?"

"으흠! 나도 변화하려고 노력 중이야. 이거 왜 이러셔?"

라희나, 하나나 남자에 대한 기억은 좋지 않다. 따지고 보면 라희보다도 하나가 더 남자에 대한 상처와 겁이 많은 쪽이다.

"라희야. 재계약 건으로 재민이한테 절대 서운하거나 신경 쓸 거 없어. 그 불도저 현재민을 조련하는 네가 나는 오히려 존경스럽다. 난 친구지만 그 녀석 감당 못 해."

"내가 무슨 조련까지 했다고. 사장님은 내가 잡아 줄 것도 없이 아주 완벽하셔. 지금까지 내가 만나 온 경영자들 중에서도 가장 완벽해."

"어머머."

"푸흐. 왜?"

"공라희까지 이렇게 변하다니 신기해서 그런다."

"내가 변했다고?"

"역시 장성은 촉은 아직 안 죽었구나. 처음엔 으르렁거릴 두 사람이지만 분명히 최고의 파트너가 될 거라고 난 굳게 믿고 있었거든."

"최고의 파트너라……."

최고의 파트너라는 단어가 이토록 기분 좋은 단어로 와닿았던 적은 없었다. 라희는 지금까지 일했던 시간들을 보상받는 기분이 들었다.

최근에 비서직에 회의감을 느꼈었던 라희는 그 멍든 마음이 포근하게 보듬어지는 것만 같았다.

"그런데 선배. 사장님이 여자 비서라는 이유 때문에 처음부터 라희를 못마땅해했어?"

라희도 궁금한 부분이었다. 하나의 물음에 성은이 웃으며 손을 휙휙 내저었다.

"여자 비서는 죽어도 싫다고는 했지만 라희가 재민이 옛 애인이랑 닮아……. 허업!"

"……!"

성은은 순간 자신이 입 밖으로 꺼낸 말에 화들짝 놀라 재빨리 손으로 입을 틀어막았다. 하지만 이미 내뱉어진 말이었다.

라희는 조금은 충격을 받은 것처럼 보였다. 얼굴은 새하얗게 질려 버렸다.

예상할 수 없었던 이유였을뿐더러, 숨겨진 그 사실은 라희의 심장을 바늘로 찌르는 듯했다. 금세 가슴께가 아렸다. 풍선이 바람 빠지는 것처럼 쪼그라드는 느낌이었다.

"저기 라희야. 내가 생각 없이 내뱉은 말이야."

"……."

"절대로 오해하지 마. 아니 오해해선 안 돼."

"오해……?"

"하아. 이걸 어떻게, 어디서부터 설명해야 할지 나도 사실 좀 당황스럽고 난감한데. 확실하게 말할 수 있는 건 재민이가 그 여자와 닮았다는 이유로 널 좋아하게 되었다는 건 절대 아니야."

"정말 그럴까. 선배, 나 솔직히 좀 혼란스럽긴 하다……. 너무 갑작스러워서."

"당연해. 충분히 그럴 수 있어. 솔직히 말해서 처음에 너한테 한 행동들은 사적인 감정이 섞이지 않았다는 건 사실이야. 재민이가 그 여자 때문에 가장 행복해야 했던 시절을 배신과 상처로 많이 아파했거든. 모든 여자들을 경멸할 만큼, 힘들었어."

성은의 표정을 보는 것만으로 그가 얼마나 아팠을지가 선명하게 예상되었다. 라희는 왜인지 양손이 떨리면서 자신도 모르게 주먹을 쥐고 있었다.

"더 이상은 내가 말해 줄 수 있는 게 없네. 그런데 라희야. 내가 보기엔 하나도 안 닮았어. 닮았다면 내가 어떻게 재민이한테 널 비서로 붙여 놓으려고 했겠어."

그건 그렇다. 성은에겐 재민은 소중한 친구이고, 라희 또한 아끼는 후배이자 동생이다.

성은을 절대적으로 신뢰하고 믿기 때문에 라희는 사라졌던 미소를 되찾을 수 있었다. 제게 웃어 주는 라희로 인해 성은은 마음이 한결 가벼워졌다.

"진짜 안 닮았는데. 남자들 눈은 여자랑은 확실히 다른가 봐. 진우도 라희 보더니 닮은 거 같다고 했거든. 그런데 시간이 지나고 나니까 확실히 안 닮았다고 그러더라. 재민이도 분명히 며칠 지나지 않아서 그 생각을 버렸을 거야. 그러니까 이렇게 옆에 두고 싶어 하지."

"당연하죠! 우리 라희 같은 미인이 누굴 닮았다는 게 말이나 돼? 닮았다 쳐도 그 여자가 우리 라희를 어색하게 닮은 거겠지."

큰 액션과 목소리로 하나가 분위기를 바꿔 보려 했다. 라희는 그런 친구가 귀엽기만 하다. 얼어 있던 표정도 눈 녹듯 녹아 내려갔다.

'재민이가 알면 아마 난리 날 텐데……. 이놈의 주둥이는 왜 멋대로 나불거린 거야.'

좀처럼 말실수를 하는 법이 없었던 성은이었다. 라희와 하나가 워낙 편안한 동생들이어서 그런지 자신도 모르게 막 말이 나왔나 보다.

차분하게 상황 설명을 했다지만 성은은 마음이 불편해 죽을 지경이다.

혹여나 재민에게 또 한 번의 상처를 주는 건 아닐까, 조마조마하게 된다. 괜찮다고는 하지만 용기를 내려는 라희의 감정을 꺾어 버리는 건 또 아닐지, 성은은 머릿속이 터질 것만 같다.

성은은 진심으로 재민과 라희가 잘되었으면 하는 바람이다.

'신경 쓸 이유가 없는 거야. 누구에게나 아픈 상처는 있고, 감추고 싶은 게 있는 거니까.'

라희는 스스로를 다독였다. 재민을 향한 마음은 되돌릴 수 없을 만큼 짙어져 버렸으니까.

"영악한 년이네."

"뜬금없이 뭔 말이야?"

"저기 카운터 앞에 강나영 보여서. 옆엔 기획 부서 박경수 과장 아니야?"

하나가 검지로 카운터 쪽을 가리켰다. 의외의 조합이었다. 강나영과 박경수를 보니 저절로 눈살이 찌푸려졌다.

"박경수 과장, 라희한테 무례하게 들이대다가 재민이한테 호되게 당했었지."

"어? 사장님이?"

"아, 라희 넌 모르겠구나. 그때 사장실 앞에서 박경수한테 네가 한소리 했었던 날 있지 않았어?"

"맞아. 그랬지. 그런데 그걸 선배랑 사장님이 안다고?"

"마침 복도에서 보게 됐거든. 너 들어가고 나서 재민이가 박경수한테 '내가 없을 땐 공 비서가 내 대신입니다. 내 비서한테 무례하게 굴지 마십시오' 라고 확 밟아 버렸지."

"까아! 내 비서래. 사장님 멋있으시다!"

"나도 그때 어찌나 속이 시원하던지. 그 이후로 아예 사장실 근처에도 못 오게 됐잖아. 부서 부장한테 박경수 과장 엄청 깨졌을걸?"

몰랐던 사실이 드러나자 라희는 얼떨떨한 표정으로 눈만 껌벅거렸다. 그것도 잠시, 라희의 도톰한 입술이 슬며시 휘어졌다.

"아 선배. 강나영이 라희한테 글쎄 뭐라고 했는지 알아? 혼잣말인 척하면서 라희 들으라는 식으로 막말을 싸지르고!"

"뭐라고? 그런 일이 있었단 말이야?"

"제 까짓게 감히 볼 수도 없는 라희한테 열등감이 있는지 어찌나 못되게 구는지. 아오!"

하나가 분에 못 이겨 씩씩거리며 성은에게 다다다 쏟아부었다. 성은은 기가 차서 말이 안 나올 지경이다.

"당장에 머리카락을 오독오독 뜯어 놓으려고 했는데 라희가 하도 말리는 바람에!"

"김하나. 그쯤 해라."

"이것 봐. 넌 분하지도 않냐?"

"라희야. 강나영이 언제부터 그랬어?"

"다 지나간 일이야. 신경 쓰지 마, 선배."

"선배. 라희 성격 알지? 그런 거 일일이 마음에 두고 말하는 타입 아

220

닌 거. 얼마나 화가 나고 속상했으면 나한테 다 말했겠어."

"눈에 거슬리긴 했는데 그 정도로 막돼먹은 애인 줄은 몰랐네. 앞으로 신경 써서 주시해야겠어."

라희는 머리가 지끈거리는지 이마에 손을 얹은 채 고개를 도리도리 흔들었다.

✤　　✤　　✤

불청객이 찾아왔다. 그것도 미워할 수 없는 녀석, 진우가 말이다.

"아, 새끼. 왜 저녁을 내 집에서 먹겠다는 거냐고."

"오랜만에 우리 사장님이 해 주는 감바스가 먹고 싶어서 이렇게 장까지 봐 왔는데. 너무 매정하시다."

진우가 껄껄대며 장을 봐 온 비닐봉지를 흔들어 보였다. 미리 말했다면 당연히 재민이 결사반대할 것을 진우는 아주 잘 알고 있기에, 한마디 없이 홀로 장을 봐서 재민의 집으로 무작정 들이닥친 것이다.

어릴 때부터 꾀돌이라는 별명으로 불릴 만큼 진우는 잔머리와 임기응변에 능했다.

"귀찮게. 그냥 배달 음식으로 간단히 때우자."

"야 인마. 장을 봐 온 친구의 성의도 좀 생각해 줘라."

"네가 한다는 것도 아니고 내가 봉사를 해야 하는데 성의는 얼어 죽을."

"하하. 말이 그렇게 되는 건가?"

재민은 한숨이 절로 나왔다. 음식을 즐기는 것처럼 요리도 곧잘 해서 먹는 편이었다. 하지만 오늘만큼은 라희가 제게 나눠 준 물김치와 배추김치로 간단하게 먹으려고 했었던 참이다. 한식파라 자신의 입맛에 맞는 김치 한 가지만 있어도 밥 한두 공기는 거뜬하게 해치운다.

"사 와도 뭘 이렇게 대량으로 사 왔냐?"

주방으로 들어가 비닐봉지부터 들여다보던 재민은 둘이서 먹을 건데

어마어마한 양에 미간을 찌푸렸다.

"바지락까지? 부려먹으려고 작정을 했네."

"바지락 술찜도 네가 맛있게 하잖냐. 내가 보조할게!"

"아 진짜!"

"성질내지 마시고."

짜증 폭발이다. 재민은 툭툭거리면서도 손은 이미 싱싱한 재료들을 꺼내어 손질하고 있었다.

"이야, 손목 스냅 아직 안 죽었네!"

"정신 사나우니까 입 닫고 조용히 앉아 있어."

"부끄러워하기는."

"나 칼 든 거 안 보여? 가만히 있어."

보조를 한다며 나섰지만 재민의 화만 돋을 뿐이다. 하지만 진우는 이런 재민의 반응이 재밌어 장난을 멈출 수가 없다.

드디어 완성된 감바스와 바지락 술찜. 식탁에 마주 앉아 사내 둘이서 식사를 시작했다. 8시 20분. 저녁을 먹기에는 조금은 늦은 시각이지만 허기가 진 만큼 요리의 맛은 더욱더 미각을 자극했다.

"역시 맛있다."

"그래. 많이 먹어라."

재민이 고개를 내저으며 피식 웃었다. 그래도 맛있게 먹어 주는 녀석을 보니 해 준 보람은 있었다.

레스토랑에서 먹을 법한 요리들과 함께 밥과 밑반찬도 함께 차려져 있었다. 재민은 말할 것도 없고, 진우 역시나 한식을 좋아하고 밥은 꼭 먹어야 하기 때문이다.

"김치 대박. 어디서 샀냐? 완전 감칠맛 제대로인데?"

배추김치를 맛보던 진우가 그 감칠맛에 심봉사가 눈을 뜬 것처럼 부리부리한 눈이 큼지막하게 떠졌다.

"산 거 아니다."

"그럼?"

222

"라희 씨 어머니께서 직접 담그신 김치."

"헐. 뭐야. 라희 씨랑 언제 그렇게 관계가 발전된 거냐? 벌써 어머님까지?"

"거기까진 한참 멀었지. 아직 라희 씨한테 고백도 못 했는데."

"뭐? 고백? 네 입에서 그런 말이 나올 거라고는 상상도 못 했다."

진우가 놀라움을 금치 못하면서도 왜인지 즐거워 보였다.

"김치 진짜 맛있지 않냐?"

"완전 맛있어."

"라희 씨 집에서 저녁 얻어먹었었는데 내가 김치만으로도 잘 먹으니까 싸 주더라고."

어울리지도 않는, 웃음도 없는 녀석이 헤죽헤죽 웃으며 얘기를 하니 진우는 그저 신기하기만 하다.

"이야. 라희 씨 집까지 갔었단 말이지?"

"그따위 음흉한 눈으로 쳐다보지 마라."

"찔리는 음흉한 짓이라도 하셨나 봐?"

"내가 너처럼 엉큼한 짐승인 줄 아냐?"

"엉큼함도 하나의 매력이 될 수 있지. 그리고 난 너처럼 음험한 게 아니거든."

진우가 어깨를 단단하게 펼쳐 상체를 부풀리면서 자기애에 흠뻑 취한 표정을 지었다. 재민은 언짢은 낯으로 한심하다는 듯 한숨을 내쉬었다.

"쯧쯧. 난 자제력이 있는 짐승이다."

"하하. 짐승인 건 인정하네."

"봉인 해제되는 순간 혀 깨물면서 참았던 욕망을 터뜨려 버릴 거니까. 짐승 맞지."

"하하. 아 너 완전 다른 놈이 돼 버린 거 같아."

"그래서 나도 요즘 나 스스로가 무섭긴 하더라."

"봉인 해제 시기는?"

"글쎄. 곧?"

"짐승 맞네."

"밥이나 처드셔."

재민과 진우가 주거니 받거니 말장난을 치며 활기찬 식사를 이어갔다.

"맞다. 라희 씨한테 재계약 관련 얘기는 됐고?"

진우가 김치 하나를 날름 집어 먹으며 넌지시 물었다.

"……재계약?"

"한심한 놈. 어디 하나에 꽂히면 다른 건 눈에도 안 들어오지."

재민이 마치 처음 듣는 얘기처럼, 당황해하자 진우가 혀를 차며 고개를 내젓는다.

"네가 지랄지랄, 지랄발광을 해 가면서 6개월 단기 계약으로 계약서 새로 만들어 내민 거, 설마 잊은 거냐?"

"아, 그랬지. 젠장…… 잊을 게 따로 잊지. 내 정신 좀 봐."

잊을 게 따로 있지. 그걸 잊고 있었다니.

재민은 얼굴을 일그러뜨리며 수저를 내려놓았다. 의자 등받이에 몸을 기대어 생각을 정리하는 듯 보였다.

"그런데 어떻게 네가 기억하고 있냐?"

"내가 알 턱이 있겠냐. 점심 먹고 너 먼저 들어갔잖아. 막 점심 먹고 들어오던 성은이랑 김 비서가 하는 얘기 들었지. 엘리베이터 같이 탔거든."

"장성은 이 녀석은 나한테 먼저 귀띔이라도 해 주지."

"내가 공 비서였다면 굉장히 서운했을걸."

진우의 말에 재민이 찔리는지 움찔했다. 마른 입술만 달싹이던 그는 트레이닝 바지에서 휴대폰을 꺼내었다.

'9시가 다 됐네. 늦게까지 술 마시려나.'

당장이라도 라희에게 연락하고 싶은 마음이 굴뚝같았다. 조바심이 생겨 미칠 것 같다. 재민은 일분일초라도 빨리 재계약, 그것도 장기 계약으로 원한다고 말하고 싶었다.

가만히 재민을 지켜보고 있던 진우는 미간을 좁히며 말했다.

"너 설마 다짜고짜 전화해서 '재계약합시다!' 라고 말하려는 건 아니지? 에이 설마."

"……."

속마음을 꿰뚫은 진우에 재민이 흠칫했다. 우려했던 그 설마가 역시 나이자, 진우는 실소를 터뜨렸다.

"대단하다, 현재민."

"뭐. 어쩌라고."

"됐다, 됐어. 네 마음대로 해. 난 밥이나 먹으련다."

깐족거리는 진우를 매섭게 노려보던 재민은 이내 휴대폰으로 시선을 내렸다.

전화를 거는 건 역시나 실례되는 짓이었다. 라희가 분명 오랜만에 보는 친구와 겨우 짬을 내어 만나는 거라고 얘기했었기 때문이다.

재민은 메시지로 일단 보내 놓는 게 나을 것 같았다. 오늘 무조건 말하고 싶은 것도 있었지만 한번 시동 걸리면 술을 놓는 법이 없기에 걱정되는 것 또한 한몫했다.

지금 그의 머릿속에는 공라희, 그녀뿐이다.

〈술 많이 마시진 말아요. 라희 씨 데리러 가고 싶은 기사가 한 명 대기 중인데, 일어날 때 부담 없이 연락해 주면 좋겠군요.〉

메시지를 보냈다. 보내 놓고 나니 멋쩍었다. 말은 부담 없이 연락 달라고 했지만 부담 팍팍 주는 뉘앙스가 풍겼다.

예상했던 것보다 메시지 음이 바로 울렸다. 재민의 눈이 또렷해지며 바로 메시지를 확인했다.

〈친구가 술을 못해서 저만 조금 마셨어요. 수다만 왕창 떨고 있답니다. 곧 일어설

거 같은데 데리러 오지 않으셔도 돼요. 걱정해 주셔서 고마워요.〉

술도 조금 마셨고, 곧 일어선다고 하니 재민은 흐뭇한 미소를 짓게 되었다.

"착하네."

"뭐가."

"그냥 흘려들어라. 혼잣말에 일일이 반응하지 말고."

재민이 자신에게 시선도 주지 않고서 휴대폰만 보며 중얼거리자, 진우는 뚱한 표정으로 입술을 삐죽거렸다.

'그럼 집 앞으로 가서 기다리고 있어야겠군. 오늘 얘기 못 하면 잠을 못 이룰 거 같아.'

라희에게 말하지 않고 집 앞에서 대기하고 있어야겠다. 그 전에 먼저 아직도 열정적으로 와구와구 밥을 먹고 있는 진우를 어서 보내야 하는 난관에 부딪쳐야 했다.

"빨리 먹고 가라. 피곤해서 샤워하고 일찍 자야겠다."

"하, 새끼. 재촉 좀 그만해. 눈칫밥 먹고 체하겠네, 아주."

"체하라고 한 소리는 아니고."

재민이 태연하게 어깨를 으쓱이며 실실거린다. 진우가 꿍얼거리는 사이 그의 벨소리가 울렸다. 무미건조한 얼굴로 발신자를 확인하던 진우는 금세 표정이 180도 달라지면서 활기가 넘쳤다.

"네네. 김 비서님."

하나의 전화였다. 매일 보는 얼굴, 몇 시간 전까지만 해도 같은 사무실에 있었음에도 그저 반갑고 좋기만 하다.

—전무님. 통화 되세요?

"그럼, 그럼. 김 비서 생각에 정신을 놓고 있었을 뿐."

—소름.

"하하."

—전무님. 오전에 가져가신 USB, 저 안 주신 거 맞죠?

"아차. 내 정신 좀 봐. 퇴근할 때 건네준다는 걸 깜박했네. 내 PC에 그대로 꽂혀 있을 거야."

—네. 알겠습니다.

"잠깐."

—네?

전화를 끊으려는 하나를 재빨리 잡았다.

"아직도 회사야?"

—네. 내일 아침 회의 준비해 두고 퇴근하려고요. 저도 아침에 교육이 있어서요.

"밥은."

—아직이요. 퇴근길에 국밥 한 그릇 하려고요. 그럼 쉬세요.

배고픈 것을 못 참는 하나라는 걸 진우는 아주 잘 알고 있다. 끊어진 휴대폰을 멀뚱히 쳐다보던 진우가 이내 수저를 내려놓았다.

"김 비서 야근하나 보네."

"금방 일어날 것처럼 하더니. 하여간에."

"안쓰러워 죽겠냐?"

"……뭐래."

"김 비서 좋아한 지 꽤 됐는데도 왜 멍청하게 손 놓고 있냐고."

재민이 고개를 옆으로 젖힌 채 넌지시 물었다.

"좋아하니까."

"뭐?"

"좋아하니까 잡을 수가 없다."

"너 아직도…….."

"트라우마는 쉽게 깨지지가 않더라."

씁쓸함이 그윽한 미소만 흩날리는 진우가 자리에서 일어섰다.

"저녁 잘 먹었다."

"김 비서한테 가려고?"

멋쩍게 웃는 진우가 고개를 한번 끄덕였다.

"밥이라도 먹여서 보내야지. 아, 이렇게 천사 같은 상사가 또 어딨겠냐."

"빨리 꺼져."

"간다."

말은 여유로웠지만 두 다리는 급해 보였다.

진우가 앉아 있었던 자리를 재민은 고요한 눈빛으로 바라보고 있었다. 친구가 걱정되고 안타깝기만 하다. 늘 웃고 밝은 모습만을 보이는 진우에게도 남모를 상처가 있었다. 그도 사람이니까, 늘 긍정적인 에너지를 보일 수는 없다.

재민도 집을 나서야 하기에 서둘러 식탁을 치우기 시작했다.

7장
불타는 사랑, 정열적인 사랑

"상무님. 데려다주셔서 감사합니다. 라희야 또 보자! 얼굴 봐서 너무 좋다."

"나도 즐거웠어. 다음엔 내가 너희 회사 앞으로 갈게. 점심이라도 먹으면서 얼굴 보곤 하자."

"응 그러자. 상무님, 라희 잘 부탁드려요."

"안전하게 모셔다 드릴게요."

이한준 상무가 어쩌다 보니 두 사람의 귀갓길을 책임지게 되었다. 물론 그녀들의 부탁이 아닌 이한준 본의에 의해서였지만 말이다.

사회에서 만난 첫 친구 김하정. 라희와 동갑내기로 NJ홈쇼핑 입사 동기이다. 라희와는 달리 김하정은 지금까지 단 한 번의 이직 없이 NJ 홈쇼핑에서 근무 중이다. 비서직이 맞질 않아 과감한 결정을 하여 다른 부서로 이동해 승승장구 중이다.

하정과 이야기를 나누던 중, 생각지도 못한 이한준 상무와 만나게 되었다. 슬슬 일어나려 할 때 지인과 선약이 있었던 이한준도 일어서면서 우연히 맞닥뜨린 것이었다. 그렇게 자연스레 합석하게 되었다. 내일이 건강 검진이라 이한준은 술을 마시지 못해 자신의 차로 데려다줄 수 있었다.

"자, 그럼 라희 씨 집으로 출발합니다. 아직 거기 살지?"

"네. 잘 부탁드립니다."

화기애애한 분위기 속에서 라희의 집으로 다시 출발했다. 워낙 친하게 지내던 관계였던지라, 대화가 끊어지거나 어색함 따위는 찾아볼 수 없었다.

"하정 씨가 부서 이동하고 일 능률이 어마어마하게 올랐다니까. 고속 승진까지 하고 말이야."

"천직을 찾은 거 같아서 저도 덩달아 기쁘더라고요. 과장까지 되고 나니까 눈코 뜰 새 없이 바쁜 바람에 얼굴 볼 시간이 없어서 좀 아쉽긴 하지만요. 통화로만 서로 보고 싶다고 엉엉 울고."

"울기씩이나. 이쪽 골목으로 들어가는 거 맞나?"

"아, 네."

이런저런 얘기를 하다 보니 금세 집 앞에 도착했다. 그리고 라희의 문 앞에는 또 다른 차가 그녀를 기다리고 있었다.

"뭐야. 저건 또."

차에서 라희가 오기만을 오매불망 기다리고 있던 재민의 눈에 박힌 불쾌한 장면.

그냥 갔어도 됐을 텐데 라희를 따라 운전석에서 이한준이 내리는 바람에 재민이 보게 되고야 말았다. 순간적으로 재민은 참을 수 없는 분노가 치솟았다. 눈에 핏대가 설 만큼.

이한준의 존재는 전에 동우산업 창립 기념 파티에서 알게 되었다. 라희가 소개를 해 줘서 얼굴만 아는 정도였다. 그 당시에도 라희와 아주 친밀한 관계라는 티를 팍팍 내는 장면을 봤다. 해서 저 남자는 재민을 예민하게 만드는, 꽤 신경 쓰이는 존재였다.

지금 역시나 가까운 사이라는 걸 이한준의 다정한 행동에서부터 알 수 있었다.

화가 나서 참을 수가 없다. 재민은 주먹을 쥔 손에 힘을 가했고 핸들을 내리치듯이 얹었다. 칼날같이 날카로운 눈매로 오로지 이한준을 노려보고 있었다.

"왜지. 왜 같이 있는 거냐고."

왜 자신에게 거짓말을 한 것일까. 분명 라희의 입에서 친구를 만난다고 들었다.

"상무님. 데려다주셔서 감사합니다. 조심해서 가세요."

"그래. 문단속 잘하고."

"그럴게요. 운전 조심하시고요."

이한준이 손을 들어 보이며 인사하고서 운전석으로 올라탔다. 라희는 서서히 멀어지는 이한준의 차를 지켜보다 이내 건물 입구로 몸을 틀었다.

그때였다. 재민이 차에서 내려 거칠게 문을 닫았다. 그 소리에 라희가 놀라 돌아보니 재민이 있었다. 성큼성큼 다가오는 재민의 모습에 라희가 놀라고도 의아한 마음이 들었다.

"사, 사장님······?"

"······."

라희는 놀란 가슴이 진정되질 않는다.

자신을 향한 재민의 차가운 눈빛에 얼어붙을 것만 같았다. 아니, 불꽃이 튀길 정도로 불을 내뿜어 녹여 버릴 것 같다는 쪽이 맞는 것일까.

얼떨떨한 낯으로 재민을 응시하고 있던 라희의 심장 박동 수가 점차 안정되어 갔다.

"이 시간에 저희 집까지 무슨 일로 오셨어요?"

라희가 차분한 목소리로 물었다. 하지만 재민의 입은 굳게 닫혀 있을 뿐이다.

"사장님."

"뭡니까."

"네······? 뭐라니요?"

닫혀 있던 입술이 열렸다. 그런데 대뜸 '뭡니까' 라니. 라희는 아리송한 표정을 지으며 되물었다.

"방금 당신 데려다준 남자."

"아, 보셨어요? 이한준 상무님이요."

"같이 있었던 겁니까? 나한테 분명 사회에서 처음 만난 친구 만나러 간다고 하지 않았나?"

쌀쌀하다 못해 뾰족한 가시와도 같은 재민의 말투에 라희는 어안이 벙벙했다. 그것도 잠시 라희의 낯빛이 순식간에 싸늘하게 굳어졌다.

데리러 오지 않아도 된다고 했음에도 멋대로 집 앞에서 기다리고 있던 사람이 누군데. 스멀스멀 화가 치밀어 올랐다.

자초지종 설명도 없이 감정 조절도 못 하고서 다짜고짜 화를 내는 재민에게 라희는 실망감을 감출 수 없다.

여전히 분노 가득한 눈으로 자신을 쳐다보는 재민을 가만히 응시하던 라희는 이내 고개를 틀었다. 그리고 그 어떠한 말로도 답하지 않고 재민을 지나쳐 집으로 들어가려 했다.

라희의 행동에 더욱이 감정이 격해진 재민은 다시금 라희의 손을 잡아 막아 세웠다.

"대답. 피하는 겁니까?"

"무슨 대답을 원하시는데요."

"하아……?"

날이 선 라희의 눈빛에 재민의 입에선 얕은 탄식이 터졌다.

"이미 사장님은 본인의 눈으로 본 것만을 사실로 단정 짓고 계신 거 같습니다만. 그런데 제가 거기에 어떤 대답을 해야 할까요."

라희의 그 한마디에 재민은 아무런 말도 할 수가 없었다. 아니, 망치로 머리를 세게 맞은 것처럼 번쩍했다. 그제야 분에 차올라 흐려졌던 이성이 또렷하게 잡혔다.

하지만 이미 늦어 버렸다. 자신을 바라보는 라희의 눈동자는 실망으로 일렁이고 있었다.

"그만 가 주시겠어요? 피곤해서요."

차가운 그녀의 목소리. 재민은 심장이 철렁했다.

뒤돌아서는 라희를 붙잡으려 급하게 손을 뻗어 보지만, 라희는 거칠게 그의 손을 쳐 냈다. 자신의 손에서 그 작은 손이 빠져나간 허전함은 재민에겐 아주 크게 느껴졌다.

"성급하셨습니다."

인정한다. 성급했음을 재민 역시나 이 순간 뼈저리도록 깨우치고 있는 중이다.

"사장님답지 않게 성급하셨습니다."

"라희 씨."

라희의 눈동자가 왜인지 슬퍼 보였다. 그리고 잠시 후, 그녀의 입에서 나오는 말에 재민은 신경이 마비된 것처럼 굳어져 버렸다.

"지금까지 사장님의 눈동자는 저를 보고 계신 건가요? 아니면…… 사장님의 추억 속 그분을 보고 계시는 건가요."

"……!"

숨을 들이마시지도, 내쉬지도 못할 만큼 목을 조여 오는 것만 같다.

추억의 그분이라니. 단연컨대 라희의 입에서 절대로 나올 수가 없는 인물이었다. 그렇기에 재민에겐 꽤 큰 충격일 수밖에.

라희 역시나 자신이 이러한 말까지 할 줄은 몰랐다. 성은에게서 그 사실을 듣게 되었을 당시엔 가슴이 철렁했던 건 사실이었다. 하지만 현재 자신의 감정과 재민의 감정만을 생각하려 했다.

하지만 적은 양이지만 알코올이 들어간 상태에서 재민의 실망스러운 태도를 보게 되니 그녀 또한 사람인지라 감정이 격해져 내뱉을 수밖에 없었다.

그렇게 뒤돌아선 라희는 자신이 내뱉은 말을 바로 후회했다.

'나였으면 좋겠어. 당신의 그 따뜻했던 눈은 나를 봐 줬던 거였으면 좋겠어…….'

뜨거워지는 눈시울과 함께 라희는 애절함을 담아 속으로 읊조리며 집으로 들어갔다.

"……."

여전히 미동조차 없던 재민은 마음과는 달리 제게서 멀어지는 라희를 붙잡지 못했다.

라희의 모습이 완전히 시야에서 사라져 버렸다. 재민은 손으로 이마를 덮은 채 고개를 아래로 툭 떨구었다.

이대로 라희를 놓쳐 버렸다는 현실에 미칠 것만 같다.

"이 등신 같은 놈."

정말 최악이다. 재민은 이런 한심한 스스로가 죽이고 싶을 만큼 싫었다.

✤   ✤   ✤

"작년 결산 보고 자료입니다. 오후 임원 회의 때 아마 필요하실 겁니다."

한파가 휘몰아치는 겨울의 절정인 날씨와도 같았다. 매우 차가웠다. 그녀의 목소리도, 마음도.

무엇보다도 그 사랑스럽던 눈동자는 단 한 번도 제게 시선을 주지 않았다.

"올해 상반기 후원사 후원 상세 명세 보고서입니다. 검토 부탁드립니다."

"고마워요. 수고 많았습니다."

역시 최고의 비서라는 이름표는 괜히 붙여진 것이 아니다.

사적인 감정에 치우치지도, 흐트러지지도 않는 그녀는 참 멋있었다. 이러한 상황에서도 재민은 라희에게 한 번 더 반하게 되는 순간이다.

"그럼 이만 나가 보겠습니다."

보고는 끝났으니 라희는 그만 나가 보겠다며 작게 고개를 꾸벅이며 뒤돌아섰다.

"잠깐만. 잠깐만 내게 시간을 줄 수 있습니까?"

재민이 다급하게 의자를 밀고 일어섰다.

시간을 줄 수 있겠냐는 재민의 목소리가 라희를 붙잡았다. 라희는 등을 보인 채 두 발을 멈춰 세웠다. 그러곤 천천히 재민을 향해 몸을 틀었다.

마주한 시선. 짧은 정적이 흘렀다.

"변명이 아닌, 진실. 내 진심을 당신한테 보여 줄 수 있는 시간을 줄 수 있습니까."

"……."

나직한 재민의 목소리를 듣고 라희는 그의 진지한 표정을 지그시 바라보기만 했다. 곧이어 그녀의 입술이 느릿하게 열렸다.

"죄송합니다. 오늘은 약속이 있어서요. 그럼."

죄송하다. 약속이 있다. 그 단어가 왜 이리도 상처가 되는 것일까.

라희가 닫고 나간 집무실 문만을 쓸쓸히 바라보는 재민의 표정이 무겁게 내려앉았다.

"후우."

가슴이 터질 듯이 갑갑했다. 재민은 묵직한 한숨을 토해 내며 마른 세수로 얼굴을 쓸었다.

"후회해서 뭐 해, 내가 자초한 일인데."

✤   ✦   ✤

라희와 하나는 화려한 네온사인들이 밀접한 곳보다는 아늑하고 조용한, 오로지 둘만의 대화에 집중할 수 있는 곳. 라희의 집을 택했다.

"이 집 수육 맛있지? 냄새도 안 나고 보들보들."

"그러네. 보쌈김치가 너무 달지 않아서 좋다."

"우리 라희 맛있는 거 먹이려고 이 언니가 보쌈으로 유명한 집에서 줄 서서 사 왔다는 거 아니겠냐."

"그래. 아주 고맙다, 친구."

"나 어깨에 힘 좀 넣어도 되나?"

"목까지 빳빳하게 힘줘도 돼."

"하하."

야식의 대표 메뉴인 푸짐한 보쌈과 함께 맑고 청량한 소주로 기분이 한껏 들떴다.

"건배!"

"건배."

투명한 소주잔이 부딪치는 은은한 소리에 생긋 웃게 되는 그녀들은 깔끔하게 털어 넣었다.

"라희야, 내일 꼭 가야겠어? 다음 주에 나랑 같이 가는 게 좋지 않아?"

"갑갑해서. 공기 좋은 곳에서 머리 좀 식히고 오려고."

라희는 내일 아침 홀로 낚시를 떠난다. 능숙하진 않지만 직접 운전하면서 드라이브 겸, 혼자만의 시간을 가지려고 말이다. 미리 렌터카를 예약해 두었고, 출발할 시간에 맞춰 집 앞으로 렌터카 직원이 운행할 자동차를 가져다주기로 했다.

"그래도. 혼자서 무슨 재미로 가냐? 위험해."

"괜찮아. 해 지기 전에는 돌아와야지. 걱정 마."

"하여간에. 널 누가 말리겠냐."

"그래, 난 우리 엄마도 못 말려. 그러니까 술이나 받아."

"그래."

하나도 라희를 따라가고 싶었다. 하지만 어중간한 오후 3시쯤에 사촌 언니의 결혼식이 있어 참석해야 했다.

'아무래도 무슨 일이 있는 거 같은데. 혹시 성은 선배한테서 들었던 말을 신경 쓰고 있는 건가……'

라희 눈만 봐도 알 수 있었다. 그리고 라희는 심경의 변화가 있을 때면 홀로 낚시를 떠나곤 했으니까. 친구인 하나가 모를 리가 없다.

"뭐 해? 잔이나 들어."

"어? 아, 그래. 짠 하자!"

✤　　✤　　✤

오랜만에 홀로 낚시터로 떠난다. 라희 나름의 힐링 방법이었다.

노련한 운전 실력은 아니지만, 안전 운행으로 목적지까지 가는 데에는 무리가 없었다. 초행길이 아니었으니까.

창문을 모두 열었다. 맑은 공기가 피부를 스쳤다. 머리가 맑아지는 기분이었다. 맑은 공기를 들이마시며 자연 속을 달리는 것만큼 행복한 건 없었다.

가까운 경기도 용인에 라희의 마음에 쏙 드는 낚시터가 있었다. 혼자 몇 번 온 적도 있고, 따라간다는 하나를 데리고 둘이서 온 적도 있는 곳이다.

"여긴 변한 게 없네. 그래서 더 좋아."

라희의 입가에 미소가 맺히도록 만드는 절경. 마치 자신을 환영하듯 포근하게 품어 주는 느낌이었다.

목적지에 도착했다. 낚싯대 가방을 챙겨 낚시터를 향해 느린 걸음으로 걸었다. 자연의 기운을 받으려 산책 삼아.

"아 좋다. 이 흙냄새."

저수지. 민물의 흙냄새가 참으로 좋았다. 싫어하는 사람은 꽤장히 싫어하고 꺼리는 민물고기의 음식들도 라희는 잘 먹고 그 특유의 향을 좋아했다.

"오랜만에 오셨네요."

"안녕하세요, 사장님. 잘 지내셨죠?"

낚시터 사장과 반가운 인사를 나누었다. 자주는 아니지만 서로 얼굴을 기억하고 안부를 주고받을 만큼 다녔다.

"많이 낚으세요."

"네. 감사합니다."

입어료를 지급하고서 조용히 혼자만의 시간을 가질 수 있는 터로 자리를 잡았다. 장비들을 세팅하고 난 뒤 집에서 내린 커피를 담아 온 텀블러를 꺼내었다.

"일단 커피부터 한잔 마시고 시작하자."

비몽사몽한 하나가 세수만 하고 주방으로 들어왔다.

익숙한 듯 커피 메이커 전원부터 켜고 분쇄된 원두 가루를 넣었다. 라희와 하나는 서로의 집에서 자주 자고 가곤 했기에 뭐가 어디 있는지 속속들이 다 알고 있었다.

"우리 라희는 참 부지런하기도 하지."

식탁 위에는 도톰한 샌드위치가 예쁘게 조각되어 접시에 담겨 있었다. 샐쭉 웃은 하나가 샌드위치를 입에 물고서 라희에게 전화를 걸었다.

— 일어났어?

"응. 넌 도착했고?"

— 막 도착해서 세팅해 놓고 커피 마시고 있어.

"난 샌드위치! 일찍 움직이느라 바빴을 텐데 샌드위치까지 만들어 놨어?"

— 재료는 다 있고 빵에 쌓기만 하면 되는걸, 뭐.

"하하. 역시 쿨해. 너무 맛있다."

— 다 먹고 모자라면 냉동실에 전복죽 얼려 놓은 거 있으니까 데워 먹고.

"아냐. 오늘 결혼식에서 많이 먹을 텐데 과식은 안 되지."

밤늦게까지 수다를 떨었음에도 그녀들은 통화로도 수다가 끊이질 않는다.

"집에 갈 때 전화하고. 힐링 제대로 하고 와."

— 알았어. 넌 천천히 나갈 거지?

"아니. 이제 나가려고. 야식에 술까지 먹어 놓고 운동도 안 하고 잤잖아. 좀 뛰어 주려고."

─하여튼. 그 강박증.

"어쩔 수 없는 거 너도 잘 알면서. 끊어."

통화를 끝낸 하나는 따뜻한 커피와 샌드위치로 아침 겸 점심으로 해결하고 라희의 집에서 나왔다.

"어? 사장님이시잖아······?"

운전석에서 내리는 재민을 발견하게 된 하나는 갸우뚱한 표정으로 나직하게 읊조렸다.

재민의 낯이 왜인지 초조하고 무거워 보였다. 어제 라희의 기분도 그렇고. 보아하니 대충 둘 사이에서 무슨 일이 있음을 하나는 직감할 수 있었다.

'이렇게 찾아오신 걸 보니 아무래도 라희랑 연락이 된 건 아닌 거 같고.'

라희는 낚시를 떠난 집을 비운 상태이다. 그럼에도 재민이 집까지 찾아온 걸 보면 연락이 닿질 않은 듯싶었다.

재민이 휴대폰을 만지작거리며 한숨을 내쉬었다가 목덜미를 거칠게 쓰다듬었다. 아마도 라희에게 전화를 걸까 말까 머뭇거리고 있는 거겠지.

그런 재민에게 하나가 먼저 다가가 알은체했다.

"사장님."

"······아, 김 비서님."

생각지도 못했던 하나의 등장에 재민은 꽤나 놀랐는지 눈이 동그랗게 뜨여졌다.

당황한 기색이 역력한 재민에게 하나는 작은 미소를 지어 보였다.

"라희 집 앞에서 사장님을 만나게 되니까 엄청 새롭네요."

하나가 조금은 짓궂은 표정으로 장난스럽게 말을 건넸다. 재민은 어색한 미소를 보이며 검지로 이마를 긁적였다.

"연락 없이 오신 거죠?"

"네."

"먼저 연락하시고 오셨으면 좋았을 텐데. 라희 지금 집에 없거든요."

"없다고요? 어디 갔습니까?"

"아침 일찍 낚시 갔어요."

라희가 이른 아침부터 낚시를 떠났다고 한다. 재민은 의아한 듯 고개를 갸웃거렸고 이내 하나에게 되물었다.

"낚시요? 혼자서 말입니까?"

"혼자 갔어요."

"하……?"

혼자 갔다는 사실에 재민의 입에서 실소와 탄식이 동시에 섞여 나왔다. 재민의 반응에 하나가 재미있다는 듯 웃었다.

"요즘 라희의 마음을 복잡하게 만드는 사람이 있나 봐요."

"……."

"복잡한 심경일 때 라희는 혼자 낚시터 가서 다 풀어 버리고 오거든요. 유일한 탈출구라고 할까? 다녀오고 나면 한결 안정되어 오곤 해요."

모든 것이 자신의 탓인 것만 같았다. 그녀의 심신을 지치게 만들었다는 생각에 재민은 마음이 무거워졌다.

"괜찮을 거예요. 처음 간 곳도 아니고, 너무 걱정 않으셔도 돼요."

괜찮을 수 없다. 걱정하지 않을 수가 없다.

재민은 지금 당장 그녀의 얼굴을 봐야 한다. 보고 싶으니까. 그리고 오늘만큼은 꼭 해야 할 말, 해 주고 싶은 말이 있으니까.

"가야겠습니다."

"네?"

"라희 씨가 있는 곳. 제가 지금 가야 할 거 같습니다."

가고야 말겠다는, 라희의 얼굴을 봐야겠다는 의지가 재민의 눈빛에서부터 느껴졌다.

"부탁드립니다. 라희 씨 있는 곳, 가르쳐 주세요."

✢　　　✢　　　✢

허공을 맴도는 눈동자. 라희는 널찍한 저수지 끝만을 바라보고 있었다.

깊은 생각에 잠긴 듯 작은 움직임조차도 없었다. 선선한 바람결 소리와 잔잔하게 일렁이는 물결 소리만이 그녀의 주위를 맴돌았다.

"어?"

그때 라희의 눈을 번뜩이게 만드는 움직임. 낚싯대의 찌가 물 안으로 쑤욱 들어갔다가 올라오기를 반복했다.

"물었나 보다!"

입가에 미소가 번졌다. 꽤 큰 녀석이 걸렸나 보다. 찌가 깊게 들어가는 걸 보니 무게가 상당할 거 같았다.

라희는 낚싯대를 쥐고 일어나 능숙하게 건졌다.

"이런 맛에 낚시하러 오는 거지."

물고기를 낚을 때의 그 짜릿한 손맛은 그녀를 헤헤 웃게 만든다.

라희가 낚은 어종은 붕어였다. 족히 28cm는 되어 보였다.

"인증 샷은 또 남겨 줘야겠지?"

낚싯바늘을 빼내기 전에 라희는 인증 샷을 남기려 했다. 휴대폰 카메라를 작동시키고 낚싯줄을 짧게 잡아 붕어를 얼굴 옆으로 가져가 셀카를 찍는다.

찰칵. 사진 속에서는 익살스러운 라희의 표정과 활력이 넘치는 붕어의 모습이 담겼다.

사진을 보며 배시시 웃는 라희는 바로 프로필 사진으로 설정했다. 만족스러운 얼굴로 쪼그려 앉아 낚싯바늘을 빼내어 피쉬 케이스에 붕어를 넣어 두었다.

몸을 일으켜 섰다. 저수지를 바라보며 기지개를 쭉쭉 켰다.

그때였다. 라희는 자신에게 다가오는 인기척을 느꼈다. 하늘로 뻗어

241

있던 두 팔을 내리며 슬며시 왼쪽으로 방향을 틀었다.

"······!"

익숙한 형체에 긴가민가한 것도 잠시, 자신에게로 점점 다가오면서 또렷해지는 인물에 라희의 동공이 확장되었다. 놀람과 당황. 두 가지의 감정이 고스란히 낯에 드러났다.

한적하고 조용한 그녀만의 장소에서 그를 보게 될 줄이야.

초조한 표정의 재민이 조금은 성급한 발걸음으로 직진해 왔다. 먼저 자신을 발견해 놀란 낯빛의 라희와 정통으로 눈이 마주치자 재민의 발걸음이 느릿해졌다.

쿵쾅쿵쾅. 심장의 울림이 머리부터 발끝까지 전해졌다.

어제 퇴근 시간까지 같은 공간에 있었음에도 꼭 몇 달, 몇 년은 못 본 것 같은 기분이었다.

재민이 가까워져 올수록 라희의 굳은 몸과 표정에선 변화가 없었다. 어떻게 반응해야 할지 몰랐다. 하지만 그 속에서 왠지 모를 반가움과 울컥함을 느꼈다.

그렇게 재민과의 관계가 며칠 어긋나 있었지만 라희의 마음은 어느새 풀어져 있었다. 오늘 낚시를 와서 맑은 공기와 널찍한 저수지에 완전히 던져 버렸다.

밉지 않았을까. 본인 또한 그의 얘기를 들어 보려 하지도 않고 아예 피하기 일쑤였던 라희는 재민에게 미안한 마음도 피어올랐다.

멍하니 바라만 보고 있던 라희의 눈앞에 재민이 우뚝 멈춰 섰다.

눈동자 속에서 비치는 서로만을 응시했다. 그리고 재민과 라희의 입가엔 왠지 자그마한 미소가 맺혀 있었다. 작은 응어리가 순식간에 뜨거운 남녀의 눈빛에 사르르 녹아 버린 것만 같았다.

둘 사이에는 이제는 벽 따윈 없었다. 눈만 봐도 느낄 수 있었다. 똑같은 마음이란 걸.

"공기 좋다. 조용하고."

재민의 입에서 나온 첫 마디는 아주 자연스럽고 익살스러웠다.

그래도 조금은 어색하고 무거운 분위기일 거라는 생각을 했었다. 재민의 의외의 재치에 라희는 웃음이 새어 나왔다.

그런 라희의 반응에 재민 또한 안심이 더해진 소리 없는 웃음을 보였다. 또한 자신감까지 더해졌다. 대화를 이어 갈 수 있겠구나, 얘기를 들어주겠다는 뜻으로 받아들였다.

"변명 늘어놓으려 찾아온 거 아닙니다."

라희가 생긋 웃으며 말없이 고개를 끄덕였다.

"타이밍이라는 거, 노력해도 한계가 있더군요. 황금 같은 타이밍을 기다리는 게 생각보다 쉽지 않더라고."

타이밍. 참 어렵다.

그도 많은 생각으로 속앓이를 했었던 것을 이제야 알게 되었다.

"후회는 평생인데 말이죠. 황금 같은 타이밍은 아니지만. 지금, 이 순간이 나에게는 최고의 타이밍이라고 생각합니다."

재민의 말 한 마디 한 마디에 라희는 울컥하며 벅차올랐다. 그녀 역시 지금이 둘 관계에서 최상의 타이밍임이 분명하다고 확신했다.

그렁그렁 반짝이는 눈물이 차오른 라희의 눈망울이 너무나도 아름다웠다. 재민의 심장까지 찌릿하게 만들 만큼 아주 예뻤다.

"내 눈을 똑바로 봐요. 아직도 내 눈동자가 공라희 당신이 아닌 다른 사람을 보고 있다고 느껴집니까?"

마음에 담아 두고 있었나 보다. 재민의 입장에선 진심을 몰라주는 자신에게 서운하고 억울할 만도 했을 거다.

재민의 물음에 라희의 닫혀 있던 입술이 파르르 떨리면서 벌어지려 했다. 울음이 터져 나올까 봐 안간힘을 쓰며 꾹 다물었고 고개를 가로 저었다.

울음을 참느라 새하얀 낯이 붉게 물든 그녀의 얼굴이 귀여워 재민의 매끄러운 입술이 시원하게 호선을 그렸다.

재민은 당장이라도 눈앞의 라희를 으스러지도록 안고 싶었다. 하지만 꼭 해야 할 말이 있다.

"좋아합니다."

듣고 싶었던 말. 기다렸던 말.

좋아하는 사람에게서 좋아한다는 말을 들을 수 있다는 건, 그 얼마나 행복한 순간일까.

"좋아해. 공라희."

좋아한다는 재민의 고백에 라희가 참고 참던 눈물이 굵은 방울이 되어 툭 떨어졌다.

"그렇게 예쁘게 울면 못 참는데. 그래도 아직 듣고 싶은 대답이 있으니까 기다릴게."

장난기 섞인 목소리 속에 다급함이 섞여 있었다. 라희는 작은 웃음을 흘리며 부끄러운 듯 턱을 끌어 내렸다.

"이렇게 애간장 타 보기는 또 처음이네."

얕은 숨을 내뱉으며 대답을 재촉하는 듯한 재민의 혼잣말에 라희의 웃는 소리가 한층 발랄해졌다.

"좋아해요."

라희는 수줍은 얼굴로 고백에 답했다.

고백을 받은 행복도 황홀하지만, 자신의 진심을 전할 수 있었던 것 역시 짜릿했다.

담담할 것 같았던 재민의 반응은 예상과는 정반대였다. 놀람과 떨림으로 망부석이 되어 버렸다.

자신의 얼굴만 뚫어지도록 쳐다만 보고 있는 재민에게 라희는 미소 띤 얼굴로 툭 말을 던졌다.

"저도 사장님 좋아한다고요. 키스 안 해 줄 겁니까?"

부끄럽지만 대담하게. 그럼에도 라희는 자신이 말하고도 쑥스러웠던 모양인지 입술을 모아 쭉 내밀며 슬쩍 시선을 틀었다.

입꼬리가 말려 올라간다. 참을 수 없는 기쁨과 환희에 재민은 지체 않고 그녀에게 성큼성큼 다가섰다.

"그럼 실례."

실례한다는 재밌는 말과 동시에 큼지막한 재민의 손이 보드라운 라희의 뺨을 감쌌다. 유연하게 고개를 틀어 진득하게 입술을 포개었다.

인연과 사랑은 타이밍이다. 그 절묘한 타이밍을 만들기 위해, 그리고 소중한 사람을 얻기 위해 우리는 노력을 해야 한다. 후회는 평생이니까.

❖　　❖　　❖

고백, 그리고 키스. 청춘 남녀의 수줍은 눈 맞춤은 시곗바늘을 멈추게 한 것만 같다. 달짝지근한 향이 솔솔 바람결에 흩날렸다.

"의자가……."

자신이 앉던 낚시용 의자 하나밖에 없었다. 재민이 앉을 의자를 찾으려는지 난감한 표정으로 주위를 두리번거렸다.

"난 됐으니까 이리 와 앉아."

"네? 그래도……."

재민이 괜찮다며 라희의 손을 잡아끌었고 작은 어깨를 눌러 의자에 앉혔다. 그리고 그는 아무렇지 않게 바닥에 양반다리를 하고 앉아 시선 위에 있는 라희를 올려다봤다.

"왜 바닥에 앉아요? 일어나요."

바닥에 앉은 재민을 보고 라희의 눈이 동그랗게 뜨여졌다.

라희가 놀라 엉덩이를 들고 일어나려 하자, 재민이 손을 잡고서 다시금 편히 앉도록 했다.

"괜찮으니까 신경 쓰지 말고."

미소가 맺힌 그의 얼굴이 화사했다. 라희는 수줍은 빛깔로 물든 뺨을 쓰다듬었다.

자신을 바라보는 미소 맺힌 그의 얼굴이 화사하게 빛이 났다. 라희는 분홍빛으로 달아오른 뺨을 살살 어루만지며 고개를 떨어뜨렸다.

'아, 어색해. 무슨 말이라도 해야 할 텐데…….'

재민과 이토록 어색했던 적은 처음이다.

노골적이라고 해야 할까. 키스 후 자신에게 꽂힌 재민의 퇴폐미 가득한 눈빛이 여간 부담스럽고 민망할 수가 없다.

침묵이 이어지는 동안 라희의 동공이 어수선하게 또르르 굴러갔고, 앙다문 입술만 달싹이며 혼자서 어색함을 떨쳐 버리려 고군분투 중이다.

그런 라희의 모습이 귀여웠다. 재민은 씨익 웃으며 라희의 손을 잡았고 여전히 더 빤히 쳐다보고 있었다.

라희는 결국엔 더 이상 참지 못하고 재민을 향해 밉지 않게 눈을 흘기며 입을 열었다.

"사장님. 그만 좀 쳐다보세요. 민망해 죽겠다고요."

"키스까지 한 마당에. 쳐다보지도 못 하나?"

"허……."

개구쟁이 같은 표정으로 뻔뻔하게도 대답하는 재민이 얄밉기까지 했다.

라희가 경악에 가까운 얼굴로 탄식을 쏟자, 재민이 하하, 짧은 웃음을 터뜨렸다. 뾰로통해진 라희의 볼을 검지와 중지로 톡톡 건드리는 재민이 이내 잡고 있던 그녀의 손등에 입을 맞췄다.

"꿈만 같아서. 지금 이 설레는 감정을 느낄 수 있는 순간을 더 만끽하고 싶고 그래, 난."

포근한 눈빛. 달콤한 음성. 재민이 말하고자 하는 그 감정이 라희에게 고스란히 전해졌다.

진솔한 그의 눈동자 속으로 빨려들어 갈 것만 같았다. 웃음이 잇새를 비집고 나왔다.

"……?"

라희의 웃음에 재민이 갸우뚱한 표정으로 고개를 비스듬히 젖히며 쳐다봤다.

"사장님 달콤하시네요. 연애할 때는 다정하고 달달한 남자구나."

달짝지근한 남자는 눈만 껌벅이다가도 이내 픽, 하고 웃었다.

라희는 재민 쪽으로 상체를 굽혀 장난기 머금은 얼굴을 가까이 가져 갔다.

"까칠한 독불장군 현재민 사장님은 에스프레소처럼 엄청 쌉싸름했 지 말입니다."

"뭐, 그 부분은 인정하지."

"그럼요. 인정하셔야죠."

"하지만 만만치 않게 도도한 고집쟁이 공라희 비서님 또한 참 쓰디 썼지 말입니다."

웃음꽃이 활짝 피어 메마를 새가 없었다. 바라만 보고 있는 이 순간 이 재민과 라희에게는 더없는 행복이었다.

재민이 고요히 라희를 쳐다봤다. 기억하기도 싫은 끔찍한 악몽 같은 얘기를 어렵게 꺼내려고 했다.

과거에 얽매여 있는 건 아니다. 그렇기에 라희에게 말할 수 있고 말 해 주고 싶었던 것일 수도 있다. 무엇보다 라희에게 털어놓는 것으로 마지막, 그리고 완전히 털어 버릴 수 있는 기회일 거라는 생각이 들었 다. 재민이 차분하게 이야기를 이어 갔다.

"다섯 살 때 어머니가 돌아가셨어. 그래서 애정 결핍 같은 게 속으론 옹골차 있었나 봐. 그때 만난 여자가 내 약한 부분을 파악하고 파고들 어 왔지. 그래서 더 정신을 못 차렸던 거 같아. 처음부터 나에 대해, 우 리 집안에 대한 조사를 철저히 하고 접근한 건데."

재민이 시선을 저수지에 둔 채 말을 계속했다. 라희는 아픈 눈으로 재민을 올려다봤다. 간단하게, 아무렇지 않게 술술 내뱉는 거 같지만, 재민은 분명 용기 있게 꺼낸 말일 터였다. 아픈 과거의 일을 자신의 입 으로 다시 꺼내 놓기가 얼마나 힘들지, 라희는 그런 재민을 지켜보는 것만으로도 힘겹고 가슴이 한쪽이 뻐근했다.

"등신같이 이용당했지. 아니 조종당했다고 해야 하나? 진짜 남자 친 구가 있었는데, 그걸 내 눈으로 보고도 인정하지 않았지. 그러다 결국 목적이었던 우리 집, 아버지 재산까지 훔쳐 해외로 도피해 버렸고."

예상했던 것보다 아주 큰 시련, 큰 사건이었다. 아니 범죄였다.

재민이 저수지에서 시선을 거두고 라희에게로 옮겼다. 그렁그렁 눈물이 그새 맺혀 있는 라희의 눈과 마주치자, 재민이 싱긋 웃으며 손등으로 라희의 뺨을 쓸어 주었다.

"꼴사납지?"

"아뇨. 전혀요."

라희가 고개를 가로저으며 희미한 미소를 머금었다.

"자신을 포기하지 않았잖아요. 빨리 일어섰어요. 참 대단한 사람이에요, 사장님은. 그거, 쉽지 않아요. 잘 버텼고 잘 이겨 냈어요."

"그렇게 말해 줘서 고마워."

"얘기해 줘서 고맙고, 미안해요."

라희에게 털어놓는 것으로 재민은 굉장한 시원함, 상쾌함을 느꼈다. 완전하게 티끌조차 없이 날려 버린 것 같았다. 라희도 재민을 더욱 이해할 수 있었고 더 깊은 곳까지 알 수 있게 되어 관계가 더욱 가까워진 기분이었다. 그리고 앞으로 자신이 더 잘하고 사랑을 주고 싶었다. 자신의 생각만으로 꽉 차서 다른 건 떠오르지 않도록 말이다.

"머리 내렸네요? 오랜만에 내린 거 본다."

자연스럽게 내려진 재민의 짙은 갈색빛의 머리칼을 라희는 보드랍게 쓸어 보았다.

"징그럽긴 하다만, 머리 내리는 게 귀엽다며. 오늘만큼은 귀여움……. 후우, 그걸 이용해서라도 당신을 잡아야겠더라고."

"하하, 뭐가 그렇게 징그럽다고 입 밖으로 뱉는 것조차도 끙끙거려요."

그는 정말 소름이 오소소 돋은 것 같은 표정으로 힘들게 내뱉었다. 라희는 그 반응이 재밌는지 고개를 뒤로 젖혀 가며 깔깔 웃었다.

"나한테는 아마도 꽤 충격적이었지?"

"충격까지요?"

"머리털 나고 귀엽다는 말은 처음 들었으니까."

"정말 귀여운데. 사장님 머리만 내려도 이미지 확 바뀌어요. 순둥순둥하니 미소년으로 변신."

"골 때리네."

재민이 헛웃음을 흘리며 고개를 절레절레 흔들었다.

라희가 자신의 머리칼을 헝클이는 장난을 치자, 재민이 한쪽 눈을 가늘게 늘어뜨리며 덥석 손을 잡아 저지했다. 그러곤 라희의 손을 잡은 채 그대로 자리에서 일어섰고, 라희도 일으켜 세웠다.

재민의 긴 팔이 라희의 어깨를 감싸더니 목을 살짝 끌어안고서 곁에 바싹 붙였다.

"꽤 잡았는데?"

피쉬 케이스를 내려다보는 재민은 꽤 많은 마릿수를 보고 의외라는 표정을 지으며 말했다.

"오늘은 손맛을 좀 봤죠."

"라희 씨한테 이런 취미가 있는 줄은 몰랐네. 의외다."

"그렇게 안 어울리나?"

"조금?"

라희도 인정한다는 듯 잔잔히 미소로 인정했다.

"낚시를 좋아하게 된 계기라도 있나?"

"어릴 때 아빠 따라 낚시하러 여기저기 많이 다녔거든요. 엄마랑 셋이서 가기도 했고 아빠랑 단둘이 가기도 했고. 전 낚시터 가는 게 참 즐겁더라고요."

추억을 회상하는 라희의 목소리와 표정이 어쩐지 슬프게 젖어 감을 느꼈다.

여전히 그립고 또 그리운 아빠, 그리고 추억. 라희는 아빠 생각에 문득 가슴이 저릿했다.

라희의 마음을 읽은 것일까. 재민의 침묵과 뺨을 어루만져 주는 따뜻한 손길은 라희에게는 충분히 위로가 되었다. 그래서 웃으면서 얘기를 이어 갈 수 있었다.

"답답하고 힘들 때, 혼자만의 시간이 필요할 때면 낚시터로 향하게 되더라고요."

담담하게 말하는 라희가 왜인지 안쓰러웠다. 재민은 라희의 머리 위로 턱을 살포시 얹고서 여릿한 작은 몸을 널찍한 가슴으로 품었다.

"앞으로 외롭게, 또 힘들 때 혼자 두지 않을게. 홀로 낚시터로 향하게 만드는 일, 절대로 없도록 할 거야."

"고마워요."

"당신한테 충성을 다하도록 약속하지."

"음, 좀 부담스러운데요?"

"부담 주려고 한 말 맞아."

"헐……."

"나, 공라희 당신한테 올인할 거거든."

올인이라. 참 기분 좋은 말이었다.

라희는 슬며시 몸을 틀어 재민의 정면으로 서서 고개를 들었다.

"그런 말은 책임질 수 있겠다는 확신이 설 때 하는 게 좋을 거 같은 데요?"

"못 미덥다는 뜻인가?"

"아뇨. 부담감과 책임감을 미리 얹어 주고 싶지 않다는 뜻이에요. 올인한다는 말은 잠시 미뤄 두는 걸로 해요."

"미뤄 둔다고?"

"연애의 마침표를 찍을 때요."

"흐음. 연애의 마침표라……."

라희의 말뜻을 이해하기 어려운 모양이다. 재민은 심오한 표정으로 감탄사와 함께 말끝을 늘렸다.

"예를 들어 프러포즈 순간일 때라든지?"

"아, 프러포즈."

"농담이에요. 사장님이 너무 앞서가니까."

"농담이라니. 순간 전신이 쭈뼛 섰는데. 그리고 좀 앞서가면 어떻다고."

"진정해요. 이런 반응을 예상하고 장난친 건 아니었는데."

순간 흥분한 재민이 재밌지만 라희는 유연하게 다독이며 넘기려 했다. 그때 문득 무언가 떠올랐다.

"그런데요. 사장님 반말 엄청 자연스럽게 바로 나오시네요?"

"그러게."

"네……?"

재민을 놀려 주려고 던진 말이었다. 하지만 라희는 오히려 자신이 당황하고 만다.

"나도 이렇게 자연스럽게 나올 줄은 몰랐네. 당신이 말하지 않았다면 아마 몰랐을 거야."

그렇다. 재민도 자신이 라희에게 반말을 하고 있음을 인지하지 못하고 있었다. 그만큼 라희의 존재가 오늘부로 완전히 무장 해제되어 완전히 내 사람임을 인정하고 있다는 것이다.

"존댓말이 더 좋다면 그렇게 하죠."

"음, 존댓말이 섹시하긴 하지만, 반말이 더 친근하고 정감 있네요."

"섹시함은 다른 쪽으로도 충분히 어필할 수 있으니까, 친근하고 애정이 솔솔 풍기는 반말로 하도록 하지."

재민의 대답에 라희가 또 한 번 소리 내어 웃었다. 재민이 이토록 귀여운 남자였는지 라희는 비소로 오늘에서야 알게 되었다.

"점심은 먹었어요? 난 아직이라 배가 고픈데."

"나도 점심 전이야. 여기 뭐 먹을 만한 곳 있나?"

"민물 매운탕집이 있긴 한데."

"민물은 처음인데. 처음인 사람한테는 좀 세다고 들었던 거 같은데."

"산초 가루 향 때문에 그래요. 안 넣어서 먹어도 되긴 하지만 민물은 다음에 나랑 같이 도전하는 걸로 하고, 오늘은 라면 어때요? 샌드위치도 만들어 왔는데."

"오. 라면 좋지. 밤에도 라면 먹고 가자고 해도 좋고."

음흉한 속내가 숨겨진 재민의 말장난에 라희가 눈을 흘겼다. 그러곤 챙겨 온 봉지 라면과 샌드위치 도시락 통을 꺼내었다.

재민이 킥킥거리며 라희의 곁으로 다가갔다.

"그런데 여기서 라면 끓여 먹을 수 있나?"

"여기는 취사 가능해요. 가스버너랑 냄비도 대여해 주거든요."

취사가 가능한 낚시터에서의 맛보는 즐거움.

긴장이 사르르 풀리고 나니 재민은 급격히 배가 고파졌다. 직접 나서서 가스버너와 냄비를 대여해 주는 곳으로 달려갔다. 그리고 매점에서 생수와 돗자리까지 센스 있게 이것저것 사서 돌아왔다.

보글보글 라면이 끓여지는 동안 라희가 손수 만들어 온 샌드위치를 베어 물며 여유 있게 주위를 둘러보았다.

"경치 좋다. 라면 맛이 절로 나겠어."

"사장님 엄청 비싼 라면 드시는 거예요."

"그렇지. 게다가 비싼 공라희 씨가 손수 끓여 주는 라면을 맛보는 영광까지 누리게 됐는데."

재민의 능청스러운 말에 라희가 새침하게 눈을 흘겼다.

"꼬들꼬들한 면이 좋으시죠?"

"어."

"그럼 불 끕니다. 공라희표 라면 드시고 눈물 흘릴 준비하세요."

"하하. 잘 먹겠습니다."

꼬들꼬들한 식감의 면발과 속이 확 풀어지게 만드는 얼큰한 국물. 그리고 몇 억을 주고서도 살 수 없는 그림 같은 풍경에서의 식사는 평생 기억에 남을 만큼 최고의 점심 식사였다.

"김치는 진짜 최고다. 너무 맛있어."

"우리 엄마 김치가 나도 제일 맛있어요."

"인정. 김치 장인이 만들었다고 해도 믿을 솜씨셔. 진우 녀석도 김치 맛보고 감탄에 감탄을 하더라고."

"이야. 내가 괜히 뿌듯하다."

김치를 얹어 라면을 시원시원하게 먹는 재민을 바라보며 라희의 입가에선 좀처럼 미소가 걷히질 않는다.

좋아하는 사람과 엄마가 만든 음식을 공유하고 맛있게 먹는 것은 참으로 행복한 일이다.

"참. 올라가면 바로 계약서부터 새로 쓰자고."

"네?"

"재계약해야지. 이제 단기 계약이 아니라 장기 계약으로 꽉 붙들고 있어야지."

재민이 씨익 웃으며 재계약 얘기를 꺼내었다.

라희가 멀뚱멀뚱 있다가도 이내 물티슈로 손을 닦으며 넌지시 말했다.

"재계약은 하긴 할게요."

"뭐? '하긴 할게요' 라니."

전혀 상상치도 못했던 애매한 대답이었다. 면발을 들었던 재민은 다시금 앞접시에 내려놓았다.

저절로 미간이 찌푸려지면서 힘이 잔뜩 들어간 눈으로 라희를 응시했다.

'정말 불같은 성격이라니까. 무서워 죽겠네.'

말이 채 끝나기도 전에 재민이 반응하자 라희는 못 말린다는 듯 고개를 작게 흔들었다.

"어휴. 표정 좀 풀어요."

"이어 봐. 어디 한번 들어 보기나 하자고."

재민은 침착하려 했고, 흥분하지 않으려고 자신을 다스렸다. 이전과 같은 실수를 두 번 다시 반복하지 않을 것이라고 다짐했으니까. 일단 라희의 이야기를 들어 보려 했다.

'많이 참고 있구나. 노력하고 있어.'

조금은 욱하는 성미가 없지 않은 재민이 완전히 감정을 숨기지는 못

253

하고 있는 건 사실이지만, 그 나름대로 마인드 컨트롤하려 노력 중인 것이 라희의 눈에 고스란히 보였다.

그런 재민의 모습이 어쩐지 예쁘게 보였고, 기특하기까지 했다. 또한, 자신을 많이 좋아하고 있음을 증명해 주고 있다는 뜻임을 느꼈다.

"이전 계약처럼 6개월씩 단기 계약으로 했으면 해서요."

"뭐? 이유가 뭐지?"

"음…… 제2의 꿈을 이루기 위해서라고 하는 게 맞을까."

"꿈?"

제2의 꿈을 이루기 위함이라는 라희의 대답은 재민의 고개를 갸웃거리게 했다. 의아한 표정을 짓고 있는 재민을 보며 라희가 생긋 웃었다.

"성인이 되고 나서 다시 꿈을 갖게 됐거든요."

"어떤 꿈을 갖게 됐는지 무척 궁금해지는군."

"거창한 꿈은 아니에요. 작고 소소한 나만의 가게를 갖는 거요."

"미래의 사장님이시네. 업종은?"

"카페요. 서너 개의 테이블만 둔 카페요. 버터 앙금 플라워 케이크를 중심으로 쇼콜라, 마카롱, 케이크 같은 디저트를 만들어 판매하고 수강생도 받으면서 가르치는 일을 하고 싶어요."

라희의 꿈은 좋아하는 케이크와 디저트를 만들어서 판매하고 수강생을 받아 가르치는 것이었다. 이미 자격증도 모두 따 놓은 상태였고, 그동안 비서로서 성실하고 바쁘게 일하면서 차곡차곡 모아 둔 사업 자금 또한 준비되어 있다.

처음 듣게 된 라희의 꿈과 사업 계획. 재민은 왜인지 들뜬 기분을 감추지 못했다.

"이야. 멋진데? 말만 들어도 흥분돼."

라희의 이야기를 듣는 내내 재민의 얼굴에선 디저트처럼 달짝지근한 미소가 번져 있었다.

재민은 그녀의 꿈과 미래를 존중해 주고 싶다. 자신이 옆에서 힘을 실어 주고 물심양면으로 지원을 아끼지 않을 것이다.

"아 이런. 상상해 버렸군."

"상상이요?"

그 찰나에 무슨 상상을 했던 것인지 라희는 갸우뚱한 얼굴로 궁금하기만 하다.

"아기자기하게 꾸며진 작은 공간에서 에이프런을 하고 케이크 만드는 당신 모습을 상상해 버렸어. 실제로 보게 된다면 더 예쁘겠지?"

무한 애정의 눈빛으로 자신만을 바라보는 재민의 시선이 설레어서 심장이 콩콩 뛰었다.

어떻게 반응해야 할지 어색하기만 한 라희는 괜스레 딴청을 피우게 된다.

"흠흠! 아무튼, 단기 계약으로 합의 보신 겁니다?"

"당신 꿈을 지지해 주고 싶은데, 또 내 곁에 없다고 생각하니 아쉽기도 하네."

"바로 그만둘 것도 아닌데요, 뭘. 천천히 준비할 거예요. 그리고……."

"그리고?"

"또 하나의 계략도 숨어 있기도 하고."

"계략이라니?"

계략이라. 재민은 흥미로운 얼굴로 라희를 지그시 쳐다보며 다음 이어질 말을 기다렸다.

"계약 시즌 때마다 사장님 애간장 태울 작전이거든요."

"하하. 똥줄 한번 제대로 타 봐라, 뭐 그건가?"

"딩동댕. 알죠? 나 스카우트 제안 물밀듯 들어오는 거요."

"그럼. 당연히 알고 말고. 이거, 정신 똑바로 차려서 긴장해야겠군."

동시에 웃음을 터뜨리는 두 사람은 이내 불기 직전인 라면을 서둘러 먹었다.

재민과 라희는 단란한 점심 식사를 끝마치고 아름다운 풍경 속에서의 데이트를 즐겼다.

특별하고 화려한 건 없다. 그저 맞잡은 손을 살랑살랑 흔들면서 걸음이 느린 아이처럼 여유롭게 거닐며 둘만의 이야기로 하하 호호 웃을 수 있는 이 순간이 즐겁기만 하다.

못다 한 이야기들. 작은 오해를 불러이르켰던 일들을 대화로 풀어나가면서 재민과 라희는 이제는 웃으며 매듭지을 수 있었다.

"불같은 성격은 좀 죽이실 필요가 있어요."

"노력 중이야. 당신도 화났다고 입 꾹 다물고 있는 거 고쳤으면 해."

"사장님이 무턱대고 화부터 내는 일 없으면 전 자동으로 고쳐져요."

"그래. 내가 문제다, 문제야."

라희가 농담이라고 까르르 웃으며 잡았던 손을 놓고 재민의 팔을 껴안았다.

"좋아한다고 나름 신중하게 고민해서 고백했었는데. 못 알아차린 당신한테 어찌나 서운하던지."

"……고백했었다고요? 나한테 말이에요?"

"그럼 내가 공라희 말고 누구한테 고백을 해."

"……언제요? 거짓말하는 거 아니에요?"

"이젠 거짓말쟁이로 몰아가려고 그러네."

재민이 살짝 뚱해진 채 입술을 삐죽거렸다.

대뜸 자신에게 고백을 했었다고 털어놓자, 라희는 어안이 벙벙한 표정으로 일시 정지되었다.

눈치가 없는 편도 아닌데 어째서 알아차리지도 못했을까. 아니 아예 기억에도 없었다.

"내가 준 선물에 의미를 담아 전했잖아."

"선물이라면……."

처음 자신의 집을 방문했었던 재민이 선물이라고 사 왔었던 게발선인장이 뇌리에 스쳤다.

"혹시 게발선인장 말하는 거예요?"

라희가 동글해진 눈으로 묻자 재민이 고개를 끄덕였다.

"꽃말까지 검색하는 열의를 불태워 신중하게 고른 게 게발선인장이었지."

"아."

그제야 알아차리게 된 라희가 감탄사를 길게 늘어뜨렸다. 그것도 잠시 게발선인장의 꽃말이 뭘까 궁금해졌다.

게발선인장의 꽃말은 생소할 만도 하다. 꽃과 식물들을 매우 좋아하지만, 수많은 종류의 꽃말들을 모두 기억하기 어려우니.

"게발선인장 꽃말이 뭔데요?"

"불타는 사랑. 정열적인 사랑."

게발선인장의 꽃말을 그의 입에서 듣게 되니 소녀의 수줍은 미소가 절로 얼굴 전체로 물들어 버린다.

정열. 불타는 사랑. 심장을 뜨겁게 만든다.

"화끈한 꽃말이네요."

"사랑 그거, 오늘부터 화끈하게 시작해 보자."

"좋아요."

오늘부로 제대로 시작해 보려 한다. 연애도, 사랑도.

어느덧 어둑어둑해지려는 시간이 되었다. 아쉽지만 그만 돌아가야 했다. 아주 가끔씩 운전을 하는 라희는 초보나 다름없어 야간 운전은 꽤 서툴고 심적으로 불안감을 가지고 있다.

잡았던 고기들은 다시 저수지로 돌려보내 주었고, 장비들을 챙겨 트렁크에 빠짐없이 실었다.

"흐음. 따로 운전해서 돌아가야 한다니. 아쉽군."

렌터카를 대여해 왔던 탓에 따로 운전해서 돌아가야 하는 아쉬움으로 발걸음이 떨어지질 않는다. 재민은 라희의 렌터카 운전석을 열어 주면서도 타지 못하게 가로막듯 몸으로 기대어 있었다.

바람 빠지는 웃음을 흘리는 라희가 고개를 설레설레 흔들었다.

"먼저 출발하세요. 난 거북이처럼 느리게 안전 운전해야 해서."

아쉬움을 뒤로하고 각자 운전대를 잡고 출발했다.

노을로 붉어진 황홀한 절경 아래, 뻥뻥 뚫린 도로를 달렸다. 집으로 돌아가는 길이 이토록 즐거웠던 적이 있었을까 싶을 만큼 입가에 맺힌 웃음은 좀처럼 거둬지질 않았다.

2차선으로 달리고 있는 라희의 자동차. 뒤따라가던 재민이 차선을 변경해 1차선으로 이동했고 속도를 맞춰 나란히 달렸다. 그리고 창문을 완전히 열었다.

'못 말려.'

좌측으로 흘깃거리는 라희는 재민의 못 말리는 행동에 실웃음을 흘리며 따라 창문을 내렸다.

"바람 시원하네!"

"상쾌하다!"

시원한 바람은 몸과 마음을 청량하게 씻겨 주는 기분이었다.

"나 초보라니까요? 신경 쓰이니까 앞질러 가요!"

"같이 느긋하게 가자! 풍경도 좋고 바람도 좋고, 같이 달리니까 더 좋네!"

정면을 응시하면서도 그들은 큰 목소리로 외쳤다. 도심 속에서 쌓였던 스트레스까지 덩달아 날아가 버렸다. 차가 없는 뻥뻥 뚫린 도로는 그들만의 길이었다.

8장
야한 보디를 가진 남자의 집착이라면

매주 직장인들이 앓던 월요병은 없었다.

정말 오랜만에 주말 이틀을 달콤하게 푹 쉰 것만 같은 상쾌함으로 거뜬하게 시작할 수 있었다.

"커피."

"감사합니다."

그리고 정식으로 연인이 된 후 첫 출근의 설렘을 제대로 느낄 수 있게 만든 건 라희의 집으로 픽업하러 온 재민의 행동이다.

따뜻한 아메리카노까지 준비한 재민의 센스에 라희는 애교스러운 목소리가 절로 흘렀다. 양손으로 조심스럽게 그가 건넨 커피를 받았다.

"오랜만에 따뜻한 아메리카노를 마시는 것 같아요."

"너무 찬 것만 마시면 안 좋아."

"그래도 난 아이스가 좋더라고요."

여름의 끝자락, 곧 가을의 문턱을 넘어서려는 시점이다. 해가 뜬 낮은 무덥지만, 새벽과 이른 아침의 공기는 차가웠다.

라희는 마시던 커피를 홀더에 내려놓고 토트백에서 태블릿을 꺼내 들었다.

기업 계정으로 온 메일을 확인하고, 재민의 오늘 일정을 검토한다. 라희의 하루 첫 일과의 시작이다.

가느다란 손가락을 유연하게 움직이면서 집중하고 있는 라희를 한번 쳐다본 재민은 다시 정면을 응시하며 작은 실소를 흘렸다.

'못 말리는군.'

라희의 시선이 태블릿 화면으로 고정되어 있는 것이 재민은 영 못마 땅한가 보다.

"사장님. 임원 회의가 오후 3시로 딜레이 됐다고 합⋯⋯?"

재민이 오른팔을 뻗어 라희의 손에서 태블릿을 덥석 잡더니 뒤로 엎어 버렸다. 그러곤 라희의 왼손을 잡아 깍지까지 꼈다.

라희는 동그랗게 뜬 눈으로 재민을 쳐다봤다.

"천천히 하자. 회사 도착하기도 전에 공 비서네. 난 공라희랑 조금 더 있고 싶은데."

"아⋯⋯."

그제야 아차 싶었던 라희가 머쓱한 표정으로 소리 없는 웃음을 지었 다.

그의 손에 감싸진 손을 가만히 내려다보았다. 따뜻한 체온과 애정이 전해졌다. 그 느낌, 감촉이 라희는 참으로 좋았다. 힘없이 잡혀 있던 라 희의 손도 이내 살포시 힘을 주어 감쌌다.

진짜 연애의 시작이다. 스무 살의 풋풋한 연애, 이십 대 중반의 화끈 한 연애보다도 완전한 어른이 되어 성숙해진 연애는 미래가 더욱더 기 대되고 불타올랐다.

지하 주차장으로 들어가 주차를 마쳤다. 하지만 두 사람은 남은 커 피를 마시며 잠깐이나마 둘만의 안락한 시간을 즐겼다.

"슬슬 올라가야겠어요."

"시간 참 잘 가네."

반짝이는 럭셔리한 손목시계를 확인하는 재민의 눈동자가 아쉬움으 로 번졌다.

"저 먼저 올라갈게요. 아무래도 같이 올라가는 건 좀……."

"일일이 신경 쓸 거 없어. 본인만 피곤해질 뿐이야."

"신경을 안 쓸 수가 없다고요. 더 피곤해지기 전에 조심하는 게 낫습니다."

기어코 먼저 올라가겠다는 라희가 조수석 문을 열려고 할 때 재민이 좀 더 빠른 움직임으로 운전석에서 내렸다.

"거참. 같이 올라가."

고개를 절레절레 흔드는 라희가 재민의 앞으로 섰다.

"5분 뒤에 올라오세요."

"엘리베이터만 쭉 타고 올라가 사무실로 들어갈 건데."

투덜대는 재민을 가늘게 뜬 눈으로 쳐다봤다. 살짝 삐뚤어진 재민의 넥타이를 발견한 라희는 다정한 손길로 똑바로 고쳐 주었다.

"월요일 아침부터 싸우고 싶으십니까?"

"딱딱하게도 말한다."

"하하."

"벌써 5분 지났겠다. 같이 올라가."

"진짜 고집 세셔."

"만만치 않으십니다."

재민의 고집을 꺾지 못하고 결국은 함께 엘리베이터에 올랐다.

엘리베이터가 쭉쭉 올라갔으면 했다. 하지만 야속하게도 1층에서 멈춰 문이 열렸다.

'많다…….'

지하 주차장에서 뭉그적거리는 게 아니었다. 출근하는 직원들이 몰리는 시간대라 우르르 올라타자, 재민과 라희는 뒤로 떠밀리듯 물러섰다.

직원들이 사장 재민을 알아보고 긴장한 얼굴로 인사를 했다. 재민 역시나 고개를 살짝 끄덕이는 것으로 답했다.

라희는 반사적으로 재민의 옆에서 슬그머니 떨어졌다. 그것을 눈치챈 재민이 미간을 좁히며 쳐다봤다. 자신을 쳐다보는 재민의 시선이 느껴지지만 라희는 모른 척 꿋꿋하게 층수 판만을 뚫어지게 응시하고 있을 뿐이다.

"……!"

재민이 손을 잡는 바람에 라희는 심장이 쿵! 하고 추락하는 것처럼 놀라고 만다. 당황한 기색이 역력한 라희는 재빨리 손을 빼내려고 안간힘을 써 보지만 작정하고 힘을 가해 잡아 버리는 재민에게 당해 낼 재간이 없었다.

'미쳤나 봐! 누가 보기라도 하면 어쩌려고!'

아무리 맨 뒤에 있다고 해도 누가 보면 어쩌나 라희는 안절부절못했다. 이 상황을 즐기는 건지 재민은 웃는 얼굴로 정면만을 보고 있었다.

라희는 아랫입술을 잘근 물며 두고 보자는 듯 노려봤다.

'현재민. 이따 보자……!'

사랑, 참 대단하다. 무시무시한 까칠 대마왕의 재민은 사랑에 한 번 빠지면 무장 해제가 되어 180도 변해 버리는 남자였다.

라희에게 한 소리 듣고도 룰루랄라 즐거워 보였다.

"한 시간 여유 있군."

임원 회의까지 한 시간이 남았다. 오전 중에 처리해야 할 업무들을 마친 상태인 재민은 여유로웠다.

하필 이럴 때 라희가 외근을 나가 버리는 바람에 재민은 따분하게 홀로 자리를 지키고 있었다.

"참 그렇지. 계약서."

라희 재계약 건으로 재민이 급히 휴대폰을 찾았고, 어디론가 전화를 걸었다.

―네. 사장님.

"바쁘냐?"

─말씀하십시오.

성은과의 통화였다. 비서 계약 담당까지는 성은이 맡아 관리하고 있다.

"공 비서 재계약 서류 준비하라고."

─안 그래도 라희한테 얘기 들었어. 이전처럼 단기로 하겠다는데. 너랑 합의된 거 맞아?

"어. 오늘 내로 마무리 짓자."

─급하시네. 우리 사장님께서?

"장성은 또 까불지."

─서류는 벌써 뽑아 놨어. 라희 외근 중이라던데, 들어올 때 바로 비서 팀으로 올라오라고 했어.

성은과 라희가 이미 얘기가 된 모양이다. 순조롭게 진행되겠다 싶어 재민은 그제야 마음이 놓였다.

"그리고 너 인마."

─왜 또. 목소리 깔지 마.

"계약 종료 될 시점에 미리 귀띔이라도 해 줬으면 좀 좋았냐?"

─참나. 자기도 헬렐레해서 잊어버린 주제에. 나도 바빴어. 그리고 내가 라희한테 혹시라도 서운해할까 싶어서 미리 잘 다독여 놨는데 이러기야?

"……그래?"

─그래! 나 아니었으면 너, 라희 다른 곳에 뺏겼어.

"하? 누가 뺏기도록 손 놓고 있을 거 같냐?"

─얼씨구? 본인 스스로 그만두게끔 만들겠다고 단기 계약 제의에 사사건건 라희 괴롭혔던 현재민은 생각도 안 나 봐?

"흐흠……! 왜 다 지난 얘기로 물고 늘어져."

찰지게 뼈를 때리는 성은의 말에 재민은 반박할 수가 없었다. 아니 할 말이 없었다. 빼도 박도 못하는 사실이었으니까.

성은과의 통화를 끝내고 재민은 자리에서 일어났다.

가벼운 발걸음은 전무실로 향하고 있었다. 진우와 커피 한잔하면서 시간에 맞춰 함께 회의실로 가려고 했다.

"그렇지. 커피랑 디저트 좀 사서 가는 게 좋겠군."

복도를 거닐던 재민이 우뚝 멈춰 섰다가도 이내 엘리베이터 홀로 가 버튼을 눌렀다.

문득 하나의 얼굴이 떠올랐다. 재민에게는 어떻게 보면 참 고마운 사람이었다. 마치 은인과도 같았다.

그날, 하나를 만나지 않았더라면 어떻게 됐을까. 자신을 경계하지 않고 오히려 응원을 아끼지 않았던 하나는 라희가 있는 곳을 흔쾌히 알려 주었다. 그 고마움을 재민은 잊지 못한다.

날을 잡아 제대로 거하게 대접할 예정이지만, 오늘 얼굴을 보는 건데 빈손으로 전무실로 갈 순 없었다.

커피와 디저트를 양손 가득 푸짐하게 들고서 전무실을 찾았다.

"수고 많으십니다."

"사장님! 안녕하십니까."

문서 작업 중이던 하나는 재민의 등장에 환한 미소와 함께 허리를 굽혀 인사했다.

재민이 하나의 데스크 앞으로 성큼성큼 다가가 테이크아웃해 온 커피와 디저트를 사뿐히 내려놓았다.

눈이 휘둥그레진 하나는 종이 가방으로 시선을 내렸고, 이내 재민을 올려다보았다.

"이게 다 뭡니까, 사장님?"

"커피랑 디저트 좀 사 왔습니다."

"우와. 감사합니다."

"그날, 라희 씨 있는 곳 알려 주셔서 감사의 뜻으로."

"아……."

"그리고 앞으로 잘 부탁드린다는 일종의 뇌물이라고 할까요?"

재민의 능청스러운 말과 표정을 처음 보는 하나는 신기하면서도 재밌는지 푸스스 웃음을 흘렸다. 하나의 웃음에 재민이 머쓱한지 목을 매만지며 말했다.

"뇌물이라고 하기엔 약소하지만, 시간만 내주시면 제가 제대로 통크게 식사 대접할게요."

"제가 뭐 도와드린 게 있나요. 다 인연이고 마음이 통한 결과죠."

"잘 부탁드립니다. 라희 씨 애인으로서."

"저도 라희 친구로서 잘 부탁드릴게요."

서로가 서로에게 잘 부탁한다는 말을 하며 재민과 하나는 훈훈한 분위기 속에서 조금은 더 가까워진 것 같았다.

"참! 사장님. 그때 제 민낯은 잊어 주세요!"

"……하하. 민낯이었습니까?"

"쪽팔리지만 그때 눈곱만 떼고 나온 거라서요."

"에이, 민낯인 줄도 모르겠던데."

세수만 하고 라희의 집에서 나왔었던 하나는 재민과 헤어지고 나서 자신이 민낯이었음을 인지하고 쪽팔림에 발을 동동 굴렀었다.

그때, 집무실의 문이 열리면서 뚱한 얼굴을 한 진우가 모습을 드러냈다.

"무슨 소리야. 민낯을 봤다니?"

퉁명스러운 진우의 목소리는 심기 불편하다는 감정을 고스란히 나타내고 있었다. 재민과 하나가 멀뚱멀뚱 쳐다보다가 이내 동시에 웃음을 터뜨렸다.

"왜 웃어. 김 비서 민낯을 네가 어떻게 봤는데?"

꿍해 있는 진우를 보니 재민의 입에선 얕은 한숨이 절로 새어 나왔다. 고개를 절레절레 흔들던 재민은 하나에게로 시선을 돌렸다.

"빨리 데려가셨으면 좋겠네요."

"네?"

"배짱은 없으면서 질투심은 더럽게 많은 골칫덩이라. 조련이 필요할 거 같은데.”

재민의 뜬금없는 한마디에 하나는 순간 당황한 낯빛으로 얼어 버렸다.

왜인지 재민에게 속마음을 들킨 것 같은 기분이었다. 마치 다 안다는 듯 재민이 씨익 웃고 있었다.

“아 뭐냐고 둘이! 진짜 뭐 있는 거 아냐?”

옆에서 종알종알 쏘아대는 진우를 재민이 찌릿 노려봤다.

“그만 씩씩거리고 들어가. 커피 사 왔으니까.”

❖　✦　❖

어두웠던 실내가 서서히 조명의 빛으로 환해져 갔다.

두 사람의 공식적인 첫 데이트라고 볼 수 있는 영화 관람. 설렘과 기대감으로 시작되어 간담이 서늘하고 오소소 소름이 돋는 오싹함으로 마무리되었다.

재민과 라희가 선택한 영화 장르는 공포 영화였다. 평소 공포 영화를 즐겼던 두 사람은 영화 취향이 딱 맞아떨어졌다. 고민 없이 공포물로 예매했고, 정말 완벽한 선택이었다.

우르르 관객들이 모두 나간 뒤, 마지막으로 재민과 라희가 서서히 움직여 빠져나왔다.

“손에 땀 찬 거 봐. 오랜만에 제대로 된 공포 영화를 본 거 같아요.”

“영화보다도 당신이 깜짝깜짝 놀라는 바람에 더 놀랐다고.”

움찔움찔 놀라면서도 두 눈 동그랗게 뜨고서 영화에 집중하는 라희의 모습이 참으로 귀여웠다.

재민은 너무 꽉 쥐어 더운 온기가 퍼진 그녀의 작은 손을 잡았다. 손바닥을 보이도록 뒤집어 자신의 손으로 땀을 훔쳐 주듯 쓸어 주었다.

“배고프다. 우리 저녁 뭐 먹을까요?”

“그러게 밥부터 먹고 영화 보자니까, 말도 안 듣고 말이야.”

"배부른 상태에서 영화 보면 분명 잠들 거 같아서 그랬죠. 공포 영화라고 해도 전 잠을 못 쫓거든요."

라희가 앙증맞은 입술을 삐죽이며 나름의 변명을 늘어놓는다. 못 말리는 그녀에 재민은 고개를 가로젓다 이내 입술을 검지로 툭 튕겨 버린다.

"저녁이 아니라 야식을 먹어야 할 시간인 거 같군."

"그렇게 되나?"

재민의 말에 라희는 시계를 확인했다. 샐쭉 웃음이 나왔다.

"어서 타. 일단 움직이자."

"네."

재민이 조수석 문을 열어 주며 턱짓하자, 라희는 냉큼 올라탔다.

"먹고 싶은 메뉴는 생각해 뒀고?"

"글쎄요. 뭐가 좋으려나."

시동을 켠 재민은 일단 영화관 건물에서 나와 도로로 차를 올렸다.

웬만한 음식은 다 잘 먹고 좋아하는 라희. 그래서 더 쉽게 결정하지 못하나 보다. 팔짱을 끼고서 아주 신중한 얼굴로 저녁 메뉴를 고민하고 있는 라희를 한번 쳐다보던 재민은 잇새로 바람 빠지는 웃음을 내뱉었다.

"그래도 첫 데이튼데, 근사한 데 가서 고기 썰까?"

"음……."

"별로야?"

"그것도 좋긴 한데, 막 매콤하고 자극적인 게 당겨서요."

"자극적인 거라. 그럼 그거 먹으러 갈까? 닭발. 그때 보니까 야무지게 잘 먹던데."

"닭발 좋다. 그런데 사장님 말대로 오늘은 첫 데이트니까 닭발 들고 뜯는 건 좀 웃길 거 같아요."

라희는 재민 쪽으로 몸을 틀어 팔걸이에 기대어 킥킥거렸다. 닭발 좋지. 하지만 오늘만큼은 왠지 피하고 싶었다.

"나 먹고 싶은 거 결정했어요!"

"뭔데?"

"오돌뼈랑 닭똥집이요!"

"닭발이나 그거나. 뭐가 달라."

"어머. 엄연히 다르죠. 닭발은 그 쫄깃하고 탱글한 식감이 있다고요. 그치만 닭발은 손으로 잡고 우악스럽게 뜯고 뼈를 툭툭 내뱉어야 되잖아요. 그렇다고 무뼈 닭발을 시키자니, 닭발 먹는 맛도 재미도 부족하고. 닭발은 역시 손으로 뜯어 먹는 맛이거든요. 그러니까 오늘은 오돌뼈랑 닭똥집을 재민 씨랑 젓가락으로 우아하게?"

"하하. 아, 그런 거였군. 우아하게 똥집 먹는 거로 그럼 결정."

라희는 자신이 말하고도 웃긴지 박수까지 짝짝 치며 자지러졌다. 그리고 매콤한 오돌뼈와 고소한 닭똥집을 먹을 생각에 벌써부터 흥이 올랐다.

"딱 소주 안주네."

"오오. 역시 주당이셔."

"그쪽도 만만치 않은 주당이시죠."

"인정. 좋은 안주에 소주가 빠질 수 없죠. 우리 가볍게 한 병으로 나눠 마셔요. 내일 출근해야 하니까."

"과연 한 병으로 끝나려나 모르겠네. 선선하니 밤공기도 좋은데 당신 집 근처에 있는 포장마차로 갈까? 술 마시면 대리도 불러야 할 테니 안전 귀가 시키려면 그게 나을 거 같은데."

"그러면 되겠다. 그 포장마차 나랑 하나 단골집이거든요. 진짜 메뉴 다 맛있어요."

"오케이."

정겨운 플라스틱 테이블과 의자. 선선한 밤공기와 소박한 포장마차의 분위기는 덤.

저렴하고 맛있는 안주와 함께 피로를 싹 씻겨 내려 주는 달콤 쌉싸름한 소주는 찰떡궁합이다. 지친 하루를 보상받는 듯 한껏 기분을 들뜨게 해 주었다.

라희가 먹고 싶어 했던 오돌뼈와 닭똥집 볶음. 그리고 공복인 속을 달래기 위해 따끈따끈한 우동 한 그릇은 그들의 마음까지 풍요롭게 만들었다.

후루룩 면발을 빨아 당기는 찰진 소리가 식욕을 자극했다. 시원시원하게 우동을 흡입하는 재민을 쳐다보고만 있어도 라희는 배가 부른 기분이었다. 사랑스러워 죽겠다는 듯 그녀의 눈동자에서는 꿀이 뚝뚝 떨어질 지경이다.

라희는 김치 한 조각을 집어 그에게로 팔을 뻗었다. 그러자 재민이 방긋 웃더니 날름 받아먹었다.

"우동 맛있다."

"포장마차 우동이 또 별미죠."

"국물이 개운하고 깔끔하네."

우동이 재민의 입맛에 맞았나 보다. 그는 감탄을 자아낼 만큼 만족스러워했다.

널찍한 잘생긴 이마에 송골송골 땀이 살짝 맺혀 있어, 라희가 손으로 톡톡 훔쳐 주었다.

"한 그릇 더 시킬까요? 모자란 거 같은데."

"괜찮아. 다른 것도 맛봐야지."

"배도 채웠으니까 슬슬 소주 딸까요?"

녹색 빛깔의 소주병을 손에 쥔 라희가 아주 해맑은 웃음을 머금고서 살랑살랑 흔들며 말했다. 못 말리는 주당의 행동에 재민은 졌다는 듯 고개를 절레절레 저으며 실소를 터뜨렸다.

"나랑 같이 있었던 날 중 지금 최고로 진심을 담아 웃고 있는 거 압니까?"

"티 많이 났어요?"

"어쭈."

재민은 배시시 웃는 라희에게 얄밉다는 듯 눈을 흘기면서 소주병을 가져갔다. 유연한 손목 스냅으로 찰랑찰랑 흔들다 뚜껑을 땄다.

"크으, 난 이 소리가 너무 좋더라고요."

"못 말린다, 진짜. 잔이나 들어."

"넵!"

서로의 빈 잔에 소주를 채워 주곤 가볍게 잔을 부딪쳤다.

맑고 청아한 소리가 그들을 웃게 만들었다. 생글생글 눈 맞춤과 함께 재민과 라희는 애주가답게 소주를 한 번에 털어 넣었다.

갓 연애를 시작해 한창 꿀이 떨어질 연인. 매콤 달콤한 오돌뼈도 서로 먹여 주며 즐거운 시간을 보내었다.

"그러고 보니 여름휴가도 못 썼잖아. 더 바빠지기 전에 좀 쉬는 게 어때."

이런저런 이야기를 나누던 중, 재민은 여름휴가를 쓰지 않은 라희에게 뒤늦은 휴식을 권했다.

"휴가랑 월차까지 몰아서 한 번에 쓰려고 아껴 놓고 있는 거예요."

"한 번에 몰아서 쓰겠다고?"

"네."

"왜지? 나 혼자 내버려 두고 오래 자리를 비우겠다는 거야?"

재민이 조금은 시무룩해진 목소리로 묻자, 라희의 입꼬리가 슬쩍 말려 올라갔다.

"미안해요. 오래 자리를 비우게 되는 게 나도 마음이 불편해요. 그런데 한 번에 몰아서 쓰지 않으면 엄마한테 내려가기가 힘들거든요. 이해해 줬으면 좋겠다."

"아 그렇지. 어머니 고창에서 지내신다고 했지 참."

재민은 그제야 아차 싶었는지 고개를 끄덕이며 이해한다는 뜻을 내비추었다.

"기억하고 있네요?"

"당연하지."

"거리가 있다 보니까 자주 내려가질 못하거든요. 직장 생활 하면서 늘 휴가랑 월차 몰아서 쓰곤 했어요."

"그럼 이번에는 언제쯤 내려갈 생각인데?"

"엄마랑 얘기를 해 봐야겠지만, 김장철에 맞춰 갈까 해요."

김장철에 맞춰 내려갈 거라는 말에 재민의 눈이 번뜩였다. 라희 어머니의 김치 맛에 푹 빠져 있는 재민은 벌써부터 군침이 확 돌았다.

"나도 따라가야겠다."

"……뭐라고요?"

"내가 당신 편안하게 모셔 간다고. 간 김에 어머니께 아양 좀 부려서 김치도 좀 얻으면 좋고."

"안 돼요. 김치는 내가 넉넉하게 챙겨 올 테니까……."

"왜 안 돼. 당연히 찾아뵙고 인사도 드리는 게 도리지."

"……아, 아무튼 안 돼요. 너무 성급해요."

안 된다며 강하게 난색을 표출하는 라희에 재민은 순식간에 웃음이 뚝 끊겨 버렸다. 괜스레 서운해지기까지 했다.

재민이 무표정한 낯으로 강렬하게 쳐다보고 있었다. 라희는 순간 싸해진 분위기를 느끼고 눈동자만 요리조리 굴리며 애꿎은 소주잔만 만지작거렸다.

재민이 고개를 옆으로 돌려 버리더니 턱을 괴고서 허공을 응시했다. 라희의 눈에는 왜인지 그가 토라진 것 같은 모습으로 비추어졌다.

"사장님. 설마 삐치신 거라든가, 뭐 그런 건 아니죠?"

"그 설마가 맞을지도."

"헐……."

"헐은 무슨."

어울리지도 않는 꿍얼대는 모습에 라희는 픽, 하고 실소가 흘렸다.

"난 그냥 천천히, 차근차근했으면 해서 그래요. 그리고 우리 엄마가……."

엄마라는 단어를 꺼내면서 말끝을 늘리는 라희에게 재민은 그제야 반응했다. 그가 서서히 고개를 틀어 라희를 쳐다봤다.

"어머니가 왜?"

"그게 그러니까…… 엄마가 장난을 좀 잘 치거든요."

"장난?"

재민이 고개를 갸웃거리며 되묻자, 라희가 검지로 이마를 긁적이며 난감한 표정을 지었다.

"여기까지. 그러니까 혹시나 다른 생각으로 서운해하거나 삐치지 말라고요."

"궁금한데."

"술이나 받아요."

"어쩔 수 없지. 일단 넘어간다."

다시 분위기가 무르익어 갔다. 한 잔, 두 잔 청량한 소주는 술술 잘도 넘어갔다.

"이거 봐. 한 병으로는 안 될 거라고 했지 내가?"

"아쉬우니까 딱 한 병만 더 마셔요. 한 병으로 나눠 마시는 건 역시나 감질나서 안 되겠어요."

주당 커플. 술이 센 만큼 내일의 걱정은 없다. 재민 역시나 아쉬웠기에 흔쾌히 수긍했다.

윙윙 진동 소리가 재민의 귀에 들렸다. 자신의 휴대폰인가 싶어 확인해 봤지만 어두운 화면과 함께 얌전했다. 그렇다면 라희의 휴대폰이겠지.

"전화 온 거 같은데."

"전화요?"

재민의 말에 라희가 젓가락을 내려놓으며 가방에서 휴대폰을 꺼내었다.

"누구?"

"엄마요."

"어머니?"

어쩜 타이밍이 이렇게나 딱 들어맞는 건지. 초롱초롱 영롱한 별처럼 재민의 눈이 반짝였다.

"약속해요. 조용히 해야 해요. 알았죠?"

"글쎄."

어깨를 으쓱이며 깐족거리는 표정과 목소리. 라희가 찌릿 눈을 흘겼다.

킥킥대는 재민이 양팔을 테이블에 얹고서 입꼬리를 씰룩거렸다.

"그럼 스피커폰으로 통화해."

"뭐라고요?"

"어머니 목소리라도 들으려고."

"아니 왜요?"

"아니면 큰 소리로 인사드리고."

'이 불도저. 고집불통!'

달콤 담백한 현재민의 모습에서 고집불통 사장님으로 되돌아왔다.

라희는 입술을 잘근 물고 부글부글 끓는 화를 삭였다. 그런 라희에게 재민은 어서 전화를 받으라며 손짓으로 재촉했다.

"어서 받아. 끊어지겠다."

"그럼 무선 이어폰으로 할게요. 포장마차라 시끄럽기도 하고 다른 사람이 듣는 건 싫으니까요."

"오케이. 합의 성사."

라희는 가방에서 무선 이어폰을 꺼내었다. 그리고 재민과 한 짝씩 나눠 끼고서 통화 버튼을 터치했다.

—희야.

"응. 엄마."

—통화해도 돼?

"그럼. 당연하지. 우리 엄마 전환데 천재지변이 일어나도 받아야지!"

—······딸 술 마셨니?

애교스러운 딸에게 되돌아온 말은 술 마셨냐는 엄마의 장난. 1년 중

떨어져 있는 시간이 더 많지만, 그 어떤 모녀의 관계보다도 애틋하고 끈끈했다.

"푸흡!"

라희 어머니의 말장난에 재민은 웃음이 터지기 직전이었다. 라희가 재빨리 손을 뻗어 재민의 입을 틀어막고 조용히 하라는 눈으로 으름장을 놓았다. 하지만 재민은 끅끅거리며 좀처럼 웃음을 죽이지 못했다.

— 김치냉장고 낮에 배송 와서 설치해 주고 갔다고.

"맞다. 오늘 배송일이었지, 참. 이왕 살 거 일부러 대용량으로 샀는데 마음에 드십니까요?"

— 너무 마음에 들지. 커서 내 속이 다 시원하더라. 고마워.

라희는 지난주, 신제품 김치냉장고를 화끈하게 결제했다. 배송일은 엄마가 원하는 날로 지정했는데, 그날이 오늘이었다.

"고맙긴. 기존에 쓰던 김치냉장고는 용량도 작은 데다 너무 오래돼서 낡았잖아. 다 내 김치 해 주려고 고생하는데 이 정도쯤이야!"

— 우리 희야가 고생해서 번 돈으로 사 준 건데 당연히 고맙지.

"이번에 김장할 때 나도 내려가서 거들게. 그래서 엄마 거 사는 김에 나도 김치냉장고 샀거든."

— 얼마나 쓸어 가려고 그러나 몰라?

"하하. 큰 차로 렌트해서 갈 거야. 싹 쓸어 가기 위해서 만반의 준비를 해서 가야지."

오로지 엄마만 생각하는 효심 깊은 딸. 재민은 턱을 괸 채 흐뭇하고 기특하다는 얼굴로 라희를 지그시 바라보고 있었다.

재민의 진득한 눈빛을 느낀 라희가 눈웃음을 그렸고 검지로 매끈한 볼을 쿡쿡 찔렀다. 그러자 재민이 익살스럽게 코를 찡긋거렸다.

— 요즘 만나는 남자는 없고?

"어? 그, 글쎄. 하하……."

글쎄라는 대답에 재민의 미간이 좁혀지며 눈썹을 씰룩거렸다. 라희의 대답이 마음에 들지 않는다는 뜻이었다.

─글쎄라면 요즘 젊은 애들 말대로 썸 타는 남자는 있다는, 뭐 그런 거니?

"이야. 우리 엄마 신조어도 알고 있네?"

썸이라는 단어를 엄마에게 듣게 되니 신기하기도 하고 재밌었다.

─어서 애인을 만들어서 연애도 하고 마음 맞으면 결혼도 해야지. 신랑감 데려오기만 해. 그 다음은 엄마가 책임지니까.

"책임은 무슨……."

'서, 설마……'

─엄마가 사는 지역 특산물이 풍천 장어에 복분자인데 사위 정력은 확실하게…….

"아, 엄마!"

─호호호.

설마가 역시나였다. 엄마의 못 말리는 장난에 라희는 얼굴이 화끈거렸다. 재민은 금방이라도 터질 듯한 웃음을 꾹꾹 참느라 입을 틀어막았다.

라희는 후다닥 무선 이어폰 연결을 해제하고 휴대폰을 귀에 가져갔다.

"그만 취침하세요, 엄마님."

─안 그래도 자려고 누웠네요. 따님.

"잘 자. 사랑해."

─엄마도 우리 희야 사랑해.

짧지만 강렬했던 엄마와의 통화였다. 라희는 휴대폰을 내려놓고 애써 표정을 감춘 채 무선 이어폰을 챙겨 가방에 다시 넣어 두었다. 그리고 어느새 차갑게 식어 버린 어묵 국물을 한 모금 마셔 보였다.

재민은 통화가 끝남과 동시에 참았던 웃음을 터뜨리며 호탕하게도 껄껄 웃었다. 너무 웃어 안면 근육까지 당길 정도였다. 보다 못한 라희가 결국 소리를 질렀다.

"그만 웃으라고요!"

"와아, 이제야 좀 전에 당신이 하려던 말이 이해가 확 되네."

"괜히 스피커 모드로 하라고 해서는!"

"아, 어머니 귀여우시다. 유쾌하시고. 당장이라도 찾아뵙고 눈도장 쾅쾅 찍어 놔야겠는데?"

"그만하라고 했습니다."

"그 귀한 풍천 장어와 복분자라니. 크으, 그런 귀한 대접 받기가 어디 쉬우려고? 나 엄청 복 받은 놈이네."

전라북도 고창의 특산물인 풍천 장어와 복분자. 남자의 정력을 상징하며 쓰러진 소도 일으켜 세운다는 스태미나 최고의 음식이었다.

"어머나, 그게 왜 사장님 거라고 생각해요?"

"그게 내 게 아니면 누구 건데?"

"미래는 어떻게 될지 모른다고요. 그것도 남녀 사이에서는 더더욱."

"절대로 당신 놓는 일은 없을뿐더러, 혹여나 나한테서 도망가려고 해도 난 놔줄 생각 없어. 죽어도."

"그래요. 두고 보면 알겠죠. 그 패기가 언제까지 가나."

"난 자신 있어."

자신감에 취한 재민의 표정과 말투에 어쩐지 라희는 기분이 좋았다. 재민과 라희는 방글방글 웃다가도 작은 기 싸움으로 번져 괜히 서로에게 툭툭댔다.

"희야."

"……방금 뭐라고 하셨습니까?"

"희야."

"으앗! 징그럽게 왜 그렇게 불러요!"

"하하."

대뜸 '희야' 라며 느끼하게 부르는 재민에게 라희는 기겁하고 만다. 절 부르는 엄마의 애칭을 그의 입에서 듣게 되니 오글거리고 소름이 오소소 돋았다.

발끈하며 진저리치는 라희의 반응이 귀여웠는지 재민은 계속해서 놀려 댔다.

"입에 찰떡같이 달라붙네. 앞으론 더 친근하게 희야—."

"아아!"

포장마차에서의 데이트를 마무리했다. 집까지 걸어서 2분 남짓한 거리이기에 라희는 혼자 가겠다고 했지만, 재민은 기어코 집 앞까지 데려다주었다.

"해장까지 하고 갈까. 당신 라면 맛있게 잘 끓이던데."

"어머. 은근슬쩍 들어가려고요? 나 소주 한 병으로 취하는 여자 아니에요"

"첫 데이트 기념으로 자고 가는 것도 나쁘지 않은 거 같은데."

"어림없어요."

라희의 뺨을 어루만지며 유혹의 눈빛을 흘려보낸 재민이 자고 가겠다고 엉큼한 응석을 부려 봤지만, 라희는 꿈쩍도 하지 않는다.

그의 야릇한 손가락이 그녀의 입술을 훑었다.

"정말 안 돼?"

"정말 안 돼요."

"어쩔 수 없지 뭐. 다음을 기약하지."

아쉽지만 포기했다. 그리고 그 아쉬움을 풀기 위해서인지 평소보다 더 짙은 키스로 파고들었다.

은은하게 퍼지는 가로등 불빛이 연인의 키스를 더욱더 농염하게 물들이고 있었다.

떨어지기가 아쉬웠다. 하지만 그들을 떨어뜨려 놓는 건 벨 소리였다. 포장마차 앞에 세워 둔 차로 대리 기사가 도착했음을 알리는 전화다.

"어서 가 봐요. 집 도착하면 메시지 보내고요."

"그러지."

✤　　✤　　✤

따사로운 햇살이 싱그럽게 세상을 비췄다. 선선해진 오후의 날씨까지 더해지니 느긋하게 걷고 싶은 생각이 들었다.

"오늘 날씨 정말 좋다. 걷고 싶게 만드는 날씨네요."

바이어들과 오전 미팅이 있는 재민의 옆에 라희도 오랜만에 동행하게 되었다. 미팅 후, 그들은 호텔 레스토랑에서 점심을 먹고 회사로 돌아가는 길이었다.

어느새 창문을 열고서 손을 내밀어 잡히지도 않는 바람을 움켜쥐었다 폈다 반복하는 라희를 보던 재민은 손목시계를 슬쩍 내려다봤다.

"점심을 일찍 먹어서 그런지 시간이 넉넉하군. 소화도 시킬 겸 가까운 공원으로 가서 산책 좀 할까?"

"좋아요."

점심시간이라 그런지 공원에는 사람들이 꽤 있었다. 벤치에 앉아서 커피를 들고 담소를 나누는 사람, 천천히 산책로를 걷는 사람. 주위에 회사가 밀집되어 있는 공원이라 그런지 점심을 먹고 잠깐의 여유를 즐기는 직장인들도 많았다.

"아, 원래 서울 생활하시다가 고향 고창으로 내려가신 거였구나."

"아빠 돌아가시고 우울증이 심하셨거든요. 친구분들이 모두 고창에서 뿌리내리고 사시는데 엄마 걱정된다고 다시 고향으로 내려오라고 권유해서."

"금방 털고 일어나셨다니 다행이군. 걱정 많았겠어."

재민은 애틋할 수밖에 없었던 모녀의 깊은 이야기까지 듣게 되었다.

아빠가 돌아가신 뒤 아직 어린 나이였던 라희가 마음도 추스를 시간도 없이 가장이 되어야 했었던 것이 재민의 가슴을 시리게 했다.

꿈 많은 나이에 처음으로 갖게 된 꿈을 포기해야 했던 그 슬픔과 낙담 또한 재민은 안타깝기만 했다.

"꿈을 포기해야 했던 그 심정을 어느 그 누가 헤아릴 수 있겠어. 힘들었겠다."

278

"꿈을 포기할 수밖에 없었던 것이 슬펐던 게 아니라 내 가족, 사랑하는 내 가족의 슬픔을 보고 있다는 게 참 서럽고 아프더라고요."

라희의 한 마디 한 마디가 가슴을 쿡쿡 찔렀다. 하지만 라희는 재민을 향해 활짝 웃으며 이야기를 이어 갈 수 있었다. 내 사람이 생겼다는 게 얼마나 힘이 되고 위안이 되는지. 라희의 얼굴빛은 슬픔이 아닌 지금, 이 순간이 행복하고 후회 없음을 드러내고 있었다.

재민은 그런 라희의 마음을 고스란히 느꼈다. 이제는 자신으로 인해 그녀가 행복하다고 말하고 싶음을.

그래서 재민도 웃을 수 있었다. 안쓰러움과 동정의 눈빛이 아닌 장하고 멋진 여자임을 다시금 느낄 수 있었다는 듯한 설렘의 미소였다.

라희가 말한 성인이 되고 난 뒤 새로운 꿈을 찾게 되었다는 말이 떠올랐다. 더욱더 열렬히 응원하고 서포트해 줄 것임을 재민은 스스로와 약속했다.

"고생 많았어. 수고했어."

재민이 보드라운 손길로 라희의 머리를 헝클이듯 쓰다듬어 주며 위로와 격려를 아끼지 않았다. 따뜻한 손길에 내내 담담하던 라희의 코끝이 찡해졌다.

"수고했어, 그 말이 힘들었을 때 참 듣고 싶었었는데. 나도 사람인지라 누군가의 위로도 응원도 받고 싶더라고요. 그런데 그 말을 사장님한테 듣게 될 줄은 진짜 몰랐었죠."

라희의 장난스러운 말에 재민이 피식 웃으며 조용히 손을 꽉 잡았다.

'우리 호텔 스위트룸에 피아노가 있었던 거 같은데…….'

그러고 보니 무원그룹 계열의 호텔 스위트룸에는 고급 피아노가 놓여 있었던 것 같다. 언제 한번 라희와 그곳에서 시간을 보내는 것도 괜찮겠다.

추억, 라희는 추억이라는 걸 매우 중요하게 여긴다. 재민은 라희에게 과거의 꿈이라는 추억을 선물해 주고 싶은 마음이 들었다.

"배부른 상태에서 산책하는 것도 나쁘지 않네. 애인이랑 같이 걸어서 그런가?"

"아마도?"

맞잡은 손을 흐드러지는 꽃잎처럼 흔들며 걷던 재민과 라희가 얼굴을 마주 보며 웃었다.

"우리 스케줄 맞을 때는 함께 점심 먹고 산책도 하고 그러자."

"좋죠."

"내 모든 시간은 최대한 너랑 보낼 거니까."

"조금 부담스러운데요?"

"좋아해야지, 부담스러워하는 건 또 뭐래?"

"모든지 적당히. 그래야 애정도, 관계도 편안히 발전되는 법이죠."

"연애 초반에는 좀 급히 달려도 돼. 그게 또 맛이지."

"음. 그 말도 맞는 거 같기도 하고."

연애 초반에만 누릴 수 있는 맛은 또 그 나름대로 매력이 있는 법. 숨 가쁘게 달리지만 않으면 서로에게 집중할 수 있는 시간이 될 것이다.

"이제 슬슬 회사로 들어가는 게 좋을 거 같아요."

"시간이 벌써 그렇게 흘렀나."

파란 하늘과 솜사탕 같은 구름 아래서 두 사람은 발걸음을 쉽사리 떼지 못했다. 하지만 오후 업무 시간까지 그리 여유롭지 않기에 아쉽지만 돌아서야 했다.

무원그룹 정문 앞. 갓길에 비상등이 깜박이는 재민의 자동차가 멈춰 섰다.

개인적으로 친분이 있는 지인과 약속이 있었던 재민은 라희를 먼저 회사로 내려 주고 가려 했다.

"들어올 때 간식거리 좀 사다 줄까?"

"아뇨. 배불러서 저녁까지는 배가 안 꺼질 거 같아요."

라희는 핸드백에서 립밤을 꺼내더니 약지에 적당량을 덜어 재민의 입술에 촉촉하게 발라 주었다.

"요즘 입술이 건조해진 거 같아서. 더 트기 전에 입술 관리는 좀 하셔야죠?"

"누구 좋으라고?"

"나 좋으라고?"

"하하."

라희의 앙큼한 대답에 재민이 자지러지듯 웃었다. 라희 역시도 자신이 말하고도 머쓱하고 우스웠는지 애써 목을 큼큼 가다듬으며 웃음 참아 냈다.

재민이 고개를 비스듬히 기울이며 다가왔다. 키스하려는 조짐이 보이자 라희는 재빨리 고개를 뒤로 내빼면서 재민의 얼굴을 손으로 밀어 버린다.

"여기 회사 앞이에요. 누가 보기라도 하면 어쩌려고."

라희는 도둑이 제 발 저리듯 차창 밖을 요리조리 두리번거리기 바쁘다.

심드렁한 낯으로 라희를 쳐다보던 재민은 이내 라희의 턱을 잡아 자신의 얼굴을 보도록 단단히 고정시켰다.

"선팅 확실하게 돼 있어."

"그래도 조심하면 좋잖아요. 만에 하나라는 게 있으니까……."

"그렇다고 애인 면상을 꼴 보기 싫다는 듯이 밀어 버리나?"

"……미안해요."

재민이 불퉁해진 얼굴로 툴툴거리자, 라희가 미안하다 달래며 넥타이를 정리해 주었다.

"나 내려요. 어서 출발해요."

"들어갈 때 전화할게."

"네."

조수석에서 내리는 라희의 뒷모습을 잠깐 지켜보다 재민은 이내 출발하려 자세를 고쳐 앉았다. 하지만 슈트 안주머니에서 울리는 벨소리에 멈칫하고 휴대폰을 꺼내었다.

"네. 현재민입니다."

― 현 사장님. 유민현입니다.

"네. 부사장님. 안 그래도 막 출발하려던 참이었습니다만."

― 죄송해서 어쩌죠? 친구 아버지께서 돌아가셨다는 연락을 막 받아서 지방으로 급히 내려가 봐야 할 거 같아서 말입니다.

"죄송하긴요. 전 괜찮으니 조심해서 다녀오십시오."

― 이해해 주셔서 감사합니다. 그럼 제가 다시 연락드리겠습니다.

출발하기 전에 연락을 받아서 헛걸음하지 않아 다행이다 싶었다.

휴대폰을 다시 슈트 안주머니로 넣으면서 자연스럽게 고개를 틀던 재민은 무엇을 보았는지 눈썹이 꿈틀거렸다.

"뭐야. 저긴 또 뭐 하러 가."

재민의 심기를 불편하게 만드는 건 회사 정문으로 걷던 라희가 갑자기 방향을 틀어 옆 건물 상가 1층에 자리한 꽃집으로 들어가는 장면이었다.

✤　✦　✤

"사장님."

"라희 씨. 오랜만이에요."

"그러게요. 잘 지내셨죠?"

"보시다시피 아직 문 안 닫고 유지하고 있지요."

라희와 지웅은 반갑게 인사하며 서로의 안부를 묻곤 했다.

"에이. 또 앓는 소리 하신다. 우리 회사에서만 해도 소문이 자자하던데요?"

"소문이요?"

"친절하고 잘생긴 꽃미남 사장님이 계시는 꽃집이라고요."

"하하. 기분은 좋은데, 어쩐지 좀 민망한데요?"

282

지웅이 호탕하게 웃으면서도 쑥스러운지 목덜미를 긁적거렸다.

"찾으시는 거 있어요?"

"아, 맞다. 혹시 천연 이끼 스칸디아모스도 있나요?"

"와아. 혹시 저희 가게 염탐하시거나 제 마음을 훔쳐보셨나요?"

"네……?"

뭔지 몰라도 지웅은 진심으로 소름이 돋을 만큼 놀란 모습이었다. 무슨 영문인지 알 수가 없는 라희는 갸우뚱한 얼굴로 궁금해했다.

"스칸디아모스가 요즘 전국적으로 인기가 꽤 있더라고요. 그래서 혹시나 찾는 분이 계실까 싶어서 오늘 새벽 시장 가서 스칸디아모스도 데려왔거든요."

"어머. 그래요?"

"네. 우리 텔레파시가 통했나 본데요?"

"그런가요?"

나이스 타이밍이었다. 라희가 찾던 천연 이끼가 꽃집에 있었다.

가을의 문턱을 갓 넘어선 시점이었다.

재민은 유전적으로 기관지가 남들보다는 예민한 편이었다. 그래서 라희는 향이 없고 공간을 최대한 적게 차지하는 것 중에서 어떤 게 좋을까 싶어 포털 사이트에서 검색해 보았다. 그러다가 우연히 천연 이끼 스칸디아모스를 알게 되었다. 미세먼지를 먹고 가습 효과까지 탁월했고, 작고 예쁜 디자인으로 인테리어 소품으로도 좋았다.

'사장님 집무실에 하나 두고, 침실에도 하나 두는 게 좋겠다.'

집무실에 하나, 편안한 숙면을 위해 침실에도 하나 두면 딱 좋을 듯싶었다. 그렇게 그림을 그려 보며 오늘 꽃집을 찾은 건데, 바로 준비할 수 있을 듯해 기분이 좋았다. 절로 부드러운 웃음을 짓고 있는 라희를 보던 지웅이 문득 고개를 들었다.

'손님 오셨네.'

때마침 환기를 시키려 문을 열어 놓았던 탓에 소리 없이 가게 안으로 저벅저벅 걸어들어 오는 한 남자를 발견했다.

한결같이 방긋 웃으며 손님을 응대하려 했던 지웅은 순간 자신도 모르게 흠칫하게 되었다.

'저 눈빛은 뭐지? 살벌하잖아······?'

살벌하다 못해 칼날처럼 매섭고 날카로운 눈빛으로 지웅을 주시하며 거리를 좁혀 오는 남자는 다름 아닌 재민이었다.

"어서 오세요, 손님."

손님이 왔나 보다. 라희는 뒤로 몸을 틀려다가 허리를 휘감는 단단한 팔에 어깨를 들썩일 정도로 놀라고 만다.

"······사장님."

"······."

고개를 돌리자 당당하게 라희를 품에 두고 지웅의 앞에 선 재민이 보였다.

라희만큼이나 지웅도 놀랐는지 눈이 휘둥그레졌다. 사장님?

"뭐, 살 거 있나?"

라희에게 묻는 말이었지만, 재민의 눈은 오로지 경계의 눈빛으로 지웅을 향해 있었다.

놀란 것도 잠시였다. 약속 장소로 출발했어야 했던 재민이 꽃집으로 찾아왔다는 것이 의아하기만 하다.

허리에 감긴 재민의 팔을 풀어 보려 몸을 비틀고 손으로 떼어 내 보려고 했지만 작정하고 힘을 주어 버티는 남자의 힘은 도무지 맞설 수가 없다.

눈치가 없는 사람이 아니라면 분명 알 수 있었다. 재민과 라희가 연인 관계라는 것을.

'이런. 괜한 말을 지껄였네. 하필 그 타이밍에 들어올 게 뭐람. 열받은 거 같은데······.'

텔레파시가 통했다느니 어쩌니, 친근감 있게 입을 털었던 게 잘못이었다. 지웅은 재민이 들었음을 확신했다. 그리고 예상대로 재민은 정확하게 들었다. 그래서 더 눈에 불을 켜고 포악하게 지웅을 대면하면서 라희가 수시로 당부했음에도 거침없는 스킨십까지 보이는 것이었다.

"라희 씨. 혹시 남자 친구분이세요?"

"네? 남자 친……."

"맞습니다. 남자 친구. 애인 사이죠."

✦ ✦ ✦

냉랭한 분위기 속에서의 엘리베이터 안. 재민과 라희는 한 걸음 폭의 거리를 두고서 아무런 대화도 주고받지 않았다.

재민이 곁눈질로 슬그머니 시선을 내려 라희의 표정을 살폈다. 무표정한 얼굴이었다. 무슨 생각인지 전혀 읽을 수가 없었다.

'아니, 내가 눈치를 봐야 할 만큼 잘못을 저지른 건가?'

뾰로통해진 재민이 속으로 꿍얼거렸다. 재민은 그저 꽃집 사장 지웅에게 라희는 임자가 있다고, 내 여자임을 확실하게 인지시켜 주고 싶었을 뿐이었다.

남자는 남자가 알 수 있다. 지웅이 그저 라희를 꽃집의 단골손님으로만 생각하고 있지 않음을 전부터 느끼고 있었다.

아무리 라희가 틈을 주지 않는 보기 드문 여자이긴 하다만, 재민은 신경이 곤두설 수밖에 없었다. 칼 같은 성격이라 빨리 차단해 버려야 직성이 풀렸다.

"약속은 어떻게 하시고 들어오신 겁니까?"

먼저 입을 연 건 라희였다. 여전히 정면만을 응시한 채였다.

"어? 아, 막 출발하려고 할 때 그쪽에서 전화가 왔더라고. 갑자기 일이 생겨 다음으로 미뤘으면 한다고."

재민의 대답을 듣고 라희는 다시 입을 다물어 버린다. 재민이 아이처럼 입을 삐죽이며 시무룩해져 버렸다.

엘리베이터에서 내려 사장실로 들어갔다. 자신의 자리로 휙 가 버릴 줄 알았던 라희가 집무실로 향하자, 재민이 입꼬리를 휘며 뒤를 졸졸

따라붙었다.

재민의 데스크 앞에 선 라희가 꽃집에서 사 온 천연 이끼 스칸디아 모스를 담은 비닐 백을 살포시 내려놓았다. 그리고 화분을 놓을 위치를 눈으로 훑었다.

"희야."

아쉬운 놈이 수그리고 들어가는 법이다. 재민은 라희의 등 뒤로 성큼성큼 다가서서 그대로 포옥 안았다. 작은 어깨에 턱을 얹고서 애교 아닌 애교를 부리며 라희의 마음을 풀어 주려 했다.

재민에게서 볼 수 없는, 어울리지도 않는 애교를 보게 될 줄이야.

라희는 순간 웃음이 입 밖으로 터져 나올 뻔했다. 하지만 웃음을 삼키고 태연하게 비닐 백에서 화분을 꺼내었다.

"희야."

"징그럽다고 했습니다. 그리고 여긴 회사고요."

"둘뿐인데, 느슨하게 좀 갑시다. 빡빡한 비서님."

목덜미를 간지럽히는 그의 입김으로 어깨가 움츠러들었다. 재민의 숨은 미세한 솜털까지 삐죽 서도록 만들었다.

"간지러우니까 그만 좀 떨어지세요. 누가 들어오기라도 하면 어쩌려고 그러십니까?"

"감히 어떤 간 큰 놈이 사장실에 배짱 좋게 들이닥치겠어."

"그래도 사내에서는 항시 조심하자고 했잖습니까."

어쩔 수 없다. 라희를 풀어 주기는커녕 화를 더 돋우기 전에 재민은 한발 물러서야 했다. 백 허그를 하고 있던 그가 아쉬움을 담고서 팔을 풀었다. 그러자 라희가 뒤돌아서서 정면으로 재민에게 맞섰다.

라희가 눈을 가늘게 늘어뜨리며 쳐다봤다. 화가 난 건 아니었나 보다. 장난기를 담은 눈 흘김에 재민은 한결 마음이 편안해져 미소를 보였다.

"웃지 마요."

"웃음이 나오는 걸 어떡해."

재민이 어깨를 으쓱이며 능청을 떨었다. 라희가 양팔을 교차해 팔짱을 끼고서 미워 죽겠다는 표정을 지었다.

"꽃집 사장님한테 왜 그렇게 가시를 세우고 그랬어요. 내가 진짜 민망해 죽는 줄 알았다고요."

"사심 있는 남자한테는 확실하게 던지는 경고가 필요했으니까."

"사심이라니요? 무슨 그런 말도 안 되는……."

"말 돼. 내 눈에 걸린 것만 해도 몇 번인데."

"걸렸다니 뭘 말이에요?"

"뭐겠어? 당신한테 흑심을 품고 개수작 부리는 짓이지."

"……."

"남자는 조금이라도 마음에 담지 않은 여자에겐 매번 선물을 준다든가, 그 여자 주변 사람들에게까지 성의와 뇌물을 바치지는 않지."

라희는 도무지 이해하기가 어려웠다. 지웅이 자신에게 사심을 보였다니. 전혀 생각지도 못했고 낌새조차 느끼지 못했었다.

재민이 너무 예민하게 반응하고 있는 건 아닐까 싶었다. 하지만 이어지는 재민의 말에 꿀 먹은 벙어리가 되어 버렸다.

"꽃집 방문했을 때마다 서비스라면서 꽃 선물을 받아 온 게 어디 한두 번이어야지. 그리고 당신이랑 김 비서가 카페 있을 때마다 나타나서 커피며 디저트며 사 주면서 환심 사려고 했지. 그게 정말 우연이기만 할까?"

"그건……."

살짝 벌어진 입술로 멍한 표정을 지었다. 팔짱을 끼고 있던 팔은 힘없이 툭 풀어져 아래로 떨어져 버렸다.

재민이 옅은 미소를 머금으며 라희의 새하얀 블라우스 깃을 섬세한 손길로 매만졌다.

"알아서 잘 차단할 공라희 성격을 모르는 건 아니다만."

"아니다만?"

"눈앞에서 내 여자를 흑심 품은 눈으로 쳐다보는 녀석을 침착하게 두고 볼 성질머리는 아니라서 말이지."

"인정. 엄청 불같은 성격이죠. 현 사장님."

"그리고 오늘 느꼈지. 내가 꽤 소유욕과 집착이 강한 놈이라는 걸."

"……풉."

결국 라희가 웃음이 터졌다.

"웃을 일이 아닐 텐데?"

"왜요? 좀 웃으면 안 되나?"

"구속에 답답해해도 풀어 줄 생각 없어서 말이지."

재민의 입꼬리가 한쪽으로 말려 올라갔다. 그게 우스갯소리처럼 내뱉은 말이 아니라 진심이라는 걸 말해 주고 있었다.

라희는 오히려 재밌다는 듯 고개를 비스듬히 젖히며 재민을 향해 새침하게 말했다.

"그거 참 잘됐네요."

"잘됐다고?"

"제 이상형 중 하나가 집착하는 남자거든요."

"뭐? 하하."

"그것도 현재민처럼 잘생긴, 야한 보디를 가진 남자의 집착이라면 더더욱."

라희의 도발적이고도 앙큼한 말에 재민이 졌다는 듯 호탕하게도 웃었다. 정말이지, 이길 수가 없는 치명적인 매력 발산에 재민은 정신을 차리지 못한다.

한참 웃고 떠들다가 재민은 이제야 라희가 사 온 천연 이끼를 발견했다. 궁금증 가득한 눈으로 물었다.

"그런데 뭘 산 거지? 이끼 같은데, 맞나?"

"천연 이끼예요. 스칸디아모스라는 건데, 미세먼지도 잡아 주고 가습 효과도 있어요."

"그런 이끼도 있군. 신기하네."

"요즘 목이 간질간질한지 헛기침하는 횟수도 늘고 입술도 트는 거 보니까 집무실이 건조하고 탁한 거 같아서 샀어요."

사랑, 관심을 받고 있다는 기분이 이토록 황홀할 줄은 몰랐다.

재민은 자신도 몰랐던 증상까지도 라희가 놓치지 않고 파악해서 준비했다는 것에 감동스럽기까지 했다.

"여기다 두면 되겠죠? 그리고 하나는 침실에 두시고요."

나머지 하나의 화분은 비닐 백에 담긴 그대로 걸리적거리지 않도록 한쪽으로 놓아두었다.

재민이 아무런 대답도 하지 않고서 자신만 빤히 쳐다보고만 있자, 라희는 미간을 살짝 좁히고서 눈을 깜박거렸다.

"왜 그렇게 쳐다봐요?"

"고마워서."

"네?"

"감동 받아서."

"……."

"챙겨 줘서 고맙다고."

"난 또 뭐라고. 당연하지 않습니까? 모시는 상사의 컨디션과 업무 환경까지 컨트롤하는 것 또한 비서의 임무인걸요."

"그것뿐입니까?"

"음, 그건 어디까지나 과거의 얘기일 뿐이고, 현재는 여자 친구로서 사심을 가득 담은 애정?"

조금은 부끄러운 대답을 해 버렸다. 라희는 눈동자를 또르르 굴리며 어깨를 한번 으쓱였다. 그러자 재민이 오른손으로 얼굴을 덮으며 웃었다.

"하하."

"만족스러운 대답이 됐습니까?"

"아주 훌륭한 대답이었습니다."

재민이 갑갑한지 슈트 상의를 벗자, 라희가 냉큼 다가와 버릇처럼 손을 내밀었다.

"옷 주세요. 걸어 놓게."

"고마워요."

재민의 슈트 상의를 건네받은 라희는 행거가 있는 곳으로 이동했다. 평온한 얼굴로 옷걸이에 반듯하게 걸던 중 라희는 정말 뜬금없이, 순간 떠오르는 장면에 웃음을 터뜨렸다.

"……?"

데스크에 엉덩이를 붙이고 걸터앉아 있던 재민이 라희의 웃음소리에 고개를 틀었다.

'아하. 그때 그랬던 이유가 이거였구나. 미치겠다.'

라희는 광대가 아릴 정도로 소리를 죽인 채 끅끅거렸다.

전에 카페에서 지웅이 사 주었던 커피를 마시고 있을 때, 어이없었던 재민의 행동이 이제야 이해가 되었다.

커피 맛이 뭐 이렇냐며 딴죽을 걸고 내내 툭툭거리던 재민이 서비스 테이블에 커피를 과감하게 부어 버렸었다. 자신이 결제한 커피를 손수 빨대까지 꽂아서 내밀었던 그 당시에는 그저 마음에 들지 않는 자신을 화나게 하려 심술을 부리는 것인 줄만 알았었다.

그때부터 재민에겐 이미 지웅은 경계의 대상, 질투의 대상이었고 상당히 거슬리는 존재였다.

'현재민 너무 귀엽잖아!'

유치하지만 귀여워 죽을 거 같다. 라희는 그 나름대로 질투를 하고 서툴지만 표현을 하고 있었음을 눈치채지도 못했던 것에 미안할 정도였다.

"뭐가 그렇게 재밌나. 같이 좀 웃지?"

"누구누구 씨가 귀여운 짓을 했던 게 문득 떠올라서요."

"……누구누구 씨가 누군데."

"있어요. 질투도 화끈하게 하는 남자가."

누구를 가리키는지 모르는 게 아니다. 하지만 재민은 그녀의 장난을 맞받아쳐 주고 싶었다. 재민이 라희를 향해 검지를 까딱거렸다.

라희가 거리를 좁혀 오자, 재민의 왼팔은 가녀린 허리를 감아 코끝이 닿을 만큼 가까이 붙여 세웠다.

"사장님. 유자차 좋아하세요?"

"유자차?"

"네. 하나가 청 담그는 걸 좋아하는데, 아침에 두 병 주더라고요."

"좋지. 어차피 오후 일정도 없는데, 같이 한 잔 마시고 시작하도록 해."

그때였다. 굳건히 닫혀 있어야만 했던 집무실의 문이 조금은 요란스럽게 활짝 열렸다.

상체를 들썩일 정도로 화들짝 놀란 라희와, 표정의 변화가 없는 재민의 시선이 동시에 문 쪽으로 향했다.

"……아이쿠야. 애인 관계인 남녀가 있는 사무실인데 노크한다는 걸 깜박 잊어버렸네."

배짱 좋게 사장실에 들이닥친 간 큰 놈은 바로 진우를 향한 말이었나 보다.

진우 또한 잠깐은 흠칫했었다. 하지만 임기응변에 능한 능구렁이는 재민을 놀릴 건수를 하나 잡았다는 것에 신이 나는지 입꼬리가 씰룩쌜룩 물결쳤다.

"오랜만에 방문했는데 집무실 분위기가 많이 달달해졌네. 근데 사장실만 뜨거운 것 같은데 내 착각인가?"

깐족깐족 입을 털어 대는 진우에 빠친 재민의 얼굴이 와그작 일그러졌다.

'저걸 죽여, 말아. 아오!'

회사에서는 웬만해선 당황한 기색을 내보이지 않는 라희였지만 이번만큼은 민망함과 당혹스러움을 감추지 못하고 얼굴이 시뻘겋게 달아올랐다. 푸드덕거리는 새의 날갯짓만큼이나 빠르게 라희가 재민에게서 떨어져 거리를 두고 섰다.

'내가 못 살아……. 누가 사장실 들이닥치겠냐고 확고하게 말해 놓

고서!'

라희는 안면 근육이 굳어져 좀처럼 자연스럽게 웃을 수가 없었다. 힘겹게 웃어 보지만 어색한 미소만이 흩날렸다.

"전무님. 안녕하십니까."

"라희 씨. 미안."

"아닙니다. 제가 자리를 지켜야 했었는데……. 그럼 커피 준비하겠습니다. 말씀 나누십시오."

라희가 도망치듯이 집무실을 나가자, 진우가 낄낄거리며 여전히 데스크에 걸터앉아 있는 재민에게로 다가갔다.

'조금 더 가까이 와라. 그래, 더 가까이.'

재민이 분을 참지 못하고 진우를 죽일 듯 노려봤고, 이내 정강이를 걷어차 버렸다.

"악! 왜 차고 난리야!"

아픈 부위를 매만지며 껑충껑충 날뛰는 진우에게 재민은 목 끝까지 차오른 거친 육두문자를 와르르 쏟아 냈다.

탕비실에서까지 진우의 괴성과 재민의 과격한 목소리가 생생하게 들렸다. 두 남자의 격렬한 대화에 라희는 고개를 절레절레 흔들며 커피를 내렸다.

"앞으로 조심 좀 합시다. 사장님아."

비서 팀의 회의가 한창 진행 중이었다. 부장 비서이자 총책임자인 성은의 지휘하에 매끄럽게 흘러갔다.

가을 시즌이 본격적으로 시작되는 중요한 시점이었다. 무원그룹에서는 자체 브랜드로 푸드 사업을 계획 중이었다.

첫 단추를 잘 끼우기 위해 비서 팀 또한 열심히 달릴 준비가 되어 있었다.

노트북으로 회의 내용을 꼼꼼하게 타이핑 중이던 라희는 어깨가 뻐근한지 목을 좌우로 까딱였다. 그러면서 은연중에 주위를 둘러보게 된 라희가 갸우뚱한 표정을 지었다.

'어라? 왜 안 보이지?'

비서 팀의 막내까지 회의에 참석했는데 이상하게도 강나영의 모습이 코빼기도 보이질 않는다. 이상하다 싶다가도 무슨 사정이 있겠거니 넘기며 다시 회의에 집중했다.

"오늘은 이것으로 회의 마치도록 할게요. 수고하셨습니다."

"수고하셨습니다."

"고생하셨습니다!"

성은의 성격만큼이나 짧고 굵게 회의가 끝이 났다.

우르르 회의실을 빠져나가는 사원들로 인해 회의실은 금세 한산해졌다.

라희는 마지막으로 작성한 회의 내용을 재확인까지 하고 저장했다. 그 옆에서는 하나가 피곤한 기색으로 기지개를 쭉쭉 켜며 앓는 신음을 흘렸다.

"으으윽! 피곤하다."

"카페인이 필요해. 졸음이 쏟아져서 겨우겨우 참았어."

"선배한테 빌붙어 볼까나."

"그럴까나."

빔을 끄고 노트북과 서류들을 정리하는 성은에게로 장난기 서린 눈으로 쳐다보며 속닥이는 라희와 하나. 그녀들의 귀여운 계략을 눈치채기라도 했는지 성은이 의미심장한 미소를 띠며 다가왔다.

예뻐하는 후배이자 동생들 가운데에 선 성은이 양팔을 뻗어 목을 끌어안았다.

"내 새끼들."

"윽! 선배 숨 막혀!"

"켁켁! 어우, 힘도 좋으셔."

그녀들은 절친한 관계인지라 만나면 언제가 이렇게 화기애애했다.

"오늘 저녁, 시간들 되시는지요?"

"나야 늘 괜찮지."

"맛있는 거 사 주려고?"

"오랜만에 셋이서 달려 볼까? 이 언니가 쏜다."

"어머. 정말?"

"아싸! 당연히 좋지!"

오늘은 성은이 화끈하게 쏜다며 셋이서 뭉치자는 제안을 했다. 술이라면 껌벅 죽는 라희와 하나는 일분일초의 고민 따위 없이 환호성을 외쳤다.

성은의 표정이 짓궂게 변했다. 라희의 머리를 두어 번 쓰다듬으며 툭 말을 던졌다.

"그러고 보니 라희는 이제 누구한테 허락을 받고 선약을 잡아야 하는 입장이 되었지, 아마?"

"……."

"어머머. 그러네?"

"……허, 허락은 무슨."

"애인한테 얘기하고 허락이 떨어져야지! 안 그럼 100% 싸움으로 번지지."

하나까지 거들어 라희를 놀려 먹는다.

라희는 괜스레 얼굴이 화끈거렸다. 성은과 하나가 까르르 웃어 대며 오두방정을 떨자, 라희는 소지품을 정리하며 딴청을 피웠다.

두어 시간이 지난 후, 기다리고 기다리던 퇴근 시간이 찾아왔다.

재민이 외부 일정으로 자리를 비운 탓에 라희는 아직 성은과의 저녁 약속이 있음을 알리지 못했다. 30분 전에 회사로 돌아온 재민은 현재 바이어와 중요한 비즈니스의 통화 중이다.

"자리를 비울 수는 없고……."

메이크업도 고치고 머리도 매만져야 하는데 라희는 파우더 룸으로 갈 수가 없었다. 재민이 자신을 찾을 수 있기에 잠깐이라도 자리를 비우기가 어려웠다.

정문에서 성은과 하나가 기다리고 있을 거 같아 라희는 미리 조금 늦을 거 같다며 메시지를 보내 놓고, 핸드백에서 파우치를 꺼내었다.

메이크업 쿠션으로 번지거나 뭉친 부분은 없는지 요리조리 고개를 틀어 가며 꼼꼼히 확인했다. 립스틱으로 입술까지 완벽하게 마무리 지을 때였다. 묘한 기운이 라희의 신경을 자극했다. 누군가가 자신을 빤히 쳐다보고 있는 시선이 느껴졌다.

설마 하면서 라희는 작은 거울에서 시선을 거두고 고개를 스르륵 돌렸다.

"엄마야!"

바퀴 달린 의자가 뒤로 밀려났다. 큰 움직임을 보일 만큼 라희는 까무러치게 놀라고 말았다.

재민이 집무실 문을 반쯤 열고 고개만 기울여 라희를 빤히 쳐다보고 있었다.

"귀신이라도 봤나?"

재민은 전혀 예상하지도 못했던 자신을 보고 놀란 라희의 반응에 웃음을 터뜨렸다.

왼손에는 메이크업 쿠션, 오른손에는 립스틱을 든 채 그대로 얼어 있는 라희의 곁으로 재민은 성큼성큼 다가가 데스크에 걸터앉았다.

"아깝다. 섹시한 얼굴 더 감상할 수 있었는데."

"……네?"

"화장하는 모습이 섹시하다고 느낀 적은 처음이라."

멍해져 있던 라희가 안정을 되찾은 듯 보였다. 립스틱 뚜껑을 닫아 파우치에 넣고서 재민을 향해 뾰족해진 눈으로 흘겨보았다.

"놀리는 거죠, 지금?"

"진짠데. 야한 각도로 든 턱. 아래로 내리깐 눈꺼풀. 립스틱 바를 때

아슬아슬하게 벌어진 입술."

전신을 떨게 만드는 재민의 퇴폐적인 목소리. 길고 매끈하게 뻗은 검지가 라희의 눈꺼풀과 턱, 그리고 입술을 아찔하게 스치듯이 터치했다.

재민의 손가락이 닿았던 살결이 뜨겁다 못해 타들어 갈 것만 같았다.

라희는 저절로 침을 꼴깍 삼켰다. 쿵쾅쿵쾅 널뛰는 심장을 당장이라도 움켜잡아 진정시키고 싶었다.

"조금 더 감상하고 싶었는데. 당신이 나를 너무 빨리 발견해 버려서 아쉽군."

'점점······.'

일부러 더 자극적으로 농락하려는 재민에게 넘어가서는 안 되었다.

하루하루 거침없이 훅 치고 들어오는, 끼 부리는 이 남자에게 라희는 정신을 똑바로 차려야 했다. 회사라는 걸 망각해선 안 되었다.

"어휴. 장난 좀 그만 쳐요."

라희가 재민의 허벅지를 찰싹 내리치며 의자에서 일어섰다.

"저녁 뭐 먹으러 갈까?"

"아, 미안해서 어쩌죠? 안 그래도 약속 있다는 거 말하려고 했는데 틈이 없었어요."

"누구랑."

약속 있다는 라희의 대답에 재민이 금세 뚱해진 낯으로 물었다.

"성은 선배랑 하나랑 오랜만에 셋이서 한잔하기로 했거든요. 괜찮죠?"

재민이 고개를 두어 번 끄덕이며 예상보다는 순순히 보내 주겠다는 뜻을 내비치자 라희가 생긋 웃었다.

"뭐, 얌전한 곳에서 마신다면야."

"뭐야. 사장님이 생각하는 얌전한 곳이 어딘데요?"

"음악 없고, 젊은 남자들 없는 곳."

그럼 그렇지. 티끌 없이 깔끔하게 보내 주진 않을 모양이다.

재민이 말하는 음악 없고, 젊은 남자들 없는 곳이라 함은, 클럽을 대표해서 말하는 거였다.

"가지 말라는 뜻이에요?"

"난 내 입으로 가지 말라는 말은 절대 안 했습니다만."

재민이 능청스러운 표정과 함께 어깨를 으쓱였다.

라희는 어이가 없는지 실소를 흘렸다. 그러자 재민은 더욱 신이 나서는 라희를 놀려 대기에 여념이 없다.

"아니면 내 집 대여해 줄 테니까 거기서 마시든지. 세 분께 특별히 바텐더가 되어 드릴 의향도 있고."

농담 반 진담 반이 섞인 재민의 장난이었다.

각국의 술을 모으는 것이 재민의 취미였다. 술을 좋아하는 것만큼 분위기 또한 상당히 중요시 여기는 재민은 주방도 바 형태로 신경 써서 멋스러운 인테리어로 리모델링까지 했다. 어느 고급 호텔의 바와 비교해도 단연코 뒤쳐지지 않았다.

라희가 팔짱을 끼고서 입술을 잘근 물며 재민을 노려봤다.

"성은 선배가 가만히 있을까 모르겠네요."

"흐음. 두들겨 맞을 거 같긴 하군."

재민이 턱을 매만지며 정말로 진중해진 낯으로 읊조렸다. 그 모습에 라희가 웃음을 터뜨렸다.

"웃기는. 농담이고, 재밌게 놀다 와."

"아싸!"

"너무 좋아한다. 일어설 때쯤 전화해. 데리러 갈 테니까."

"뭘 데리러 와요. 언제 일어날지도 모르는데."

"작정하고 마실 생각인가 보네."

"그럴 생각은 없었는데요? 발동 걸리면 어떻게 될지는 장담 못 하지만."

눈살을 찌푸리는 재민이 라희의 머리칼을 귀 뒤로 넘겨 주었다.

"장성은이랑 술 마시면 웬만한 사람은 두 발로 똑바로 걸어 나오지 못할 거 잘 알 텐데."

"하하. 그건 그렇다. 그래도 알아서 최대한 조절해서 마실 테니까 데리러 오지 않아도 돼요. 대신 중간중간에 연락할게요."

"고집은."

"만만치 않으십니다만?"

고개를 절레절레 흔드는 재민이 걸터앉아 있던 몸을 일으켜 섰다.

"정문에서 보기로 했나?"

"아뇨. 사장님 통화 길어질 거 같아서 먼저 가 있으라고 했거든요."

"가는 길에 내려 줄게. 타고 가."

9장
달콤한 시간

그녀들의 은밀한 파티, 라고 하기엔 소박하고 정겨운 대패 삼겹살 가게에서의 단란한 모임이었다.

치익. 치이익. 고기가 돌판에 닿자 식욕을 확 당기는 소리가 그녀들의 흥을 돋웠다.

"난 이 소리가 너무 좋더라. 꼭 비 오는 소리 같지 않아?"

라희가 조금은 호들갑스럽게 말하며 좋아했다. 하지만 라희보다도 더 호들갑을 발산하는 하나와 뒤지지 않는 성은이 더욱더 분위기를 끌어 올렸다.

"소주가 절로 생각난다니까."

"그럼 얼른 마실까요?"

얇은 대패 두께는 금방 익기 때문에 못 말리는 세 명은 서둘러 잔을 채우고 길어질 알코올 여정의 첫 스타트를 끊었다.

"크으, 죽인다."

"오늘 하루 피로가 싹 씻겨 내려가는 기분이야."

걸쭉하게 감탄사를 내뱉으며 소주의 맛을 음미했다.

현란한 손목 스냅으로 안정적으로 고기를 굽고 있는 건 라희였다.

노릇노릇하게 고기가 구워져 갔다. 돌판 사이드에서는 돼지기름으로 콩나물과 김치, 단호박, 버섯들도 맛있게 구워지고 있었다.

"오랜만에 대패 먹으니까 아주 꿀맛이네."

"나도 대패 삼겹살 진짜 오랜만이다. 이 맛있는 거를."

"대패는 한 점씩 먹는 거 아닌 거 알지? 취향에 맞게 입 안 가득, 맛있게 드세요."

라희의 위트 있는 한마디에 하나와 성은이 짝짝 물개 박수를 치며 까르르 웃었다.

"하하. 그렇지!"

상추와 깻잎 위로 대패 삼겹살을 푸짐하게 얹어 취향에 맞게 파채와 마늘, 고추 등으로 야무지게 한 쌈 크게 쌌다.

"역시 고기 굽는 건 라희가 최고야. 너무 맛있게 잘 구워."

"그래서 라희한테 맡기고 쌈은 내가 싸서 먹여 주는 게 버릇이 돼 버렸잖아요."

"하나가 또 쌈을 비율 잘 맞춰서 맛있게 싸 주니까 난 또 불평도 못 하지요"

"하하. 너희처럼 잘 지내는 친구도 참 보기 드물어. 자매라도 흔치 않아."

참 듣기 좋은, 기분 좋은 얘기였다. 라희와 하나는 인정한다는 듯 서로 얼굴을 마주 보고서 배시시 웃었다.

"한 쌈 했으니 또 한 잔 마셔야지!"

"잔 들어. 건배!"

술이 한 잔 두 잔 연이어 들어가면서 그녀들의 흥도 돌판처럼 뜨겁게 불타올랐다.

소주잔을 입으로 가져가려던 라희가 멈칫했다. 문득 회의 때 강나영의 부재가 생각나 넌지시 물었다.

"참. 오늘 회의 때 보니까, 강나영 씨가 안 보이던데."

강나영의 이름을 듣자마자 성은이 젓가락을 거칠게 탁! 내려놓았다.

"깜짝이야."

깜짝 놀라 성은을 보니 짜증이 가득한 얼굴이었고, 그 옆의 하나 역시 팔짱을 끼고서 고개를 저었다. 아무래도 자신만 모르는 일이 있었나 보다.

"왜. 무슨 일 있었어?"

"말도 마. 내가 진짜 살다 살다 그런 영악한 년은 처음 봤다니까?"

"그렇지. 암, 그렇고말고."

성은의 말에 하나가 격하게 고개를 끄덕이며 추임새와 함께 맞장구를 쳤다.

라희는 갸우뚱한 표정을 지울 수가 없다. 무슨 일이 있었는지 궁금하기만 하다. 성은이 이토록 분에 차 욕까지 내뱉은 적은 없었기 때문이다.

라희가 성은의 등을 토닥이고 쓰다듬으며 달랬다.

"선배. 흥분하지 말고 차근차근 말해 봐. 궁금해 죽겠다."

"그래, 진정해야지."

성은은 호흡을 천천히 내쉬고 들이마시며 거친 숨을 진정시켰다.

"강나영 걔, 라희 너한테 열등감을 느껴서 더 그런 거 같은데. 주제도 모르고 어찌나 난리를 치는지."

"……어? 나 말하는 거야?"

"그래. 너! 기가 차서 말도 제대로 안 나오네."

예상치도 못한 얘기였다. 갑자기 자신을 가리키자 라희는 어안이 벙벙했다.

성은이 소주를 한 번에 털어 넣고서 잔을 쾅 내려놓았다. 하나가 소주병을 들고 성은의 잔을 채워 주며 말했다.

"어제 라희 네가 오전부터 외부에 있었으니 망정이지. 그 똥을 제대로 뒤집어쓸 뻔했다는 거 아니냐."

똥을 뒤집어쓰다니? 라희는 이젠 답답해 죽을 지경이다.

"속 시원하게 쭉 이어 봐. 답답해 죽겠다."

"안 그래도 전에 네가 강나영 때문에 속상하다고 털어놨을 때부터 예의 주시 했었는데 수상쩍은 게 한두 번이 아니더라고. 하나만 걸려라 했는데 글쎄, 라희 네가 맡은 업무마다 난도질을 해 놨어."

"난도질?"

"작정하고 서류 조작해, 그것도 모자라 너에 대한 근거 없는 유언비어를 퍼뜨리고 다니는 거야!"

하나의 말이 이어질 때마다 라희는 입이 떡 하니 벌어져 넋을 놓고 있었다. 들으면 들을수록 가관이었다.

아무런 반응조차 하지 못했다. 이제는 화가 나지도 않을 만큼 해탈의 경지에 이르렀다. 이미 라희는 강나영에 대해서는 학을 뗀 상태였고, 손에서 아예 내려놓았다.

그간 라희에게 혼난 것이 분했던 것인지 서류 조작으로 그녀를 곤경에 빠뜨리려고 하다 걸린 듯했다.

"이번에 특채로 들어온 신입들한테 화장실에서 라희 널 대놓고 씹고 있는 거야. 그때 나랑 선배가 파우더룸에 있는 것도 모르고 그 멍청한 년이 어찌나 현란하게 입을 털던지. 그러다가 우리한테 딱 걸렸지 뭐."

"그래서 하나가 강나영 머리채를 잡고 난리도 아니었지."

"뭐? 다치진 않았어?"

"응, 괜찮아. 참으려고 했는데 도저히 참을 수가 없었단 말이야. 솔직히 속은 시원해."

하나가 그 당시 상황이 떠올랐는지 통쾌하다는 듯 깔깔거리며 박장대소했다.

"야. 넌 지금 웃음이 나와?"

"당연하지. 속이 다 시원하다. 깔끔하게 직접 사표 던지고 제 발로 나가 줬는데."

"못 살아. 정말."

라희가 이마에 손을 얹고서 한숨을 내쉬었다.

많은 감정이 교차했다. 자신을 끔찍이 생각해 주는 하나에게는 늘 고마운 마음이었다. 하지만 혹여나 그 일 때문에 피해가 가진 않을까 마음이 편치 않았다. 게다가 곧 승진 심사도 있을 시기인데, 하나에게 불똥이 튀면 어쩌나 걱정되었다.

그런 라희의 표정을 읽은 성은이 라희의 어깨를 톡톡 두드려 주며 말했다.

"걱정 마. 하나한테 피해가 가는 일은 절대로 없으니까. 서류 조작한 것만 해도 증거 자료는 충분해. 오히려 우리 쪽에서 칠 수 있는걸 뭐. 내 애인이 또 변호사잖냐."

변호사 애인을 두고 있는 성은이 팔불출이 되어 애인 자랑을 줄줄 늘어놓는다. 못 말리는 선배에 라희가 다시 웃음을 되찾았다.

"선배. 조용히 묻어 버리자. 그런 애 건드려 봤자 좋을 거 없는 거 알잖아. 혼자 죽지 않을 거야. 회사 이미지에 조금이라도 타격이 있으면 곤란해. 상당히 골치 아파지는 거 누구보다 선배가 가장 잘 알지?"

"알지, 그래서 나도 참고 있는 거잖아."

라희가 조곤조곤 타이르며 설득하자, 성은과 하나도 이 바닥에 오래 일했으니 바로 이해하며 수긍했다. 비록 분하지만 말이다.

"기분 좋은 날에 이런 얘기로 분위기 가라앉지 말고, 좋은 얘기만 하자."

"그래요, 오랜만에 모이는 자리인데!"

"잔 드세요. 공 비서가 한 잔씩 따라 드리겠습니다."

라희가 생긋 웃으며 성은과 하나의 잔에 고마움과 애정으로 따라 주었다. 찰랑찰랑 잔에서 넘칠 듯 말 듯 가득.

"너무 애정이 과한데?"

"죽어 보자 이거지?"

"하하. 무섭게 왜 이래."

다시 활기를 되찾은 성은과 하나, 그리고 라희. 대패 삼겹살 가게를 나와 2차를 이어 가려 자리를 옮겼다.

✤ ✤ ✤

성은이 대패 삼겹살에 이어 근사한 칵테일 바로 초대하였다. 그녀들은 2차를 즐겼다. 시끌시끌 왁자지껄하기도 했고, 진중한 이야기를 나누기도 했다.

"이렇게 모였으니까 얘기할게."

"응?"

"뭔데 선배?"

성은이 할 얘기가 있나 보다. 나란히 앉은 라희와 하나에게 옅은 미소를 보이며 이내 입을 열었다.

"이번에 승진 심사 있는 거 알지?"

"당연히 알지."

"그럼. 모를 리가 없지."

"하여간, 이것들은 침착해도 이렇게 침착할 수가 없지."

욕심 없는 라희와 하나를 밉지 않게 흘겨보며 고개를 절레절레 흔들었다.

"승진 심사에 하나 추천서 넣을 건데, 혹시나 라희 네가 서운해할까봐 생각이 많았어. 그래도 미리 말을 하는 편이 좋을 거 같아서."

"나? 괜찮아, 선배. 그렇게까진."

하나가 아무렇지 않게 손을 내저었다.

"선배도 참. 당연한 거잖아. 난 고작 무원에서 7개월 갓 지났고, 내가 원해서 단기 계약으로 했고. 앞으로도 쭉 그럴 생각인데? 하나가 욕심이 없어서 그렇지, 팍팍 등급 올려 줘야 해. 이렇게 태연하니, 실력에 비해 과소평가 받는 거야."

라희가 하나의 목에 팔을 두르며 장난스럽게 핀잔을 주었다. 그러자 하나가 머쓱한 듯 머리를 긁적였다.

조금은 어렵게 꺼내었던 말이었는데, 성은은 라희의 반응에 한결 마음이 놓였다. 이토록 기특할 수가 없다.

304

"이해해 줘서 고맙다."

"이해랄 것도 없어. 무조건, 당연히 하나 추천서 써 줘야 해. 그리고 난 머지않아 비서 일 무원을 끝으로 그만둘 생각이니까."

"그런데 비서 일 정말 그만둘 거야?"

"응. 카페 차릴 거라고 전에도 얘기했었잖아."

"아, 맞다. 그랬었지 참."

고개를 작게 끄덕인 성은이 되물었다.

"재민이는. 재민이도 알고 있어?"

"사장님한테도 미리 말했어. 적극적으로 도와줄 거라고 그러던데?"

재민의 이름이 나오자마자 라희의 얼굴에 생기 가득한 웃음이 번져 있었다.

"어머머. 누구 생각을 하고 있을까?"

"……어?"

행복한 연애 중이라는 티가 팍팍 나는 라희 환한 얼굴을 보고 장난기 득실한 하이에나들이 그냥 지나칠 리가 없다. 성은과 하나는 바로 라희 놀리기에 돌입했다.

"연애가 좋긴 좋지?"

"……"

"우리 라희가 연애를 해서 그런가, 요즘 더 예뻐졌지 아마? 얼굴이 확 폈다니까?"

"놀리지 마라?"

깐족거리며 놀려 대는 하나에게 라희는 어금니를 꽉 깨물며 으름장을 놓는다. 하지만 하나는 눈 하나 깜짝이질 않았다.

하나를 거들어 성은까지 합세했다.

"재민이 녀석도 요즘 싱글벙글하더라?"

"아, 선배!"

"이왕 말 나온 김에 얘기 좀 해 봐."

"뭐가 궁금하신데요. 김하나 씨."

"잔잔한 연애담 말고, 진득하고 화끈한 성인의 연애담."

"그런 거 없거든? 하여튼 간에 엉큼한 건 알아줘야 된다니까."

술을 마셔도 쉽게 빨개지지 않는 라희의 두 뺨이 울긋불긋 단풍잎처럼 물들었다. 터질 것처럼 열이 오른 얼굴을 식히려 연신 손부채질을 했다.

멈추지 않는 하나의 짓궂은 놀림에 라희는 찌릿 눈을 흘기며 소리를 질렀다. 그러곤 술잔을 들어 한 번에 쭉쭉 넘겼다.

그 모습을 본 하나가 안 그래도 큰 눈을 동그랗게 떴다. 그리고 라희의 팔뚝을 찰싹 내리치며 잔을 빼앗았다.

"야, 야! 위스키를 왜 그렇게 마셔!"

"……어쩐지 쓰더라."

위스키를 못 마시는 건 아니었다. 다만, 라희는 위스키는 섞어서 마시면 훅 가 버리는 약점이 있었다.

처음부터 위스키만 마셨으면 괜찮았지만, 1차에서 소주를 마셨기 때문에 위스키 대신 맥주를 마시고 있었다. 하지만 깐족대는 하나의 위스키 잔이 자신이 마시던 맥주잔인 줄 알고 입에 대 버린 것이다.

"너 이제 스톱이야."

"아, 왜. 어차피 금요일인데. 내일은 주말이잖아."

"안 돼. 넌 취하면 진짜 감당 안 된단 말이야."

"그 정도는 아니다."

티격태격 실랑이를 벌이는 동생들의 모습에 성은이 킥킥거렸다. 온몸으로 거부 반응을 일으키는 하나와 완강하게 구는 하나로 인해 불퉁해진 라희. 그녀들의 각기 다른 모습이 참으로 재밌게 비추어졌다.

"우려했는데 역시였어. 어휴. 부축해서 가려니 앞이 캄캄하다."

"자게 놔둬. 라희 깨는 동안 우리끼리 마시자."

결국엔 위스키를 이기지 못하고 라희는 그대로 뻗어 버렸다. 하나는 툭툭거리면서도 라희를 편한 자세로 눕혀 겉옷을 덮어 주었다.

성은의 휴대폰 벨소리가 울렸다. 당연히 애인의 전화일 거라고 생각하며 화면을 보는데, 다른 이름이 비쳤다.

"우리 애인이 아니라, 라희 애인님의 전화네."

"사장님?"

"어."

"맞다. 라희 배터리 없어서 전원 꺼져 있을 거야."

"애가 타서 전화를 걸었구나."

안절부절, 애끓다 자신에게 전화를 걸었을 재민을 생각하니 웃음이 나왔다.

"어. 나야."

—어딘데.

"급하다, 급해."

—라희 전화 안 받아. 같이 있는 거 맞아?

"그럼. 같이 있지. 라희 배터리 없어서 전화 꺼져 있어서 통화 안 됐을 거야."

그제야 아, 하는 안심의 감탄사를 내뱉는 재민이었다.

—미안한데 좀 바꿔 줘 봐.

"곤란해."

—곤란하다니. 지금 어디야. 이상한 곳이라도 간 거냐?

"또 욱하려고 하지. 우리 자주 가던 칵테일 바에 왔어. 라희 취해서 잠들었거든."

—지금 출발한다.

"뭐? 야, 현재민!"

지금 출발한다는 말과 함께 뚝 끊어 버린다. 성은은 멍하니 휴대폰만 쳐다보다가 이내 못 말린다는 듯 고개를 절레절레 흔들었다.

❖   ✤   ❖

운전대를 잡은 재민이 향하는 곳은 라희가 있는 칵테일 바. 진우와 성은과 자주 왔었던 곳이었기에 재민 또한 잘 알고 있었다.

술이 약하지도 않은 편인데도 라희가 취해 잠이 들었다는 소식을 듣게 된 재민은 조금은 의아한 표정을 지었다. 게다가 아직 11시도 채 되지도 않았는데 말이다.

"요즘 많이 피곤해 보이던데. 컨디션이 안 좋았나 보군."

갸웃하는 것도 잠시, 그녀를 향한 걱정으로 뒤바뀌었다. 휴가도 쓰지 않고 여름을 나고, 최근에는 연이어 외부 일정이 잦아 피로가 누적되었구나, 라고 예측했다.

물론 라희는 위스키 믹싱이 원인이었긴 했지만, 재민이 예상한 피로 누적도 한몫한 건 사실이었다.

"내색도 하지 않으니, 원."

마른 한숨을 내쉬는 재민의 낯이 속상함으로 번졌다.

금요일이라 그런지 칵테일 바 건물 지하 주차장은 이미 만차였다. 재민은 하는 수 없이 밖의 유료주차장으로 주차를 마치고 서둘러 뛰듯이 입구로 향했다.

"아이스크림이라도 사서 갈까. 좀 미안하기도 하고."

여자들끼리 모여 시간을 보내는 자리인데 라희를 데리러 불쑥 찾아가 자신으로 인해 분위기를 흩트리는 건 아닐까, 망설여지기도 했다.

"장성은이 아이스크림 귀신이니까. 뇌물이라도 바쳐야지."

친구인 성은이 술을 과하게 마시고 아이스크림을 찾는 버릇이 있다는 게 생각났다. 아이스크림으로 해장까지 하는 특이한 녀석이었다.

마침 건물 1층이 아이스크림 전문 매장이었다. 아예 아이스크림 케이크로 사서 재민은 조금은 가벼운 마음으로 칵테일 바로 들어섰다.

"어서 오세요."

"안녕하세요. 오랜만입니다."

"그러게요. 친구분 있는 곳으로 안내해 드리겠습니다. 룸에 계시거든요."

"네."

척하며 척이었다. 칵테일 바 사장이 직접 나서서 그녀들이 있는 룸으로 안내했다.

"들어가시면 됩니다."

"감사합니다. 아 그리고 계산은 이 카드로. 나갈 때 카드 받겠습니다."

"알겠습니다."

고개를 작게 꾸벅이며 사장이 자리를 떴다. 재민은 그제야 가볍게 똑똑 노크를 했다.

들어오라는 성은의 목소리에 재민은 문고리를 잡고 천천히 문을 열었다. 문을 열자마자 가녀린 체구가 재민의 눈에 박혔다. 누가 업어 가도 모를 정도로 라희가 소파에서 깊은 잠에 빠져 있었다.

"이런. 완전히 곯아떨어졌군."

재민은 못 말린다는 듯 피식 웃으며 완전히 룸 안으로 들어섰다. 라희의 앞으로 다가가 보드랍게 뺨을 쓰다듬었다.

"왔어?"

"어."

"안녕하세요. 사장님!"

"끼어들어서 미안합니다."

"에이. 끼어들다뇨! 라희 부축하고 어떻게 가야 하나 걱정했는데 구세주가 나타나셨는걸요?"

하나가 오두방정을 떨어 대며 엄지를 치켜세웠다. 성은이 하나의 머리를 아프지 않게 쥐어박아도 여전히 히히 웃어 댄다. 아무래도 하나도 슬슬 취기가 올라온 듯 보였다.

재민이 옅은 미소를 머금으며 이내 테이블 위로 아이스크림 케이크 상자를 사뿐히 올려놓았다.

"오오. 역시 우리 사장님 센스쟁이!"

"아이스크림 케이크다!"

하나와 성은이 아이스크림 케이크를 보고 환호했다. 재민은 이 분위기가 익숙지 않아 머쓱한 표정으로 검지로 이마를 긁적였다.

"사장님. 이쪽으로 앉으세요."

하나가 일어나 성은의 옆자리로 옮겨 갔다.

"재민아. 잠깐 앉았다가 가."

"그래."

하나가 앉았던 자리에 엉덩이를 붙이던 재민은 라희의 스커트가 말려 올라가 있는 걸 발견하고는 화들짝 놀랐다. 서둘러 겉옷을 벗어 하체를 가리도록 덮어 주었다.

목이 붉게 달아오른 재민의 행동을 지켜보던 그녀들은 숨죽여 웃었다.

"근데 하나 씨랑 성은이는 멀쩡하네?"

"라희가 소주, 맥주는 강한데, 위스키랑 와인 쪽으로는 약해서."

"라희는 믹싱해서 마시면 안 되거든요. 그런데 제 잔을 실수로 마셔 버리고 바로 픽 쓰러지고 말았네요."

"피곤함도 한몫했지."

"맞아. 그건 그렇지."

라희가 위스키와 와인에는 약하다는 걸 재민은 처음 알게 되었다.

재민은 잠든 라희의 얼굴을 애틋한 눈빛으로 바라봤다. 그녀의 작은 손을 잡아 엄지로 손등을 쓰다듬었다.

"아이고. 눈에서 꿀이 뚝뚝 떨어지네."

"……야."

성은이 아이스크림 케이크를 떠먹으면서 장난스럽게 놀려 대자, 재민이 매서운 눈매에 힘을 주어 흘겨봤다.

그만 라희를 데리고 가 봐야겠다는 생각에 재민은 잡은 손을 살랑살랑 흔들며 깨워 보려 했다.

"라희야."

라희의 이름을 다정하게 부르며 정신을 차리게 해 보려 하지만, 미동조차 없었다. 제대로 술과 잠에 취했나 보다.

"라희야. 일어나 봐."

라희가 조금씩 반응을 했다. 작게 몸을 뒤척이자, 재민의 겉옷이 바닥으로 흘러내리면서 떨어졌다. 겨우 가려 놓았던 그녀의 허벅지가 훤히 드러났다.

"어어…… 안 돼."

당황한 재민이 부산스럽게 일어서서는 겉옷을 주워 들었다. 한쪽 무릎을 세워 소파에 기댄 채 겉옷의 양 소매를 아예 라희의 허리에 둘러 단단하게 묶었다.

"어머나, 자세가 야하다. 사장님."

"장성은, 조용히 안 하지."

뺀질뺀질 놀리는 성은에게 다다다 쏘아붙이려고 했지만, 하나의 앞이라 재민은 속으로 억눌러 삼켰다. 그러곤 라희의 무릎과 겨드랑이 쪽으로 팔을 밀어 넣고서 안정적으로 가뿐하게 안아 들었다.

"계산은 내가 했다."

"정말? 역시 사장님!"

성은을 찌릿 노려보는 재민은 이내 하나가 챙겨 주는 라희의 핸드백을 건네받으면서 눈에 힘을 풀었다.

"먼저 간다. 하나 씨 가 볼게요."

"네. 라희 잘 부탁드려요!"

"걱정 마세요."

몽글몽글한 구름에게 몸을 맡긴 듯한 포근함. 그리고 따스함. 마치 행복한 꿈속을 거닐고 있는 기분이었다.

그리 오래는 아니지만 평온한 숙면을 취했던 라희의 눈꺼풀이 파르르 떨리면서 서서히 뜨였다. 갓 잠에서 깨어 멍했다.

"……."

엘리베이터다. 그리고 높이 떠 있는 몸. 라희는 순간 심장이 쿵, 하고 추락하는 기분이다.

대체 이 무슨 상황인 걸까. 그때 멍해진 라희를 깨우는 재민의 목소리가 나지막이 울렸다.

"깼나?"

"헉! 뭐, 뭐야!"

그제야 정신을 차리고 이 상황을 인지하게 된 라희의 눈에 굵직한 목과 건강하게 일렁이는 울대뼈가 보였다.

라희가 설마 하면서 고개를 들었다. 그리고 확인했다. 자신을 동화 속의 공주님처럼 안고 있는 재민을.

정면을 응시하고 있던 재민이 애써 웃음을 참는 듯 안면 근육이 씰룩거렸다. 넋 놓고 자신을 빤히 쳐다보고 있을 라희의 표정이 궁금해 고개를 떨어뜨리며 그제야 눈을 마주했다.

"우리 집에 온 걸 환영해요."

"사장님. 어떻게 된 거예요? 나 데리러 왔었어요?"

"본인 입으로 중간중간 연락한다고 했었는데 연락은커녕, 작정한 모양인지 전화도 아예 꺼 놨더라고?"

"그게 일부러 그런 게 아니라……."

"주량 센 척은 다하더니, 취해서 쓰러지기나 하고."

"어찌 됐건 결과적으로는 변명의 여지가 없네요."

충분히 억울할 만도 했고, 변명거리도 있었다. 하지만 라희는 쿨하게 넘기며 결과적으로 한발 물러섰다.

재민은 그런 라희의 성격이 좋았다. 본인의 생각을 올곧게 말하면서도 잘못한 것이나 아닌 것은 깔끔하게 인정하고 사과했다. 자신이 가진 편협한 생각은 라희로 인해 점점 넓어지고 있었다.

"데리러 와 준 건 아주 고맙습니다만, 왜 저희 집이 아닌 사장님 집으로 데려왔을까요?"

"계략이지. 흑심이고."

"사장님 엄청 뻔뻔하다."

"애인 관계에서 숨길 게 뭐가 있겠어. 난 솔직한 걸 좋아해."

"오늘 여러 번 놀라게 하네요."

왠지 모를 부끄러움에 라희가 재민의 어깨에 얼굴을 묻어 버렸다.

때마침 엘리베이터가 멈춰 섰고 알림음과 함께 문이 열렸다.

"그만 내려 줘요. 나 이제 멀쩡해요."

"좀 더 안겨 있어. 이미 여기까지 왔으니 더더욱 못 놔주지."

"도망 안 가요."

"도망가게 놔둘 리가 있겠나."

"하여간 고집불통."

"아프다."

고집쟁이 애인이 얄밉기도 하고 안겨 있는 자세가 민망하기만 했다. 라희는 작은 응징이라도 하듯 재민의 양 볼을 잡아 쭉쭉 늘였다가 흔들어 댔다.

재민이 아프다며 한쪽 눈썹을 들썩였다.

재민이 안정적으로 비밀번호를 누고 현관문을 여는 동안 라희는 술이 들어간 탓이었을까, 배시시 웃으며 재민의 입술을 물고 놓는 애교를 보였다.

"이러면 감당하기 힘들 텐데."

예상치 못한 재민의 말에 라희가 웃음을 빵 터뜨렸다.

그렇게 자연스럽게 집 안으로 들어오게 되었다. 주황빛의 센서 등이 켜지면서 그들의 분위기가 왜인지 더 야릇하게 물들어 갔다.

"나 목말라요. 물 좀 줘요."

재민이 고개를 끄덕이며 거실을 지나 주방으로 들어섰다.

라희를 바 테이블 위로 조심스럽게 앉혀 주고, 재민은 곧장 냉장고로 가 생수병을 꺼내어 컵에 따랐다.

이제야 자유의 몸이 된 라희는 깔끔하게 정돈된 주방을 훑어보았고,

이내 재민의 다부진 뒷모습을 보며 미소를 지었다.

재민이 물컵을 들고 뒤를 돌았다. 자신을 보고 배시시 웃고 있는 라희를 보며 피식 웃었다.

"자. 물."

"고마워요."

갈증이 났던 모양인지 라희는 꼴깍꼴깍 단번에 들이켰다.

시원하게 목을 축이고 입에서 컵을 떼어 놓자마자, 재민이 라희에게 입을 맞추었다. 갑작스러운 키스에 라희는 조금 놀란 듯 보였지만, 곧 담백한 그의 입술을 받아들였다.

유연하고 자극적인 재민의 키스는 그녀의 정신을 흩트려 놓았다. 호흡까지도 불안정하도록, 아주 강렬하고 거침없었다.

라희의 작은 손이 재민의 어깨를 살포시 움켜쥐었다. 숨이 턱 끝까지 차올랐다는 신호였다. 재민이 아쉬움을 담아 맞물린 입술을 떼어 냈다. 서로의 이마를 맞댄 채 두 사람은 소리 없는 웃음을 지었다.

"옷 갈아입고 싶은데. 내가 입을 만한 옷 있어요?"

"내 셔츠나 티셔츠로 입는 게 나으려나. 원피스처럼."

"그것만 입으면 부끄러운데."

부끄럽다며 눈동자를 데구르르 굴리는 라희가 귀여운지 재민이 살짝 이마를 부딪쳤다.

"내가 벗겨 주고 입혀 주지."

"어머나."

말보다 손이 빠르다. 재민의 손은 어느새 라희의 블라우스 단추를 톡톡 풀어 내고 있었다. 라희의 눈을 진득하게 응시하며 말이다.

라희가 가늘게 뜬 눈으로 흘겨보며 재민의 턱을 잡아 고정했다.

"허…… 그걸 지금 핑계라고 대십니까?"

잡고 있던 재민의 턱을 놓았다. 그리고 슬며시 미소를 머금은 라희가 두 다리로 재민의 허리를 조르듯 감았다.

라희의 앙큼함에 재민이 코끝을 깨물며 읊조렸다.

"매달려. 침대로 가자."

라희가 푸스스 웃으며 못 이기는 척 재민의 목을 끌어안았다.

✢ ✢ ✢

느긋하고 여유로움을 만끽하는 주말의 오후. 사랑하는 사람과 함께라면 금상첨화다.

베란다 창문을 열어 놓으니 맑은 하늘이 선물해 주는 햇볕을 타고 살랑살랑 불어오는 가을바람은 청량했다.

고소한 치즈 향이 흩날리는 거실에서는 재민과 라희가 피자를 베어 물며 로맨스 코미디 영화를 시청하며 오붓한 시간을 보내는 중이었다.

볼만한 영화가 없었다. 두 사람은 그냥 평범한 로맨틱 코미디 장르를 골랐고, 그중에서 가장 평이 무난한 영화를 택했다. 생각보다 재미와 흥미를 돋우는 영화에 꽤 만족스러운 듯 보였다.

"영화 재밌네요. 기대를 안 하고 본 거라서 그런가?"

라희가 피자를 재민의 입으로 가져가며 말했다. 그러자 재민이 한입 크게 베어 물며 대답했다.

"뭐, 볼만은 하네. 좀 유치한 부분이 있는 것만 빼면."

"원래 남녀의 연애, 사랑 이야기가 유치하잖아요. 그래서 더 설레고 누구나 연애를 꿈꾸게 되고. 유치하지 않은 연애는 재미없어요."

"일리는 있는 말이군."

재민이 고개를 두어 번 끄덕이며 수긍했다.

"사장님이 좀 유치한 질투를 하는 것만 봐도……."

"……유치했나?"

라희가 손바닥으로 본인의 허벅지를 치며 까르르 웃었다.

유치한 질투라는 말에 재민이 뾰로통해진 낯으로 라희를 쳐다봤다.

"그래서 귀여웠다고요. 지금에 와서 하는 말인데, 아닌 척했지만 기분도 좋았고."

315

라희가 조금은 쑥스러운 얼굴로 재민의 어깨에 턱을 콕 찍듯이 얹고 서 나지막이 읊조렸다.

재민의 입꼬리가 기분 좋음을 억누르지 못하고 유연하게 말려 올라 갔다.

간드러지는 라희의 목소리와 수줍게 웃으며 자신을 바라보는 얼굴이 예뻤다. 재민은 그대로 라희의 입술을 진득하게 물었다.

짙어지는 키스. 재민이 상체를 라희를 향해 내리며 힘을 주자, 얼마 버티지도 못하고 라희는 소파로 몸이 기울다 결국 등이 닿게 되었다.

'이젠 아주 맛 들였네, 이 남자가. 일단 눕히고 보자는 거지!'

한번 눈을 뜬 짐승은 그 맛을 잊지 못하고 작은 틈만 보여도 달려들 기세였다. 라희는 피자 기름이 묻은 손을 어정쩡하게 들고서 이러지도 저러지도 못했다.

이러다간 또 영화는커녕 새벽 내내 시달리며 받아 줬던 짐승에게 휩 쓸려 모처럼의 휴일 오후를 통으로 날려 버릴 것이 분명했다.

결국 라희가 손이 아닌 팔로 방어막을 치듯이 재민의 굵직한 목울대 를 밀어냈다.

"켁!"

재민이 순간 짧은 헛기침과 동시에 맞물린 입술을 떨어뜨리며 뒤로 밀리듯이 멀어졌다. 그러곤 어이가 없다는 표정으로 눈썹을 꿈틀거리 면서 라희를 내려다봤다.

어색한 미소를 띤 라희가 기름이 묻은 손을 들어 반짝반짝 별을 상 징하는 손동작을 취해 보였다.

"손에 기름 묻었단 말이에요."

"기름 그까짓 게 뭐가 대수라고 키스하는 애인의 목젖을 가차 없이 쳐 버리나?"

정말로 엄격, 근엄, 진지함이 얼굴에 또렷하게 묻어났다. 그런 재민 의 표정이 라희는 재밌기만 하다.

"영화 봐요. 재밌는데."

재민이 자신의 위에서 꿈쩍도 하지 않자, 라희가 이번에는 TV를 가리키며 영화로 화제를 돌리려 했다. 하지만 재민은 리모컨으로 일시 정지 버튼을 누르고서 다시금 라희에게로 시선을 고정했다.

그리고 예상치 못한 재민의 이어지는 말에 라희는 입이 벌어졌다.

"빨리 호, 해 줘."

"……."

"어서."

"하하."

멍한 것도 잠시 라희는 웃음이 빵 터져 버렸다.

"꽤 세게 주먹이 날아왔다고. 벌게진 건 아닌지 모르겠네."

"오글거리게 정말."

"당신이 조금 전에 본인 입으로 그랬잖아. 연애는 유치한 거라고."

"하여튼 임기응변에 능하시다니까."

반박할 수 없게 만드는 그의 임기응변에 라희는 혀를 내두르며 고개를 절레절레 흔들었다. 재민의 요청에도 라희는 좀처럼 반응을 보이지 않았다. 그렇다고 포기할 사람이 아닌 재민은 장난기 서린 얼굴로 칭얼거렸다.

재민 특유의 애교에 라희는 껌벅 넘어갈 것만 같다. 재민의 다부진 가슴 위로 양발로 잔망스럽게 발재간을 부렸다.

"스위치를 끄려는 게 아니라 불을 지필 작정이군."

"평온한 영화 시청을 하시는 게 어떠십니까, 사장님?"

다시 눈빛이 돌변하기 전에 재민을 어르고 달래어 진정시켜야 했다. 라희는 양팔을 뻗으며 재민에게 일으켜 달라고 애교를 부렸다. 그러자 재민이 가볍게 일으켜 주고 물티슈를 뽑아 다정하게도 기름이 묻은 라희의 손을 닦아 주었다.

"라희야."

"네?"

"우리 둘만 있는데도 언제까지 사장님으로 부를 생각이지?"

"……."

"좀 더 친근하고 애틋하게 불러 줄 단어는 많을 텐데."

"음, 맞는 말인데, 사장님이 입에 붙어서 금방 고쳐질지는 모르겠어요."

"그래도 고치려고 노력은 해 봐야 할 필요성이 양심상 팍팍 느껴지지 않나?"

"뭐, 그대가 원하신다면."

"하하."

라희의 대답에 재민이 고개를 뒤로 젖혀 가며 호탕한 웃음을 내뱉었다. 그 와중에 라희는 앞으로 재민을 부를 호칭에 대한 고민 중이었다.

"내가 추천해 줘?"

"한번 들어나 볼까요?"

추천을 해 준다니까 기대를 안고서 라희는 콜라 잔을 들었다.

답은 정해져 있었다.

"1번 오빠. 2번 오빠. 3번 오……."

재민은 능청스럽게 손가락을 하나씩 펼쳐 보이며 오빠라고 불러 달라고 강력하게 어필했다.

콜라를 입에 머금고 있던 라희는 재민의 입에서 오빠라는 단어가 연이어 나오자 그만 콜라를 뿜어 버리고 말았다. 분수 쇼를 하는 착각이 들 만큼 화려하게도 말이다.

잠깐의 정적이 흘렀다. 그 정적 속에서 라희가 사레까지 들려 콜록콜록 연이어 기침했다.

"콜록콜록!"

"……."

"어떡해. 콜록! 미안해요."

라희는 재빨리 물티슈를 뽑아 콜라로 범벅된 재민의 얼굴을 닦아 주기 바빴다.

"푸흐."

라희가 웃음을 터뜨렸다. 이 상황이 재밌었다. 그리고 눈꺼풀을 눌러 닫은 채 세 개의 손가락을 접은 그 상태로 꼼짝도 하지 않는 재민의 행동이 안쓰러우면서도 웃겼다.

라희의 웃음소리와 얼굴을 닦아 주는 손길이 떨리는 걸 느낀 재민이 느릿하게 눈꺼풀을 떠올렸다. 무표정한 얼굴로 라희를 쳐다봤다. 라희가 생긋 웃으며 재민을 다독이듯 입술을 쪽 소리 나도록 뽀뽀를 해 주었다.

"어어……! 옷은 왜 벗으려고요?"

재민이 콜라 얼룩으로 더럽혀진 새하얀 티셔츠를 벗으려 했다. 라희가 동그랗게 뜬 눈으로 재빨리 재민의 티셔츠 밑단을 잡아채며 저지시켰다.

"지저분해졌으니까. 벗으라고 콜라 뿜은 거 아닌가?"

"허. 아니거든요?"

"왜. 안 궁금해? 아, 오늘 아침까지 실컷 봤지 참."

라희가 눈을 흘기며 재민의 어깨를 찰싹 내리쳤다.

"그런데 벗긴 벗어야겠다. 하얀 옷은 바로 세탁해야지, 안 그럼 얼룩 안 지워지니까요."

"그럼 당신도 벗어야겠네. 흰 셔츠에 튀어서 얼룩지겠군."

"……"

재민이 음흉한 눈짓으로 라희가 입고 있는 자신의 셔츠를 야하게 손끝으로 훑었다. 라희는 어깨를 움찔거리며 본능적으로 뒤로 물러앉아 거리를 두었다.

그렇다고 포기할 재민이 아니었다. 재민은 라희를 가뿐히 안아 들었다.

"꺄악!"

"씻고 외출하자. 주말인데 집에만 있기에는 날씨가 너무 좋다."

✤   ✤   ✤

회사 앞 카페에서 라희는 거래처 직원과의 간략한 미팅을 가졌다. 카페에서 직접 만들어 판매하는 수제 참깨 쿠키를 사서 미팅을 마치고 회사로 들어갔다.

1층에서 엘리베이터가 내려오길 기다리는 동안 라희는 태블릿 PC로 업무 내용을 확인하고 있었다.

그때였다. 옆으로 다가오는 묵직한 인기척에 라희는 자연스럽게 고개를 들었다.

"안녕하십니까, 회장님. 장 부장님."

라희를 반듯하게 각을 잡게 만드는 인물은 다름 아닌 무원그룹의 오너 현 회장이었다. 그리고 그 옆엔 현 회장을 보좌하는 성은이 라희에게 눈인사와 함께 온화한 미소를 짓고 있었다.

이렇게 가까이서 현 회장을 마주한 적은 처음이었다. 라희는 예의를 갖춰 정중히 인사드렸다.

라희의 인사에 현 회장은 누군가 싶었는지 갸우뚱한 표정을 짓고 있었다. 척하면 척이었다. 성은이 눈치껏 캐치했고 현 회장에게 라희의 존재를 알려 주었다.

"회장님. 공라희 비서입니다. 현재 사장님 수행비서로 근무 중입니다."

"그렇군."

성은의 소개에 현 회장은 고개를 작게 끄덕였다.

정말 부전자전이란 말이 찰떡이었다. 현 회장과 재민이 부자 관계라는 것을 얼굴만 봐도 그 어떤 누구도 알 수 있을 정도로 붕어빵이었다.

쉽게 범접할 수 없는 그 특유의 아우라를 뿜어내는 카리스마까지 똑 닮았다.

'흐음. 무슨 이유에서인지 낯설지가 않은 느낌이 드는군.'

현 회장은 처음 보는 라희가 왜인지 낯설지가 않았다. 그렇다고 낯익은 것도 아니었다.

320

라희의 존재도, 얼굴도, 처음인 건 틀림없었다. 하지만 왠지 모를 그 묘한 기분은 떨쳐 버릴 수가 없었다. 그래서인지 엘리베이터의 문이 열렸으면서도 현 회장은 라희를 가만히 응시하고 있었다.

'왜 긴장이 되는 거지?'

재민보다도 매섭고 냉철한 눈매의 현 회장의 시선이 자신에게 향해 있다는 걸 느끼지 못한다면 상당히 둔한 거였다. 라희는 손에 땀이 찰 만큼 괜스레 긴장감이 올랐다.

"회장님. 엘리베이터 도착했습니다."

"아, 이런."

성은이 버튼을 누른 채 현 회장에게 엘리베이터에 오르길 기다리고 있었다.

그제야 아차 싶었던 현 회장이 엘리베이터에 올랐다. 현 회장을 이어 성은과 라희도 뒤따라 엘리베이터를 탔다.

엘리베이터 안은 고요했다. 정적 속에서 입을 연 건 의외로 현 회장이었다.

"공 비서라고 했나?"

"네. 회장님."

"현 사장은 자리에 있습니까?"

"네. 외부 일정은 오전에 모두 끝마치시고 집무실에 계십니다."

"그럼 차 한잔 마시고 가도 될까요? 그러고 보니 사장실을 한번 안 찾았군."

"물론입니다. 제가 모시겠습니다."

사장실이 있는 층에 도착했다. 현 회장과 라희가 엘리베이터에서 함께 내렸다.

라희가 슬쩍 고개를 돌려 성은을 쳐다보니, 성은이 손으로 전화기를 연상케 하는 동작을 보였다. 아마도 현 회장이 사장실을 나설 때 자신에게 연락을 달라는 의미였을 거다. 성은의 뜻을 단박에 알아챈 라희가 익살스럽게 코를 찡긋거리며 고개를 끄덕였다.

현 회장을 모시고 사장실로 향했다. 라희는 곧장 집무실 앞으로 가 똑똑, 노크했다.

"어서 들어와."

어서 들어오라는 장난기 다분한 재민의 목소리에 라희는 순간 흠칫했다. 뒤에 현 회장이 있기에 신경이 곤두설 수밖에 없었다.

'큰일 나겠네, 정말.'

아직은 아니었다. 재민과의 연인 관계임을 현 회장이 알게 되는 것이, 라희는 부담스럽고 겁부터 났다. 눈에 훤했다. 순탄하지 않을 울퉁불퉁한 길이.

무엇보다도 라희는 재민과의 지금 이 달콤한 시간을 더욱더 즐기고 싶었다.

라희가 문을 열고 들어가자마자 자신을 보고 헤죽 웃고 있는 재민을 바라보며 검지를 입술로 가져갔다.

"……?"

라희의 의아한 행동에 재민이 미간을 좁힌 채 눈만 껌벅껌벅거렸다.

"사장님. 회장님 오셨습니다."

"……회장님? 갑자기 무슨 일이시지."

✦　　✦　　✦

"회장님. 민들레차입니다. 피로 해소와 몸속 독소, 염증을 개선해 주고 신장 강화에 좋다고 합니다."

"고마워요."

라희가 민들레차와 커피, 그리고 카페에서 사 온 수제 쿠키를 준비해 회장 앞에 내려놓았다.

현 회장이 라희를 향해 인자한 미소를 지었다. 어떻게 알았을까. 신장이 약한 현 회장은 라희의 센스와 배려 작은 감동을 느꼈다.

재민 역시나 기특하고 사랑스럽다는 눈으로 라희를 바라봤다.

"그럼 말씀 나누십시오."

라희는 고개를 꾸벅이며 인사를 끝으로 조용히 집무실을 나왔다.

현 회장이 찻잔을 들었다. 민들레차의 향을 음미하고 호로록 한 모금 머금었다. 맛도 괜찮았는지 고개를 두어 번 끄덕이며 만족감을 드러냈다. 현 회장이 가만히 집무실을 둘러보았다.

"집무실 환경이 아주 쾌적하고 깔끔하구나."

집무실은 창문 없이 막혀 있는데도 공기는 탁하지 않았고, 오히려 상쾌하고 부담스럽지 않은 은은한 향이 돌아 마음이 차분해지는 기분이었다.

당연했다. 재민의 업무 환경을 늘 체크하는 라희가 가장 심혈을 기울여 신경 쓰고 있는 부분이었으니까.

"직접 내려오시고. 무슨 일 있으십니까?"

"허허. 꼭 무슨 일이 있어야지만 아들 녀석을 찾아와야 하는 거냐."

"그렇지 않은 일은 없었으니까요."

재민이 작은 웃음을 흘리며 대답했다. 현 회장도 스스로 인정하는 부분이었던지라, 조금은 멋쩍었다.

재민이 의아해할 만했다. 현 회장이 사장실을 찾은 건 처음이었으니까 말이다.

"잘 적응하고 있어 마음이 놓이는구나. 임원들 사이에서도 너에 대한 호평이 일색이더군."

"아직까진 그 정도 호평을 들을 만한 성과를 낸 것도 없는걸요. 조만간 결과로써 제 능력을 보여 드리겠습니다."

재민은 현 회장에게 언제나 깍듯했다. 아들이 아닌 무원의 차기 후계자로서의 능력을 인정받고 싶었다.

현 회장의 사업가의 피를 이어받아서인지, 재민은 현 회장만큼의 사업에 대한 야망과 열정이 대단했다. 현 회장이 젊은 시절부터 수많은 난관을 극복하고 자수성가로 일궈 낸 결과물이 무원그룹이라는 걸 들으면서 성장했기 때문이다. 지금의 무원그룹은 눈물 없인 들을 수 없는 역사를 가지고 있었다.

"이번 주 금요일 SY전자 창립 기념 파티가 있는데. 나 대신 참석해 줄 수 있겠니?"

"제가 말입니까? 회장님께서 직접 참석한다 하셨던 것으로 기억합니다만."

"그래. 그러려고 했지. 하지만 급하게 다른 일정이 잡혀 버리는 바람에 어쩔 수 없구나."

현 회장의 얼굴에 왜인지 쓸쓸한 빛이 어둡게 내려앉았다.

요 며칠, 꿈자리가 뒤숭숭했던 현 회장은 현재 컨디션이 좋질 못했다. 그럴 때마다 젊은 시절 각별하게 지냈던 친구를 찾아가곤 했다. 불의의 사고로 세상을 떠나 버린 친구가 잠들어 있는 납골당으로 가서 한참이나 얘기를 하고 마음을 풀고 오기도 했다.

"요즘 잠 못 주무십니까?"

눈치가 빠른 재민이 금방 현 회장의 표정을 읽고 걱정스러운 눈으로 물었다. 그런 아들에게 현 회장은 옅은 미소를 지으며 손을 내저었다.

"계절이 바뀔 때면 이러잖니. 걱정할 거 없다."

"김 박사님께 진료 예약해 놓으라고 성은이한테 말해 두겠습니다."

"벌써 진료도 받고 약도 처방받아 먹고 있다. 성은이가 곧잘 알아서 하잖니."

재민이 잔잔한 미소를 띠며 커피를 마셨다.

아버지의 곁에서 오래 있었던 성은은 정말 믿음직스러운 비서이자 친구였다.

"그럼 나 대신 참석하는 거로 알고 있겠다."

"네. 알겠습니다."

"가서 괜찮은 아가씨 있는지 눈여겨보도록 해."

"……네?"

재민이 당황한 낯으로 현 회장을 쳐다봤다.

"여러 기업 총수들의 딸들도 참석하니까 말이다. 이제 자리도 다졌고, 슬슬 혼기를 잡아야 하지 않겠니."

"아버지."

현 회장이 하고자 하는 말뜻을 눈치챈 재민이 바로 예민한 반응을 보이며 눈에 잔뜩 힘을 주었다. 하지만 현 회장은 이러한 반응을 예상했다는 듯 여유로운 표정으로 재민을 진정시키려 나긋나긋하게 말을 이어 갔다.

"녀석. 그렇게 공격적으로 물어뜯지만 말고 생각을 바꿔 보도록 해 봐. 내가 억지로 밀어붙이려고 마음만 먹으면 할 수 있어. 하지만 그러고 싶지 않으니까, 재민이 네 스스로 마음의 경계를 풀고 천천히 결혼 상대가 될 여자를 찾아보라는 거다. 괜찮다 싶으면 자연스럽게 관계를 이어 가 보도록 했으면 한다."

"단도직입적으로 말씀드릴게요. 싫습니다. 그런 틀 안에 갇힌 억지스러운 비즈니스적 만남은."

"현재민."

"전 제가 사랑하는 사람을 만날 겁니다. 결혼만큼은 제가 원하는 대로 놔주셨으면 합니다."

"사랑, 좋지. 물론 찬성이다. 사랑을 하지 말라는 게 아니다. 내 뜻은 이왕이면 수준이 맞는 여자를 만나 사랑도, 혼인도 했으면 한단다."

감정적으로 욱할 뻔했지만, 재민은 천천히 안정을 되찾아 갔다. 현 회장이 자신에게 이토록 솔직하게 진심을 꺼내 보인 적은 없었다.

자신을 향한 현 회장의 눈동자를 가만히 응시하던 재민은 현 회장이 왜 이렇게까지 하는 것인지 언뜻 이해할 수 있었다.

'어쩌면 저보다 아버지가 더 상처가 크셨던 건 아니었을까요.'

단 한 번도 자신에게도 흐트러진 모습을 보이지 않았던 강인하고 아버지였다.

어쩌면 재민의 과거 연인이었던 여자로 인해, 내색은 하지 않았지만 현 회장이 아들보다도 아파했을지도 모른다. 연애와 결혼만큼은 절대로 간섭하지 않았던 현 회장이었다.

평범한 여자와의 연애, 사랑. 하지만 목적을 갖고 접근해 재민을 마음껏 손에 쥐고 흔들며 이용했고, 재민은 그에 뒤통수를 제대로 얻어맞으며 비참하게 버려졌다.

꽤나 힘든 시기를 버텨야만 했던 아들을 한 걸음 물러나 지켜보면서 현 회장은 다시는 그가 이런 일로 상처받지 않았으면 바랐다. 그래서 현 회장은 재민에게 오늘만큼은 확실하게 못 박았다.

재민이 자리에서 일어났다. 그만 이 대화를 이어 가고 싶지 않았다. 그리고 혹시나 밖에 있는 라희가 이 얘기를 들을 수도 있겠다 싶어 심장이 쪼그라들었다.

"곧 회의가 있어서 일어나 봐야 할 거 같습니다. 제가 배웅해 드릴게요."

"그래. 처음으로 현 사장 배웅을 받아 보겠구나."

현 회장이 느릿하게 몸을 일으켰고 재민과 함께 집무실을 나왔다.

업무를 보던 라희가 키보드에서 손을 거두며 의자를 밀고 일어섰다. 현 회장이 라희의 앞을 지나다가 잠깐 발을 멈췄다.

"민들레차 향이 아주 좋더군요. 잘 마시고 갑니다."

"따뜻한 차가 생각나실 때 언제든 연락 주십시오. 회장실로 보내 드리도록 하겠습니다."

"고마워요. 그럼 수고해요."

"회장님 배웅해 드리고 올게."

"네. 회장님 안녕히 가십시오."

재민이 현 회장을 모시고 사장실을 나가자마자 라희는 곧장 성은에게 연락했다.

"선배. 회장님 방금 사장실에서 나가셨습니다."

―오케이. 수고.

"장 부장님도 수고하세요!"

통화를 끝마치고 얼마 지나지 않아 재민이 사장실로 돌아왔다.

"회장님 바로 회장실로 올라가신 거 맞죠?"

"어."

재민이 고개를 끄덕이며 대답했다. 그러곤 라희와 데스크 사이에 끼어들듯 엉덩이를 걸치고 앉았다.

"통화한 사람 장성은?"

"네. 그런데…… 표정이 안 좋아요. 회장님과 무슨 일 있으셨습니까?"

"아니. 일은 무슨."

표정에서 드러났던 것일까. 라희의 눈썰미에 재민은 들킨 것만 같아 애꿎은 턱을 매만지며 고개를 가로저었다.

재민이 손등으로 라희의 뺨을 보드랍게 쓸어 주었다.

"쿠키 맛있더군."

"까탈스러운 현 사장님 입에 맞으셨다니 다행입니다."

"은근 돌려 까는 거 같은데?"

재민이 샐쭉 눈을 흘기며 라희의 볼을 잡아 아프지 않게 흔들었다.

"눈치도 빠르셔서 이제 돌려 까지도 못하겠습니다."

"대놓고 까. 은근히 공 비서가 까 주는 게 재밌더라고?"

"뭐예요. 그게."

라희가 재민의 허벅지를 툭 내리치며 새침하게 눈을 흘겼다.

"아버지 신장 안 좋은 거 알고 일부러 내온 차였어?"

"맞아요. 예전에 성은 선배한테 들었던 적이 있었거든요. 다행히 기억을 하고 있어서 스스로 장하다고 머리를 다독여 줬어요."

"하하. 그건 내가 해 줘야지."

귀여운 라희의 말에 재민이 유쾌하게 웃었다. 금방 이렇게 기분을 좋게 만들어 주는 건 역시 사랑하는 연인 라희가 유일했다.

재민은 커다란 손으로 라희의 머리를 쓰다듬어 주며 예뻐 죽으려 했다.

"장하다, 공 비서. 아니, 내 애인."

"또 말실수하십니다. 애인이라는 둥 그런 말은 사내에서 조심하셔야

한다고요."

"또 혼났네. 나 나름대로 조심한다고 하는데도 이러네."

"흠흠. 잘생겨서 봐준다."

"하하, 공 비서님도 말조심하셔야겠습니다?"

"그러네요. 할 말 없습니다요."

라희가 자신의 기분을 풀어 주려 노력하고 있다는 걸 모를 수가 없다. 그래서 더 고맙고 사랑스러웠다.

하지만 라희를 바라보는 재민의 마음이 편하지만은 않았다. 조금 전 현 회장의 완강한 뜻을 듣게 되었으니 그럴 만도 했다. 앞으로 라희와 함께 걸어갈 길이 순탄하지 않을 것 같은 예감이 스치며 재민의 가슴 한쪽을 조여 왔다.

재민이 앉아 있던 몸을 일으켜 라희의 등 뒤로 섰다. 자연스럽게 그녀의 작은 어깨를 안마해 주듯 주물렀다.

"아앗!"

"딱딱하다. 이렇게까지 뭉치도록 그냥 놔뒀어?"

"아파요. 아아."

"쓰읍. 가만히 있어. 풀어 주지 않으면 나중에 더 고생한다고."

라희가 앓는 신음을 내뱉으며 재민의 손길을 피하려 상체를 꼬아 댔다. 그럼에도 재민은 꿋꿋하게 악력을 이용해 뭉친 곳을 집중 공격했다.

"시간 내서 찜질방이라도 다녀오자."

"찜질방이요?"

"요즘은 시외로 빠지면 좋은 곳 많더라고. 일부러 찾아서 가는 그런 곳."

"좋다. 꼭 가요. 자연 속의 쉼터 같은 그런 찜질방으로!"

"자연 그대로의 한적한 곳을 참 좋아하더라. 그런 외진 곳을 좋아하는 애인을 둬서 나야 좋지만 말이지."

"하여튼 엉큼하셔."

가녀린 어깨에서 손을 거둔 재민이 앉아 있는 라희를 일으켰다.

"오후 일정도 없는데, 들어가서 커피 한잔하자."

"사장님 방금 커피 드셨잖아요."

"다 마시지도 못했고, 당신 커피 마시면서 좀 쉬라고."

"그럼 딱 10분만 쉴게요. 전 분명 사장님 허락받은 겁니다?"

"알았다, 알았어. 허락. 그래야 당신 마음이 편하다면야."

못 말린다는 듯 재민이 고개를 절레절레 흔들면서도 라희의 손을 잡고서 탕비실로 함께 들어갔다. 새로운 커피를 두 잔 내려서 남아 있던 쿠키까지 챙겨 집무실로 향했다.

소파에 나란히 앉아 잠깐의 여유를 즐기는 재민과 라희. 하지만 물론 라희는 이 와중에도 신경은 곤두세우고 있었다. 회사에서는 완전한 편함이란 없었으니까.

"참 그렇지. 금요일 SY전자 창립 기념 파티에 회장님 대신해서 참석하기로 얘기됐어."

"아 그래요?"

없었던 일정이 생겼다는 걸 듣자마자 라희는 휴대폰으로 손을 뻗어 일정을 추가 작성하고 있었다.

"……."

재깍재깍 반응하는 참된 직업병의 공 비서. 재민은 살짝 입술을 벌린 채 라희를 쳐다보고 있다가 바람 빠지는 실소를 흘렸다.

재민이 지시한 작년도 재무제표와 손익 계산서를 찾기 위해 라희는 자료실을 찾았다. 널찍한 평수에서 꽉꽉 채워져 있는 엄청난 양의 자료들 사이에서 라희는 신속하게 쏙쏙 찾아냈다.

"맞아, 정확해."

라희는 가뿐하게 찾아낸 자료들을 그 자리 그대로 서서는 눈으로 쭉 훑어 내려갔다. 생글거리는 미소로 라희는 만족스러움을 드러내고 있었다.

"어? 라희야!"

자료를 품에 안고서 자료실 문을 열고 나오자마자, 자신의 이름을 부르는 익숙한 목소리에 자료실 문을 닫으면서 고개를 틀었다.

성은이 발랄하게 손을 흔들면서 다가왔다. 라희도 덩달아 활짝 웃곤 성은과 똑같은 행동을 보이며 화답했다.

"선배도 자료실?"

"아니. 난 총무과에 볼일이 있어서 들렀다가 막 나오는 길."

라희와 성은이 나란히 복도를 거닐며 잠깐의 담소를 나누었다. 최근 들어 그녀들의 얼굴빛은 화사하게 빛이 나며 기분이 좋아 보였다.

한창 뜨겁고도 설레는 행복한 연애 중인 라희. 그리고 결혼이 가까워져 오는 성은. 사랑이라는 그 몽글몽글한 단어가 그녀들을 이토록 아름답게 빛내 주고 있기 때문일 것이다.

"곧 쉬는 시간인데, 잠깐 괜찮아?"

성은이 손목시계를 흘깃거리며 말했다. 그러자 라희가 고개를 끄덕였다.

"아니다. 사장님께서 우리 공 비서 왜 안 오나 목 빠지게 기다리고 있으려나?"

성은이 짓궂은 표정과 눈짓으로 라희를 놀려 대자, 라희가 부끄러움을 담은 눈 흘김과 동시에 뾰로통하게 중얼거렸다.

"선배도 참. 놀리지 마셔."

"하하. 휴게실로 가자."

자료실이 있는 층에 자판기와 정수기가 있는 휴게실이 있었다. 라희와 성은은 블랙커피와 커피를 각각 뽑아서 작은 테이블로 자리했다. 이런저런 얘기를 나누다가도 성은이 문득 생각이 난 것이 있는지, 손에 쥔 종이컵을 내려놓고서 양팔을 교차해 팔짱을 꼈다.

"참. 강나영 그 요망한 게. 와아……."

강나영. 자진 퇴사를 한 이후로는 한동안 강나영이란 이름을 입에 오를 일도, 귀로 들을 일도 없었는데, 성은이 대뜸 이야기를 꺼냈다.

성은이 진절머리가 난다는 듯 고개를 절레절레 흔들더니 탄식을 흘렸다. 성은의 말과 표정에 라희가 고개를 모로 기울이며 갸우뚱한 낯으로 쳐다봤다.

"이해가 안 된단 말이지. 도무지!"

"강나영 씨가 왜? 뭐 때문에 그러는데."

"인성도 별로고 무능력의 극친데. 대단한 백이라도 업고 있기라도 한 건가?"

"못 알아듣겠어, 선배. 흥분 가라앉히고 진정해요."

성은이 좀처럼 이해하기 어려운 말만 감정적으로 쏟아붓자 라희가 흥분을 가라앉히도록 다독여 주었다.

"좀 전에 총무부 갔다가 내 동기한테 얘기를 들었는데, 글쎄 강나영이 그새 다른 직장에 들어갔단다."

"그래?"

"그런데 거기가 어딘 줄 아냐? 화림철강."

"……화림?"

강나영이 새로 들어간 회사가 화림철강이라고 한다. 라희 역시 이외의 소식에 조금은 놀란 듯 보였다.

성은이 왜 이토록 과한 흥분하고 있는 것인지, 라희는 그제야 이해할 수 있었다. 라희에게는 화림철강은 그다지 썩 좋지 않은 기억뿐이었던 전 직장이었기 때문이었다.

아니, 그보다 더해 기억조차 지워 버리고 싶었던 회사. 마음의 상처, 그리고 비서직에 회의감을 갖도록 만들어 아예 비서직을 놓아 버리자는 어려운 결정을 하게 한 원인이었다.

"더 열받는 게 뭔 줄 알아?"

"음, 글쎄."

성은이 부글부글 화가 끓는지 그새 식어 버린 커피를 마치 소주를 들이켜듯 탈탈 입에 털어 넣고서 종이컵을 악력으로 일그러뜨렸다. 구겨진 종이컵을 쥔 채 씩씩거리는 성은에 라희의 눈이 동그랗게 뜨였다.

"김성혁 사장 비서로 앉았단다."

라희는 아무런 표정의 변화도 없이 입을 다물고 있다가 어쩐지 쓰라린 미소를 지었다.

화림철강 김성혁 사장. 라희에게 유난히 집착하면서 기분 나쁜 농담은 물론 추행까지 일삼았다. 라희의 당차고도 냉철한 대처에도 김성혁은 계속 선을 넘곤 했다.

스토커 이상으로 협박으로 이어졌고 강제로 관계를 가지려고까지 했었다. 다행히 미수에 그쳤지만 라희의 성격상 이대로 조용히 혼자 속으로 끙끙거리며 눈감고 지나가지 못했다. 바로 화림철강 내부 고발은 물론 경찰까지 통해 강력하게 대응, 대처했다. 그리고 사표를 던지며 화림철강을 나오게 되었다.

"그런데 김성혁 사장, 자체 징계로 사장 자리에서 물러났었지 않았나?"

돈으로 언론을 막고 법의 심판을 피할 수는 있었으나, 그래도 소문은 그리 쉽게 하루아침에 딱딱 끊을 수도 사라지게 만들 수도 없었다. 보여 주기 식이겠지만, 화림철강 자체 징계로 사장 자리에서 잠시 내려왔다.

핏줄로 이어 오고 있는 기업이었으므로 라희도 당연히 복귀할 거라 예상했었다. 그러나 자숙이란 이름의 시간은 너무 짧았기에 언짢은 마음은 숨겨지지 않아 얼굴에 그대로 드러났다.

"사대 독자라고 잠잠해졌다 싶을 때 은근슬쩍 복귀시켰겠지 뭐."

"예상은 했었지만, 빨리도 복귀했네. 게다가 강나영이 비서라니."

"소름 끼쳐. 내가 진짜 그 쓰레기 새끼 이름만 들어도 분통이 터진다."

"그래도 선배가 많이 도와줘서 내가 억울한 일 없이 당당하게 털고 나올 수 있었지. 진짜 고마워."

"고맙긴. 새삼스럽게."

"아니야. 선배랑 우리 변호사 형부 덕분에 지금의 공라희가 다시 비서를 하고 있는 거 아니겠어? 뭐, 선배의 협박 아닌 강요가 있어서 무원에 들어오긴 했지만."

"어머, 형부라니. 우리 애인이 살살 녹겠다."

성은이 손뼉을 짝짝 치면서 까르르 박장대소를 했다. 장난기가 다분한 성은의 행동에 라희도 덩달아 웃음을 터뜨렸다.

"평생 은인으로 모셔야지! 솔직히 말해서 그 큰 기업이랑 일개 직원 1인이 어떻게 싸워 볼 수나 있는 세상이야? 100% 질 싸움이지. 오히려 역으로 온갖 모함으로 된통 뒤집어쓰고 매장당하게 되는 게 다반사잖아. 이쪽 바닥에선."

"그게 현실이라는 게 참 아프고 허망한 일이야."

라희와 성은이 씁쓸한 미소를 흩날리며 허탈해했다.

라희는 진심으로 성은에게 고마웠다. 성은과 성은의 변호사 애인이 함께 발 벗고 나서서 법조인들과 언론인들까지 접촉해 많은 도움을 받으면서 라희를 지켜 주었다.

"선배. 나 그만 내려가 봐야겠다."

"그래. 먼저 일어나. 난 말 나온 김에 우리 애인한테 사랑을 듬뿍 넣어 메시지를 보내 놔야겠다."

"여전히 달달한 커플이야. 그럼 난 간다! 수고해!"

라희가 먼저 자리에서 일어났다. 비상구 문을 열고 모습을 감추자, 성은이 휴대폰을 양손으로 쥔 채 애인에게 메시지를 보내는 것에 집중하고 있었다.

그때였다. 묵직한 듯 근엄한 구두 소리가 일정한 박자로 침착하게 성은에게로 거리를 좁혀 갔다. 인기척도 눈치채지 못하고서 성은은 메시지 보내기에 여념이 없었다. 곧 조금 전 라희가 앉았던 의자를 살짝 빼고서 털썩 앉아 버리는 인물은 바로 재민이었다.

그제야 고개를 든 성은이 재민의 등장에 동공이 확장되며 잠깐 놀란 것 같더니 이내 다시 표정이 풀어졌다.

"어디서 숨어 있다 나온 거야? 라희 막 사장실로 내려갔는데."

"그래서 그 새끼가 어떤 짓거리를 했다고?"

"……."

재민의 얼음장 같은 표정과 살기 띤 눈빛은 매서웠다. 폭발하기 직전인 분노를 억지로 참아 내려는 듯 낮고 거친 목소리로 묻는 재민에 성은은 저절로 꿀꺽 마른 침을 삼키고 어깨가 움츠러들었다.

"라희한테 내색 안 할 거니까 말해."

재민이 한국에 없었을 때의 일어난 일이었다. 언론에서 떠들었고 이 바닥에서 흉흉하게 퍼졌었지만, 경영권을 손에 쥔 지 1년도 채 되지 않았으니 재민은 전혀 알 리가 없었다.

무원그룹의 차기 후계자이니 문제의 기업과 경영인을 알 필요성은 있었다. 무엇보다도 연인인 라희에게 그런 짓으로 상처를 주었다는 걸 알게 된 이상 재민은 이대로 흘려 버릴 수가 없었다.

재민의 확고하고도 다부진 약속의 말에 성은의 닫혀 있던 입술이 옅게 휘어졌다.

"절대 금기. 무엇보다 너한테서, 네 입에서 그 얘기가 나오는 게 라희한테 가장 아플 수도 있을 거야."

"물론이야."

10장
밤손님

모처럼 정시 퇴근하고 곧장 귀가했던 라희는 저녁을 간단하게 먹고서 냉장고와 김치냉장고 정리를 했다. 재민은 지인과의 선약이 있다 해서 오늘은 오랜만에 퇴근 후 한가한 시간을 보내게 되었다.

"속이 다 시원하네."

엄마를 쏙 빼닮은 라희는 깔끔하고 정리 정돈에 능했다. 김치냉장고까지 샀던 탓에 두 개의 냉장고를 정리 정돈 해야 했지만, 그래도 전혀 귀찮다거나 짜증 따윈 없었다.

싱크대에서 손을 씻고서 마른 수건으로 손을 톡톡 닦아 냈다. 라희는 주방 불을 끄고서 거실로 나와 러그가 깔린 바닥에 양반다리를 하고 앉아 노트북을 앞으로 끌어왔다.

"그럼 검색을 해 볼까나?"

손가락을 현란하게 털어 대며 생긋 웃어 보인 라희가 노트북을 열고서 검색창을 띄웠다. 마카롱을 구울 오븐과 설기를 찔 찜기를 사려고 늘 생각은 하고 있었지만, 한동안 그녀에겐 여유가 없었다.

오븐과 찜기를 검색해 진중하게 꼼꼼히 살펴보고 있었다. 교육 과정과 자격증은 진작에 따 놓았으니 라희는 조금씩 천천히 준비하여 나가려고 한다. 라희가 원하는, 꿈꾸는 마카롱 전문점을 위주로 하여 잠시 쉬어 갈 수 있는 카페를 창업할 생각이다.

어쩌다 보니 비서직으로 복직하는 바람에 기간 없는 연장의 선상에 있는지도 모른다. 그렇다고 해서 라희는 아쉬움이라든지, 속상한 마음은 크지 않았다.

자신을 보호해 준 은인인 성은의 부탁이었으니까. 그리고 무엇보다 라희 자신의 인생에서 처음으로 좋아한다는 마음, 사랑이라는 마음을 느낄 수 있게 된 남자 재민을 만나게 된 운명의 시간이라고 생각하니까 말이다.

하지만 이렇게 아예 생각 없이 손 놓고만 있을 순 없었다. 아무리 마스터했다고 해도 손과 몸에 익게 될 정도로 만들어 보진 않았으니까.

라희는 몸에 흡수했던 것들이 사라져 버릴까 불안함을 항상 가슴에 안고 있었다. 운전면허증처럼 면허만 따 놓고 운전대를 잡지 않아 장롱면허로 오랜 시간 두었다간 싹 잊어버리고 재차 도로 연수 신청을 해야 하는 경우처럼 말이다.

"흐음. 이왕 살 거면 전문가용으로 제대로 된 거 샀으면 좋겠는데……."

잇새로 한숨이 새어 나왔다. 라희는 아랫입술을 잘근거리면서 느릿하게 고개를 돌려 집 안을 둘러봤다.

아무래도 미니 투룸에 살고 있었기 때문에 공간이 넉넉지 않았다. 게다가 조금 무리해서 김치냉장고를 대용량으로 사들였기 때문에 오븐과 찜기까지 산다면 놓을 공간이 없었다.

"집부터 옮겨야 하는 걸까? 아니야. 혼자 사는데 더 큰 집은 사치지."

라희가 왼팔을 접어 손바닥 위로 턱을 괸 채 중얼중얼 고민에 잠겼다.

"향기 쌤이랑 상의를 좀 해 볼까."

라희의 머릿속에서 '향기 쌤'이라는 인물이 번뜩 떠올랐다.

향기네 꽃방이라는 앙금 플라워 케이크 클래스 공방 대표이자 선생님인 서향기. 스물넷이라는 어린 나이의 앳된 사람이지만, 똑 부러지는 성격과 솜씨가 매우 뛰어났다.

라희와 향기는 서로 특별한 인연이라고 서로 얘기하곤 했다. 특별함과 끈끈함이 있었다.

향기가 공방을 연 첫날, 첫 수강생이 라희였다. 라희 또한 평소 관심이 있었던 차에 우연히 지나던 길에 공방을 발견하게 되었고, 무언가에 이끌린 듯 공방으로 들어가 바로 수강 신청까지 하게 되면서 지금까지 인연을 이어 오고 있다.

라희는 향기에게 전화를 걸려고 했다. 통화 버튼으로 손가락이 가려던 그때 초인종이 울렸다.

"……이 시간에 누구지?"

멈칫하던 라희가 휴대폰을 손에서 놓고 몸을 일으켜 섰다. 천천히 현관으로 가 슬리퍼를 신으면서 다시 한번 누구냐고 물었다.

"누구세요?"

"……."

정체를 밝히라는 되물음에도 돌아오는 대답은 없었다. 라희는 긴장이 묻어나는 의심쩍은 표정으로 잠깐 꼼짝달싹하지 않았다. 부스럭거리는 소리가 미세하게 들리자 안전장치가 걸려 있는 상태에서 문고리를 조심스럽게 돌렸다.

작게 열려 있는 틈으로 얼굴을 가까이 가져가자 비닐이 스치는 소리가 파도처럼 한번 크게 들리더니 재빠르게 라희의 눈앞에 떡하니 들이밀어졌다.

'뭐, 뭐야?'

갑작스럽게 등장한 검은 비닐이 시야를 막고 있어, 라희는 커다란 눈만 두어 번 껌벅거리면서 얼떨떨하게 서 있었다.

그때 검은 비닐봉지가 아래로 툭 떨어지듯 낙하하더니 고개를 비스듬히 젖힌 채 개구쟁이처럼 맑은 미소를 그리고 있는 재민의 얼굴이 눈에 박혀 왔다.

라희는 그제야 작게 움츠리고 있던 어깨를 풀면서 안심의 호흡을 내쉬었다.

"야식 배달 왔습니다."

"아, 진짜. 뭐예요! 연락이라도 하고 오든지, 누구냐고 물으면 대답이라도 하든지."

야식 배달 왔다며 능청스럽게도 너스레 떠는 재민이 여간 얄미운 게 아니었다. 라희는 발을 동동 굴리면서 뾰족하게 날을 세운 눈으로 재민을 노려봤다.

재민은 기대했던 반응을 라희가 찰떡같이 보여 주었다는 것에 만족스러움이 차올랐다. 그와 함께 그녀의 귀여운 툴툴거림 때문에 저절로 호탕한 웃음이 서려 나왔다.

"언제까지 노려보면서 밖에 세워 둘 거야?"

"그대로 돌려보낼 건데요?"

"설마."

"진짜."

"매정하다. 이 상황이 바로 문전박대라는 거군."

안전장치라는 벽을 가운데 두고서 티격태격하는 연인. 하지만 두 사람의 눈은 애정으로 그윽했고 웃음이 만개했다.

"야식 배달 마쳤으면 어서 주고 가세요."

"배달 팁은?"

"어머. 내가 주문한 것도 아닌데. 아니면 얼마면 돼요? 천 원? 이천 원?"

"하? 달랑 천 원, 이천 원 밖에 안 돼? 내 몸값이 얼만데."

재민이 눈꼬리를 늘어뜨리며 툭툭 압박을 가하자, 라희는 터져 나오려는 웃음을 애써 꾹 눌러 담았다. 요리조리 시선을 바쁘게 굴려 대면서 바짝 약을 올렸다.

"당신이 좋아하는 포장마차에서 떡볶이랑 순대, 튀김 사 왔는데. 들여보내 주지 않는다면 이만 물러가고."

"치사해. 아, 알았으니까 들어와요. 우량주처럼 귀하신 몸님."

"하하. 우량주라. 느낌 좋은데?"

우량주라는 단어에 재민의 웃음이 터져 버렸다. 그녀다운 센스 있는 유쾌한 발상이었다. 정말 늪이다. 공라희라는 늪으로 하루하루 더 빠져가고만 있다.

"쉿! 쉿!"

재민의 박장대소로 인해 현관 전체가 울리자 이웃들에게 피해를 주게 될까, 재빨리 문을 닫고서 안전장치를 풀고 현관문을 활짝 열었다. 그러고는 어서 안으로 들어오라는 포즈와 함께 작게 말했다.

"자, 우량주님. 입장하시지요."

"그럼 실례."

재민이 고개를 까딱이며 현관 안으로 들어섰다. 재민이 오른팔로 라희의 가느다란 허리를 여유롭게 휘감았다. 재민의 팔 힘으로 바짝 몸이 밀착되어 안기게 된 라희가 게슴츠레 뜬 눈으로 고개를 들었다. 기다렸다는 듯 재민이 고개를 살짝 틀어 라희의 입술을 포근하면서도 진득하게 물고 놓았다.

"그럼 배달 팁은 정산된 거죠?"

"한참 모자라지."

배시시 웃고 있는 그녀를 안고 있는 그대로 신발을 벗고서 뒤뚱뒤뚱 재미있는 움직임으로 거실에 발을 들였다.

"우량주라며. 좀 더 써 봐."

"오늘따라 왜 이렇게 칭얼거릴까."

"하루하루 애정이 쌓여 가고 집착이 과격해져 가는 중이니까."

"하하!"

눈 한번 깜박이지 않고서도 어쩜 저런 간지러운 말을 술술 내지르는 것일까. 그것도 근엄하고도 진지한 얼굴로 말이다.

라희는 낯간지러움과 기분 좋은 마음이 뒤섞여서 반박은커녕 그저 웃음만 폴폴 흘릴 뿐이다.

재민의 찡찡거림이 싫지만은 않았다. 라희는 양팔을 재민의 목에 감고서 뒤꿈치를 들어 입술을 포개며 연속적으로 귀여운 뽀뽀 세례를 퍼부었다.

라희의 애교가 물든 입맞춤에 재민의 안면 근육이 움찔거렸다. 이내 얼굴이 웃음으로 씰룩거리면서 자유자재로 움직였다.

"이런, 공라희가 너무 좋아서 흥분되는데."

"어휴. 정말."

엉큼한 눈짓과 표정으로 슬금슬금 접촉해 오는 재민의 손. 정말 못 말리는 남자다. 라희는 재민의 가슴팍을 툭툭 치면서 한 걸음 물러섰고, 그의 손에 쥐어진 야식이 든 비닐봉지를 빼앗듯 낚아채어 주방으로 쪼르르 들어갔다.

"귀엽긴."

도망치듯 주방으로 피신하는 라희의 뒷모습을 보며 재민이 씨익 웃었다.

"거실에 앉아 있어요. 접시에 옮겨서 갈 테니까."

"알았어."

라희가 떡볶이와 순대, 튀김들을 접시에 옮겨 담을 동안 재민은 갑갑한 모양인지 슈트 상의를 벗고 넥타이까지 풀어 소파 끝자락에 툭 내려놓았다. 소파로 엉덩이를 붙이고 앉으려던 재민의 시선에 노트북 화면이 들어왔다.

"뭐 보고 있었나."

라희가 검색해서 보고 있던 것이 무언지 궁금했던 재민이 바닥으로 앉아 마우스에 손을 얹어 휠을 내렸다.

"오븐을 보고 있었군. 전문가용이라 그런가 생각보다 크고 가격대가 있네?"

라희가 가장 하고 싶은 일, 현재의 꿈이 무엇인지를 아주 잘 알고 있는 재민도 마치 나의 꿈처럼 알고 싶어지고 호기심을 갖게 되는 자신을 발견할 수 있었다.

'내 꿈은 뭐였었지. 그리고 성인이 된 지금의 꿈은…….'

재민이 노트북 화면에서 시선을 거두며 느릿하게 라희를 쳐다봤다. 그리고 꿈을 찾은 듯 설레는 미소를 머금었다.

'내 꿈은 공라희, 너인가 보다.'

자신이 잘 알고 이해를 해야 최대한의 능력으로 라희를 밀어 주고 서포트해 줄 수 있으니까.

그 짧은 순간 재민의 얼굴은 진지하게 변해 있었다. 마우스를 달칵거리며 하나하나 살펴보았다. 그러다 마우스 옆으로 메모장으로 시선이 닿았다.

오븐 사고 싶다.
지를까? 너무 커서 집에 놓을 곳이 없어!
이사를 가? 아니야. 지금 집에 쏟아부을 돈은 사치야!

심도 있게 고민했었다는 그녀의 진심이 낙서처럼 메모장에 어지럽게 그려져 있었다. 동그라미를 그려 놓은 것도 있고 찍찍 가로 선이 그어져 있는 것도 있었다. 하얀 종이에 볼펜으로 끄적일 때의 라희의 표정과 행동들이 보지 않았음에도 머릿속에 그려졌다.

"미치겠다. 큭."

라희의 생각이 고스란히 전해졌다. 사랑스러운 그녀가 귀여워 미칠 것 같다. 재민은 얼굴을 왼손으로 덮은 채 킥킥거리고 있었다. 그때 라희가 야식들을 담은 큰 쟁반을 들고 거실로 나왔다.

"뭐가 그렇게 재밌어요?"

재민의 옆으로 앉은 라희가 테이블 위로 쟁반을 내려놓으며 말했다. 라희의 물음에도 재민은 피식피식 웃으면서 아무것도 아니라는 듯 손을 내저었다.

고개를 갸웃거리며 재민을 쳐다보던 라희는 이내 젓가락을 손에 쥐었다. 떡볶이 떡을 집고서 소스가 흐르지 않게 손으로 받치고서 재민의 입에 가져갔다. 재민은 입을 벌려 날름 받아먹고 오물거리며 라희의 뺨을 손등으로 쓰다듬었다.

"이제 잘 먹네요?"

오물오물하는 재민의 입 모양이 귀여웠는지 라희가 재민의 엉덩이를 톡톡 두드리며 생글거렸다.

"그렇게 함부로 터치하면 어떻게 되는지 모르는 걸까?"

"……적당히 합시다? 현재민."

재민의 짓궂음의 연속에 라희가 미간을 찌푸리고서 목소리를 깔자 재민이 입술을 삐죽거리며 젓가락을 쥐었다. 그런 재민의 태도에 라희는 고개를 절레절레 흔들었다.

"뭐부터 맛볼래. 떡볶이? 순대?"

"순대."

"아, 해."

퉁명스럽게 소금에 살짝 찍은 순대를 라희의 입 앞으로 대령했다.

조금 뚱해 보이는 재민의 기분을 풀어 주려는지 라희는 입술을 앙증맞게 모아서는 붕어가 입을 뻐끔거리는 흉내를 내는 애교를 보였다.

재민은 결국 웃음을 보일 수밖에 없었다. 얼굴을 가까이 들이미는 재민이 라희의 이마를 제 이마로 부딪치며 말했다.

"그 입술 깨물어 버리기 전에 크게 벌려."

"졌다…… 아."

"그냥 버텨 줬어도 좋았을 건데."

"어림없어요."

"역시 기가 세."

"이하동문."

이럴 땐 정말 서로 물러서는 법이 없는 승부욕 강한 두 사람이었다. 하지만 져 줄 때는 확실하게 져 주며 서로의 기분을 아주 절묘하게 잘 맞춰 주기도 한다. 이래서 다툼도, 화해도 화끈하다.

342

"오븐 마음에 드는 거 골랐어?"

"아, 봤어요?"

"어. 생각보다 종류가 다양하네. 크기도 만만치 않고."

"사고 싶은 거 몇 개 추려 놨는데, 나도 크기 때문에 고민 중이에요. 우리 집 봐요. 놓을 공간이 없어."

"냉장고가 두 개가 있으니 꽉 들어차는군."

"주방이라고 하기도 부끄러운 좁은 공간이라 냉장고 하나였다고 해도 오븐 놓고 작업하기 어렵긴 해요."

"흠. 방법이 없으려나."

재민이 양반다리를 풀고서 긴 다리를 쭉 폈다. 라희의 허리에 팔을 두른 채 나름의 고민을 하는 듯 보였다. 재민은 그냥 단순하게 생각했다. 1차원적으로.

"라희."

"네?"

"내 집으로 들어오는 건 어때."

"……무리."

"예상했던 대답이어서 상처는 덜하네."

"하하."

라희는 재민의 어깨에 이마를 댄 채 웃음을 터뜨렸다. 무표정한 얼굴로 딱딱하게 말하는 재민이 순간 너무 웃겼다.

라희의 깔깔거림에 재민이 그녀의 옆구리를 꼬집듯 비틀어 버리는 응징으로 맞섰다.

"아얏! 왜 꼬집고 그래요."

라희가 아프다며 품에서 벗어나려 하자, 재민이 꼬집었던 곳을 보드라운 손길로 어루만져 주며 말을 이어 갔다.

"아니면 한발 물러서서 오븐만 내 집으로 들여놓는 거는?"

"으음."

"꽤 괜찮은 방법인 거 같지 않나?"

"그런가?"

"주방도 넓고, 작업하기 편할 거고. 나보다 당신이 더 내 주방에 익숙하잖아."

"재민 씨 주방 진짜 넓고 요리하기 최고의 공간이죠. 아, 끌리는데요?"

재민의 말대로 나쁘지만은 않은, 솔깃하게 되는 제안임은 틀림없다. 요리를 즐겨 하고 좋아하는 사람들에게는 로망의 주방이었다. 널찍하고 쾌적한 공간. 요리하면서 자유자재로 실속 있게 움직일 수 있는 구조라서 요리할 맛이 절로 나는 주방이었다.

"이사할 생각은 없잖아. 아무리 생각해 봐도 최선의 방안 같은데?"

"좀 더 생각해 볼게요. 오븐을 내일 당장 사려고 했던 것도 아니었으니까."

"그럼 그렇게 하도록 하고. 이리 와."

"어어……! 왜, 왜 또 이래요!"

재민이 유연하게 대화를 끝매듭 지으면서 오로지 팔 힘만으로 라희를 가볍게 들었다. 순식간에 두터운 허벅지 위로 앉혔다.

라희는 순간 이동처럼 붕 떴던 몸이 재민의 허벅지에 안착하게 되어 두 눈이 휘둥그레졌다. 이내 민망한 자세에서 얼굴이 가까워지자 쿵쾅거리는 심장과 얼굴이 훗훗해짐을 느꼈다. 빠져나오려 몸을 비틀고 아등바등해 보지만, 재민은 아랑곳하지 않고 아예 두 팔 가득 라희를 꽉 껴안았다.

"놔 달라고요."

"쓰읍. 가만히 좀 있어 봐. 난 지금 당신 체온이 필요하다고."

체온이 필요하다는 재민이 눈을 감은 채 라희의 어깨에 얼굴을 기대었다.

당연히 장난을 칠 거라고 예상했던 것과는 달리 재민은 아주 평온한 얼굴로 라희에게 몸 전체를 맡기듯이 기대어 있었다. 라희는 그런 재민을 지그시 쳐다보았다.

344

그 어떤 말도, 움직임도 없이 그는 고요하게 일렁이는 밤바다의 파도처럼 잠이 든 것 같았다.

그런 그를 바라보는 라희의 마음도 찰랑거렸다. 덩치 큰 남자의 응석이 신선하면서도 어린아이처럼 귀여웠다.

"이렇게 피곤해할 거면서 왜 무리해서 왔어요. 자기 집에서 조금이라도 더 편하게 쉬면 좋았잖아요."

"시간을 내서라도 보고 싶고 안고 싶어서 온 애인을 보듬어 주기에도 부족하지 않나? 더 상냥하게 다뤄 달라고."

잠이 밀려드는지 웅얼거리며 대답하는 재민의 목소리와 마음이 달콤하고 설레었다. 라희는 재민의 등을 토닥토닥 두드려 주며 나긋하게 속삭이듯 말했다.

"재민 씨 입에서 그 솔직한 마음이 나오는 걸 듣고 싶어 일부러 투정 부려 본 건데요? 나 엄청 설레었잖아."

고막을 간지럽히는 그녀의 입김과 앙큼한 속삭임에 재민은 떨리는 가슴과 잠까지 사르르 녹아내리고 만다. 피시식 웃음을 흩날리는 그가 무겁게 내려앉은 눈꺼풀을 떠올렸다.

농염하게 익은 매혹적인 재민의 시선은 그녀를 과감하게, 솔직해지게 만들었다. 재민의 입술에 제 입술로 포개어 수줍음이 묻은 적극적인 키스를 했다.

언제나 맛보아도 안달 나는 그녀와의 입맞춤이었다. 유난히 달아 심장까지 설탕으로 물들였다. 그 달콤함은 피가 관통하는 맥까지 뜨겁게 만들었다. 라희가 먼저 키스해 주고 주도권을 잡아 자신을 주무르는 건 처음이었으니까.

짧고 짙은 키스. 라희가 물었던 입술을 떼어 내려고 물러나려 하자, 아쉬움과 조바심이 든 재민이 라희의 뒤통수를 손으로 꾹 눌러 가두었다.

"흐음!"

그의 거침없고 저돌적으로 파고드는 열을 가득 담은 온도와 감촉에 라희는 아랫입술을 내리며 가쁜 숨을 헐떡이듯 내뱉고 딴딴한 그의 어깨에 손을 내렸다.

서로의 숨결을 삼키고 마시며 이어지는 황홀한 키스. 라희가 양손으로 재민의 뺨을 잡고서 서서히 밀어냈다. 물고 있던 입술이 아쉽게 당겨지며 떨어졌다. 재민의 라희는 미열처럼 달뜬 온도가 번진 이마를 맞댄 채 여운을 느끼며 감미로운 미소를 지었다.

"어쩌면 좋지. 피로도 잠도 확 달아나 버렸는데."

진지하면서도 장난기가 섞인 그 한마디가 라희의 웃음을 끌어냈다.

"나 때문에? 내 탓이에요?"

"뭐, 모든 건 내 탓으로 돌려."

"푸하! 자상하다. 내 애인."

새초롬한 표정과 능청스러운 말로써 절제되지 않는 짐승의 탐욕에 불을 지피는 그녀다. 재민의 입꼬리가 야릇하게 말려 올라갔다. 뇌쇄적인 그 유혹의 눈빛은 이미 라희를 집어삼키고 있었다.

"시작은 당신이 했지만, 지금부터는 내가 유혹하고 부추길 거니까."

"꺄앗!"

라희의 무릎 사이에 팔을 넣어 그대로 앉아 있던 몸을 일으켰다. 갑작스럽게 높이 붕 뜨는 몸에 라희는 재민의 목에 팔을 둘러 매달리며 까르르 기분 좋은 웃음을 터뜨렸다. 양발을 물장구치듯 첨벙거리는 그녀. 재민은 앙증맞게 발재간 부리는 그녀의 행동이 귀여웠다.

성큼성큼 재민의 급한 발걸음은 침대가 있는 방으로 향했다. 폭신한 침대에 라희를 눕히고서 그 위로 재민이 무릎을 벌려 꿇어앉았다.

꼿꼿하게 상체를 세운 채 셔츠 단추를 톡톡 풀어내고 있는 재민의 시선은 자신의 아래서 누워 생글생글 웃고 있는 라희에게 고정되어 있었다.

"언제까지 웃고 있을 여유가 있을지 두고 보자고."

"날 울릴 수 있을 때까지 지켜볼게요."

"알잖아? 내 밑에서 울어 대도 난 봐주지 않는 거."

재민이 셔츠를 벗어 무차별적으로 던져 버리며 상체를 내렸다. 여전히 자신을 보며 웃고 있는 라희의 턱을 쥐고서 코끝이 닿은 채 낮게 속삭였다.

"나만큼이나 승부욕 강한 당신도 끝까지 덤벼 봐."

"지지 않을 자신 있어요."

"그렇게 나와야 공라희지."

퇴근까지 한 시간이 남아 있었지만, 사장실의 업무 시스템은 종료한 상태였다. 서둘러 사장실을 나서야 하는 상황인지라 모든 직원들이 분주한 움직임을 보였다.

한편 재민과 라희의 달짝지근한 온기로 그윽한 집무실에서는 대화가 이어지고 있었다.

한 주를 마무리하고 황금 같은 주말이 기다리고 있는 금요일이라 그런지, 재민과 라희는 들떠 보이기도 했다. 하지만 이 금요일 저녁은 데이트가 아닌 각자 따로 스케줄이 예정되어 있었다.

재민은 현 회장이 직접 사장실까지 행차하여 대신 참석을 부탁했던 SY전자 창립 기념 파티를 위해 일찌감치 움직여야 했다.

하지만 클라이언트와의 미팅이 2주 전부터 잡혀 있었고, 일정 변경을 조율하기엔 시간이 턱없이 부족했다. 때문에 갑작스러운 재민의 스케줄 변경을 알리고 그곳엔 재민의 대리인으로 라희가 참석해야 했다. 시간과 약속, 신뢰는 사회에서 기업 간의 관계에서는 매우 중요하고 엄중했으니까.

"가만히 있지 마시고 손 좀 움직입시다, 사장님?"

라희만 안절부절 손과 발이 바쁘다. 재민을 먼저 보내 놓고 자신은 마저 사무실을 정리한 후 20분 뒤에 미팅 장소로 출발할 예정이었다.

멀뚱히 서서는 라희의 손길만 느끼고 있는 재민은 천하태평, 아주 느긋해 보였다. 그러니 라희만 속이 타고 조급해질 수밖에 없었다.

넥타이와 셔츠 깃까지 단정하게 매만져 주었고, 슈트 상의와 바지에 먼지와 이물질이 묻어 있을까 돌돌이로 꼼꼼하게 제거했다.

쪽쪽.

손 하나 까딱하지 않고 우뚝 서 있던 재민이 유일하게 입술만 움직였다. 라희의 이마, 눈꺼풀, 콧방울, 뺨, 입술을 골고루 쪽쪽 입을 맞추었다.

부글부글 화가 끓는 라희는 아랫입술을 잘근 물고서 재민을 향해 찌릿 눈을 흘겼다.

"나랑 싸우고 싶으면 계속 그러시고요."

가시 세운 라희의 목소리에 재민이 뚱해진 입술을 살짝 내밀었다. 나름의 서운하다는 표출할 때의 행동을 라희가 모를 리가 없었다. 못 말린다는 듯 고개를 가로저으며 뾰족해진 눈을 거두면서 재민의 셔츠 소매에 커프 링크스까지 고정시켜 주었다.

"전무님도 동행하신다고 했죠?"

"응. SY중역 중에 친분 있는 사람 있다고 하더라고."

"잘됐다. 전무님은 웬만한 인물들은 다 꿰고 있으셔서 걱정 없겠네요."

"당신이랑 동행하면 더 좋았을 텐데."

재민의 아쉬움이 담긴 말에 라희가 소리 없는 웃음을 지었다.

"오래 있을 생각 없으니까, 당신 미팅 끝나면 호텔로 와. 미팅 장소랑 가깝지, 아마?"

"한 정거장 거리긴 한데, 일단은 미팅 마치면 메시지 보내 놓을게요. 사장님이나 저나 상황이 어떻게 변동될지 모르니까요."

SY전자 창립 기념 파티가 열리는 호텔과 라희가 클라이언트와 만날 장소가 지하철역 한 정거장 차이의 가까운 거리였다. 재민은 불편하고 따분한 파티에서 오래 머무를 생각이 없었다.

신중한 라희의 얘기에 재민이 흔쾌히 고개를 끄덕였다. 그러다가 뭔가 생각이 났는지 데스크로 가더니 아래 서랍장을 열고서 무언가를 손에 쥐었다.

"손."

"네?"

뜬금없이 손을 달라는 재민에 라희가 고개를 갸웃거리면서 양손을 모아 펼쳤다. 그 위로 재민이 서랍장에서 가져온 것을 살포시 내려놓았다.

"보조 키."

"보조 키는 왜요?"

"도착하면 주차 장소 메시지 보내 놓을 테니까, 안에서 기다리라고."

"아아."

"연회장에 올라와 봤자 당신만 피곤할 거니까. 그냥 안으로 들어오지 말고 바로 차로 가 있어."

"알았어요."

어떻게 해서든 빨리 벗어나고 싶은 자리. 라희가 뒤늦게 모습을 드러내어 합류하게 되면 다시 처음으로 시간이 되돌아간 것처럼 참석자들의 시선과 관심을 받을 게 뻔했다.

가뜩이나 라희는 이목구비가 뚜렷하고 단아함 속에서 화려함이 갖추어져 눈에 확 띄는 외모였다. 미팅까지 마치고 온 그녀에게 사람 상대를 하면서의 피곤함과 스트레스를 일부러 얹어 주고 싶지 않았다.

아무래도 라희가 먼저 일정이 끝날 터라고 예상할 수 있었다. 그렇기에 재민은 그녀가 호텔로 오도록 해서 함께 둘만의 시간을 보내기 위해 움직이려고 생각해 두었다.

재민의 대리인으로서 라희가 참석하지만 사장인 재민이 동행하지 않는다면 상황은 조금 변동되게 된다. 클라이언트 쪽에서도 조율 사항에 대해서만 브리핑하고 라희가 체크하여 1차적으로 조율할 것이다. 모든 결정권은 재민이 손에 쥐고 있으니 마지막 미팅 일정을 잡아야 했다.

똑똑. 집무실을 노크하는 인기척에 재민과 라희의 대화가 중지되면서 문 쪽으로 몸을 틀었다.

노크에 대한 대답은 했다. 하지만 어쩐지 문을 열고 들어오는 움직임은 없었다. 고개를 갸우뚱해 보인 라희가 보조 키를 손에 감추듯 꽉 쥐었다.

"제가 나가 볼게요."

라희가 재민을 등을 지고서 문 쪽으로 발걸음을 내디뎠다. 한두 걸음 움직였을 그때 집무실 문이 조용히 열리면서 진우가 살그머니 얼굴만 내미는 게 아닌가.

"전무님."

"나 이번에는 노크하고 5초 뒤에 문 열었다?"

뺀질뺀질. 재민을 겨냥한 진우의 능글맞은 말에 라희는 웃음이 터질 뻔했다.

약 올리는 듯한 뻔뻔함이 재민의 심기를 또 살살 건드리고 있는 것도 모르고서 킥킥거리는 진우였다.

재민의 미간이 좁혀졌다. 거친 말을 쏟아 내지 않으려 나름 인내하는 듯 보였다. 그런 재민과 진우를 번갈아 쳐다보던 라희는 턱을 내리며 웃음을 흘렸다.

노크 없이 집무실 문을 벌컥 열고 들이닥쳤던 날이 한두 번이 아니었다. 그런 진우에게 재민은 참다 참다 폭발했었다. 재민에게 진이 다 빠질 만큼 과격하게 언어폭력을 당했으니 진우가 그제야 조심하게 되었다.

그러나 진우는 당하고만 있기에는 억울했는지, 혼이 빠진 얼굴을 하고서 재민에게 전 세계의 언어로 욕이란 욕은 다 들었다며 라희에게 일러바쳤고 동정심까지 호소했었다.

"준비는 끝났지? 지금 출발할까?"

"어. 가자."

재민이 데스크 위에 놓여 있던 자동차 리모컨 키와 휴대폰을 손에 쥐었다.

"라희 씨. 주말 잘 보내."

"전무님도 주말 잘 보내세요."

"야. 빨리 앞장서라고."

재민이 닦달하자 진우가 꿍얼꿍얼하면서 라희에게 손을 한번 들어
보이며 앞서 걸었다. 재민도 뒤따라 나가려다가 다시 뒤돌아서서 라희
앞으로 우뚝 멈춰 섰다.

"잊을 뻔했네."

"응? 뭐 두고 가셨어요?"

쪽, 라희의 입술에 살포시 안착한 그의 입술이 가볍게 머금고 놓았
다. 동그랗게 뜬 눈으로 자신을 쳐다보는 라희에게 그가 코를 찡긋거리
면서 뺨을 톡톡 두드렸다. 그러자 라희가 웃음을 흘렸다.

"이따 봐."

"응. 연락할게요."

재민이 집무실에서 완전히 모습을 감출 때까지 눈으로 마중했다. 그
러곤 다시 한번 재민의 데스크를 재차 정리하고는 자신의 자리로 돌아
와 미팅 자료들을 챙겼다.

✦   ✦   ✦

W 호텔 지하 2층 주차장으로 재민과 진우의 차가 나란히 주차되었
다. 여유 있게 출발했던 탓에 공식적인 기념식 시간보다 일찍 도착했
다.

시동을 끈 재민이 바로 슈트 안주머니에서 휴대폰을 꺼내어 라희에
게 메시지를 보내었다.

〈막 도착했어. 지하 2층 A16〉

메시지를 전송하고서 채 몇 초가 지나지 않았는데 라희에게서 빠른

답장이 왔다.

〈잘 찾아갈게요. 난 이제 미팅 장소로 출발해요.〉

문자에서 라희의 음성이 들리는 듯해 재민의 얼굴에 미소가 번졌다. 라희의 메시지 하나만으로도 입이 귀에 걸려 있는 재민을 가까운 지인이 본다면 정말 까무러치고 놀랄 것이다.

휴대폰을 원래 있었던 곳에 넣어 둘 때였다. 왜인지 기분 나쁜 시선의 기운이 느껴졌다. 재민은 무심하게 왼쪽으로 고개를 틀었고, 순간적인 놀람에 널찍한 어깨를 움찔거렸다.

"아, 깜짝이야. 왜 그러고 서 있는데!"

운전석 차창으로 진우가 얼굴을 바짝 들이대고서 음침한 표정으로 재민의 행동을 쭉 지켜보고 있었다. 놀란 기색으로 상체를 들썩이는 재민의 반응에 진우가 허리를 꼿꼿이 세우고서 지하 주차장 전체가 들썩일 정도로 박장대소했다.

재민이 신경질적으로 운전석 문을 열고 나와 분위기 파악 못 하고서 여전히 깔깔거리고 웃고 있는 진우의 정강이를 걷어차 버렸다.

"아아악! 야!"

"제발 좀 정상적으로 우정을 표출해 줘라. 아오, 진짜!"

"넌 제발 평화로운 마음으로 우정을 표출해 달라고!"

진우가 절뚝거리면서 허리를 굽혀 고통이 가시질 않는 정강이를 부여잡고 쓰다듬었다.

원망의 눈빛으로 재민을 노려보던 진우는 이내 슈트 정장 바지를 툭툭 털어 내며 숙였던 허리를 세웠다.

"그만 올라가자."

"입 나온 거 봐라."

"원래 주둥이가 툭 마중 나와 있다. 왜."

아파도 툴툴거리는 말발은 살아 있나 보다. 재민에겐 진우는 친구보다도 철없는 남동생처럼 생각되는 녀석이었다. 고개를 절레절레 흔드는 재민이 움직이자며 진우의 등을 툭 밀듯이 쳤다.

그때 재민의 휴대폰에서 윙윙 진동이 울렸다. 막 발걸음을 떼려던 재민이 정지하고서 발신자를 확인했다.

"진우야. 먼저 올라가라."

"누구 전환데?"

"아버지."

"아, 회장님? 오케이. 천천히 통화하고 올라와. 아직 시간은 넉넉하니까."

"그래."

진우가 성큼성큼 먼저 주차장을 떠났고, 재민은 운전석 차문에 기대어 서서 현 회장의 전화를 받았다.

"예. 아버지."

—기념식 회장에는 도착했고?

"방금 도착했습니다. 걱정 마시고요."

—걱정은 안 한다. 그 핑계로 아들 녀석한테 전화 걸어 보려는 속내지. 허허.

"아버지도 참."

인자한 웃음소리와 장난을 섞은 말에서 현 회장의 솔직한 마음이 재민에게 그대로 전해졌다. 재민은 머리를 긁적이며 멋쩍음과 죄송스러움을 낯에 드러냈다.

"아버지는 어디십니까? 친구분 묘에는 도착하셨고요?"

—……그래. 발길이 떨어지지 않는구나. 내가 말을 너무 시켜서 피곤할 거야, 녀석도.

현 회장의 이야기에 재민이 잔잔한 미소를 띠었다. 그리고 궁금했다. 아버지가 늘 그리워하는 소중한 친구분의 존재를.

"아버지."

—그래.

"다음엔 제가 모시고 갈게요. 친구분 인사시켜 주세요."

―……그러마. 고맙다.

생각지도 못한 재민의 제안에 현 회장은 순간 울컥하는 감정이 밀려들면서 잠시 말을 잇지 못했다. 하지만 애써 밝은 목소리로 아버지를 이해해 주는 아들의 마음에 고맙다는 말을 전했다.

이렇게 부자간의 대화가 따뜻하고 오래 오갔던 적은 기억이 나질 않은 만큼 없었다고 해도 과언이 아니었다. 현 회장은 재민이 많이 변화되었고 노력하고 있음을 목소리로부터 느낄 수 있었다. 늘 허하고 쓸쓸했던 마음이 꽉 채워지는 기분이 들었다.

통화를 이어 가던 중 맞은편으로 검은색 외제차가 접근했다. 주차를 하는 자동차가 움직이자 바닥과 타이어의 마찰음이 꽤나 크게 주차장을 울렸다. 아버지의 목소리가 잘 들리지 않아 운전석에 기대어 있던 몸을 곧게 서고서 뒷벽 쪽으로 몸을 틀었다.

―괜찮은 아가씨 있는지 잘 눈여겨보도록 해.

"끊습니다."

재민이 바로 방어 태세로 딱 잘라 버리자 현 회장은 속이 타들어 갈 것만 같이 갑갑했다. 쯧쯧 혀를 차며 잔소리를 하지만 재민은 입도 벙긋하지 않는다.

―하, 녀석! 칼같이 자르는 성격 참.

"포기하세요. 조심히 올라오시고요."

―그러마. 수고하고.

현 회장과의 통화를 끝내던 중, 맞은편에 주차된 자동차에서 낯설지만은 않은 인물이 운전석에서 내렸다. 라희의 첫 직장 상사였던 NJ홈쇼핑 이한준 상무였다.

'NJ 홈쇼핑 상무라고 했었던가?'

재민이 먼저 한준을 알아보게 되었다. 한 번, 그것도 아주 잠시 얼굴을 보며 통성명만 했던 사이였지만 임팩트가 강했다. 아니, 잊을 수 없는 인물일 수밖에 없었다. 라희와의 관계가 매우 돈독했을뿐더러 자연스러운 터치와 농담을 편하게 주고받는 사이였으니까.

무엇보다도 라희에게 마음이 있었다는 건 확실하게 느낄 수 있었다.

삐빅. 리모컨으로 문을 잠그면서 무심하게 고개를 틀던 한준도 이제야 무원그룹의 사장인 재민의 존재를 알아보며 움직임을 멈추게 되었다.

왠지 모를 어색하고도 차가운 기운이 두 사람 주위를 휘감고 있는 듯했다. 서로 눈을 응시하고 있지만 아무도 좀처럼 입을 떼질 않았고 경계의 침묵이 이어지고 있었다.

재민이 먼저 다리를 움직이며 엘리베이터가 있는 곳으로 차분하게 걸었다. 그러자 한준도 두어 걸음 떨어진 간격으로 나란히 걸었다.

'경계하는 건가? 왠지 미움받고 있는 기분인데.'

한준은 알고 있었다. 재민과 라희가 조심스럽게 연애를 시작했다는 걸. NJ 홈쇼핑에서 근무하고 있는 라희의 절친한 동기이자 친구인 하정에게 최근 그 소식을 듣게 되었다.

재민이 유리문을 힘 있게 활짝 밀었다. 한준이 바로 뒤따라오고 있었으니 이어 들어올 것을 염두해 두고서 말이다. 엘리베이터 버튼을 누르고서 양손을 바지 주머니에 찔러 넣은 채 층수 판을 무의미하게 올려다봤다.

엘리베이터가 내려오는 동안 두 남자는 조금은 좁혀진 거리를 사이에 두고 서서 정면만을 응시하고 있었다. 한준이 슬며시 재민에게로 고개를 틀었다. 그러곤 먼저 입을 열었다.

"전에 라희 씨를 통해서 인사 나눴었는데, 기억하십니까?"

"네. 오랜만에 뵙습니다."

먼저 아는 척하며 말을 붙여 오는 한준을 무시할 순 없었다. 지독한 원수의 관계라든지, 딱히 경멸해야 하는 사람은 아니었으니까. 다만, 경계할 뿐이다.

"축하드립니다. 소식 들었습니다."

뜬금없이 한준이 제게 축하한다고 전한다. 재민은 의심쩍은 표정을 감추지 못했다. 자신이 축하받아야 할 일이 있었던가. 특히나 한준에게 축하받아야 할 일 따윈 없었다. 재민은 느릿하게 고개를 돌려 한준과 눈을 마주했다.

"제가 축하받아야 할 일이 있었던가요."

잔잔한 음성으로 대답하면서도 재민의 눈매는 사나웠다.

"라희 씨 친구이자 제 부하 직원한테 들었습니다. 현재민 사장님과 라희 씨가 연인 관계로 발전했다고 말입니다."

"……네. 맞습니다."

한준이 축하를 건네는 일이 바로 자신과 라희의 관계라 말하고 있었다. 재민은 의아해하면서도 어쩐지 약간의 안심이 되는 건 부정할 수 없었다. 그제야 표정이 한결 풀어지는 재민의 표정을 포착하게 된 한준이 여유로운 미소를 지어 보였다.

엘리베이터가 도착하면서 문이 열리자 재민과 한준이 터벅터벅 올라탔다. 연회장이 있는 13층의 버튼을 한준이 눌렀다. 조금 나아졌다고는 하나 두 사람 사이의 쌀쌀한 공기는 여전했다.

"라희 씨는 오늘 동행하지 않았습니까?"

"외부 일정을 조정하기 어려워서 제 대리인으로 미팅에 참석했습니다."

"아쉽네요. 볼 수 있을까 하고 기대했었는데. 이럴 때 아니면 라희 씨 얼굴 보는 게 어려우니 말입니다."

나름 분위기를 풀어 보려 우스갯소리를 해 보지만, 오히려 재민의 심기를 언짢게 만들고 있다는 걸 한준은 눈치채지 못했다. 재민의 표정이 저절로 짙게 일그러져 가고 있었다.

은근하게 약 올리는 것 같은 느낌이 드는 건 뭘까. 본인 입으로 자신과 라희가 각별한 관계라는 걸 알고 있다고 축하한다는 말까지 내뱉었으면서도 라희의 이름만을 계속해서 언급한다. 그걸로 모자라 보고 싶다는 말까지 스스럼없이 하는 한준을 재민은 고운 시선으로 쳐다볼 수 없었다.

"라희 씨가 비서로 있으니 든든하시겠어요. 저도 많은 도움을 받았었죠."

"거침없고 똑 부러지고 빈틈이 없죠."

"맞습니다. 첫 직장의 상사였음에도 라희 씨는 저보다 더 열정적이고 사명감으로 똘똘 뭉쳐 일하는 모습이 참 아름다웠죠. 반짝반짝 빛이 났다고 할까."

재민의 눈매가 경계를 넘어 독기 서린 맹수처럼 매섭게 한준을 할퀴었다.

살짝 턱을 내린 채 라희와 함께 일했던 과거의 시간을 회상하는 듯, 한준은 행복한 미소를 머금고 있었다.

그런 한준의 표정이 더욱더 재민을 자극했고 굉장히 불쾌했다. 피가 활활 끓어 맥을 뚫고 나올 것 같은 내면의 분노를 재민은 절제하려고 나름의 노력을 더하고 있었다. 포커페이스까지는 무리였지만.

재민이 팔을 교차해 팔짱을 끼고서 적당한 높이에 설치되어 있는 알루미늄 손잡이에 허리를 기대었다. 그러곤 냉정함을 갖추고 말했다.

"그런 마인드가 흐트러짐 없이 한결같은 거 쉽지 않죠. 그래서 그녀가 대단하고 저 역시 높이 평가하고 있는 부분입니다."

재민은 감정을 섞지 않고서 다소 냉혈해 보이는 상사의 마인드로 딱딱하게 말했다. 그를 알지 못하는 누군가는 재민의 이러한 반응을 보고 라희를 향한 사랑을 찾아볼 수도, 느껴지지도 않는다고 말할 수 있을 거다.

하지만 재민은 신념에 흐트러짐이 없었다. 그녀를 향한 고결한 마음과 표현은 공라희 그녀에게만 쏟아 내고 마음껏 드러내고 싶었다.

라희 본인도 모르고 있을 거다. 재민은 지금까지도 그녀와의 자그마한 터치도, 눈 맞춤도 늘 설렘으로 순간순간 긴장감을 안고 있다는 걸 말이다.

다른 사람의 눈과 생각은 필요 없다. 이유는 단 하나. 오로지 똑같은 사랑을 하고 있는 둘이서만 표현하고 공유하고 싶은 것뿐이다.

"라희 씨와는 진지하게 만나고 계십니까?"

어떤 숨은 뜻이 담겨 있는지는 생각할 여유가 없다. 재민에게는 한 준의 입에서 나온 그 문장 한 줄이 불쾌함을 넘어 라희를 향한 자신의 사랑을 모욕당하는 기분이 들었다.

재민은 팔짱을 풀고서 기대었던 몸을 곧게 고쳐 섰다.

"그 질문은 라희와 가까운 전 회사 상사로서 묻는 겁니까."

정면을 응시하며 말하던 재민이 날카로운 칼날과도 같은 눈으로 숨통을 조이듯 한준을 주시하며 말을 이어 갔다.

"아니면 틈을 노려 비집고 들어가 보겠다는, 사적인 감정이 섞인 남자로서 묻는 겁니까."

✤　　✦　　✤

"회장님. 그만 올라가시는 게 좋을 거 같습니다만."

현 회장의 오른팔인 수석 비서 강 실장이 뒷좌석으로 몸을 틀어 정중하게 뜻을 전했다. 해가 지고 어두움이 찾아오는 시간임에도 현 회장은 깊은 생각에 잠긴 듯 입을 굳게 다물고 있었다.

잊어서는 안 되는 은혜를 기억하고 어떻게 해서든 갚아야 할 빚으로 현재까지 가슴에 안고 있는 현 회장의 눈동자가 어쩐지 젖어 있었다.

"제가 잘 알아보도록 하겠습니다. 걱정하지 마시고, 오늘은 일찍 자택에서 쉬시는 게 좋을 듯합니다."

"······그래. 이만 출발하세, 강 실장."

"네."

친구의 묘를 찾아가 많은 얘기를 나누고 싶어 이곳까지 걸음 했다. 하지만 가족의 뜻으로 인해 묘지가 다른 곳으로 이장되었다는 걸 알게 되었다. 한동안 정신없이 바빴던 탓에 6개월 동안 발길을 멈추었던 그 사이에 말이다.

재민에게는 괜스레 슬프고 당혹스러운 심정을 내색하지 않았지만.

현 회장은 창밖으로 시선을 두고서 눈에 익었던 풍경들 속에서 이제 껏 친구의 묘를 오갔던 추억을 회상했다.

'이럴 줄 알았으면 자네 집사람에게도 눈도장을 찍어 놓을 걸 그랬 어.'

스무 살, 공사장 아르바이트를 전전하던 현 회장과 친구의 인연은 그렇게 시작되었다. 서로 이끌리는 게 되는 건 운명일 수밖에 없었다. 아프지만 두 사람은 부모가 없는 고아였고, 오로지 성공을 하겠다는 청 년의 과감한 배짱과 열정으로 똘똘 뭉쳐 있었다. 그래서 험하고 거친 막노동이나 작은 일도 마다하지 않았고 시간을 허투루 쓰는 법이 없었 다.

현 회장과 친구는 고된 일을 마치고 포장마차에서 소주 한 병과 잔 치국수 한 그릇으로 허기짐과 피곤함을 달래었다. 하루 중 가장 꿀맛 같은 시간이자, 작은 행복이었다.

시간은 훌쩍 흘러 그들은 각자의 꿈을 이루게 되었다. 자신의 이름 을 건 사업자 등록증을 내어 회사를 차렸고 더디지만 차츰차츰 성장해 나가고 있었다. 그러면서 자연스럽게 서로의 사업이 바빠 만남과 연락 의 횟수는 줄어들 수밖에 없었다.

그렇게 10년 이상의 긴 시간이 바람처럼 빠르게 훅 지나가 버렸다. 각자 결혼도 하면서 가정을 꾸려 나가고 있었다.

그러다 승승장구만 하던 현 회장의 무원 기업에 첫 번째 위기가 찾 아왔다. 전통의 대기업과 라이벌 회사들의 시기와 질투, 모함, 게다가 무원으로 스파이까지 잠입 투입시켜 완전히 무너져 내릴 상황에 치닫 게 되었다.

무엇보다도 거래처들과 투자자, 파트너 기업들이 손을 놓아 버렸고, 투자금을 거둬 가면서 토해 내라고 소송까지 건 바람에 금전적인 위기 가 가장 위험했다.

언론과 뉴스에서 떠들어 대며 시끌시끌했으니 친구가 모를 리 없었 다. 오랫동안 연락이 끊겼던 친구는 현 회장을 수소문해 찾아왔다.

초라하고 당장이라도 쓰러져 버릴 듯 위태위태한 상태의 현 회장에게 친구는 아무 말도 하지 않았다. 그저 현 회장을 향해 웃음을 지었고 본인의 인감과 서류, 통장을 내밀었다. 가장 급한 불부터 끄는 것이 우선이라는 걸 경영자인 친구가 가장 잘 알고 있었기에 현 회장에게 보증을 서 주겠다는 뜻이었다.

미리 보증 서류까지 마쳐 왔고, 통장에 예금되어 있던 돈은 생활하는 데 쓰라고 했다.

현 회장은 목 놓아 울었다. 짧았다면 짧았던 5년이란 세월. 늘 붙어 다니며 함께 일하고 같은 꿈을 꿨던 우정. 10년이 넘도록 연락이 끊겼음에도 가장 힘들고 어려울 때 만사를 제쳐 놓고 찾아와 손을 잡아 주는 친구에 감격했다. 그저 사람 좋은 웃음만 보이면서 모든 것을 내놓는 친구에게 현 회장은 미안함과 고마움으로 참고 참았던 울음으로 대성통곡했다.

현 회장의 곁엔 아무도 없었다. 아내는 재민을 낳고 다섯 살이 된 해에 교통사고로 사망했고, 재민은 그 당시 유학 중에 있었기 때문에 현 회장은 그 누구에게도 기댈 수도 의지할 수도 없었다.

친구의 보증과 자금으로 인해 무원의 금융 사태는 해결되어 갔다. 물론 언론의 노출을 막기 위해 숨어서 조용히 진행했고 변호사까지 사서 무원을 모함하고 스파이까지 잠입시킨 범죄 건을 경찰 쪽에 의뢰해 놓았다. 그리고 현 회장은 중국 지사에 직접 가서 상황을 정리하고 있었다.

중국에서 돌아와 한국에 입국하면서 다시 일상으로 돌아갈 수 있을 거라고 생각했으나, 어느 날 현 회장의 희망을 짓밟아 버리는 충격과 좌절, 슬픔의 사건이 발생하게 되었다.

은인인 친구에게 멋지게 해결했다고 고마움을 전하려 했었는데, 친구가 공장에서 대형 화재가 발생해 사망하게 되었다는 소식을 한 달이나 뒤에 알게 되었다. 현 회장은 자책과 미안함에 하루하루 술과 눈물로 보냈다.

부모와 친족이 없었던 친구였기에 지인의 연락처조차 알지 못했다. 결혼한 아내와의 딸의 존재도 몰랐으니까.

현 회장은 겨우 정신을 차리고 화재 당시 현장에서 구조되어 부상만 입고 목숨을 건진 직원을 어렵게 찾게 되면서 친구가 잠이 든 묘지만은 알 수 있게 되었다.

그리고 회식 자리에서 찍은 듯 보이는 배경에서 사모님과 사장님의 사진이라며 직원이 한 장의 사진을 보여 주었다. 그래서 친구의 아내 얼굴만은 뒤늦게 보게 되었다.

"회장님. 괜찮으십니까?"

운전 중 백미러를 통해 현 회장이 괴로움에 끙끙거리는 모습을 보게 된 강 실장이 걱정스럽게 물었다.

현 회장은 강 실장의 목소리에 자신도 모르게 힘을 주어 질끈 감고 있던 눈꺼풀을 파르르 떨며 겨우 떠올렸다.

"어디 안 좋으십니까?"

"……아니. 괜찮네. 걱정하지 말고 어서 집으로 가서 쉬었으면 하네."

"알겠습니다."

뜨거워진 손으로 얼굴을 쓸어내리는 현 회장은 탁한 숨을 내쉬었다.

'보고 싶구나. 병준아.'

창립 기념 파티가 한창 진행 중인 연회장. 많은 유명 인사들의 참석으로 화려하게 빛이 났다. 기업 임원들은 물론 정치계, 연예계, 언론계까지 골고루 파티를 즐기고 있었다.

무원그룹에서도 재민과 진우가 참석하여 중심에서 여러 인사와 대화를 오가며 인맥을 넓혀 가는 중이다.

라희의 말대로 진우는 이런 자리가 익숙한 듯 보였다. 그간 접촉했던 인물들이 많아 자연스럽게 대화를 이끌어 가기도 하고 비위도 제법 맞추면서 은근한 무원의 입지를 드높이는 것까지 예사롭지 않았다.

늘 제게 장난만 치고 까불까불 철없는 모습을 보여도 이렇게 공적인 자리에서는 의젓하고 침착했다.

재민은 그런 진우를 보면서 흐뭇하게 아버지의 미소로 지켜보고 있었다.

"그럼 현 사장님, 한 전무님. 다음에 언제 한번 필드에서 실력 좀 보여 주십시오."

"하하. 그러죠. 골프는 저보다도 현 사장님이 한 수 위지만요."

"이야, 한 전무님도 예사 실력이 아니신데 현 사장님은 그럼 프로급 이시겠다는 거군요?"

"아닙니다. 한 전무님이 괜한 치켜세우기를 하는 겁니다."

재민이 고개를 가로저으며 겸손한 태도로 부인했다.

'앓는 소리 하지 말라고 자식아.'

자신을 낮추는 재민을 흘깃 쳐다보며 진우가 속으로 읊조렸다. 재민의 골프 실력은 당장이라도 프로 테스트를 받아도 될 정도로 수준급이었다. 술 내기, 밥 내기로 골프 게임을 하면 늘 진우가 패배하고 툴툴거리며 쏘는 날이 허다했다.

이야기를 하다 보니 해솔가구 부사장과 나이대가 비슷하여 말이 잘 통하기도 했고 호기심이 생겼다. 재민은 골프 약속을 추후 통화로 일정을 맞춰 보자고 하며 대화가 매듭지어지면서 해솔가구 부사장이 자리를 떠났다.

"뭐 좀 먹을까?"

"난 됐어. 배고프면 요리 좀 먹고 있던가."

"넌 어디 가려고?"

"좀 갑갑해서. 연회장 밖에서 숨 좀 돌리고 들어올게."

"그러든가."

재민이 갑갑함을 느끼며 성큼성큼 연회장을 빠져나갔다.

진우는 허기가 져서 뷔페로 고급스러운 요리가 차려진 곳으로 가 좋아하는 메뉴들을 챙겼다. 요리들에 정신이 팔렸는지 다음 요리로 이동하면서 누군가와 툭 몸이 부딪쳤다.

"죄송합니다."

"저야말로 죄송합니다."

"어? NJ 이한준 상무님 아니십니까?"

"한진우 전무님 오랜만입니다. 이야, 오늘 보니 더 반갑게 느껴지는데요?"

"하하. 저도 그렇습니다. 잘 지내시죠? 요즘 NJ 좋은 소식이 계속 들려오던걸요?"

진우와 한준은 친분이 있었다. 작년 자선 파티 행사가 있었는데 중년의 임원들 사이에서 한준과 진우만이 젊은 피의 임원이었기에, 서로 얘기를 많이 나누면서 안부 연락 정도는 하는 관계였다.

서로 요리를 담아 테이블에 함께 자리했다. 배를 채우면서 이런저런 대화가 오갔다.

"참. 현 사장님 기분은 좀 괜찮으시던가요?"

"네? 재민……, 아니, 저희 사장님과 무슨 일 있으셨습니까?"

"아, 아뇨. 제가 그 일부러 그런 건 아닌데, 심기 건드리는 말을 좀 한 거 같아서요."

한준이 멋쩍은 듯 웃으며 검지로 관자놀이 부분을 긁적거렸다. 진우는 둘 사이에서 어떤 일이 있었는지 궁금한 듯 고개를 갸웃거렸다. 그러자 한준이 그때의 상황에 대해서 조심스럽게 말을 꺼내었다.

"하하."

"웃을 일이 아닙니다, 한 전무님. 현 사장님 그 눈빛이 어찌나 매섭던지."

"낯가림도 있으시고 냉정한 부분이 없지 않아 다가가기 어려워 보이긴 해도 속은 진국인 분이십니다. 물론 자기 것에 관심만 보여도 포악함을 드러내지만 말입니다. 그것도 사랑, 내 여자라면 더더욱."

진우의 차분하면서도 웃음이 깃든 얘기에 한준이 피식 웃음을 흘렸다. 엄청난 질투와 독점욕을 가진 사람이라는 게 확 와닿았다.

"장난은 절대로 치면 안 되고 통하지도 않는다는 걸 알게 됐습니다."

"장난이요?"

"네. 라희 씨랑은 자주 연락하는 편은 아니지만, 친동생처럼 가까운 존재기도 하거든요. 어찌나 경계하시던지. 전에 뵀을 때는 악수를 하는데 손이 아작 날 정도로 꽉 쥐더라고요."

'뭐야. 그럼 그때부터였어? 일찍 빠졌었구나, 현재민?'

진우는 유쾌하게 웃으며 즐거워했다. 재민과 라희가 함께 일한 지 얼마 되지 않은 초기 때였을 텐데, 그때 한준을 경계하고 유치한 질투의 행동을 보였다는 건 일찍 라희에게 빠져 정신을 못 차리고 있었다는 증거나 다름없다.

"흠흠. 사장님 악력 장난 아니죠. 웬만한 복싱 선수들보다도 세거든요."

"그때의 소심한 복수 정도로 장난을 쳐 볼까 했던 것뿐인데, 좀 과하게 심기를 건드리게 된 거 같아서."

여전히 피식피식 바람 빠지는 웃음을 흘리는 진우와, 고개를 절레절레 흔드는 한준이 포크로 스테이크 조각을 찍어 입에 넣을 때였다.

저벅저벅 다가오는 발걸음. 등을 지고 앉아 있는 두 남자의 의자 가운데로 우뚝 멈춰 섰다. 묘한 기운을 뿜어내는 한기가 느껴지자 진우와 한준이 약속이나 한 것처럼 고개를 틀어 위를 올려다봤다.

"잘도 반찬 삼아 날 씹어 드시고 계시는군."

⚜   ✦   ⚜

클라이언트 쪽에서도 미팅 직전에 중요한 일정이 생기는 바람에 부하 직원분이 대리인으로 참석했다. 어차피 계약의 매듭을 짓는 건 사장 재민과 클라이언트 담당 관리자였으니까 문제없었다.

계약 사항 조율도 생각보다 유했고, 무원의 요구가 대부분 받아들여진 서류를 준비해 왔다. 라희는 꼼꼼하게, 하지만 상대가 기분 나빠하지 않을 선에서 유연하게 대처를 잘했다.

"그럼 이대로 사장님께 보고드리고 최대한 빠른 시일 내 연락드리도록 하겠습니다."

"네. 기다리고 있겠습니다."

산뜻하게, 만족스럽게 미팅을 마치게 되었다. 상대 쪽에서 먼저 자리를 떠났고, 라희는 서류들을 느긋하게 정리하며 남은 커피를 마저 마셨다.

"흐음. 시간이 벌써 이렇게 됐네?"

예상보다도 시간이 꽤 흘렀다. 고급스러운 스터디 카페의 비즈니스 룸에서 이루어진 미팅이라 따로 식사는 하지 않았다. 저녁 시간이라 그런지 배가 고파지는 건 당연했다. 라희는 미팅 장소에서 나왔다.

"배고픈데. 샌드위치라도 사서 갈까."

베이커리 가게가 눈에 들어왔다. 라희는 조금 망설이는 듯하다가 이내 가게 안으로 들어가 에그 샌드위치와 추억의 샐러드 빵을 사서 나왔다.

호텔과 한 정거장 거리라서 그냥 도보로 이동했다. 밤거리의 광경을 즐기면서 시원한 바람을 쐬며 걸었다.

"아차. 재민 씨한테 메시지 보내야지."

배고픔에 깜빡 잊었다. 라희는 잠시 걸음을 멈추고서 재민에게 미팅이 끝났음을 보고했다. 다시 주머니에 넣기도 전 휴대폰이 웅웅 울렸다.

"답장 빠르네."

재민이 보낸 메시지를 훑어보다가 재차 걸음을 옮겼다.

✦   ✦   ✦

연회장 밖 플로어는 한산했다. 공식 기념사와 참석자들 간 인사를 나누는 시간이 대충 마무리되면서 한창 식사 타이밍이었으니까.

재민은 라희와 같이 식사를 하려고 일부러 음식을 멀리하고 그 틈에 머리 좀 식히려고 했다. 꽤 많은 사람과 접촉하고 평소보다 많은 말을 했던 탓에 그는 조금은 피곤한 듯 보였다.

화장실을 들렀다가 나온 재민이 한쪽에 휴게실 비슷하게 간이 테이블과 소파가 있는 공간을 발견하고 터벅터벅 걸어갔다.

소파에 다리를 꼬고 앉은 채 등을 기댄 재민이 눈꺼풀을 꾹 눌러 닫았다가 뜨기를 반복하며 얕은 숨을 내쉬었다.

"하아, 눈이 건조하군."

사람 많은 공간인지라 평소보다 탁한 공기와 높아진 온도 탓에 갑갑하고 눈이 뻑뻑해지는 느낌이 바로 나타났다.

팔짱을 끼고서 잠시 눈을 감아 내린 채 그는 한동안 움직임이 없었다. 마치 명상이라도 하고 있는 것처럼 말이다.

윙윙. 휴대폰 진동이 짧게 울렸다. 라희의 메시지일 거라는 확신에 가득 찬 들뜬 얼굴을 하고 재민은 기다렸다는 듯 팔짱을 풀어내며 슈트 안주머니에서 휴대폰을 꺼내어 메시지를 확인했다.

〈미팅 끝! 느긋하게 걸어서 갈 테니까, 재민 씨도 억지로 빠져나오려는 행동은 하지 말고요! 안 그럼 나, 바로 집으로 직행할 겁니다.〉

따끔하게 미리 꼬집어 으름장을 놓는 라희의 메시지였다. 재민은 피식 웃음을 흘렸다. 속내를 훤히 들여다보고 있나 싶을 정도로 재민을 뜨끔하게 만들었다.

재민은 고개를 절레절레 흔들면서 빠르게 손가락을 움직여 답장을 보냈다.

〈돗자리 깔아야겠어. 나 방금 뜨끔했잖아. 미움받는 건 싫으니까 무리해서 빠져나

오는 건 자제하도록 하지〉

또 한 번 오로지 하트만으로 작성된 그녀의 답장을 받고서야 재민은 기력 충전을 한 듯 가뿐하게 소파에서 일어났다. 곧장 연회장으로 들어선 재민은 자연스럽게 진우의 행적을 눈으로 좇아 찾았다.

"⋯⋯."

진우의 뒷모습이 포착되었다. 눈에 익은 오래된 친구 녀석의 손만 봐도 바로 알아챌 수 있었으니까. 그런데 진우가 자리하고 있는 테이블에는 한준도 함께 있었다. 그것도 웃으면서 대화를 나누고 있는 모습이 친근한 분위기였다.

재민은 사적인 감정은 지우고 덤덤하게 그들이 있는 테이블로 거리를 좁혀 갔다.

자신도 한준에게 과민 반응하여 필요 이상으로 날을 세웠다는 것에 마음이 쓰이긴 한 건 부정할 수 없는 사실이었다.

그러나 점점 가까워져 갈수록 저절로 재민의 눈썹이 꿈틀거렸고, 귀에 거슬리는 단어가 콕콕 박혔다.

"네. 라희 씨랑은 자주 연락하는 편은 아니지만, 친동생처럼 가까운 존재기도 하거든요. 어찌나 경계하시던지. 전에 뵀을 때는 악수를 하는데 손이 아작 날 정도로 꽉 쥐더라고요."

"흠흠. 사장님 악력 장난 아니죠. 웬만한 복싱 선수들보다도 세거든요."

"그때의 소심한 복수 정도로 장난을 쳐 볼까 했던 것뿐인데, 좀 과하게 심기를 건드리게 된 거 같아서."

기분이 상하기보다는 진우와 한준의 대화는 재민의 꽁꽁 얼어 있던 감정을 점차 녹여 가고 있었다. 어쩐지 작은 오해가 느릿하게 풀어져 가고 있음을 재민 스스로도 느껴졌다.

'오호라. 작정하고 도발을 했다는 거다?'

한준의 진짜 속내를 알게 된 재민의 입꼬리가 한쪽으로 말려 올라갔

367

다. 등을 지고 앉아 있는 진우와 한준의 가운데로 다가가 일부러 인기 척을 내려 오른발 왼발에 힘을 실곤 모아 섰다.

재민의 발소리와 등 뒤에서부터 느껴지는 왠지 모를 오싹한 기운에 웃고 떠들던 진우와 한준의 입이 경직되어 멈췄다.

"잘도 반찬 삼아 날 씹어 드시고 계시는군."

진우와 한준이 느낀 싸한 한기는 제대로 적중이었다. 서 있는 재민을 올려다보고서 그들은 어색한 표정을 짓고 있었다.

재민은 그들을 향해 눈을 아래로 살짝 내리깐 채 가만히 쳐다만 보다, 이내 어깨를 으쓱이며 비어 있는 테이블의 의자로 착석했다.

"왜 갑자기 조용합니까? 떠들던 거 계속하시죠."

"하하. 우리 사장님은 참 시니컬하기도 하지."

재민이 진우를 향해 눈을 가늘게 늘어뜨리고 흘겨보다 이내 물이 채워진 글라스 잔을 들어 목을 적셨다. 진우가 능글능글한 대처로 웃어 댔고, 한준은 멋쩍은 듯 쥐고 있던 포크로 애먼 스테이크만 쿡쿡 찔렀다.

"내가 다시 일어나 줘야 활기를 찾으려나? 그렇습니까?"

"네? 아, 아뇨."

재민의 성격으로는 나름의 장난의 표현이었다. 진우는 이런 재민의 성격과 어투까지도 모두 알고 있었지만, 한준은 얼떨떨할 만도 하다. 어색한 미소를 띠던 한준이 진우와 눈이 마주쳤다. 진우의 표정으로 눈짓으로 한준은 그 뜻을 알 수 있었다.

재민과 진우, 한준과 진우. 이렇게 초반 두 명의 대화가 어느덧 세 명의 대화로 점차 무르익어 가고 있었다. 그리고 진우와 한준이 왜 급속도로 확 가까워질 수 있었는지, 재민은 의문이 풀리게 되었다. 성격이 똑같았다. 쌍둥이처럼.

웅성웅성. 어쩐지 연회장이 어수선해지는 분위기에 그들은 작은 소란이 인 그곳으로 시선을 두었다.

"뭐야. 화림철강 김성혁 사장이잖아?"

"오늘 여기 참석했었던가? 못 본 거 같은데."

화림철강. 김성혁 사장. 이 두 단어에 재민의 눈매가 순식간에 매섭게 변했다.

진우와 한준이 쯧쯧 혀를 차며 일그러진 얼굴로 한마디씩 거들었다.

아무리 언론에서는 잠잠해지고 물타기로 사건을 떠내려 보내어 묻혔다고는 하지만, 이쪽 세계에서는 알 만한 사람들은 다 알고 꺼리고 있었다.

라희의 사건이 있기 전부터 김성혁 사장의 평판은 좋지 못했다. 선대부터 혈연으로 이어져 사장 자리에는 앉았지만, 김성혁은 건방지고 무례하기 그지없었고 사생활과 관련한 소문이 굉장히 좋지 않은 질 나쁜 인간이었다.

신뢰와 인격으로 비즈니스가 이루어지는 이 바닥에서는 천대받고 무시받을 수밖에 없다. 임원들의 열정과 노력으로 더 탄탄하게 성장시켜 온 화림철강이었다. 하지만 달랑 하나 있는 아들은 부모의 뒷배를 믿고서 말아먹고 있었다.

"술을 꽤 드셨나 보네. 한심하긴."

"사람은 고쳐 쓰는 거 아니라고 하더니, 딱 저 꼴을 보고 하는 말이었어."

"동감. 반성하고 변화된 모습을 기대하기엔 글렀지. 절대 못 고칠 거다."

"절대."

진우와 한준이 없는 정도 떨어질 거 같다며 한심하게 쳐다보고 있었다.

아무래도 김성혁 사장은 초대받지 않은 손님처럼 투명인간 취급을 하면서 곱지 않은 시선으로 자신을 대하는 것에 분노한 모양이다. 알코올까지 들어갔으니 망나니 같은 버릇은 더욱더 심했을 것이다.

재민의 모든 신경과 시선은 김성혁 사장에게 꽂혀 있었다. 라희에게 상처와 고통을 주었던 벌레 같은 새끼를 당장이라도 멱살을 잡아 내던져 버리고 싶은 마음이 굴뚝같았다.

김성혁 사장이 쫓겨나듯 연회장 밖으로 나가고 있었다. 그리고 김성혁 사장의 팔을 붙잡고 부축하고 있는 여자는 다름 아닌 강나영이었다.

'라희……'

순간 재민의 뇌리에 스치는 라희의 얼굴이 번뜩였다. 지하 주차장에서 기다리고 있을 그녀가 혹시나 김성혁 사장과 마주쳐서 봉변을 당하는 건 아닐까, 순간적 좋지 않은 생각이 들었다. 불안함과 초조함에 재민은 의자를 거칠게 밀고 일어섰다.

"왜 그래?"

"라희. 지금 내 차에서 기다리고 있어."

"뭐? 아니 왜?"

"라희 씨 미팅 있다고 하지 않았습니까?"

"미팅 장소가 근처라서 끝나고 내 차에서 기다리기로 했거든요. 먼저 간다."

재민이 테이블을 벗어나 다급하게 뛰어 연회장을 빠져나와 엘리베이터를 잡았다. 김성혁 사장은 벌써 엘리베이터를 타고 내려갔는지 보이질 않았다. 안절부절못하는 재민이 이미 눌러져 있음에도 불구하고 엘리베이터 버튼을 탁탁탁 연속적으로 누르며 조급함을 보였다.

재민이 떠난 테이블에서는 진우와 한준이 조금은 심각한 낯으로 입을 다문 채 묵묵히 앉아 있었다. 그러던 중 진우가 한준을 향해 나지막이 묻듯 말했다.

"무슨 이유 때문인지, 아시는 거죠?"

"물론입니다."

누군가에게는 잊고 싶은 아픈 이야기일 것이다. 씁쓸하지만 진우와 한준이 모를 리가 없었다. 친구 성은이 그토록 날뛰고 맞섰던 그 사건을.

한준 또한 자신이 아끼는 부하 직원이었던 라희의 일을 모를 수가 없었다. 그 당시에 해외에 있었던 탓에 라희 친구인 하정에게 전해 들게 되었다.

"우리 현 사장님이 눈 돌아가면 아무도 못 막는 성질머리라. 말리러 가야 할 거 같은데."

"그 주먹으로 한 대 맞으면 골로 갈 만큼 세다는 거, 제가 간접 경험 했던지라 잘 압니다."

"하하. 오른팔은 제가 붙잡도록 하죠."

"그럼 왼팔을 제게 맡기시고, 갑시다."

11장
그녀만의 히어로

라희는 1층 로비에서 엘리베이터를 타고 지하 주차장으로 내려왔다. 유리문을 밀고 주차장으로 들어서자 특유의 탁한 공기가 훅, 치고 들어왔다.

또각또각, 그녀의 하이힐 소리가 마치 메아리처럼 반박자 느릿하게 울렸다.

재민의 자동차가 주차된 자리를 찾는 라희의 고개가 좌우로 휙휙 움직였다.

"A라인이⋯⋯. 아, 저쪽이구나."

중앙으로 걷고 있던 라희의 발걸음이 왼쪽으로 방향을 틀었다.

몇 걸음이나 걸었을까. 라희가 나왔었던 주차장 입구에서 고성방가와 같은 억센 남자의 과격한 목소리와 그것을 달래는 여자의 목소리가 라희의 발걸음을 멈춰 세우게 했다. 자연스럽게 소란이 일어나는 곳으로 몸을 틀었다.

"⋯⋯."

라희의 동공이 미세하게 흔들렸다. 표정은 무감정해 보였지만 신경 세포들은 솔직했다. 경직된 몸이 좀처럼 풀리지 않았다.

다시는 보고 싶지 않았던 인물. 김성혁 사장과 그다지 좋은 관계는 아니었던 강나영을 하나의 프레임으로 보게 될 줄은 몰랐다. 성은에게 며칠 전 소식을 듣긴 했다만, 직접 두 눈으로 보게 될 줄이야.

피하는 게 상책이었다. 똥이 더러워서 피하지, 무서워서 피하는 게 아니라는 말처럼 라희는 저들과 부딪치고 싶지 않았다. 하지만 몸을 틀려는 라희의 반응 속도보다 김성혁 사장이 좀 더 빨랐다. 알코올에 취한 듯 게슴츠레 풀어진 그의 눈에 라희가 포착된 것이다.

김성혁 사장의 입꼬리가 비열하게 휘었다. 그는 자신을 부축하고 있는 강나영의 손을 내치며 반듯하게 서려 했다.

강나영은 라희만을 빤히 쳐다보고 있는 김성혁 사장을 고개를 갸웃거리며 지켜보다 이내 그의 시선을 따라 고개를 틀었다. 라희의 존재를 알아챈 그녀는 이내 떨떠름한 표정으로 가만히 두 사람을 바라보았다.

"이게 누구야. 공라희 아닌가?"

"……."

김성혁 사장이 빈정대는 투로 말을 건넸다. 라희는 자신의 이름이 그의 입에서 나오자, 온몸에 벌레가 기어 다니는 것처럼 소름이 끼쳤다.

그녀는 애써 포커페이스를 유지하며 김성혁 사장을 등진 채 걸음을 옮겼다.

탁탁. 다급한 남자의 구두 소리가 울려 퍼졌다. 라희는 순간 흉악범에게 쫓기는 듯한 공포를 느꼈다. 저절로 발걸음이 빨라지고 있었다.

재민의 차가 주차된 곳에 다다르자, 라희는 핸드백에서 재민이 주었던 보조 키를 꺼냈다.

"도망가는 건가? 그만 멈추지?"

"사장님. 그냥 가세요!"

"시끄러워."

"사장님!"

웬일인지 강나영이 김성혁 사장을 말리기 위해 안간힘을 쓰고 있었다. 아무래도 또 직장을 잃으면 안 된다는 생각 때문일지도 모른다.

이미 연회장에서 소란을 피우는 바람에 쫓겨나다시피 나온 그였다. 자칫 호텔 내에서 또 한 번 사고를 칠 위기였다. 그것도 절대로 건드려 선 안 되는, 어느 기업에서도 감히 건드릴 수 없는 무원그룹의 직원을, 게다가 사장의 비서를 상대로 문제를 일으켰다가는 그 파장이 만만치 않을 터였다.

무엇보다 강나영의 마인드가 무원그룹을 나오게 된 사건이 계기가 되었던 것인지 조금은 변화가 있었던 듯 보였다.

열등감에 찌들어 있어 보이지 않았던 무원그룹에서의 기억들. 화림 철강에서의 짧은 시간 동안 꽤 많은 걸 느끼게 되었다.

라희처럼 자신을 존중해 주고 기회를 주면서 가르치려고 한 선배나 동료는 없었다.

라희는 사적인 감정은 완전히 배제하고서 지적을 하면서도 개선 방 안을 늘 피드백해 주었고 실수에 있어 뒤끝 또한 없는 선배였다.

나영은 화림철강에서 직원들의 자신을 뒤에서 씹어 대며 수군거리고 피하는 행동들이 은근한 스트레스로 남아 마음이 멍들어 있었다.

한편 라희는 자신의 어깨를 잡고서 멈춰 세운 손길에 불쾌감을 느꼈 다. 그녀의 표정이 차갑게 굳었다.

더럽다는 듯 김성혁 사장의 손을 손으로 툭 쳐낸 라희가 딱딱하게 말했다.

"건드리지 마시죠? 또 성추행으로 개망신당하고 싶으십니까?"

"여전히 건방이 하늘을 찌른다니까? 뭐 얼마나 대단한 몸이라고 철 벽을 치나 모르겠네. 금이라도 처발라 놨나."

김성혁 사장의 언행은 거침없었다. 라희는 명치끝에서부터 차오르는 분노를 애써 꾹 누르고서 한 박자 쉬어 가듯 호흡을 가다듬고는 매섭게 눈을 떴다.

"적당히 좀 하시죠? 겨우 잠잠해져 가는데 스멀스멀 기어 나오셨으 면 정신 차리고 행동거지를 조심하셔야 하지 않겠습니까?"

자신을 더러운 벌레 보듯 또박또박 맞서는 라희에 자존심이 상했는지 김성혁 사장이 과격하게 윽박질렀다. 하지만 라희는 눈 하나 깜짝하지 않았다.

"뭐라고? 이 건방진 년이 누구한테 함부로 입을 놀려! 너 따위 같잖은 년 때문에 내가 온갖 모욕을 다 받았……, 으으윽!"

이미 눈이 뒤집혀 뵈는 게 없이 정신 놓은 김성혁 사장이 분노를 이기지 못하고 라희에게 덤벼들던 순간이었다.

그는 엄청난 악력으로 손목이 비틀렸고, 동시에 누군가에 의해 힘없이 뒤로 밀려 벽에 처박혔다.

살기 어린 눈빛과 싸늘한 표정을 한 재민이었다. 그는 라희를 위협하려는 김성혁 사장을 죽여 버리겠다는 듯 독이 바짝 오른 눈을 부라렸다.

'재민 씨…….'

그의 갑작스러운 등장에 라희 역시 놀란 마음을 감출 수 없었다. 이토록 매서운 모습은 그녀 역시 처음 보는 것이었기 때문이었다.

"다, 당신 뭐야……! 으윽!"

김성혁 사장은 괴로운 신음을 흘리며 몸부림쳤다. 하지만 재민의 힘에 눌려 제대로 된 저항조차 못했다.

강나영이 손으로 입을 가린 채 어쩔 줄 몰라 했다. 지켜보고 있는 것 자체가 숨이 멎는 기분이었다.

"범죄자 새끼가 편법으로 빨리 기어 나와서는. 내가 다른 건 몰라도 내 사람들을 함부로 대하는 건 죽어도 못 보는 괴짜라. 이번 일, 각오는 해 두는 게 좋을 거다."

"크윽! 이 새끼가……! 내가 누군 줄 알고 이딴 짓을 해?"

"화림의 망나니를 누가 몰라. 술에 취했으면 조용히 돌아갈 것이지."

"하……! 너 같은 피라미 새끼는 우리 회사에서 들고 일어서면……!"

"참 부끄럽군. 너 같은 쓰레기 마인드를 가진 후계자들이 있을지, 한번 눈을 씻고 찾아봐. 핏줄로, 가족 기업이란 소리 안 들으려고 필사적으로 노력하는 후계자들까지 욕 먹이는 짓 하지 마라."

"으윽! 뭐라고?"

구제 불능. 재민이 세상에서 가장 혐오스러워하는 부류의 인간이었다. 부모의 부와 명예를 등에 업고서 제멋대로 사상을 가진 김상혁 사장은 인간으로 인정하고 싶지도 않았다.

"정신 차려. 너 하나 때문에 그룹 이미지 망칠 작정인가? 결국 당신이 끌고 가야 할 미래야. 당신 밑에 있는 직원들을 생각해."

"……."

"이제 철없는 어리광쯤은 떨쳐 내야 할 때도 되지 않았나? 한심하기 짝이 없군."

재민의 격해진 감정이 그대로 쏟아졌다. 라희의 일로 더한 분노가 치밀었다. 당장이라도 주먹을 내리꽂고 욕설을 내뱉어도 풀리지 않을 정도의 분노였다. 하지만 재민은 겨우 감정을 제어하며 성숙하게 직언을 날렸다.

무엇보다 사랑하는 그녀의 아픈 과거를 다시금 들추게 하고 싶지 않았기 때문이다.

급격한 긴장감이 감도는 두 남자의 침묵의 기 싸움. 그리고 그들을 지켜보고 있어야 하는 라희와 강나영 역시 떨리는 가슴을 부여잡고서 조용히 주시하고 있었다.

그때 요란스럽게 뛰어오는 발소리가 점점 가깝게 다가왔다. 진우와 한준이 부리나케 흥분한 재민의 곁으로 붙어 진정시켰다.

"워워. 사장님, 그만 진정하시고요."

"무원그룹 후계자가 되시는 몸인데, 과격한 모습을 노출하시기엔 위험합니다."

"옳으신 말씀. 품위를 지켜 주십시오, 현재민 사장님."

일부러 진우와 한준이 재민의 신분을 노출했다.

김성혁 사장의 반응을 보아하니 얼굴은 몰라도 재민의 위상은 아주 잘 알고 있는 듯 보였다.

'무원그룹 후계자…… 현재민이라고?'

재민의 정체를 알고 적잖은 충격을 받았나 보다. 목을 움켜쥔 재민의 손을 저지하던 김성혁 사장의 손이 힘없이 아래로 툭 떨어졌다.

머릿속이 복잡하게 꼬여 갔다. 재민이 알지도 못하는 제게 과민 반응을 보이며 달려든 이유가 무엇인지, 아마도 라희와의 관계가 각별하다는 사실을 예측할 수 있었다.

진우와 한준의 만류에도 재민은 좀처럼 김성혁 사장을 놓지 못했다.

"재민아, 그쯤 해 둬. 라희 씨 생각도 해야지."

진우가 나지막이 재민을 달래며 어깨를 톡톡 두드렸다. 그제야 재민이 한풀 꺾였는지, 움켜쥐고 있던 김성혁 사장의 목을 완전히 풀어 주었다.

"하아, 하아……. 젠장."

겨우 해방감을 느낀 김성혁 사장이 저릿한 목을 쓰다듬으며 헉헉거렸다. 정신이 번쩍 들었을 것이다. 술도 깨 버릴 만큼의 고통과 충격이 뒤따랐을 테니까.

재민의 위협적인 눈매에 김성혁 사장은 분하다는 듯 씩씩거렸다.

"그쪽은 비서분입니까?"

"네, 네."

"그만 그쪽 사장님 모셔 가도록 하세요. 꽤 과음하신 모양인데."

한준이 강나영을 향해 턱짓으로 김성혁 사장을 가리키며 어서 끌고 가라고 했다. 그러자 강나영이 고개를 작게 끄덕이며 김성혁 사장의 팔을 살포시 잡았다.

그렇게 두 사람은 멀어져 갔다.

구제 불능의 인간이 그들의 시야에서 완전히 사라졌다. 기분 나쁜 여운이 한동안 공존하여 시간이 멈춘 것처럼 침묵으로 이어지고 있었

다. 그중에서도 재민은 좀처럼 분노가 가라앉지 않는 듯 힘겨워 보였다.

그 자리 그대로 선 채 미동조차 하지 않는 재민을 가만히 바라보고 있던 라희의 눈동자가 어쩐지 아파 보였다. 하지만 라희는 눈을 감았다 뜨며 재민의 곁으로 다가가 살포시 손을 잡았다.

포근한 온기로 손을 감싸는 감촉에 재민의 사납게 일그러진 표정이 눈 녹듯 사르르 풀어졌다. 재민은 제 어깨 옆으로 서 있는 라희에게로 한결 부드러워진 눈빛으로 시선을 내렸다.

자신을 올려다보는 라희와 눈이 마주쳤다. 라희가 싱그러운 햇살과 같은 미소로 자신을 보듬어 주는 것 같았다.

그 미소에 재민은 무장 해제가 된 듯 완전히 풀어져 버렸다. 이내 그의 안면에 보드라운 미소가 번졌다. 그리고 자신의 손을 잡은 라희의 손을 제 손으로 고쳐 잡으며 깍지로 단단히 붙잡았다.

재민이 안정을 되찾은 듯 보여 마음이 놓인 라희는 이제야 진우와 한준에게 인사와 고마움을 전했다.

"도와주셔서 감사해요."

"하하. 나이스 타이밍이었죠?"

라희의 장난 반 진심 반이 섞인 말에 진우와 한준이 호탕하게 웃었다. 재민을 조련하는 데에 도가 튼 라희조차도 오늘의 낯선 재민을 케어하기에는 벅찼다. 처음 보는 무시무시함에 바짝 얼어붙었을 만했다.

"그런데 상무님까지 어떻게 같이 오셨어요?"

"한 전무님이랑은 전부터 친분은 있었고, 현 사장님은 오늘 내가 복수의 칼날을 갈고 좀 까불었다가 호되게 당했다고나 할까?"

"네? 당했다니요?"

복수는 또 뭐고 까불다가 당했다니. 꽤 과격할 수도 있는 단어에 라희의 눈이 동그랗게 뜨여졌다. 이해하기 어려운 한준의 얘기가 이어졌고, 라희의 반응에 한준과 진우가 킥킥거렸다. 그리고 두 남자를 향해 언짢은 심기를 낯에 고스란히 드러내고 있었다.

세 남자의 각기 다른 반응을 번갈아 보던 라희는 아리송한 표정으로 고개를 갸웃거렸다.

"현 사장님의 매력에 빠졌다고나 할까? 친해지고 싶어서 오늘부터 달라붙어 보려고 해."

"징그럽습니다. 소름 돋는단 말입니다."

"이 상무님! 전 무조건 지지합니다!"

오소소 소름이 돋고 징그럽기만 한 재민은 미간을 찌푸리며 기겁하지만, 진우는 오히려 지지한다며 유난스럽게도 옹호했다.

"하아……. 골칫덩어리가 하나 더 늘었군."

진우 녀석 하나로도 벅찬데, 판화를 찍어 놓은 것처럼 똑같은 성격의 한준까지.

머리가 지끈지끈 두통이 일었다. 재민이 한숨을 내쉬며 눈을 감은 채 고개를 뒤로 젖혔다.

'대체 오늘 이 세 남자 사이에서 무슨 일이 있었던 거야?'

서너 시간 동안 무슨 일이 있었던 걸까. 라희는 어쩐지 궁금해졌다.

재민은 굉장히 피곤해 보이는 낯으로 상황 정리를 하려는 듯 진우와 한준을 향해 그만 떠들고 어서 사라지라는 뜻으로 손을 휙휙 내저었다.

"빨리 흩어져. 정신 사나우니까."

"이 상무님. 저희는 그럼 한잔하러 갈까요?"

"오, 그거 좋죠."

"다 같이 가자고 하면……, 현재민이 날 죽이려 하겠지?"

능구렁이 같은 언변과 짓궂은 표정으로 흘리듯이 권하는 진우였다. 재민은 말을 채 끝마치기도 전에 이미 눈을 부라리며 진우를 노려봤다. 라희는 턱을 살짝 끌어내리고서 애써 웃음이 나오려는 것을 숨겼다.

하하하. 호탕하게 웃어 보인 진우가 알았다고 말하고는 재민에게 손짓해 보이며 자신의 차로 가 운전석 문을 열었다.

"상무님. 로열 K에서 어떠세요?"

"아, 저도 거기 자주 가는 곳인데. 거기로 갑시다."

"좋아요. 출발합니다. 라희 씨, 재민이랑 맛있는 거 먹어요. 저 녀석 아무것도 안 먹고 쫄쫄 굶고 있으니까요."

"그럴게요. 주말 잘 보내세요, 전무님."

진우가 코를 찡긋거리며 이내 차에 올라탔다.

"라희 씨. 다음에 현 사장님이랑 같이 한잔하자. 하정이도 데려갈 수 있으면 데려갈 테니까."

"좋죠! 하정이가 너무 바빠서 얼굴 보기도 힘든데, 권력을 좀 이용하셔서 무조건!"

"나보다 더 바쁜 여자야. 현 사장님. 그럼 또 뵙겠습니다."

"……네네. 그럽시다."

재민이 한숨을 내쉬며 알았다는 대답으로 어서 한준을 보내기에 급급했다. 그 솔직한 모습에 한준은 큭큭 웃으며 재민의 차 맞은편에 세워진 자신의 차로 가 진우를 뒤이어 주차장을 나섰다.

"후우. 이제야 조용하네. 골이 흔들거려."

진우와 한준이 떠나니 겨우 고요함을 되찾은 주차장이었다. 재민은 머리가 지끈거리는지 눈살을 찌푸리며 한숨을 내뱉었다. 라희는 살포시 웃으며 그의 이마에 열을 재듯 손을 얹었다.

"뜨끈뜨끈하네요."

"화병이 날 지경이었으니까."

재민이 무덤덤하게 화병이라고 말하니 라희가 순간적으로 웃음이 비집고 나왔다. 그 표정과 말투에서 진심이 느껴졌기 때문이다.

두 사람은 물끄러미 서로의 눈동자만을 바라보며 미소를 짓고 있었다. 눈을 깜박이는 박자도, 숨을 내쉬는 호흡도 한 몸처럼 똑같았다. 입 밖으로 말을 내뱉지 않아도 모든 것을 오로지 맞닿은 시선을 통해 마치 둘만의 밀어를 속삭이는 것 같았다.

라희가 한 걸음 다가가 재민을 안았다. 그냥 고마움과 미안함으로 그를 안아 주고 싶은 마음 하나뿐이었다.

그런 라희를 재민이 두 팔로 감싸 안아 버리니 품속에 갇힌 꼴이 되었다. 하지만 그런 건 중요치 않았다. 서로의 체온이 만나 똑같은 온도로 바뀌어 가는 그 온기가 좋았으니까.

"비닐에 든 건 뭐야?"

부스럭거리는 비닐 소리가 재민의 궁금증을 자아냈다. 라희가 재민에게 안겨 있던 몸을 떨어뜨리면서 비닐을 눈높이까지 올려 생긋 웃으며 말했다.

"샌드위치랑 샐러드 빵 샀어요."

"빵 먹고 싶었어?"

"재민 씨 늦어질 수도 있을 거 같아서 기다리는 동안에 차에서 먹으려고 사 왔는데. 결국은 못 먹게 생겼네요."

"겨우 빵 쪼가리로 간에 기별이라도 차겠어?"

"허기만 달래는 정도? 그런데 재민 씨는 왜 아무것도 안 먹었어요. 그 호화로운 요리들이 눈앞에 쫙 깔렸는데도 참을 수 있다니. 역시 대단하다."

다정한 손길로 라희의 머리칼을 귀 뒤로 넘겨 주는 재민이 기분을 풀어 주려 애쓰는 그녀의 애교 가득한 재잘거림을 경청하듯 들어 주었다.

"당신이 나 기다리면서 굶고 있을 거 뻔히 아는데, 내가 음식이 넘어가겠어?"

"넘어가도 되는데. 빵이라도 먹으려고 두 개나 사 온 내가 너무 부끄럽잖아요……."

왠지 찡해지는 마음과 머쓱함으로 라희가 검지로 눈썹 끝을 긁적였다.

"됐어. 난 잘 먹는 공라희 모습에 반한 놈이니까. 먹는 게 참 복스럽지."

"칭찬 맞죠?"

"거짓말을 할 바에는 입을 다문다고 했잖아."

"하긴. 그 올곧음에 반한 여자지, 내가."

라희가 턱을 매만지며 장난스러운 표정으로 읊조리자 재민이 웃음이 터졌다. 정말 사랑스러운 여자였다. 재민은 라희의 얼굴을 감싸고서 진득하게 입술을 물고 놓았다.

"밥 먹으러 갈까?"

"술도 같이 마실 수 있는 곳으로!"

"못 말려. 어디로 모실까요?"

"음, 통술 집!"

"또 얼마나 마시려고. 각오 단단히 해야겠군."

재민은 피식 웃으며 고개를 내저었다. 끝없이 테이블을 채워 줄 각종의 해산물과 안주, 그리고 절대로 빠질 수 없는 알코올을 맛볼 생각에 설레는 마음을 감추지 못하는 라희였다.

✤　　✤　　✤

"아후. 머리야……."

커튼 사이로 햇빛이 스며든 라희의 침실. 전날의 숙취로 인해 라희는 지끈거리는 머리를 부여잡고서 끙끙 몸을 일으켜 앉았다.

비몽사몽 한 상태의 그녀는 멍을 때리고 있다가도 이내 긴 머리카락을 쓸어 올리며 옆으로 고개를 내렸다.

"재민 씨는 벌써 일어났나?"

무거운 눈꺼풀을 감았다, 떠올리는 라희가 휑한 옆자리를 보며 중얼거렸다. 그러곤 벽시계로 시선을 틀었다.

"헐. 벌써가 아니잖아? 도대체 얼마나 잔 거야."

정오가 지났다는 사실에 라희는 스스로에게 혀를 쯧쯧 찼다.

해장이라도 제대로 해 주고 싶어 재민과 같이 편의점에서 콩나물까지 사서 귀가했었는데, 재민이 먼저 일어났다는 현실에 라희는 서둘러 이불을 걷어 내고 침대에서 내려왔다.

화장대 앞에 선 그녀가 머리끈을 입에 물고서 긴 머리카락을 높이 모아 상투를 틀었고 머리끈으로 단단하게 묶어 고정시켰다. 그러던 중 라희는 어제의 일이 문득 떠올랐는지 잇새로 웃음이 비집고 나왔다.

"어제 정말 재밌었지. 현재민 귀엽다니까."

자신만 아는 모습. 그리고 자신에게만 보여 주는 다정함과 꾸러기 같은 귀여움. 라희는 하루하루 재민과의 시간이 즐겁고 그와의 미래가 더욱 기대됐다.

주말이라는 보험을 만끽하기라도 하듯, 재민과 라희는 연애 전 신경 전으로 주량 대결을 했던 것처럼 오랜만에 단둘이서 마음껏 마셨다. 그리고 많은 대화도 나누었다.

그동안 못다 한 진지한 이야기, 스무고개 게임을 가장하여 서로를 뼛속까지 알아가겠다는 싱그러운 연인의 질문과 답변이 오갔다. 그렇게 사랑이 듬뿍 담긴 웃음이 끊이질 않았던 시간을 보냈다.

"행복해 보이네, 공라희."

거울에 비친 웃고 있는 자신이 얼굴을 지그시 마주하며 나지막이 말했다. 정말로 행복한 여자의 얼굴을 하고 있었다.

비록 막 잠에서 깨어나 눈곱도 붙어 있고, 전날의 과음으로 살짝 얼굴이 부었음에도 해맑게 웃고 있었다.

라희는 양손으로 뺨을 감싼 채 배시시 웃다가도 달그락거리는 그릇과 수저의 마찰음이 귓가로 흐르자 웃음을 거두고서 뺨에서 손을 내렸다.

"배고파서 혼자 챙겨 먹고 있나? 아이고."

속 쓰림과 배고픔을 견디지 못하고 혼자 조용히 밥을 챙겨 먹고 있을 재민을 생각하니, 라희는 미안함이 심장을 쿡쿡 찔렀다. 서둘러 방문을 열고 나온 라희가 주방으로 향했다.

"……."

라희의 눈이 동그랗게 뜨였다. 식탁에는 커다란 김치 통 두 개가 놓여 있었다. 이미 해치운 두 개의 즉석 밥 케이스가 한쪽으로 차곡차곡 쌓여 있었고, 재민은 세 개째 즉석 밥에서 막 한 숟갈을 뜨고 있는 참이었다. 그리고 왼손에는 총각김치를 쥐고 있는 걸 발견하게 되었다.

"재민 씨."

입이 터지도록 밀어 넣은 채 오물거리던 재민이 라희의 부름으로 눈이 마주치자 그대로 얼음이 되어 버렸다.

눈동자를 좌우로 굴리던 재민이 입에 있는 음식을 꿀꺽 삼키고 어색한 표정으로 겨우 말을 뗐다.

"……일어났어?"

"하하!"

재민의 당황한 모습이 그저 재밌고 귀여워 라희는 눈물이 찔끔 새어 나올 정도로 까르르 배를 잡고 웃었다.

라희의 자지러지는 박장대소에 재민은 민망함으로 화르르 열이 얼굴에 오르면서 사레가 걸려 헛기침이 나오려 하자 재빨리 입으로 주먹을 가져 대고서 콜록콜록 억지로 참았다.

"크흡……! 콜록!"

콜록콜록 기침하는 재민의 곁으로 쪼르르 달려가 등 뒤로 섰다. 라희는 와락 재민의 목을 껴안으며 뺨에 뽀뽀 세례를 퍼부었다. 그녀의 눈에는 한없이 귀엽고 사랑스러운 남자였으니까.

"잠시만, 내 손 김치 양념 범벅이야. 당신 옷에 묻는다?"

재민이 양념 묻은 손 때문에 뻣뻣하게 손들어 자세로 나름의 경고를 했지만 라희는 아랑곳하지 않고 재민의 뺨에 자신의 뺨을 맞대어 비비적댔다.

"됐고. 더 귀여워해 주고 싶다고요."

"나 참. 그런 징그러운 소리는 당신한테만 들어 봐. 여전히 적응 안 된다고."

자신을 귀여워하는 라희의 행동에 기가 차는지 재민은 헛웃음을 흘리며 고개를 가로저었다.

"앞으로 나만 당신 이런 모습 봐야 해요. 다른 여자들한테서 끼 부리는 행동은 절대 삼가."

"끼 부리다니? 내가 어디 그럴 놈인가?"

"알죠, 그래도 사람 일은 모르는 거니까. 현재민 매력에 빠지면 못 헤어 나오니까 미리 경고하는 거라고 생각해요."

"그것참 쑥스럽군."

전혀 쑥스러워하는 표정이 아니었다. 오히려 안면 근육이 씰룩거리면서 웃음이 번져 가고 있었다.

라희에게서 그런 말을 들은 게 어쩐지 기분이 매우 좋은 듯 보였다. 이렇게 미리 경고한다는 말과 함께 질투가 섞인 라희의 반응은 처음이었기 때문이다.

"해장국 끓여 주려고 했는데 너무 늦게 일어났네. 깨우지 그랬어요."

"너무 곤히 자서 깨울 수가 있어야지. 밥이야 나 혼자서도 충분히 차려 먹을 수 있는 거고."

김치만 있으면 되는 재민의 식사. 아무리 엄마의 김치를 좋아한다고 해도 라희는 마음이 편치 않았다. 손수 해장국은 끓여 먹이고 싶었다.

"지금이라도 끓여 줄까, 싶은데 이미 밥만 세 개째네요."

"충분히 김치로 해장하는 중이니까 신경 쓰지 마. 당신도 어서 해장해야지?"

"음, 나는 그냥 라면으로 해장해야겠다. 국물을 먹어야 또 해장하는 기분이 나죠."

라희가 싱크대 위 선반에서 라면을 꺼내려 손을 뻗었다. 그때 재민이 고개를 뒤로 틀고서 자신의 것도 끓이자며 다급하게 말했다.

"라면 두 개 끓이자. 나도 같이 먹을래."

밥만 세 개째 먹는 중이면서 라면까지 먹겠단다. 라희는 놀란 눈으로 재민에게로 휙 몸을 틀었다. 진심으로 하는 말인지 확인차 물었다.

"라면도 먹겠다고요?"

"어."

"진심으로?"

"당연히 진심이지. 즉석 밥 한 개가 양이 얼마나 된다고. 세 개 먹어 봤자 일반 밥 두 공기도 안 될 건데."

놀란 라희의 표정과는 달리 재민은 아주 평온한 낯으로 라면 먹을 생각에 오히려 방긋 웃기까지 했다. 재민의 위가 크다는 걸 라희는 새삼 또 한 번 깨닫게 되었다.

살짝 벌어진 입술로 고개를 가로젓자 재민이 뭘 이 정도로 놀라냐는 듯 코를 찡긋거리며 너스레를 떨었다. 그러곤 손에 쥔 총각김치를 한입 깨물었다.

'대단한 식성이야. 그래도 잘 먹는 재민 씨는 예쁘지.'

김치 양념이 입가에 묻어 있는 모습도 멋있어 보이니까. 무엇보다 엄마의 김치를 아주 사랑하는 재민이 더더욱 예쁠 수밖에 없었다.

라희는 냄비에 물을 적당량으로 채워 가스레인지에 올렸다. 물이 끓는 동안 냉동실에서 미리 썰어 얼려 두었던 대파와 손질해 둔 오징어를 꺼냈다. 그리고 해장에 탁월한 콩나물을 적당한 양을 덜어 흐르는 물에 씻은 뒤 냄비에 넣었다.

"오, 냄새 죽인다."

재민이라면 냄새에 현혹되어 일어나 싱크대에서 손을 씻었고 가스레인지 앞에 있는 라희의 등 뒤로 가 허리를 껴안고서 어깨에 턱을 콕 찍어 얹었다.

"으앗! 차가워요."

"따뜻하게 데워 줘."

손을 씻고 물기를 라희의 티셔츠에 닦는 듯하다가 티셔츠 안으로 손을 밀어 넣어 맨살에 대고서 비벼 대다가도 아예 주물럭거렸다.

차가움과 간지러움에 라희가 몸을 비틀며 발을 동동 굴려 보지만 재민의 힘에서 꼼짝 못했고, 그의 짓궂은 장난에 고스란히 당할 수밖에 없었다.

"라면 먹기 싫지, 현재민?"

"항복. 라면 먹을 거야."

라면을 못 먹게 될까, 바로 꼬리를 내리며 항복을 선언하는 그였다.

가만히 라희를 껴안은 채 보글보글 끓여지고 있는 짬뽕 라면을 지켜보고 있었다.

"와. 라면이 이렇게 고급스럽게 변할 수가 있군."

"공라희 표 해장 짬뽕 라면. 맛있겠죠?"

"이건 배가 부르다고 해도 안 먹을 수가 없겠는데. 세 개 끓이라고 할 걸 그랬나?"

"너무 과식해도 안 좋아요."

"공라희로 과식하는 건 정신적으로도 육체적으로도 아주 건강해지던데?"

"……변태."

라희의 정색에 가까운 말에 재민이 그녀의 어깨에 이마를 대고 웃음을 터뜨렸다. 라희는 그런 그가 얄미워 어깨를 툭 치며 재민을 떼어 내려 했다. 하지만 재민은 더욱더 찰싹 달라붙었다.

서로 티격태격하는 사이 라면이 완성되었다. 라희는 가스레인지 불을 끄고 식탁으로 가져갔다. 재민과 라희는 동시에 숟가락을 들어 국물을 맛보았다.

"라면이 아니라 근사한 해장국을 먹는 것 같군."

"내가 끓였지만 말도 안 되게 잘 끓였다."

재민이 엄지를 치켜세우며 감탄을 금치 못하자, 라희는 어쩐지 어깨가 으쓱해지는 기분에 샐쭉 웃어 보였다.

꼬들꼬들하게 익은 면발과 야들야들하게 삶아진 오징어를 함께 젓가락으로 집어 들었다. 빈속이었던 라희는 물론, 이미 즉석 밥 세 개를 해치웠던 재민도 잠깐이었지만 말없이 라면을 먹는 데에만 집중했다.

"칼칼한 게 속이 다 시원하다. 지금까지 살면서 먹었던 라면 중에 단연 최고야."

"나도 오늘만큼 라면이 맛있었던 적은 없는 거 같아요. 역시 해장엔 라면만 한 게 없어."

"인정."

서로 눈을 마주하며 고개를 끄덕이는 연인. 진지함과 장난스러움이 동시에 묻어났다.

"그런데 왜 김치냉장고에서 이 큰 김치 통을 그대로 꺼냈어요? 냉장고에 덜어 놓은 거 있는데."

"그래? 난 그냥 처음 열었던 곳에서 눈에 보이는 대로 꺼냈는데."

"딱 봐도 김치냉장고잖아요."

"……잘 몰라. 배고파서 눈에 뵈는 게 없었나 보지."

"못 말려."

"라면에 우리 어머니 김치를 얹어 먹으니 더 끝내주네."

언제 저렇게 능구렁이가 되었을까. 익살스러운 표정을 지으며 웃는 재민을 향해 라희가 밉지 않게 눈을 흘겼다.

"누구 마음대로 우리 어머니래."

"그럼 생판 남처럼 아주머니라고 부를 순 없잖아."

"음, 그건 또 너무 정 없어 보이긴 하네."

"그렇지? 내가 장모님이라고 부르려다가도."

"뭐라고요?"

말이 채 끝나기도 전에 라희가 발끈하자, 재민이 역시나 그럴 줄 알았다는 듯 피식 웃으며 말을 이어 갔다.

"당신이 이렇게 도끼눈 뜨고 호들갑 떨어 댈 거 같아서 억지로 자제하고 있다고."

"흠흠. 그건 잘했어요."

"괜히 또 청개구리 짓 하고 싶어지는데?"

"라면 그만 먹고 싶어요?"

"싫어."

라면 냄비를 빼앗으려고 손잡이 부분을 잡으려 하자, 재민이 재빨리 사수하듯 두 팔을 뻗어 방어막을 쳤다.

두 사람만의 유치한 눈싸움이 계속되고 있을 때였다. 불현듯 초인종 소리가 들려왔다.

"누구지?"

"글쎄요."

누가 토요일 낮에 방문했을까. 궁금하던 차에 '택배 왔습니다' 라는 택배 기사의 외침에 라희의 궁금증이 해결되었다.

라희가 자리에서 일어서려 엉덩이를 들었다. 그러자 재민이 젓가락을 내려놓고서 라희를 향해 앉아 있으라는 손짓을 해 보이며 자신이 일어섰다.

"내가 나갈게요."

"됐어. 내가 나갈 테니까 밥 먹고 있어."

배려 섞인 그의 말에 고개를 끄덕이곤 다시 밥을 먹기 시작했다. 철컥, 현관문이 닫히는 소리가 들리고 커다란 상자를 들고 오는 재민을 보며 의아한 눈으로 바라보았다.

"이렇게 큰 택배가 올 일이 없는데, 어디서 온 거예요?"

"고창. 고창이면 어머니가 보내신 건가?"

"응. 맞아요. 우리 신 여사님께서 보내셨네."

고창에 계시는 라희의 모친, 신 여사가 택배를 보내온 것이었다. 신 여사는 보통 택배를 붙이기 전에 라희에게 연락을 미리 해 두는 편이었다. 아무래도 바빴던 모양인지 연락하는 것을 깜박 잊은 듯했다.

"꽤 묵직한데?"

"스티로폼 박스면 엄마가 아이스 팩까지 넣어서 보내니까 무게가 나갈 거예요."

라희는 엄마의 택배를 받는 것이 익숙했기에 척하면 척이었다. 싱크대 서랍에서 커터 칼을 꺼내어 테이프를 조심스럽게 떼어 냈다.

스티로폼 뚜껑을 여니, 역시나 아이스 팩이 먼저 눈에 보였다. 그리고 그 밑에는 싱싱한 바지락과 페트병에 담겨 있는 붉은 빛의 복분자 진액과 매실 진액이 누워 있었다.

"우와. 이거 뭐야?"

재민의 눈이 휘둥그레졌다. 호기심 가득한 표정에서 나오는 궁금증과 기대감으로 스티로폼 안을 살피고 있었다.

그런 재민의 행동이 재밌는지 라희는 소리 없는 웃음을 보이며 바지락이 든 비닐을 꺼내어 싱크대에 놓았다. 그동안에 재민이 결국은 손을 뻗어 스티로폼 박스 안에서 복분자 진액과 매실 진액을 식탁에 세워 두었다.

"이게 그 남자 정력이랑 원기 회복에 좋다는 복분자라는 거 맞지?"

"복분자에만 관심이 가요? 매실 진액은 찬밥 신세네."

"남자라면 당연히 복분자 아니겠어?"

"어휴."

뭐가 그리도 즐거운지, 유쾌하게도 웃는 재민을 보며 라희는 웃음을 흘리며 고개를 내저었다.

재민의 관심은 오로지 복분자 진액에만 꽂혀 있었다. 당장이라도 모두 마셔 버릴 것처럼 눈을 떼지 못하는데 막상 손을 대지는 않았다.

'귀엽긴.'

재민의 반응은 꼭 마음에 드는 장난감을 발견한 순수한 아이와 같은 모습과 흡사했다. 라희는 그 모습이 그저 귀엽게만 느껴져 저도 모르게 흐뭇한 얼굴로 바라보게 되었다.

그의 눈동자가 반짝반짝 빛을 내며 라희를 쳐다봤다. 당장 맛보고 싶다는 걸 암묵적인 칭얼거림으로 느껴졌다. 라희는 생긋 미소를 지으며 복분자 진액 페트병을 들고서 조리대로 갔다.

"이왕 맛볼 거 맛있게 타 드릴게요."

"응, 빨리 부탁할게. 나 지금 엄청 기대하고 있어."

이렇게 방방 뛰는 재민은 또 처음이었다. 신선한 재민의 모습에 라희는 자신도 덩달아 들뜨고 신이 나는 기분을 감출 수 없었다. 그래서 엄마가 자신에게 늘 해 주던 대로 복분자 진액을 맛있게 타 주려고 했다.

중간 사이즈의 투명한 샐러드 볼을 꺼내어 복분자 진액을 적당량을 부었다. 그러곤 냉동실에서 각 얼음을 와르르 쏟아 넣었다. 원액만으로는 진하고 자칫 독하다고 느껴질 수도 있으니 정수 물을 부어 희석해 음료처럼 가볍게 즐길 수 있도록 만들었다.

국자로 휘휘 내젓던 라희가 내내 옆에 찰싹 달라붙어 지켜보고 있는 재민으로 인해 웃음을 터뜨렸다.

라희는 턱짓으로 재민에게 식탁에 앉으라며 깜찍한 으름장을 놓자, 재민은 고개를 힘차게 끄덕이며 바로 엉덩이를 붙이고 앉았다.

"공라희 표 복분자 음료 준비됐습니다."

"오, 엄청 맛있다."

재민의 목소리가 한층 높아졌다. 재민의 입맛에 딱 맞아떨어졌나 보다. 맛있게 마시는 재민이 귀여워 라희는 미소 지었다. 금세 바닥을 보인 잔을 보며 재민은 아쉽다는 듯 입맛을 다셨다.

"한 잔만 더 줘요."

"그렇게 맛있어요?"

맛있어서 더 마시겠다는 건지, 원기 회복이라는 말에 꽂혀 마시겠다는 건지. 눈을 가늘게 뜨고 재민을 보자 라희의 표정을 본 재민이 웃음을 터뜨렸다.

"눈빛이 음흉해 보이는 건 내 착각인가?"

"제가요? 저보다는 재민 씨 눈빛이 더 음흉해 보이는데요."

"음흉해 보인다라……."

라희를 지그시 응시하는 재민의 낯이 어쩐지 짓궂음으로 번져 갔다. 의심쩍은 재민의 얘기를 듣고 있자니 라희는 이상하게도 불안감으로 저절로 어깨가 움츠려졌다.

"이, 이제 정리할까요? 엄마가 보내 준 게 많아서 정리하는 데 시간이 오래 걸릴 것 같은데."

"아이스 팩 있잖아. 밖에 조금 놔둔다고 해서 상하거나 하진 않을 거야."

재민이 저돌적으로 라희의 곁으로 가 공주님 안기로 가뿐하게 안아 들었다. 급작스레 몸이 떠오른 라희가 당황하여 재민의 몸을 꽉 껴안자 재민이 미소 지었다.

"미래의 장모님이 미래의 사위에게 보내 준 사랑에 보답해야지."

"아냐, 난 그런 보답 필요 없다고요!"

✢   ✦   ✦

무원그룹 최상층에 자리한 웅장한 기운의 회장실. 통화 중인 현 회장의 낯빛이 어쩐지 어두웠다. 심기가 불편한 것까지는 아니었지만 그렇다고 달갑지도 않은 얘기를 듣고 있는 모양이었다.

고개를 느릿하게 끄덕이면서 통화를 이어 가던 현 회장은 잠시 후 통화를 매듭짓고서 전화기를 내려놓았다.

그다지 오래 통화를 이어 가고 싶은 주제였던 것 같았다.

"후. 걱정할 필요는 없겠지만. 녀석, 조금만 더 성숙하게 행동했어야지."

현 회장이 미간을 문지르며 탄식 섞인 혼잣말을 읊조렸다.

아무래도 현 회장을 대신해 재민이 SY전자 창립 기념 파티에 참석했던 날의 일들을 타 경영진과의 통화로 알게 된 모양이다.

공식 행사가 진행되던 연회장에서는 전혀 문제가 될 점은 없었지만, 아무래도 기념 파티에 참석했던 몇몇 인물들이 지하 주차장으로 이동을 하면서 목격한 것이었다.

확실하게 재민의 잘못이 없다는 것을 그 상황을 지켜보고 있던 사람이라면 모두 알 거다. 화림철강 김성혁 사장이 연회장에서부터 난동을 부렸으니까.

재민을 문제 삼는다거나 하진 않았다. 하지만 현 회장은 더 성숙하게 행동했으면 하는 아쉬움이 있었다.

현 회장 역시 재민이 욱하는 성격이긴 하지만, 때와 장소를 가리지 못하고 분노를 표출해 상스럽게 주먹부터 날리는 생각 없는 아들이 아니란 걸 알기에 걱정하진 않는다.

다만, 말 옮기는 걸 좋아하고 앙심으로 거짓 루머를 퍼다 나르는 기생충들의 짓거리에는 진절머리가 나 있었으니까. 자신과 그리고 재민, 무원의 임원들이 행동거지에 좀 더 신경 썼으면 하는 마음이었다.

"화림 회장님께서 참 고민이 많으시겠군."

화림철강의 회장과는 친분이 있는 편은 아니었으나, 경영인 사이에서는 인품 좋은 능력이 있는 사업가로 유명해 현 회장 역시 들어 알고 있었다.

후계자로 앉히려고 하는 골칫덩어리 아들로 인해 속이 새까맣게 타들었을 것이다. 사건 사고로 인해 뒤치다꺼리는 김 회장의 몫이었고 곤욕을 치르고 있으니.

"그런데 그 비서와는……."

어쩐지 신경이 쓰이는 부분이었다. 재민과 비서와의 관계가 가볍지 않아 보인다는 뉘앙스의 말이 현 회장의 뇌리에 박혔다.

라희의 존재에 의미를 두기 시작한 현 회장은 이대로 가만히 지켜보고 있지만은 않을 것이다. 재민의 곁에 있는 여자는 현 회장에게 있어 예민한 문제였으니까.

"이상하게도 왜 낯이 익은 기분이 드는 건지 모르겠군."

참 희한하고 모를 일이었다. 현 회장은 사장실을 방문했을 때 라희를 처음 마주했었다. 그런데 그 당시에도 거리낌이라든가 어색함은 느껴지지 않았다. 그렇다고 해서 크게 관심을 가지고 눈여겨보았던 것 또한 아니었다.

"회장님. 민들레차입니다. 피로 해소와 몸속 독소, 염증을 개선해 주고 신장 강화에 좋다고 합니다."

신장이 좋지 않다는 걸 알고 있었는지 민들레차를 내오면서 효능에 관한 애기까지 더해 싹싹하게 행동했던 것이 기억에 남았다.

"그래도 안 되는 건 안 되는 거야. 내 아들이 또 고통 속에서 무너져 내리는 모습은 절대로 보고 싶지 않아."

현 회장에겐 오로지 하나뿐인 핏줄인 아들, 재민을 아버지로서 지켜야 한다는 절절하고 애틋한 부성애로 딴딴하게 뭉쳐 있었다.

반면에 걱정도 되는 것도 사실이었다. 현 회장과 재민의 관계는 서로 살갑게 애정을 드러내지 않을지언정 마음속에서는 애틋함을 가지고 있었다.

재민과 라희가 혹시나 깊은 관계라면 현 회장은 아들과 대립해야 할 상황을 겪을 수도 있었다. 그러면 또 서로 얼굴을 붉히며 으르렁거릴 게 분명했다.

"내가 너무 안일했던 것 같군. 서둘러 나섰어야 했는데."

현 회장은 뒤늦게 조급함을 느끼며 아들에게 무심했음을 깨달았다.

"성은이는 알고 있으려나. 한번 얘기를 해 봐야겠군."

재민의 오래된 친구이자, 현 회장이 유독 아끼는 비서였다. 재민과 충돌하기 전 성은을 통해 상황을 파악하는 것이 나을 것 같았다.

✢　✚　✢

계열사 방문으로 재민은 오전 내내 자리를 비웠다. 그는 오후 3시가 되어서야 겨우 본사 사옥으로 향할 수 있었다.

계열사 관리직들과 함께 이곳저곳으로 움직이며 많은 대화가 이어졌던 탓에 재민은 피곤함으로 몸이 축 처져 있었다.

차장을 열고서 팔을 얹은 채 턱을 매만지는 재민은 건물 정문으로 진입하기 위한 마지막 좌회전 신호를 기다리는 중이었다.

무미건조한 낯빛으로 고개를 틀던 재민의 시야에 꽃집이 들어왔다.

가만히 꽃집을 응시하고 있던 재민은 이내 뭔가 생각하는 듯 보였다. 그것도 잠시 마음을 굳혔는지 때마침 좌회전 신고가 바뀌자 유연하게 핸들을 돌리는 재민은 꽃집 앞 갓길에 비상등을 켜고 정차했다.

"혼자 꽃집 들어가려니 영 민망하네."

남자 혼자 꽃집을 들어가려고 하니, 쑥스러움으로 머뭇거리게 되는 것도 무리는 아니었다. 재민은 지금껏 누군가를 위해 꽃을 사려고 자진해서 꽃집을 방문해 본 적이 없었다. 머리털 나고서 처음이었다.

게다가 라희에게 흑심을 품고 작업을 건다고 생각하면서 경계했던 남자가 운영하는 꽃집으로 발을 들인다는 것. 아무래도 재민의 마음도 한결 유해진 듯 보였다.

자신의 곁에 있는 라희로 인해 그동안 생각과 마음이 풍요롭고 믿음이라는 그 하나로 인해 심경의 변화가 있는 것이 분명했다. 지웅을 향한 경계는 자연스럽게 시간이 지나면서 누그러진 상태였다.

"들어가 보자. 꽃 사러 온 손님인데 뭐."

재민은 짧은 호흡을 내뱉으며 꽃집 유리문을 밀고 안으로 들어갔다.

"어서 오세요. 아……, 안녕하세요. 사장님."

재민의 방문에 지웅은 꽤 의외였는지 잠깐의 놀란 기색은 있었지만 이내 영업용 미소를 지으며 인사를 건넸다.

지웅의 편안한 인사에 재민은 어쩐지 멋쩍은 듯 보였고, 이내 살짝 고개를 숙이면서 자신도 인사에 화답했다.

"수고 많으십니다. 꽃을 좀 사려고 하는데."

"이쪽으로 모실게요."

"예."

여러 종류의 꽃들이 풍성하게 자리하고 있었다. 재민은 유심히 꽃들을 살펴봤다. 게발선인장 화분을 제외하면 라희에게 꽃 선물은 처음인 만큼 신중하게 고민하게 되는 그였다.

재민이 편하게 꽃을 보며 고를 수 있도록 지웅은 어느 정도의 거리를 두고서 오늘 새로 들여왔던 튤립을 손짓하며 손님에게 내놓을 준비를 하고 있었다.

그때 재민이 무심코 고개를 틀었다. 시야에 확 꽂힌 튤립에 재민이 지체 않고 지웅의 곁으로 저벅저벅 다가가 물었다.

"이건 그 튤립 맞죠?"

"네. 올해 첫 튤립이에요. 예쁘죠?"

올해 첫 튤립이라고 한다. 지웅도 모든 꽃을 사랑하지만, 특히 튤립을 가장 애정했다. 재민에게 설명하면서도 얼굴에선 화사한 미소로 번져 있었다.

"색도 특이하네요. 너무 예쁜데요?"

"망고 튤립이라고 하는데, 저도 개인적으로 망고 튤립을 가장 좋아해요."

"망고 튤립……."

"망고 튤립은 잘 모르시는 분들이 많은데 여성분들이 망고 튤립 딱 보면 바로 안아 가시거든요. 역시 사장님 눈이 보통이 아니십니다."

센스 있게 손님을 대하는 얘기이지만 재민에게는 간지럽기만 했다. 재민은 민망한 너털웃음을 흘리며 손을 내젓는 작은 거부 반응을 보였다.

"사장님. 같은 남자한테 그런 간지러운 멘트는 패스하셔도 됩니다."

"하하하."

재민의 이러한 반응에 이번엔 지웅이 웃음을 터뜨렸다. 충분히 그의 마음을 알아챌 수 있고 이해가 되는 부분인지라 지웅은 고개를 끄덕이며 웃음을 서서히 삼켰다.

"망고 튤립으로 꽃다발 부탁드립니다."

"몇 송이나 해 드리면 될까요?"

"음, 오늘 들어온 거 다 주십시오."

"오늘은 수량이 그렇게 많은 편은 아닌데, 다른 컬러도 섞어서 제가 예쁘게 해 드릴게요."

"네. 사장님 알아서 잘해 주세요."

"그럼 잠시만 기다려 주시겠어요? 바로 만들어 드릴게요."

지웅이 꽃다발 작업을 하는 동안 재민은 양손을 바지 주머니에 찔러 넣은 채 가게 안을 심심치 않게 구경 중이었다.

식물과 꽃나무 화분들도 많았다. 잘 알지는 못해도 라희가 사 왔던 것들은 눈에 익어 반갑기도 했다.

신기하고 마음이 평온해지는 이 느낌. 왜 라희가 이토록 좋아하는지 재민은 이제야 깨달을 수 있었다.

재민의 눈에 들어온 특이한 식물. 모양도 거칠고 우스꽝스럽다고 해야 할까. 문득 이 식물의 이름이 궁금해졌다.

"사장님. 이 녀석은 이름이 뭡니까?"

"네? 어떤 거요?"

꽃다발 포장지를 재단하고 있던 지웅을 부르는 재민이 검지로 궁금한 식물을 가리키며 물었다. 그러자 지웅이 가위질을 하던 손을 멈추며 재민이 가리키는 검지를 따라 시선을 옮겼다.

"아, 그건 파리지옥이라는 식충 식물이에요."

"파리지옥? 식충 식물?"

파리지옥. 생김새만큼이나 이름도 특이했다.

지웅은 다시 꽃다발 작업을 시작하면서 동시에 재민에게 파리지옥에 대해 귀에 쏙쏙 들어오도록 설명해 주었다. 파리지옥 식물에 끌리는지 계속 쳐다보면서 지웅의 얘기에 고개를 끄덕였다.

재민의 의미심장한 표정의 변화. 그리고 슬며시 입꼬리가 말려 올라갔다. 무슨 꿍꿍이가 있는 것과 같은 즐거움이 느껴졌다.

"사장님. 파리지옥? 이것도 같이 할게요."

지웅은 잠시 갸우뚱한 낯으로 재민을 쳐다보다가도 이내 찌르르 느낌이 왔는지 입가에 미소를 띠었다.

같은 남자로서, 그리고 꼬여 드는 파리를 퇴치하는 식충 식물이라. 꽃과 식물을 다루는 것이 자신의 주 분야였으니까 지웅은 금방 알아챌 수밖에 없었다.

"흠흠. 제가 생각하는 그 목적으로 가져가신다는 게 맞으실까요?"

지웅의 날카로운 질문이었다. 재민은 정확하게 자신의 속뜻을 간파당했다는 것에 피식 웃음을 보였다.

"파리지옥은 서비스로 드릴게요. 그리고 제가 손님께 과한 친절을 베풀어서 혹시나 불쾌하셨던 점 있다면 마음 푸세요."

아마도 라희 얘기를 하는 듯싶었다. 재민은 오히려 예민했던 자신의 행동이 부끄러웠다.

"……아, 아뇨. 안 그래도 제가 이전에 불쾌한 행동을 보였던 점 사과드리고 싶었습니다."

"아닙니다. 사장님의 행동, 전혀 심하지도 불쾌하지도 않았습니다. 신경 쓰지 마세요."

라희에게 꽃 선물을 하고 싶어 방문한 건 사실이지만, 지웅에게 사과도 하고 싶어 일부러 이곳으로 온 것이었다. 하지만 좀처럼 입이 떨어지질 않았다.

그런데 지웅이 먼저 살갑게 얘기를 꺼내 주니 재민은 진솔하게 사과의 말을 건네었다.

재민의 사과가 지웅을 더 당황스럽게 했고 그런 생각은 하지 말라며 손을 내저었다. 솔직히 말해서 놀랐던 건 사실이었지만 생각해 보면 재민이 불쾌한 욕설이라든지 과격한 터치 따위는 전혀 없었으니까. 오히려 신사답게 자신의 여자를 지키는 남자로 기억되었다.

"돈은 10원도 빼지 마시고 다 받으세요. 서비스는 라희한테 항상 챙겨 주셨더라고요. 고맙습니다."

"라희 씨는 오실 때마다 다 사장님을 위한 식물들만 사 가셨거든요. 그래서 서비스로 드라이플라워 같은 작은 서비스를 드린 건데."

묘한 감동이 아래서부터 위로 차올라 심장이 찌릿했다. 라희가 꽃집을 방문하는 이유는 오로지 자신의 쾌적한 업무 환경, 안락하고 편안한 집에서의 휴식을 위한 식물들을 사기 위해서였다는 걸 다시금 생각할 수 있었다.

재민에겐 이보다도 행복하고 강한 떨림을 느끼게 해 줄 여자는 아마도 평생 없을 거라고 확신했다.

"다 됐습니다. 파리지옥은 쇼핑백에 넣어 드릴게요. 잠시만요."

각자 자신의 개성을 뽐내던 망고 튤립은 고급스러우면서도 사랑스럽게 포장된 꽃다발로 만들어졌다. 망고 튤립과 색색이 다른 고운 빛깔의 튤립도 아름답게 모여 있었다.

참 예뻤다. 싱그러운 튤립도, 영롱한 별빛 같은 그녀도.

오른손에는 튤립 다발, 왼손에는 파리지옥 화분을 담은 투명한 쇼핑백. 재민은 그렇게 평온한 설렘을 안고서 막 꽃집에서 나왔다. 갓길에 세워 두었던 차로 향하는 재민의 발걸음이 유달리 가볍고 경쾌해 보였다.

그리고 그런 그의 모습을 지켜보는 한 사람이 있었다. 매섭게 그늘져 있는 눈매가 천천히 재민의 움직임을 따라갔다.

어중간한 시간에 선약이 잡히게 되어 이른 퇴근길에 나섰던 현 회장이었다. 도로로 자동차를 올리기 전에 운전대를 잡은 강 실장이 먼저 재민을 발견하게 되었고, 아무 생각 없이 현 회장에게 알렸다.

뒷좌석에 앉아 있던 현 회장은 차창까지 내리고서 재민을 뚫어지도록 주시했다.

재민에게서 쉽게 볼 수 없었던 행복으로 물든 얼굴이 낯설기까지 했다.

무엇보다 현 회장의 심기를 건드린 것은 후계자인 사장의 신분으로 회사 앞임에도 당당하게 꽃다발을 안고 있다는 것. 현 회장은 언짢은 마음을 표정에서 고스란히 드러내고 있었다.

"강 실장. 그만 출발하지."

"예. 회장님."

그동안 평온하고도 잔잔한 파도와 같았던 아들을 향한 현 회장의 마음. 하지만 최근 한 번의 귀띔으로 신경이 쓰이기 시작하는 것을 시작으로 연이어 현 회장의 눈에 콕콕 박히게 되었다.

그렇다고 재민이 현재까지 본인의 자리에서 업무를 소홀하거나 내팽개치지 않았다. 오히려 맡은 프로젝트나 계약 건들의 결과물이 호평이 일색이었다.

현 회장은 탁한 한숨을 내쉬었다. 걱정으로 가득한 낯으로 차창으로 시선을 두며 묵묵히 목적지로 향했다.

'그만 정신 차려야지, 현재민.'

12장
툴립 한 다발, 파리지옥!

퇴근 후, 함께 여가 시간을 보내는 것이 어느새 일상이 되었다. 데이트를 즐기는 재민과 라희의 모습은 길거리를 거니는 보통의 연인들처럼 평범하고도 수수했다.

손을 꼭 잡고서 번화가의 거리를 거니는 것 자체만으로도 두 사람에겐 즐거움이었다.

"배 터지기 일보 직전. 너무 과식했어, 진짜."

"뭐 얼마나 먹었다고 터질 지경일까?"

"허, 우리 엄청나게 먹었거든요?"

"흐음. 도무지 수긍이 안 되는군."

라희는 배가 불러 터지기 일보 직전인 상태였다. 하지만 라희와는 달리 재민의 표정은 아주 온화했다. 적당한 양의 식사를 기분 좋게 마쳤다는 듯이 말이다.

정말이지 이 정도로 재민의 식성이 좋을 줄은 몰랐다. 처음 재민의 비서로 들어왔을 때부터 간간이 분식이나 식사를 했었던 적이 있었지만 워낙에 가리는 요리도 많았고, 입맛 자체가 매우 까탈스러웠기에 제대로 먹는 걸 못 봤다.

하지만 점차 재민과의 식사 횟수가 늘어나면서 알게 되었다. 자신이 좋아하는 요리나, 억지로 먹도록 유도했을 때의 맛을 본 것 중에서 본인 입맛에 맞고 꽂힌 요리는 정말 어마무시하게 흡입하듯 먹어 치운다는 걸.

라희도 그렇게 소식을 하는 편은 아니었다. 깨작거리는 것과는 거리가 멀었다. 요리 연구가 수준급의 엄마 신 여사의 요리를 먹으며 자랐던 라희는 맛있는 음식을 먹는 것을 행복해할 정도였다. 친구인 하나가 워낙 먹는 걸 좋아하다 보니, 그녀들은 여건이 되면 일부러라도 맛집을 찾아가기도 했다.

라희는 기가 찬다는 듯 입이 떡 하니 벌어진 채 재민을 쳐다보며 헛웃음이 흘러나왔다. 라희는 걷던 발걸음을 멈춰 세우며 재민을 향해 또 박또박 말했다.

"우리 둘이서 닭갈비 3인분에 쫄면 사리까지 추가해서 먹었어요. 볶음밥도 2인분 먹었고, 거기에 재민 씨는 개운하게 식사 마치겠다고 입가심으로 막국수까지 해치웠다고요."

다다다 쏘아붙이는 라희에게 시선을 내려 쳐다보는 재민이 눈만 껌벅거렸다. 그러곤 고개를 느릿하게 끄덕이며 이제야 수긍을 하는 기색을 보였다.

"그렇게 일일이 먹었던 거 하나씩 나열하니까 좀 먹은 거 같기도 하네."

"좀? 좀이라고요? 괴물이야, 괴물……."

라희는 괴물을 보듯이 재민을 쳐다보면서 졌다며 양손을 들어 절레절레 내저었다.

자신을 향해 난색을 내보이는 반응이 재밌기만 한지 재민은 유쾌한 웃음을 터뜨렸다.

"그래요. 마음껏 웃으십시오."

"하하. 당신이랑 있으면 지루할 틈이 없다니까."

재민은 제게 입술을 삐죽이며 밉지 않게 눈을 흘기고 있는 라희의 목을 긴 팔로 감고서 바짝 붙도록 당겼다.

"길거리에서 이러면 다른 사람들한테 눈총받아요."

"싫어? 그러면 떨어지고."

정말로 거리를 두려는 듯 허리를 끌어안은 손에 힘을 풀자 라희가 다시 재민의 손을 잡고 꽉 안았다.

"아니, 그렇다고 바로 풀어 버리면 섭섭하잖아요."

강아지처럼 동그랗게 뜬 눈으로 장난을 치는 라희가 재민은 사랑스러워 미칠 지경이다. 자신의 허리에 팔까지 두르며 더 찰싹 달라붙은 애교 가득한 스킨십에 당해낼 재간이 없었다.

라희를 꼭 끌어안은 채 귓가에 작게 사랑한다는 말을 속삭이자 라희가 간지럽다는 듯 몸을 비틀었다. 그에 더 힘을 주어 안고 볼에 짧게 여러 번 입을 맞추자 라희가 재민의 팔뚝을 아프지 않게 치며 그만하라고 웃음을 터뜨렸다.

"차에 가요. 차에 가서 더 진하게 해요."

"……아, 진짜 미치겠다. 내가 이래서 공라희를 좋아하지."

라희의 집 앞에 도착한 자동차. 하지만 도착한 지 한 시간이 거의 다 되어가고 있음에도 차 문은 도통 열릴 기미가 보이질 않는다.

테이크 아웃해서 온 커피를 홀짝이며 서로를 향해 몸을 틀고서 끊임없는 이야기와 장난으로 시간 가는 줄을 몰랐다.

"인형 뽑기에 대체 돈을 얼마나 쓴 거야. 아까워 죽겠어요, 지금 생각해도."

단아하게 모아 있는 라희의 무릎 위로 앙증맞은 인형 두 개가 놓여 있었다. 인형 뽑기 기계가 가득한 전문 가게가 눈에 들어와서 라희는 재미 삼아 한번 해 보자고 재민에게 가벼운 제의를 한 것뿐이었다.

하지만 재민의 눈은 이미 돌아가 있었다. 계속되는 뽑기 실패에 재민은 오히려 집착과 승부욕으로 활활 타올랐다. 누가 이기나 끝장을 보자는 전투력 상승한 기세는 그 누구도 막을 재간이 없었다.

동전 바꾸기만 몇 번을 했는지, 셀 수가 없을 정도였다. 결국은 두 개의 인형을 뽑게 되면서 재민은 그제야 승자의 미소를 띠며 인형 뽑기 기계에서 뒤돌아서서 위풍당당하게 라희의 품에 인형을 안겨 주었다.

의기양양한 재민의 입꼬리가 씰룩거렸다. 아직도 그 뿌듯함의 여운이 가시질 않는 모양이다.

"그렇지. 난 한번 꽂힌 것에, 꼭 내 손에 넣겠다는 마음을 먹은 이상은 포기 따윈 없지."

재민의 그윽한 눈빛이 라희를 응시하고 있었다. 재민의 긴 손가락이 라희의 보드라운 뺨을 느릿하게 쓸었고 입술로 내려온 손가락이 야릇하게 훑었다.

"그중 단연 최고의 노력으로 손에 넣은 건 바로 당신, 공라희였고. 아주 필사적이었지."

재민의 터치가 간지러웠는지 라희의 여린 어깨가 움츠러들었다. 그러곤 가늘게 뜬 눈으로 재민을 쳐다보며 말했다.

"왜 몸이 간질거릴까. 닭살이 돋기 시작했어."

닭살이 돋은 팔을 쓱 쓰다듬는 라희는 바르르 몸을 짧게 떨었다. 오글오글 간지러운 건 여전히 적응이 안 될 뿐만 아니라 몸에서부터 거부 반응을 일으킨다.

안면 근육이 떨릴 만큼의 정색한 얼굴에서 억지로 미소를 띠려는 라희의 이 표정과 반응이 재인은 가장 재밌어했다. 그래서 본인 성격에 맞지도 않는 낯간지러운 멘트를 일부러 더 툭툭 내뱉으며 라희의 반응을 즐기는 것이다.

하하 웃어 대는 재민이 라희의 양쪽 뺨을 꼬집듯 잡고서 흔들었다. 이내 쪽쪽 뽀뽀 세례를 퍼부었다.

"스톱!"

"왜. 아까까지만 해도 더 해 달라고 조르더니."

"……내가 언제 그랬다고!"

팩트를 찌르는 재민에 라희는 민망함으로 순간 얼굴이 홧홧해졌다.

'뭐, 시작은 내가 했다 쳐도 안 놔준 건 현재민 당신이면서!'

꿍얼꿍얼 속으로 내지르는 라희였다. 오늘의 데이트는 어쩐지 들뜨게 되어 라희가 적극적으로, 도발도 한 건 인정하는 바이다.

"알았어. 내가 그랬다고 쳐."

"허!"

"뭐든지 다 내 탓으로 돌려. 그래야 더 당신한테 집착할 수 있는 에너지가 상승할 것 같아서 흥분돼."

애써 웃음을 목 안으로 삼키며 계속해서 라희를 도발하는 재민이었다.

점점 더 가관으로 놀려 먹는 얄미운 남자. 라희는 주먹을 말아 쥐고서 재민을 향해 스르르 들어 보였다. 살벌하기까지 한 미소를 보이는 라희가 어금니를 꽉 깨물고서 으름장을 놓았다.

"계속 그렇게 떠들 겁니까, 사장님? 주먹을 날리고 싶어서 근질근질해지는데요?"

"……그만 입 다물도록 하지. 당신이 때리면 진심으로 아프니까."

재민이 바로 입을 다무는 것으로 꼬리를 내렸다. 자신을 향한 라희의 주먹을 제 손으로 감싼 채 슬그머니 아래로 누르듯 내려놓았다.

라희의 손맛을 겪지 않은 사람은 모른다. 진심으로 내려치면 정말 악 소리가 난다.

"이제는 우리가 헤어져야 할 시간."

라희가 멜로디를 붙이면서 재민에게 귀엽게 손을 흔들어 보였다. 재민이 손목시계로 시간을 확인하더니 아쉬워하는 낯으로 고개를 끄덕였다.

"아쉽지만 충분한 숙면을 취해야지 내일 또 공라희 사랑하기에 에너지를 쏟을 수 있으니까."

"사랑하기가 아니라, 업무에 임하는 자세를 말했어죠, 현재민 사장님?"

"업무는 기본인 거고. 난 당신이랑 보내는 시간 위주로 최상의 컨디션을 만들 거라."

"흐음. 남자 친구로서 생각하면 예쁘다 해 줘야 하는데, 모시는 상사로서는 잔소리 폭탄을 쏟아야 하고. 헷갈린다."

라희가 고개를 모로 기울이고서 고민하는 리액션을 취했다. 그러자 재민이 피식 웃으면서 라희의 이마에 자신의 이마를 아프지 않게 부딪쳤다.

"당신과의 관계가 좋아야 업무에 임하는 자세에도 자동으로 따라오는 거니까."

"좋은 게 좋은 거라고. 이번 한 번은 넘어가는 거로!"

라희가 무릎 위에 놓여 있던 인형 두 개를 챙겨 조수석 문을 열고 내렸다. 그러자 재민도 따라 운전석에서 나왔다.

"왜 따라 내려요? 바로 출발하지."

"줄 게 있어서."

"응? 뭔데요?"

제게 줄 것이 있다면서 웃어 보이는 재민을 보며 라희가 궁금한 듯 고개를 갸웃거렸다. 그런 라희의 손을 잡은 재민이 트렁크 쪽으로 이끌었다.

철컥. 트렁크 문을 완전히 열었다.

"우와."

트렁크 문이 열리자마자 밤하늘의 별처럼 반짝이는 라희의 눈동자. 두 눈 가득 채워지는 아름다운 꽃송이가 그녀의 심장을 두드렸다.

튤립 꽃다발에 시선도 마음도 빼앗겨 버렸다. 재민은 꽃다발을 손에 넣어 라희에게 로맨틱하게 건네었다. 무릎을 살짝 굽히며 정중하게 받아드는 라희가 튤립 꽃다발을 품에 안은 채 향기를 만끽했다.

"망고 튤립 너무 예쁘다. 고마워요."

"망고 튤립 보자마자 다른 꽃은 안 보였어. 꼭 당신 같았거든."

"정말요?"

"말했잖아. 난 거짓말을 할 바에야 침묵한다고."

"맞다. 그랬었지."

그녀의 싱그러운 미소와 똑 닮은 망고 튤립. 재민은 망고 튤립을 안고 있는 라희의 모습을 사랑스럽게 바라보고 있었다. 그 아름다운 모습을 영원히 기억하고 싶었다.

"그리고 또 하나."

환하게 웃고 있는 라희에게 재민이 검지 손끝으로 또 하나의 선물, 파리지옥을 가리켰다. 라희가 눈을 껌벅거리면서 손끝을 따라 시선을 내렸다.

"어? 이거 뭐였더라?"

파리지옥을 전에 보고 들었던 적이 있었던 라희는 기억이 가물가물했다. 식물의 모양이 특이해서 쉽게 잊히질 않을 텐데도 바로 떠오르질 않았다.

"이거 파리지옥."

"아! 파리지옥! 이제야 생각났어!"

재민이 식물의 이름을 알려 주자 그제야 생각이 난 모양이었다. 답답함이 바로 싹 날아가 버려서 속이 시원한 표정이다. 그녀는 궁금한 건 못 참는 성격이니까.

"선물이라고 하기보다는 약을 쳐 놓는 거지."

"무슨 말이에요?"

"날파리 새끼들이 꼬여 들지 않도록 이 녀석이 잡아먹어 줄 테니까."

"……."

날파리 새끼들? 잡아먹어 준다고?

지금 그가 무슨 말을 하는 걸까. 라희는 도통 재민이 의도하는 말뜻을 이해하지 못하고 멍한 표정을 유지하고 있었다.

소리 없는 웃음을 짓는 재민이 라희의 목을 끌어안았다. 그러곤 낮은 목소리로 조곤조곤 읊조렸다.

"안팎으로 미모의 비서님을 노리는 늑대들이 좀 많아야지, 내 나름 대로 약을 쳐 놓는 거로 생각해."

"무슨 그런……."

"나만의 여왕님을 지키기 위해 난 내 모든 능력과 노력을 동반해 필 사적으로 이행할 거거든."

"어쩐지 무서운데요? 재민 씨 진짜 시한폭탄 같은 남자였어……."

"시한폭탄이라, 좋은데? 그러니까 잘 조련하길 바라."

"머리 아파졌어."

라희는 어이가 없으면서도 한편으로는 기분이 좋았다.

두 가지의 감정을 동시에 느끼도록 해 주는 건 이 남자의 특기 아닌 특기였다.

라희는 자신의 감정을 자유자재로 주무르는 재민을 사랑하지 않을 수가 없었다. 평생 이런 남자는 경험해 보지 못했으니까.

"이런 현재민 무서워서 누가 나한테 접근하겠어요? 솔직히 접근한 남자가 있었는지부터가 난 못 느끼겠는데."

"한둘이 아냐. 내 눈으로 본 새끼들만 몇 마린데."

"마리……."

어물쩍 넘어가고 싶어 모르쇠 했지만, 재민은 쉽게 넘어가는 법이 없었다. 일일이 생각에서 끄집어내려는 노력을 과연 칭찬해 줘야 하는 지 난감할 뿐이다.

기억을 떠올리는 것만으로도 불쾌하다는 듯 재민의 표정이 점차 일 그러져 가고 있었다. 라희는 그런 재민을 물끄러미 쳐다보며 이내 고개 를 가로저었다.

그렇다고 해서 재민을 타박하고 싶지는 않았다. 자신을 이토록 사랑 하고 있음을 사실 그대로 드러내 표현해 주고 있는 남자에게 어떻게 얼 굴을 붉히며 핀잔을 던질 수 있겠는가.

생긋 웃는 라희가 트렁크에 인형만 내려두고서 꽃다발을 안은 팔을 재민의 어깨에 얹으며 뒤꿈치를 들었다.

쪽. 그의 볼 위로 라희의 입술이 짧게 머물다 사라졌다. 이어서 그의 귓가에 사랑스러운 음성이 와닿았다.

"공라희 전담 경호원님. 그럼 앞으로도 잘 지켜 주시리라 믿을게요."

뭐, 더 다가올 남자도 없겠지만. 이렇게 재민의 기분에 맞춰 주는 그녀는 낯간지러움을 감수하면서 재민을 다루기에 아주 능숙해져 있었다.

"나 사진 찍어 줘요. 이건 찍어야 해."

"사진?"

"응. 남자 친구한테 이벤트를 받은 너무 예쁜 순간이잖아요. 그냥 이대로 트렁크 닫아 버리기엔 너무 아까워."

라희가 방방 들뜬 상태로 분주하게 움직이고 있는 걸 여전히 멀뚱멀뚱 지켜보고 있었다.

파리지옥 화분 앞으로 재민이 뽑아 주었던 인형 두 개를 앉혀 놓았다. 그리고 그 옆으로 사뿐히 앉은 라희가 튤립 꽃다발을 한 아름 품고서 활짝 만개한 웃음을 짓고 있었다.

'아니, 이게 이벤트라고 생각하는 거야? 이렇게 허접하고 엉성한데?'

이벤트라고 성대하고 말하는 라희에 재민은 어쩐지 당황스러워 보였다. 이벤트라고 생각하면서 이 상황을 연출한 게 전혀 아니었기 때문이다.

재민은 화려하고도 거대한 이벤트를 의도한 것이 아니었고, 그냥 일상의 소소한 선물을 건네고 싶었던 것뿐이었다. 그런데 마치 엄청난 이벤트를 선물 받은 듯 행복해하는 라희를 보는 재민은 멋쩍은 듯 목덜미만 쓰다듬고 있었다.

'이렇게 좋아할 줄 알았으면 제대로 계획해서 실행할 걸 그랬군.'

라희의 행복에 젖은 얼굴을 보니, 재민은 제대로 된 이벤트 한번 해주지 않은 자신의 부족함을 느꼈다.

여자 경험이 성년이 되어 단 한 번뿐이었던 재민이었기에 여자에 대해서 알지 못하는 것도 무리는 아니었다.

"오늘 꼭 생일 같아요. 재민 씨한테 선물을 대체 몇 개나 받은 거야?"

"겨우 이 정도로? 난 그냥 이벤트가 아니라 소박한 선물 증정일 뿐이었는데."

"에이, 오늘 완전 계 탄 거 같은데요? 빨리 찍어 줘요!"

"그래."

카메라 렌즈에서 보이는 라희의 따사로운 미소에 재민의 얼굴도 화사하게 밝아져 갔다.

찰칵. 행복한 순간을 담는 카메라. 사진 만큼 추억에 남는 건 없었다. 라희의 개인 컷을 여러 번 찍은 후, 어느새 재민도 라희의 옆으로 자리해 둘만의 순간을 함께 담아냈다.

이것이 행복이라는 걸 몸소 깨닫게 되는 아름다운 순간이었다.

"가을아. 더 만끽할 수 있도록 천천히 가 줘."

라희는 가을을 만끽하기도 전에 겨울이 다가오는 지금 이 시기가 매년 아쉬울 따름이었다.

그녀는 유난히 가을을 좋아했다. 가을은 생전 라희의 아빠가 좋아하는 계절이었다. 그래서인지 라희는 아빠의 향기와 온도를 느낄 수 있는 가을이 지나가는 게 늘 아쉽고 서운했다.

여느 때와 마찬가지로 늘 그렇듯 라희는 똑같은 시간에 출근길에 올랐다.

한번 리듬이 깨어지면 라희는 이상하게도 하는 것마다 일이 꼬여 버리게 되는 징크스가 있었기에 출근 시간에는 정신을 바짝 차리려 노력했다.

로비를 지나 엘리베이터 앞에 선 라희는 지하에서 엘리베이터가 올라오기를 기다리는 동안 엘리베이터 문에 비치는 자신의 모습을 보며 옷매무새를 정돈하고 있었다.

딩동. 엘리베이터가 도착했다는 기계음. 그리고 스르르 문이 열렸다.

"어? 하나야. 전무님 안녕하세요."

"……."

"라희 씨 안녕."

라하의 눈이 동그랗게 뜨여졌다. 진우와 하나가 함께 엘리베이터에 타고 있었기 때문이다. 그렇다는 건 두 사람이 함께 출근했다는 것으로 예상할 수 있었다.

라희와 마주치자 하나는 죄를 지은 사람처럼 안절부절 어쩔 줄 몰라 했고, 진우는 평소와 똑같이 여유롭고 흐트러짐 없었다.

하나와 진우를 한 번씩 쳐다보던 라희가 이내 엘리베이터로 올랐다.

'뭐야. 김하나? 너 딱 걸렸어.'

하나의 행동을 보아하니 분명 어젯밤 역사가 이뤄졌다는 걸 지레짐작할 수 있었다.

웃음이 비집고 나오려는 걸 혀를 깨물어 가며 참고 있는 라희 얼굴이 씰룩였다. 그런 라희의 표정을 흘깃흘깃 관찰하듯 쳐다보는 하나는 이내 그녀가 대충 눈치챘음을 읽을 수 있었다.

"라희 씨. 오늘 퇴근 후 일정 있나요?"

퇴근 후 선약이 있는지 묻는 진우에 반걸음 앞에 서 있던 라희가 뒤로 몸을 틀었다.

"아, 재민이랑 늘 같이 있겠죠, 아마?"

"음. 서로 특별한 일정 없으면 같이 보내는 편인데, 전무님께서 말씀해 주시면 당연히 허락해 주시지 않을까요?"

"역시, 공 비서님은 시원시원하셔."

라희와 진우가 장난이 섞인 대화를 주거니 받거니 하는 동안에도 하나는 좀처럼 얼어붙어 있는 얼굴이 풀어지질 않았다. 불편해 보이는 하나를 한번 쳐다보던 진우가 하나의 어깨에 손을 턱 하니 얹어 놓으며 라희에게 말했다.

"그럼 우리 김 비서랑 나랑 라희 씨, 그리고 재민이까지 네 명 뭉쳐 볼까요? 같이 식사하면서 술 한잔 어때요. 내가 쏜다!"

진우의 제안에 화들짝 놀란 하나가 동그랗게 뜬 눈으로 진우를 쳐다 봤다. 하나의 표정을 살피는 라희가 짧은 웃음을 흘렸다. 많은 의미가 담긴 라희의 웃음에 하나가 고개를 획 틀어 버리며 입술을 삐죽거렸다.

"재밌을 거 같은데요? 기대된다."

"재민이는 라희 씨가 잘 구슬려 보는 거로. 내가 말했다간 바로 정강 이 까 버리는 포악한 놈이거든."

재민을 떠올리며 몸서리치는 진우의 능청스러움이 재밌었다. 라희는 직접 보지 않았음에도 어쩐지 상상이 되는 것이 참 신기했다. 하나도 그제야 웃음을 보였다. 그러자 진우의 입매가 휘어지며 하나의 볼을 검 지와 중지로 튕겨 버리는 손장난을 쳤다.

"하지 마세요."

하나가 라희의 눈치를 보며 진우의 손을 끌어내렸다. 그러던 중 전 무실이 있는 층에서 엘리베이터가 멈췄다.

"재민 씨한테는 제가 얘기해 볼게요."

"좋았어. 결정!"

진우가 만족스러운 얼굴로 라희에게 손을 들어 보이고는 먼저 엘리 베이터에서 내렸다. 그리고 어색한 미소를 띠고 있는 하나가 뒤따라 내 리려고 발을 떼자, 라희가 짓궂게 말했다.

"우리 하나, 점심은 이 언니랑 오붓하게 나가서 먹자."

"어……?"

"할 말이 있을 거 같아서 말이야."

당황한 기색이 역력한 하나에게 라희는 찡긋 윙크를 날리며 하나의 등을 떠밀어 엘리베이터 밖으로 내보냈다.

"야. 야."

"그럼 이따 보자. 김 비서!"

하나를 향해 라희가 가느다란 손가락을 현란하게 움직이는 인사와 함께 닫힘 버튼을 눌렀다. 하나의 얼굴이 어쩐지 불퉁해져 있었다. 아마도 라희가 눈치채고 자신을 놀리고 있다는 걸 아니까 약이 오른 것이다.

라희가 큭큭 웃음을 터뜨렸다. 닫히는 엘리베이터 문 사이로 자신을 찌릿 노려보는 하나의 모습이 참으로 재밌었다.

"귀여워, 김하나."

라희에게는 귀여운 동생 같은 하나였다. 무엇보다 하나의 사랑을 응원해 주고 싶었다. 자신 역시 하나의 응원으로 자신감과 용기를 갖고서 재민과 함께 할 수 있었으니까.

이제는 자신이 하나에게 힘을 실어 주어야 할 시기가 왔음을 라희는 확신했다.

사장실이 있는 층에 도착한 라희는 또각또각, 복도를 거닐면서도 헤죽헤죽 웃고 있었다. 화장실을 막 지나려 할 때, 라희는 자신의 손목을 획 잡아 낚아채는 힘에 소스라치게 놀라고 말았다.

"흐아악!"

"뭐가 그렇게 재밌어? 같이 좀 웃자."

"사, 사장님. 후우, 놀랐잖아요."

놀란 가슴을 쓸어내리는 라희가 원망의 눈으로 재민을 흘겨봤다. 그러곤 재민의 손에서 손목을 빼내며 옆구리를 팔꿈치로 쿡 찔렀다.

"윽! 폭력 행사까지 할 필요 있나?"

"사내에서 터치는 금물. 잊으셨습니까?"

"네네. 죄송하게 됐습니다."

재민이 양손을 모아 배꼽 위치에 얹은 채 공손하게 머리를 숙이는 능청스러운 태도를 보였다. 못 말리는 그에게 라희도 따라 공손히 배꼽 인사로 맞받아쳤다.

함께 사장실 안으로 들어왔다. 라희가 데스크에 핸드백을 놓자 재민이 옆으로 붙어서더니 불쑥 휴대폰을 들이밀었다.

413

"이 사진 너무 맘에 들어. 계속 쳐다보고 있는 거 있지?"

"……이왕이면 나도 잘 나온 사진으로 봐주시면 안 될까요?"

재민이 본인의 휴대폰 배경 화면으로 지정해 놓은 사진. 둘만의 스튜디오였던 트렁크에 앉아서 함께 찍었던 사진이었다.

재민의 얼굴은 티끌 하나 없이 잘생김이 듬뿍 묻은 그대로 나왔다. 하지만 라희는 그 찰나의 순간 코가 간질거려 재채기가 나오려는 타이밍이었던지라 표정이 정말 우스꽝스러운 상태로 찍히고 말았다.

"크흡! 왜. 난 당신, 이 표정 너무 귀여워서 미치겠는데."

"나도 사장님 때문에 미치겠어요. 미치고 팔짝 뛰겠다고요!"

"하하하."

부글부글 화가 끓었다. 그 사진을 보며 귀엽다며 그날도, 지금도 숨이 넘어갈 듯 까르르 웃어 대는 재민이 라희는 여간 얄미운 게 아니었다. 주먹으로 쥐어박고 싶은 마음을 겨우 억눌렀다.

"째려보는 건 또 참 섹시하단 말이지."

재민이 고개를 옆으로 툭 떨어뜨리며 매력적인 입매를 휘었다.

이 상황에서도 진지한 얼굴로 말하는 재민에게 라희가 슬며시 미소를 지으며 한 걸음 다가섰다.

"역시 한번은 때려야 속이 풀어질 거 같아요."

"아, 아니. 난 솔직하게 말한 거뿐이라니까? 억울하다고."

끈적하고도 화끈하게 몸의 대화로 아침을 여는 연인. 아니, 회사로 발을 들인 이상 사장과 비서 모드 상태이다. 사장 재민의 행동은 다소 사적인 감정을 풀풀 드러내고 있지만 말이다.

"전무님이 오늘 저녁 같이하자고 하셨는데, 괜찮죠?"

"……왜. 뭐 때문에."

순식간에 돌변한 표정과 차가운 목소리로 라희를 추궁하듯 묻는 재민이었다. 모르는 사람이 이를 봤다면 이중인격으로 오해하기 십상일 만큼 온탕과 냉탕을 수시로 오가는 재민이, 라희조차도 적응이 되지 않을 때가 있었다.

지금이 딱 그랬다.

'하여튼, 남자라면 경계부터 하는 집착남 같으니라고.'

그래도 라희는 이런 재민의 행동이 싫지만은 않았다. 그녀는 여유로운 미소를 보이며 재민의 넥타이를 자연스럽게 고쳐 주면서 상황을 제대로 설명했다.

"전무님한테까지 그렇게 까칠하게 대할 필요 있어요?"

"당신이 몰라서 그래. 이렇게 방어치지 않으면 그 녀석은 한도 끝도 없이 사람을 짜증 나게 한단 말이야. 고혈압으로 뒷목 잡고 넘어갈지도 모른다고."

세상 진중한 얼굴로 말하는 재민에 라희는 육성으로 웃음이 터져 나왔다. 재민은 자신은 정말 진지하게 말하는 거라며 웃어 대는 라희에게 툴툴거렸다.

"진우는 또 언제 만난 건데? 왜 당신한테 밥을 먹자고 해."

"워워. 엘리베이터에서 우연히 마주쳤어요. 그리고 나랑 단둘이 먹자는 게 아니라, 전무님이랑 하나랑 그리고 나랑 사장님. 이렇게 넷이서요."

"……그래?"

"사장님한테는 전무님이 나한테 직접 구슬려 보라고 특명을 주셨죠. 이런 반응이 나올 줄 아니까."

"나 참. 특명은 무슨."

네 명이 함께 저녁 식사와 술을 기울이자는 뜻이었음을 알게 된 재민은 그제야 한결 풀어진 낯으로 고개를 느릿하게 끄덕였다.

"그러고 보니 하나 씨한테 내가 술 한잔 사기로 했었는데, 이후 얘기가 없어서 사질 못했군."

"하나랑 시간이 이상하게 엇갈리더라고요. 승진 확정된 거나 다름없으니까 연수원이며 지원 강의 나가는 일이 많았거든요."

"승진 정식 발표는 다음 주지, 아마?"

"네. 성은 선배가 미리 귀띔해 주면서 하나를 엄청 굴리나 봐요. 우리 셋이서 같이 축하주 마시기로 했는데."

라희는 마치 본인의 일처럼 기뻐하며 재민에게 재잘재잘 친구 자랑을 늘어놓았다. 진심으로 축하해 주고 기특해하는 착한 마음을 가진 라희가 재민은 더 예뻐 보였다.

PC를 켜고 서류부터 손에 쥔 라희가 재민에게 말했다.

"사장님. 커피 준비해서 오늘 일정 보고드리러 들어가겠습니다."

"커피는 내가 사 왔는데."

"오, 정말요?"

"직접 커피 내려 볼까 하다가도, 그때처럼 또 사고 칠까 봐 참았어."

재민은 정기 회의가 있는 날에는 평소보다도 이른 시간에 출근했다. 라희의 출근 시간을 알고 있는 재민이 직접 커피를 내려 볼까 해지만, 괜히 사고라도 쳐서 여유로운 업무 전 시간을 버리게 되면 어쩌나 싶어 그냥 카페에서 사 오는 것이 현명한 방법이라고 판단했다.

그런 재민에게 라희는 생글거리는 얼굴로 아이 달래듯 그를 칭찬해 주었다.

"잘했어요. 귀한 옥체에 상처라도 나면 공 비서 웁니다."

"사고뭉치 사장이라고 낙인이 찍혀 버렸군."

"에이, 설마요. 어서 들어가 있으세요. PC 사이트랑 메일 확인만 하고 들어갈게요."

"빨리 들어와. 커피 다 식겠다."

"네."

❖ ✛ ❖

회사 건물 건너편에 위치한 파스타 가게. 까르보나라 파스타와 적당히 매콤하고 깔끔한 뒷맛의 상하이 파스타를 선택한 라희와 하나의 점심 식사가 이어지고 있었다.

돌돌 말은 파스타 면을 야무지게 오물오물 먹으며 얘기가 오가던 중, 하나의 충격적인 얘기에 라희의 두 눈이 부릅떠졌다.

"뭐? 집에 도둑이 들었다고?"

라희는 너무 놀라 스푼과 포크를 손에서 놓칠 뻔했다.

미니 투룸이었던 하나의 안락한 공간. 사흘 전 그렇게 늦은 밤도 아닌 시간 때였는데, 하나의 집에 침입해 난장판으로 뒤집어 놓고 털어 갔다고 한다.

라희는 자신도 모르게 목소리를 높였다. 가게 안에 있던 사람들의 시선이 그녀들에게로 집중되자, 하나는 주위 눈치를 살피고는 턱을 아래로 끌어내리며 라희에게 목소리를 낮추라며 읊조렸다.

"야. 목소리 낮춰. 다들 쳐다보잖아."

"미, 미안. 너무 놀라서……."

"후우. 나도 진짜 너무 놀라서 사지가 발발 떨리더라니까."

"당연해. 나 같아도 그랬을 거야."

얼마나 무섭고 섬뜩했을까. 라희의 얼굴에선 하나를 걱정하는 마음이 고스란히 드러나고 있었다.

뉴스나 신문으로 강도, 절도와 같은 사건을 접해 보았던 것이 다였다. 나와는 무관한 일, 멀게만 느껴졌었기에 크게 와닿지 않았던 건 사실이었다.

안일하게 생각하고 있었다는 것이 참 바보 같은 생각이라는 걸 잘 알고는 있다.

하지만 마음을 놓고 살아가게 되는 현실. 라희와 하나뿐만이 아니라, 다른 사람들도 똑같은 마음을 가지고 있었을 거라고 해도 과언이 아니었다.

내 주변에서 이런 일이 생길 줄이야. 라희는 심장이 벌렁벌렁 오싹했다.

"괜찮아? 도둑놈이 해코지하진 않았고? 어디 다친 곳은 없어?"

걱정스러운 마음에 라희가 속사포 랩을 하듯이 하나에게 물었다. 그러자 하나가 작은 미소를 보이며 안심하라며 고개를 끄덕였다.

"도둑이랑 마주치지 않았다는 것만으로도 하늘에 감사할 뿐이야. 다행히도 내가 집에 들어갔을 때는 이미 도주한 상태였으니까."

이마저도 다행이라고 생각할 정도였다. 범인과 마주쳤다면 어떤 해코지를 당했을지 모르니까.

최악의 상황으로까지 생각한다면 범인이 흥분해 이성을 잃고 살인까지 저지르는 경우도 허다하기 때문이다.

의외로 하나는 침착하게 그날의 상황에 대해 설명해 주었다. 라희는 이야기를 듣는 내내 양손을 모아 꼼지락거렸다. 두려움과 공포를 느끼는지 미세하게 손이 떨리면서 순식간에 땀이 차올랐다.

"버스에서 내릴 때 전무님이 전화 왔거든. 집에 들어올 때까지 통화 중이었는데, 난장판 된 집 보고 나도 모르게 소리를 꽥 질렀어. 그랬더니 전무님이 놀라서 한달음에 달려오셨어."

"전무님이? 정말 감사하다. 그래도 혼자인 것보다 누가 옆에 있으면 그나마 안심이 되잖아."

담담하게 얘기하던 하나가 진우의 이름이 나오니 입가에 옅게 미소가 번져 나갔다.

"응. 전무님이 집에 오니까 안심이 되더니, 그제야 눈물이 막 나는 거 있지? 사람이 극도의 공포를 느끼면 눈물만 줄줄 흘러내리는 거 알지?"

"지금은 괜찮아? 나한테 얘기하지 그랬어."

"정신이 없었어. 솔직히 아직도 막 무섭고 떨리고 그래."

"왜 안 그렇겠어. 충분히 이해해."

트라우마로까지 남으면 어쩌나, 라희는 걱정스럽기만 하다.

"그럼 집은? 잠은 어디서 잤어? 아무래도 그 집에서 다시 지내기는 꺼림칙하지 않을까?"

"어? 아, 그게 그러니까……. 전무님이 막무가내로 대충 화장품이랑 옷가지들을 챙기더니 자기 집으로 데리고 갔어. 혼자 못 두겠다고."

"어머. 정말? 그래서 같이 출근한 거였구나."

"그래. 이 음흉한 것아."

라희가 멋쩍은 듯 이마를 긁적거렸다. 오늘 아침 진우와 하나가 같이 출근길에 오른 상황을 이제 겨우 알게 되었던 것이다. 그저 음흉한 눈으로 하나를 골려 줄 작정으로 놀렸던 거였는데, 그런 무시무시한 사건이 있었다니, 하나에게 많이 미안했다.

진우는 무조건, 반드시 자신의 집으로 하나를 데려갈 생각이었다. 하나는 거절했지만, 처음 보는 심각한 얼굴을 한 진우에 하나는 저절로 움츠러들게 되었다.

진우의 그런 행동은 당연했다. 그 이유는 범인이 바로 성도착 환자일 거라고 확신했으니까.

귀중품이나 돈이 되는 보석과 전자기기들은 손도 대지 않았다. 오로지 하나의 속옷과 스타킹을 아주 싹쓸이해 갔다. 더 끔찍한 건 세탁하기 위해 빨래 바구니 안에 있던 속옷까지 훔쳐 간 걸 보면 심상치 않은 놈이 틀림없었다.

"소름……! 전무님 말씀대로 성도착증 확실해. 100%!"

"출동한 경찰들도 그렇게 추측했어. 어제 전무님이랑 같이 경찰서 가서 피해자 진술 조서도 받았거든? 우선 성범죄 이력 있는 놈이랑 전자 발찌 차고 출소자들 위주로 조사 중이라고 하는데, 기분 참 이상했어."

라희는 머리털부터 발끝까지 소름이 쫙 끼쳤다. 상상으로 떠올리는 것조차도 이토록 힘겨울 지경인데, 그 상황을 직면한 하나가 느꼈을 고통과 두려움은 경험하지 못한 사람은 이해하지 못할 것이다. 라희 역시도 마찬가지였을 거다.

"전자 발찌라니. 어후, 그 단어 자체가 공포인데. 이게 무슨 일이야, 정말."

"그러게나 말이다. 나한테 이런 일이 일어날 거라고는……. 휴, 내가 안일했던 거지."

"완전 공감. 나 역시도 그런 생각을 여태 가지고 있었으니까. 진짜 그 말이 정답이었어."

"무슨 말?"

"범죄 피해, 아직 나에게 순서가 돌아오지 않은 것뿐이다."

범죄 심리학자가 출연했던 한 방송을 라희는 우연히 채널을 돌리다 보게 되었다. 범죄 심리학자가 시민들에게 전한 메시지의 '언제 표적이 될지 모른다. 아직 나에게 순서가 돌아오지 않은 것뿐이다' 라면서 안전 수칙과 조심성을 강조했다.

그 당시 라희는 그 말들에 그다지 공감하지 못했다. 이번 기회로 제대로 경각심을 깨우치게 되는 계기가 되었다.

"와우. 브라보."

하나가 감명 받은 명언을 들은 것처럼 짝짝 박수를 치며 브라보를 외쳤다.

"지금 집은 어떻게 할 거야? 수사 마무리되어 갈 때쯤 옮기는 게 좋을 거 같은데."

"응. 어차피 전세 계약 종료까지 한 달 반 정도 남아서 나올까 싶어."

다행히도 전세 계약 종료를 앞두고 있던 차였다. 이미 마음은 굳혔다. 그 끔찍한 사건이 벌어졌던 곳에서 쭉 지낼 만큼 하나는 간이 크지 못했다.

"전무님이 당분간은 자기 집에서 지내라고 하는데, 아무래도 그건 좀 부담스럽고 미안하기도 하고. 고민 중이야."

"지금 우선적으로 생각해야 할 건 너야. 네 마음부터 추스르고 안정을 찾아야 해. 고민은 그 이후에 해도 충분해."

"흐음……."

"아니면 우리 집에서 나랑 같이 지내는 건 어때?"

"그건 좀 곤란하겠는데."

"응? 곤란하다니?"

곤란할 게 뭐가 있는 걸까. 라희가 고개를 갸웃거리며 하나를 쳐다 봤다. 그러자 하나가 피식 웃으며 팔을 접어 턱을 괴고서 장난스러운 목소리로 툭 던졌다.

"사장님한테 미움 받기 싫다? 아마 불편해하실 거야."

"……불편할 게 뭐 있다고 그래?"

"뜨거운 커플의 시간을 조금이라도 방해하고 싶지 않거든. 이 김하나, 그 정도 눈치는 있고 민폐 끼치는 건 절대 사절이야!"

전혀 예상하지 못했던 공격을 받게 된 라희는 하나를 향해 전혀 그렇지 않다며 부산스럽게 손을 내젓는 부정의 행동을 취했다.

이에 아랑곳하지 않는 하나의 계속되는 짓궂은 말들에 라희는 살짝 상기된 얼굴을 하고서 당황해 어쩔 줄 몰라 했다.

하나는 안절부절못하는 라희의 반응이 재밌어, 연신 킥킥거렸다.

"하여간, 김하나."

못 말린다니까. 방정을 떨어 대는 하나를 입술을 삐죽이며 쳐다보던 라희가 이내 안심의 미소를 보였다.

"돌아왔구나. 우리 방방이."

"뭐가?"

돌아왔다는 말에 하나가 이해 못하겠다는 듯 고개를 비스듬히 기울이며 갸우뚱한 표정으로 라희를 보고 있었다.

"씩씩한 김하나의 모습이 가장 너답다고. 이래야 내 친구지."

"당연하지, 내가 누군데. 괜한 걱정이야."

어딘가 모르게 어두워져 있던 낯빛. 하지만 하나는 마음 잘 맞는 소중한 친구인 라희와의 대화로 인해 어느새 어두운 먹구름이 싹 걷히며 환해지고 있었다.

"그런 의미로 오늘 파스타는 라희 네가 사라?"

"참 나, 특별히 오늘은 내가 살게."

"언니 최고!"

라희와 하나. 그녀들은 까르르 웃어 대며 이 상황을 즐겼다.

"그럼 나 자몽 에이드 추가로……."

"까불지 말고 물 마셔."

✦　　✦　　✦

현 회장이 친목 사교 모임을 가진 후 회장실로 돌아왔다.

수석 비서인 강 실장이 다른 스케줄로 인한 출장으로 하루 동안 자리를 비우게 되면서, 부장 비서인 성은이 현 회장과 동행해 보좌했다.

업무실로 들어가자마자 현 회장은 갑갑한지 슈트 상의를 벗었고 성은이 신속하게 받아 들고서 옷걸이에 걸쳐 반듯하게 걸어 두었다.

현 회장은 소파가 아닌 데스크로 가 의자에 앉았다. 조금은 피로한 듯 보이는 현 회장이 탁한 숨을 내쉬며 눈꺼풀을 꾹 눌러 닫았다 떴다.

"회장님. 고생 많으셨습니다."

"성은이 네가 더 고생했지. 지루하게 혼자 대기하고 있었잖니."

"아닙니다. 시원한 음료 준비해 드릴까요?"

"그래 주면 좋지. 그렇지 않아도 갈증이 났는데, 얼음 띄운 녹차로 부탁하마."

"예. 알겠습니다. 냉 녹차로 준비하겠습니다."

마침 목이 탔던 현 회장은 성은이 눈치와 센스에 온화한 미소를 지었다. 성은만큼 현 회장을 잘 아는 사람도 드물 것이다. 그만큼 오랫동안 곁을 지켰기에 당연한 걸 수도 있었지만 말이다.

현 회장은 성은을 딸처럼 생각해 더욱 편하고 살갑게 대했다. 물론 다른 사람들의 눈이 없는 곳이라는 걸 염두에 두고서.

성은이 냉 녹차를 준비하러 나갔다. 현 회장은 의자 등받이 몸을 늘어뜨리며 팔걸이를 손바닥으로 심심찮게 느릿한 박자로 탁탁 두드렸다. 그러던 중 현 회장의 손이 멈칫했다.

"참. 그렇지."

현 회장은 문득 생각이 난 것이 있는지 늘어뜨렸던 몸을 고쳐 앉았다. 그러곤 데스크의 서랍장 첫 번째 칸을 열었고, 얇은 파일이 먼저 눈에 띄었다.

파일을 꺼내어 펼친 현 회장은 어떤 내용의 서류인지 이미 예상하고 있는 눈치였다. 당연했다. 현 회장이 조용히 강 실장에게 조사 지시를 했던 자료였기 때문이었다.

출장으로 자리를 비우게 되는 상황이었기에 강 실장은 어제 늦은 밤까지 회사서 업무를 보면서 현 회장이 오늘 확인할 수 있도록 서랍에 넣어 두었다고 점심시간쯤 현 회장에게 출장 보고 겸, 통화를 통해 보고했었다.

서류를 확인하는 현 회장의 진중해진 낯빛과 또렷하게 읽어 내려가는 눈동자. 현 회장에게 중요한 정보가 담긴 자료임이 틀림없었다.

"전라북도 고창이라……."

마음의 빚과 짐을 평생 안고 가고 있는 현 회장의 친구 묘가 이장되어 간 지역이 전라북도 고창이라는 사실을 알게 되었다.

탁한 한숨을 내쉬는 현 회장은 의외의 지역으로 이장되었다는 사실에 고개를 갸웃거렸다.

친구가 고창에 연고가 있었나, 하는 생각이 들면서 곰곰이 생각하게 되었다. 하지만 딱히 떠오르는 건 없었다.

고향도 경기도 어디로 알고 있었고 고창과 연관을 지어 보려고 해도 궁금증은 해소되지 않는다.

"흐음, 아니면……."

아내의 친정이 있는 곳은 아닐까, 하는 생각을 하게 되었다. 그것이 아니라면 도무지 고창으로 이장된 이유가 없었다.

물끄러미 서류 용지를 내려다보던 현 회장이 눈꺼풀을 느릿하게 껌벅였다. 그리고 다음 페이지를 넘긴 그의 입에서 아, 하는 탄식이 새어 나왔다.

"그렇군. 아내가 고창에서 지내는 중이었군."

다음 페이지에서 현 회장의 궁금증을 단박에 해소시켜 주었다.

"한번 만나 보고 싶은데."

묘지의 주소와 친구 아내가 뿌리내리고 지내고 있는 집 주소도 작성되어 있었다.

현 회장은 친구 아내를 꼭 한번 만나 보고 싶었다. 하지만 주저하고 망설이게 되는 것은 어쩔 수 없었다.

당시 꽤 떠들썩했던 화재 사건이었기에, 겨우 마음을 추스르고 안정을 찾아 지내고 있을 친구 아내에게 힘든 기억을 다시 끄집어내게 하는 건 아닐까 염려되었다.

떠올리는 것만으로도 고통을 주게 된다면 현 회장은 자신을 더 자책할 것이 분명했다.

"후우."

가슴을 꽉 조이는 것처럼 갑갑했다. 현 회장의 한숨이 가슴 끝에서부터 길게 밖으로 흩뿌려지듯 내쉬었다.

그때였다. 일정한 간격으로 들리는 노크 소리에 현 회장은 펼쳐 두고 있던 파일을 덮었다.

성은이 투명한 유리잔에 그린 빛의 냉 녹차를 담아 왔다. 현 회장의 앞으로 코스터를 먼저 깔고 잔을 내려놓았다.

"회장님. 냉 녹차입니다."

"고맙구나."

현 회장이 유리잔을 들었고 스트로로 냉 녹차를 머금으며 말랐던 목을 축였다. 잔을 내려놓으며 현 회장이 데스크 앞에 서 있는 성은에게로 시선을 들었다. 현 회장이 성은에게 무언가를 물어보고 싶은 것이 있는 듯 보였다.

현 회장과 눈이 마주치자 성은이 편하게 말씀하셔도 된다는 뜻으로 평온한 미소를 지었다.

"성은아. 지금은 너에게 내 비서가 아닌, 아들의 친구로서 하나 물어보려고 한다."

"예. 편하게 말씀하십시오."

"재민이 말이다. 요즘 만나는 여자가 있는 거 같은데, 혹시 넌 알고 있는지 궁금하구나."

"······."

전혀 예상 못 한 주제였다. 성은은 순간적으로 얼굴이 딱딱하게 굳어져 버렸다. 방심하고 있다가 찌르고 들어오는 현 회장의 질문에 성은은 바로 반응하지 못했다.

현 회장에게 단 한 번도 성은은 거짓말을 한 적이 없었다. 현 회장의 믿음과 신뢰를 받고 있다는 걸 자신 또한 잘 알고 있었기에 성은은 어떻게 대답을 해야 하며, 대처해야 할지 난감했다.

현 회장이 왜 이 시대 최고의 경영자인지, 오로지 자신의 능력만으로 기업을 국내 TOP으로 올려놓았다는 것을 다시 한번 깨닫게 되었다.

현 회장이 진작 눈치를 채고 확신하고 있음에도 사실을 확인하겠다는 신중함과 판단력은 정말 소름이 돋았다.

상황 파악, 대처력. 임기 능변에 능한 성은이 바로 마인드 컨트롤로 자신을 다스렸다. 자연스럽게 미소를 그리며 현 회장의 물음에 답하기 위해 입을 열었다.

"재민이도 나이가 들면서 마음이 유해졌고, 많이 여유로워진 건 회장님께서도 많이 느끼실 겁니다."

"그래. 나도 충분히 느끼고 있는 부분이지."

"아직 한창 뜨거운 열혈한 청춘이고, 혈기 왕성한 남자이지 않습니까. 보통의 청년처럼 여성에게 호기심도 가질 수 있고, 자유로운 연애도 사랑도 갖고 싶을 거라고 생각합니다."

자유로운 연애와 사랑이라. 현 회장은 '자유로운'이란 그 단어가 어쩐지 일부러 자신에게 겨냥하듯 강조하여 말하는 것 같은 기분이 들었다.

재민을 자유롭게 풀어 놓아줘도 되지 않을까, 하는 친구로서의 암묵적인 메시지를 전하는 거나 다름없다는 뜻으로 현 회장은 받아들이게 되었다.

하지만 현 회장은 전혀 언짢다거나 괘씸하다는 생각이 들진 않았다. 성은의 입장에서는 당연히 재민의 편에서 서는 게 당연했다.

그렇다고 해서 현 회장에게 직설적이게, 무조건 재민의 편을 드는 일방적인 언행은 보이질 않았다.

"회장님 아들이십니다. 재민이는 절대로 아버지를 실망시켜 드리는 모습은 보이지 않을 겁니다."

"허허."

마지막 어퍼컷을 날리는 것처럼 강하지만 능숙하게 못을 박는 성은에 현 회장은 졌다는 듯 검지로 성은을 가리키며 감탄의 웃음을 보였다.

"회장님. 다른 거 다 필요 없습니다. 재민이는 상대가 솔직하면 숨기거나 거짓말을 하지 않습니다."

"그래. 그랬었지."

한마디로 자신에게 묻지 말고, 재민에게 직접 물어보라는 것이다.

"회장님께서 재민이한테 솔직하게 물으신다면, 아마 거짓 없이 대답해드릴 겁니다."

성은의 마지막 그 한마디가 현 회장의 생각과 마음을 깨웠다.

잊고 있었다. 살갑지 않은 성격, 아버지에게 걱정과 심려를 끼칠까, 절대로 내색하지 않는 재민이지만 현 회장이 다가와 묻는다면 피하지 않고 거짓 없이 대답한다는 걸.

성은이 업무실에서 나와 자신의 데스크로 돌아와 앉았다.

"후우……."

걱정이 담긴 한숨이 서려 나왔다. 미처 예상하지 못했던 부분이었으니까. 무엇보다 현 회장이 직접 제게 물어봤다는 건 재민이 만나는 여자가 있다는 걸 확신하고 있다는 것, 그리고 쉽게 받아들일 일 또한 없을 거라는 것.

'재민아. 어쩌면 좋냐. 쉽지는 않을 거 같아.'

✦   ✦   ✦

업무가 끝나고 퇴근 후의 여가. 오늘은 진우의 제의로, 진우가 앞장
서서 예약해 둔 장소로 이동하게 되었다.

남녀 각각 오랜 친구 관계였기에 네 명이 함께 모인 자리는 조심스
럽거나 어색한 분위기는 없었다. 금방 친밀해지고 편안함을 느끼며 화
기애애한 분위기 속에서 식사가 이어지고 있었다.

무엇보다 라희와 하나가 지금 먹고 있는 식사 메뉴에 완전히 매료되
어 감탄사가 끊임없이 흘러나왔다.

맛집을 찾아다닐 만큼 먹는 즐거움과 행복을 느끼는 그녀들은 오늘
도 감격스러운 맛에 이미 도취해 있었다.

"너무 맛있다. 와아, 이런 조합은 처음이야."

"맞아. 난 육회를 그렇게 좋아하는 편도 아닌데, 이건 대박이다."

"육회를 이렇게 고급스럽게 먹을 수 있다니."

라희와 하나는 둘만이 식사 중이라고 착각하고 있을 만큼 요리에 대
한 열띤 토론과 평가 중이었다.

그녀들의 재미있는 대화를 재민과 진우는 흥미로운 눈으로 지켜보게
되었다. 마치 TV 프로그램을 시청하고 있는 시청자의 시선으로 말이
다.

진우의 추천으로 온 가게. 소수의 미식가와 전문가들이 찾는다는 곳
이었다. 잘 먹는 라희가 예뻐 지그시 쳐다보고 있는 재민이 슬그머니
손을 뻗어 그녀의 입가로 가져갔다. 몇 가닥의 머리카락이 라희의 입안
으로 들어가려는 걸 발견한 재민이 다정하게 걷어 귀 뒤로 넘겨 주었
다.

"머리카락까지 같이 먹으려고?"

재민의 손길에 라희가 그를 향해 배시시 웃었고, 마른 김을 한 장 집
었다.

"잘 먹네. 마음에 들었나 봐?"

"응. 신세계예요."

라희는 고개를 끄덕이며 마른 김 위로 치즈를 먼저 얹었다. 육회와

채 썬 마, 무순까지 차곡차곡 쌓아 올려 재민의 입 앞으로 가져갔다.

손수 싸서 먹여 주려는 라희에게 익숙한지, 재민은 자연스럽게 날름 쌈을 받아먹었다. 마주 보고 앉아 있는 진우와 하나를 그는 전혀 의식하지 않았다.

오히려 진우가 부러움이 담긴 뾰족한 눈으로 재민을 뚫어지도록 응시하고 있을 뿐이다.

재민과 눈이 마주쳤다. 진우는 자신을 향해 건방진 표정으로 말하는 재민이 어쩐지 얄미웠다. 진우의 낯에서 썩은 미소가 흩어지자, 재민이 부럽냐며 놀리듯이 진우를 쳐다보며 입꼬리를 씰룩거렸다.

'이 자식, 라희 씨한테만은 순한 여우 새끼구만?'

진우의 입이 당장이라도 재민을 향해 털어 버려야 했지만, 라희도 있으니 속으로만 잘근잘근 곱씹을 수밖에 없었다.

'차라리 안 보는 게 속이 시원하지.'

진우는 고개를 휙 틀어 버렸고, 정착된 시선은 정성껏 마른 김에 육회를 싸고 있는 하나에게로 앉았다.

바랄 걸 바라야 하는 걸까? 진우는 괜스레 뚱해진 얼굴로 하나를 쳐다보게 되었다. 젓가락까지 내려놓고 턱까지 괴고서 말이다.

예쁘게 육회를 싼 마른 김을 오므리며 시선을 들던 하나가 순간 멈칫했다. 강렬하게 자신을 쳐다보는 기분이 들었다. 그 시선을 쫓듯이 고개를 옆으로 돌렸고, 진우와 눈이 마주쳤다.

"……왜 그렇게 봐요?"

동글동글한 눈을 껌벅이며 순진무구한 얼굴로 묻는 하나였다. 진우는 심드렁하게 쳐다만 볼 뿐 입을 굳게 다물고 있었다.

그렇게 고요한 눈싸움으로 꿈쩍 않다가도 이내 하나가 눈을 가늘게 늘어뜨리며 진우를 흘겨봤다.

"오늘은 몇 번째 방법으로 화를 돋우려고 그러실까."

"뭐라고?"

하나의 그 한마디에 진우가 미간을 찌푸리며 발끈했다.

바로 반응을 보이는 진우의 행동을 예상했다는 듯 하나가 풋, 하고 웃음을 흘렸다. 뭐라고 반박하려는 진우에게 하나는 손수 싼 육회를 입 안에 쏙 넣어 주었다.

"맛있죠? 어서 씹어요."

"……."

하나가 배시시 웃었다. 노련하게 진우를 조련할 수 있는 여자도 극 히 드물 것이다. 은근히 까다롭고 고집도 셌다. 럭비공처럼 어디로 튈 지 모르는 진우를 휘어잡을 수 있었던 하나였기에 진우도 진득하게 하 나를 자신의 곁에 잡아 두고 있는 거였다.

"먹여 줄 거면 좀 다정하게 넣어 주면 좋았잖아?"

"전무님 주려고 싼 거 아니었으니까요. 입막음용으로 방향을 바꾼 거뿐."

"쳇."

솔직해도 너무 솔직했다. 진우는 오물거리는 입술을 삐죽거리면서도 어딘가 만족스러운 듯 즐거워 보였다.

영 표정 관리가 되질 않는 진우를 지켜보고 있던 재민은 어쩐지 웃 음이 나올 것 같았다.

손으로 얼굴을 쓸어내리면서 웃음을 억지로 거두며 그만 식사에 집 중하라는 듯 발로 진우의 발목을 툭 차 버렸다.

"크윽!"

진우가 짧은 신음을 잇새로 뱉었다. 라희와 하나가 동그랗게 뜬 눈 으로 진우를 동시에 쳐다보자, 진우가 아무것도 아니라며 신경 쓰지 말 라는 듯 어색한 미소를 보였다.

그러자 다시 식사를 이어 가는 그녀들을 확인하고서야, 재민을 향해 눈을 부라리며 입 모양으로 욕설을 날렸다.

재민은 무표정한 표정과 함께 어깨를 으쓱이는 것으로 진우를 더욱 약을 올렸다.

'두고 보자, 현재민. 내가 요즘 좀 얌전했지?'

재민을 노려보며 이를 바득바득 갈았다. 진우의 눈에서 불꽃이 튀기고 있다는 착각이 들 만큼 응징하겠다는 다짐과 복수로 활활 타올랐다.

가게의 실장이 노크와 함께 모습을 드러냈다. 고급스러운 와인과 네 개의 와인 잔을 가져와 테이블에 세팅해 주었다.

이곳만의 아주 특별한 마리아주. 육회와 와인의 조합은 아마 그 누구도 쉽게 접해 보지도, 시도해 보지도 않았을 것이다.

상상 그 이상으로 매력적이었고, 단연 최고의 궁합이라고 말해도 무색할 정도이다.

직접 와인을 잔에 채워 주는 실장이 이내 정중한 인사와 함께 사라졌다.

진우가 먼저 와인 잔을 들었다. 그러곤 중앙으로 팔을 뻗으며 건배하기를 권했다.

"자, 건배는 하고 즐겨 볼까?"

"좋아요."

"건배!"

맑고 청량한 잔이 부딪치는 소리는 언제나 가슴을 설레게 한다. 네 개의 잔이 톡 부딪치면서 붉은빛의 와인이 잔잔하게 일렁였다.

와인을 머금은 그들은 표정에서부터 만족스러운 풍미가 느껴졌다. 육회와 치즈의 만남으로 와인까지 더욱더 호화로운 맛을 북돋웠다.

감탄을 금치 못하는 라희는 엄지가 저절로 곧게 세워졌다.

"전무님. 너무 맛있어요. 이런 곳을 대체 어떻게 아셨어요?"

"나도 오늘 처음 온 거예요. 이한준 상무한테 추천받았는데, 대성공이네."

"아. 한준 상무님이 추천해 주셨구나. 자칭 미식가이시긴 해요."

한준의 추천으로 데려오게 되었다고 한다. 라희는 금방 수긍했다. 한준이 미식가이며 자신만 아는 가게들이 많다는 건 한준의 비서로 있을 때부터 잘 알고 있었기 때문이다.

한준의 이름을 라희의 입에서 오르니 재민이 슬쩍 라희를 쳐다봤다.

이제는 한준과도 불편함 없이 지내기는 하지만 무의식적으로 몸이 먼저 반응했던 것뿐이었다.

�֍ �֍ ✖

2차로 어디를 가면 좋을까 고민하던 중 선택한 곳은 진우의 집으로 결정하게 되었다. 각자의 취향에 맞는 안줏거리와 술들을 사서 편하게 먹고 마시겠다는 것이었다.

무엇보다 라희가 술을 믹싱 해서 마시면 병든 닭처럼 픽 쓰러지듯 고꾸라지는 이유가 크기도 했다. 오늘 라희는 와인으로 시작했으니 그녀만큼은 와인으로 쭉 밤을 달려야 했다.

진우가 맛있는 와인을 선물 받은 게 있다며 라희에게 대접하겠다고 했다.

진우와 하나가 배달 음식도 주문하고 준비하고 있겠다며 먼저 집으로 갔다. 그리고 재민과 라희는 아파트 앞 상가 1층에 자리한 편의점으로 가 이것저것 챙겨 담았다.

"술은 이 정도면 되려나? 내일 출근도 해야 하니, 만취할 만큼 마시는 건 안 되니까."

"응. 충분할 거 같아요. 아니 많은가?"

"남으면 진우 녀석 먹이면 되는 거지."

술이 남는다면 진우를 먹이겠다며 사악한 미소를 짓는 재민의 표정이 어쩐지 소름이 돋을 정도였다. 장난이 아닌 진심을 뜻하는 살벌한 의지가 미소 속에 듬뿍 담겨 있었다.

"악마."

"더 많이 당한 쪽은 나라고."

라희가 악마라며 한 걸음 물러서자 재민이 억울하다는 듯 서운함을 내비치었다.

이럴 때 보면 정말 어린아이 같았다. 라희는 고개를 절레절레 흔들며 계산대로 재민의 팔을 이끌었다.

재민이 카드를 꺼내어 계산원에게 건네주었고, 이내 라희에게 말했다.

"계산하고 있어. 옆에 아이스크림 가게 다녀올게."

"아이스크림은 왜요? 편의점에서 사도 될 텐데."

"하나 씨 승진 미리 축하해 주려고. 아이스크림 케이크 제일 좋아한다고 했었잖아."

그걸 기억하고 있었다니. 라희는 놀라움과 동시에 묘한 감동을 느끼게 되었다.

자신이 가장 아끼고 사랑하는 친구의 승진까지 축하해 주며 챙겨 주는 재민에게 고마웠다. 무엇보다도 자신이 한 말은 절대로 흘려듣지 않고 진지하게 들어 주는 그가 사랑스러울 수밖에 없었다.

성은과 하나와 술을 거하게 마셨던 날, 라희가 취하게 되어 재민이 데리러 왔었던 때가 있었다. 그때에도 재민은 아이스크림 케이크를 사 왔었다.

물론 성은이 아이스크림을 좋아하긴 했다. 그 당시에는 마땅히 살 것이 떠오르지 않았지만, 아이스크림 가게가 눈에 띄어 선택하게 되었다.

하지만 결과적으론 좋은 선택이었다. 하나와 성은에게 환호를 받았을 만큼.

라희는 하나가 아이스크림 케이크라면 자다가도 벌떡 일어날 만큼 아이스크림을 사랑한다는 사실을 알려 주었다. 그리고 재민의 기억 속에 지금까지도 그 이야긴 오롯하게 저장되어 있었다.

"휴대폰으로 미리 주문해 놨으니까 받아만 오면 돼. 금방 올게."

"응. 알았어요."

라희는 생글거리며 고개를 끄덕였다. 재민은 라희의 뺨을 손가락으로 톡 건드리는 것을 끝으로 편의점을 나섰다.

재민이 나간 유리문을 쳐다보며 미소 짓고 있는 그녀의 얼굴. 재민을 향한 애정으로 물들어 있었다.

'고마워요. 현재민 멋있는 거, 오늘도 인정.'

재민은 편의점 오른쪽으로 두 가게를 지나 프랜차이즈 아이스크림 가게로 들어갔다. 미리 휴대폰 앱으로 주문하면서 결제까지 마쳤던지라, 재민이 주문 번호를 말하면서 바로 아이스크림 케이크 상자를 건네받았다.

"감사합니다. 또 이용해 주세요."

직원의 인사에 재민이 고개를 끄덕이며 금방 밖을 나섰다. 다시 편의점으로 발걸음을 옮기려던 그때 재민의 두 발을 멈춰 세우게 만드는 메시지 음. 재민은 슈트 안주머니에서 휴대폰을 꺼내어 방금 도착한 메시지를 확인했다.

"......"

메시지를 확인하게 된 재민의 표정이 딱딱하게 굳어져 버렸다. 재민에게 메시지를 보내온 이는 바로 성은이었다.

〈재민아. 회장님이 너 만나는 여자 있는 거 같다고 나한테 아는 거 있는지 물어보셨어. 너도 대충 감 오지? 회장님은 절대로 확신이 서지 않는 이상, 가볍게 입 밖으로 꺼내시는 일 없다는 거.〉

✤　　✤　　✤

라희가 외근으로 자리를 비운 틈을 타 재민이 성은을 호출해 사장실로 불러들였다.

소파로 마주 보고 앉은 재민과 성은의 분위기가 어쩐지 무거웠다. 유쾌한 대화의 주제는 아니었으니 당연한 걸지도 모른다.

"그래서. 정확한 대답은 피했다는 거지?"

"응. 아마 회장님도 눈치는 채신 거 같아. 내가 회장님을 잘 아는 만

433

큼, 회장님 또한 나를 잘 아시니까."

그렇다. 현 회장의 곁에서 오랜 세월을 함께 했으니, 성은만큼이나 당연히 현 회장 또한 성은의 눈빛만 봐도 꿰뚫고 있을 것이다.

다만, 성은이 자신에게 솔직하게 털어놓지 못한다는 건 그만한 이유가 있을 거라는 것 또한 현 회장은 알아차릴 수 있었다.

재민이 만나고 있는 여자가 성은과도 아주 가깝고 친밀한 관계라는 걸. 솔직히 라희임을 현 회장은 완전한 확신을 가질 수 있었다.

재민이 갑갑함의 한숨을 내쉬며 마른세수로 얼굴을 쓸어내렸다.

라희와의 결혼, 미래까지 마음속에서 설계하고 있었던 재민이었다. 언젠가는 아버지 현 회장에게 라희를 정식으로 소개시켜 드리고 결혼 승낙을 받아야 한다는 걸 머리로는 생각하고 있었다.

순탄하지 않을 게 뻔했으니 재민은 무의식적으로 미루고 아예 생각 자체를 하지 않으려 방어하고 있었을 것이다.

"아버지가 널 신뢰하고 있으니까 의심쩍었을 텐데도 더는 집요하게 묻진 않은 거 같다. 그래서 너한테 미안하고."

"미안할 거까진 없고. 회장님께 솔직하게 말씀드리지 못한 부분은 죄송스럽긴 해. 나를 친딸처럼 아껴 주시고 믿어 주시는 분이시니까."

재민은 미안함과 고마움의 감정이 동시에 섞이며 눈을 내려 깐 채 고개만 끄덕였다.

"회장님께서 직설적으로 너한테 묻는다면, 난 네가 솔직하게 대답해 줄 거라고 말씀드렸어. 어때? 내가 틀린 걸까?"

자신의 성격을 아주 정확하게, 제대로 파악하고 있는 성은의 대답이었음은 분명했다.

재민은 양손을 모아 깍지 낀 채 엄지손가락을 문지르듯 꼼지락거렸다. 그러면서 성은을 향해 입매를 휘었다.

"나에 대해 너무 잘 알고 있어서 소름 돋는데?"

재민의 장난이 묻은 말에 그제야 성은도 한숨을 내쉬며 한결 가벼워진 웃음을 보였다.

"너한테 달렸어."

"무슨 말이야?"

"네가 어떻게 하느냐에 따라 회장님 마음을 녹여야 하며, 너보다 더 아팠던 응어리져 있던 걸 풀어드려야 해."

"……."

알고 있다. 자신보다도 아버지가 더 고통 속에서 힘겨워했고, 지금까지 응어리를 안고 있다는 걸. 그래서 더욱더 재민의 짝을 직접 맺어 주고 싶어 한다는 것을.

"그렇지 않으면."

"않으면?"

다시금 진지해진 성은의 표정과 낮게 깔린 목소리. 순간적으로 재민은 긴장으로 인해 몸 전체가 경직되면서 입안이 건조해짐을 느꼈다.

"그렇지 않으면 라희, 네 손으로 먼저 라희 손 놔줘."

"장성은."

라희와 만난 이후, 재민은 단 한 번도 생각해 본 적 없었다. 그녀와 헤어지게 될 순간 따위, 제 손에서 먼저 손을 놓을 일 따위는 없을 거라는 걸 말이다.

성은의 입에서 나올 말일 줄은 전혀 예상하지 못했다. 재민은 꽤 충격을 받은 듯 보였다. 그 누구보다도 자신과 라희의 관계를 축복해 주고 기뻐해 주었던 성은이었으니까.

이토록 정색에 가까운 낮으로 엄중하게 경고성의 말에 재민의 얼굴이 살벌하게 일그러졌다. 하지만 성은은 코로 숨을 내쉬며 눈꺼풀을 꾹 눌러 닫았다가 떠올렸다.

"회장님도, 라희도, 힘들어하는 모습을 지켜볼 자신이 없어. 물론, 재민이 너 또한 마찬가지고. 나한테는 모두 소중한 사람이거든. 진심으로."

성은의 진심이 그 한마디에 모조리 녹여져 있었다.

성은에게는 참으로 힘겨운 세 사람의 온도였다. 현 회장과 라희, 그

435

리고 재민. 세 사람 모두가 내 사람이었기에 성은은 소중한 그들이 똑같이 행복해질 수 있는 해피엔딩을 바라는 마음뿐이었다.

심각해진 재민이 혀로 입술을 훑었다, 이로 깨물기를 반복하며 생각에 잠긴 듯 보였다.

조용히 재민을 응시하고 있던 성은이 이내 입바람을 내뱉으며 소파 테이블을 주먹을 쥐어 똑똑 두드렸다. 그러자 재민이 시선을 들어 성은을 똑바로 바라봤다.

"이 바보야. 진짜 라희 손 놓기만 해 봐라. 넌 나한테 죽도록 두들겨 맞을 줄 알아!"

"……."

"그러니까 무조건 현재민! 네가 승리하도록 이 누나가 열렬하게 힘을 실어 줄 테니까."

180도 달라져 버린 성은의 갑작스러운 태도 변화가 재민은 당황스러울 따름이었다. 그래서 그저 멀뚱멀뚱 성은을 쳐다보았다.

재민은 결국 너털웃음을 흘렸다. 어느 장단에 맞춰야 할지, 난감한 것도 뭐 익숙하니까.

"흠흠! 아무튼, 회장님은 마음은 무조건 돌리도록. 이상!"

성은이 마저 할 말을 시원하게 내뱉으며 벌떡 자리에서 일어섰다. 그러자 재민이 자연스럽게 서 있는 성은에게로 시선을 들었다

"웃지 마."

"웃는 것도 네 허락 받아야 되냐?"

"그래."

티격태격하는 친구. 이내 서로 웃음으로 매듭지을 수 있었다. 성은이 재민에게 파이팅은 연신 외치는 우스꽝스러운 행동을 끝으로 업무실을 나갔다. 재민은 고개를 가로저으며 바람 빠지는 웃음을 흘렸다.

혼자만의 공간이 되어 버린 업무실. 재민은 좀처럼 소파에서 일어서질 못했다.

"왜 이렇게 태평하게 있었을까."

재민은 이제야 퍼뜩 긴장하게 되었고, 뒤늦은 고민이 생겨 버렸다.

누구보다도 아버지 현 회장을 잘 아는 사람이 자신임을 알면서도 태평해도 너무나 태평하게 하루하루를 보내었던 시간이 후회되기도 했다.

지금 이렇게 후회한다고 해서 달라지는 건 없는데 말이다.

재민은 소파에 몸을 늘어뜨리고서 고개를 뒤로 젖힌 채 눈꺼풀을 눌러 닫았다. 생각이 많아지는 재민의 머릿속은 뒤죽박죽 정신없었다.

"하아……."

고민으로 둘러싸인 뿌연 한숨만이 그의 입술 사이로 흩뿌려질 뿐이다.

13장
그 집념, 집요함

"감사합니다. 수고하세요!"

외근을 마치고 돌아온 라희는 택시에서 내려 거래처에서 받아 온 서류들을 신줏단지처럼 품에 안고서 회사 안으로 들어섰다.

로비를 지나 엘리베이터로 향할 때, 비서 팀의 후배들과 마주쳤다.

"공 비서님 안녕하세요."

"안녕. 미영 씨, 혜림 씨."

"외근 다녀오시는 길이세요?"

후배들과 이런저런 얘기를 나누며 엘리베이터에 함께 올랐다.

"응. 외근 나갔다 오면 정말 하루가 금방이네."

"맞아요. 시간이 훅훅 지나가 버려요."

"또 귀소해서 오늘 마무리할 분량 업무까지 끝내려면 퇴근 시간까지 빠듯해지고요."

처음엔 비서 팀 직원들 모두가 라희를 무섭고 어렵게 생각하며 가까이 다가오지도 못했었다. 하지만 지금은 모두 옆집 언니처럼 털털하고도 잘 챙겨 주는 그녀를 존경하며 곧잘 따르고 있었다.

"요즘 갑자기 바빠져서 고생 많지? 조금만 더 힘내자. 곧 긴급 모드는 해제될 거니까.”

“저보다 부장님이랑 공 비서님, 김 비서님이 더 바쁘셨잖아요. 최근 며칠은 거의 꼭두새벽부터 출근하셨다고.”

“다 같이 고생했지. 팀인데.”

라희는 최근 업무량이 급상승하는 바람에 며칠 동안 야근까지 했던 후배들이 안쓰러우면서도 불평 없이 임해 줘 대견했다.

“김 비서님이랑 상의해서 회식 제대로 쏠게.”

“정말요?”

“꺄아! 기대하고 있을게요!”

라희와 하나는 시간을 맞춰 회식으로 회포를 풀어 주려고 이미 이야기를 마친 상태였다. 조일 때는 꽉 조여 주고, 풀어 줄 때는 또 확실하게 제대로 풀어 주는 라희와 하나였다. 그러니 비서 팀 내에서의 잡음은 일절 없었다.

“공 비서님, 수고하세요!”

“후배님들도 수고해!”

후배들이 먼저 엘리베이터에서 내렸고, 더 위로 오르는 사장실이 자리한 층에서 라희도 내렸다.

사장실로 향하는 라희의 발걸음이 경쾌했다. 그녀의 가슴을 설레게 하는 남자, 사랑하는 그가 있는 곳이니까.

라희가 데스크 위에 핸드백과 품에 안고 있던 노란 서류 봉투를 내려놓았다.

“회의 끝나셨을 시간인데, 안에 계시려나?”

닫혀 있는 업무실 문으로 시선을 둔 채 혼잣말을 읊조리곤 급히 손거울을 꺼내어 얼굴을 확인했다. 메이크업이 번진 곳은 없는지 고개를 틀어 가며 살피고는 이내 업무실로 발걸음을 옮겼다. 재민에게 보고는 기본이었다.

똑똑, 애정이 담긴 설레는 노크 소리. 하지만 노크에 대한 돌아오는 메아리는 없었다.

"자리에 안 계시나?"

다시 한번 노크를 했지만 역시나 마찬가지였다.

라희는 심오한 낯으로 문고리를 잡고 돌렸다. 그리고 조심조심 천천히 문을 열었다.

풋, 하는 작은 웃음이 잇새를 비집고 나왔다.

소파에 영혼을 맡긴 듯한 재민의 풀어진 모습이 그녀의 눈에 들어왔다.

아마도 회의가 끝나자마자 소파에서 잠이 든 모양이었다. 갑갑한 걸 싫어하는 재민이 흐트러짐 없이 회의 들어가기 전 반듯하게 옷매무새를 다듬었던 그대로였기 때문이다.

라희는 어쩐지 쉽사리 안으로 들어서지 못하고서 문고리를 잡은 그 상태로 서 있었다.

"저 굵은 목 좀 봐. 참 섹시하단 말이지."

고개를 젖힌 채 소파에 목을 지탱하고 있는 재민을 향한 음흉하게 젖은 라희의 눈동자가 번뜩였다.

내 남자지만 참 잘생겼어.

어느새 아주 불순한 눈으로 그를 훑고 있었다.

굵직한 목과 남성을 상징하는 울대뼈. 마치 장인의 조각술로 정성스럽게 조각한 것 같았다. 라희가 남자에게서 가장 관능적으로 느끼는 부위였다.

조용히 문을 닫고 하이힐의 굽 소리도 나지 않도록 살금살금 재민의 곁으로 다가갔다.

테이블 위로 두 개의 커피 잔이 놓여 있는 걸 발견하게 되었다. 라희는 고개를 살짝 기울이며 커피 잔을 쳐다봤다.

'누가 오셨었나?'

누군가 업무실을 찾아왔다는 건 두 개의 커피 잔이 말해 주고 있었다. 라희는 회의에 함께 들어갔던 진우가 왔었나 하는 예상을 해 보다가도, 진우가 아니었음을 알게 되었다.

맞은편의 새하얀 커피 잔에 여자의 립스틱으로 보이는 흔적이 찍혀 있었기 때문이다.

라희는 입술을 모아 삐죽거리며 쳐다보다 이내 재민에게로 뾰로통하게 그려진 눈으로 내려 봤다.

'깨워도 될까?'

속으로 꿍얼거리는 라희였다. 하지만 그것도 아주 잠깐이었다. 바람이 스치듯이 자연스러운 감정의 흐름이었을 뿐이었다.

지금 라희의 눈과 모든 신경은 업무로 지쳐 쪽잠을 자고 있는 재민에게로 향해 있었다. 아마 쪽잠도 무의식적으로 잠의 유혹을 이기지 못해 취한 것으로 예상할 수 있었다.

비서로서, 아니 연인으로서 재민을 완전히 파악하고 있었다.

라희가 재민의 옆자리인 소파에 앉은 것이 아니라, 두 다리를 가지런히 모아 붙인 채 스커트를 손으로 쓸어내리며 다소곳하게 쪼그려 앉았다.

턱까지 괴고서 방끗방끗 미소를 매단 채 재민을 구경하듯 눈에 빼다 박으려는 기세로 바라보았다.

"이렇게 지켜보고 있는 것도 좋네."

따사로운 햇볕이 투명한 창으로 통과하는 업무실의 온도는 포근했다. 몽글몽글 구름을 껴안고 있는 것처럼 라희도 그 포근함에 따라 잠이 몰려드는 기운을 느꼈다.

그만큼 재민과 같은 공간에 있는 것만으로도, 그를 바라만 보고 있어도 가슴이 따뜻해지고 편안함을 느끼고 있다는 증거였다.

"안 되겠다. 이러다 나도 잠들겠어."

뻑뻑해져 오는 눈을 껌벅거리는 라희가 고개를 좌우로 흔들었다. 순식간에 잠에 취해 버릴 거 같았던 그녀는 아슬아슬했던 정신을 겨우 부여잡으며 자신의 뺨을 톡톡 두드렸다.

손목시계를 확인하는 라희가 조용히 읊조렸다.

"조금만 더 자게 둘까?"

쪼그려 앉았던 몸을 천천히 일으키는 라희가 재민을 보며 옅은 미소를 머금었다. 그러곤 재민의 뺨에 쪽, 하고 입을 맞췄다.

'엄마야. 왠지 부끄러워졌어.'

누가 지켜보고 있는 것도 아닌데. 도둑 뽀뽀를 한 거나 다름없다는 생각에 어쩐지 부끄러워졌다. 수줍은 그녀의 얼굴이 복숭앗빛으로 서서히 물들어 가고 있었다.

구부정하게 재민을 향해 숙였던 라희가 그만 상체를 꼿꼿하게 세우기 위해 재민에게서 멀어지려 했다. 얼굴 가까이 눈높이를 맞춘 상태에서 움직이려는 낌새를 눈치챈 재민의 눈이 번쩍 뜨여졌다.

"어……?"

당황함으로 벙쪄 버린 라희의 표정이 재밌었다.

재민의 입매와 안면 근육들이 파르르 떨리고 있었다. 웃음을 참으려 애쓰려는 그 모습이 가여워 보이기까지 했다. 결국은 끝끝내 참지 못하고 웃음이 터지고야 말았다.

"하하하."

얼마나 참았던지, 복식으로 웃음을 뱉어 내는 재민의 웃음소리가 업무실 전체를 들썩이게 할 만큼 컸다.

"미치겠다."

"으앗!"

재민이 라희의 허리를 긴 팔로 둘러 낚아채듯이 자신의 허벅지 위로 앉혀 꽉 졸라맸다.

"답답해요!"

"웃음 참느라 죽는 줄 알았잖아."

"자는 거 아니었어요?"

"대놓고 자는 척한 건데. 내 연기가 제법 좋았나 보네."

"어이없다, 정말……."

라희는 어이가 없어 헛웃음을 흘리며 재민을 쳐다봤다. 그러자 재민은 코를 찡긋거리는 능청을 보였다.

재민은 처음부터 잠든 척하려는 의도는 없었다. 다만 잠이 들지는 않았지만, 생각이 많았던 탓에 눈을 감은 상태 그대로 시간을 흘러가다 보니 몸이 반응하질 못했다. 금방이라도 잠이 들 찰나였다.

라희가 흔들어 깨웠다면 눈을 떴을 것이다. 하지만 그녀는 잠이 든 자신을 확인하고는 사뿐사뿐 다가와 자신을 지켜봐 주고 있었다. 볼 뽀뽀까지 해 주며 혼자서 부끄러워하는 라희의 모습이 그의 머릿속에 생생하게 그려졌다.

라희의 다음 행동이 궁금해져 잠이 완전히 달아나게 되었음에도 재민은 혀를 깨물고 웃음을 참아 가면서까지 자는 척을 했다.

얄밉기 그지없는 재민의 볼을 꼬집은 라희도 결국 웃음이 터지고 만다. 재민의 허벅지에서 내려와 옆자리로 앉았다. 그러자 재민이 자연스럽게 팔을 들어 라희의 어깨에 둘렀다.

"누가 왔었어요?"

라희가 커피 잔을 흘깃거리며 누가 왔었냐고 묻는다. 재민은 눈썹을 올렸다 내리며 태연하게 고개를 끄덕였다.

고개만 끄덕이는 재민의 무미건조한 태도가 마음에 들지 않는지, 라희가 가늘게 눈을 뜨며 재민을 밉지 않게 노려보았다. 재민은 영문을 모르겠다는 듯한 표정이었다.

"커피 잔. 립스틱이 묻어 있는데."

"……?"

커피 잔? 립스틱?

재민은 무슨 소린지 싶어 라희가 가리키는 성은이 마셨던 커피 잔으로 시선을 내렸다. 정말 립스틱 자국이 선명하게 찍혀 있었다.

가만히 립스틱 흔적을 응시하고 있던 재민의 입꼬리가 슬며시 씰룩거렸다.

'공라희가 질투라. 기분 좋은데?'

라희가 질투를 하는 모습을 보게 될 줄이야. 재민은 이 신선하고도 짜릿한 감정을 어떻게 해야 할지 몰라 좀처럼 진정하질 못했다.

재민의 표정 변화를 보아하니, 이 상황을 즐기고 있음이 분명했다. 그리고 라희는 그제야 자신이 어투와 행동이 그의 눈에 어떻게 보였을지 인지하게 되었다. 그 후 민망함이 물밀듯 밀려들었다.

재민은 고개를 모로 기울인 채 개구쟁이를 빙의한 표정으로 라희를 보고 있었다. 서로 응시하고 있던 시선을 먼저 피한 건 라희였다. 입술을 살짝 내민 채 삐죽거리는 라희에 재민이 피식 웃었다.

라희의 어깨에 팔을 두르고 있었던 재민은 손으로 그녀의 뺨을 감싸고서 다시금 자신을 똑바로 보도록 만들었다.

"신선한데? 당신 반응."

대놓고 짓궂게 장난을 치려는 수작이었다. 라희는 뾰로통해진 눈으로 재민을 흘겨봤다.

"그래서. 대답은 해 주셔야죠?"

"말해 뭐 해."

"허! 뭐라고요?"

라희가 발끈하며 달려들려 하자, 재민이 큭큭 웃으며 자신의 체중으로 가냘픈 라희의 몸을 누르며 소파로 눕혔다.

순식간에 재민의 페이스로 말려든 라희는 여전히 그가 못마땅하기만 하다. 뾰족한 눈으로 재민을 노려보는 라희. 하지만 그 날카로운 시선은 재민에겐 자극적이기만 했다.

재민이 라희의 이마에 자신의 이마로 부딪치며 앙증맞은 콧방울을 입술로 훑었다.

"……대답."

하하 웃음이 서려 나왔다. 감정의 흐트러짐 없이 꼭 자신이 듣겠다는 대답을 물고 달려드는 라희의 성격이 재민은 아주 마음에 들었다.

"역시. 내 생각이 맞았어."

"그게 무슨 소리예요?"

"그 집념. 집요함이 딱 내 스타일이거든."

"어물쩍 넘어가려고 하네, 이 남자가?"

"그럴 리가. 이도 저도 아닌 어중간한 건 딱 질색인 놈이야, 내가."

"그럼 빨리 불던가요."

혼자만 즐거워 보였다. 왜 그렇게 애간장을 태우는 건지. 라희는 당장이라도 멱살을 잡아 흔들어 실토하게 만들고 싶은 마음까지 들었다.

그런 라희의 마음을 읽기라도 했는지, 재민은 이쯤에서 그만 장난을 멈춰야겠다고 생각했다. 재민이 라희의 턱을 살포시 움켜쥐어 고정하며 엄지로 보드라운 턱을 야릇하게 쓸었다.

"장성은 립스틱 자국 잘못 남겼다가, 현재민 애인한테 무섭게 씹혀 버렸네?"

"……!"

성은의 흔적일 줄은 왜 생각 못 했을까. 뾰족했던 라희의 눈매가 큼지막해졌다. 라희는 당혹스러움과 민망함이 동시에 밀려들었다.

'이게 무슨 창피야.'

라희는 속으로 자신을 헐뜯었다. 말 그대로 쥐구멍이라도 있다면 숨어 버리고 싶다는 말을 써야 할 순간이었다.

라희는 왜 재민이 이토록 담담했는지, 이해할 수 있었다.

"천하의 공라희의 질투를 보게 됐다니. 장성은한테 난 고마워해야겠는데?"

연이은 재민의 놀림이 이어졌다. 뭐가 그리도 재밌는지, 활짝 웃는 얼굴로 짓궂은 말들을 이어 갔다.

울긋불긋해진 라희의 얼굴은 마치 탐스러운 열매와 같았다. 재민은 자신의 눈을 똑바로 쳐다보지도 못하고서 눈동자만 요리조리 굴리는 라희가 너무나도 귀여웠다. 먹음직스럽게 익은 라희의 볼을 재민은 과일을 베어 물 듯 살짝 깨물었다.

"앗! 왜 물고 그래요!"

"큭. 세게 물지도 않았는데, 우리 공 비서 예민해졌구나."

음흉하게 입꼬리를 휘는 재민이 농염한 눈빛으로 라희의 심장 박동의 속도를 드높였다.

망연자실한 표정으로 한숨을 내쉬는 라희는 후회의 한탄이 섞인 목소리로 읊조렸다.

"한 건 잡았다고 또 막 물고 늘어지려고 하네. 제대로 걸렸어, 공라희."

"당연하지. 이런 희귀한 공라희 질투를 보게 됐는데. 아예 박제해 놓고 싶을 정도라고."

"그것만은 제발!"

"하하."

박제해 놓고 싶을 정도라니. 라희는 기겁하며 아예 자지러졌다.

현재민, 그는 가볍게 입 밖으로 빈말을 내뱉을 인물이 절대 아니었다.

라희는 다급하게 양손을 기도하듯 모아 싹싹 비는 제스처를 보였다. 애절한 눈망울을 반짝거리면서.

그러자 재민이 또 한 번 웃음을 터뜨렸고, 이내 사랑스러운 그녀의 입술에 쪽쪽 입을 맞췄다.

재민의 무자비한 입술 공격에 라희는 딴딴한 그의 어깨를 찰싹찰싹 내리쳤다. 그럼에도 재민은 꿈쩍도 하지 않았고, 결국은 라희가 매끄러운 그의 아랫입술을 깨무는 응징을 할 수밖에 없었다.

"읏!"

재민이 한쪽 눈을 찌푸리는 작은 고통을 표출했다. 라희에게 물린 아랫입술을 혀로 쓸면서 노려보기는커녕 윙크를 하듯이 게슴츠레한 모양을 그리며 말했다.

"이렇게 계속 유혹하면 참기 힘든데."

"어허. 그만 적당히 마무리 지읍시다. 상황 종료!"

라희가 상황 종료를 유쾌하게 외치며 재민의 가슴팍을 서서히 밀어 냈다. 그러곤 그만 자신을 일으켜 달라는 듯 재민을 향해 양손을 뻗었고, 어린아이가 잼잼 하는 것처럼 손을 오므렸다 펴는 애교를 보였다.

재민이 '아쉬운데'라고 읊조리면서도 라희의 애교로 인해 얼굴빛이 화사하게 번져 갔다. 앙증맞은 그녀의 손을 잡아당기면서 상체를 똑바로 일으켜 주었다.

재민이 흐트러진 라희의 머리칼을 다정한 손길로 정리해 주었다.

누군가가 자신의 머리를 쓰다듬어 주는 행동은 라희에겐 익숙지 않았다.

물론 처음은 아니었다.

외동딸이었던 자신을 끔찍이 아끼고 사랑해 주었던 아빠의 포근한 손길 이후, 재민의 다정한 손길에서 그때 그 행복했던 감정이 다시금 떠오르면서 가슴속 깊숙이 스몄다.

평온하고도 안정을 주는 이 기분 좋은 느낌. 라희는 저절로 눈이 감기면서 솔솔 잠이 들 것만 같았다.

"다정한 남자……."

"더 다정하게 만져 줄 수도 있는데. 수위를 좀 더 높여 볼까?"

정말이지, 기회를 놓치지 않는 엉큼한 짐승의 감지 능력. 재민의 짓궂은 임기응변에 웃음이 튀어나왔다. 진짜 바로 행동 개시할까 싶어 라희는 감고 있던 눈을 번쩍 떴다. 그러자 재민이 능글거리는 얼굴로 아쉬움을 내비쳤다.

"에이. 한발 늦었네."

"못 말려, 정말."

라희가 졌다는 듯 고개를 절레절레 흔들며 바람 빠지는 웃음만 흘렸다.

변해도 너무 변했다. 독불장군, 냉혈 인간. 재민을 상징했던 수식어가 무색할 만큼 라희의 애인이라는 이름표를 달게 된 이후의 그는 능글거림, 엉큼한 짐승이라는 라희만의 개인 수식어로 변경되었다.

"커피는 사장님이 직접 내리신 거예요?"

"아니. 장성은이 자기가 한다고 뒤로 빠지라더라고."

"어머. 성은 선배, 역시 카리스마!"

"카리스마는 얼어 죽을."

라희가 자리를 비웠기에 재민은 그래도 자신이 호출해서 불러들였으니 직접 커피를 준비하려고 했다. 하지만 성은이 손을 휘휘 내저으며 재민에게 가만히 소파에 앉아 있기를 당부하며 본인이 직접 탕비실에서 커피를 내려오게 되었다.

그 상황이 머릿속에 그려져 라희의 웃음은 한동안 계속되었다. 재민이 게슴츠레 뜬 눈으로 라희를 내려다봤다. 그러곤 말랑한 볼을 잡고서 쭉쭉 늘리며 툴툴거렸다.

"사고뭉치라고 동네방네 떠들고 다니셨더라고?"

"아닌데. 아아……!"

성은이 사고뭉치라며 놀려 댔다. 라희가 말했다고 얘기한 건 아니지만, 라희가 확실했다. 그 사고 상황에 있었던 사람은 자신과 라희, 단둘밖에 없었으니까.

물론 라희가 얘기했더라도 재민의 손이 덴 화상 상처의 걱정으로 말했으리란 걸 그도 예상할 수 있었다.

"가만, 지금 몇 시지."

재민이 몇 시인지 혼잣말처럼 읊조리며 고급스러운 손목시계로 시선을 내렸다.

"슬슬 일어나야겠군."

"어디 가시려고요? 이후 정해진 일정은 없었는데, 제가 빠뜨린 부분 있었습니까?"

라희의 낯빛이 당혹스러움으로 굳어져 가고 있었다. 가뜩이나 큰 눈이 더욱 더 크게 도드라진 상태로 데굴데굴 머리를 굴렸다.

회의를 끝으로 재민의 추후 일정은 분명히 없었는데, 라희는 자신이 미처 체크하지 못한 일정이 있었던 건지 심오한 표정으로 기억을 떠올리려 끙끙거렸다.

순식간에 표정의 변화가 일자, 재민은 고개를 내저으며 웃음을 흘렸다. 라희는 깐깐할 만큼 철두철미했다. 자신이 놓치거나 실수한 상황을 절대로 용납하지 못할뿐더러, 스스로를 책망하는 성격이었다. 그만큼

제 일에 사명감을 가지고 최선을 다해 임한다는 뜻이기도 했다.

조금은 내려놓고 일해도 충분할 텐데. 재민은 속으로만 말해 볼 뿐이다. 일에 있어 그만큼 자부심을 갖고 있기에 터치하고 싶지 않았다. 재민이 라희의 머리 위로 손을 턱 하니 얹으며 입을 열었다.

"회의 끝나고 나오는 길에 강 실장님한테 연락받은 사항이니까. 외근 중인 당신이 알 수 없었던 것뿐."

"아……."

재민이 속 시원하게, 깔끔하게 설명해 주자 라희는 그제야 놀란 가슴을 쓸어내리며 안도했다.

현 회장의 비서 강 실장의 전화 내용은 재민에게 계열사들을 방문 순회할 것을 부탁한다는 용무였다.

이렇게 한 번씩 불시에 들이닥쳐서 중역들에게 긴장감을 안겨 주는 것 또한 중요했다. 현 회장이 직접 방문하려 했었지만, 갑작스럽게 다른 일정이 꼬여 버리는 바람에 재민에게 맡기겠다고 강 실장을 통해 지시했던 것이었다.

"하여간, 비서 공라희는 과하게 진지하다니까."

"당연하죠. 사실, 요즘 많이 해이해졌다는 거 인정하고 반성해야 할 판이지만요."

"어딜 봐서?"

재민이 라희의 말에 공감하지 못하겠다는 듯 고개를 갸웃거렸다. 전혀 해이해졌다는 걸 인지하지도, 눈에 보이지도 않았으니까.

자신의 단점은 보이지도 않고, 아니 아예 보려고도 하지 않는 재민의 눈먼 사랑. 그가 콩깍지가 씌어도 단단히 씌었나 보다, 라고 생각하니 저절로 웃음이 서려 나왔다.

"공적인 공간, 시간에서는 사적인 감정과 접촉에 거리를 두어야 하는데, 현재민 앞에 서면 와르르 주저앉게 되는 거?"

솔직하고 담백하게 자신의 감정을 드러내는 라희가 사랑스러워 미쳐 버릴 지경이다. 터져 나오려는 웃음을 좀처럼 참지 못한 재민이 결국

호방한 웃음을 터뜨렸다.

"철옹성 같은 공 비서를 무너뜨리기 위해서 꽤 공들였었지, 아마?"

"역시 우량주의 몸이시라 그런지, 집요함은 인정합니다."

소파에 앉았다가 기대었다가 움직였던 재민의 슈트를 라희는 손수 털어 주고 다듬어 주었다. 그리고 살짝 삐뚤어진 넥타이도 섬세한 손길로 고쳐 주었다.

"정시 되면 퇴근하도록 해. 아마 다시 못 들어올 거 같으니까."

"네. 그럴게요."

한시도 떨어지기 싫은가 보다. 뭐가 그리도 아쉬운지 꿀이 뚝뚝 흐르는 눈으로 서로를 응시하고 있는 연인의 모습이 예뻤다.

라희가 무슨 할 말이 있는 듯 말문을 열었다.

"참."

"왜 그래?"

재민이 고개를 비스듬히 젖히며 라희의 입에서 이어질 얘기를 기다리고 있었다.

라희의 입매가 보드랍게 호선을 그리며 조금은 농염한 시선으로 재민을 우러러봤다. 재민의 넥타이 매듭 부분을 쥔 상태로 느릿하게 매만지며 말했다.

"다른 여자 립스틱 자국이 나를 질투로 옥죌 줄은 몰랐어요. 뭐, 성은 선배여서 안심했지만."

은밀하고 야릇하게 속삭이는 그녀다. 뜨거움 숨이 굵직한 재민의 목으로 안달이 나도록 흩뿌려졌다.

"크흠! 그랬어?"

재민은 순간 찌르르 전신이 짜릿했다. 심장이 터져 버릴 만큼 쿵쾅쿵쾅 요란스럽게도 뛰어 댔다.

표정 관리가 되질 않았다. 남자답지 못하는 우스꽝스러운 표정을 짓게 되어 버리는 위기를 벗어나야 한다는 재민은 근엄한 표정을 지으려 노력하려 듯 목을 가다듬었다.

"재민 씨가 느꼈었던 그 마음을 이제 이해할 수 있게 됐다고나 할까?"

계속되는 그녀의 앙큼한 도발에 가까운 앙큼함에 쓰러질 것만 같다. 심장을 간지럽게 긁어내리는 기분 좋은 압박감이었다.

"좀 더 질투하고 날 더 원해 줘. 더 꽉 붙들어 줬으면 해."

자신을 향한 그 눈빛과 목소리가 정말로 진심을 말하고 있었다.

이글이글 타오르는 재민의 불꽃같은 눈동자. 왜 웃음이 나오려는 걸까. 어린아이처럼 보채고 투정을 부리는 것 같은 그 모습이 그녀에겐 그저 귀엽게만 느껴졌다.

라희는 웃음을 참기 힘들었다. 눈을 꾹 눌러 닫은 채 턱을 살짝 내리고서 끅끅거렸다.

"우습다 이건가?"

"아, 아뇨. 설마요. 풋."

작은 어깨까지 들썩이며 숨죽여 웃는 라희가 맘에 들지 않는지, 재민은 미간을 찌푸리며 쳐다보다가도 이내 입꼬리를 한쪽으로 말아 올렸다.

재민이 자신의 넥타이를 여전히 잡고 있는 라희의 손을 살포시 감싸 쥐었다. 그러곤 악력에 힘을 주어 넥타이를 쭉 아래로 끌어내렸다.

라희가 당황한 눈으로 내려진 넥타이를 한번 쳐다보고 이내 고개를 획 들어 재민을 쳐다봤다.

"뭐, 뭐 하는 거예요?"

"날 부추기는 방법도 도가 텄고."

재민의 눈이 변해 버렸다는 걸 라희는 이제야 시야에 들어왔다.

'……이거 위험한데?'

라희가 위험을 감지했다. 한 번 눈이 뒤집히면, 짐승 모드의 스위치가 켜지는 순간 절대로 막아 세울 재간이 없다는 걸 누구보다 라희가 자신이 가장 잘 알고 있으니까.

재민이 한 걸음 다가서자 라희가 한 걸음 뒤로 물러섰다. 그러자 못

마땅하다는 듯 그의 미간에 깊은 골이 패였다.

커다란 눈을 껌벅거리던 라희는 재민이 또 한 번 다가서자 다시금 그의 넥타이를 위로 잽싸게 끌어올렸다.

"크억!"

켁, 짧은 신음을 흘리는 재민의 표정이 일그러졌다.

필사적으로 재민의 행동을 저지하겠다는 그 생각만으로 라희는 그만 힘 조절을 못 했다. 돌발적인 행동이었기에 목을 조여올 만큼의 힘이 실려 버리게 되어 라희 자신도 놀란 듯 잽싸게 넥타이를 손에서 놓아 버렸다.

"헉! 어떡해. 미안해요……."

라희는 다급하게 재민에게 사과했다.

"이제 목까지 조르다니. 기술이 나날이 늘어나는군."

"……할 말 없습니다. 죄송합니다."

라희가 시무룩해진 낯으로 양손을 배꼽 위로 얹은 채 정중하게 허리를 굽혀 다시금 사과를 했다. 애인이 아닌 모시는 사장님에게 예의를 갖춘 행동이었다.

"그만 출발하세요. 이러다 늦어지겠어요."

"배웅 안 해 줄 거야?"

"저도 외근 다녀왔던 차라 처리할 일이 산더미거든요?"

"매정하긴."

샤워를 마친 라희는 마스크 팩을 얼굴에 펴 붙이고서 피로로 뭉친 돌덩이와 같은 몸을 침대에 맡겼다. 그리고 스피커 모드로 해 두고서 엄마와의 심야 수다 타임으로 여유를 즐겼다.

웃음이 끊이질 않는 모녀의 대화. 이렇게 서로의 목소리를 들으면서 일상적인 이야기를 나누는 것만으로도 즐거웠다.

"맞다. 건강 검진 다음 주쯤으로 예약해 둘 생각인데, 엄마 일정 괜찮아?"

—엄마야 늘 마을에서만 움직이니까. 오일장 서면 읍내 나가는 거 말고는.

"마을에서도 우리 엄마가 워낙 바빠야지."

—바빠 봤자, 마을 안에서 돌아다닌다고 해도 엎어지면 코 닿을 거리지.

"하하. 못 말려."

신 여사의 건강 검진만은 무슨 일이 있어도, 꼼꼼하게 챙기는 효녀 라희였다.

그럴 만도 했다. 신 여사의 한쪽 다리는 평범한 사람들과는 달리 불편하기 때문이다. 그래서 라희는 더욱 신경을 곤두세울 수밖에 없었다. 딸의 입장으로서는 항상 걱정되고 마음이 쓰였다.

"그럼 내가 병원에 내원해서 예약 날짜 잡고 알려 줄게."

—그래. 고맙다.

전화 예약이 쉽지 않은 병원이라 직접 병원으로 내원해야 검진 예약이 빠르고 수월했다.

—참. 라희야.

"응?"

—우리 집 앞에 누가 선물 상자를 한가득 놓고 갔지 뭐니?

"선물이라니?"

철문의 대문 앞으로 정체 모를 누군가가 서너 상자의 선물을 놓고 갔다고 라희에게 털어놓았다.

신 여사의 목소리에서 당황스러움이 느껴졌다. 라희 역시 당황스럽기는 마찬가지였다.

—저녁 먹고 치우고 한 8시쯤 됐나? 문밖에서 턱턱 짐 나르는 소리 같은 게 나는 거야. 그래서 뭔가 싶어서 밖으로 나왔더니 상자가 놓여 있더라고.

라희가 누워 있던 몸을 일으켜 침대 헤드에 기대어 앉았다.

"흐음. 뭐지? 엄마한테 온 거 맞아? 택배 주소가 잘못 기재된 거 아닌지 모르겠네. 확인을 해 봐야 할 것 같아. 엄마."

─그게…… 택배로 온 게 아닌 거 같더라고. 내가 나오니까 엔진 소리가 나서 주위를 봤거든? 검은색 자동차가 멀어져 가는 걸 봤어.

"검은색 자동차?"

─그래. 이 마을에서 그런 비싼 차를 몰고 다니는 사람도 없을뿐더러, 출입 자체가 없는 거 딸도 알잖니.

"그건 그렇지만……."

신 여사의 말에 동감하는 바이다. 라희는 심오한 표정으로 고개를 끄덕였다.

─내 것이 아닐 거라고 당연히 생각했으니까 함부로 상자를 뜯어 보진 못하겠더라고. 보낸 사람 이름이나 주소 같은 건 있지 않을까 해서 살펴보는데, 글쎄 엄마 이름만 딱 쓰여 있는 거 아냐.

"뭐? 엄마 이름만?"

─그렇다니까. 엄마 이름 세 글자만 딱 쓰여 있었어.

신 여사의 이름 세 글자만이 포스트잇에 쓰여 있었다. 그래서 신 여사는 자신에게 온 것은 확실하다는 건 알겠다만, 도무지 누가 보냈을지 그리고 이걸 정말 받아도 되는 것인지 마음이 불편하기만 했다.

"엄마한테 보낸 게 맞는다는 건데. 대체 누굴까? 궁금해 죽겠다."

아무리 머리를 굴려 보아도 라희는 도무지 떠오르는 것이 없었다.

'혹시 재민 씨……? 아니야. 나한테 오늘까지도 귀띔을 주지 않았을 리 없어.'

설마 재민이 보낸 것은 아닐까 하는 생각이 문득 들기는 했다. 하지만 라희는 바로 의구심을 거둘 수밖에 없었다.

재민이 보냈다면 그의 성격으로 봤을 땐 매우 정중했을 것이며, 선물을 보내는 과장에서야 비밀로 굳혔다 치더라도 도착했을 오늘은 분명 제게 말했을 것이다.

무엇보다 재민은 엄마가 거주하고 있는 집 주소는 물론이며 엄마의 성함 또한 알 리가 없었다.

"상자 안은 확인해 봤어?"

—응. 엄마 이름이 쓰여 있으니까 우선은 뭔지 확인은 해 볼 필요가 있을 거 같아서. 다 뜯어 보진 못하겠고, 하나만 뜯어 봤어.

"내용물은 뭐였어?"

—황금 보자기에 최고급 한우 세트가 쌓여 있더라. 사골용 우족도 있고.

"한우? 우와."

저절로 입이 떡 벌어지게 만드는 최고급 한우 세트가 황금 보자기에 싸여 있었다고 한다.

—에휴. 이걸 정말 나한테 준 건지 받아도 될지 모르겠네. 누가 보낸지도 모르는데 난감해 죽겠다, 라희야.

"그러게. 엄마한테 보낸 거라고 해도 누가 보냈는지 알 길이 없으니 어떻게 해야 하나……."

라희와 신 여사의 대화가 약속이나 한 것처럼 멈춰지면서 잠깐의 침묵이 흘렀다.

누가 모녀지간 아니랄까 봐서, 조심성도 많았고 누군가에게 이유 없는 호의를 받는 것을 불편해했다. 난감함에 어쩔 줄 몰라 했다.

—일단 집 안으로 들여놓긴 했어. 내일 부녀회 모임 있으니까 얘기 좀 해 봐야겠다.

"응. 알았어. 아줌마들한테 안부 전해 주고."

—그래. 피곤할 텐데 어서 자.

"편안한 밤 되시옵소서, 신 여사님."

—호호. 우리 따님도 잘 자.

애틋한 밤 인사를 끝으로 통화를 마쳤다. 라희는 가만히 움직임이 없다가도 이내 마스크 팩을 얼굴에서 걷어 내며 협탁 위로 내려놓았다.

양 무릎을 세워 두 팔을 끌어안은 자세로 생각에 잠긴 듯 보였다.

라희는 엄마에게 뜬금없는 선물을 보낸 인물이 누구일까, 하는 궁금증과 동시에 걱정이 되는 마음을 감출 수 없었다.

"후우. 모르겠다."

도저히 관련된 자그마한 실마리도 예측할 수 없는 막막함에 머리가 지끈거려 왔다. 고개를 도리도리 흔들던 라희는 이내 주르륵 미끄러지듯 침대로 누워 이불을 끌어 덮었다.

✤　　✤　　✤

빵 굽는 냄새와 설기를 찌는 수증기. 버터크림과 생크림의 달콤한 향기가 감성적으로 꾸며진 공간의 품격을 높여 주고 있었다.

한가로운 토요일 오후였다. 라희는 오랜만에 버터 플라워 케이크 공방, 향기네 꽃방을 찾았다. 라희가 클래스 수업을 받으면서 실력을 키우며 자격증까지 따게 되었던 공방이었다.

향기네 꽃방의 서향기 대표. 수강생 라희와는 마음도 잘 맞고 유독 돈독한 관계를 오랫동안 이어 오고 있었다.

마카롱 꼬끄를 오븐에 넣어 두고서 작업대로 나온 공방 대표 향기가 라희의 곁으로 붙어 섰다.

"우와. 우리 라희 언니, 손 놓은 지 좀 됐는데도 불구하고, 실력은 전혀 녹슬지가 않았잖아?"

향기가 진심으로 감탄하며 엄지까지 치켜세웠다.

가볍게 손을 품 겸 설기 케이크 대신, 컵케이크 사이즈의 설기를 베이스로 해서 솜씨를 뽐냈다. 생화로 착각할 정도로 생기 있는 버터 앙금으로 만든 작약. 라희의 섬세하고도 매끄러운 터치에 향기는 좀처럼 칭찬을 아끼지 않았다.

스승인 향기의 칭찬에 라희도 덩달아 기분이 좋아져 어깨까지 들썩거렸다.

"역시. 손끝이 섬세해. 타고났어, 공라희 학생?"

"당연하지. 내가 누구한테 배웠는데? 스승의 가르침을 고스란히 전해 받은 거지!"

"어머. 그 실력 좋은 스승이 누구야? 궁금하네. 푸웃!"

"서향기라고, 이름처럼 달콤한 향기를 풍기는 사람 있어. 조그만데 손이 아주 야무지다지?"

"하하하."

웃음을 꾹 참고 있던 향기가 결국엔 자지러지며 깔깔 웃었다. 그런 향기의 유쾌한 웃음소리에 전염이 되어 버렸는지 라희도 따라 웃게 되었다.

"남자 친구 생겼다고 공방에 발을 뚝 끊은 거야?"

"아니야. 갑작스럽게 복직하는 바람에 정신이 없었어."

"복직도 하고 사내에서 연애까지 하시느라 더 혼이 쏙 나가 버렸겠네?"

"훗. 전개가 그렇게 돼 버렸네. 그런데 말에 뼈가 있다? 향기 쌤?"

"티 났어?"

"완전."

향기가 혓바닥을 샐쭉 내밀며 싱그럽게 웃었다. 짓궂게 놀려 대면서도 너무 오랫동안 발길을 끊었던 라희에게 조금이나마 서운함을 솔직하게 표출해 본 것이었다.

그 마음을 라희는 충분히 느낄 수 있었다. 말없이 향기의 뺨을 톡톡 어루만져 주면서 애정을 드러냈다. 가르침을 받았던 선생님이지만 네 살 어린 향기를 여동생처럼 귀여워했다.

"남자 친구 선물로 주려고?"

"응. 그래도 명색이 이 일을 하려고 열심히 배웠고 창업 준비 중인데, 아직까지도 직접 만들어서 맛을 보여 주지도 않았거든."

"남자 친구분 언니 표 마카롱이랑 설기 케이크 맛보면 황홀해 쓰러질 텐데."

"너무 갔다."

"아니야. 나름 준전문가라고 자부하는 이 서향기가 유일하게 인정하는 맛이라고."

"크으. 그보다 좋은 칭찬은 없다."

오랜만에 얼굴을 마주한 채 함께 작업하며 하하 호호 웃으며 이야기를 나눌 수 있었던 그녀들은 즐겁게 각자 작업을 이어 갔다.

굉장히 신나고 들떠 보이는 표정과 움직임의 그녀. 사람은 역시 자신이 하고 싶은 일, 좋아하는 일을 할 때가 가장 즐겁고 행복하다는 말이 정답이라는 걸 화사하게 반짝이는 라희의 얼굴빛으로 증명해 주고 있었다.

라희가 공들여 작업하고 있는 버터 앙금 플라워 컵케이크와 마카롱. 재민에게 자신이 만든 디저트를 선물하기 위해 더욱더 정성을 듬뿍 담아 작업하고 있었다.

조금은 특별하게 처음 시도해 보는 이니셜로 마카롱 꼬끄를 구웠다. 재민의 이니셜 'HJM'을 마카롱의 기본 사이즈보다 조금 더 크게 작업했다.

미리 식혀 두었던 잘 구워진 꼬끄에 재민이 좋아하는 마카롱 필링인 얼그레이 밀크 티 맛과 소금 바닐라 맛, 블루베리 크림치즈 맛으로 빵빵하게 채웠다.

"우와. 언니, 너무 예쁘다. 이니셜 마카롱이라, 아이디어 신선하다."

"괜찮아? 향기 네가 가르쳐준 타르트지 숫자 케이크 비슷하게 해 본 건데."

향기가 짝짝 박수를 치면서 감탄사를 내뱉었다.

"참 가르칠 맛 나는 우수한 수강생이야. 그대에게 존경의 박수를 보냅니다."

"하하. 뭐야."

라희가 쑥스러운 듯 검지로 볼을 긁적이면서도 뿌듯함에 광대가 빵빵하게 차올랐다.

공백이 있었지만, 오히려 더욱 깊이가 있고 노련해진 라희의 숙련도

458

에 향기 자신이 더 신이 난 듯 보였다. 남자 친구를 위해 만든 작품을 더 예쁘게, 감동적인 순간을 선물을 할 수 있도록 향기가 포장 상자와 직접 새벽시장에서 업어 온 꽃들까지 손질해 꾸며 주었다.

"고마워. 향기야. 넌 역시 최고야."

"고맙긴. 언니 작품에 꽃만 얹은 거뿐인데."

만족스러운 작품에 그녀들은 하이파이브로 마무리 지었다. 작업을 마치고 함께 정리정돈까지 마친 라희와 향기는 갈증도 나고 숨도 돌릴 겸 시원한 아이스커피를 마시며 휴식을 취했다.

계획했던 일을 끝내고 카페인을 섭취하니 나른했던 정신이 순식간에 맑아지는 듯했다. 이 순간의 개운함이 라희는 좋았다.

라희가 잠시 관심을 두지도 않았던, 핸드백 속에 박아 두었던 휴대폰을 그제야 사부작 꺼내어 만지작거렸다.

'재민 씨는 일어났으려나……?'

해가 중천에 떠 있는 오후지만, 재민에게선 지금까지도 아무런 연락이 없었다. 알림 없는 휴대폰 화면을 걱정의 낯으로 쳐다보고 있던 라희는 이내 휴대폰을 테이블로 내려놓았다.

'푹 자도록 놔둬야겠다.'

원래 주말에도 늦잠을 자는 성미가 못 되는 재민이었지만, 오늘은 그의 늦잠은 충분히 이해가 되었다.

어제저녁부터 동이 틀 때까지 오늘 새벽까지 달렸던 재민. 부어라 마셔라, 술을 들이붓다시피 했기 때문에 못 일어나는 것도 무리는 아니었다.

모처럼 마음 맞는 친구와 뭉치게 되었다. 물론 재민의 친구인 진우의 끈질긴 권유 아닌 강요에 의해서지만 말이다.

한준까지 합세해 재민과 진우, 이렇게 세 명의 남자가 처음으로 모임을 가졌다. 세 명 모두 소문난 술고래들이라 과격하고도 맹수처럼 술로 적셨지만, 네 발이 아닌 두 발로 귀가했다.

재민은 집에 도착했다고 라희에게 메시지를 보내 놓고서 깜박 잠이 들었다.

딩동.

때마침 라희의 휴대폰에서 메시지 알림음이 울렸다. 라희는 재민이
라고 예상하며 메시지를 확인했다.

〈어디야? 당신 집에 왔는데〉

"헐. 언제 일어나서 또 그새 우리 집이래?"

"응?"

"어? 아, 아니야. 아무것도."

자신도 모르게 놀란 목소리로 중얼거렸더니 향기가 궁금한 눈으로
물었다. 라희는 어색한 미소를 띠며 아무것도 아니라고 손을 내저었다.
그러곤 재민에게 답장을 빠르게 써 내려갔다.

〈언제 일어났어요? 연락도 없이 불쑥 들이닥치지 말라고 했잖아요! 그리고 나 지
금 공방에 와 있어요.〉

제집 드나들 듯이 연락도 없이 깜짝 놀라도록 비밀번호 누르고 들이
닥치는 일이 허다했다. 몇 번이고 주의를 주었지만, 콧등으로도 듣지
않는 재민에 라희는 울화가 터진다.

〈사랑해〉

메시지를 터치하는 손가락에 힘이 절로 들어가는 라희가 다다다 쏘
아붙였다. 하지만 재민의 답장은 단 답으로 '사랑해'라는 메시지만 보
내온다.

'이 능구렁이 같으니라고. 어휴.'

어이가 없어 헛웃음만 서려 나왔다. 이제는 그를 당해낼 재간이 없

었다.

연애 전 사장과 비서 관계였을 때만 해도 말싸움은 항상 라희의 압승이었다. 그러나 연인 관계가 된 이후부터는 백전백패, 라희의 완패였다.

〈라희야. 냄비에 있는 시래깃국 먹어도 돼?〉

배가 고프긴 하나 보다. 라희가 없어도 먹을 것을 찾아다니는 하이에나처럼 주방을 어슬렁거리고 있었던 모양이다.

아침에 라희가 청양고추를 팍팍 넣고 칼칼하게 시래깃국을 끓여 국밥처럼 밥을 말아 후루룩 뚝딱했었다. 냄비에 남은 시래깃국을 발견한 재민이 먹고 싶었는지 제게 묻자, 라희가 피식 웃으며 고개를 가로저었다.

〈국 데워서 먹어요. 밥솥에 밥도 있고〉

〈응. 5분이면 해치우니까. 데리러 갈게. 공방 주소 찍어.〉

괜찮다고 해도 기어코 데리러 오겠다고 한다. 기분 전환 삼아 드라이브라도 다녀오자고 했다. 라희도 드라이브는 좋아했기에 공방 주소를 찍어 보내었다.

"언니. 이니셜 마카롱 진짜 괜찮은 거 같아."

"그래?"

"응. 언니 가게 차리면 시그니처로!"

"시그니처라. 그거 괜찮다."

"분명 반응 좋을 거야."

이니셜 마카롱. 향기의 반응이 이토록 좋을 줄은 몰랐다. 라희는 그저 재민만을 떠올리며 만들었던 것인데 말이다.

마카롱 가게를 차릴 때 엄청난 영향력이 있을 거라는 향기의 조언은 라희에겐 아주 큰 수확이었다. 어쩐지 더욱 심장이 뜨겁게 뛰었고 어서 빨리 자신만의 가게를 갖고 싶은 마음이 물씬했다.

"나 사실 오늘 온 것도 너하고 가게 상의해 보려고 왔거든."

"그랬어? 드디어 창업할 마음이 선 거야?"

"응. 많이 도와주라. 내가 사례는 제대로 할게!"

"사례는 무슨! 됐어. 서향기 제자들 중에서 첫 번째로 창업한다는데 팍팍 밀어줘야지."

"고마워."

향기가 더 기뻐하고 기대감으로 잔뜩 들떴다. 자신의 1호 수강생이 모든 교육 과정을 수료하고서 개인 카페 창업도 1호로 차릴 예정이니, 뿌듯하고 감격스러울 수밖에 없었다.

"언니는 마카롱 위주로 갈 거지?"

"응. 마카롱을 메인으로 하고 타르트 정도? 할 생각이야. 버터 앙금 플라워 케이크는 주문받은 것만 할까 해. 여건만 되면 문화센터에서 클래스 수업 강사도 해 볼까도 하고."

"으음. 그것도 좋은 생각이다. 하여간 부지런해."

"우리 향기 쌤에는 못 미치지. 따라가려다가 가랑이 찢어져."

화기애애한 그녀들의 이야기 소리가 웃음소리와 함께 공방을 들썩였다.

향기와 상의하길 잘했다는 생각이 들었다. 각자 다른 서로의 생각을 말하고 조언하며 방향을 잡아갔다.

끊임없이 대화가 이어지고 아이스커피가 거의 비어져 갈 때쯤 재민에게서 메시지가 왔다.

〈도착. 갓길에 비상등 켜 놓고 있어.〉

재민이 도착했다고 한다. 라희는 투명한 유리로 된 출입문으로 시선을 두었다. 갓길에 세워진 익숙한 재민의 하얀 자동차를 발견하게 되었다. 그리고 곧 운전석 문을 열고 재민이 모습을 드러내자 라희의 입매가 저절로 호선을 그리고 있었다.

"언니. 혹시 지금 차에서 내린 사람이 남자 친구야?"

"응."

"와, 모델인 줄 알았어. 완전 잘생겼다……."

짝짝. 향기가 손뼉을 쳤다. 고개를 느릿하게 좌우로 흔들며 칭찬의 감탄사를 쏟아 냈다.

귀여운 향기의 반응이 재밌기만 한 라희가 웃음을 보였고, 이내 자리에서 일어나 주섬주섬 공방을 나설 준비를 했다.

재민에게 줄 마카롱이 든 상자를 조심히 들고서 핸드백을 어깨에 걸쳤다. 향기가 라희를 배웅해 주려 뒤따랐고 유리문을 밀고서 라희가 나가도록 잡아 두고 있었다.

"향기야, 갈게. 오늘 너무 고마웠어."

"자주 연락하고. 공방에 얼굴도 좀 비추고."

"그럴게."

"좋은 시간 보내!"

"너도!"

향기와의 유쾌한 인사. 라희는 가뿐해진 마음으로 발걸음을 뗄 수 있었다.

자신을 기다리고 있는 재민을 향한 라희의 발걸음은 빨라져만 갔다.

거리를 좁혀 오는 라희와 눈이 마주치자 재민은 기대었던 몸을 곧게 세우고 다정한 미소로 반겼다.

"재밌었나 보네? 얼굴이 싱싱한데?"

"싱싱하다니. 말도 참 특이하게 한다니까."

라희를 보자마자 또 이렇게 장난부터 치며 애정을 드러내는 그였다.

재민이 고개를 비틀어 그녀에게 입을 맞추려 했다. 그런 재민을 빤히 쳐다보고 있던 라희는 얼굴을 내미는 그에게 어림없다는 듯 입을 굳게 다물며 거부 의사를 드러냈다.

재민은 잠시 멈칫하더니 눈썹을 꿈틀거리며 불만을 드러냈다. 바로 표정에서 드러나는 재민의 속내에 라희가 작은 실소를 흘렸다.

"차에 타면 걸쭉하게 뽀뽀해 주지."

"걸쭉한 뽀뽀가 아니라 진득한 키스로."

"어머. 욕심도 많으셔."

도도한 얼굴을 하고서 새침하게 말을 툭 내뱉는 라희에 재민의 심장은 남아나질 않았다. 커다란 손으로 자신의 얼굴을 쓸어내리는 재민이 킥킥 웃었다. 그러곤 조수석의 문을 열어 주며 라희에게 턱짓했다.

"빨리 타. 어서 키스 받아야 하니까."

"뽀뽀라니까?"

안달이 난 재민의 독촉이 라희의 눈에는 귀엽게만 비추어졌다.

"알았어. 뽀뽀. 신사가 답례는 해야 하니 내가 키스를 하겠어."

"정말. 의지의 신사에게 늘 패배야. 억울하도다."

"큭."

재민에게 당해내질 못하는 라희는 일부러 더 굼뜨게 움직였다. 하지만 재민이 가만히 지켜보고 있을 리 없었다. 라희를 조수석으로 등 떠밀 듯 결국 제 손으로 움직이게 했다.

"알았어요. 내가 탈게. 이거 망가지면 안 된단 말이야."

"그건 뭐야? 공방에서 만든 건가?"

신줏단지처럼 품고 있는 상자를 그제야 발견하게 된 재민은 슬슬 궁금해진 모양이다.

"현재민을 위한 공라희표 수제 디저트?"

"진짜? 내 거라고?"

자신을 위해 직접 만든 디저트라고 한다. 재민의 눈이 흥분으로 반짝거렸다.

기대감과 설렘. 오늘은 유독 재민의 심장이 잔잔해지긴 글렀나 보다. 거센 파도처럼 철썩철썩 그녀로 인해 내내 휘몰아치고 있었다.

"이런. 조심히 탑승하시죠. 소중한 것을 품고 있는 귀하신 몸님."

464

"하하. 뭐예요. 누가 보면 내가 아이라도 품은 임산부인 줄 알겠네."

라희가 웃으며 장난으로 가볍게 내뱉은 말이었다. 하지만 재민에게는 어쩐지 가볍지 않은, 묵직하게 가슴을 툭 치는 말로 박히게 되었다.

'아이라……'

재민이 다시금 그 두 단어를 속으로 되새겼다. 그런 그의 얼굴이 이상하게도 상기되어 있었다. 간질간질, 설명할 수 없는 그 묘한 짜릿함은 평생 처음 가져 보는 느낌이었다.

'뭔가 이상하게 흘러가는 분위기인데……'

오묘한 감정 표현. 심상치 않은 재민의 표정을 캐치하게 되면서 웃고 있던 라희의 웃음이 점차 지워지고 있었다.

"노, 농담인데……, 그냥 넘어가요. 자, 공라희 탑승 완료!"

뜨끔했다. 괜스레 식은땀이 송골송골 맺힐 것 같은 그녀는 쓸데없는 자극을 준 건 아닐까, 실행력으로 옮기도록 불을 지핀 건 아닐까, 불안감이 사무쳤다.

라희는 지금 그와 결혼을 한다고 해도, 가게 창업 후 자리를 잡을 때까지는 아이를 가질 계획은 없었다.

라희가 어색한 표정으로 눈동자만 또르르 굴렸고, 이내 조수석으로 냉큼 올라탔다.

재민이 열린 조수석 문 창과 차 천장으로 양팔을 걸친 채 자신을 흘깃거리고만 있는 라희를 은근한 눈빛으로 내려다봤다. 그러곤 한쪽 입꼬리가 슬며시 말려 올라갔다.

꼼짝도 하지 않고 버티고 서서 자신만을 쳐다보고 있는 재민에게 라희가 말했다.

"버티고 서서 뭐 해요?"

라희의 핀잔에도 재민은 요지부동이었다. 라희가 뾰족한 눈으로 재민을 노려보자, 재민이 라희의 입술을 덥석 머금고서 예고했던 대로 진득하게 물고 놓기를 반복하는 키스로 그녀를 적셨다.

"……주지도 않았는데 답례를 하네요."

"내가 먼저 줬으니까 당신이 답례를 주면 되지."

"너무 센 걸 줘서. 내가 줄 건 너무 약하다. 패스."

"안 돼. 내가 아는 공라희는 한 입 가지고 두말하는 여자 아닌데."

"······두 말 세 말도 할 건데."

큭큭 웃어 대는 재민이 얄미운지 라희는 재민의 얼굴을 밀어내며 조수석 문을 닫아 버렸다. 거부당했음에도 재민은 여전히 껄껄거렸고 운전석에 올라탔다.

안전벨트를 채운 그가 라희에게로 몸을 틀었다. 상체를 그녀에게로 기울이며 팔을 뻗어 조수석의 안전벨트도 손수 채워 주었다.

"땡큐. 그런데 그만 좀 떨어져 줘도 될 텐데."

안전벨트까지 채워 줬으면 그의 임무는 끝이었을 텐데. 재민은 그럼에도 불구하고 라희에게 바짝 얼굴을 들이밀고 있는 그대로 씨익 웃고만 있다. 무언가를 바라고 있다는 그의 암묵적인 요구였다.

당연히 라희의 뽀뽀를 받겠다는 것.

"해 줘."

"싫어요."

"해 줄 거면서."

"하여간 날 너무 잘 알아."

티격태격하면서도 재민과 라희의 얼굴은 거울을 보고 있는 것처럼 똑같은 웃음으로 번져 있었다.

"이리 와, 현재민."

"박력 봐."

✢ ✦ ✢

드라이브로 힐링의 시간을 즐기는 연인. 한적한 자연 속의 뻥 뚫린 길을 따라 달리는 그 기분이란, 청량감 그 자체였다.

늘 치열하고 열정적인 일상을 보냈던 도심 속에서 지친 몸과 마음을 청결하게 싹 씻겨 주는 듯했다.

하지만 달짝지근했던 분위기는 단번에 반전되었다. 재민과 라희는 찌릿찌릿 눈싸움으로 대립 중이었다. 물론, 라희의 일방적인 불만 표출이었다. 그는 능청스러운 표정으로 대응할 따름이었다.

"드라이브 가자면서요."

"드라이빙 시원하게 했잖아. 그래서 여기까지 온 거고."

지금 이들이 서 있는 이곳은 바로 재민의 소유인 펜션, 휴양 주택이었다.

"화장품, 홈웨어 한 벌. 속옷……."

종이 가방을 뒤적거리던 라희가 속옷이 손에 잡히자 재민을 향해 눈을 흘겼다. 그러자 재민이 뿌듯한 얼굴을 하고서 말했다.

"속옷은 내 취향으로 챙겨 왔지."

"허? 아예 작정하고 짐을 챙겨 오셨다?"

"워낙 내가 좀 준비성이 철저하잖아."

재민이 가볍게 어깨를 으쓱여 보였다.

"내가 지금 잘했다고 칭찬하는 거로 보여요?"

"아. 나 스스로 칭찬한다는 걸 입 밖으로 꺼내 버렸군."

"어이가 없네, 정말. 이젠 무섭다, 무서워 현재민."

라희는 어이가 없다는 듯 살짝 벌어진 입술 새로 헛웃음이 흘렸다. 눈꺼풀을 눌러 닫았다가 떠올리며 이내 머리가 지끈거리는지 이마에 손을 얹었다.

재민이 라희를 슬며시 흘깃거렸다. 생각하지 못한 라희의 반응에 재민은 불퉁해진 입술을 삐죽거리며 목덜미를 쓰다듬었다.

자신이 큰 잘못이라도 한 건가, 되짚어 보다가도 모르겠는지 검지로 관자놀이 부분을 긁적였다.

"내가 그렇게 잘못한 건가? 기분 상했으면 미안해."

라희의 눈이 동그래졌다. 금세 의기소침해진 재민의 태도에 한풀 꺾인 라희는 고개를 절레절레 흔들며 이내 재민의 얼굴을 양손으로 감싸고서 꾹 눌렀다.

"미리 얘기만 해 달라는 거예요. 재민 씨랑 단둘이 어디를 가든 난 좋다고요."

"나름의 서프라이즈라고 생각해 줘."

"사람 일은 모르잖아요. 예고치 않은 일이 생길 때도 있는 법이고요."

"음. 일리가 있는 얘기군. 인정."

라희가 조곤조곤 타이르는 목소리로 재민을 다독거리며 이해를 시켰다. 재민이 고개를 끄덕이며 라희의 말에 수긍했다.

"오늘은 곤란했나? 저녁 약속이라도 있었어?"

"주말에 내가 약속 있는 사람이 누구겠어요."

"나?"

"그래요. 재민 씨 만난다는 걸 1순위로 당연하게 생각하고 비워 두고 있죠."

라희의 예쁜 대답에 재민의 입꼬리가 기쁨을 주체하지 못하고서 씰룩씰룩 물결쳤다.

자신의 뺨을 어루만져 주고 있는 라희의 손을 제 손으로 감싸 떼어냈다. 보드라운 손등 위로 재민은 쪽쪽 입을 맞추고서 엄지로 살살 문질렀다.

"그런데 성난 콧김까지 내뿜으니까 살짝 삐칠 뻔했어."

"삐칠 일도 많다. 어제 재민 씨 과음했으니까 난 푹 잘 줄 알았죠."

살짝 삐칠 뻔했단다. 그 말이 왜 그렇게 귀여운 걸까.

덩치 큰 사내가 능청스러운 토라진 척 연기하는데, 징그럽기는커녕 사랑스러운 애교처럼 다가왔다.

"과음은 했어도 전혀 타격 없지."

"숙취보다도 잠이 모자랄 거라고 생각했죠. 눈 뜨면 배고플 테고 해장은 해 줘야 하니까 전에 못 해 준 해장국 끓여 주려고 했단 말이야."

"오호. 그런 깊은 뜻이."

전에 재료 준비까지 해 놓았는데도 늦잠으로 인해 해장국을 끓여 주지 못했던 게 생각났던 라희가 이번에는 제대로 실력 발휘를 해 보려고 했었다.

그 마음을 알게 된 재민은 감동의 감탄사를 내뱉으며 라희의 머리를 쓰다듬어 주었다.

"속이 뻥 뚫리는 해물탕 끓여 주려고 했었는데. 5시로 시간 지정해서 배송 예약해 놨는데, 해산물들 어쩌나. 큰일이네."

"해물탕? 아, 내 해물탕……."

해물탕이라니! 재민은 아쉬움으로 멍해진 채로 해물탕만 반복적으로 읊조렸다. 해물탕, 조개탕, 조개와 해산물이 들어간 요리들을 좋아했으니까.

"수산물이라 내일까지 문 앞에 두면 그대로 상하겠어요. 마트 당일 배송이라 아이스 팩도 없는데."

해물탕에 이미 꽂힌 재민을 일부러 더 놀려 대는 라희였다. 재민이 턱을 매만지며 나름의 고민을 하는 듯 보였다.

"당신 집으로 바로 출발해 버릴까?"

"뭐라고요?"

겨우 생각했다는 게 해물탕 때문에 다시 라희의 집으로 가자는 것이었다.

이제 막 펜션에 도착했다. 트렁크에서 라희의 짐이 든 종이 가방을 꺼내면서 티격태격하고 있었던 건데, 자동차 엔진이 식기도 전에 다시금 되돌아가자고 하는 그였다.

진지하게 답을 내놓는 재민의 한 마디에 라희는 웃음이 터졌다.

"포기해요. 다음 기회에."

"흐음."

라희가 종이 가방을 팔에 걸치며 재민의 팔을 꽉 껴안고서 펜션으로 이끌었다.

"안 그래도 재민 씨한테 할 말 있었는데, 여기서 얘기하는 게 좋을 거 같아요."

"……할 말?"

"응. 일단 들어가요."

할 말이 있다는 라희에 재민의 안면 근육이 순식간에 굳어져 갔다. 왠지 모를 욱신거림으로 긴장하게 되었다.

아무래도 현 회장이 자신이 만나고 있는 여자, 그리고 라희로 추측하며 관심을 가지고 있다는 걸 성은에게 들었으니까.

하지만 곧 안심했다. 라희의 표정이 너무나도 즐거워 보였기 때문이다. 나쁜 일이 아닌, 좋은 일이라는 건 충분히 예상할 수 있었다.

14장
그대에게 조금은 특별한

예고 없이 갑작스럽게 하룻밤을 보내게 된 펜션. 처음에는 재민에게 툭툭대며 적잖은 불만도 드러냈지만, 라희는 금세 재민 소유의 펜션에 반해 매우 만족스러워했다.

산새 좋고 공기 좋은 자연과 화려하진 않지만 빈티지한 고풍스러운 분위기의 인테리어의 이곳이 라희의 마음에 쏙 들었다.

무엇보다 사랑하는 연인과 함께 라면 어디든, 무엇을 하든 즐겁기만 하다는 것.

펜션을 지속적으로 관리하고 있는 담당 관리인에게 재민이 출발 전 연락해 두었다. 그로 인해 관리인은 펜션 내부의 공기 정화와 적정한 온도로 유지되어 있었고, 식사 재료도 손질된 상태로 준비되어 있었다.

스페셜하게 재민은 자신이 직접 라희에게 요리해 주려고 했었다. 손이 많이 가는 어려운 요리는 힘들겠지만, 그나마 시간도 짧고 손쉬운 감바스와 알리오 올리오 파스타를 선택했다.

맛있는 식사를 마치고 펜션 주변을 산책도 하며 안락한 시간을 보내었다. 밤이 깊어질수록 쏟아 내릴 것 같은 별들의 반짝임으로 더욱더 환해져 가는 이 자연의 아름다움은, 재민과 라희의 사랑도 아름답게 반짝이도록 품어 주었다.

"우와. 이게 다 뭐야?"

샤워를 마치고 거실로 나온 라희가 눈앞에 펼쳐진 광경에 놀라워했다.

소파와 테이블 주변으로 예쁜 초가 따뜻한 공간을 만들어 주고 있었고, 테이블 위로 와인과 와인글라스가 놓여 있었다. 그리고 자그마한 큐브 치즈가 앙증맞게 데커레이션 되어 있었다.

"예쁘다."

세수를 마치고 나온 라희의 뽀얀 얼굴 위로 행복한 웃음이 가득했다.

그저 예쁘다는 말만 읊조리며 그 자리 그대로 서서 감상하고 있는 라희는 이 순간이 너무나 행복했다.

이 널찍한 펜션에서 단둘이 꼭 붙어 온기를 나눌 수 있다는 사실에 감사함을 느꼈다.

"그런데 우리 우량주님은 왜 안 보일까?"

서프라이즈 이벤트를 준비한 인물은 정작 모습을 보이질 않았다. 라희가 주위를 두리번거리다가 이내 직접 찾아 나서려 몸을 틀려던 순간, 현관문을 여는 소리가 들려 그곳으로 시선을 돌렸다.

재민이 막 거실로 발을 들이면서 라희를 발견하게 되었다.

"어? 벌써 나왔어?"

"충분히 오래 있었거든요? 욕실에서 빈혈로 쓰러질 뻔했는데."

"그럼 안 되는데. 당신 쓰러지면 나도 뒤로 넘어가는데."

재민이 능청스러운 말을 내뱉으며 다가섰다.

라희는 재민이 손에 들고 있는 상자로 자연스럽게 눈이 갔다. 자신이 만든 마카롱을 포장한 상자였다. 차에 두고 내렸던지라, 재민이 냉큼 가지러 간 사이에 라희가 욕실에서 나왔던 것이었다.

"그거 가지러 갔던 거였어요?"

"내 선물이라고 하는데 궁금해 미치는 건 당연하잖아? 당신이 보는 앞에서 개봉하고 감격하는 모습을 보여 주는 것도 선물해 준 사람에게 대한 예의지."

선물 상자를 개봉하기도 전임에도 재민은 이미 기대감으로 얼굴이 잔뜩 상기되어 있었다.

"어머. 난 좀 부끄러운데. 내가 안 보는 곳에서 오픈해 주면 안 되려나?"

라희는 어쩐지 쑥스러워져 어색해했다.

그렇다고 해서 재민이 생각을 바꿀 리는 없었다. 오히려 그 반응을 더 즐긴다면 모를까.

재민이 라희의 손을 이끌어 소파로 나란히 앉았다.

"그럼 개봉해 볼까나?"

"그러시던가요."

잔뜩 신이 난 듯한 재민의 모습에 라희는 푸스스 웃음을 터뜨리면서도 묘한 긴장감으로 지켜보게 되었다.

"쓰리, 투, 원."

"카운트까지나."

"오픈!"

카운트다운까지 읊으며 혼자만의 과한 오픈식을 시행 중인 재민이었다. 부끄러움으로 괜스레 작은 핀잔을 주면서도 기분 좋은 건 표정에서 감출 수 없었다.

잔뜩 뜸을 들이던 재민이 이내 선물 상자를 오픈했다.

"와아. 뭐야?"

"마음에 들어요?"

"예술 작품 같다. 감상만으로도 벅차."

고급스럽고도 우아한 재민의 감성적인 소감이었다.

라희는 괜스레 코끝이 찡해졌다. 그의 표정과 목소리에서 진심이 느껴졌다.

버터 앙금으로 만든 꽃송이들과 생화들이 조화롭게 배경을 채워 주며 그 가운데 자신의 이름, 이니셜로 만들어진 마카롱이 사랑스럽게 자리하고 있었다.

어디에서도 본 적도, 받아 본 적도 없는 나만의 디저트. 나만의 선물. 재민은 지금 이 벅차오르는 감격을 좀처럼 주체할 수 없었다.

재민의 눈꺼풀이 느릿하게 껌벅거렸다. 그리고 라희를 향해 서서히 고개를 틀었고 짙은 눈동자로 그녀를 응시했다.

"너를 사랑하게 된 나도, 내 손을 잡고 나를 선택해 준 당신도. 그리고 그 운명을 정해 준 하늘에 감사할 뿐이야."

자신을 향한 재민의 눈은 진심을 말하고 있었다.

가슴 떨리게 하는 감미로운 목소리와 로맨틱한 마음을 전하는 내 눈앞의 남자. 라희는 눈시울이 뜨겁게 번져 가는 자신을 느낄 수 있었다.

라희는 재민을 향해 그 어느 날보다도 환한 미소를 지어 보였다.

그 황홀한 마음에 대한 답을 전해 주고 싶었지만 떨리는 그녀의 입술은 오히려 더 꽉 다물려 버려 내고 있었다. 입술 새로 자그마한 틈이라도 보인다면 울음이 새어 나올 것만 같았기 때문이었다.

재민과의 눈 맞춤으로 무언의 대화를 이어 가고 있는 것과 같았다. 격해지는 감정으로 눈물을 보이게 될까 봐 라희는 일부러 익살스럽게 코를 찡긋거리며 울음을 참으려 노력했다.

"고마워."

재민이 다시금 고마움을 전했다. 라희의 미세한 떨림의 표정만 보고서도 지금 라희의 마음을 꿰뚫을 수 있었던 재민은 자신도 덩달아 가슴이 저릿해졌다.

재민은 온화한 미소와 함께 보드라운 그녀의 뺨을 어루만져 주었다.

"사랑해."

사랑한다는 그 성스러운 언어를 들을 수 있어 감사했고, 제게 속삭여 주는 남자가 그래서 행복했다.

"역시 괜히 우량주가 아니야. 말 한마디로 감동을 주는 능력자야."

"감동은 내가 받았지. 우량주로 키워 준 것도 공라희고. 나 현재민의 최대 주주도 당신이니까."

"풋. 한마디로 공라희 봉 잡았네, 봉 잡았어."

"한번 잡았다면 절대로 놓는 일 없도록 단단히 잡아채."

단단히 붙잡으라며 귀여운 으름장을 놓는다. 라희의 얼굴에선 그를 향한 웃음이 메마를 새 없었다.

"아니지. 그것도 불안해."

"응?"

"이 몸이 직접 절대 놓지 못하도록 365일, 24시간 밀착 감시를 해야겠군."

"……"

집요함, 활활 불타오르는 의지의 집착남이라는 걸 알면서도 라희는 순간 등골이 오싹해졌다.

"나 점점 재민 씨가 무서워진다."

"짜릿한 거라고 해야지."

재민이 게슴츠레 뜬 눈으로 라희를 자극했다.

'저 눈빛은 참 야하다니까.'

살짝 힘을 푼 듯, 그렇다고 힘이 없지는 않은 농염하게 뜬 재민의 눈빛은 늘 그랬듯 야릇했다. 저 눈빛에 넘어간 게 한두 번이 아니었으니까.

그의 은밀한 눈빛을 애써 무시한 라희가 검지로 마카롱을 가리키며 화제를 돌렸다.

"어서 맛보고 평가해 주세요."

"어? 아."

흐름을 바꾸려는 라희의 작전이 다행히도 먹혔다. 재민은 마카롱으로 시선을 내리며 테이블 위로 놓여 있던 상자를 조심스럽게 양손으로 들어 다시금 빤히 눈에 담아내고 있었다.

"손을 못 대겠어. 이렇게 예쁜 걸 먹어 없애 버리는 건 왠지 죄짓는 기분이 든다고나 할까?"

"푸하! 죄짓는 거 같다니. 미치겠다."

"그만큼 먹기 아깝다는 말이지."

정말 상상하지도 못한 재민만의 세계. 라희는 오늘 그로 인해 몇 번씩이나 웃음이 터졌는지, 너무 웃어 턱까지 아려 왔다. 그 와중에도 재민의 표정은 참으로 진중했다.

"재민 씨 먹는 거 보려고 만들었는데, 당연히 먹어야죠. 안 먹을 거면 다시 반려하세요."

"싫어. 그럼 일단 나 사진 좀 찍어야겠다."

재민이 주위를 두리번거리며 휴대폰을 찾더니 이내 카메라를 작동해 찰칵찰칵 상자 안에서 아름다운 자태를 뽐내고 있는 마카롱 작품을 연신 렌즈에 담아냈다.

신나게 작품 활동 중인 재민의 모습을 흐뭇하게 바라보는 라희도 이내 자신의 휴대폰을 들었다. 그리고 그 순간을 추억으로 담았다.

"와, 너무 맛있는데? 안 달아서 좋다. 쫀득하고."

"다행이다. 입에 맞아서."

"최고야. 진짜 맛있어."

라희가 만든 수제 마카롱을 맛보게 된 재민의 눈이 번쩍 뜨여졌다. 인위적인 단맛이 아닌 과하지 않은 단맛이 기분마저 좋아지게 만들었다. 잘 구워진 꼬끄도 쫀득하니 식감이 매우 좋았다.

"현 사장님 보좌에만 최선을 다했으니까요."

"내가 적당히 풀어 줘도 스스로 꽉 조여 매는 거, 당신 장점이면서도 단점이야."

"좋게 생각해 줘요. 재민 씨한테까지 꽉 막힌 비서라는 말 들으면 더 쓸쓸하더라고요."

"꽉 막힌 비서라고 생각한 적 없어. 오히려 당신처럼 수재 비서를 업고 있는 내가 타 기업 중역들로부터 부러움의 시선을 받고 있는데."

"과한 칭찬은 감사하면서도 쑥스럽고요."

쑥스러워하면서도 인정받고 싶은 그에게서 듣는 칭찬은 그녀의 작은 어깨를 흥으로 들썩이도록 했다.

"어느 장단에 맞춰야 할까. 공라희란 여자도, 비서로서도 내겐 참 어려워."

"그래서 싫어요?"

"어려워서 더 독기가 생기거든. 더 옭아매려 내 능력의 이상을 발휘하게 만드는 여자지."

라희가 닭살이 돋는다면서 팔뚝을 쓰다듬으며 부르르 몸을 떨었다. 그런 라희의 반응이 재미있어 재민은 더 짓궂게 긁어내렸다.

재민과 라희는 마카롱을 서로 먹여 주며 달콤함을 나누었다. 그리고 재민이 준비한 와인도 오픈했다.

체리 빛깔을 품은 와인글라스를 부딪치며 입안을 적셨다. 벨벳처럼 부드러운 목 넘김. 달콤한 끝 맛처럼 둘만의 단란한 시간을 보내었다.

"그럼 이번 계약을 끝으로 마무리하고 싶다는 거지?"

"응. 미안해요."

"미안할 거까지야. 다만 당신이랑 같이 있는 시간이 줄어든다는 게 아쉬울 뿐이지."

재민이 라희의 머리칼을 매만지며 제게 미안해하는 그녀를 미소로써 다독여 주었다.

자신을 이해해 주고 무조건 지지해 주는 따뜻한 재민의 마음에 라희는 감동과 고마움을 느꼈고, 한결 마음이 가벼워졌다.

"계약 기간 남았다고 해서 다 채워야겠다는 부담은 가지지 마."

"아뇨. 계약 기간은 무조건 책임감을 갖고 응해야죠. 어떠한 사소한 계약이라도 사람 간의 신뢰에요. 절대로 쉽게 생각해서도 안 되고 신뢰를 저버리면 안 돼요."

라희에게 부담감과 고민의 무게를 덜어 주고 싶었던 배려로 한 말이었다. 하지만 라희는 양손을 내저으며 격하게 거부 반응을 일으켰다. 사람 사는 세상에서는 약속, 신뢰는 기본 중에서 기본이라는 신념을 가지고 있는 그녀였다.

재민은 얕은 숨을 내쉬며 슬며시 미소를 지었다. 역시 그녀답다는 생각이 들면서 알고 있으면서도 그녀를 통해 큰 깨달음을 되새겨 보는 계기가 되었다. 이래서 라희를 더 사랑하고 있음을 느꼈다.

"공라희답다. 알았어. 하지만 미리 장성은한테 얘기해 둬. 그래야 후임 비서를 영입해서 교육 연수 보내니까."

"응. 이해해 줘서 고마워요."

라희가 말간 미소를 지어 보였다.

강압적이지 않고 본인의 뜻으로만 밀어붙이지 않았다. 이야기를 충분히 들어 주고 무조건 자신과 대화를 통해 해결해 나가려는 재민의 성숙함에 라희는 든든하고 존경심까지 들었다.

"라희. 뭐든지 나랑 상의해 줬으면 해. 전에도 얘기했었지만 내가 도와줄 수 있는 건 최대한으로 서포트해 줄 테니까."

"든든하다. 고마워요."

"말 나온 김에 오븐이랑 찜기, 기구들 보러 가자. 내가 사 줄 테니까."

"같이 따라만 가 줘요. 오븐 살 비용은 따로 목적 적금으로 들어 놓았거든요."

"그건 가게 계약 시 쓰도록 하고. 내가 선물로 사 줄 테니까 부담가지지 말고."

"엄청나게 부담되는데요?"

"그냥 사 주는 거 아니야."

"응? 그럼요?"

그냥 사 주는 게 아니라고 한다. 아마도 당연히 라희가 거절할 거라고 하니 재민 나름대로 조건을 붙여 유연하게 라희의 허락을 받으려는 것이었다.

"내 미각, 입맛이 굉장히 까다로운 건 잘 알지?"

"물론이죠."

"……바로 인정하니까 괜히 머쓱해지네."

라희의 빠른 인정에 재민이 이상하게 기분이 오묘했다. 재민 역시 솔직하게 말하니 라희가 푸스스 웃음을 흘렸다.

"현재민 전용 마카롱 주문 즉시 만들어 줄 것."

"오호."

"그리고 미리 투자하는 거야."

"이야. 나 벌써 무원그룹 후계자님께 미래 가치를 인정받고 투자받는 거예요?"

"그렇지."

"영광입니다."

라희가 가지런히 양손을 얹고서 장난스럽게 배꼽 인사를 했다.

"또 하나 조건."

"조건이요?"

"오븐은 내 집으로 놓을 것."

"생각을 안 해 본 건 아닌데……. 으음……."

전에 재민이 제의했던 것이었다. 그래서 라희도 나름대로 생각을 해 봤지만, 결정을 내리진 못했다.

"주방을 아예 당신 작업실로 인테리어 업체 불러서 싹 갈아 버리는 것도 괜찮은 거 같아."

"네……?"

재민이 자신이 예상한 것보다 훨씬 앞서 생각하고 있다는 걸 알게 된 라희는 순간 놀라움으로 눈이 커다랗게 떠졌다. 그리고 이어지는 재민의 말에 라희는 심장이 쿵, 바닥으로 추락하는 것 같은 기분에 얼이 빠져 버렸다.

"어차피 안주인으로 들어와 눌러앉은 때도 머지않았지."

"……!"

뜨거운 열이 발끝에서부터 얼굴까지 화르르 솟구쳐 올랐다. 눈을 빠르게 연속적으로 깜박거리는 라희는 어쩔 줄 몰라 하는 부산스러운 행동을 보였다.

얼어붙은 표정으로 어떻게 해야 할지 모르는 라희에 재민은 오히려 다리를 꼰 채 턱을 괴고서 빤히 쳐다봤다.

"하하. 얼굴 터지겠네."

재민이 결국엔 참고 있던 웃음을 터뜨렸다. 라희는 재민을 흘깃거리며 화끈해진 얼굴을 식히려 손부채질을 했다. 그러곤 슬며시 소파에서 일어섰다.

"술을 마셔서 그런가? 덥고 갈증이 나네."

"크흠! 술 때문에 그런 거 정확해?"

"……냉수 좀 마셔야겠다."

라희가 쪼르르 거실을 벗어나 주방으로 쏙 들어가 모습을 감췄다.

그런 라희의 뒷모습을 끝까지 주시하고 있던 재민은 이내 소파로 몸을 늘어뜨리며 계속해서 피식거렸다.

그러던 중, 재민의 휴대폰에서 윙윙 진동이 울렸다.

"……."

전화를 걸어 온 발신자는 바로 아버지, 현 회장이었다.

재민은 휴대폰 화면을 응시하며 잠시 머뭇거리는가 싶다가도 이내 라희가 있는 주방 쪽을 흘깃거리더니 서서히 몸을 일으켜 섰다.

"무슨 일이시지."

안 받기도 뭣했고, 그렇다고 해서 라희 앞에서 아버지와의 통화는 껄끄럽고 부담스러운 부분이 있었다.

재민이 베란다 유리문을 열고서 테라스로 나와 전화를 받았다.

"예, 아버지."

재민이 담담한 목소리로 먼저 말문을 열었다.

—외출 중인 거냐. 네 아파트 근처 지나가면서 들렀더니 없는 모양이구나.

"아, 그렇습니까? 미리 연락이라도 주시지 그랬어요. 괜히 헛걸음하시게 했잖습니까."

선약이 있었던 현 회장이 집으로 돌아가는 길이었다. 어쩐지 오늘따라 아들의 집으로 무언가에 이끌리듯 가게 되었다.

하필이면 가는 날이 장날이라고 했던가. 재민이 서울은커녕 시외로 나와 1박 2일 동안 집을 비운 상태이다.

—오랜만에 같이 술 한잔하면서 얘기 좀 나눠 보려고 했더니. 다음으로 미뤄야겠구나.

"그러셨어요."

술과 대화. 현 회장의 입에서 나온 이 두 단어에 재민은 바로 직감할 수 있었다. 현 회장이 이제 움직이려 한다는 걸.

재민과 현 회장 사이에서 잠깐의 침묵이 흘렀다.

하고 싶은 말. 묻고 싶은 말. 그리고 듣고 싶은 대답.

누가 먼저 운을 떼지도 못했다. 무거운 침묵 속에서 보이지 않는 선이 팽팽하게 당겨지듯 한동안 신경전이 이어졌다.

이미 선약 자리에서 가볍게 술을 마셨던 현 회장이 은연중에 깊은 한숨을 내쉬었다. 그리고 깔끔하게 서론을 잘라 버리고 단도직입적으로 재민에게 물었다.

—네 비서와의 관계, 각별한 거니.

전화로 나누게 될 말일 줄은 몰랐다. 현 회장이 그만큼 다급했다는 것, 그리고 알코올의 기운으로 인해 현 회장답지 않게 통화 중에 직설적으로 물었던 것이다.

현 회장은 중요한 용건일수록 상대의 눈을 똑바로 응시하며 대화를 이끌어 갔다. 그는 눈빛 하나로 상대를 단숨에 제압했다. 그리고 그것은 그가 가진 최고의 무기였다.

현 회장의 물음에 재민은 표정의 변화가 없었다.

각별한 거냐고 물었다면 현 회장은 100% 확신하고 있다는 뜻. 재민은 여기서 명확하게 사실 그대로 대답하겠다는 의지가 낯에서부터 드러났다.

현 회장이 모든 사실을 알고도 묻는 상황에서 거짓으로 넘겨 버린다면 이후의 상황은 더욱 악화될 것이 분명했다. 무엇보다 사랑하는 그녀, 라희의 존재를 제 입으로 부정하는 짓 따위는 결단코 하고 싶지 않았으니까.

"사랑하는 여잡니다. 결혼, 반드시 할 생각이고요."

—……솔직한 건 네 장점이지. 하지만.

너무나도 솔직하게 라희와의 관계를 인정했다. 그리고 단호하게 결혼까지 하겠다는 포부까지 밝혔다.

현 회장은 예상하고 있었음에도 막상 재민의 입으로 듣게 되니 적잖게 당혹스러워했다.

"아버지. 이제 저도 아버지 밑에서 어른이 됐습니다. 정신도 몸도 강인해졌고요. 이제 제 걱정은 그만 내려놓으세요."

—재민아.

"충분히 최선을 다하셨고, 지켜 주셨습니다."

—……

재민의 진심을 처음으로 음성으로써 듣게 되었다. 현 회장은 순간적 감정의 변화로 울컥했다. 끝끝내 말을 잇지 못했고, 그저 깊은 한숨으로 격해진 감정을 컨트롤할 뿐이었다.

"아버지."

—오늘은 이쯤 해 두자꾸나. 이만 끊으마.

현 회장이 통화를 서둘러 마무리하려 했다. 이 이상 통화를 이어 가기에는 굳건했던 본인의 뜻이 모래성처럼 무너져 내릴 것만 같았다. 결국은 현 회장이 먼저 전화를 끊었다.

재민의 표정 또한 영 밝지 못했다. 마음이 편치만은 않은 탓이었다. 아버지의 완강함이 전혀 이해되지 않는 것이 아니었으니까.

"후우……."

가슴 언저리가 뻐근하고 갑갑했다. 재민은 탁한 한숨을 내쉬며 머리칼을 쓸어 넘겼다.

그때 재민의 등 뒤로 붙어선 자그마한 체구로부터 느껴지는 포근한 온기와 감촉으로 인해 굳었던 재민의 얼굴이 부드럽게 풀어졌다.

라희가 재민의 허리를 슬며시 껴안았다. 그리고 그의 널찍한 등에 부드럽게 얼굴을 비볐다.

직감적으로 알았다. 가벼운 상대와의 통화는 아니었다는 걸.

그 넓고 단단한 어깨가 축 처져 있었고 언제나 위풍당당하던 뒷모습은 어쩐지 쓸쓸해 보였다.

"중요한 전화였어요?"

누구와의 통화를 했는지 그녀는 직접적으로 묻지는 않았다.

다행히 통화 내용은 듣지 못했었나 보다. 그럼에도 라희가 묻는다면 재민은 숨김없이 오픈할 것이다.

"아버지."

"아……, 회장님이요?"

"어."

현 회장과의 통화였다는 대답에 라희의 낯빛이 미묘하게 흐려져 갔다. 라희는 재민의 등에 얼굴을 묻은 채 그렇게 움직임 없이 고요히 생각에 잠긴 듯 보였다.

현 회장에 대한 고민은 재민의 앞에서는 단 한 번도 드러낸 적 없었다. 홀로 가슴 한쪽 편에 묵묵히 담아 두고 있었다.

현 회장의 존재를 신경을 쓰지 않을 수가 없었다. 가장 어렵고 넘기 힘든 높은 벽임을 라희도 은연중에도 체념하고 있었던 부분이었다.

점점 그 무게가 무거워져 가고 있음을 오늘로써 비로소 체감할 수 있었다.

그런 라희의 고민이 심장 박동으로 인해 재민의 맞닿은 등으로 전해졌던 것일까. 재민은 자신의 허리를 껴안고서 깍지를 끼고 있는 라희의 손으로 제 손을 덮고서 보드랍게 쓰다듬어 주었다. 그녀를 안심시키려는 무의식적인 행동 반응이었을 것이다.

라희의 손을 풀어내고서 재민이 뒤돌아섰다. 그렇게 마주한 두 사람은 서로의 눈을 응시했다.

똑같은 생각을 하고 있음을 느꼈던 건지, 상대의 눈동자 속에 비치는 슬픈 자신의 표정을 지우려는지 얕은 미소를 서서히 지어 보였다.

라희가 재민의 목에 양팔을 두르고서 싱긋 웃었다.

"다시 와인 타임 이어 가야죠?"

분위기를 바꿔 보려는 라희의 노력이 확연하게 보였다. 재민은 그 노력이 헛되지 않도록 하기 위해 능청스럽게 받아쳤다. 그리고 가느다란 그녀의 허리를 조금은 거칠게 낚아채듯 껴안았다.

"허리 부러뜨릴 셈이에요? 스태미나가 아주 그냥."

라희가 눈을 흘기며 투덜거리자, 재민이 장난스럽게 웃었다.

"확실히 비슷한 거 같아도 와인보다도 복분자주가 와우. 나한테 더 잘 맞나 봐."

"어휴. 그놈의 복분자."

복분자, 복분자. 한 번 맛을 본 이후 재민은 툭하면 복분자를 찾았다. 이젠 음료용 복분자보다도 복분자에 소주를 부어 담근 복분자주에 재민은 꽂혀 있는 상태였다.

"와인은 이제 밋밋하다고나 할까? 남자를 끓어오르게 하는 그 설명할 수 없는 흥분, 쾌감을……, 읍!"

주절주절 혼자만의 즐거움을 만끽하는 재민을 지켜보고만 있지 못하겠는지, 라희가 재민의 입을 손으로 턱 막아 버렸다.

"와인이고 나발이고 됐어요. 그만 잘래요."

제 입을 막고 있는 라희의 손을 끌어내리는 재민이 음흉한 미소를 지었다.

"자자고 먼저 침대로 유혹을 해 주시니, 덥석 물어 줘야 신사지?"

"허! 유혹한 거 아니……, 어어……!"

웃차, 하는 유쾌한 감탄사와 함께 재빨리 라희를 안아 들었다.

애써 웃음을 참아 내려는 라희가 얌전하게 재민에게 몸을 맡겼다. 그러곤 새침하게 툭 말을 내뱉었다.

"행동 잽싼 거 봐."

"그러면서 꽉 끌어안고 보채는 거 보게."

재민과 라희는 이 상황이 재밌기만 한지 동시에 웃음을 터뜨렸다. 누가 먼저랄 것도 없이 입을 맞추었다. 둘만의 은밀한 밀어를 나누듯이 보들보들한 입술을 물고 놓으며 애정을 드러냈다.

✤　　✤　　✤

무원그룹을 대표하는 무원 가전제품, 전자제품 브랜드. 한국은 물론이며 해외에서도 무원 가전 브랜드는 고객들의 열렬한 지지와 신뢰를 받고 있다.

10년 이상의 장기 집권 중인 무원그룹은 올해도 역시나 월등한 성장세가 이어지고 있으며 무원그룹을 대적할 기업은 없었다. 동종업계 1위 무원그룹과 2위의 타 기업의 차이는 어마어마했다.

재민이 사장으로 취임한 지 1년도 채 되지 않은 시점, 무원그룹의 역대 최고의 매출을 기록하는 영광을 안게 되었다. 이미 상반기에 목표 매출을 훨씬 뛰어넘은 상태였고, 남은 하반기도 굉장히 기대가 되었다.

젊은 피의 열정적인 리더십과 트렌디하고 신선한 아이디어로 인해 재민은 일찍이 주주들과 중역들의 기대와 신임을 한 몸에 받고 있었다.

무엇보다 재민은 직접 발로 뛰며 움직이는 경영자였다. 업무실을 지키고 있는 시간이 적은 편이었다. 수시로 계열사와 점포들을 방문하여 임원, 직원들과의 다이렉트로 소통했다.

"사장님. 상무님. 이번에 건강 프로젝트 체험 공간으로 인테리어한 곳입니다. 오늘은 가 오픈이고 내일모레부터 공개 오픈입니다."

사장 재민과 전무 진우. 그리고 책임 관리자 두 명만으로 최소의 인원을 꾸려 무원그룹의 가전제품 스튜디오 숍 최대 본점에 방문했다. 현재 매장에 많은 고객이 북적였으니 고객 접객과 영업에 방해되지 않도록 재민도 진우도 격식 있는 슈트 차림보다는 세미 슈트의 가벼운 차림으로 왔다.

연말연시 일정에 맞춰 넉넉하게 한 달이란 시간 동안 프로젝트 이벤트가 진행될 예정이었다. 전 품목 최대 할인 이벤트는 기본으로 하며, 건강 관련 제품들을 특별하게 더 신경 써서 메인 이벤트로 시행된다.

오늘은 가 오픈, 내일모레부터는 완전 공개 오픈 일이었다. 재민은 제 눈으로 마지막 점검차 예정에 없던 방문을 하게 되었다. 무원 스튜디오 숍 책임 담당자 한 명에게만 방문하겠다는 언질을 주었다.

"인테리어는 심플하게 잘 시공되었습니다만, 어쩐지 제품 배치가 어수선한 감이 있군요. 한 전무님 생각은 어떻습니까?"

"동감입니다. 고객이 어느 정도 모여들게 될 때면 움직임이나 동선이 번잡하고 불편할 거 같습니다."

"불필요한 건 과감하게 덜어 내고 공간을 더 활용하고 넓게 썼으면 좋을 거 같습니다."

고객의 입장에서 민첩하게 대응하는 것 또한 기업 브랜드의 가치를 더 높이는 것 중 하나였다.

날카로운 재민의 지적에 진우 역시도 동감하며 의견을 보태었다. 숍의 책임 담당자도 시정해야 할 사항들을 꼼꼼하게 그 자리에 바로 수기했다.

"아, 그리고 어린이 손님들을 위한 공간을 최대한 신경 써 주십시오. 고정 직원을 두는 것도 좋을 거 같고요. 아무리 안전을 가했다고 하더라도, 한창 호기심 많고 활동적인 아이들은 단 1초의 순간도 한눈팔게 되면 사고로 이어집니다. 사소한 거라도 위험 요소가 될 수 있죠."

"예. 사장님. 확인 또 확인하며 철저하게 준비하겠습니다."

진중하게 매의 눈으로 하나하나 살피며 부족한 부분은 의견을 보태었고, 잘 준비한 부분은 칭찬과 격려를 아끼지 않았다.

재민과 진우는 고객 센터와 지하 물류 창고까지 방문하여 고생하는 직원들에게 감사를 표하면서 이내 매장을 벗어났다.

운전대를 잡은 재민이 도로로 차를 올리며 넌지시 말했다.

"점심 먹고 들어갈래?"

"네가 사면."

"뭐, 그래."

✦   ✦   ✦

두 남자가 선택한 점심 메뉴는 중식이었다.

조용하게, 느긋하게 식사를 즐기기 위해 전체 모든 테이블이 룸으로만 이루어져 있는 중화 요리 전문 레스토랑으로 도착했다.

동그란 회전 테이블 위로 탕수육과 칠리새우, 양장피 등 메인 요리가 화려하게 차려져 있었다.

그렇게 배가 두둑해져 가는 식사가 마무리되어 갈 때쯤, 재민이 냅킨으로 입을 닦으며 진우에게 말을 꺼내었다.

"집 좀 알아보려고 하는데, 아버지께 얘기 좀 해 줘. 시간 되실 때 찾아뵙겠다고."

"왜, 이사하려고? 지금 아파트도 혼자 살기에 넓지 않나?"

재민은 오랜 고민 끝에 새 아파트로 이사를 가겠다는 결정을 내리게되었다. 그래서 부동산 업계에서 깊게 뿌리 내리고 있는 진우의 아버지께 부탁하려고 했다.

"어. 처음엔 업체 불러서 인테리어 공사를 다시 할까 싶었는데, 아무래도 미래를 생각해서 더 넓은 곳으로 가는 게 좋을 것 같아서. 라희 작업실도 따로 만들어 주고 싶고."

"뭐야. 라희 씨랑 벌써 결혼까지 생각하고 있는 거냐."

"당연한 거 아니겠냐?"

"이야. 그렇지, 그게 남자지!"

"또 주접떨지."

진지하게 말을 이어 가던 재민이 오두방정을 떨어 대는 진우를 향해으름장을 놓았다. 그런 친구의 모습에도 그저 이 상황이 재미있다는 듯웃어 보인 진우는 이내 고개를 끄덕이며 아버지에게 얘기해 두겠다고말했다.

"라희 씨는 그럼 계약 끝으로 완전히 그만두는 거라고?"

재민이 고개를 끄덕이며 후식으로 나온 보이차를 머금었다.

라희에게는 일급비밀로 하고 새 아파트를 매매해 작업 공간 인테리어까지 할 생각이다. 모든 게 마무리되어 완공될 날을 설렌 마음으로 기다리려 한다. 그날, 그녀에게 프러포즈할 생각이었다.

생각만으로도 벌써부터 두근두근 가슴이 떨렸고 입가에 미소가 번져 갔다.

그런 재민을 가만히 지켜보는 진우의 표정이 어쩐지 걱정으로 흐려져 있었다.

'난 걱정이 된다, 재민아. 네가 행복하다면 나 역시 기쁘지만, 회장님의 마음도 네가 새롭게 공사해 드려야 해.'

지금 눈앞에서 행복한 얼굴로서 기대에 잔뜩 부푼 재민을 보고 있자니, 진우는 차마 입 밖으로 꺼낼 수가 없었다.

재민이 찻잔을 내려놓으며 고개를 들었다. 자신을 모호한 눈으로 빤히 쳐다보고 있는 진우를 보자 미간을 찌푸리며 바로 방어 태세의 말을 툭 내뱉었다.

"그 징그러운 눈빛은 뭐야. 이번엔 무슨 주접을 떨려고."

"뭐라고?"

세상 억울한 표정으로 진우가 발끈했다. 재민은 그 반응이 재밌다는 듯 유쾌하게 웃었다.

"아, 그렇지. 집 얘기하니까 생각났네."

"뭐가?"

재민의 말을 대수롭지 않게 들으며 물잔을 입에 가져갔다.

"하나 씨, 네 집에서 나가기로 했다며?"

재민의 말에 놀란 진우는 막 물을 머금자마자, 바로 힘차게 내뿜었다. 사레가 들려 콜록콜록 기침을 연속적으로 이어졌다. 곧 기침이 잦아들면서 냅킨으로 톡톡 물기를 닦아 냈다.

왜 저러나 싶은 재민은 무미건조한 낯으로 진우를 쳐다보고 있었다.

"뭔 소리야? 김 비서가 그래? 나간다고?"

"뭘 그렇게 흥분하고 그래. 하나 씨가 너한테 말 안 했냐?"

"안 했다고!"

"그래? 라희가 점심시간에는 하나 씨가 집 보러 간다고 같이 가 달라고 했다던데."

진우는 부들부들 떨리는 손을 꽉 말아 주먹을 쥐었다.

"이 아가씨가 말도 더럽게 안 듣지. 후우."

인상을 찡그린 채 혼잣말로 주절주절하는 진우가 이내 슈트 안 주머니에서 휴대폰을 꺼내었다. 아마도 하나에게 전화를 거는 거겠지.

뚜르르, 통화음이 시작되자 진우는 재민의 발을 제 발로 툭툭 걷어차며 일어서라고 눈짓했다.

재민이 짜증 섞인 말과 동시에 진우를 노려봤다.

"왜 발은 차고 지랄이야."

"아, 전화 안 받아!"

"신경질 부리지 말고 먼저 출발해. 계산은 어차피 내가 하니까."

"그럼 먼저 나가 있는다. 어? 여보세요? 김 비서!"

통화가 연결되었는지 무턱대고 하나에게 다다다 쏘아붙이며 룸을 나갔다.

"솔직해지면 만사 편할 것을. 남자답게, 남자니까, 하고 허세만 부리지 말고, 인마."

재민이 피식 바람 빠지는 웃음을 흘리며 중얼거렸다.

진우의 마음이 어떤지, 무슨 이유에서야 겁쟁이가 되어 버린 건지 누구보다도 자신이 가장 잘 알고 있었다. 그렇기 때문에 재민은 친구의 입장으로서도 쉽게 진우를 몰아붙일 수가 없었다.

✢　✢　✢

하나와 점심을 간단하게 먹고 부동산으로 가려 했다. 하지만 진우가 어떻게 알았는지 전화로 노발대발 고성을 질러 대는 통에 하나는 결국 포기하게 되었다.

점심시간이 아직 남아 라희는 병원으로 가면 되겠다고 생각했다. 같이 가겠다는 하나를 먼저 보내 놓고 라희는 택시를 잡아탔다.

그리 먼 거리가 아니었기에 목적지인 서일 대학병원에 금방 도착할 수 있었다. 신 여사의 종합 검진 예약을 잡기 위해 내원하게 되었다.

"조금만 더 늦게 도착했으면 수확 없이 되돌아가야 할 뻔했다."

업무 시간을 엄수해야 하는 직장인. 오후 업무 시간에 차질이 없어야 하니 대기가 길어진다면 포기하고 회사로 돌아가야 했다. 하지만 운이 좋았다고 해야 할까. 생각보다 한산하다고 생각할 찰나에 라희의 뒤로 사람들이 우르르 들이닥쳐 금세 북새통을 이뤘다.

"죄송합니다. 다다음 주까지는 예약이 꽉 찼는데, 어쩌죠?"

"그래요?"

"셋째 주부터 예약 가능하십니다."

"흐음. 어쩜담."

최소 2, 3주는 기다려야 한다는 접수처 직원의 얘기에 라희는 잠깐의 고민을 하는 듯 보였다. 그래도 이왕 내원했고, 더 늦춰진다면 올해는 신 여사의 건강 검진은 넘어가 버리게 되니 무조건 예약을 하는 게 답이었다.

진작에 했어야 했는데, 갑작스럽게 복직하는 바람에 정신이 없었다.

"그럼 최대한 빠른 날로 예약해 주세요. 시간은 오전 11시 이후부터요."

출근을 해서 반차를 내더라도 오전 10시 반까지는 자리를 지켜야 했다. 비서 팀의 아침 회의도 있었지만, 재민의 임원 회의와 일정 보고도 해야 했으니까.

"예약되셨고요. 메시지로 예약 내용 재차 전송될 겁니다."

"감사합니다. 수고하세요."

A4 용지 서너 장을 스테이플러로 고정된 서류를 넘기는 현 회장의 손에선 힘이 들어가 있었다.

안경 너머로 비치는 매서운 눈매의 현 회장은 꼼꼼하게, 아니 그 이상의 글자 한 자 한 자에 신중하고 의미를 두고 읽어 내려갔다.

데스크 앞으로 곧게 서 있는 강 실장은 현 회장의 표정과 움직임을 고요하게 살피고 있었다.

다음 페이지로 넘기려던 현 회장의 손이 잠시 움직임을 멈췄다.

"흐음. 이상하군."

이해되질 않는 부분이 있었는가 보다. 현 회장은 무성한 의문을 품은 낯으로 한숨을 내쉬었다. 오롯이 서류에만 시선을 두고서 나름의 생각을 풀어 보는 듯했다.

"무엇 때문에 계약 기간을 단기로 설정했을까. 이해가 되질 않는군."

현 회장은 고개를 갸웃거리면서도 계속해서 라희의 계약서를 끈질기게 파악하려 검토했다.

그렇다. 지금 현 회장의 손에 들어와 있는 서류들은 바로 라희에 관한 조사 자료였다. 뼛속까지 싹싹 긁어 오라는 그런 비상식적인 짓 따위는 현 회장은 하지 않았다.

최소한의 내용만, 그것도 무원그룹 내에서의 자료들로 지정하여 강 실장에게 지시한 것이었다.

무원그룹 입사 당시 때의 라희의 프로필과 계약서, 하지만 가족 관계까지는 파헤치지 않으려 등본이나 가족 관계 증명서는 제외했다.

오로지 라희 본인만을 그리고 사내 프로그램 시스템에서 승인되어 저장되어 있는 라희가 처리한 업무 관련 부분까지 한정하여 말이다.

"강 실장. 우리 회사는 비정규직, 즉 계약직은 없는 거로 아는데."

"그렇습니다. 공라희 비서는 계약 기간만 일정 부분 합의하에 단기로 계약한 형태입니다. 연봉, 복지 등의 혜택은 정규직과 동일시되고 있습니다."

비서의 경우는 일반 직원들과 달리, 보통 1년, 2년 단위로 계약이 이뤄지는 것이 일반적이었지만, 무원그룹에서는 타 기업과는 달리 비서직 또한 장기로 두고 있었다.

"도대체 무슨 경우인지 알 수가 없군."

"제가 알아본 바로는 사장님께서 직접 제의를 하신 거라고 합니다."

"재민이가?"

재민의 뜻이었다니. 현 회장은 꽤 놀란 듯 보였다.

"예. 자세한 상황까지는 저도 알 수는 없었습니다만, 사장님의 지시였다는 점은 확실히 확인했습니다."

강 실장 역시 깊이 알 수는 없었다. 당연했다. 재민이 직접 관여했으며, 성은이 책임자로 관리를 했으니 어디든 새어 나갈 일도, 누군가에게 말을 흘릴 리도 없었으니까.

그렇다면 더욱 이해가 되질 않는 부분이었다. 재민이 라희에게 단기계약으로 제의했다는 것, 그러면서도 재차 재계약 역시 단기로 성립되었다는 것.

현 회장이 안경을 벗어 내려놓고서 슥슥 턱을 매만졌다.

'왜일까. 내 예상으로는 분명……'

현 회장이 예상해 본 바로는 분명 재계약 전부터 재민과 라희는 서로에게 마음을 두고 연인으로 발전한 상태였을 거였다. 그렇다면 더 오랜 시간을 함께하고 싶을 것이며 붙어 있고 싶은 것이 정상이 아닐까.

둘의 관계가 틀어진 것도 아니고서야 재계약까지 동일하다니 현 회장은 찜찜한 표정을 감추지 못했다.

불과 며칠 전에도 재민의 입에서 생생하게 사랑하는 여자라고, 결혼도 반드시 할 거라고 제게 강하게 못을 박았으니까.

"후우. 수고했네, 강 실장. 그만 나가 보게."

현 회장은 답답한 마음에 한숨을 푹 내쉬며 다시금 서류로 손을 뻗었다.

그만 나가 보라는 현 회장의 명령에도 강 실장은 어쩐지 무언가 더 할 말이 있는 건지 움직임이 없었다. 현 회장은 서류로 향했던 시선을 들어 묵묵히 버티고 서 있는 강 실장을 쳐다봤다.

"왜 그러나. 더 할 얘기가 있는 건가?"

강 실장이 닫힌 입을 떼어 내려다가도 이내 현재 자신의 감정을 절제했다.

'그래. 너무 성급하게 굴 필요 없잖아?'

강 실장은 아무것도 아니라는 듯 옅은 미소를 지어 보였다.

'좀 더 명확하게 알아본 뒤에 말씀드리는 게 좋을 거 같다. 어쭙잖은 내 짐작만으로 괜한 긁어 부스럼을 만들 수 없지. 그렇게 되면 모두가 상처 입을 거니까.'

강 실장의 의미심장한 다짐. 그리고 본인의 일처럼 묘한 흥분감도 뒤섞여 있었다.

강 실장이 라희에 관한 조사를 하던 중, 우연한 경로로 알게 된 정보 하나를 접하게 되었다. 하지만 그 정보가 진실이라는 확신이 없으니 강 실장은 절대로 가볍게 다뤄서는 안 될 사항이라 여기며 신중을 기해야 함을 느꼈다.

오랜 세월을 모셨던 현 회장과, 현 회장의 하나뿐인 혈육의 아들 재민도, 그리고 재민이 선택한 여자 라희도. 모두에게 상처가 될 만큼 파급력이 클 거라는 걸 강 실장은 잘 알고 있었다.

강 실장의 염려는 단 하나였다. 그들이 상처받는 것, 고통받는 거라는 것.

"강 실장?"

현 회장이 고개를 모로 세우며 강 실장을 재차 불렀다.

"아, 아무것도 아닙니다. 그럼 전 이만 물러가 보겠습니다."

그제야 강 실장이 정신을 차리며 허리를 굽히며 인사했다. 어딘지 이상한 기운을 느낀 현 회장이 강 실장을 응시하다가도 이내 고개를 끄덕였다.

✤　　✤　　✤

"으으. 다리야. 내 발바닥아."

앓는 소리가 잇새로 비집고 나왔다. 라희는 말아 쥔 주먹으로 욱신거리는 허벅지를 툭툭 두드리며 이내 다리를 살포시 꼬아 종아리를 주물렀다.

하이힐을 신고서 내내 업무를 본 뒤, 퇴근하고도 재민과 같이 오븐을 전문으로 취급하는 기업의 매장을 서너 군데나 돌아다녔다. 그 바람에 인간의 제2의 심장이라고 하는 발이 피로하고 아릴 수밖에 없다.

물론, 오븐을 실물로 구경하고 간단한 조작 체험도 해 보았기에 라희는 아주 즐거워했고, 웃음이 얼굴에서 그치질 않았다.

"그런데, 뭐 때문에 나 먼저 보내 놓고, 관리자랑 둘이서 얘기를 한다는 거지?"

마지막으로 방문했던 오븐 매장. 라희가 가장 마음에 들어 했고, 담당 직원의 친절함과 섬세한 설명에 만족스러웠었다.

재민이 라희에게 매장 옆 건물의 카페에 먼저 가서 쉬고 있으라고 했다. 관리자를 만나 잠시 얘기를 나눠야 한다는 이유에서였다. 발이 욱신거려 서 있기조차 힘들었던 라희는 순순히 카페로 와 엉덩이를 붙이고 앉았다.

"아 맞다. 내 정신 좀 봐. 엄마한테 연락했어야 했는데."

문득 신 여사에게 건강 검진 예약일을 알려 줘야 한다는 것이 생각났다. 며칠 전에 예약을 마쳤음에도 그새 깜박 잊고 있었다.

라희는 바로 신 여사에게 전화를 걸었다.

뚜르르 신호음이 막 시작되는 순간이었다. 정면으로 보이는 카페 입구의 유리문을 밀고서 들어서는 재민과 눈이 마주쳤다.

—응. 희야.

신 여사가 딸의 전화에 반가운 목소리로 애칭을 불렀다.

"엄마. 건강 검진 예약 잡았어."

라희가 신 여사에게 얘기를 하면서도 재민에게로 시선을 두었다. 재민이 누구와 통화 중인지 궁금한 듯한 표정으로 다가서려고 하자, 라희가 '엄마랑 통화'라고 입만 벙긋거리면서 눈짓했다.

재민이 아, 하는 감탄사를 흘리며 고개를 끄덕였다. 그러곤 테이블로 향하려던 발걸음을 틀어 주문하는 곳으로 휘적휘적 다가갔다.

— 그랬어? 언제쯤?

"예약이 꽉 찼더라고. 겨우 다음 달 셋째 주로 잡았는데, 괜찮아?"

— 꽤 늦네? 엄마 그쯤에 김장하려고 했는데.

"김장? 아, 벌써 김장 시즌이 왔구나."

— 세월 빠르지?

"응. 나이 먹는 게 점점 두려워져."

— 요게. 엄마 앞에서 나이 먹는 얘기 하니?

"하하. 요즘 세상은 부모도 자식도 같이 늙어 간다고 하잖아. 100세 시대니까."

친구처럼, 또는 자매처럼 장난기가 깃든 티격태격하는 모녀간의 관계가 여전히 한결같이 애틋했다.

김장 시즌이 올해도 어김없이 돌아왔다. 라희는 지금까지 아껴 두었던 제게 주어진 몇 번의 연차일 수를 쓸 때가 왔음에 설레는 듯 보였다.

재민이 커피를 들고 테이블로 돌아왔다. 라희가 엄마와 통화 중이니, 재민은 움직임도 최소한으로 작게, 조용히 커피를 내려놓았다. 그리고 맞은편의 자리가 아닌, 2인용 소파로 된 자리라 기어코 라희의 옆으로 붙어 앉는 것이었다.

털썩. 자신의 옆자리로 앉아 다리를 꼬고서 긴 팔을 어깨에 걸치는 재민의 자연스러운 행동에 라희는 못 말린다는 듯 눈을 휘며 웃었다.

재민이 커피를 한 모금 머금었고, 이내 고개를 모로 기울이며 라희를 물끄러미 바라보고 있었다.

'시선이 뜨겁다, 뜨거워.'

제게로만 닿은 재민의 시선이 좋으면서도 부담스럽기만 하다. 라희는 재민의 뺨을 손으로 어루만져 주었다.

자신을 만져 주는 그 손길의 감촉이 좋아 재민의 표정이 깃털처럼 가볍게 풀어져 버린다.

"그럼 엄마, 이건 어때? 내가 내려가서 같이 김장하고, 검진 예약 일정에 맞춰서 나랑 같이 서울 올라오면 딱 좋을 거 같은데."

—그냥 내려오지 말고 쉬어. 너도 매일 일한다고 힘들 텐데.

'김장한다고? 그럼 라희 연차 다 끌어모아 쓰고 내려간다는 거잖아.'

김장을 도우러 고창으로 내려가겠다는 얘기에 재민의 눈이 반짝 빛났다.

겉으로 드러내진 않았지만, 재민은 나름 벼르고 있었고, 그날이 오기를 기대하고 있었었다.

"우리 엄마 보러 가는 게 내가 최고의 휴식을 취하는 거지."

—어머머. 내 딸이지만 어쩜 말도 그렇게 예쁘게 하지? 호호.

"신 여사님의 딸이니까요?"

좀처럼 웃음이 끊이질 않는 통화를 눈을 빛내며 지켜보고 있는 재민이 이내 턱을 살살 매만지며 생각에 잠긴 듯 보였다. 아니, 어떻게 해서 라희를 설득해 같이 내려갈지 머리를 굴리고 있다는 게 더 정확한 표현일 지도 모른다.

—실은 라희야. 엄마가 다음 주에 김장하려고 벌써 다 재료들 주문해 놨거든.

"뭐? 정말?"

—금요일로 맞춰서 주문해 놨어. 그날 손질해 놓고 토요일에 시작하려고.

"음. 그럼 내가 다음 주에 내려갈까? 김장은 매년 항상 같이했잖아. 나도 얼마나 기다리고 있는 날인데."

바로 다음 주에 김장할 예정이라고 한다. 마을에서 모두 그쯤 한다고 해서 같이 주문을 넣으면 저렴하게 살 수 있었기 때문에 신 여사도 함께 주문한 상태였다.

라희는 신 여사의 말에 어쩐지 마음이 조급해졌다.

그럴 만도 했다. 김장하는 날만을 손꼽아 기다리고 있었으니까.

소중하게 모아놓은 연차를 몰아 쓰는 그 쾌감은 은근히 짜릿했다. 산새 좋은 엄마의 고향으로 내려가서 사랑하는 엄마와의 시간을 보내는 그 시간이 최고의 즐거움이자 힐링, 행복 그 자체였다.

'그럼 다음 주에 연차 쓸까? 피크는 지난 주로 끝났으니까 괜찮지 않을까.'

조금 급하게 연차를 쓰는 건 아닐까 싶지만, 그래도 바쁜 시즌은 지난 주로 모두 끝이 났으니까 싶었다. 그나마 마음이 무겁지는 않았다.

일단은 신 여사에게 다음 주에 무조건 내려가겠다고 말해 두며 통화를 서서히 마무리 지었다.

'라희를 어떻게 꿰여서 따라가지……'

재민은 생각이 많아졌다. 무조건 자신도 라희와 함께 고창으로 내려가겠다는 전제하에.

라희가 전부터 안 된다고 손사래를 쳤으니까 재민은 묘책을 짜내어야 했다.

그녀의 어머니를 직접 찾아뵙고 정식으로 인사드리고 싶은 마음이 컸다. 그리고 최고의 손맛의 김치. 그것도 갓 담근 김장 김치를 그 자리에서 바로 맛볼 수 있는 그 행복을 재민은 포기할 수 없었다.

재민은 자신도 모르게 주먹을 꽉 쥐었다. 의지가 활활 타올랐다.

"……?"

막 통화를 끝낸 라희가 눈을 껌벅거리며 재민의 행동을 의아하게 쳐다보고 있었다.

혼자만의 생각으로 아무것도 눈에 들어오지도 귀에 들리지도 않았던 재민은 라희가 통화를 끝냈다는 것도 인지 못 하고 있었다.

라희가 스트로를 쪽쪽 빨아 당기며 커피로 목을 축였고, 이내 잔을 내려놓으면서도 여전히 반응 없는 재민의 어깨를 톡톡 두드렸다.

"저기, 현재민 씨."

"……어머님이랑 통화 끝났어?"

"진작에요."

라희가 애교스럽게 대답하며 재민의 어깨에 머리를 살포시 기대었다.

"으앗! 왜, 왜 그래요?"

그의 단단한 어깨에 기대니 라희는 저절로 눈이 감기려 했다. 하지만 자신의 목을 끌어안으며 가슴팍으로 얼굴을 묻도록 힘을 가하는 재민의 행동에 라희는 놀람과 동시에 갑갑함에 아등바등하였다.

탕탕. 재민의 어깨를 내리치며 놔달라고 소리쳐 보지만, 재민은 뭐가 그리도 즐거운지 피식거릴 뿐이었다.

결국은 라희가 뾰족하게 날을 세운 눈으로 노려보며 재민이 약한 부분인 옆구리를 꼬집는 응징을 가했다.

"아아!"

재민이 라희를 놓고 꼬집힌 옆구리를 손으로 문질렀다.

"목 부러뜨릴 셈이에요? 아후, 내 목."

짧은 순간의 자극이었지만, 욱신거리는 목을 부여잡고서 동그란 원을 그리는 스트레칭으로 나름의 처방을 하는 그녀다.

툴툴거리는 라희를 진득하게 바라보고 있는 재민의 얼굴에선 미소로 번져 있었다.

"뭐가 그렇게 좋아서 계속 웃어요? 무섭게."

"무섭다고? 사랑하는 애인을 애틋하게 바라보고 있는데!"

"무섭다가도 오그라드는 말에 닭살까지……."

"하!"

무심한 라희의 태도에 재민이 마음이 상했나 보다. 소파에 몸을 늘어뜨리고서 양팔을 교차해 팔짱을 낀 채 정면을 응시하고만 있었다.

뚱해진 그 표정이 삐쳤다는 티를 팍팍 내고 있음을 라희가 알아차리지 못할 리가 없었다.

재민의 행동이 라희는 못마땅하기보다는 어쩐지 웃음이 비집고 나왔다.

타인에게는 건장한 신장과 차갑게 비치는 얼굴의 그였지만, 라희에게는 그저 한없이 귀여운 내 남자로만 비추어 졌다.

그래도 자신이 풀어 주려는 노력이라도 보이면 다정한 재민은 금방 풀어 주는 예쁜 남자였다.

라희가 재민의 어깨 위로 손을 모아 턱을 얹었다. 나름의 애교였는데, 웬일인지 재민은 무반응으로 일관했다.

곧 반응을 보일 거라고 생각했었는데.

라희는 입술을 삐죽이며 머쓱한 표정을 짓고 있었다. 자신을 봐주지 않는 재민을 주시하다 이내 입꼬리를 씰룩거렸다.

'이래도 목석처럼 버틸 수 있을까?'

뭔가 믿는 구석이라도 있나 보다. 재민이 바로 무너져 내릴 수 있는 약점을 쥐고 있다는 듯 라희의 표정이 즐거워 보였다.

도톰한 그녀의 입술이 살포시 동그랗게 오므려졌다. 그리고 뜨거운 입김을 느릿하게 내뱉자, 재민의 굵직한 목에 닿아 목 전체로 흩날리게 되었다.

"……!"

움찔. 아니 부르르 떨었다고 해야 할까.

재민의 상체가 눈에 확 띌 만큼 크게 들썩거렸다. 그리고 자신의 어깨에 여전히 얼굴을 얹고 있는 라희에게로 휙 고개를 틀었다.

"이제야 봐 주네."

"점점 과감해지는데? 오픈된 곳에서도 이렇게 불을 지피는 걸 보면."

"……죄송합니다. 장난이 과했습니다."

먼저 장난으로 덤벼 보긴 했지만, 재민이 그 장난을 덥석 물고 재공격을 한다면 상당히 곤란해지기 때문에 라희는 바로 꼬리를 내렸다.

라희가 말간 미소를 지으며 재민의 팔을 끌어안았다. 그러자 재민은 그녀의 이마에 제 이마를 부딪치며 다시금 보드라운 낯으로 변했다.

새로운 모습을 보이는 게 스스로가 신선하다. 재민도 라희도 자신이 이렇게 장난을 잘 치는지, 애교도 있는지. 연애, 사랑을 하면서 처음 발견한 모습이었다.

"그런데, 매장 관리자분이랑은 무슨 얘기한 거예요?"

"궁금해?"

"응."

재민이 라희의 뺨을 만지작거리며 입을 열었다.

"당신 영향으로 인해서 오븐에 관해 관심이 생겼거든. 우리 무원전자에서도 전문가용으로 한번 만들어 보면 어떨까 하는 생각이 들더라고."

"오, 정말요?"

예상하지 못한 주제였다. 라희는 의외의 얘기를 고개를 끄덕이며 듣고 있었다. 그러다가도 곧 자신으로 인해 오븐에 흥미를 느꼈다는 그 말이 어쩐지 기분이 좋았다.

"요즘 홈베이킹이며, 해외 각국의 디저트들까지 열풍을 불고 있으니까 소규모 개인 창업자들도 쏟아져 나오잖아. 제대로 만들어 보는 것도 괜찮을 거 같다는 생각이 들더라고."

"이야. 역시 정보력과 흐름 파악 능력이!"

라희가 손뼉을 두어 번 짝짝 치고서 재민의 가슴팍을 톡 건드렸다.

오늘 방문했던 오븐 전문 매장만 해도 대표 경영자가 직접 개발하여 창업하였다. 소규모의 기업이지만 자부심을 가지고 자신만의 브랜드 오븐이 탄생 되었던 것이다. 전문가들과 오븐을 좀 만질 줄 아는 고객들 사이에서는 입소문이 나 있었기에 세월이 흐를수록 매출도 상승하고 있다.

라희로 인해 오븐에 관심과 흥미가 생겼다. 재민은 무원전자에서도 개발한 오븐을 라희에게 선물하고 싶었고, 또한 많은 이들에게 유용하고도 전문적인 제품을 선보이고 싶었다.

"개발 연구 김 본부장과 진행해 보려고 미팅 잡아 놓은 상태야."

"벌써 그렇게 얘기까지 나눈 상태예요?"

"어. 당신한테는 곧 얘기하려고 했는데, 좀 일찍 말을 꺼내게 됐네."

"기대된다."

기대와 응원을 담은 그녀의 미소가 재민에게 활력을 불어넣어 주었다.

그리고.

'기대해. 오븐도, 프러포즈도.'

재민은 오븐 개발 건도 물론이며, 라희에게 프러포즈 프로젝트 건도 매우 공들여 준비 중이었다. 오븐, 그 자체가 현재 재민을 매우 흥분케 하고 의미 있는 주제였다.

재민과 라희는 편안한 자세로 소소한 얘기들을 나누면서 커피를 즐겼다.

그런데 재민의 시선은 라희를 흘깃흘깃 눈치를 살피는 행동을 보였다. 그것을 인지하지 못한 라희는 스트로를 쪽쪽 빨며 휴대폰도 확인하곤 했다.

'기분 좋아 보이는데. 지금이 타이밍인……. 아닌가? 이런 젠장.'

재민은 타이밍을 찾으려는 것이었다. 김장을 위해 고창으로 내려갈 라희를 따라 자신도 동행하겠다고 말을 꺼내야 하는데 주춤하고 있었다.

입술을 혀로 훑던 재민은 이내 마음이 선 듯 보였다. 지금 라희는 굉장히 기분이 좋아 보였기에 적정한 타이밍임이 틀림없다고 생각했다.

그때 라희가 먼저 재민에게로 고개를 틀며 말을 꺼내었다.

"재민 씨."

"어, 어?"

"나, 다음 주에 모아 뒀던 연차 다 쓰려고 하는데……. 빠듯하게 얘기해서 미안해요."

"다음 주?"

미안했다. 여유를 두고서 얘기하고 상의를 해야 하는 것이 상사로서도, 애인으로서도 기본적으로 예의이니까.

라희가 미안한 기색으로 차분하게 말을 이어 나갔다.

"원래 3주 뒤에 엄마 건강 검진 일정에 맞춰서 내려가려고 했거든요. 김장 마무리하고 서울로 모시고 올라오려고 했었는데 엄마가 다음 주에 김장하신다고 벌써 주문해 놓았대요."

"그래? 다음 주에 김장하신단 말이지?"

재민이 눈을 부릅뜨면서 조금은 격양된 목소리로 되물었다.

라희는 이상 행동을 보이는 재민에 당황한 표정을 드러내며 멈칫했다. 하지만 이내 고개를 끄덕이며 대답했다.

"응? 아……. 그게 그렇게 됐어요."

"그렇단 말이지?"

홀로 중얼중얼 읊조리는 재민을 고개를 갸웃거리며 멀뚱히 관찰하듯 지켜보게 되었다.

순식간에 재민의 표정에 변화가 일었다. 어색한 미소로 라희를 한번 쳐다보다가도 시선을 피해 검지로 이마를 긁적거렸다.

'대체 왜 그러는 거야? 오늘 영 현재민답지 않은데.'

재민의 낯선 행동의 온도에 라희는 어딘가 미심쩍었다.

그러던 중, 재민이 라희의 손을 제 두 손으로 감싸 잡았다. 라희는 동그랗게 뜬 눈으로 손을 한 번, 그리고 재민의 얼굴로 시선을 들었다.

"라희야."

"응?"

"단도직입적으로 말할게."

"뭘 말이에요?"

단도직입적으로 말한다는 재민의 포부.

라희는 그가 편하게 말을 이어 갈 수 있도록 생긋 웃어 보였다. 하지만 곧 입가에 맺힌 그녀의 웃음은 메마르기 시작했다.

"어머니께 정식으로 인사드리고 싶어."

"……네?"

"그러도록 해 줘."

"…….'

"이번 기회에 나도 당신 따라 고창 내려갈 생각이야. 아니, 갈 거야."

라희는 순간 말문이 막혀 버렸다. 아무런 대답도 할 수 없었다.

이글이글 불꽃을 피우는 재민의 눈동자에 화상을 입을 것만 같았다.

기필코 인사드리러 가겠다는 그의 굳은 의지가 느껴졌다.

15장
김장, 그것은 추억

스르륵. 엘리베이터 문이 열렸다.

한숨을 푹 내쉬며 엘리베이터에서 내리는 라희의 표정은 무거운 근심으로 얼룩져 있었다.

"제대로 마음 상했나 보다."

라희가 입술을 삐죽이며 혼잣말로 중얼거렸다.

재민과 라희 사이에서 보기 드문 냉랭함이 어젯밤부터 쭉 이어지고 있는 중이다. 그 이유인즉슨, 신 여사에게 직접 찾아뵙고 정식으로 인사를 드리겠다는 재민의 뜻을 라희가 매몰차게 거부했기 때문이다.

"노골적으로 화났다고 티를 내면 가뜩이나 차가운 얼굴이 더 사납잖아. 무섭게."

무표정으로 화가 났다고 오해를 살 만큼 매섭고 냉정한 얼굴. 그런 재민이 대놓고 심기가 언짢음을 표출한다면 함부로 다가서는 것조차도 두려워지게 했다.

살 떨리는 오라를 뿜어내는 재민에게 라희는 두어 걸음 떨어진 거리를 맴돌았지만, 그래도 재민의 마음을 풀어 줘야 한다는 생각뿐이었다.

회의 준비까지 꼼꼼하게 해 주면서 대회의실까지 동행해 재민이 회의실로 들어갈 때까지 곁을 지켰다. 그 후 라희는 인사 부서에 볼일이 있어 내려오게 되었다.

"수고 많으십니다."

"안녕하세요, 공 비서님."

"여기 서류요."

"네. 바로 처리해 드릴게요."

인사 부서에 연차신청 서류를 제출했다. 미리 받아 뒀던 서류에 비서 팀 총 책임자인 성은에게 미리 사인을 받아 놓은 상태였고, 오늘 오전에 재민의 사인까지 받았다. 날짜도 다음 주로 수정했다.

"공 비서님. 전산 승인 처리까지 완료되었습니다."

"감사합니다. 수고하세요."

전산 승인까지 완료되었지만, 즐거워야 했던 라희의 낯빛은 그다지 밝지 않았다. 찜찜한 그 기분을 좀처럼 떨쳐 내지 못하는 라희는 가슴이 탁 막힌 것만 같았다.

라희는 톡 쏘는 탄산, 청량음료가 굉장히 당겼다. 과연 이 답답한 가슴을 조금이라도 해소해 줄 수 있을까. 그랬으면 좋겠다.

휴게실 자판기 앞으로 선 라희가 스커트 주머니에서 천 원짜리 지폐 한 장을 꺼내어 지폐 투입구로 넣었다. 콜라 버튼을 꾹 누르자 우당탕 요란스러운 소리를 내며 떨어졌다. 라희는 허리를 굽혀 캔을 꺼내 쥐었다.

"시원하다."

콜라 캔의 차가운 냉기가 손에 닿은 그 온도가 좋았다. 추워지는 날씨임에도 라희의 열이 오른 가슴이 조금이나마 식혀 주는 것 같았다.

치익. 캔을 따서 꿀꺽꿀꺽 들이켰다.

"아, 시원하다."

탄산의 톡톡 터지는 자극이 입안부터 식도를 타고 내려가는 것이 느껴졌다. 따끔하면서도 시원한 맛에 답답한 마음이 조금은 풀어지는 듯했다.

라희의 어깨를 툭 치는 인기척에 흠칫, 어깨를 움찔거렸다. 라희가 놀란 눈으로 고개를 틀었다.

"어? 선배!"

성은의 등장에 라희가 유쾌하게 인사했다.

사내에서 매일 얼굴을 보는 것이 다반사임에도 마주칠 때마다 두 사람은 반갑기만 하다.

"인사 부서에 서류 제출하러 온 거야?"

"응. 막 제출하고 승인까지 떨어졌지요."

"오호. 우리 공 비서 곧 꿀 같은 휴가가 기다리고 있겠군!"

"암요. 그렇고 말고요."

주거니 받거니 가벼운 말장난으로 잠깐의 휴식을 취하는 그녀들이었다.

성은도 목을 축이려 자판기에서 이온 음료를 뽑아 들었다.

"사장님 회의 들어가셨지? 그럼 우리 잠깐 땡땡이칠까?"

"부장님이 부하 직원한테 나쁜 거 알려줘도 돼요?"

"그래서, 안 가겠다고?"

"에이, 그럴 리가요. 가요."

라희와 성은이 비상구 계단을 통해 옥상으로 향했다.

바깥 기온은 차갑게 느껴질 수 있는 기온이었지만, 꽉 막힌 사무실 안의 공기는 갑갑함을 주었다.

하늘과 가장 가까운 탁 트인 옥상에서의 들이마시고 내쉬는 공기는 상쾌했고, 피부를 스치는 시원 바람은 머리와 가슴까지 깨끗하게 씻겨 주는 기분이 들었다.

"김장하는 게 얼마나 큰 행사야. 김장하고 나면 며칠은 앓아눕는 게 다반사잖아."

"맞아. 나도 매년 내려가서 거들어 드리기는 하지만, 보통 일이 아니야. 돕기만 하는데 다름없는데도 혼자 김장 다 한 거처럼 몸살 앓고."

"무엇보다, 절여 놓은 배추나 알타리들 무게만 해도 어마어마하잖

아. 그것만 해도 충분히 몸에 무리가 가지."

"그런데도 우리 신 여사님께서는 어찌나 팔팔하신지. 매번 놀란다니까?"

김장이란 주제로 라희와 성은의 대화는 무르익었다.

"엄마는 강하다잖아? 대한민국의 어머니들 존경합니다."

"동감이야. 어머니들이야말로 존경받을 위인이시지."

어머니들의 헌신과 사랑에 그녀들은 진심을 담아 존경을 표했다.

캔 콜라를 홀짝이는 라희를 성은이 조용히 바라봤다. 라희의 분위기, 표정과 행동을 살피는 듯 보였다.

'평소와 다를 게 없네. 모르고 있는 거겠지?'

성은이 혼잣말을 속으로 읊조렸다.

최근 재민과 현 회장 사이에서 꽤 큰 고성이 오가는 언쟁이 있었다. 재민이 라희에게 말도 꺼내지 않았고 내색조차도 하지 않았다는 걸, 그렇기에 라희는 모르고 있구나 싶었다.

그렇지 않고서야 라희가 이토록 평온하게 웃을 수 없을 것이다. 포커페이스, 흐트러짐 없는 냉정함의 그녀지만 누구보다도 여리고 감정이 섬세했다.

물론 라희가 어떠한 상황에서든 겉으로, 표정으로 드러내는 성격은 아니었다. 하지만 오랜 세월을 함께 울고 웃었던 성은만이 알 수 있는 포인트가 있었다.

성은의 시선이 느껴진 라희가 고개를 틀었다. 눈이 마주치자 라희가 방긋 미소를 지었다.

"왜 그렇게 봐?"

"내 후배 예뻐서?"

성은의 대답에 라희가 턱을 끌어내리며 풋, 하고 웃었다.

"뭐야. 부탁할 거라도 있는 건가요, 선배님?"

"내가 그렇게 약은 사람이었어?"

"하하. 아니죠. 절대 아니죠!"

성은이 장난스럽게 라희를 향해 눈을 가늘게 뜨며 툴툴거렸다. 하지만 곧 웃음을 흩뿌리며 라희에게로 몸을 틀었다. 그러곤 캔을 양손으로 잡고서 눈을 반짝였다.

"사실 부탁이야 있지?"

"뭔데? 말만 해!"

"나도 어머니 김치 좀 나눠 줘. 김장 김치 진짜 먹고 싶거든."

"난 또 어마어마한 부탁일 줄 알고 살짝 졸았잖아."

"나눔 부탁할게!"

"물론이지."

"아싸!"

라희는 김장 김치를 나눔 해 달라는 성은의 부탁을 흔쾌히, 아주 기분 좋게 수락했다.

엄마의 김치는 라희 자신에게도 자부심이었고, 자랑하고 싶은 마음이 꿈틀거리고 있었으니까.

소문난 김치 맛집인 라희네 집은 김장 포기 개수가 후들후들했다. 평균 4인 가족의 집에서 하는 김장보다도 두 배 이상으로 했다.

신 여사의 명품 김치 손맛에 동네 사람들과 지인의 부탁도 많았다. 라희 역시 자신이 서울에서 사회생활을 하면서 신세 지고 있는 지인들에게 감사의 뜻으로 자신 있게 엄마의 김치를 전달하기도 했다.

그래서인지 라희는 고생하는 신 여사에게 항상 미안해했다. 다리도 좋지 못한 엄마에게 무리가 될까 걱정했지만, 신 여사는 많은 사람들이 자신의 김치를 좋아해 주고 자신을 찾아 주는 것이 무료한 삶에서의 행복이라며 오히려 더 마음까지 건강해지고 있다고 했다.

라희가 매년 김장 시즌 때마다 연차를 한 번에 써 가면서 내려가는 이유이기도 하며, 조금이나마 신 여사를 거들어드리고 싶었다.

김치냉장고도 가장 용량이 크고 성능 좋은 무원 가전제품으로 시원하게 일시불로 그어 선물했다. 우수한 명품 고춧가루도 금값이지만 라희는 과감하게 결제했다.

"재민이, 어머니 김치 좋아하지?"

"응. 김치라면 사족을 못 써."

성은의 물음에 라희가 대답을 함과 동시에 웃음이 서려 나왔다.

김치냉장고에 저장해 둔 커다란 김치 통을 채로 꺼내어 총각김치를 손에 들고서 야금야금 먹던 재민의 모습이 떠올랐기 때문이다.

"유독 김치를 좋아하더라고. 김치랑 밥만 있어도 밥 두 그릇은 게 눈 감추듯 해치워 버리잖아."

"맞아! 우리 집에 있는 김치도 나 혼자 먹으면 저장해 두면서 먹어도 넉넉한데, 재민 씨 때문에 지금 거의 바닥이에요."

전에 사용하던 김치냉장고가 작다며 대형 김치냉장고로 바꿨는데, 휑해진 공간들을 보면 민망해질 정도다.

그래도 재민이 맛있게, 복스럽게 먹는 걸 보면 그 마음 또한 사르르 눈 녹듯 녹아 버린다.

"그럴 거 같아. 재민이가 식성도 엄청 좋으니까 더 잘 먹는 거 같잖아."

"성은 선배가 인정할 정도면 아주 어릴 때부터 좋아했나 봐요."

재민을 두고 두 사람이 꺄르르 웃으며 이야기를 이어 나갔다.

서서히 웃음이 잦아들면서 성은이 조금은 무거운 표정을 지었다. 그리고 라희의 어깨에 팔을 두르며 끝이 보이질 않는 먼 곳을 바라보며 말문을 열었다.

"네가 말했던 것처럼 재민이가 어릴 때부터 김치를 좋아했대."

"우와."

"보통의 아이들이라면 김치를 거부하기 마련이지. 간혹 부모가 김치를 생수에 씻어서 먹이기도 하잖아? 그런데 재민이는 또래 아이들과는 달리 매운 김치도 스스로 찾아서 먹을 만큼 잘 먹었다고 하더라."

성은이 잔잔한 목소리로 재민의 이야기를 이어 갔다. 라희는 이야기의 초입부터 왜인지 가슴 한쪽이 묵직해지는 걸 느꼈다.

저절로 숙연해지고 분위기가 한층 내려앉았다.

"재민이가 어릴 때, 그러니까 다섯 살에 어머니를 교통사고로 잃었어."

"……응. 재민 씨한테 얘기는 들었어."

재민이 너무나 어렸던 다섯 살의 기억은 하나하나 다 기억에 남을 정도로 또렷하지 않았다. 좋다, 즐겁다, 행복하다는 감정만은 명확했었던 그 시절의 기억만 오롯이 간직하고 있었다.

"재민이의 기억 속에서 어머니와의 마지막 추억이 김장, 김치 담그는 거였거든."

"아……."

라희는 순간 망치로 머리를 세게 얻어맞은 것처럼 정신이 번쩍 들었다.

그래서 그렇게 기를 쓰고서라도 따라가겠다고 한 거였어?

평소의 그답지 않았던 행동. 계속되는 거부에도 재민은 한참을 질척거렸었다.

낯선 모습에 의아해하긴 했었다만, 라희는 성은의 얘기를 듣게 되면서 비로소 이해되었다.

부풀었을 기대와 소중했던, 가장 행복했었던 어머니와의 추억의 순간을 다시금 느껴 보고 싶었을 재민의 설렘을 라희는 매정하게 내쳐 버렸다는 것에 미안함으로 자책하게 된다.

"재민이 어머니 사진 못 봤지? 정말 고우시고 미인이셔."

"보고 싶다."

"나도 전에 우연히 사진으로만 봤거든. 그 시절에서 보기 힘든 미인이시더라."

"그래서 우리 재민 씨가 잘생겼나 보다."

"얼씨구? 공라희 입에서 그런 간지러운 말을 들을 줄이야……."

"선배도, 참."

성은이 질겁하며 핀잔을 주자 라희가 코를 찡긋거리는 행동으로 머쓱함을 표현했다.

어린 재민과 고운 어머니가 김치를 담그는 그 모습을 현 회장이 카메라로 담았다. 재민은 그 사진을 여전히 보물처럼 여겼고, 손때가 타는 것조차도 싫어 앨범에 보관해 두고서 간직하고 있었다.

라희는 처음으로 재민의 아동기 시절의 이야기를 듣게 되면서 가슴이 뻐근해짐을 느꼈다.

라희의 어머니와 라희, 그리고 재민 자신까지 김장하는 그 분위기. 김장 도중에 절여 있는 배추 줄기를 뜯어 김칫소를 말아 바로 입에 넣어 먹어 가면서 들썩이는 그 상황을 기대했다.

그는 그저 김치가 먹고 싶어서가 아니었고, 인사를 드리겠다는 것만도 아니었다. 물론 그 뜻 또한 담겨 있었을 것이다. 그러면서 라희의 어머니와의 관계도 깊어질 수 있지 않을까 싶었을 거였다.

'내가 너무 냉정하고 건조했어. 재민 씨가 그러는 행동을 왜 안일하게만 넘겼을까.'

라희의 눈시울이 뜨겁게 번져 갔다. 외로움과 쓸쓸함을 강인함 속에 감추고 있었던 재민이 너무나도 안타까웠고 가여웠다.

라희 역시 고등학생 때 화재로 인한 사고로 아빠를 하늘로 보내야 했었으니까. 충분히 공감되었고 이해할 수 있었다. 그 추억이라는 것이 참으로 위대하고 심장에서 절대로 지워지지 않는다는걸.

라희도 아빠와의 추억을 떠올리면서 보고 싶어질 때는 아빠와 함께 떠났던 낚시터를 찾게 되니까.

라희는 생각과 마음을 바꿨다. 혼자서 부담을 느끼며 한참을 앞선 걱정과 상처받진 않을까 하는 것을 미리 겁내고서 차단해 버리는 행동을 보였던 자신이 싫어졌다. 지금에야 그것을 깨닫게 되었다.

'엄마한테 결혼 같은 얘기는 절대로 꺼내지 말아 달라고 당부해 둬야겠다.'

장난기가 넘치는 소녀 같은 신 여사에게 라희는 미리 귀띔해 둬야겠다고 생각했다. 그렇다고 해서 신 여사가 완전히 장난을 차단할 거 같지는 않을 거라고 예상은 되지만 말이다.

어린아이도 알고 있을 만큼의 대기업, 무원그룹의 사장이라는 것을 신 여사 역시 알고 있을 것이다. 딸을 가진 엄마의 입장으로서 재민을 대하지 않을까 생각했다.

'그래. 현재민! 서운함을 풀어 줄게! 김장하러 갑시다!'

라희가 이제야 말간 웃음을 보였다.

마음을 고쳐먹고 결정하게 되니 이렇게 후련할 수가 없다. 언제 그랬냐는 듯 재민과의 김장, 그리고 예쁜 시골 마을에서 만들 연인과의 추억이 설렘으로 심장을 간질였다.

✤　　✦　　✤

오늘의 업무도 여느 때와 마찬가지로 평온하게 마무리되어 갔다.

라희는 승인 요청이 올라온 건을 전산으로 처리하는 거로 매듭지으며 PC 전원을 껐다.

라희가 양손을 하늘로 쭉 뻗고서 깍지를 껴 기지개를 켰다. 욱신거리는 어깨와 팔에 자극을 주니 앓는 신음이 저절로 잇새로 새어 나왔다. 말아 쥔 주먹으로 오른쪽 왼쪽 어깨를 번갈아 가며 툭툭 두드렸다.

갈 길을 잃은 눈동자. 멍한 얼굴.

집중으로 피곤해진 정신과 긴장으로 힘이 들어갔던 몸이 업무 시간이 종료되면서 무장 해제되었다.

시간이 멈춘 듯 넋을 놓고 있던 라희는 시야가 흐려지자 눈을 껌벅거렸다.

"흐음. 그런데 너무 조용한데……?"

조용해도 너무나도 조용한 사무실. 라희가 이상하다는 듯 고개를 갸웃거렸다.

그리고는 닫혀 있는 재민의 집무실로 시선을 두었다. 재민이 안에 있음에도 영 움직임이 없자, 라희는 의자를 밀고 일어서서 집무실로 향했다.

똑똑. 노크했다.

"······?"

분명히 재민이 집무실을 지키고 있다는 걸 아는데도, 노크를 했음에
도 대답은커녕 인기척도 없었다.

묵묵히 재민의 대답을 기다리고 있던 라희가 이내 뾰로통한 표정으
로 입술을 삐죽거렸다. 여전히 토라져 있는 상태인 재민이 일부러 침묵
으로 일관하고 있다는 걸 눈치챌 수 있었다.

'삐돌이네, 현재민.'

라희가 피식 웃으며 고개를 가로저었다. 그래도 귀여운 투쟁 중인
재민을 풀어 주고 싶었으니까. 라희는 미소를 머금고서 집무실 문을 천
천히 열었다.

문을 여니 다급히 서류를 손에 쥐는 재민의 일사불란한 행동이 포착
되었다. 라희는 열린 문 앞에 서서 재민을 빤히 쳐다보다가도 눈을 가
늘게 늘어뜨렸다.

'못 말려.'

라희는 재민을 응시하며 열려 있는 문에 다시금 똑똑 노크했다.

"퇴근 안 하십니까, 사장님?"

"······."

라희의 물음에도 재민은 반응하지 않고 서류에만 시선을 고정해 두
었다. 무언의 시위를 하는 중이었다.

"나랑 말도 안 섞겠다 이거예요?"

"해. 할 말 있으면."

"계속 투명 인간 취급할 거면 내 발로 여기 뜨고요."

"······."

나직한 목소리로 강하게 나오는 라희에 재민이 그제야 시선을 들었
다.

끝과 끝의 먼 거리에서 두 사람은 고요함 속에서 서로를 쳐다보고
있었다. 아직까지 서운함이 가슴에 묻어 있던 재민은 이렇게 또 한 번

덧나게 되었다.

재민이 긴 다리를 꼬고서 팔짱을 꼈다. 그리고 고개를 모로 세우고서 라희를 지그시 응시했다.

라희가 문을 닫고 안으로 들어섰다. 또각또각 여유로운 발걸음으로 거리를 좁혀 오는 라희를 재민이 눈꺼풀을 느릿하게 껌벅이면서 바라보고 있었다.

라희의 발걸음이 멈춘 위치는 재민과 데스크, 그 사이였다. 주먹 하나 들어갈 공간 정도만으로 밀착해 있는 상태였다.

전혀 동요하지 않는 재민이 비딱하게 고개를 젖히며 라희를 올려다봤다. 그러자 라희가 상체를 재민에게로 숙여 코끝이 닿을 듯 말 듯 아슬아슬한 상태에서 은밀하게 속삭이듯 말했다.

"언제까지 토라져 있으실 예정이십니까?"

재민의 입꼬리가 슬며시 휘었다. 라희가 적극적으로 몰아붙일 때면 굳건하게 버티는 재민은 무장 해제 되어 버린다는걸.

'이 지능적인 플레이 좀 봐.'

이렇게 또 무너지는 것일까. 앙큼한 그녀의 작전을 알면서도 재민은 말려들게 된다. 아니, 일부러 덫에 걸려 준다는 것이 더 정확했다.

"당분간은 냉전을 더 이어 가 볼 생각이었는데."

"그런데?"

"원통하게도 공라희가 마음먹고 달려들 때면 내 감정을 컨트롤 못 하게 되지."

원통하다는 표현에 라희가 웃음을 참지 못했다.

눈을 꾹 눌러 닫은 채 웃고 있는 라희가 어쩐지 얄미웠던 모양인지 재민이 게슴츠레 뜬 눈으로 라희의 콧방울에 자신의 코끝으로 쿡쿡 새가 모이를 쪼듯 귀여운 응징을 했다.

웃음을 거두는 라희가 재민의 뺨을 감싸 쥐고서 입을 맞췄다.

가볍지는 않지만 농염하진 않은 라희의 키스. 재민이 깊은 눈동자가 눈꺼풀이 닫히면서 모습을 감추었고 라희의 열린 입술을 물고 훑으며 옭아맺다.

얕은 숨을 내뱉으며 맞물린 입술을 떼어 냈다. 감았던 눈을 떠올리는 매혹적인 눈동자가 서로를 응시하며 작은 미소를 지어 보였다.

"공격적이네. 오늘."

"공격을 제대로 방어하고 역공으로 사람을 죽이네."

진심이 담긴 농담을 건네자 재민이 그제야 현실적인 웃음을 터뜨렸다.

정말이지, 그녀의 능변가인 그녀에 두 손 두 발 다 들게 된다. 재민의 마음이 풀어졌다는 것인지 팔짱도 풀고 꼬았던 다리도 풀었다. 그러곤 재민이 라희의 가는 허리를 팔로 휘감아 당겨 자신의 허벅지 위로 앉혔다.

민망하긴 하지만 지금 재민의 기분을 맞춰주고 싶었고, 키스 후의 몸의 열기가 그녀를 좀 더 대담하게 했다.

재민의 목을 양팔로 감고서 생글거렸다.

"호텔 잡아야 될 거 같다. 공라희가 이렇게 노골적으로 매달리다니, 이건 쉽게 찾아오는 기회가 아니니까."

"그럴까요? 저번에 갔던 호텔 레스토랑 음식도 맛있었는데."

"레스토랑 말고 룸 말한 건데."

"어머. 밥도 먹고 분위기도 먹여 줘야지."

그녀의 능청스러운 합리화에 재민이 고개를 뒤로 젖힌 채 호탕하게 웃었다.

"미치겠다."

"나도."

라희가 '나도'라며 재민의 이마에 이마를 맞대었다.

몽글몽글 로맨틱한 온기가 퍼져나가는 둘만의 시간. 라희는 보드라워진 분위기에서 재민에게 전하고 싶은 말을 꺼내었다.

"나 금요일 새벽 아침에 고창으로 출발하려고요."

"……응."

재민이 마음을 비웠는지, 가라앉은 표정으로 고개를 끄덕였다. 그런 재민의 대답에 라희가 조용한 미소를 머금으며 얘기를 이어 갔다.

"먼저 가 있을 테니까, 재민 씨는 토요일에 천천히 내려오고요."

"어?"

재민의 눈이 번뜩, 고개를 꼿꼿하게 치켜세웠다. 라희의 입에서 나온 그 말이 자신이 제대로 들은 게 맞는지 의심으로 멍해져 버렸다.

"금요일까지는 열심히 업무에만 응해야겠죠? 그리고 오후에는 바이어 측하고 중요 미팅도 있으니까."

"잠깐만. 나 진짜 가도 돼? 허락해 주는 거야?"

재민은 믿기지 않는 듯 흥분한 목소리로 재차 되물었다.

이렇게 순수한 남자였나. 라희는 재민의 반응을 보면서 가슴이 찌르르했다. 이렇게 좋아할 줄 알았으면 진작에 기분 좋게 허락해 며칠을 냉전으로 감정싸움 하진 않았을 텐데 말이다.

"네, 같이 가요."

재민도 라희의 뜻을 어느 정도 수긍하기로 하며 기대하지 않았다. 냉전 중에 쉽게 풀지는 않을 거였지만, 마음은 비우고 있었다. 그래서인지 그 감격과 기쁨이 배가 되었다.

재민이 거세게 라희를 와락 안았다. 가냘픈 몸이 으스러질 정도로 꽉 껴안았다. 잔뜩 흥분한 재민의 상기된 얼굴과 거친 숨소리가 그의 상태를 대변해 주고 있었다.

"숨 막혀요."

힘 좋은 재민의 압박에 라희는 숨이 막힌다며 재민의 등을 탕탕 내리쳤다. 그녀의 주먹에도 재민은 그저 큭큭거리면서 아예 안고 있는 몸을 흔들기까지 했다.

어지러움까지 더해지니 라희는 재민이 가장 약한 옆구리를 콕콕 검지로 찔러 대며 간질였고 연이어 편 엄지까지 더해 꼬집어 버렸다.

"아, 알았어. 항복."

"못 말려. 대신, 조건이 있어요."

"조건? 말만 해!"

재민이 고개를 격하게 끄덕이며 조건이 무엇이든 받아 드리려는 의지가 불끈 솟았다.

"엄마한테 부담 주는 주제의 얘기는 절대적으로 피해 줬으면 좋겠어요."

"으음. 연애 이상의 얘기는 삼가 달라는 건가?"

재민이 냉큼 알아들었다. 한마디로 결혼에 관한 얘기는 일절 피해 달라는 뜻이었다.

뭐, 아쉬운 마음이 들지 않는다면 거짓말일 것이다. 하지만 라희가 자신을 위해 많이 양보해 준 건 사실이니까. 무엇보다 사랑하는 여자와 그녀의 어머니를 불편하게, 부담을 주는 짓 따위는 재민 역시 썩 탐탁지 않았다.

"그거면 돼요. 내 제안은."

"그럼, 뜨겁게 연애 중인 사실만 보여 드리면 된다는 거지?"

"뜨겁게는 말고."

"제약도 많아. 아, 알았어."

"좋았어. 협상 완료."

그렇게 짧지만 길게 느껴진 그들의 냉전은 막을 내렸다. 재민과 라희가 며칠 만에 서로의 얼굴을 똑바로 바라보며 웃을 수 있었다.

어느덧 시간은 흘러 신 여사가 거주하는 고창으로 내려가는 날이 밝았다.

라희는 새벽 5시부터 일어나 분주하게 움직이기 시작했다. 샤워를 하고 민낯만 감출 수 있도록 자연스럽게 메이크업을 했다.

집 전체를 돌며 보일러와 콘센트들을 꺼 놓고 창문까지 꼼꼼하게 잠갔다.

"참. 가스 밸브!"

가스 밸브를 확인하는 걸 까먹은 라희가 주방으로 후다닥 달려갔다.

"완벽하겠지? 빠뜨린 것도 없었으면 좋겠다. 제발!"

그래도 불안했던 것인지 라희는 한 번 더 돌며 훑어보았다.

새벽 6시 반. 라희는 시간을 확인하면서 나설 채비를 했다.

닷새 정도 고창에서 지낼 거라 이것저것 챙기다 보니 짐이 어마어마했다. 어젯밤에 미리 렌트 차량에 실어 두었기에 가벼운 에코 백만 어깨에 메고 현관으로 향했다.

운동화에 발을 넣어 앞코를 바닥에 콕콕 찧으며 신었다.

어둑어둑한 새벽의 하늘. 그리고 차가운 겨울 공기와 바람이 몸을 웅크리게 했다. 이제야 겨우 진짜 겨울이라는 걸 실감하게 되었다.

으슬으슬한 상태로 에코 백에서 차 스마트 키를 찾으면서 주차해 두었던 자리로 걷고 있었다. 스마트 키가 손에 잡히자, 다시 에코 백을 고쳐 매며 정면으로 시선을 들던 라희가 무언가를 발견했는지, 두 눈이 동그랗게 뜨여졌다.

"어?"

"라희야."

재민이 종이 가방을 하나 들고 운전석에서 내리더니 가벼운 뜀걸음으로 라희의 앞을 가로막듯 섰다.

편안한 트레이닝복 차림으로 모습을 드러냈다. 잠에서 깬 지 채 몇 분도 되지 않은 듯 보였다. 대충 고양이 세수만 하고서 부리나케 달려온 것으로 예상되었다.

"다행이다. 혹시나 늦었을까 봐 조마조마했네. 후우."

"여긴 왜 왔어요? 잠 좀 더 자지 그랬어요. 오늘은 종일 움직여야 하는 일정들뿐이잖아요. 피곤할 텐데."

라희는 재민의 걱정으로 잔소리를 다다다 쏟아부었다.

"꼭두새벽부터 애인 배웅하러 왔는데 따끔하게 잔소리로 할퀴네."

지금, 이 시간이 아니면 오늘 하루 꼬박 라희의 얼굴을 못 보게 되니

518

꼭두새벽임에도 알람까지 새로 맞춰 두면서까지 부랴부랴 달려온 것이다. 그런 제 마음을 몰라주고 잔소리 공격만 하는 라희에게 재민은 괜스레 서운함도 들었다.

서운한 티를 팍팍 내는 재민의 어리광에 언제 그랬냐는 듯 라희의 잔소리가 쏙 들어가 버리고 광대가 한껏 빵빵해지는 고요한 웃음을 지었다.

그러면서도 헤어 왁스를 바르지 않아 보드랍게 내려온 재민의 머리카락을 손수 쓸어 주며 달래 주는 그녀였다.

어둑한 하늘 아래 가로등 불빛이 오롯이 이 예쁜 연인의 모습만을 담아주고 있는 것 같았다.

"머릿결 좋다. 부럽다."

"아, 좋다. 당신이 내 머리 쓸어 주는 손길이."

재민과 라희가 서로의 머리를 쓰다듬어 주며 배시시 웃었다.

재민이 챙겨 온 종이 가방을 라희에게 건네었다.

"이거. 가져가."

"응? 이게 뭐예요?"

라희가 일단은 종이 가방을 받아 들었다. 뭘까 싶다가도 종이 가방을 짧게 훑던 라희의 시선에 프랜차이즈 카페 로고가 인쇄되어 있는 걸 발견하게 되었다.

종이 가방 안을 들여다보니 크리스마스 한정 신상품으로 나온 텀블러와 라희가 평소 좋아하던 코코넛 쿠키가 담겨 있었다.

선물을 받은 기분에 라희가 생긋 웃었다.

'이 센스쟁이 같으니라고.'

라희를 생각하는 마음과 센스가 돋보이는 사랑꾼 재민이었다.

장시간 운전 중에 분명 갈증도 날 것이고, 입이 궁금하고 허기가 질 것이다. 재민은 특별한 메뉴를 챙겨 줄 것이 딱히 떠오르지 않아 커피와 쿠키를 선택하게 되었다.

아주 굿 초이스였다.

무엇보다도 운전 중 커피를 쏟게 되면서 입안과 손이라도 델까, 재민은 카페서 크리스마스와 연말연시 행사로 진열되어 있는 텀블러를 구매하여 커피를 사 오는 센스를 발휘했다. 그리고 케이크나 빵류의 디저트보다도 먹기 간편하고 씹으면서 잠을 깰 수 있도록 쿠키로 정한 것이었다.

라희는 재민의 섬세함과 배려심을 고스란히 느낄 수 있었다. 사소한 것이라도 자신과 관련된 건 신중하게 고민하는 재민에게 라희는 감동으로 심장을 적셨다.

"고마워요. 안 그래도 커피 사서 고속도로 타려고 했거든요."

"내가 최고지?"

"그럼요, 현재민이 최고지."

"하하."

"그만 출발해야겠어요."

"그래."

재민이 라희의 손을 잡고서 렌트 차량으로 움직였다.

라희가 스마트 키로 잠금을 해제하자 재민이 운전석 문을 열어 주었다. 그러곤 재민이 운전석으로 앉더니 시동을 켰고, 구석구석 꼼꼼하게 점검을 해 주면서 다시금 밖으로 나왔다.

"잠 오거나 피곤하면 꼭 중간에 쉬었다 가. 여유롭게 간다고 생각해."

"재민 씨는 다시 집으로 갈 거죠?"

"아니. 일찍 일어난 김에 헬스로 땀 좀 빼고 사우나까지 하고 나올까 해."

"운동도 게을리하지 않는 남자인가요? 이렇게 매력이 넘쳐서 어떡하나 몰라."

"부끄럽게. 자, 그만 타시죠. 아가씨?"

"네!"

라희가 종이 가방을 신경 쓰면서 조심스럽게 운전석으로 올라탔다.

조수석으로 종이 가방을 내려놓고서 안전벨트까지 채웠다.

재민이 허리를 굽혀 라희와 눈높이를 맞추었다.

"운전 조심하고. 첫째도 안전, 둘째도 안전이야."

"응. 알았어요. 자리 비워서 미안해요."

"전혀 신경 쓸 거 없어. 다만 보고 싶고 쓸쓸할 거 같기는 해."

"흐음, 기분은 좋다."

"기분 좋으면 뽀뽀."

재민이 입술을 모아 살포시 내밀자, 라희가 새침하게 웃다가도 이내 연속적으로 뽀뽀 도장을 찍어 주었다. 재민이 만족스럽게 입꼬리를 휘더니 다시금 자신이 라희의 입술을 물고 놓았다.

"이제 진짜 출발합니다."

"도착하면 전화하는 거 잊지 말고."

"응. 그럴게요."

재민이 운전석 문을 닫아 주며 한 걸음 물러섰다. 라희가 창문을 내리며 재민을 향해 웃어 보였고 이내 손 키스를 보내는 것을 끝으로 서서히 출발했다.

점차 멀어지는 자동차를 완전히 시야에서 사라질 때까지 재민은 그 자리 그대로 서서 지켜보고 있었다.

"아, 기분 이상하네."

기분이 이상하리만큼 어색하고 묘했다. 라희와 하루도 떨어져 본 적이 없었으니까. 물론 주말에 한 번씩 각자의 취미 생활과 휴식을 취할 때는 예외지만 말이다.

마치 라희를 아주 먼 곳으로 떠나보내는 것 같은 느낌이 들면서 쭈뼛거리게 되는 자신이 재민도 어색한 듯 뒷덜미를 벅벅 쓸었다.

✦　　✦　　✦

제2 회의실에서는 사장 재민을 중심으로 연구 개발 팀 관리자 직급한 명과 기획 홍보 팀 팀장과 전무인 진우, 이렇게 네 명만이 모이게 되었다.

아직 공식적으로 발표하기에는 이르다고 판단되었기에 재민의 뜻대로 작은 인원으로 의견부터 나누어 보고 좁혀 나가 보자는 취지였다.

내년 상반기를 미리 준비하는 무원그룹이 시원하게 날개를 펴고 하늘을 날기 위한 준비를 했다.

조금 늦은 감이 있는 건 아니냐는 우려스러운 말이 나오긴 했으나, 상반기의 끄트머리에서 론칭할 계획이기에 그리 늦은 것은 아니라고 일축했다.

무원그룹에는 분야별 최고의 능력자들이 자리하고 있었다. 인재들의 집합소라고 불리고 있을 만큼 사람, 그 자체가 무원그룹의 강력한 무기이다.

"홈베이킹 오븐들은 저희 자사에서도 좋은 반응과 평가가 있었습니다. 그리고 소형의 미니멀한 오븐도 꽤 호응이 좋았고요. 여성 고객들의 시선을 확 당기는 레트로 디자인으로 내놓았던 핑크와 민트 등의 파스텔 계열 컬러들은 소장용으로서의 가치로도 판매 실적이 좋았습니다."

스크린으로 향한 시선들. 앞에 서서 브리핑 중인 임 부장의 연구 내용을 경청하면서도 재민은 준비된 서류들을 진중한 낯으로 훑었다.

"전문가용의 오븐 또한 상당히 매력적일 것 같습니다."

"저도 꽤 호의적으로 보고 있습니다. 요즘 디저트 관련 창업도 상승세를 타고 있으며, 우후죽순으로 쏟아져 나오는 이 시점이 적기일 거라고 생각됩니다."

"전문점이 늘어가고 있으니 충분히 경쟁력은 있어 보입니다."

임 부장과 이 팀장의 생각도 긍정적이었고 밀고 나가 볼 안건이라 생각하며 적극적인 모습을 보였다.

재민의 입가엔 만족의 미소가 옅게 머물렀다.

나름 뛰어다니면서 조사를 시작했다. 재민은 어느 정도 윤곽이 나올 것 같은 자료들이 모이면서 신제품 프로젝트를 함께 이행할 인원을 꾸렸다.

지금 이 자리에 있는 관리자들은 재민이 눈여겨보며 능력을 인정하는 인재였다. 재민은 이들의 흥미와 관심을 이끌어내려면 자신이 솔선 수범하여 더 많이 뛰면서 그들에게 진심으로 다가가야 한다고 생각했다.

임 부장과 이 팀장은 새삼 놀랐다. 아니, 이런 경영자는 살다 살다 처음 경험해 보기 때문이다.

손수 보고서를 작성하여 서류로 건넸고, 메시지를 통해서 자료들도 보내 주면서 부담 없이 친근하게 대화를 나누는 것으로 커뮤니케이션이 이뤄졌다.

재민의 경영 방식은 딱딱하고 엄중한 지시만을 하는 어느 기업의 고위층 간부들과는 확연히 달랐다. 아니, 획기적이었고 볼 수 없었던 리더십이었다.

무원을 대표하는 경영자가 이렇게 부하 직원들에게 적극적으로 대시하니, 임 부장과 이 팀장은 오롯이 재민만을 믿고 순응했다.

진우는 옆에서 노트북을 두드리며 새로 개발한 무원 시스템 프로그램으로 작업 중이었다. 워낙 전자 기기 다루는 것에 명석했다.

재민이 노트북 화면으로 시선을 내리며 작업 상황도 파악하며 자신의 태블릿 PC에 중요한 부분들을 메모를 그렸다. 그러곤 자신도 뜻을 보태었다.

"제가 보내 드린 자료들을 보시면, 전문가용 오븐은 외국계를 제외하면 국내 업계 70%가 중소기업에서 생산 판매되면서 거의 독식하고 있는 걸 확인하실 수 있을 겁니다."

"네. 확인했습니다."

"우리 자사에서도 무원만의 기술로 개발하여 제품을 출시한다면 업계 흐름이 바뀌지 않을까 하는 기대감도 있습니다. 고객들에게 가장 큰 어필을 할 수 있는 건 무원의 신뢰도와 고객 만족도 1위라는 장기 집권입니다. 대기업, 그리고 무원의 제품을 선택하는 가장 큰 이유는 바로 사후 처리, 즉 완벽하고 편리한 A/S죠. 그것만큼 가장 큰 무기는 없다고 봅니다."

재민의 논리정연한 의견에 자신감마저 더해지니, 이들도 막 프로젝트 건을 어서 실행해 보고픈 열정으로 활활 타올랐다.

"그럼 저희 홍보 부서에서는 설문 조사부터 실시해 보겠습니다."

"설문 조사 상대는요? 아무래도 사용할 주 직업 관련군으로 시행해 보는 게 좋을 거 같군요."

"예, 사장님. 오븐을 사용하는 관련 전문점과 제과 제빵 학원, 공방과 문화 센터 클래스도 활발하게 이용되고 있어서 접촉해 볼 생각입니다. 그리고 온라인상에서도 따로 설문 조사 관련 이벤트도 생각 중에 있습니다."

"온라인 설문 조사라. 아이디어 좋은데요?"

"요즘은 SNS로 집중적으로 쏠려 있고, 이용하고 있으니까요."

서서히 마무리되어 가는 회의. 네 명의 합이 척척 맞아떨어져 불협화음 없이 능수능란하게 뜻이 모아졌다.

"임 부장님, 이 팀장. 수고 많으셨습니다. 급히 브리핑 준비를 부탁드려 짧은 시간이었을 텐데도 철저하게 준비해 주셔서 감사합니다."

"아닙니다. 사장님께서 주신 자료로 정리만 한 건데요."

"사장님, 전무님도 고생 많으셨습니다."

임 부장과 이 팀장이 먼저 회의실을 빠져나갔다.

재민도 흩어진 서류들을 차곡차곡 모으며 자리를 정리했다. 진우는 마무리 작업 중인지 여전히 노트북에 시선을 고정한 채 손을 움직이고 있었다.

그때 똑똑 노크와 함께 회의실 문을 여는 인기척에 재민과 진우가 반사적으로 문으로 고개를 틀었다.

"사장님. 전무님. 회의는 끝나셨습니까?"

"……."

"왜 이래."

성은이 빼꼼 얼굴을 들이밀며 애교스러운 콧소리로 존재감을 드러냈다.

질겁하는 재민과 진우의 반응에 성은이 뾰족한 눈으로 언짢은 심기를 드러냈다. 그러곤 문을 완전을 열고서 안으로 들어왔다. 진우의 옆으로 붙어 선 성은이 팔짱을 낀 채 두 남자를 못마땅한 표정으로 노려봤다.

재민은 눈치껏 입을 다물며 못 본 척했고, 서류를 마저 정리했다. 하지만 진우는 여전히 눈치 없이 소름이 돋는다며 일부러 몸을 부르르 떨면서 팔뚝을 쓱쓱 쓰다듬는 등 오두방정을 떨어 댔다.

재민이 피식 웃으며 속으로 읊조렸다.

'저러다 한 대 맞지. 참 매를 버는 짓도 가지각색이라니까.'

진우의 지칠 줄 모르는 깐족거림에 성은의 분노가 점차 치밀어 올랐다.

"아, 성은이 형. 왜 징그럽게 콧소리로 앵앵……."

"이 자식이 진짜!"

"아아악!"

"1절만 하라고 제발!"

"케켁!"

결국엔 인내하던 성은을 폭발하게 만든 깐족 대마왕 진우였다. 성은은 분노의 콧김을 뿜어내며 진우의 목을 팔로 휘감아 헤드록을 걸어 꽉 조였다.

격하게 싸워 대는 녀석들을 하루 이틀 본 것도 아니니, 재민은 신경도 쓰지 않는다. 오로지 자신의 일만 척척 하고 있을 뿐이다.

잠시 후 소동이 멈췄다. 시원하게 몸의 대화를 끝맺었나 보다.

목을 쓰다듬으며 불통해져 있는 진우와 손을 허리에 얹은 채 아직 분이 안 풀렸는지 씩씩거리는 성은이었다.

재민이 두 녀석을 번갈아 가며 쳐다보다 한숨을 내쉬며 고개를 절레절레 흔들었다.

"다 싸웠냐?"

"아직 분이 덜 풀렸어."

"뭐? 목이 벌게지도록 덤벼 놓고 덜 풀렸다고? 내 목을 부러뜨려야 속이 시원하다는 거네. 와, 무섭다 장성은."

"2차전 갈까? 응?"

진우가 억울한 얼굴로 툭툭거리면서 쓰라린 목을 벅벅 쓰다듬었다. 그러자 성은이 열 손가락을 현란하게 리듬을 타듯 움직이면서 살벌한 미소를 지어 보였다.

흠칫하게 되는 진우가 결국 꼬리를 내리면서 노트북으로 시선을 돌렸다.

"아이고. 새로 개발된 시스템 잘 만들어졌지? 오늘은 바쁘겠네, 손댈 게 많아서."

업무 관련 얘기를 혼자 묻고 답하는 능청스러움을 보이자 성은도 재민도 어이가 없어 헛웃음을 흘렸다.

"나 데리러 왔냐?"

"정답! 우리 공 비서가 자리를 비운 동안 이 장 비서가 사장님 곁에서 손과 발이 되어 드려야 하지 않겠습니까?"

"이런, 상당히 부담스러운데?"

재민이 가볍게 웃으며 서류를 챙겨 자리에서 일어섰다. 그리곤 일어날 생각이 없어 보이는 진우의 팔뚝을 툭 쳤다.

"안 일어나냐?"

"먼저 가. 마무리는 짓고 일어나려고. 곧 끝나."

자유분방하고 유쾌한 진우가 가볍게 보일지도 모르지만, 일할 때만큼은 진지하게 사명감을 가지고 임한다. 그것을 누구보다도 더 잘 알기에 재민이 진우를 믿고 많이 의지하고 있다.

자신보다도 무원그룹에서 더 오래 지냈고 능력은 아버지 현 회장도 높이 평가하고 있으니까. 확실한 녀석이었다.

"그럼 전무님 수고하세요. 저희는 이만."

"쳇. 존칭하니 영 닭살 돋네."

"……."

"아, 아냐! 우리 장 비서님도 사장님 잘 보필해 드리도록!"

진우는 멋대로 나불거리는 입을 주체 못 하고서 또 이렇게 성은의 심기를 건드린다. 성은의 표정이 일그러지자, 진우가 재빨리 화제를 바꾸면서 진땀을 뺐다.

"수고해라. 먼저 간다."

"너도 수고."

진우를 뒤로하고서 재민과 성은이 회의실을 나왔다. 사장실로 향하는 복도를 거닐며 오늘의 일정에 대해서 간단하게 얘기를 나눴다.

"아 라희 후임으로 앉힐 비서 몇 명 추려 놨어. 여기저기 수소문해서 추천도 받고."

재민이 대답 대신 고개만 두어 번 끄덕였다.

성은은 정면을 응시한 채 대충 고개만 끄덕이는 무미건조한 반응을 보이는 재민을 응징하듯 팔꿈치로 옆구리를 쿡 찔렀다. 그러자 재민이 눈썹을 추켜올렸다.

"폭력 비서."

"대충 듣지 말고. 네 비서 뽑는 거잖아."

"어차피 남자 비서는 없다고 확 잘라 버릴 거잖아? 입 아프게 뭐 하러 쓸데없는 에너지를 소비하냐."

"……하하."

수긍이 되는 재민의 설득력 있는 반문에 성은이 소리 내어 웃었다.

문득 생각이 났다. 재민이 사장 자리에 앉는 것이 예정되면서 한국으로 입국했을 때 남자 비서를 요청했었다. 재민과 성은은 서로 물러서지 않았고 꽤 긴 시간 동안 마찰을 빚었다.

뭐, 재민에게는 오히려 성은의 말을 듣게 되면서 인생 자체가 바뀌었지만 말이다.

라희를 만나 사랑에 빠지고 하루하루 행복한 나날을 보내고 있는 재민은 그저 운명이라고 생각했다. 동시에 여자의 말을 들으면 자다가도 떡이 생긴다, 라는 내려오는 옛말이 괜히 나온 게 아니라고 믿게 되었다.

철컥. 사장실 문을 열고 들어섰다. 재민은 집무실로 향하던 발걸음을 느릿하게 속도를 줄이면서 라희의 데스크로 시선을 내렸다. 아침에 배웅을 하면서 그녀의 얼굴을 봤음에도 재민은 벌써부터 그립고 쓸쓸하기만 하다.

"어휴. 공깍지."

"공깍지?"

"공라희에 콩깍지가 제대로 씌었다고."

"……하하. 정답. 찰떡이네, 공깍지라."

콩깍지가 아닌 공깍지. 성은의 센스로 두 사람만 이해할 수 있는 공라희와 콩깍지를 조합한 신조어.

재민은 굉장히 마음에 쏙 드나 보다. 입에 찰싹 달라붙어 맴도는지 계속해서 중얼중얼 반복하며 피식거렸다.

그런 재민을 지켜보고 있는 성은의 얼굴은 마치 쓰디쓴 한약을 삼킨 것 같은 표정이었다.

"네가 이럴 때마다 내가 아는 쌀쌀맞고 냉혈한 친구 현재민이 맞나 의심스럽다."

"적응해, 인마."

"여자한테 인마라니! 너나 진우나 나를 같은 동성으로 취급하기나 하고 말이야."

"형한테만 여자이고 사랑받으면 된 거 아니냐? 나랑 한진우가 형처럼 대해 준다고 생각해 봐."

"……미안. 순간 소름이."

성은이 기겁을 하며 재빨리 자신이 한 말을 취소했다.

라희 데스크 앞에서 그만 버티고 서 있지 못하도록 성은이 재민의 등을 툭툭 치면서 집무실로 떠밀었다.

재민이 곧장 데스크로 가 의자에 앉았다. 성은도 뒤따라와 재민의 정면으로 데스크 앞에 섰다.

"음. 이걸 말해 줄까, 말까."

"뭔데."

성은이 장난기 가득한 표정으로 뜸을 들이듯 재민을 살살 긁어 댔다. 하지만 재민은 심드렁하게 기계적으로 되묻고서 처리할 결재 서류들을 펼쳤다.

대충 입만 벙긋거리는 것으로 무성의한 대답을 하는 재민을 성은이 눈을 흘겼다.

"그런 무성의한 태도 때문에 말해 주기 싫어졌어."

"그럼 중요하지 않은 얘기겠네. 말 안 해도 되는 거 보면."

여전히 재민이 퉁명스럽게 대답하자 뾰로통해지는 성은이었다.

'재미없게 정말.'

말해 주지 않겠다고 했지만, 전혀 동요하지 않는 재민의 태도에 성은은 묘한 승부욕이 들었다. 결국은 자신이 참지 못하고 근질거리는 입을 열게 되었다.

"라희가 나한테 슬쩍 부탁하더라."

"라희?"

꿈쩍도 하지 않던 재민이 라희의 이름이 나오자 표정과 태도가 성은을 대하는 것과는 180도 달랐다. 목소리부터가 잔뜩 상기되고 데시벨이 높아졌다.

성은이 뚱한 표정으로 재민을 쳐다보다가도 이내 너털웃음을 흘렸다.

"라희가 왜. 무슨 부탁을 했다는 건데?"

"허이고. 이제야 관심이 생기셨나 봐?"

"빨리 말해."

"라희가 자기 후임으로는 남자 비서로 꼭 부탁한다고, 최대한 찾아

봐 달라고 내 손 꽉 잡고서 부탁하는 거 있지?"

"……."

재민이 순간 멍하다가도 이내 매끄러운 입매가 씰룩쌜룩 물결치면서 광대가 빵빵하게 차오를 만큼 웃음이 터지기 일보 직전이었다.

"네 옆에 여비서 두는 거 못 보겠단다. 질투로 의심병 집착녀로 변해 버리면 어쩌지, 라면서. 귀엽지 않아?"

"하하하."

전혀 예상치도 못한 일화를 듣게 된 재민은 집무실이 떠나가도록 호탕한 웃음으로 들썩였다.

"미치겠다."

재민이 손으로 얼굴을 덮은 채 끅끅거렸다. 그녀의 이야기만으로도 무장 해제 되어 버리는 남자였다.

'이 앙큼한 여우 같으니라고. 귀여운 것.'

성은은 고개를 가로저으며 헛웃음을 픽픽 흘렸다. 재민을 오래 봐 왔던 성은이지만 이런 모습은 낯설고도 신선했다. 그래도 친구로서 참 보기 좋았다.

"라희가 너한테는 절대 비밀이라고 했지만, 라희가 없는 동안 축 처져 있을까 봐 내가 힘내라고 얘기해 주는 거다?"

"그래, 고맙다."

"그럼 점심 사 줘."

"까짓것 사 주지 뭐."

재민은 그렇지 않아도 성은과 함께 점심을 먹자고 말할 참이었다.

가장 일이 많고 몸이 하나라도 부족한 성은이 고생하는 걸 잘 알고 있었다. 밥이라도 한 끼 사 줘야지 생각은 했었지만, 은근히 틈이 나질 않았다. 총괄 담당자라 그런지 성은이 더 정신없고 바쁘기 때문이다.

"아, 라희한테는 비밀. 절대 티 내지 마."

"뭐, 일단은 알겠어."

"일단은, 이라니!"

라희가 창피하고 민망하다고 절대 재민이 알아서는 안 된다며 성은에게 몇 번이고 비밀로 해 달라고 부탁했었다. 라희가 자리를 비운 시간 동안 재민이 쓸쓸하게 기운 없이 있을까 봐 나름 힘을 실어 주려 얘기를 해 줬던 것이다.

"흠흠. 그런데 장성은."

"응?"

"나, 내일 고창 내려가. 라희한테."

"……뭐라고? 아악!"

"하하."

"괜히 말해 줬잖아! 내일 바로 얼굴 보러 가는 건데!"

"오늘 새벽 아침에도 얼굴 보고 배웅까지 했는데?"

성은이 살짝 벌어진 입술로 넋을 놓고 있는 상태가 이어졌다.

그녀의 반응이 재밌다는 듯 재민은 짓궂은 표정으로 성은을 빤히 쳐다보고 있었다.

"하! 네 걱정을 했던 내가 바보지. 이 거지 같은 오지랖 때문에 망한다고 하더니."

"큭. 누가."

"우리 자기랑 궁합 보러 갔던 점쟁이가."

궁합? 점쟁이?

재민이 은근하게 호기심으로 번져 갔다. 한 번도 사주나 궁합 같은 점을 본 경험이 없었고 보고 싶다는 생각도 든 적이 없었다.

그런데 이번에는 왜인지 관심이 가게 되었다.

"거기 잘 보냐?"

"나랑 오빠는 다 맞추더라고. 소름 돋았잖아. 궁합도 우리 너무 좋대……. 다만 내가 바람기가 있다고 오빠가 잘 조련해야 한다나."

"뭐?"

"아무튼, 오빠가 지금 예민해져 있어서 좀 피곤하긴 해. 신내림 받은지 얼마 안 돼서 점빨이 좋다고는 하더라고."

"흐음."

재민이 턱을 쓰다듬으며 잠시 생각에 잠긴 듯 보였다. 성은이 고개를 갸웃거리며 물었다.

"왜, 관심이 생겼어? 라희랑 궁합이라도 보러 갈 기세인데?"

"그다지."

생각을 읽힌 것 같아 재민이 살짝 당황한 듯 보였으나, 어깨를 으쓱거리며 아니라고 잡아뗐다.

성은이 오늘 일정에 대해서 간략하게 보고했고 그만 나가 보겠다고 몸을 틀었다. 그때 재민이 조금은 다급한 목소리로 성은을 붙잡았다.

"아니다. 거기 위치랑 연락처 일단 넘겨 봐."

✤　　　✤　　　✤

산새가 지저귀는, 평화롭고 자그마한 마을. 시골의 아늑한 풍경과 정겨운 내음, 맑은 공기의 흐름이 공존했다.

도심 속에서 묵히고 찌들어진 독소를 싹 씻겨 주듯이 몸도 마음도 청량함으로 가득 차 기운을 북돋아 주었다.

라희와 신 여사는 내일 김장을 위한 배추와 무, 알타리, 쪽파 등의 채소들을 손질해 놓고서 마을을 산책 중이었다. 걸음이 느린 아이처럼, 작은 보폭으로 느릿하게 걸으면서 고요함 속에서 여유를 즐겼다.

12월의 겨울. 매서운 칼바람이 불고 피부가 찢어질 것 같은 기온은 아니었다. 춥지 않다고는 할 수 없지만, 산책하기에는 전혀 문제 될 게 없었다.

오히려 열이 많고 더위를 심하게 타는 라희에겐 가장 적절하고 좋아하는 온도였다.

하지만 신 여사는 얇고 가벼운 옷차림의 라희가 걱정이 되는지 걷던 발걸음을 멈추고서 라희의 옷깃을 여며주었다.

"희야. 춥진 않고? 목에 뭐라도 좀 감고 나오지."

"괜찮아. 나 원래 추위는 강하잖아. 갑갑한 건 딱 싫어하고."

"그러니까 감기가 매년 걸리잖아. 건강 검진을 받아야 하는 건 엄마가 아니라 딸이야."

"헤헤. 나 아직 팔팔하다고. 이팔청춘!"

"말은 번지르르하지."

"아앗! 아파, 엄마."

푼수처럼 까부는 라희의 팔뚝을 신 여사가 찰싹 내리쳤다. 라희는 아프다며 입술을 삐죽거리며 팔뚝을 쓰다듬었다.

엄마 앞에서는 한없이 어리광을 부리는 아이가 되어 버리는 딸. 그리고 엄마의 눈에는 언제나처럼 철부지, 물가에 내놓은 아이 같은 딸. 모든 세상의 부모와 자식 간의 온도가 아닐까.

라희가 신 여사의 팔짱을 끼고서 찹쌀떡처럼 찰싹 붙어 다시금 산책에 발을 내디뎠다.

다리가 불편한 신 여사의 보폭과 속도에 맞추는 것이 몸에 배었기에 그 모습이 아주 자연스럽고 편안해 보였다.

"저녁은 뭐 해서 먹을까? 먹고 싶은 거 없니?"

"음, 글쎄. 그냥 집밥? 우리 신 여사님의 손맛?"

"으이구."

"진짜야. 엄마가 달걀프라이랑 밥만 줘도 진수성찬 먹는 것처럼 맛있게 먹을 건데? 엄마랑 같은 밥상에서 마주 보면서 밥 먹는 것만으로도 좋아."

라희의 진심이었다. 그저 엄마와 얼굴을 마주하고서 함께 밥을 뜰 수 있다는 그 자체만으로도 그녀는 좋았다. 그만큼 신 여사에 대한 애틋함과 그리움으로 이날과 같은 시간만 기다리고 있었으니까.

라희의 예쁜 말에 신 여사의 코끝이 찡해졌다. 물론 신 여사 역시 딸과 이렇게 나란히 같은 길을 걷는 것만으로도 행복한, 아주 특별한 날이었으니까 말이다.

"내가 널 모르겠니? 진짜 달걀프라이만 해 줬어 봐. 밥상 박차고 일어나서 냉장고에서 반찬들 싹 끌어내 올 거면서."

"하하! 역시, 우리 신 여사님 눈은 못 속인다니까?"

"엄마는 네 머리 꼭대기에 앉아 있단다."

"예, 잘 알겠습니다. 까불지 않겠습니다."

"호호. 된장 뻑뻑하게 끓이고 부추 새콤하게 무쳐서 밥 비벼 먹을까? 내일 김장하면서 수육 삶고 장어 구워 먹을 거니까."

라희의 눈이 초롱초롱 빛났다. 일반 마트에서 파는 시판용 된장보다도 시골에서 직접 담근 쿰쿰한, 그 매력적인 냄새의 촌 된장을 더 선호하고 좋아했다.

어릴 때 엄마가 뻑뻑하게 끓여 준 된장에 밥을 슥슥 비벼 먹으면 두 공기는 거뜬했다.

"대박! 엄마, 촌 된장 뻑뻑하게 방앗잎 넣고 끓인 거 먹고 싶어! 나침 고인 거 봐봐."

"너 어릴 때부터 쿰쿰한 촌 된장을 강된장 식으로 끓여 주면 밥을 몇 공기나 먹었지."

"맞아. 엄마가 그만 먹으라고 핀잔주면 아빠는 아빠 밥 몰래 내 밥그릇에 덜어 줬었잖아."

"그러게. 그래서 네 아빠한테 잔소리가 넘어갔지."

"하하. 생각난다. 그립고. 도착하자마자 아빠한테 인사하러 가서 수다도 많이 떨었는데도 그립네. 우리 아빠."

고창으로 도착하자마자 짐만 옮겨 놓고서 바로 아빠가 잠들어 있는 곳으로 향했다. 한참이나 홀로 앉아 많은 이야기를 전했다. 전혀 혼자 얘기하고 있음을 느끼지 못했다. 정말로 아빠와 생생하게 대화를 나누고 있다는 생각이 들었다.

아빠와 딸의 관계가 유독 돈독했던 부녀였다. 신 여사가 라희의 머리를 쓰다듬어 주자, 라희가 괜찮다는 듯 온화한 미소를 지어 보였다.

"엄마 그만 집으로 가자. 나, 갑자기 배고파졌어!"

"그래. 그러자."

＋　　　＋　　　＋

하루가 참 길었다고 생각되는 날이었다. 라희가 휴가로 자리를 비운 지 겨우 하루 차인데 말이다.

재민은 내일 일찍 고창으로 출발하기 위해 일찌감치 자신의 보금자리로 귀가했다.

술을 마시러 가자고 억지로 졸라 대는 진우와 한준의 끈질긴 공격에도 재민은 단호하고 칼같이 내쳐 버렸다.

말끔하게 샤워를 마치고 욕실에서 나왔다. 팬티만 달랑 걸친 채 수건으로 젖은 머리를 털면서 재민은 갈증 나는 목을 축이려 주방으로 향했다.

그때, 휴대폰 벨소리가 재민의 발걸음을 붙잡았다. 재민은 잠시 멈춰선 채 거실 소파 테이블로 시선을 두면서 휴대폰을 가지러 저벅저벅 다가갔다. 재민의 얼굴이 환하게 편 걸 보면 아무래도 라희의 전화라는 걸 예감했나 보다.

"뭐야, 영상 통화 걸어 온 거야?"

기본 음성 통화가 아닌, 영상 통화를 건 라희였다. 재민이 싱글싱글 웃으면서 수건이 어깨에 걸쳐 놓으면서 통화 버튼을 터치했다.

—나 없는 동안 잘 지내고 있나? 어머나!

라희가 발랄하게 손을 흔들며 장난으로 무장한 표정과 말을 툭 내던졌다. 하지만 곧 상의 탈의한 상태의 재민이 휴대폰 화면을 꽉 채우고 있으니 라희는 흔들던 손을 그대로 입을 턱 막았다. 화들짝 놀라 토끼 눈이 된 채로 어버버거렸다.

고작 한마디만 했을 뿐인 그 짧은 시간 동안 라희의 여러 반응을 지켜보던 재민이 재밌는 웃음을 터뜨렸다.

"뭐야, 한두 번 본 것도 아닌데, 새삼스럽게 왜 그러실까?"

—아니. 휴대폰 화면으로 보니까 더 야하게 보이잖아요…….

새침한 표정으로 손으로 뺨에 감싼 채 흘깃거리는 라희의 모습이 귀엽게 비추어졌다. 그 와중에도 솔직하게 대답하는 그녀의 당당함에 재민은 눈을 질끈 감은 상태로 하하 웃었다.

그러자 라희가 혓바닥을 샐쭉 날름거리며 배시시 웃었다.

"하하. 그래서, 화면은 잘 받고 있나?"

—최고다. 재민 씨 근육이 더 도드라져 보여요. 쫙쫙 잘 갈라진 근육에 명암까지 들어간 것처럼 보이니까 더 섹시해 보이는 거 같고.

예술 작품이라도 감상하듯이 푹 빠져 버린 라희의 은밀한 시선과 홀린 표정. 그리고 그녀의 혀가 제 입술을 쓸면서 저절로 입맛을 다시고 있었다. 시선은 오롯이 재민의 가슴 근육과 복근으로 닿은 채 말이다.

라희의 시선과 농염한 감상평에 재민은 절로 으쓱하면서도 점차 뜨거워져 가는 자신의 몸을 느낄 수 있었다.

쓱쓱 손으로 가슴 근육을 쓸면서 이제는 쑥스러워진 재민이 휴대폰을 들어 자신의 얼굴로만 화면을 가득 채웠다.

"몸 말고 얼굴에 집중해 줘."

—에이. 난 다 사랑하는데.

"실물로 볼 때 더 사랑해 줘 봐."

—……그 짐승의 표독스러운 집요함이 무서워서 안 돼요. 도통 놔주질 않으니까.

라희의 표정에서도 느껴지는 두려움이 밴 진지한 대답에 재민은 어쩐지 수긍이 됐다. 반박으로 맞서기보다는 그저 웃음으로 그녀의 말을 흘렸다.

그러자 라희가 얄밉다는 듯 눈을 흘기면서도 이내 코를 찡긋거리며 미소를 보였다.

—샤워하고 나온 거예요?

"응. 막 나오니까 당신한테서 연락이 온 거지."

—감기 걸리면 어쩌려고. 옷이라도 입고 받아도 될 것을.

"일부러 노리고 급히 뛰어와서 받은 건데?"

―어머. 이 남자가 요즘 화끈한 이벤트가 몸에 뱄어. 그럼 지금 다 벗고 있는 거예요?

라희가 음흉한 눈 모양으로 묻자, 재민의 입꼬리가 살짝 비틀리며 휘었다.

"확인해 볼래?"

―됐거든요? 날 너무 변태로 몰고 가려고 하지 말라고요.

"자, 카운드 다운 들어간다. 쓰리. 투."

―아, 안 돼요! 미쳤어!

"원. 제로. 공개."

―꺄아!

제로라고 말을 뱉는 순간 재민의 화면 속에서 라희의 모습이 사라졌다. 덜커덕 소음과 동시에 새까매져 버렸다.

아마도 라희가 차마 눈 뜨고 보지는 못하겠는지 그대로 휴대폰을 바닥으로 던져 화면을 덮어 버린 듯 예상되었다.

재민은 널찍한 집이 떠나가라 웃음을 터뜨렸다. 놀려 먹는 재미가 있는 라희의 반응은 재민의 짓궂음을 나날이 상승시켜 주었고, 웃음을 입 밖으로 끌어내게 만든다.

"똑똑. 희야."

재민이 능청스럽게 희야라며 애칭으로 불렀다. 어서 얼굴을 보여 달라는 재민의 연이은 부름에 라희가 시뻘게진 얼굴을 드러냈고 재민을 노려봤다.

"팬티는 걸쳤어. 좀 놀린 거 가지고 물어뜯을 기세네."

―엄마라도 옆에 있었으면 어쩔 뻔했어요?

"먼저 야하다고 헤벌쭉해서 내 몸 감상평까지 남겨 줬으면서? 당연히 옆에 어머니가 계실 리 없다고 생각했으니까."

―허! 헤벌쭉거리진 않았는데요?

"침까지 흐를 것 같았는데, 내 착각인가?"

―……그냥 좀 넘어갑시다. 안 그래도 만져 보고 싶어서 나도 모르

게 손 뻗을 뻗했다고요.

한참을 그렇게 까르르 웃으며 즐거운 대화를 이어 가는 재민과 라희. 오늘 밤, 유난히 보고 싶고 그리운 밤이 아닐 수 없었다.

―재민 씨. 실은 나 엄마한테 아직 말을 못 꺼냈어요. 입이 안 떨어지네.

"음. 그럼 내가 도착해서 뵐 때까지 말씀드리지 마."

―그럼 엄마가 너무 당황해하지 않을까요?

"미리 말씀드리고 찾아뵙는 게 예의긴 하지만, 내일 김장으로 바쁘고 힘드실 텐데 손님이라고 식사까지 막 신경 쓰시고 그러면 내가 너무 죄송해서."

충분히 재민도 생각해서 얘기한 것이다. 라희 역시 그의 마음을 알기에 고개만 끄덕였다.

라희의 어머니에게 얼굴을 비추며 인사를 드리는 날이 내일로 다가왔다.

재민은 긴장으로 심장이 쿵쿵 울렸다. 당연하다. 잘 보이고 싶고, 예쁨 받고 싶으니까.

오늘 밤, 잠을 제대로 이룰 수 있을까, 하는 걱정도 문득 들었다.

16장

윕컴 투 고창

잠 못 이루는 밤이었다. 라희는 신 여사와 나란히 누워 한 이불을 덮고서 밤새 못다 했던 이야기꽃을 피웠다. 새벽에 겨우 잠이 들었음에도 라희는 아침이 되자 저절로 눈이 번쩍 떠졌다.

늘 근육통으로 아침마다 앓는 소리를 내면서 천근만근인 몸을 일으켰었다. 하지만 오늘은 피곤함 따위도, 욱신거림조차도 전혀 느끼지 못했다.

찜질방이라도 다녀온 것처럼 몸도 마음도 날아갈 듯이 가뿐했다. 아니, 몸이 더 좋아졌음을 몸소 체감할 수 있을 정도였다. 아랫목에서 몸을 지졌기 때문일지도 모르겠다는 생각을 하며 라희는 슬쩍 웃었다. 그리고 가뿐한 몸을 이리저리 움직이며 스트레칭을 했다.

"희야. 엄마가 가도 되는데. 그래야지 고깃덩이 더 얹어 올 텐데."

"엄마는 누워서 좀 더 쉬어. 슬슬 김장 시작할 거잖아, 우리."

"말도 참 안 듣는다니까."

"헤헤. 포기해. 어? 콜택시 도착했나 보다. 다녀올게!"

"조심해서 다녀와."

"응!"

콜택시가 집 앞에 도착했다. 라희는 급하게 지갑만 손에 쥔 채 대문을 박차고 나왔다.

"안녕하세요, 기사님. 읍내로 부탁드릴게요."

"네."

택시를 타고서 읍내로 향했다. 오늘 새벽에 도축한 수육용 돼지고기를 미리 주문해 놓았기 때문에 일찌감치 찾으러 가는 길이었다.

신 여사와 라희는 수육도 삼겹살 부위와 항정살 부위를 선호했다. 살코기만 있는 건 퍽퍽하고 뭔가가 빠진 것 같은 부족함을 느꼈다.

비계의 비율도 적당히 있어야 씹는 식감도, 풍부한 육즙의 맛을 뒷받침해 주기 때문이다. 그것이 조화를 이루면 모녀를 웃게 만드는 만족스러운 맛이 완성된다.

"어? 하아, 어쩜담. 휴대폰을 놔두고 왔잖아."

정신없이 급하게 서두르다 보니 지갑만 챙기고 휴대폰은 빠뜨리고 온 모양이다.

이미 읍내까지 반 이상 온 상태이기에 되돌아가기도 뭣했다. 재민에게 연락이 올 거라서 조마조마하긴 하지만, 오전이라 재민이 도착하기에는 이를 거라고 장담했다. 몇 시에 고창에 올 거라는 얘기도 아직 없었으니까 말이다.

"빨리 고기만 사서 돌아가야겠다."

이른 아침 서울에서 출발하여 긴 고속도로를 달리고 달려 고창으로 도착했다. 내비게이션의 안내에 따라 마을 초입으로 들어서게 된 재민은 잠깐 차를 정차시키고서 라희에게 전화를 걸었다. 하지만 라희가 전화를 받지 않자 재민은 왜인지 초조해졌다.

"흐음. 왜 전화를 안 받지?"

검지로 핸들을 툭툭 건드리며 계속해서 라희에게 통화를 시도했다.

신호음이 흐를 동안, 재민이 무심하게 차창 밖으로 시선을 두었다.

"……왜 쳐다보지?"

길을 오가는 마을 어르신들과 주민들이 재민의 자동차에서 조금은 떨어진 거리에서 궁금한 듯 흘깃흘깃 쳐다보고 있었다.

아무래도 조용한 작은 마을에서 번지르르한 고급 외제차의 출입이 거의 없다 보니 이런 반응을 보이는 것도 무리는 아니었다. 그리고 최근 들어 몇 번이나 낯선 차들이 마을을 들어오고 나가다 보니 더 의심스럽게 보게 되는 것도 있었다.

연결이 되질 않는다는 안내 음이 흐르자 재민은 끊고 다시금 통화를 시도했다. 마지막으로 한 번 더 걸어 보자는 마음이었다. 이번에도 그녀가 받질 않는다면 곧장 집을 찾아가려고 했다.

그때 달각하는 소리와 함께 통화가 연결되었다. 재민은 환하게 웃으며 들뜬 목소리로 라희를 불렀다.

"라희야. 왜 이렇게 전화를 안 받아. 내가 얼마나 긴장한 상태로 운전대 잡고 내려온 줄 알아?"

—…….

아무런 반응도 없는 침묵에 재민이 고개를 갸웃거렸다. 혹시나 통화가 끊어진 건 아닐까 휴대폰 화면을 확인해 보았다. 연결이 되어 있음이 분명한데도 라희의 목소리를 들을 수 없자, 재민이 다시금 그녀를 불러보았다.

"여보세요? 라희야. 자기야."

—어머머……. 호호.

"……!"

중년의 여성 목소리와 웃음소리. 재민은 순간 눈이 번쩍 뜨여졌다. 라희의 전화를 받을 수 있는 사람은 신 여사밖에 없기에 재민은 낯선 목소리의 정체를 단번에 짐작할 수 있었다.

긴장으로 낯이 경직되어 버렸다. 손에선 그새 땀이 차올랐다.

—안녕하세요. 라희 엄마예요.

"네, 네! 어머님. 처음으로 인사드리겠습니다."

─호호. 반가워요. 라희가 읍내로 심부름 갔는데, 휴대폰을 놓고 갔네요.

"아, 그렇습니까?"

─계속 전화가 와서 급한 일인가 싶어서 내가 받았어요. 놀라게 해서 미안해요.

"아닙니다. 전혀요."

아무도 보는 이 없는 자동차 안에서도 재민은 저절로 각진 자세로 몸을 고쳐 앉은 채 신 여사와의 통화를 이어 가고 있었다. 이토록 긴장한 재민의 모습은 좀처럼 보기 힘들었다.

라희가 봤더라면 재밌다고 깔깔거리며 놀려 댔을 게 분명했다.

─난 또 우량주라고 저장되어 있길래, 회사 관련 사람인 줄 알았거든요.

"아…… 우량주. 하하."

언제 또 우량주라고 저장해 두었는지, 재민도 평소 같았으면 웃으며 즐겼을 테지만 신 여사의 입에서 그 단어가 나오니 어쩐지 머쓱해졌다. 긴장을 풀려고 할 때 재민의 버릇. 바싹 말라 버린 입술을 혀로 연이어 훑었다.

─우리 라희랑 사귀는 사이인가요? 남자 친구?

"네, 어머님. 라희랑 만나고 있습니다."

─어머, 어머.

"진작에 찾아뵙고 인사드렸어야 예의인데. 죄송합니다."

─아유. 괜찮아요. 분명히 이 지지배가, 아니 라희가 노발대발 막아 세웠을 게 안 봐도 눈에 훤하니까요.

신 여사가 재민의 속을 시원하게 뚫어 주는 청량감을 주었다. 라희에게 계속해서 퇴짜 맞으면서 냉전도 불사하지 않았던 지난날을 신 여사가 위로해 주는 것만 같았다.

유쾌한 신 여사와의 그 짧은 대화에서 경직되어 있던 재민의 표정과 목소리도 한층 흥이 묻어났다. 그리고 낯을 많이 가리는 성격인 재민이지만 신 여사에게서는 가까운 친밀감이 느껴졌다. 어서 빨리 찾아뵈어 인사드리고 싶었다.

"어머님. 저, 사실은 지금 마을회관 앞에서 대기 중입니다."

―아니, 뭐라고요? 고창에 왔다는 그 말씀인가요?

"하하. 예. 마을회관에서 잠시 정차해서 라희한테 도착했다고 보고 연락한 거였습니다."

―아이고, 먼 길 오셨네. 어서 와요! 우리 집 마을회관에서 엎어지면 코 찧을 거리니까.

"예!"

신 여사가 예상하지 못했던지라, 놀라긴 놀란 듯 보였다. 하지만 그 놀람 속에서는 반가움과 기대감이 잔뜩 묻어나고 있었다. 신 여사의 그 마음을 재민 역시나 느끼면서 전신이 짜릿할 만큼의 기쁨으로 가슴이 쿵쾅쿵쾅 널뛰었다.

통화를 마친 재민은 심호흡을 크게 내쉬었다. 그리고 격렬하게 뛰어대는 가슴을 쓰다듬으며 진정하려 애썼다.

"장모님, 사위 갑니다."

신 여사의 움직임이 심상치 않았다. 얼굴은 웃음꽃으로 활짝 폈다.

우연히 라희의 전화를 대신 받았더니 딸의 남자 친구라고 소개하는 재민과의 통화에 기뻤다. 통화만으로도 즐거웠는데, 깜짝 이벤트처럼 고창까지 내려와 근처라고 하니 버선발로 뛰어나갈 기세다.

그럴 만도 했다. 신 여사는 라희가 자유롭게 연애도 하고 사랑도 하면서 그리고 엄마한테도 소개해 주곤 했으면 하는 바람이었다. 하지만 애석하게도 라희는 신 여사에게 단 한 번도 만나는 남자라며 소개해 준 적이 없었다. 오히려 남자 친구가 없다며 딱 잘라 말했다.

"앙큼하게. 공라희, 이 지지배. 호호."

처음으로 딸이 애인이 생겼다는 것도 알게 되면서, 동시에 당장 대면하게 된다니. 신 여사는 덩실덩실 어깨춤이라도 추고 싶은 마음이다.

라희가 도착할 때가 슬슬 되어 가기에, 신 여사는 미리 커다란 곰솥을 씻어 물과 한약재를 넣고 수육을 삶을 준비를 하던 중이었다.

신 여사는 준비를 멈추고 안방으로 들어가 거울 앞에 섰다.

"이런 깜짝 이벤트도 좋지만, 미리 귀띔이라도 해 주지. 그럼 미용실 가서 머리도 좀 손질하고 화장도 했을 텐데."

신 여사가 작은 불만을 읊조렸다. 그래도 첫 대면인데 깔끔하고 예쁘게 해서 만나면 더 좋지 않았을까.

신 여사는 급한 대로 대충 손으로 머리를 매만지며 너무 창백해 보이지만 않도록 입술에 색감만 덧발랐다.

시골 마을이라 그런지, 밖에서 자동차 엔진 음이나 타이어와 작은 알갱이의 마찰음이 집 안에서도 들렸다. 신 여사는 재민이 도착했다는 걸 알아차리고서 대문 밖으로 나왔다.

정겨운 돌담 벽으로 반듯하게 주차를 마쳤다. 시동을 끄고 안전벨트까지 풀던 재민은 정면 유리 밖으로 보이는 라희와 판박이라고 해도 과언이 아닌 신 여사가 막 대문을 열고 나오는 모습을 발견했다.

설렘이 더한 기분 좋은 떨림. 이런 감정은 굉장히 오랜만에 느껴 보는 기분이었다.

시골 마을은 처음인 재민에게는 모든 것이 신기하고도 낯설었다. 그에게 할아버지 할머니의 존재는 없었다. 어린 시절부터 명절과 방학이 되면 부모님의 손을 잡고 할아버지 할머니 댁으로 향하는 친구들의 모습이 내심 부러웠었다.

그것을 라희로 인해, 라희의 어머니 신 여사를 만나게 되며 제대로 경험할 수 있게 되었다.

제민이 서둘러 운전석을 박차고 나왔다. 그리곤 가벼운 뜀걸음으로 신 여사의 앞으로 마주 섰다.

"처음 뵙겠습니다, 어머님. 라희와 교제 중인 현재민이라고 합니다."

재민이 정중히 허리를 굽히며 예의를 갖춰 인사드렸다.

신 여사가 아주 환한 미소로 재민을 반겨 주었다. 양손을 재민에게 뻗으며 불편한 다리지만 신 여사는 절뚝거리며 한 걸음 더 가까이 다가섰다.

"반가워요. 먼 길 오느라 고생 많았어요."

다리를 절며 제게 다가서는 신 여사에 재민이 순간 움찔하며 눈이 살짝 커졌다. 절대로 나쁜 시선으로, 불편한 감정으로, 괜한 편견의 놀람이 아니었다.

라희에게 미리 들었던 부분이었고, 신 여사의 다리 상태를 재민은 자세히 모르기에 자신이 더 조심스럽고 걱정되었던 것이다.

자신을 반겨 주려고 무리한 움직임을 보였다면 자칫 삐끗하여 다치시기라도 하면 어쩌나 싶은 재민의 순수한 걱정과 배려였다. 재민은 자신에게 손을 내민 신 여사의 양손을 포근하게 감싸 잡았다.

"많이 놀랐겠다. 불편한 몸으로 인사를 하게 됐네요."

"아닙니다. 전혀요, 어머님."

재민이 고개를 내저으며 신 여사의 손을 더 힘을 주어 잡으며 위아래로 가볍게 흔들었다.

"조금 더 건강한 모습으로 봤으면 좋았을 텐데. 이해해 줘서 고마워요."

"어머님 만나 뵙게 되어 정말 기쁘고 가슴이 벅찹니다. 그러니 절대 마음에 두지 마세요."

신 여사의 눈동자가 촉촉해져 갔다. 재민의 그 따뜻한 한마디가 진심으로 신 여사의 가슴을 훅 꿰뚫었던 것이었다.

'나도 참 부끄럽게. 나이가 들어서 그런 건가.'

주책스럽게 눈물을 쏟아 내는 것만은 피하고 싶었던 신 여사가 속으로 자신을 꾸짖어 본다. 처음으로 재민의 존재를 알게 되었고, 막 얼굴을 마주한 상태이다. 그런데 왜 이토록 믿음직스럽고 마음이 놓이는 걸까. 신 여사는 평범한 일상에 다가온 다양한 감정 변화를 즐겼다. 기분 좋은 들뜸에 더욱 신이 났다.

첫 느낌이 굉장히 좋았다. 신 여사는 라희의 사람이 든든하게 그녀의 곁을 지켜 주었으면 했다. 그래서 더 적극적으로 등을 떠밀기도 했던 것 같다. 하지만 동시에 다리를 저는 불편한 몸의 엄마가 딸의 혼삿길을 막는 흠이 되는 건 아닐까, 가슴 졸이고 큰 걱정거리로 생각했다.

"추운데 여기서 이러지 말고 어서 들어가요."

"예. 아, 그리고 말씀 낮추십시오. 편하게 불러 주세요, 어머님."

"호호. 그래도 되겠나?"

"그럼요. 제가 숙맥이라 어머님을 불편하게 해 드릴까 더 걱정입니다."

재민이 목덜미를 쓱쓱 쓰다듬으며 쑥스러워했다. 유쾌한 신 여사에 비해 무뚝뚝하고 낯가리는 자신이 분위기를 망치거나 불편하게 만들진 않을까 걱정됐다.

하지만 신 여사는 쑥스러워하는 재민의 모습이 어쩐지 더 사람 냄새가 나고 호감이 갔다.

"아유, 남자는 적당히 무게감이 있어야지. 딱따구리처럼 떠드는 남자는 피곤해. 우리 라희 아빠가 그랬거든."

"하하."

신 여사의 말에 재민이 말았다.

"자, 어서 들어가요."

"네. 실례하겠습니다!"

✢　　✦　　✢

마을로 들어서는 택시 한 대. 라희가 읍내에서 수육용 고깃덩이를 사서 돌아오고 있었다.

휴대폰을 놓고 온 탓에 라희는 안절부절, 초조함을 감추지 못했다.

어디쯤 오고 있는 것인지. 혹시 오다가 길을 헤매기라도 한 것은 아닌지.

재민과 연락을 하지 못하니 답답하기도 하고 걱정도 되기도 했다.

마을 회관을 지나고 집으로 빠르게 걸어가고 있을 때쯤, 익숙한 자동차가 라희의 눈에 쏙 박혀 들었다.

"어? 뭐야. 재민 씨 차잖아?"

익숙하기도 하고 이렇게 비싼 외제차가 시골에 있을 리가 없으니. 분명 재민의 자동차가 틀림없었다. 놀란 라희의 눈이 커다래졌다.

"벌써 도착했다고? 그럼 아침 일찍 출발했다는 거잖아."

그렇다면 눈 뜨고 바로 연락을 해 줬어도 됐을 텐데. 라희가 구시렁거리며 괜히 창문을 만졌다. 입으론 투덜댔지만 얼굴은 싱그러운 웃음으로 번져 가고 있었다. 또한 기분 좋은 설렘이 그녀의 가슴을 울렸다.

사랑하는 그를 볼 수 있다는 환희와 사랑하는 남자를 사랑하는 엄마에게 소개해 드린다는 행복으로 심장이 두근거렸다.

잔뜩 들뜬 라희가 택시에서 내릴 채비를 하려 비닐봉지를 바스락거리며 고쳐 쥐었다. 그리고 곧 택시가 집 앞에서 정차했다.

"감사합니다. 잔돈은 괜찮습니다, 기사님."

"오메. 참말로 고맙구먼."

"헤헤. 수고하세요!"

라희가 택시 기사에게 요금을 건네면서 예의 바르게 인사를 끝으로 뒷좌석 문을 닫았다.

택시가 떠나는 것을 확인한 뒤 얼른 재민의 자동차로 뛰어갔다. 조수석 창문에 얼굴을 바짝 들이밀고 안을 살폈다. 하지만 자동차 안에는 재민은 없었고 횅한 상태였다.

"헉! 벌써 들어간 거야? 대체 얼마나 빨리 도착했길래."

라희가 굽혔던 허리를 곧게 펴며 화들짝 놀랐다. 그럼 지금 재민은 라희 없는 집에 들어가서 엄마와 이야기를 나누고 있다는 것인가?

"역시 현재민이야. 이 대담함은 아무도 못 이기겠다."

라희가 넋을 놓은 표정으로 박수를 쳤다. 긴장으로 떨리고 머뭇거릴 만도 할 텐데, 무원그룹 사장다운 패기와 대범함은 정말 인정할 수밖에 없다.

라희는 두 손 두 발 다 들었다는 듯 고개를 절레절레 흔들면서도 피식 바람 빠지는 웃음을 흘렸다.

라희는 이제 집으로 들어가야겠다 생각하고 차에서 거리를 두었다.

이 안에, 자신과 엄마의 공간에 재민이 있다. 그 생각에 다시금 심장이 쿵쾅거리며 웃음이 나오려 했다.

끼익, 작은 소음에 고개를 돌리자 대문이 열리면서 보고 싶었던 그가 헐레벌떡 모습을 드러냈다.

"어? 라희야!"

재민이 대문을 닫으면서 자신의 자동차로 향했다. 조수석 앞에 서서 자신을 쳐다보고 있는 라희를 발견하자 재민이 미소를 지으면서도 흥분감을 감추지 못하고 라희에게 뛰어왔다.

와락. 힘껏 라희의 몸을 껴안았다. 그리 오랜 시간 만나지 못한 것도 아닌데 라희를 만나니 이렇게 반가울 수가 없었다. 하지만 라희는 반가움보다도 다른 것이 먼저 눈에 들어왔다. 재민에게 안긴 채 말 그대로 박장대소, 제대로 웃음이 터져 버렸다.

"……풉. 하하."

라희가 이토록 자지러지도록 웃는 이유는 바로 재민의 현재 의상 때문이었다. 신 여사에게 인사드리러 가는 거라고 슈트까지 새로 쫙 뽑았던 재민이었으니 당연히 슈트 차림으로 올 거라 생각했었다.

물론, 도착해서 갈아입었을 거라고 예상은 했지만 지금 재민의 몰골이 너무나도 어색하고 우스꽝스러웠다.

김장을 돕겠다고 했으니 아마 신 여사가 일명 몸뻬, 즉 일 바지를 건넸을 것이다. 화려하고도 통풍에 좋은 일 바지를 자랑스럽게 착용하고 있는 이 상황이 웃기고 재밌었다.

"너무 크게 웃는다. 나 안 보고 싶었어?"

"하하. 너무 잘 어울려서 터졌잖아요."

라희의 웃음이 좀처럼 멈춰지질 않았다. 애써 참으려 하다가도 결국은 더 크게 웃음이 터져 나왔다. 포기하고 재민의 가슴팍에 얼굴을 묻은 채 끅끅거렸다. 그러자 재민이 자신을 보도록 라희의 얼굴을 양손으로 감싸고서 살짝 들었다.

"웃지만 말고 당신 남자 좀 안아주고, 눈도 마주쳐 주고, 키스도 해 주고 해야지?"

재민이 눈을 가늘게 늘어뜨리며 투덜거렸다. 말투는 어린아이 같은데 나오는 말은 능글맞다. 그런 재민이 사랑스럽기만 한 라희가 반달처럼 눈웃음을 보였다. 그러곤 재민의 목에 팔을 두르고서 뒤꿈치를 들어 가볍게 입을 맞췄다.

"대만족. 장시간 운전한 피로가 확 풀렸어."

"정말요?"

"정말."

달콤하고도 애틋한 눈 맞춤. 서로의 눈동자 속에서 비추어지는 자신의 모습을 재민과 라희는 자신이 가장 빛이 나는 순간이라고 했었다. 지금, 이 순간처럼 말이다.

"그런데 엄마랑은 벌써 인사 나눈 거예요? 나도 없는데?"

"응. 어머니 너무 매력 있으셔. 유쾌하시고 재밌으시고. 최고야."

재민이 이렇게나 들떠 좋알거리는 모습은 낯설었다. 하지만 보는 라희도 덩달아 기분이 고양되었다.

"못 말려. 엄마도 엄마지만, 재민 씨도 볼수록 성격이 참 특이해. 다 알았다고 생각했는데 보면 볼수록 색다른 모습을 발견하게 돼요."

"뭐, 좋은 뜻으로 생각하지."

"그러시던가요. 당연히 좋은 뜻이었긴 하지만요."

라희의 입매가 유연하게 휘었다. 신 여사와 재민의 관계가 이토록 짧은 시간임에도 거리가 바짝 좁혀졌다는 게 신기하기도 하고 기분이 좋았다. 조금은 걱정했던 자신이 민망할 정도로 말이다.

선입견 따위는 없이 꾸밈없고, 있는 그대로의 모습 그대로 신 여사와 재민이 동시에 같이 다가갔으니 당연히 이렇게 좋은 관계로 빠질 수밖에 없었다.

"어서 들어가야겠다. 수육 할 고기 어서 삶아야 하는데, 엄마가 한 소리 하겠다."

"안 그래도 벌써 하셨어. 걸쭉하게 욕하시는데 너무 멋지시더라고."

"애인 욕하는데 그렇게 즐거우셨다?"

"하하. 재밌는 걸 어떡해?"

"그만 웃어요. 나 정말 화낸다."

하하 웃던 재민이 뾰족한 눈으로 자신을 노려보고 있는 라희의 눈꺼풀 위로 입을 맞추었다. 그러곤 뒷좌석 문을 열더니 예쁘게 포장한 상자를 꺼내 들었다.

라희가 궁금한 눈으로 쳐다보며 물었다.

"이게 다 뭐예요?"

"아, 어머니 드리려고 사 왔는데 긴장해서 그냥 들어가 버렸지 뭐야. 그래서 더 늦기 전에 가지러 나온 참이었지."

"뭘까? 궁금하다."

"궁중 다과 꿀타래."

"어? 그거……."

궁중 다과 꿀타래라는 말에 라희가 눈을 크게 떴다.

꿀을 명주실처럼 가늘게 늘려 견과류를 넣어 실타래 모양으로 말아 만든 궁중 다과 꿀타래. 신 여사가 가끔 서울로 오면 즐겨 사 먹었고, 고창으로 내려갈 때는 한두 박스 사서 갈 정도로 좋아하는 간식거리였다. 그래서 라희가 가끔 궁중 꿀타래를 판매하는 매장을 지날 때면 사서 택배로 보내 주기도 했다.

'그걸 기억했던 거야?'

라희는 턱을 끌어내린 채 온화한 미소를 머금었다. 연애 초기 때 신 여사와 통화 중에 궁중 꿀타래 얘기가 나왔었다. 신 여사가 좋아한다는 걸 재민이 듣고서 지금까지 기억하고 있었다는 것에 라희는 감격했다.

재민이 자신을 이렇게나 생각해 주고 있구나. 그리고 그만큼 나를 사랑하고 있구나. 그의 애정이 온 몸으로 느껴졌다. 이 행복을 어떻게 표현할 수 있을까.

"이건 애피타이저. 진짜는 내일이지."

"응? 내일이라니요?"

"그런 게 있어. 서프라이즈니까. 들어가자! 지금 양념 칠하실 준비 끝났어."

궁중 다과 꿀타래는 신 여사에게 애피타이저와 같은 선물이었단다. 내일이 진짜라고 하는데, 라희는 얼떨떨하면서도 궁금해졌다. 하지만 재민은 그저 개구쟁이처럼 웃으며 입을 다물며 버렸다.

"들어가자."

"네."

❖   ❖   ❖

김장으로 떠들썩하고 분주한 마당은 하하 호호 즐거운 웃음소리로 겨울의 차가운 기온조차도 녹여 버렸다.

유난히 흥에 도취해 시종일관 웃음을 매달고 있는 재민이다. 어린아이처럼 굉장히 신이 나 보였다. 재민은 김장을 하며 추억에 젖어 들어 갔고, 유일한 추억이자 기억인 어머니에 대한 향수를 신 여사로 인해 다시금 또렷하게 느낄 수 있었다.

신 여사는 적극적이고 화끈하게 김장에 임하는 재민을 흐뭇하게 지켜봤다. 아들이 생긴 것만 같아 왠지 모를 든든함을 느꼈다.

소금에 절여져 있는 어마무시한 양의 배추들을 옮기는 것 자체만으로도 부담이었다. 그 무게를 옮기고 나르고 하는 행위가 얼마나 허리와 관절에 무리를 주는지 알면서도 할 수밖에 없었다. 하지만 올해 김장은 재민이 있어 한층 여유롭고 편안하게 김장을 할 수 있었다.

"자, 아드님. 아, 하시게."

"넙죽 받아먹겠습니다, 어머니."

"아이고 잘 먹네, 내 아들."

"와. 진짜 맛있습니다. 고무장갑 맛."

"고무장갑 맛이라니."

고무장갑 맛이라는 독특한 표현에 신 여사가 웃음을 보였다. 고무장갑을 끼고서 김치를 담근 뒤 그 자리에서 바로 맛보게 되었다는 그 뜻인 것 같았다.

재민은 엄지를 치켜세우며 감탄을 금치 못했다. 신 여사는 몸을 부르르 떨며 좋아하는 재민의 격한 반응이 더 보고 싶었나 보다. 배춧잎을 뜯어 김칫소를 가득 올린 뒤 돌돌 말아 재민의 입에 넣어 주고, 받아먹기를 반복했다.

먹여 주고 받아먹는 신 여사와 재민을 어쩐지 불만 가득한 낯으로 지켜보고 있던 라희가 결국 꽥 질렀다.

"엄마! 재민 씨! 그만 좀 먹이고 먹어!"

"깜짝이야! 왜, 소리를 지르고 그래. 딸."

"……!"

"저장해 놓을 것도 없이 다 먹어 치우겠어. 이러다 날 새겠다고!"

라희의 잔소리가 더한 핀잔에 신 여사와 재민이 움찔했다. 라희를 찌릿 노려보는 신 여사와 시무룩하게 입술을 삐죽거리는 재민은 다시 조용히 김장 작업에 들어갔다.

'죽이 잘 맞네, 정말. 재밌게.'

라희도 겉으로는 화난 척해 봤지만, 속으로는 웃고 있었다. 죽이 척척 맞는 신 여사와 재민의 모습이 보기 좋았다.

잠시 후 재민이 어색한 손놀림으로 신 여사가 자신에게 먹여 줬던 것처럼 배추 줄기를 뜯어 김칫소를 얹은 뒤 돌돌 말아 슬그머니 라희의 입 앞으로 가져갔다. 라희의 기분을 풀어 주려는 재민 나름의 애교라면 애교였다.

라희가 멀뚱히 재민을 쳐다보며 입을 닫은 채 버티자 재민이 눈썹을 들썩거렸다. 그러곤 어서 입을 벌리라고 재촉하듯 앙증맞은 그녀의 입술을 돌돌 만 김치로 똑똑 두드렸다.

"빨리."

"……못 말려."

재민의 고집에 백기를 든 라희가 피식 웃으며 날름 받아먹었다. 아삭아삭 시원하고도 짜지 않은 배추의 맛과 풍요로운 김칫소의 맛에 저절로 미소가 번졌다.

"내가 싸서 먹여 주니까 더 맛있지?"

"네. 아주 꿀맛입니다."

"하하."

속닥속닥, 알콩달콩한 연인의 모습. 신 여사는 흐뭇한 얼굴로 라희와 재민의 예쁜 모습을 눈에 빼다 박아 놓을 기세로 지켜보고 있었다.

배추 속에 김칫소를 꼼꼼하게 펴 바르는 재민의 김치 담그는 솜씨. 어쩔 줄 몰라 하던 모습도 잠시, 손에 익은 것인지 김장을 하는 게 능수능란해져 갔다. 무엇보다 이 상황 자체를 즐거워하고, 즐기고 있으니 힘들다는 기분은 전혀 그에게 와닿지 않는 감각이었다.

"수육 다 삶아졌겠다. 보고 썰어 올게."

오랜 김장 노하우로 슬슬 수육이 다 삶아졌을 시간이라 예상한 신 여사가 수육을 준비하기 위해 고무장갑을 벗으려 했다.

"아냐, 엄마. 내가 가 보고 준비해 올 테니까 앉아 있어."

"그럴래? 엄마가 대충 밥상에 새우젓하고 고추랑 쌈 채소 준비해 뒀으니까 수육만 썰어서 밥상 채로 들고 와."

"응. 알았어."

"김장 김치랑 수육이라니. 침이 막 이만큼 고이네요."

재민은 수육을 맛보기도 전에 감탄으로 젖은 얼굴로 기대감을 드러내고 있었다. 새벽 일찍 눈을 떠 지금까지 공복인 상태로 장시간 운전에 김장으로 힘을 쏟았으니 허기가 질 만도 했다.

라희가 일어서서 슬리퍼를 신자, 신 여사가 추가 주문을 했다.

"참. 희야. 복분자주도 가져와."

"······그건 좀."

"왜?"

복분자주까지 챙겨 오라는 신 여사의 말에 라희가 흠칫하며 재민의 눈치를 살폈고 대답을 제대로 못 하고 얼버무렸다. 하지만 재민의 귀에 복분자주가 박힌 이상 그냥 넘어갈 리가 없었다.

"복분자주! 좋죠! 라희야, 꼭 가져와."

역시나. 라희의 예상대로 복분자주를 탐내는 재민의 눈이 반짝반짝 빛을 내고 있었다.

"재민 씨. 밥도 먹을 거죠?"

"응. 밥그릇에 꽉꽉 눌러 담아 줘."

"어휴. 알았어요."

어쩔 수 없지. 라희는 얕은 한숨을 내쉬며 고개를 끄덕이며 주방으로 향했다.

재민이 마지막 절인 배추 바구니를 옮겨 왔다. 재민의 손까지 더해지니 그 많던 배추들이 순식간에 사라졌다. 한 사람이 추가되었을 뿐인데 시간이 많이 단축되었다.

"재민이가 있으니까 힘도 안 들고 금방 끝나겠네."

"제가 도움이 됐습니까, 어머니? 그렇다면 다행이네요. 제가 방해가 된 건 아닌지 모르겠어요. 물론 저는 재밌게 했지만."

재민이 능청스럽게 말을 더하며 호방하게 웃었다.

"호호. 나도 아주 즐겁다네. 오랜만에 정말 많이 웃었어."

"매년 내려와서 도와드려도 될까요?"

의미를 두고 진심을 꺼내 보이는 재민의 한마디에 신 여사는 조금은 놀란 듯 눈이 커졌다. 재민이 웃으며 자신의 대답을 기다리고 있는 것 같았다. 신 여사는 곧 잔잔한 미소를 머금고서 고개를 작게 끄덕였다.

왜인지 확실한 대답을 재민에게 전할 수는 없었던 것이었다. 신 여사는 재민이 마음에 들고 오래오래 보고 싶은 건 맞았다. 하지만 어쩐지 조심스러웠다.

재민의 집안과 앉아 있는 높은 위치를 알게 되었으니, 신 여사가 생각할 시간과 신중해질 필요가 있었다.

어찌 됐건 관계가 삐끗해지면 상처를 받는 건 사랑하는 딸, 라희였으니까.

김치를 모두 준비해 둔 통에 넣으면서 김장을 끝마치게 되었다. 마당 한쪽으로는 많은 김치 통이 묵직하게 차곡차곡 쌓여 있었다.

신 여사는 자잘하게 남은 배추는 겉절이처럼 찢듯이 칼로 무심하게 베어 자르며 남은 양념과 함께 버무렸다. 그리고 손질해 두었던 생굴도 듬뿍 넣어 다시 한번 더 골고루 버무렸다.

재민이 신기하다는 눈으로 신 여사 바로 옆으로 찰싹 붙어 지켜보고 있었다.

"김치에 굴도 넣는군요. 얘기를 들었던 적은 있는 거 같은데 실제로 보는 건 처음이에요."

"김장용 김치에는 넣으면 물러지고 빨리 쉬어서 넣지 않는 게 좋아. 바로 먹을 김치에는 이렇게 굴 넣어서 먹으면 또 별미지."

"신기하다."

"자, 신선하게 한 입 먹어 보게."

"넵!"

신 여사가 버무린 김치와 굴을 쥐어 재민의 입에 넣어 주었다. 오물오물 맛을 음미하는 재민이 엄지를 치켜세우며 몸부림을 쳤다. 싱싱한 생굴의 맛은 마치 바다의 향이 코와 입안에 퍼지는 듯했다.

"진짜 맛있어요. 수육도 더해지면 삼합으로 찰떡이겠어요."

"그렇지. 그런데 수육 썰러 간 라희는 왜 안 나오나?"

"제가 가 볼게요. 어? 나오네요."

말이 끝나기가 무섭게 라희가 푸짐한 밥상을 들고서 조심조심 슬리퍼를 신고 있었다. 그러자 재민이 벌떡 일어나 라희에게로 달려가서는 밥상을 대신 들었다.

"이리 줘."

"고마워요."

재민과 라희가 나란히 걸었다. 재민이 밥상을 어디에 놓을지 묻자, 라희가 검지로 평상을 가리켰다.

"평상으로 내려놔요."

"그래."

밥상을 평상 위로 내려놓았다. 재민과 라희가 먼저 자리를 잡고 앉자, 신 여사도 버무렸던 김치를 양껏 덜어서 평상으로 올라왔다. 단란하게 둘러앉아 소박하지만 푸짐한 만찬. 세 사람은 허기진 배를 든든하게 채우며 이런저런 담소를 나누었다.

신 여사는 시원시원하게, 복스럽게도 먹는 재민이 더욱더 마음에 들었다. 정말 먹는 걸 보고만 있어도 배가 부르다는 그 말이 떠올랐다. 신 여사는 재민의 먹는 모습에 푹 빠진 듯 수저를 내려놓고 멍하니 그를 쳐다보고 있었다.

엄마가 수저를 든 채 가만히 있는 모습을 본 라희가 의문스러운 눈빛으로 그 시선을 따라가자 재민이 보였다. 이제야 이유를 알게 된 라희는 웃음을 흘렸다.

"엄마. 재민 씨 먹는 게 좀 예쁘긴 하지?"

"호호. 예뻐 죽겠네. 잘 먹는 사람 보면 나까지 기분이 좋아져."

허겁지겁 밥을 먹던 재민이 자신의 이름이 들리자 그제야 슬며서 고개를 들었다. 재민은 느릿하게 음식물을 씹으면서 동그래진 눈으로 라희와 신 여사를 번갈아 가며 쳐다봤다.

두 여자의 시선이 자신에게 집중된 채로 칭찬의 대화가 이어지니 재민은 기분이 좋으면서도 쑥스러움도 동시에 묻어났다. 라희가 재민의 입가에 묻은 김치 양념을 발견하게 되어 자연스럽게 손가락으로 스윽 훑어 닦아 냈다. 그러자 재민이 라희를 향해 방긋 웃어 보였다.

신 여사가 잠시 부녀회장인 친구가 찾아와 집 밖으로 나간 사이 재민은 밥 한 공기를 뚝딱하고 곧바로 두 공기째에 돌입했다. 라희도 엄마 밥은 곧잘 먹지만 재민의 식성은 이길 수가 없다. 라희는 자신이 먹은 식기를 대충 정리하고 큼직한 오이고추를 된장에 푹 찍어 씹었다.

"재민 씨. 이제 스톱. 너무 과식하는 거 같아요."

"과식이라니, 적당히 배만 채운 정돈데."

"적당히? 배만 채운 정도라고요?"

"만져봐. 나 배도 안 올라왔다고."

라희는 기가 막히는지 눈을 가늘게 늘어뜨리고서 재민을 흘겨봤다. 재민은 진짜라며 킥킥 웃으면서 라희의 손을 잡아 가져와 티셔츠 안으로 훅 집어넣어 직접 확인하게 했다.

재민의 살결이 느껴지자 화들짝 놀라 손을 빼자 재민의 웃음소리는 더욱 커졌다. 그의 짓궂은 장난에 라희는 반대 손으로 재민의 가슴팍을 찰싹 내리쳤다. 재민은 라희의 반응이 재밌는지 어깨를 들썩이며 웃었다.

그때 대문을 밀고 들어오는 신 여사의 인기척에 재민이 재빨리 라희에게 입을 맞추었다. 재민의 귀여운 행동에 라희가 소리 없는 웃음을 그렸다. 그러곤 재민의 어깨에 이마를 살짝 기댔다 떨어지며 나직하게 속삭였다.

"귀여워서 봐준다."

"당신이 더."

신 여사가 손에 묵직해 보이는 그물망을 들고서 평상으로 다가왔다. 파닥파닥 그물망을 흔드는 움직임에 재민이 흠칫하면서 말을 더듬었다.

혹시 살아있는 것을 무서워하나? 집안이 집안인 만큼 이런 광경은 보지 못했을 것이다. 걱정되는 마음에 라희가 눈을 살짝 찌푸리고 재민을 바라보는데 어째 자신이 생각하던 반응이 아니다.

"어, 어머니. 손에 들고 계신 거, 혹시 그……."

"어머, 눈치챘는가? 장어야. 우리 고창의 명물인 민물장어지!"

새까맣고 두꺼운 굵기의 힘 좋은 풍천 민물 장어가 그물망을 찢고 나올 기세로 거칠게 몸부림치고 있었다. 재민은 호기심 가득한 눈으로 바라봤다. 마치 처음 수족관에 가서 물고기를 본 어린아이처럼 확장된 동공으로 구경했다.

"굵직하니 살이 오른 아주 실한 놈들이지. 우리 미래의 사위 정력은 내가 책임져야지 않겠나. 오호호."

"아, 엄마!"

"든든합니다, 어머니! 아니 장모님!"

"재민 씨까지."

민망하고 낯 뜨거워지는 건 라희뿐이었다. 양옆에 앉은 신 여사와 재민을 말려 보지만, 오히려 역으로 그런 라희를 놀려 대며 더욱더 짓궂은 말장난을 치는 것이다. 그러면서 복분자주를 서로의 잔을 채워 주며 쭉쭉 들이켰다.

"역시 좋다."

"자, 한잔 더 받으시게."

"감사합니다."

술이 들어가자 더 기분이 좋아진 신 여사가 재민의 빈 잔을 다시금 채워 주었다. 재민이 곧장 입으로 가져가 한입 가득 털어 넣었다.

"자네 복분자주 먹고 오늘 잘 수 있겠어? 내가 친구네 가서 자도 괜찮긴 한데 우리 집은 좁아서 아마 영 불편할 거야. 오늘은 밤에 잠시 마을 한 바퀴 돌고 와. 내가 올라갈 때 오늘 참은 만큼 더 챙겨 줄게."

신 여사의 능숙한 장난기 서린 한마디에 재민은 머금고 있던 복분자를 삼키기도 전에 입 밖으로 분사해 버리듯 강하게 뿜어 버리고 만다.

"재민 씨. 괜찮아요?"

"콜록!"

재민이 사레까지 들려 괴로운 듯 연신 콜록거리며 기침했다. 라희가 재민의 등을 두드려 주고 쓰다듬으며 이내 신 여사를 미운 눈으로 흘겨 봤다.

라희의 따가운 눈초리에도 불구하고 신 여사는 이 상황이 재밌어,

유쾌하게 웃었다.

"우리 예비 사위는 힘도 좋네. 손주 걱정은 없겠어. 호호호"

"엄마, 좀! 내가 못살아. 정말!"

✛　　✛　　✛

마지막 남은 장어 한 조각. 재민의 젓가락은 멈추지 않았다. 장어를 복분자 소스에 푹 찍어 생강채를 더해 한입 날름 먹었다. 그리고 복분 자주로 완벽한 마무리를 했다.

알고는 있었지만, 오늘 유독 잘 먹는 재민을 지켜보고 있는 라희가 혀를 내두르는 감탄사를 내뱉었다.

"행복했다. 너무 잘 먹었어."

"풋. 그렇게 먹었는데, 배가 안 찰 리가 없죠."

"그렇게 배가 부른 건 아니야."

"뭐라고요? 거짓말."

"진짜야. 잘 먹었다지, 배 터질 거 같다는 아니라는 거지. 아까도 말 했잖아."

"헐……."

"봐. 나 배 하나도 안 올라왔어."

라희는 입을 떡 하니 벌린 채 황당한 얼굴로 재민을 쳐다봤다. 그러자 재민이 픽 웃으며 티셔츠 끝자락을 잡고 올렸고 배를 당당하게 배를 보여 줬다.

재민의 말대로 정말 그 많은 양의 음식을 먹었음에도 빵빵한 복근만이 예쁘게 조각되어 있을 뿐 전혀 부른 배는 올라오지 않았다.

조금 전 재민의 배를 만졌을 때와 별반 다를 것이 없었다. 사실 그때도 이미 많이 먹은 상태였지만 지금은 더 먹지 않았는가. 어떻게 그렇게 먹고도 배가 나오지 않을 수 있는지 알 수 없었다.

"뭐야. 진짜 배가 전혀 안 올라왔잖아?"

라희는 놀란 눈으로 재민의 배를 슥슥 쓰다듬으며 졌다는 듯 혀를 샐쭉 내밀고서 고개를 절레절레 흔들었다.

그렇게 먹는데 이렇게 탄탄한 몸을 유지하다니. 어쩐지 부러우면서도 얄미워 재민의 배를 찰싹 때렸다.

"아, 아프잖아. 공 비서 손 맵다니까."

"어휴. 못 말려."

배가 부르니 기분이 한껏 좋아졌다. 재민이 엉큼한 손장난을 치자, 라희는 몸을 요리조리 피하며 까르르 웃었다. 그러던 중 라희의 눈에 재민의 휴대폰에서 화면이 밝아지면서 어두워지는 걸 발견하게 되었다.

"재민 씨, 휴대폰. 전화 왔다가 끊긴 거 같은데요?"

"전화?"

라희가 손가락으로 평상 한쪽에 덩그러니 놓여 있는 휴대폰을 가리켰다. 재민이 무심한 낯으로 시선을 내리며 긴 팔을 쭉 뻗었다. 화면을 툭 건드려 자신의 행복한 시간을 방해한 사람이 누군지 확인했다.

'진우네.'

막 끊긴 발신인은 진우였다. 재민은 휴대폰을 쥐고 평상에서 내려왔다.

"잠깐 전화 좀 하고 올게."

"회사 일이에요?"

"진우."

"아. 상무님 전화면 어서 통화해 봐요. 상무님께서 대신 미팅 참석하셨다면서요."

"어. 뒷정리는 당신이랑 나랑 둘이서 해. 어머니 화장실에서 나오시면 바로 방에서 쉬시라고 해, 꼭."

"응. 그럴게요."

바쁜 와중에도 잊지 않고 엄마를 생각해 주는 재민의 마음이 예쁘다. 라희는 생글거리는 얼굴로 고개를 끄덕였다.

재민이 친숙한 슬리퍼를 끌며 문밖으로 향했다. 철컥, 철문을 열고 나온 재민의 눈에 흐릿하게 멀어져 가는 한 자동차가 박혔다.

눈에 익은 자동차라는 기분이 들어 다시금 쳐다보지만 이미 저 멀리 사라진 뒤였다. 어째서일까, 묘한 이질감에 기억을 뒤적여 보지만 또렷하게 생각이 나지 않았다. 중요한 일은 아니지만 결국 의문으로만 남겨 둘 수밖에 없는 이 상황이 마음에 들지 않았다.

"찝찝하네."

찝찝한 기운을 감출 수가 없었다. 눈에 익는다는 기분이 드는 것 자체가 재민의 심기를 언짢게 했다. 자신과 관련되었음을 말해 주는 거나 다름없었으니 말이다.

✤　　✤　　✤

김장한 김치와 수육, 장어까지 구워서 배가 빵빵하도록 먹은 뒤 잠시 쉬자고 재민과 누웠는데, 순식간에 깊은 잠에 들어 버렸다. 아무리 재민이 도와줘서 한결 수월했다고 해도 김장하느라 힘들었나 보다. 거기다 처음으로 엄마에게 재민을, 재민에게 엄마를 소개하다 보니 긴장 아닌 긴장도 했었고.

그렇게 한두 시간 잤을까. 작은 뒤척임과 함께 닫힌 눈꺼풀이 파르르 떨리면서 느릿하게 눈을 떴다.

"……어? 언제 잠들었지?"

잠긴 목소리로 라희가 혼잣말을 읊조렸다. 잠이 든 줄도 모를 만큼, 라희는 말 그대로 베개에 머리를 대자마자 잠이 들어 버렸던 것이다.

방을 둘러보니 재민은 없었다. 라희는 거울 앞으로 어기적어기적 기어 가 눈곱이 꼈는지 대충 살피며 머리도 정돈했다.

방문을 열고 나온 라희는 문 앞에서 쭉쭉 기지개를 켰다. 그러던 중, 라희의 귓가로 다정한 대화 소리가 들려왔다. 라희는 자연스럽게 방문이 반쯤 열린 신 여사의 방으로 향했다. 천천히 다가가 빼꼼 고개를 기울이며 무얼 하고 있나 들여다봤다.

"정말 귀엽다. 똘망똘망하니 어릴 때부터 야무졌겠는데요?"

"딱 맞췄네. 여장군이 따로 없었지. 남자아이들도 라희라면 벌벌 떨었다니까?"

"저도 라희 씨 앞에선 찍소리 못해요. 정색하고 톡톡 쏘아 대면 어후, 무섭습니다."

"호호. 그래도 또 애교 부릴 땐 살살 녹게 만들어."

"크으. 맞아요. 자기는 애교 따윈 없다고 하는데, 그게 또 사람 미치게 만들어요. 가끔 그 애교에 가슴에 불 난 적도 많아요."

"어머머."

신 여사와 재민의 만담과도 같은 유쾌한 대화와 웃음소리가 끊길 새가 없었다. 그들의 대화 주제는 바로 라희의 어린 시절의 사진이었다. 애지중지 키운 귀한 외동딸의 사진 앨범은 신 여사의 보물과도 같았다.

재민은 신 여사의 다리를 주물러 주며 말동무가 되어 주고 있었다. 아들을 가진 사람들은 모두 이런 마음일까. 물론 라희도 비교할 수 없을 만큼 사랑스럽고 든든하지만 조금은 다른 느낌이었다.

자신이 기댈 수 있는 인물이 하나 더 생긴 것 같아 마음이 따스해졌다. 하지만 저 때문에 잠도 못 자고 마사지를 해 주고 있으니 찡한 마음을 숨길 수가 없었다.

신 여사가 재민의 어깨를 톡톡 두드리며 그만 됐다고 건너가 쉬길 권했다.

"아유. 오늘 여기까지 운전하고, 김장까지 했는데 그만 가서 좀 쉬어."

"아닙니다, 어머님. 피곤하지도 않고, 잠도 안 오네요. 오늘 정말 즐거웠고 보양 제대로 해 주셔서 거뜬합니다."

"서글서글하니 넉살도 좋고. 우리 라희는 어떻게 이런 멋진 사람을 만났나 몰라."

신 여사는 재민이 정말 마음에 쏙 들었나 보다. 재민을 보는 눈빛과 목소리에 친근한 애정이 더해져 있었다.

재민은 어쩐지 쑥스러워 얼굴을 붉혔다. 평생 들어 보지 못한 자신을 향한 감상평이었다. 서글서글하다, 넉살 좋다는 말이 이토록 기분 좋은 단어였던가. 그 어떤 것과 비교할 수 없을 만큼 자신의 가슴에 깊게 꽂혔다. 아무래도 마음에서 진실로 우러나오는 행동이었으니까, 신 여사에게만 들을 수 있는 것이었다.

재민이 할 얘기가 있는 듯 진중한 낯으로 말문을 열었다.

"이번엔 꺼내지 않기로 라희와 미리 약속한 이야기지만 조심스럽게 말해 보려 합니다. 저, 라희와 결혼까지 생각하고 있습니다. 평생 행복하게, 존중하고 아껴 주면서 함께 하고 싶습니다."

재민의 진심이 듬뿍 담긴 포부에 신 여사는 조금은 알 수 없는 표정과 함께 침묵을 지켰다. 재민 역시 말을 끝내고 입을 다물었다. 알 수 없는 분위기에 긴장했지만 아닌 척하려 애쓰고 있었다.

신 여사의 대답을 상당히 긴장한 상태로 기다리고 있었다. 쿵쾅쿵쾅, 심장이 북채로 두드리는 것처럼 뛰었고 떨림이 쉽사리 멈추질 않았다.

재민과 눈이 마주친 신 여사가 이내 온화한 미소를 지으며 고개를 끄덕였다. 무언의 대답을 두 눈으로 확인하게 된 재민이 그제야 경직되었던 몸에 힘을 풀고 입꼬리를 올려 웃었다.

신 여사가 자신의 다리를 주무르고 있던 재민의 손을 잡아 반대 손으로는 손등을 덮어 차분하게 두드려 주었다.

"재민이 같은 남자라면 무조건 반기고 허락하지. 이렇게 멋지고 든든한 사람을 어떻게 거절할 수 있겠어. 그거야말로 정말 큰 실수가 아닐까? 하지만 결혼까지 가는 그 길에 라희가 조금이라도 아픈 일이 생긴다면 지켜보기 힘들 거 같아. 아무리 자네가 좋다고 해도 난 라희의 뜻을 지지하고 안아줄 수밖에 없어."

재민은 신 여사가 말하고자 하는 뜻을 단번에 알아차릴 수 있었다. 결혼은 아무리 서로 사랑한다고 해도 가족과 가족 간의 뜻이 맞아야 순조롭게 맺어지는 일이기에.

아마 신 여사는 자신의 집안에서 반대할 확률이 높다고 생각했을 것이다. 재민에게 아무것도 묻지도, 듣지도 않았지만 지레 예측하며 신중하게 한 대답이었다.

이제는 반대로 재민이 침묵을 지켰다. 남자답게, 배짱 있게 믿어달라고 신 여사에게 외치고 싶은 마음은 굴뚝같았다. 하지만 하루도 채 함께하지 않았는데 자신을 아들처럼 예뻐해 주고 믿어 주는 신 여사에게 나중에 더 큰 실망감과 아픔을 주게 되는 건 아닐까, 가볍게 보이진 않을까 하는 생각이 들었다.

조심스러웠다. 자신의 배경이 이토록 무겁게 느껴진 건 처음이었다. 그렇다고 현 회장을 원망하지는 않는다. 현 회장의 완고함과 엄격한 반응의 이유는 바로 아들인 자신 때문이었으니까.

신 여사는 고개를 떨어뜨린 채 어쩐지 의기소침해 보이는 재민을 지켜보고 있었다. 재민이 어떤 마음을 가지고 있을지 그녀의 눈에 보이는 듯했다.

사실 그녀라고 이렇게 말하고 싶진 않았다. 하지만 결혼은 현실이니까, 사랑만으로 이뤄질 수 없는 부분이라는 걸 너무 잘 알고 있기에 어쩔 수 없었다.

신 여사는 재민의 어깨를 토닥여 주며 잔잔한 미소를 머금었다.

"느긋하게 시간을 즐겨 봐. 라희가 처음으로 자신을 꺼내 보인 남자가 재민이니까. 나도 응원해 주고 싶어, 두 사람을."

신 여사의 그 진솔한 말 한마디에 재민의 가슴이 뜨겁게 번져 갔다. 재민은 고개를 들어 신 여사의 눈을 마주했고 거칠지만 따뜻한 신 여사의 손을 포근하게, 보드랍게 쓰다듬다 이내 천천히 완전히 감쌌다.

"라희가 유쾌한 어머니, 다정한 아버지 품에서 사랑받으며 자랐구나. 행복한 가정 속에서 자랐구나, 느껴져요. 앞으로도 라희가 행복할 수 있도록 제가 노력하고 아낌없는 사랑을 주겠습니다. 믿어 주세요, 어머니."

"고마워. 내게 믿음을 보여 줘서 참 고마워."

신 여사와 재민의 대화를 우연히 문밖에서 듣게 되었던 라희가 손으로 입을 틀어막으며 울음을 목 안으로 삼켰다. 라희의 투명한 눈에서는 굵은 눈물방울이 뚝뚝 떨어졌다.

숨죽여 끅끅거리고 있던 라희의 울음이 새어 나올 것 같았다. 눈물을 꾹 참고 가까스로 작은 방으로 들어가 주저앉아서 양손으로 얼굴을 덮어 흐느꼈다.

사랑하는 엄마, 그리고 연인에게서 이토록 사랑받고 있다는 그 감격은 감당하기 벅찼다.

✦　　✦　　✦

눈물로 범벅된 얼굴을 정리하고서 다시 방에서 나온 라희는 엄마가 있는 안방으로 슬며시 들어갔다.

재민은 그새 어디 갔는지 보이질 않았다. 라희는 신 여사의 옆으로 엉덩이를 붙이고 앉았다. 그러자 신 여사가 라희의 뺨을 어루만져 주었다.

"일어났어, 딸?"

"응. 재민 씨는?"

"호호. 장어에 복분자까지 먹었더니 힘이 주체 안 된다고 좀 뛰고 온다는데?"

"……어휴. 내가 못 살아."

피식, 뻘쭘한 웃음이 서려 나왔다. 장난기로 가득한 신 여사와 재민의 죽은 척척 잘도 맞아떨어졌다. 라희는 그 사이에서 하루 내내 시달렸더니 체력이 더욱더 고갈될 수밖에 없었다.

"그렇게 남자 보기를 돌같이 하더니, 제대로 진국인 남자를 만났네."

신 여사의 한마디에 라희가 쑥스러움이 묻은 미소를 지어 보였다.

"재민 씨가 마음에 쏙 들었나 보네?"

"당연하지. 듬직하니 정직하고 성격도 서글서글하고. 참 좋다."

"나도 정직하고 솔직한 점이 좋아. 차라리 입을 다물면 다물었지, 거짓말은 안 하는 사람이거든. 조금 짓궂긴 하지만 정말 나를 많이 아껴 주고 사랑받고 있음을 느끼게 해 줘."

신 여사가 흐뭇한 얼굴을 하고서 라희의 등을 보드랍게 쓸어 주었다. 딸이 행복해하는 모습을 보고 있는 것만큼 기쁜 일은 없었다. 지금처럼 이대로 웃으면서 행복한 시간만이 이어졌으면 하는 바람뿐이었다.

"재민이한테 가 봐. 겉옷도 안 입고 나갔으니까 점퍼 챙겨서. 추울 텐데 그냥 나가 버렸지 뭐니."

"응. 알았어."

라희는 재민의 패딩까지 껴입고 크게 부푼 몸으로 집을 나섰다. 시골의 밤 풍경과 맑은 공기는 그 어떤 것과도 비교할 수 없는 행복이자, 선물이었다. 서울에서는 느낄 수 없는 청량함.

그래서 라희는 엄마가 있는 이곳, 시골 마을로 왔다. 연차를 아껴 두었다가 몰아서 사용해야 하기에 쉽지 않은 발걸음이지만 그 이상의 행복을 전해 주기에 늘 찾게 된다.

"춥다."

라희가 추운지 손을 모아 입에 가져가 입김을 호호 불어 가며 비볐다. 그리고 눈동자는 재민을 찾아 바쁘게 움직였다.

고요하고 주황빛 가로등만 켜진, 운치 있는 시골길을 찬찬히 거닐던 라희의 발이 어느 순간 멈췄다. 게슴츠레 반쯤 뜬 눈에 힘을 주어 재민의 실루엣으로 보이는 인영을 빤히 쳐다봤다.

맘껏 뛰었는지 잠시 숨을 고르는 듯 어두컴컴한 드넓은 들판을 하염없이 바라보고 있었다.

무슨 생각을 하고 있는 걸까.

라희가 생긋 웃으며 재민을 향해 걸었다. 차분했던 발걸음이 점차 경쾌해지고 빨라졌다. 사랑하는 연인에게 가는 길은 언제나 설레었다.

빨라진 걸음은 어느새 뜀박질이 되었다. 두 사람의 거리가 좁혀질 때쯤 인기척을 느낀 재민이 라희를 향해 고개를 틀었다.

라희를 발견한 재민은 밤하늘을 반짝이는 별처럼 환한 미소를 가득 머금었다. 큼지막한 자신의 패딩 점퍼를 껴입고서 뛰어오는 라희가 귀여웠다.

재민은 제게 안기라는 듯 양팔을 활짝 벌리고서 그녀를 맞이할 준비했다. 라희가 배시시 웃으며 재민에게 매달리듯 와락 껴안았다. 재민이 라희를 안은 채 가볍게 들고서 한 바퀴 빙그르르 돌아 멈췄다.

"잠시만요! 하하."

라희는 몸이 붕 뜨는 느낌에 깜짝 놀라면서도 기분이 좋은지 유쾌한 웃음을 터뜨렸다.

그렇게 서로에게 몸을 맡기듯 밀착한 재민과 라희는 이마를 맞댄 채 똑같은 미소를 짓고 있었다.

그저 함께 있는 그 자체만으로도 좋았다. 아무런 잡생각이 들지 않는, 둘에게만 집중하게 되는 이 순간이 좋았다.

라희의 뺨을 다정한 손길로 어루만져 주는 재민이 살포시 그녀의 턱을 쥐어 입술을 포개었다. 보드랍고 달짝지근한 입술이 맞물려 서로의 온기를 느꼈다.

얌전했던 키스는 점차 입안을 파고들며 농도 짙게 깊어져만 갔다. 숨이 가쁘고 전신이 찌릿찌릿했다. 이골이 날 만큼 했던 키스였지만 언제나 설레고 떨어지기 싫었다.

뜨거운 키스가 몸의 열기로까지 번져 가니 겨울의 추위도 두 사람에게는 미지근하게 느껴졌다.

"피곤하지 않아요? 하루 내내 몸을 쉬지도 않고 움직였는데."

"전혀. 굉장히 즐거웠어. 게다가 스태미나 보양식까지 먹었는데 끄떡없지."

"못 말려."

"오히려 힘이 안 빠져서 잠이 안 와. 어쩌지?"

은근한 눈빛으로 자신을 내려다보며 유혹하는 재민에 라희는 밉지 않게 눈을 흘기며 검지로 그의 옆구리를 쿡 찔렀다. 재민이 킥킥거리며 라희의 등 뒤로 서서 품 안에 가두듯 안았다.

"매년 이렇게 내려와서 함께 하고 싶어. 그랬으면 좋겠다."

재민의 마음이 고스란히 라희에게로 스며들었다. 엄마와 하는 대화를 들어서일까, 그의 마음이 더 진하게 느껴졌다.

마치 재민에게서 프러포즈를 받는 기분이 들었다. 라희가 잔잔한 미소를 머금고서 자신의 감싸고 있는 재민의 팔을 살포시 쓰다듬었다.

"연이 닿을 때까지는 언제든 와요."

재민이 어쩐지 뚱해진 낯으로 라희의 정수리에 턱을 콕콕 찧었다.

"아야, 아파요."

"그 연줄, 내가 놓거나 끊을 리 절대 없어. 물론 당신도 못 놓게 내가 집요하게 감시할 생각이야. 각오해."

라희가 피식 웃었다. 라희는 조금은 조심스러운 마음으로 했던 대답이었는데, 그게 또 재민은 서운했나 보다.

"하여튼, 강압적이야."

"그래도 나 사랑하는 거 다 알거든?"

"참 나, 돗자리 깔아요."

"나도 미치도록 공라희 사랑하니까 쌤쌤이지."

"황송합니다, 우량주님."

"하하."

재민이 호탕하게 웃으며 라희를 안고 있는 그대로 흔들어 댔다. 라희가 어지럽다며 몸부림을 쳐 보지만, 재민에게 몸 전체가 꽉 잡혀 있으니 꼼짝달싹할 수가 없었다.

재민의 닫힌 입술이 씰룩쌜룩 일렁였다. 라희의 귓가에 대고 은밀하게 속삭였다.

"어머니는 부녀회장님 댁에서 주무신다고 단둘이 오붓하게 보내라고 하셨어."

"……!"

라희가 당황함과 민망함으로 얼굴이 화르르 달아올랐다. 미동조차 없는 라희의 굳어진 반응에 재민이 숨죽여 끅끅거리더니 이내 라희를 공주님 안기로 가뿐하게 번쩍 안아 들었다.

"꺄아! 뭐, 뭐예요!"

"체력 단련. 같이 달려 보자!"

"무섭단 말이에요!"

정말 한풀도 꺾이지 않는 체력. 짐승같이 무서운 기세로 논길을 달리는 재민이었다. 라희는 무서워 재민의 목을 껴안고 눈을 질끈 감았다.

마을이 떠내려가도록 목청껏 사랑한다고 외치는 재민에 라희는 눈을 부리부리하게 뜨고서 재민의 어깨를 내리치며 말렸다.

하지만 재민은 아랑곳하지 않고 한 번 더 크게 외쳐 댔다.

"사랑해!"

"조용히 해요!"

"사랑한다, 공라희!"

"현재민!"

먼저 일상으로 복귀하게 된 재민은 월요일 아침부터 정기 회의와 간부 미팅까지 일정이 줄줄이 빼곡했다. 정신없이 일정을 소화해 나가는 재민의 표정은 평소보다도 밝았다.

고창에서의 1박 2일이라는 비록 짧은 일정이었지만 재민에게 피로 따위는 없었다. 오히려 원기 회복을 하고 마음까지 평온하게 치유하고 오게 되었다.

라희도 없고 왠지 모를 갑갑함을 느낀 재민은 카페인이라도 섭취해서 졸음을 쫓아내려 옆 건물 카페로 들어왔다. 주문을 위해 계산대로 향하던 재민의 눈에 낯익은 뒷모습이 박혔다. 때마침 뒤돌던 인물. 피로에 찌들어진 얼굴을 하고 있는 진우였다. 진우도 재민을 알아보고서 먼저 말을 붙였다.

"어라? 커피 사러 왔냐?"

"그렇지. 넌 이제 들어오는 길?"

"어. 점심도 못 먹고 지나쳐서 배고파서. 밥을 먹기에도 시간이 어중간해서 그냥 치아바타랑 커피로 때우려고."

저녁 시간까지 얼마 남지 않았기에 밥을 먹기에도 어중간했다. 진우가 그나마 좋아하는 이 카페의 대표 메뉴인 불고기 치아바타와 커피로 허기만 달래려고 했던 것이다.

재민도 따뜻한 아메리카노를 주문했다. 원래라면 테이크아웃해서 옥상으로 갈까 했었는데, 진우를 만났으니 카페 테이블에서 마시려 했다.

누가 친구 아니랄까 봐서, 진우는 오물오물 복스럽게도 불고기 치아바타를 베어 물었다. 재민은 커피를 머금으며 맛있게 먹고 있는 진우를 구경삼아 지켜보고 있었다.

티슈로 입을 닦던 진우가 재민을 가만히 쳐다보다니 넌지시 툭 던졌다.

"어째 혈색이 좋다? 라희 씨 집에서 뭐 얼마나 좋은 걸 먹었기에."

"몸보신 제대로 했지. 내 인생 최고의 밥상을 받았는데, 와 지금도 눈에 아른거린다."

"뭔데. 뭐 먹었는데?"

"김장 김치에 수육, 민물장어에 복분자주, 바지락이랑 대하로 회무침 해서 먹어 봤냐? 내가 여러 음식을 먹었지만 그렇게 맛있고 감동적인 음식은 처음이었다."

"하? 부럽다."

진우가 정말로 부럽다는 듯 바라보며 자신도 모르게 입맛을 다셨다. 평소 자주 즐겨 먹던 치아바타인데 어쩐지 오늘따라 하찮게 느껴졌다.

"참. 아파트 알아봐 달라고 했던 거 말이야."

"아, 괜찮은 매물 있대?"

"어. 아버지 눈에 괜찮은 매물 세 곳 사진 보내 주셨는데 이따가 내가 메일로 보내 놓을 테니까 한번 봐봐."

"고마워."

전에 진우의 아버지께 라희와 지낼 신혼집 매물을 알아봐 달라고 부탁드렸다. 그 소식에 재민의 표정이 한껏 상기되었다. 벌써부터 설레는 이 감정을 주체하지 못하겠다.

그때 재민의 휴대폰 화면이 켜지며 벨소리가 울렸다. 테이블 위에 놓여 있던 휴대폰을 쥔 재민은 라희의 전화라는 걸 확인하자마자 입이 귀까지 닿을 정도로 환한 미소를 머금고서 전화를 받았다.

"어. 희야."

"푸읍! 켁!"

"……"

커피를 머금던 진우가 커피를 분수처럼 내뿜으며 콜록거렸다. 그러자 재민이 얼굴을 일그러뜨리며 언짢은 듯 진우를 노려봤다.

티슈로 뿜은 커피 자국들을 닦아 내는 진우가 소름이 돋는다며 부르르 몸을 떨었다. 재민의 닭살스러운 목소리와 라희를 향한 애칭을 스스럼없이 내뱉는 그 진귀한 상황을 본 적이 없으니 순간적으로 당황한 것이다.

진우의 오두방정에 결국은 재민이 다리를 뻗어 정강이를 걷어차 버렸다.

"아악! 너 진짜!"

차인 정강이를 부여잡고서 원망을 담은 눈으로 재민을 노려보지만, 재민은 조용히 하라는 듯 검지를 입술에 가져다 댔다. 그러곤 다시 상냥한 얼굴로 라희와의 통화를 이어 갔다.

—방금 상무님 목소리 아니었어요? 바쁘면 이따 다시 전화할게요.

"아냐. 별거 아니야."

'별거 아니라니! 저 가식적인 놈!'

진우가 속으로 재민을 잘근잘근 씹어 댔다. 재민은 이미 라희와의 통화에 빠져 진우는 뒷전이었다.

—안마 의자 뭐예요? 갑자기 배달 왔다면서 지금 설치 중이에요.

"아 오늘 배송 예정일이었지, 참."

—어휴. 말이라도 좀 미리 해 줬으면 좋았잖아요. 얼마나 놀랐다고요.

"선물. 내 마음."

—재민 씨 마음은 알겠는데 말이라도 해 줬으면 어느 정도 나도 대응을 했을 거잖아요. 나랑 엄마 읍내 나가려고 했는데 갑자기 배달 왔다고 설치부터 하는데 멍해져 가지고.

"하하."

당황했을 라희의 표정과 반응이 상상되니 재민은 절로 웃음이 터져 나왔다. 전화 통화로 목소리만 들어도 좋아 어쩔 줄 모르는 재민은 누가 봐도 사랑에 푹 빠진 남자의 모습이었다.

—고마워요. 엄마도 고맙다고 전해 달래요.

"고맙긴. 내가 더 고맙지. 어머니께 사랑 듬뿍 받고 왔는걸. 갑자기 방문해서 놀랐을 텐데도 예쁘게 봐 주셔서 정말 행복했어."

—마을 회관에까지 안마기 두 대씩이나 놔주고. 이장님이랑 부녀회장님이 고맙다고 난리세요. 다음에 재민 씨 내려오면 아예 마을 잔치 거하게 해 주신다고 하는데요?

"우와, 정말이야?"

—응. 돼지 한 마리 잡을 거래요.

"벌써 기대가 되는데? 다시 내려갈까?"

—하하. 참아 주세요, 우량주 님.

안마기 신제품 출시와 동시에 큰 이벤트가 현재 진행 중이었다. 많은 공을 들인 만큼 재민도 자신할 수 있었다. 최상의 기능이 탑재된 안마기를 라희의 마을 어르신들을 위해 마을 회관에 두 대, 그리고 신 여사의 집으로 한 대를 선물했다. 재민은 오늘 안마기가 배송 설치될 거라 알고는 있었지만, 아침부터 눈코 뜰 새 없이 바빴던 터라 그새 깜박

했었던 것이다.

라희와 신 여사는 재민의 마음이 담긴 선물을 받게 되어 감동했고 고마워했다.

―사랑해.

수줍음이 담긴 사랑한다는 라희의 음성에 재민의 얼굴이 화사하게 변했다. 라희에게 사랑한다는 말을 듣는 건 언제나 심장이 떨리고 행복하다. 그 목소리를 곱씹다 미소를 머금었다.

"나도. 사랑해. 보고 싶다."

―며칠 뒤에 보니까 참아요.

"애가 닳아. 저녁에 영상 통화 걸 테니까 미리 밥 먹고 대기하고 있어."

―네! 기다리고 있을게요. 이따 봐요.

진우가 경악스러운 얼굴을 하고서 참다 참다 결국은 구토하는 시늉을 보였다. 마치 극심한 알레르기가 올라온 것처럼 방정맞게 몸을 들썩이면서 말이다.

"우웩! 속이 니글거리네!"

"……."

라희와 아쉬운 통화를 마친 재민이 날을 세운 눈으로 진우를 노려보다가 이내 고개를 저으며 자리에서 일어섰다.

"다 처먹었으면 그만 일어나. 아직 업무 시간이다."

"비정한 놈."

17장
흔들리지 않을 것이다

신 여사의 건강 검진 일이었다. 무사히 신속하게 모든 검사를 마칠
수 있었다.

"엄마. 고생했어. 힘들었지?"

"라희 네가 고생했지. 병원에서 몇 시간을 기다리고 있는 게 얼마나
진이 빠지는데."

"아니야, 전혀. 그만 가자."

"그래."

담당 의사도 만나 특별히 문제 될 만한 이상은 없다는 소견도 듣고
나오게 되어 라희도 신 여사도 한시름 놓게 되었다. 이제는 일주일 뒤,
가벼운 마음으로 최종 결과만을 기다리면 된다.

라희가 신 여사와 팔짱을 끼고서 병원 로비를 지나 출입구로 향했
다. 마음이 홀가분하니 두 사람은 이런저런 대화를 나누었다. 이야기를
하며 가벼운 웃음소리도 함께 나왔다.

자동문이 열리고 완전히 병원 건물 밖을 나왔다. 그때 기다렸다는
듯 재민이 운전석을 박차고 성큼성큼 뜀걸음으로 다가섰다.

"어머니!"

신 여사를 유쾌하게도 부르며 앞에 선 재민의 얼굴은 싱글벙글 즐거워 보였다. 재민의 등장에 신 여사와 라희의 눈이 동그랗게 뜨였다. 그것도 잠시, 신 여사는 인자한 미소를 보이며 재민의 등을 쓰다듬어 주며 반겼다.

하지만 라희는 못 말린다는 듯 고개를 절레절레 흔들며 작은 실소를 흘렸다.

그럴 만도 했다. 분명히 재민에게 따라올 필요 없다고, 오지 말라고 신신당부했음에도 불구하고 기어코 찾아와 대기하고 있었던 것이다.

"내가 못 살아. 오지 말라고 했잖아요."

"차갑긴. 그냥 반겨 주면 안 돼?"

눈을 흘기며 핀잔을 주는 라희에게 재민은 대놓고 서운하다는 티를 팍팍 냈다. 시무룩한 얼굴에 입술을 삐죽거리며 신 여사에게로 고개를 돌려 도움의 눈빛을 반짝거리며 보냈다.

"어머니."

"밥은 먹었고? 오늘 일정 빡빡하다고 했는데 무리해서 온 건 아닌가 싶어서 라희가 뿔이 났나 봐."

"사랑을 과격하게 표현하는 게 라희 매력이긴 하지만 이렇게 나오면 가끔 상처받아요."

"재민 씨."

라희가 부드럽게 재민을 불러 보지만, 이미 재민은 기가 죽었다.

다른 것도 아니고, 어머니 건강 검진인데. 그렇게 말하면 내가 뭐가 돼.

잔뜩 삐쳐 꿍얼거리는 모습을 보니 상처를 많이 받았나 보다. 그래도 엄마 앞에서 너무 무안을 줬나. 라희는 그런 의도로 한 게 아닌데 괜히 미안해졌다.

신 여사는 재민과 라희의 티격태격하는 모습이 그저 귀여워 푸근한 미소로 두 사람을 쳐다보게 되었다.

"어머니. 식사하셔야죠. 제가 모실게요."

575

"아니야. 검사받느라 일찍부터 몸을 움직여서 그런지 입맛이 없네. 가서 좀 누워야겠어."

"그럼 제가 모셔다 드릴게요."

신 여사는 고개를 내저으며 재민의 호의를 거절했다. 그리고 라희의 등을 톡톡 두드리며 말했다.

"라희 데리고 가서 밥 좀 먹여 줘. 라희도 바로 회사 들어가 봐야 한다고 해서 따로 택시 타고 가려고 했거든."

"그래요, 재민 씨. 엄마 택시 태워 보내기로 했어요. 나도 회사 들어가 봐야 하니까."

라희가 덧붙여 설명하자 재민이 고개를 끄덕였다. 그러곤 신 여사의 손을 잡고서 대기 중인 택시 승차장으로 안내했다. 뒷좌석 문을 손수 열어 주자, 신 여사가 작게 고개를 끄덕여 고마움을 표시하고 택시에 올라탔다.

"그럼 어머니, 푹 쉬시고 저녁에 컨디션 괜찮아지시면 저녁 식사 같이해요."

"그래. 고마워."

"엄마, 비밀번호 기억하고 있지?"

"응. 알아."

"도착하면 전화하고."

"알았으니까 그만 문 닫아."

신 여사가 그만 가 보라며 휘이휘이 손을 내저었다. 귀찮아하는 엄마의 표정과 행동에 라희가 풋, 하고 웃었다. 그리고 택시 기사에게 자신의 집 주소를 얘기하며 잘 부탁한다는 말을 끝으로 택시 문을 닫았다.

택시가 출발하여 서서히 멀어져 갔다. 재민은 라희의 허리에 팔을 두르며 제 곁으로 붙여 세웠다. 그러자 라희가 고개를 옆으로 기울이며 재민을 향해 시선을 올렸다.

"기어코 오셨네. 진짜 말 안 듣는다."

"잔소리는 거절할게."

"허! 이게 잔소리에요?"

라희가 뾰족한 눈으로 발끈하자, 재민이 씨익 웃으며 자신의 차로 이끌었다.

"공복에 싸울 힘도 없을 텐데, 일단 밥부터 먹고 나한테 쏟아 내."

"어이없어. 나 혼자 싸우는 시시한 싸움은 안 합니다. 손 떼요!"

"귀엽긴."

"……저 소름 돋았어요."

"쓰읍. 어서 타."

동 시간, 같은 공간에 현 회장이 세 사람을 지켜보고 있었다. 신 여사의 건강 검진이 이뤄진 병원의 병원장과는 사회에서 만난 친구였다. 현 회장이 병원을 찾아 병원장과 잠깐의 시간을 보내다가 마침 점심시간이라 식사를 하기 위해 내려온 것이었다.

재민의 자동차를 먼저 발견하게 된 현 회장이 무슨 일로 병원을 찾은 건지 갸우뚱하다가도 곧 라희와 신 여사가 나오면서 재민이 뛰어가는 것을 보게 되었다.

'저 녀석……!'

순식간이었다. 현 회장의 얼굴이 험악하게 일그러졌다. 세 사람의 대화는 들리지 않았다. 하지만 현 회장은 단번에 알아차릴 수 있었다. 중년의 여자는 라희의 엄마라는 걸.

재민이 언제 라희의 부모에게 인사까지 드렸던 것인지. 현 회장의 심기가 굉장히 언짢아졌다.

현 회장의 시선에서 신 여사는 등을 지고 있어 얼굴을 제대로 볼 수 없었다. 간간이 옆모습이 스리슬쩍 보였지만 완연하게 확인되지는 않았다.

생각이 많아진 현 회장이 우두커니 서서 세 사람에게 시선을 고정하고 있었다. 그때 두어 걸음 앞서 걷던 병원장이 현 회장의 인기척이 느꺼지질 않아 뒤로 돌았다.

"이보게, 현 회장. 뭘 그렇게 보고 있나?"

"어? 아, 아니네. 그만 가지."

현 회장이 애써 화를 누르며 세 사람에게서 시선을 거두었다.

'현재민. 아무래도 너무 풀어 줬던 것 같군.'

✤　　✦　　✤

복귀한 지 사흘째. 자리를 오래 비웠던 만큼 밀린 업무를 처리하느라 라희는 눈코 뜰 새 없이 바쁘게 움직였다. 하지만 회사와 여가 시간에는 재민의 위로와 사랑으로, 집에선 엄마의 손맛이 담긴 맛있고 건강한 식사와 토닥임을 받았다. 그래서 라희는 전혀 힘에 부치거나 피로함 따위 느끼지 못했다.

자료실에 들렀다가 나온 라희가 태블릿으로 시선을 내린 채 복도를 느릿하게 걸었다. 엘리베이터 버튼을 무심하게 눌러놓고 기다리는 동안에도 기기에서 시선을 떼지 못했다.

딩동.

엘리베이터가 도착했다는 알림 음과 함께 서서히 문이 열렸다. 그제야 고개를 든 라희가 엘리베이터에 오르려다 순간 멈칫했다.

엘리베이터 안에는 존재 자체만으로도 카리스마를 느낄 수 있는 현 회장이 탑승해 있었다.

현 회장 역시 라희와 마주칠 줄 몰랐다는 듯 눈이 미세하게 커졌다가 이내 다시 근엄한 표정으로 고쳐졌다. 그러곤 엘리베이터 문이 닫히지 않도록 열림 버튼을 눌렀다.

라희는 현 회장의 세심한 배려에 감사함을 느끼며 허리를 굽혀 정중히 인사했다.

"안녕하십니까, 회장님."

현 회장은 고개를 작게 끄덕이며 인사에 답하며 라희를 지그시 쳐다봤다.

"올라갈 거면 어서 타세요."

"네."

저절로 긴장하게 되는 라희가 아차 싶었는지, 현 회장의 말에 즉각 반응했다. 엘리베이터에 올라탄 라희가 현 회장의 왼쪽으로 적당한 거리를 두고서 앞을 보고 섰다. 그리고 사장실이 있는 층의 버튼을 눌렀다.

스르륵, 문이 닫히면서 엘리베이터가 다시 운행되었다. 침묵만이 흐르는 공간. 기계 작동 중인 소음만이 잔잔하게 들려왔다. 현 회장이 무미건조한 낯으로 라희에게로 고개를 틀었다.

"……!"

현 회장은 순간 머리를 세게 얻어맞은 듯한 충격을 느꼈다. 머리부터 발끝까지 전기가 찌르르 흐르는 것처럼 미세하게 몸이 떨렸다. 현 회장은 힘이 들어간 경계의 눈으로 라희를 빤히 쳐다보았다.

근엄과 카리스마로 장착되어 있던 현 회장의 얼굴을 사색으로 만든 이유는 라희의 옆모습을 처음 보는 순간, 과거 재민을 고통스럽게 했던 한 여자의 얼굴이 거짓말처럼 겹쳐 보였기 때문이었다.

시선을 느낀 라희가 조심스럽게 고개를 들다가 살짝 현 회장에게로 몸을 틀었다.

'후우. 괜한 기억이 떠올랐군.'

라희의 얼굴을 정면으로 또렷하게 보니 현 회장은 살짝 경직되어 힘을 주고 있던 몸이 스르르 풀어졌다. 그러곤 현 회장이 먼저 말문을 열었다.

"현 사장은 자리에 있나요?"

"아뇨. 사장님께선 현재 상무님과 동행하여 무원 프라자 본점 숍에 방문 중이십니다. 3시쯤 귀소 예정이십니다."

또박또박, 듣기 좋은 높낮이의 음성으로 대답하는 라희에 현 회장이 느릿하게 고개를 끄덕였다. 참 이상했다. 옆모습에 순간 분노가 끓어오

579

르다가도 싱그럽게 미소 짓는 정면의 얼굴을 보게 되니 가슴이 묵직해지는 묘한 기분을 느꼈다.

현 회장은 생각보다 머릿속도 감정도 복잡해졌다. 물론 얼굴에선 전혀 티를 내지 않았기에 라희가 현 회장의 지금의 감정을 읽을 수가 없었다.

"시간 괜찮다면 전에 마셨던 민들레차 한 잔 맛볼 수 있나요?"

"영광입니다. 그럼 사장실로 모시겠습니다. 불편하시면 회장실로 제가 차를 준비해서 올리겠습니다."

"그런 수고까지 내가 불편하니까 사장실에서 마시는 게 좋을 거 같군요."

"알겠습니다. 회장님."

현 회장은 예전에 라희가 대접했던 민들레차를 기억하고 있었다. 솔직히 말하자면 차를 마시고 싶다는 건 핑계일 뿐이었다. 라희에게 할 얘기가 있었던 것이다.

며칠 전 신 여사와 재민이 아주 친밀한 관계로 보였던 장면을 확인하게 되면서 어쩐지 조바심이 났던 거였을 거다. 이왕 라희와 마주친 김에 현 회장은 대화로 맞서보려 했다.

정성스럽게 민들레 찻잎을 우려 재민의 업무실로 들고 들어왔다. 그리고 앤티크한 찻잔을 현 회장의 앞으로 조심스럽게 내려놓았다.

"회장님. 민들레차입니다."

"고마워요."

현 회장이 찻잔을 들어 호로록 한 모금 머금었다. 은은하게 퍼져 나가는 민들레의 향긋함이 입 안 전체를 물들였다. 현 회장은 차 맛이 좋았는지 만족스러움이 낯에 고스란히 드러냈다.

현 회장이 이내 찻잔을 내려놓으며 서 있는 라희에게로 시선을 들었다.

"잠깐 앉아서 얘기 좀 할 수 있을까요?"

"네. 회장님."

라희는 전혀 당황스러워하지 않았다. 올 것이 왔다는, 아니 오히려 많이 늦었고 현 회장이 꽤 오래 지켜보고 고민했었음을 본능적으로 알 수 있었다. 라희는 잔잔한 미소를 머금고서 현 회장의 맞은편으로 허리를 곧게 세우고서 바른 자세로 앉았다.

그녀는 현 회장이 따뜻하고 다정한 인간미 넘치는 사람이라고 느꼈다. 자신이 생각하고 있는 게 틀린 거라면 소속된 일개 직원에게 이토록 정중하고 예의를 보이며 대하지는 않았을 거다. 본 성격이 아니라면 분명 쉽지 않았을 거다.

무엇보다도 앞으로 후계자로 앉을 하나뿐인 아들의 여자에게는 더더욱 거칠고 민감하게, 말보다는 행동으로 움직였을 테니까.

담담해 보이는 라희의 표정이 현 회장은 인상 깊었다. 보통은 회장이라는 자신의 앞에선 움츠러들어 소극적이거나, 필요 이상의 과도한 액션으로 본인을 어필하려는 사람. 이렇게 딱 두 종류의 사람들로 나뉘었었다.

"찻잎을 떫지 않게 깔끔하고 향도 해치지 않고 우려내기 힘든데. 솜씨가 굉장하군요."

"과찬이십니다."

찬사와 같은 칭찬을 현 회장에게 듣게 될 줄이야.

라희는 조금은 부끄러운 낯으로 겸손하게, 그렇다고 스스로 자신을 낮잡지는 않게 감사의 뜻을 담아 대답했다.

"차까지 마셔 놓고 이제 와서 하는 말이지만, 현 사장도 없는데 무작정 차를 마시겠다고 따라붙어선 곤란하게 한 거 같다는 생각이 드는군요."

"전혀 그렇지 않습니다. 사장실을 찾아 주신 것만으로도 기쁩니다. 사장님이 계셨다면 더 좋으셨을 텐데, 보고 싶으셔서 한 번씩 내려오셨죠?"

"……그건."

현 회장이 흠칫했다. 예상 밖의 얘기를 듣게 될 줄은 몰랐다. 라희가 어떻게 그걸 알고 있었는지 놀라우면서도 한편으로는 민망했다.

당황함이 묻어나는 현 회장의 얼굴, 라희는 따뜻한 아버지의 모습인 것 같아 참으로 보기 좋았다.

현 회장이 헛기침으로 머쓱함을 떨쳐 보려는 듯 보였다.

"회장님께서는 참 따뜻하신 분이세요."

따뜻한 사람이라. 예상하지 못한 말이 라희의 입에서 나왔다. 자신의 무엇을 보고 따뜻한 사람이라고 확신하듯 말하는 것일까. 현 회장은 왠지 모를 의아함으로 고개를 갸웃거렸다.

그것도 잠시, 현 회장은 본격적으로 자신이 하고자 하는 얘기를 꺼내기 위해 라희를 응시하며 입을 열었다.

"보아하니 공 비서님 성격도 그렇고 나 또한 마찬가지고, 빙빙 둘러서 말하는 성격은 아닌 거 같은데."

"잘 보셨습니다. 맞습니다."

"그럼 무원그룹 회장이 아닌, 재민의 아버지로서 단도직입적으로 묻겠습니다."

현 회장의 눈매가 조금 전과는 확연히 달라져 있었다. 강압적이지는 않지만, 본래의 매서운 눈매가 짙어졌다.

라희는 왜인지 현 회장이 압도적인 카리스마로 자신을 누르는 것만 같았다. 현 회장의 기운에 움츠러들었다. 언제나 위풍당당, 꿋꿋하게 주눅 드는 법이 없던 라희였지만, 지금 상황에서는 달랐다. 자신을 재민의 짝으로 탐탁지 않음을 느끼고 있는 이상, 현 회장 앞에선 무너질 수밖에 없었다. 게다가 현 회장이 먼저 자신을 찾아 말을 꺼낸다면 자신감 하락, 그 이상으로 소극적일 수밖에 없었다.

"재민이와는 이쯤에서 멈춰 줬으면 해요. 재민이 역시 내가 이럴 거라는 걸 알면서도 고집부리고 반항하고 있는 겁니다."

예상했던 말이었음에도 라희는 가슴이 욱신거렸다. 그만큼 재민에 대한 사랑이 깊고, 진심이었으니까 당연했다. 그와 함께 있을 때면 행복한 그 시간에 빠져 머릿속에서 지워지는 그 불안감. 하지만 늘 가슴 한편에는 불안감과 두려움, 끝이라는 그 감정을 항상 자리하고 있었다.

이렇게 현 회장과 부딪치게 되는 날이 다가오니 라희는 각오하고 있었음에도 자꾸만 울컥하게 됐다.

슬펐다. 라희의 옅은 미소가 점차 아픔으로 번져 갔다. 감정을 드러내지 않으려 주먹을 말아 쥔 손에 힘을 줘 보지만 좀처럼 힘이 들어가지 않았다. 떨림이 멈추질 않았다.

무슨 말이라도 하고 싶었다. 하지만 닫힌 떨리는 입술을 떼어 내기가 힘겨웠다. 아니, 자신의 의지대로 벌어지질 않았다.

어떠한 대답을 해야 할지 모르겠다. 자신의 대답으로 재민이 힘들어할 수도 있고, 반대의 대답으로 현 회장의 분노를 일으켜 아버지와 아들 관계를 비틀어 버릴지도 모르니까.

두 가지의 답 중에 라희는 자신이 선택해야 할 그 대답이 평생 풀었던 문제 중에서 가장 어려운 문제였다.

"공 비서님 탓을 하려는 것도 아니고, 공 비서님이 부족하다는 뜻은 아닙니다. 다만."

다만.

말을 이어 가려다가도 현 회장이 잠시 머뭇거렸다. 현 회장이 마음을 안정시키려는 듯 얕은 호흡을 내쉬며 다시금 말을 이어 나갔다.

"다만, 그냥 보통의 감정. 비즈니스적 감정의 혼인이 이뤄졌으면 하는 게 내 바람입니다. 재민이는 곧 내 자리로 올라 올 겁니다. 그러면 더 많은 언론 노출과 가십거리고 수시로 입에 오르내릴 테죠. 보통의 여자라면 옆에서 버티기 힘들 겁니다. 익숙하고 몸에 밴 상대와의 혼인자가 재민이를 밀어 주고 서포터해 줄 거고요."

반박 불가였다. 현 회장의 말들이 비수처럼 꽂혔지만 라희가 생각해도 모두 옳은 말이었다. 자신이 대기업 회장이 될 남자의 곁에서 과연 잘 케어하며 내조를 해 줄 수 있는 그릇이 되는지, 라희는 본인의 그릇의 크기를 너무나도 잘 알았다.

'이제야 내 주제를 깨닫게 되는구나. 공라희, 바보 같아.'

허탈하고 공허했다. 그리고 씁쓸하고 부끄러웠다.

"한번 사랑이라는 감정에 휘둘리면 녀석은 간이고 쓸개도 다 내주면서까지 집요하게 물고 늘어집니다. 자신을 배반하고 이용하고 버려지고 배반하게 되면 그래도 못 놓고 절망과 고통으로 망가져 버리고. 주저앉아 버리면 쉽게 일어서지 못하는 나약한 녀석, 극과 극이죠."

현 회장의 아들을 향한 애틋한 마음이 느껴졌다. 그래서 더욱 라희는 어떻게 해야 할지 생각이 깊어졌다.

재민을 생각한다면 무조건 답은 하나이다. 하지만 현 회장의 부성애에 라희는 이것대로 마음이 아팠다.

"재민 씨, 많이 아팠나요? 강해 보여도 섬세하고 정도 많은 사람이라, 혼자서 많이 아파했을 거 같아서 가슴이 아파요."

라희의 목소리가 적잖이 젖어 있었다. 라희가 겨우 내뱉은 말은 재민이 혼자 아픔을 견뎌 냈을 그 안타까운 나날의 감정을 걱정하는 물음이었다.

안쓰러움과 걱정, 자신이 더 아픈 얼굴을 하고서 묻는 라희를 가만히 응시하는 현 회장의 동공이 슬며시 확장되었다. 아마 아들을 향한 그녀의 진심을 느꼈을 테니까.

라희라면 믿어 봐도 되지 않을까, 하는 약해지는 마음이 꾸물꾸물 피어오르다가도 이내 다시는 반복하고 싶지 않은 과거의 아픈 상황을 아예 차단해 버리겠다며 재차 마음을 다잡았다.

"아주 겁도 없는 영악한 여자가 있었죠. 재민이는 물론, 우리 기업까지 잡아먹으려고 했던……. 구속 직전에 미꾸라지처럼 해외로 도주하는 바람에 아직도 수배 중이죠. 인터폴 요청까지 해서 수사 공조 요청을 했지만, 그 나라 법 때문에 협조가 쉽지 않아요. 기소 중지가 되어 있으니 언젠가는 잡힐 겁니다. 한국 들어오는 즉시 체포될 거니까."

"……!"

상상 그 이상을 넘어선 아주 큰 사건이었다. 라희는 이토록 큰 사연이 있었을 줄은 전혀 예상 못했었다. 재민이 자신에게 마음의 문을 일찍 연 편이었지만, 왜 그토록 여자라면 경기를 일으키며 거부하고 내치려고 했는지 이제야 라희는 이해가 되었다. 결단코 작은 사건이 아니었다.

워낙 청렴하고 바른 청년. 한 번 정을 주면 내치지 못하는 성격이었던 재민은 첫사랑인 여자에게 완전히 빠지게 되었다.

여자는 작정하고 재민을 유혹했다. 재민이 걸려들었을 땐 아예 손에 쥐고 가지고 놀 듯 조종하고 세뇌를 시킬 정도였다.

바쁜 현 회장이 집에 없는 날이 많았기에 틈만 나면 재민의 집으로 들이닥치며 눌러앉았던 여자는 계획했던 때를 기다려 현 회장의 인감과 중요 문서들이 있는 금고를 털었다. 그렇게 손에 넣은 것들을 들고 곧장 도망가 버렸다.

여러 금융 기관에서 대출, 그리고 사채까지 모조리 끌어와 어마어마한 돈을 챙겨 잠수 타 버렸다.

하지만 현 회장의 발 빠른 대처로 경찰에 신고했다. 수사가 진행되면서 검찰에 영장을 청구했고, 송치만 남은 그때, 여자는 위기감으로 은밀하게 해외로 도주해 버리게 되었다.

현 회장의 눈매가 그 어느 때보다도 칼날같이 매서웠다. 그만큼 지금도 그때의 일을 떠올리면 분노가 치솟았다. 그 여자가 검거되는 그날까지는 아마도 트라우마로 시달릴 것이다.

눈시울이 붉어져 촉촉해진 라희의 눈동자. 현 회장은 그쯤에서 이야기를 멈추며 시선을 아래도 내렸다. 라희의 눈을 마주치기가 왜인지 힘들었다.

그렇게 잠시 침묵이 흘렀다. 호흡의 소리조차도 들리지 않을 만큼 고요했다. 그래도 매듭은 지어야 할 거 같아 현 회장이 더운 한숨을 내쉬며 고개를 들었다.

"진지한 감정일수록 더 빨리 끝맺었으면 해요. 그래야 조금이라도 서로가 덜 아플 테죠."

라희가 눈꺼풀을 천천히 내리감으며 마른 침을 삼켰다.

"상처받는 건 재민이도, 공 비서님도 똑같을 겁니다. 잔인한 얘기일 거라는 건 나도 잘 압니다. 하지만 이렇게 상처를 주는 부탁을 하게 되니 나 역시 마음이 좋지만은 않고요. 뭐, 믿을 진 모르겠지만 말이죠."

아프고 상처가 될 수 있었다. 하지만 현 회장의 언행은 품위 있었다. 이래서 자수성가로 한국을 대표하는 기업으로 끌어올릴 수 있었음을 알 수 있었다.

"차를 마시고 싶다고 핑계를 대서 이런 모진 말을 하게 된 거 미안하게 생각합니다."

"아닙니다……."

"하지만 차는 정말 맛있었습니다. 그럼 이만 일어서지요."

현 회장이 마지막 한마디를 끝으로 자리에서 일어섰다. 그러자 라희도 소파에서 일어났다.

'이상해. 찝찝한 이 마음은 대체 뭐냐고.'

현 회장이 이상 모호한 찝찝함으로 가슴이 따끔거렸다. 왜 때문에, 무슨 감정이 현 회장을 끌어당기는 것인지, 알 수가 없었다.

현 회장이 사장실 문 쪽으로 향하다가도 이내 발을 멈췄다. 그리고 다시 뒤돌아섰다.

현 회장의 인기척에 라희는 힘겨운 낯을 억지로 지우며 현 회장을 바라봤다.

무슨 할 말이 더 남았을까? 아니면 자신에게 들어야겠다는 대답을 지금 당장 듣겠다고 할까?

라희는 쿵쿵 가슴이 널뛰었다. 시간을 갖고 싶었다. 아니, 꼭 필요했다. 하지만 현 회장의 입에서 나온 말은 그녀가 전혀 생각지 못한 말이었다.

"이렇게 고약하고 강압적인 내가 아직도 따뜻한 사람으로 보이나요?"

현 회장의 물음에 라희는 울어도 모자랄 판에 오히려 포근한 미소를 그렸다. 현 회장은 제게 미소를 보이는 라희에 오히려 의아할 뿐이다.

"네. 따뜻하시고 다정하세요."

라희의 똑같은 대답과 투명한 웃음. 바보 같다고 해야 할까. 현 회장의 표정이 놀라움이 더해져 굳어지게 되었다.

"모두 다 사장님, 재민 씨를 사랑하시기 때문이잖아요. 사랑하는 아들이 상처받고 고통스러워하는 모습을 보고 싶지 않으신다는 뜻이니까요."

"……."

"그리고 저에게도 상처가 될까, 아버지의 마음으로 최소한으로 다치지 않게 대해 주셨으니까요. 하찮게 낮잡아 보시면서 모욕을 주시지 않으셨지요. 회장님께선 품위 있고 다정하셨습니다."

현 회장은 순간 머리를 한 대 얻어맞은 것 같은 충격이었다. 라희의 듣기 좋은 목소리로 대답하는 말의 온기가 따뜻했다.

'공 비서라는 여자, 대체 정체가 뭘까?'

현 회장이 혼란스러운 듯 보였다. 복잡 미묘함이 낯에 고스란히 드러났다. 더 이상 말을 잇지 못하는 현 회장이 그렇게 넋을 놓고 있다가도 이내 고요히 뒤돌아섰다.

✦　　　✦　　　✦

멍한 표정 그대로 재민의 업무실에서 나온 현 회장이 비서의 공간을 지나쳐 사장실 문을 철컥 열었다. 열린 문 사이로 몸이 바깥으로 나오자마자 현 회장과 막 외근을 마치고 돌아온 재민이 정면으로 맞닥뜨리게 되었다.

"……!"

재민이 당혹스러운 표정으로 현 회장과 마주했다. 그럴 만도 했다. 현 회장의 사장실 방문은 그다지 흔치 않은 일이었으며 갑작스러운 방문은 더더욱 없었으니까.

무엇보다도 현 회장의 무겁고 미간이 깊게 파인 표정으로 나오는 걸 보니 어쩐지 불길한 기운이 재민을 목을 옥죄는 듯했다.

'라희……'

그 이유는 바로 라희. 혼자 사장실을 지키고 있을 라희에게 현 회장이 분명히 좋은 말을 내뱉진 않을 거라고 예상되었기 때문이다.

현 회장이 슬슬 움직이고 있음을 재민은 이미 본능적인 감으로 느끼고 있었다.

찜찜했었다. 라희의 집 고창으로 내려갔던 날 눈에 밟히는, 기분 나쁜 그 자동차로 확신할 수 있었다.

재민은 라희를 향한 불안과 걱정만으로 마음이 급했다. 하지만 현 회장을 무시하고 사장실로 들어갈 수는 없었다. 그는 차분하게 자기 자신을 다독거리며 현 회장을 똑바로 응시했다.

"연락이라도 주셨으면 회장실로 찾아뵀을 텐데요. 외근 중이었습니다."

딱딱하게 굳은 얼굴과 차갑고 언짢음이 고스란히 배인 목소리. 현 회장은 자신을 향한 경계와 불신으로 가득한 재민의 눈동자가 마음에 들지 않는다는 듯 인상을 찌푸렸다.

"급하신 용무 없으시면 이만 들어가 보겠습니다. 당장 처리해야 할 업무가 남아서 말입니다."

"……."

현 회장이 막아서고 있는 사장실 문으로 가려 재민이 현 회장의 옆으로 비켜섰다. 그러곤 문고리로 손을 뻗으려던 순간, 현 회장의 한마디에 재민의 손이 공중에 뜬 상태로 움직임을 멈췄다.

"공 비서를 택한 이유. 네가 마음을 준 이유가 혹시 그 여자와 닮은 얼굴이었던 거냐."

아니라는 걸 알면서도 현 회장은 자신에게 반항하는 재민을 일부러 자극하기 위한 질문을 던진 것이었다. 그리고 그건 확실한 재민의 진심을 알고 싶어서이기도 했다.

재민의 손이 파들파들 떨려 왔다. 속에서부터 끓어오르는 분노를 억

누르려 힘을 주어 주먹을 꽉 쥐었다. 재민은 느릿하게 현 회장을 향해 몸을 틀었다.

"왜. 아니라고는 당당하게 말 못 하겠다는 건가?"

"틀리셨습니다. 자연스럽게 서로에게 이끌렸고 사랑하게 된 겁니다. 함부로 판단하지 마시죠."

"……뭐라?"

재민의 뾰족한 가시와 같은 반박에 현 회장의 눈살이 찌푸려졌다. 꽤 강하게 잘라내 버리는 공격성에 현 회장은 괜스레 더 마음이 비틀렸다.

"제 마음보다도 제가 사랑하는 여자. 라희의 순백의 마음까지 더럽히지도, 상처 내지 마십시오. 못 참습니다, 이제 저도."

"못 참겠다라. 그렇다면 어쩔 셈이냐."

현 회장과 재민의 대치. 살벌하게 불꽃 튀는 눈싸움과 점차 과격해지는 대화가 이어지고 있을 그때였다.

복도 코너 쪽에서 현 회장과 재민을 지켜보고 있는 사람이 있었다. 강 실장이었다. 어쩐지 안절부절못해 보였고 안쓰러움이 낯에 드러나 있었다.

선약 일정을 곧 소화해야 할 현 회장이 자리에 없고 휴대폰 연락도 받질 않자 현 회장을 직접 찾아다니고 있었던 것이다.

'이런. 이 이상 지체해서는 안 되겠어.'

강 실장은 가슴이 꽉 막힌 듯 갑갑하기만 하다. 이제는 현 회장에게 이 모든 사실을 전해야 할 때임을 느꼈다.

진실만을 위해 신중하게 조사한 탓에 시간을 너무나 지체한 것 같은 강 실장은 더 늦었다가는 되돌릴 수 없는 나락으로 떨어져 버릴 것 같아 두렵기까지 했다.

부전자전이라고 했던가. 무뚝뚝하고 표현이 서툴고 거친 아버지와 아들 사이지만, 현 회장과 재민은 속으로는 서로에게 의지하며 아꼈다.

속마음을 말로 드러내지 못하는 부자 관계를 오해와 상처로 깊은 감정 골로 등 돌리게 할 순 없었다.

오랫동안 현 회장을 모시고, 재민을 지켜봐 왔던 강 실장은 진심으로 두 사람을 가족처럼 생각하며 자신의 일처럼 항상 뛰어다녔다.

✤　　✤　　✤

강 실장이 현 회장을 모시러 와, 더 격한 상황으로까지 번지지는 않았다.

하지만 재민은 현 회장과 강 실장이 시야에서 완전히 사라졌음에도 불구하고 좀처럼 사장실 문을 열지 못하고서 문 앞에 서 있었다. 허리춤에 양손을 얹은 채 갑갑한 듯 탁한 한숨을 푹푹 내쉬었다.

미칠 것 같았다. 아버지, 현 회장이 처음으로 원망스럽게 느껴졌다. 재민은 거칠게 얼굴을 쓸어내리며 숨을 깊게 내뱉었다. 그러고는 철컥 문을 열고 안으로 들어섰다.

"……?"

라희의 데스크는 휑하니 비어 있었다. 재민은 자연스럽게 주위를 한 번 쓱 둘러보다가도 이내 마지막으로 닿은 시선은 탕비실로 머물렀다. 자리에 없다면 탕비실에 그녀가 있을 거라고 생각이 들었다.

재민의 발걸음은 자연스레 탕비실로 향했다. 완전히 닫히지 않은 탕비실의 문틈 사이로 라희의 모습이 보였다. 그녀는 싱크대 앞에 멍한 얼굴을 한 채 서 있었다.

가슴이 저릿했다. 그리고 미안했다. 안쓰러운 눈으로 라희를 지켜보고 있던 재민이 살짝 열린 문을 밀며 탕비실 안으로 발을 내디뎠다.

무슨 생각을 그리도 골똘히 하고 있는 것일까. 재민이 다가서는 인기척도 느끼지 못했다. 마치 귀마개를 꽂고 있는 것처럼 말이다. 재민이 라희의 등 뒤로 붙어서 가녀린 상체를 스르르 품에 감싸듯 안았다.

"다녀왔어."

"어? 왔어요?"

"응."

재민이 라희의 뺨에 제 뺨을 비벼 대며 어리광을 부렸다. 라희는 재민의 응석이 귀여운지 손을 들어 재민의 뺨을 보드랍게 어루만져 주었다.

"우유 데워 줄까요? 퇴근 시간까지 일정은 없으니까 마시면서 좀 쉬어요."

재민은 피곤할 때면 오히려 피로 해소제나 커피보다는 따뜻한 우유를 한잔 마시는 편이었다. 우유를 마시면 피곤함이 가라앉고 마음도 한결 평온해졌다.

라희가 우유와 휴식을 권해 보았지만 재민은 고개를 가로저으며 오히려 라희를 안고 있던 손을 고쳐 안으면서 찹쌀떡처럼 더 찰싹 달라붙었다.

"아니. 괜찮아. 그냥 이렇게 당신 안고 있는 게 더 쉬는 거 같아."

"풋. 뭐예요. 그 간지러운 말은."

"쉬이. 가만히 안겨 있어."

그렇게 재민과 라희는 몸을 밀착한 채 서로의 온기를 나누었다. 아무런 말도 없이 체온이 같아질 때까지 안고 있었다.

잠시 후 라희가 어렵게 입을 떼어 냈다.

"회장님……, 오셨었어요."

"……어. 알아."

낮게 깔린 목소리로 알아, 라고 대답하는 재민에 라희의 눈이 동그랗게 뜨여졌다.

그새 마주쳤던 것일까. 그래서 재민이 기분이 가라앉은 걸까. 현 회장과 자신 사이에서 어떤 말이 오갔을지 예상하고 불안해서 이토록 떨어지기 싫다는 듯 가두어 두는 건 아닐까 싶었다.

라희는 그래서 더욱 재민이 안쓰러웠다. 자신 때문에 고군분투하고 있을 재민에게 잔인하게 뒤돌아설 수 있을지 자기 자신에게 물었다. 라희의 대답은.

'재민 씨한테 그런 잔인한 짓은 절대로 못 해……'

라희는 자신을 지키려고 끝까지 사랑하겠다는 재민의 힘겨운 사투에 비수를 꽂을 수는 없었다. 현 회장에게 듣게 된 재민의 과거의 여자에게 배반당한 그 사실을 알게 된 이상 더더욱 그런 잔인한 짓은 할 수 없었다.

"라희야."

"응. 말해요."

"나만 봐. 내 얘기만 듣고, 내 옆에만 서 있어. 다른 건 아무것도 보지도 말고 듣지도 마."

그는 눈을 지그시 감은 채 라희의 귓가에 대고 속삭이듯 부탁의 말을 흘려보냈다.

물결의 일렁이는 흐름이 아닌, 떨리는 음성이 라희의 심장까지 적셔왔다. 순간적으로 감정이 격해지는 라희의 입매가 파르르 떨리고 있었다.

라희에게서 아무런 대답이 없자 불안한 마음이 솟구친 재민은 닫힌 눈꺼풀을 떠올리며 라희의 얼굴로 시선을 옮겼다.

그녀의 안면 근육이 떨리는 것이 보였다. 울음을 참으려는 듯 안간힘을 쓰려는 라희가 안쓰럽기만 했다. 재민은 라희의 뺨을 입술로 진득하게 물고 느릿하게 놓았다.

"대답해."

"응. 당연하죠. 우량주를 손에 넣었는데 내 손으로는 절대 못 놓지."

라희의 유쾌한 대답에 재민이 피식 옅은 웃음을 지었다. 이제야 안심의 웃음을 보이는 재민과 재민의 숨이 목 언저리에 퍼지니 간지러워 웃음을 보이는 라희였다.

✤　　　✤　　　✤

라희의 퇴사 시기가 확 당겨질 예정이었다. 물론 라희는 책임감이 강한 성격이었기에 계약 기간까지 채우고 싶었지만, 성은이 라희를 배려해 이번에 우수한 경력자를 중점으로 비서 세 명을 스카우트까지 더해 채용 계약하게 되었다고 한다.

재민에게 두 명의 비서를 두려고 했기 때문이었다. 보통 수석 비서와 세컨드 비서로 두 명을 앉혔어야 했지만, 라희가 워낙 뛰어나기에 두 명까지는 그다지 필요 없었다. 성은 또한 총괄 책임자였기에 라희 업무가 벅찰 정도로 밀려들면 바로바로 투입되어 척척 도왔으니까.

재민이 예전부터 원했던 남자 비서. 그리고 이제는 라희도 은근히 남자 비서를 바라며 어필했기에 성은이 공들여 남자 비서로 스카우트 성공하게 되었다.

딱히 인수인계까지는 하지 않아도 됐다. 성은이 완벽하게 꿰뚫고 있으니 말이다.

그리고 스카우트한 남자 비서 역시 이 바닥에선 유능하기로 소문이 자자했다. 당연히 뛰어난 업무 능력과 경력을 가지고 있었으니 척하면 척이었다.

성은은 이왕이면 재민과 라희를 나란히 앉혀 두고 한 번에 전달하는 편이 좋을 거 같아 오랜만에 셋이서 점심을 같이했다. 식사를 하면서 편안하게 현재 진행되어 가는 상황을 완벽하게 설명했다.

"오랜만에 마음에 드네. 장성은."

"뭐라고?"

"훗."

"비웃음까지!"

남자 비서를 앉히는 것이 결정되었다는 소식에 재민이 아주 만족스러운 얼굴로 미소를 보였다. 그러면서도 성은을 놀리듯이 깐족거리는 말투로 툭툭 던져 대니 성은이 붉으락푸르락한 얼굴로 씩씩거렸다.

재민과 성은의 티격태격하는 다툼이 그저 재밌기만 한 라희는 숨죽여 웃으면서 두 사람을 구경하듯 지켜보았다.

"하여튼 밉상이라니까."

성은이 꿍얼꿍얼 재민을 곱씹으면서 노려봤다. 그러다가도 방긋방긋 미소만 짓고 있는 라희에게로 시선을 옮겼다.

라희와 눈이 마주치자 성은이 짓궂음으로 번진 미소를 지었다.

"뭐야, 뭐야? 남자 비서 잡았다니까 우리 라희도 엄청 좋은가 보네?"

"……어?"

성은의 말에 재민이 슬며시 고개를 틀어 라희에게로 시선을 내렸다.

"입이 귀까지 찢어질 거 같은데 뭘!"

"아닌데?"

"에에, 좋아죽는 걸 뭐! 하하!"

"서, 선배도 참. 그건 진짜 아니다……."

성은의 놀림과 자신을 빠히 쳐다보고 있는 재민의 시선이 느껴졌다. 라희의 당황한 표정과 부정하는 손의 내저음이 상당히 어색해 보여 우스꽝스러웠다.

깔깔거리는 성은의 웃음소리에 라희의 얼굴은 금세 시뻘게져 홧홧해졌다. 재민이 씨익 입꼬리를 유연하게 휘며 라희를 놀리고 싶은 마음이 꿈틀댔지만 나름 참아 보려 애쓰는 듯 보였다.

라희의 머리 위로 재민은 커다란 손을 툭 얹어 놓았다. 라희가 뾰로통한 얼굴로 재민을 올려다보자 재민이 익살스럽게 코를 찡긋거리며 라희의 머리를 흐뜨려 놓았다.

"으앗! 뭐예요, 어지럽잖아요."

"귀엽긴."

"대단하다, 대단해. 네가 이런 녀석이었다는 걸 누가 알았을까."

성은이 졌다는 듯 혀를 내두르며 고개를 절레절레 흔들었다. 하지만 라희는 재민의 제멋대로의 행동에 화가 나, 재민의 가슴팍과 팔뚝을 때리며 진저리를 쳤다.

"윽! 아프다니까, 당신 손!"

"맞을 짓을 왜 해요, 그러니까!"

"라희야. 더 때려! 더 세게!"

"야, 장성은!"

"메롱이다, 푸하하."

맛있는 파스타와 화덕 피자를 즐겨 놓고서 이렇게 소란스럽고 과격하게 에너지를 소비하는 세 사람이었다.

"저녁에는 술 한잔할까? 진우랑 하나도 불러서."

"미안. 난 퇴근하고 일이 있어서."

재민이 퇴근 후 일정이 있다며 거절했다. 라희가 고개를 갸웃거리며 재민을 한번 쳐다봤다. 업무적인 일정은 모두 라희가 알고 있을 수밖에 없지만, 자신이 모르는 선약이니 개인적인 약속임을 대충 예상했다. 재민의 성격상 자신에게 일부러 숨기려고 하는 건 같진 않을 거지만, 라희는 딱히 되묻진 않았다.

"그래? 라희는?"

"선배, 미안. 엄마가 서울 올라와서 우리 집에 계시거든."

"아, 맞다. 그랬었지, 참. 김치도 주셨는데, 옆에 디저트 가게에서 간식거리라도 사 줄 테니까 어머니께 전해 드려."

"괜찮아."

"아냐. 너무 감사해서 그런 거니까."

"……고마워."

충격과 경악. 그리고 후회, 죄스러움. 현 회장의 널찍하고도 고풍스러운 업무실은 12월의 겨울의 칼바람이 뚫고 들어온 것처럼 시리고 꽁꽁 얼어붙었다.

신경 세포까지 얼어 버린 것처럼, 마치 동상이 된 것과 같이 딱딱하게 굳어져 버린 현 회장의 상태는 제법 오래 이어지고 있었다.

도무지 믿을 수 없는 사실, 이 현실이 쉽사리 받아들이기가 힘겨워 보였다.

현 회장의 상태를 똑바로 눈을 뜨고서 지켜봐야 했다. 심장이 좋지 않은 현 회장의 건강 상태는 그리 좋지 못하기 때문이었다.

갑자기 발작으로 쓰러져 못 일어날 수 있는 위험한 상황이 올 수 있어 강 실장은 상당히 긴장하고 있었다.

"회장님."

강 실장이 조심스럽게 현 회장을 불렀다. 하지만 현 회장은 좀처럼 반응하지 않았다. 강 실장은 결국 현 회장에게 모든 정황을 보고하듯 털어놓았다. 자신이 암암리에 조사하고 모아 왔던 자료들을 내밀면서.

"하아……."

현 회장이 숨을 터뜨리듯 길게 내뱉었다. 양손으로 얼굴부터 시작해 머리까지 쓸어 올리며 탄식을 연이어 흩뿌렸다.

'내가 대체 무슨 짓을 한 거지? 왜 더 알아보려고 하지 않았을까.'

현 회장이 괴로운 듯 머리카락을 쥐어뜯듯 움켜쥐었다가 놓았다.

"내가 평생 은혜를 갚고 그 가족도 지켜야 했던 병준이의 아내와 자녀가……, 그 딸이 공 비서였다니. 이렇게 가까이, 곁에 있었는데도 못 알아챘어."

무거운 죄책감에 현 회장은 가슴이 저릿하다 못해 날카로운 흉기로 심장을 도려내는 것만 같은 고통을 느꼈다.

혈안이 되어서 찾아 나섰어야 했던 현 회장은 현실의 바쁜 인생이란 핑계로 안일했던 자신이 한심하기만 했다.

"재민이 녀석 볼 낯도 없군. 아버지인 내가 아닌 아들의 도움으로 찾게 된 거나 다름없는데 말이지."

'병준이. 내가 자네 볼 면목이 없네. 은혜를 갚아야 한다고 평생을 그런 마음으로 살아왔는데, 결국은 이렇게 자네 딸에게 상처를 줬으니 말이야.'

현 회장은 친구 공병준, 라희의 아빠에게 사죄하며 자책했다. 그리고 비로소 라희의 얼굴에서 젊었던 시절, 병준의 얼굴이 보였다는 사실을 깨달았다. 무엇보다도 바르고 당찬 성격이 똑 닮았다.

"회장님. 괜찮으십니까?"

"후우……."

"죄송합니다. 더 일찍 말씀드렸어야 했는데, 저도 더 명확하게 확신을 갖기까지 시간이 꽤 소요됐습니다."

"아니네. 강 실장이 무슨 잘못이 있겠나."

강 실장의 고개가 저절로 아래로 떨어졌다. 조금 더 빨리 현 회장에게 전하지 못한 것이 마음을 무겁게 했다.

현 회장이 시선을 들어 강 실장을 봤다. 강 실장이 자신을 탓하며 자책하는 것 같은 모습에 현 회장은 겨우 정신을 차리며 다독였다.

그의 잘못이 아닌데, 잘못한 건 전혀 없는데 왜 제 사람이 자책하며 기가 죽어 있는 건지.

현 회장은 자신으로 인해 주변 사람들 모두가 괴로워한다는 생각이 들었다.

'나란 놈은 도대체 뭐 하는 놈인가.'

참 못된 사람, 이기적인 사람, 고약한 사람, 제 사람들을 불행하게 만드는 사람이라는 생각이 드니 현 회장은 참으로 허망하고 이런 자신이 경멸스러웠다.

"강 실장. 난 정말 추악한 인생을 살았나 봐. 내 사람들, 주변 사람들에게 상처를 주는 잔인한 짓을 하고 있는 걸까."

"아닙니다. 그렇지 않습니다, 회장님. 저를 포함해서 회장님을 존경하는 사람이 얼마나 많은데요."

강 실장의 대답에 현 회장이 씁쓸한 미소가 옅게 퍼졌다.

"회장님도 한 기업의 대표이기 전에 보통의 한 사람입니다. 몰랐잖습니까. 몰랐기 때문에 그런 겁니다. 너무 자책 않으셨으면 합니다."

"도련님도, 공 비서도 아직 아무것도 모르잖습니까. 그러니 충분히 대화하시고 서로에 대한 오해를 푸실 수 있을 겁니다."

"정말 그렇게 될 수 있을까? 어디서부터 어떻게 풀어야 할지 내가 어떻게 나서고 어떤 말부터 꺼내야 할까. 점점 자신이 없고 다 내려놓고 싶게 되는군."

"부족하지만 제 도움이 필요하시다면 기꺼이 회장님 곁에서 도와드리겠습니다."

"고맙네."

"그리고 제가 고창으로 간 날 도련님도 고창에 계시더군요."

"그래……?"

"예. 아들처럼 여사님께 잘하고 어머니처럼 의지하고 아들처럼 살갑게 굴더군요. 회장님 대신해서 도련님께서 갖고 계신 거라고 생각합니다. 인연이고 운명이라고 저는 그렇게 느껴집니다."

재민의 차를 보고 놀란 강 실장은 낮은 담을 통해 마당에서의 모습을 잠깐 숨죽여 지켜봤다. 신 여사와 라희와 즐겁고 유쾌한 시간을 보내는 재민의 얼굴이 참으로 행복해 보였다.

'이게 다 무슨 소리야……?'

재민이 현 회장에게 못을 박기 위해, 오늘은 무조건 정면으로 맞서 결판을 내리고 퇴근 시간에 맞춰서 회장실을 찾았던 것이었다.

강 실장이 자리에 없자, 재민은 현 회장의 업무실로 곧장 향했고 문고리를 잡고 돌리면서 살짝 열린 틈 사이로 흘러나오는 충격적인 대화 내용에 상당히 혼란스러워했다.

'대체 뭐냐고. 뭐가 어떻다고? 이해가 되질 않아.'

자신이 듣게 된 사실이 마치 한 편의 영화 시나리오와 같았다. 현 회장과 마찬가지로 재민 역시 적잖은 혼돈으로 충격을 받은 듯했다.

얼떨떨하기만 한 재민이 왜인지 전율처럼 몸이 찌릿찌릿했다. 살짝 몸을 비틀거릴 정도였으니 말이다. 그리고 심장이 뜨겁게 미친 듯이 빠른 속도로 널뛰었다.

그러고 보니 이제야 재민의 흐릿했던 기억 속에서 또렷하게 기억이 났다. 고창 집에서 얼핏 보았던 자동차, 낯설지만은 않았던 자동차가 바로 강 실장의 개인 자동차였던 것임을 말이다.

"그리고, 오전에 장 부장한테 들었는데 말입니다."

"성은이가 왜. 무슨 일 있나?"

강 실장이 조금은 무거운 낯으로 말을 꺼내었다.

"공라희 비서가 아무래도 퇴사할 예정인가 봅니다."

"뭐라고……? 그게 무슨 말인가, 강 실장."

현 회장의 얼굴빛이 새하얗게 떴다. 라희가 퇴사할 거라는 얘기에 현 회장은 또 한 번 충격으로 뒷머리를 세게 얻어맞은 것 같았다. 자신 때문에 라희가 회사를 떠난다는 생각을 할 수밖에 없었다.

그렇다는 건, 재민을 놓아주고 사라지겠다는 뜻이나 마찬가지였으니까. 초조해지는 현 회장이 입술을 잘근거렸다.

강 실장이 비서 부서에서 최고 등급의 관리자였다. 스카우트, 인재 채용, 계약 건 등에 대해서는 강 실장이 최종 결정 및 서명으로 마무리되었다.

그래서 성은이 오늘 오전 강 실장에게 미리 보고를 했었다. 관리자 직급들의 외근으로 부재중이라 서명이 늦어지면서 강 실장에게 내일 계약서를 올리겠다고 했다.

"최대한 빠른 시일 내로 정리될 거라고 하더군요. 스카우트한 두 명의 비서가 도련님, 아니 사장님 담당 비서로 내정되었다고 합니다."

"……!"

현 회장은 머리를 부여잡고서 망연자실한 얼굴이었다. 그때, 문이 활짝 열리면서 재민이 등장했다. 문이 열리는 인기척과 묵직한 구두 소리가 두 걸음 후 멈추자, 현 회장과 강 실장이 문으로 향했다.

"라희, 그만두는 거 확실합니다. 제 허락이 떨어진 상태고요."

아버지와 아들, 현 회장과 재민이 단둘이서 술을 마시게 된 날이 올 줄이야.

처음이었다. 아예 둘 사이에서의 술자리를 일부러 차단하며 피했던 것은 아니었다. 안타깝게도 현 회장과 재민의 인생은 그렇게 순탄하고 평화롭지 않았으니까 말이다.

참으로 이 부자의 인생은 울퉁불퉁한 비포장길의 연속이었다. 누구보다도 서로의 상처와 아픔을 잘 알았기에 아버지와 아들 간에 관계가 확 좁혀질 만한 여유도 웃으며 다가설 여유도 없었다.

시끌시끌한 사람 냄새가 나는 포장마차. 플라스틱의 테이블과 의자는 소박하면서도 정겨운 분위기가 좋았다.

현 회장에게 있어선 특히나 20대에 친구 병준과의 추억이 많은 장소였다. 서로 바빠 병준과 자연스럽게 연락이 뜸해지면서부터 포장마차에 발길이 닿지 않았다.

병준이 세상을 떠난 뒤에는 그 추억이 떠올라 도무지 갈 수가 없었다. 이렇게 아들과 함께 오게 되니 현 회장도 용기를 낼 수 있었고 그 분위기를 다시금 느낄 수 있어 가슴이 뛰었다.

소주와 어묵 국물, 그리고 매콤한 양념으로 볶아진 곰장어 볶음이 테이블에 차려져 있었다. 현 회장은 가만히 둘러보았다. 옛 생각이 참 많이 나는 순간이었다.

"아직도 실감이 나질 않네요. 정말 이런 우연이, 아니 운명이라고 해야 할까요?"

재민이 여전히 멍한 낯을 지우지 못하고서 이 모든 사실이 꿈만 같아 좀처럼 체감하지 못했다.

현 회장 역시 마찬가지였다. 다만 현 회장이 더 현실을 빨리 인지하고 받아들인 것뿐이었다. 그리고 자신이 잘못했던 부분이 있었으니 더욱더 현실을 인정하고 앞으로의 일을 사죄하고 풀어야만 했다.

전조는 있었다. 현 회장이 라희에게 처음부터 이상하리만큼의 뇌리에 박혀 낯설지 않은 느낌을 느꼈고 심하게 내치지도 무력을 쓰지도 않게 되었던 것이었다.

아마도 현 회장은 알아차리지 못했지만 라희에게서 병준의 향기가 느껴졌던 건지도 모른다.

"그러게 말이다. 세상은 참 모를 일이야. 그래서 더 열심히 살아야겠다는 의지가 끓는지도 모르지."

현 회장이 옅은 미소를 보이며 이내 소주잔을 들어 한 번에 털어 넣었다. 그러자 재민이 현 회장의 빈 잔에 소주를 채워 주었다.

재민이 따라 주는 소주잔을 한 번, 그리고 재민을 한번 쳐다보는 현 회장은 최근 들어 가장 평온하고도 포근한 미소를 짓게 되었다. 아들이 따라 주는 술의 맛은 생각했던 그 이상으로 달짝지근했다.

재민이 자신을 지그시 쳐다보는 현 회장의 시선이 어색하고 머쓱한지, 헛기침과 동시에 스리슬쩍 시선을 허공으로 띄웠다.

"어색할 땐 술이지. 잔 부딪쳐 봐."

"……그러네요. 건배해요."

현 회장의 장난 어린 말에 재민의 눈이 동그랗게 뜨여지다가도 이내 너털웃음을 흘렸다.

많은 얘기가 오갔다. 그동안 절대 입 밖으로 꺼내 본 적도 없는 오래 묵힌 얘기들까지. 이제야 아버지와 아들은 속마음을 털어놓았다.

"제가 정신 차리고 일어서게 된 이유, 아버지. 아버지 때문이었습니다."

"그게 무슨 말이지?"

현 회장이 무슨 말이냐는 듯 고개를 갸웃거리며 재민을 쳐다봤다.

"아버지가 나약한 저 때문에 괴로워하시는 거 봤으니까요. 이대로 평생 눈뜬 시체처럼 살 거냐며, 가슴을 치며 숨죽여 우시는 모습을 보았거든요. 정신이 번쩍 들더군요. 제 자신이 경멸스럽더라고요."

"……!"

현 회장의 안면 근육이 순간 굳어지며 소주잔을 든 손이 멈춰졌다. 재민에게 그 모습을 보였다는 건 지금껏 몰랐었다. 절대 내색하지 않으려고 현 회장은 조심 또 조심했으니까.

재민이 빈 소주잔만 만지작거리며 고개를 숙이고 있자, 현 회장이 재민의 머리 위로 손을 턱 얹으며 다정하게 톡톡 쓰다듬어 주며 미소를 지었다.

"아무렴 나보다 당사자인 본인이 가장 힘들었을 테지. 재민이 넌 원래 그런 녀석이었으니까. 누구에게도, 기대지 않고 스스로 일어서고 헤쳐 나가려는 그 강인한 정신력. 그래서 난 걱정 없었단다. 언젠가는 네 힘으로 일어설 거라고 믿고 있었으니까. 오히려 나약한 아버지의 모습을 보여 주게 된 것 같아 부끄럽구나."

그렇다. 현 회장은 단 한 번도 재민에게 강요와 같은 터치는 하지 않았다.

밥 먹어라, 그만 정신 차려라, 약해 빠진 녀석이라며 고함을 지르며 욕을 할 수도 있었고 억지로 방에서 끌어내 밖으로 떠밀었을 수도 있었을 텐데, 현 회장은 그렇게 하지 않았다.

자존심도 강하고 누가 자신의 일에 간섭하며 명령하는 것 자체를 못 견디며 오히려 비뚤어진다는 걸 현 회장은 누구보다도 잘 알고 있었다.

당연했다. 그 핏줄이 어딜 가겠는가.

현 회장 역시 재민과 똑같은 성격이었으니, 그 당시의 심정을 현 회장이 모를 리가 없었다.

"아버지. 라희, 정말 괜찮은 여잡니다. 제게 과분할 정도로요."

현 회장이 고요한 미소를 머금으며 고개를 느릿하게 끄덕였다.

"원래의 나다운 모습을 끌어내 줬죠. 다시 인생이 아름답고 즐거울 거라고 기대하게 만들어 준 여잡니다. 하루하루가 선물 같아요."

라희의 이름을 말할 수 있다는 것 자체가 재민을 행복하게 했다. 라희의 얘기를 이어 가는 재민의 얼굴은 반짝반짝 밤하늘을 비추는 영롱한 별빛처럼 화사했다.

"나도 무작정 반대하려고는 했었는데, 공 비서의 얼굴을 보니 말이 험하게도 인상을 찡그리게 되지 않더구나. 참 이상했어."

참 이상했다고 현 회장이 연이어 혼잣말처럼 속삭이듯 되뇌었다.

"불편하고 긴장됐을 뻔했을 텐데도 전혀 내색하지 않고 차분하게 내 얘기만 들어주더군. 정신도 마음도 건강한 여성이더구나."

재민이 피식 웃음을 흘렸다. 그녀다운 그 침착함과 임기응변에 능한 여유로움이었다.

"병준이가 내게 아버지의 역할을 부탁하려고 보내 준 것만 같다고 할까."

"……며느리로 보내 주셨을 겁니다."

"허허!"

현 회장이 호탕하게 웃음을 터뜨렸다. 현 회장의 호쾌한 웃음소리를 들은 것이 처음처럼 신기하게 느껴질 수도 있었지만, 재민은 자신이 간질거리는 말을 아버지에게 내뱉었던 것이 영 민망한지 반응조차 못했다.

현 회장의 웃음소리가 잦아들려다가도 다시금 이어졌다. 재민답지 않게 얼굴이 붉어져 있는 것을 보게 되었기 때문이다. 현 회장은 아들의 낯선 모습이 신선했다. 이런 표정도 지을 수 있구나 싶었다.

"자리 좀 마련해 보도록 해."

"자리요?"

"병준이 아내와 딸……. 라희에게 상황을 설명하고 사죄도 해야지. 꼭 만나고 싶구나."

현 회장이 재민에게 신 여사와 라희와의 만남을 원한다고 자리를 마련해 달라고 부탁했다. 재민은 기쁜 마음을 감출 수가 없었다. 경쾌한 목소리로 적극적으로 자리를 마련하겠다는 대답을 했다.

'잠깐만. 아차!'

기쁨에 들뜬 재민이 아차 싶었다. 시간이 없음을 금방 깨닫게 되었다. 내일모레면 신 여사의 건강 검진 결과가 나오기에 그날 막차를 타거나, 다음 날 오전에 고창으로 내려가기로 했었기 때문이었다.

심오한 낯으로 고민하는가 싶던 재민이 이내 현 회장에게 말했다.

"아버지. 내일모레 저녁으로 하시는 건 어떻습니까? 그날 어머니랑 같이 식사하기로 했거든요."

"그래?"

"네. 그날 밤이나 다음날 오전에 고창으로 내려가실 예정이시라서."

"그렇군. 다시 고창으로 내려가신다니, 일단 그렇게 알고 있으마."

18장

크리스마스이브, 프러포즈 전야제

나른한 오후 시간. 겨울의 햇볕치고는 가벼웠다. 쾌적한 사장실의 업무 공간은 히터가 적정 온도로 유지되면서 공기 중으로 잔잔하게 흩날리니 노곤해지기도 했다.

결재 서류를 검토하며 사인을 그리고 있던 재민이 슬그머니 고개를 들어 문을 응시했다. 고개를 갸웃거리며 미간이 살짝 좁힌 재민이 이내 고급스러운 손목시계로 시선을 내렸다.

"뭐야. 왜 인기척도 없는 거야?"

재민이 심오한 표정을 하고서 문을 뚫어지게 주시하다 안 되겠는지 만년필을 손에서 놓고 자리에서 일어났다. 저벅저벅 긴 다리가 큰 보폭으로 움직였다. 그러곤 문을 열고 나왔다.

'저 집중력.'

집중력이 꽤 긴 시간 동안 이어졌나 보다. 라희는 이미 본인의 업무에 심취해 있었다. 정말이지 못 말리는 그녀였다. 재민이 고개를 절레절레 흔들며 너털웃음을 흘렸다.

라희의 곁으로 다가선 재민이 어서 자신의 존재를 알아차려 달라고 티를 팍팍 내듯 데스크에 똑똑 노크를 했다. 데스크를 두드리는 미세

진동의 울림과 소리에 라희가 흠칫하며 고개를 틀었다.

"라희. 그만 나서야지. 이러다 늦겠는걸?"

"네? 헉! 시간이 벌써 이렇게나 됐네!"

"하여간 일에 빠지면 다른 건 안 보이지?"

재민이 가늘게 뜬 눈으로 밉지 않게 라희를 흘겨봤다. 라희는 재민의 장난 서린 핀잔에 혀를 샐쭉 내밀며 배시시 웃었다.

오늘은 신 여사의 건강 검진 최종 결과가 나오는 날이었다. 특별하게 신경 쓸 부분이나 위험한 부분은 없었지만, 검진 당시 작은 혹과 같은 대장 용종을 제거했다. 혹시나 암일 수도 있으니 조직 검사를 들어갔었던 것이 오늘 결과가 나왔다.

그래서 라희가 신 여사와 함께 병원을 동행하려 했다. 재민의 배려로 라희는 오후 3시쯤 조기 퇴근을 하기로 했었다.

작업 중이었던 문서를 저장하고서 시스템을 종료했다. 그리고 간단하게 데스크를 정리 정돈 하는 동안 재민은 라희의 핸드백을 챙겨 들고서 대기 중이었다. 라희가 갸우뚱한 표정으로 재민을 쳐다보자, 재민이 라희의 핸드백을 건넸다.

"자, 핸드백."

"응. 고마워요."

"나가자. 배웅해 줄게."

재민이 대뜸 배웅하겠다며 자신의 손을 잡아 이끄는 게 아닌가. 라희는 기겁하며 잡힌 손을 제 쪽으로 당겨 재민을 멈춰 세웠다. 그렇지 않으면 재민은 사내에서 손을 잡고 꿋꿋하게 직진할 기세였다.

재민은 언제나 당당하게 누구의 시선도 전혀 신경 쓰지 않았다. 반면 라희는 사람들의 눈을 민감할 정도로 신경을 곤두세웠다. 라희가 재민의 손을 아래로 툭 털어 내듯 뿌리쳤다. 그러자 재민이 마음에 들지 않는다는 눈으로 라희를 흘겨봤다.

"사장님. 수고하세요."

"그래. 당신 배웅하는 수고를 하겠어."

"이럴 거예요?"

"나도 갑갑해서 그래. 찬 바람이라도 쐬면 졸음도 가시고 정신도 맑아질 거 같으니까."

"흐음. 그럼 터치는 절대 금지."

"어찌나 비싸신 몸인지. 알았다고."

꿍얼꿍얼하던 재민이 이내 피식 웃어넘겼다.

둘은 도란도란 얘기를 나누며 1층 로비를 지나서 출입구를 나왔다.

낮은 계단을 내려가려던 그때였다. 그 앞으로 강 실장이 운전대를 잡은 자동차가 멈춰 섰다. 그리고 현 회장이 뒷좌석에서 내리며 모습을 드러냈다. 강 실장은 외부 일정이 있는 것인지 잠시 멈췄던 자동차는 현 회장만 내려 주고 다시 들어왔던 길을 되돌아 나갔다.

현 회장과 눈이 마주치자 라희는 순식간에 몸이 얼어붙고 안면 근육까지 경직되어 버렸다. 떨리는 가슴을 진정하지 못했다.

무엇보다 재민과 같이 이렇게 셋이서 마주치게 되었으니 과격하게 목소리가 높아지면 어쩌나, 험한 분위기로 이어지진 않을지 긴장으로 심장이 따끔따끔했다.

라희는 허리를 굽히며 현 회장에게 인사했다.

'어⋯⋯?'

라희의 놀란 동공이 서서히 확장되었다. 현 회장이 침묵을 유지하며 인자한 미소로 자신에게 조용한 눈인사를 하는 것이었다. 머릿속이 새하얘졌다. 당혹스러울 정도였다.

현 회장이 아주 따뜻한 미소와 포근한 눈빛으로 자신을 응시하고 있다는 것. 라희는 헛된 환상이 시야를 뒤덮고 있다는 생각이 들었다. 도무지 이해되질 않았으니까.

반면 재민은 웃음이 입 밖으로 튀어나올 것만 같았다. 매초 마다 자유자재로 변화하는 라희의 표정이 귀여웠고 지켜보는 재미가 있었다. 그리고 라희를 놀려 주고 싶은 마음이 꿈틀거렸다.

'어디 한번 놀려 볼까? 반응 좀 봐야지?'

재민이 당당하게 팔을 뻗었다. 라희의 잘록한 허리로 착 감아 둘러 제 쪽으로 바짝 붙여 세웠다.

"……!"

라희가 숨이 넘어갈 것 같은 헉, 하는 의성어를 짧게 흘리며 까무러 치게 놀랐다. 눈알이 튀어나올 기세로 부리부리하게 뜨고서 재민에게 로 고개를 휙 틀었다. 하지만 재민은 자신을 쳐다보지도 않고 더 힘을 주어 허리를 압박하면서 시선은 현 회장을 향해 꽂혀 있었다.

'미쳤나 봐! 제정신이 아니야!'

라희는 흥분과 함께 분노가 치밀었다. 재민의 이런 행동을 라희는 절대로 그냥 넘어갈 수 없었다. 벌겋게 달아오른 얼굴로 억지로 화를 누르고 재민의 손을 겨우 떨어뜨려 놓았다. 그리고 겁을 잔뜩 머금은 눈으로 현 회장을 쳐다봤다.

당연히 극심한 분노가 이어지겠지. 그렇게 생각했는데, 조금 전 현 회장의 모습은 환상이 아니었나 보다. 현 회장이 여전히 미소를 머금은 채 건물 안으로 들어가는 것이 아닌가.

라희는 멍한 눈으로 현 회장을 뒷모습을 쫓고 있었다.

"가자. 늦겠다."

재민이 능청스럽게 라희를 이끌었다. 그러자 라희가 따라 걸으면서 어금니를 꽉 깨물며 낮은 목소리로 무섭게 재민을 불렀다.

"……사장님."

"무섭게 왜 목소리를 깔고 그래."

"후우. 이따 봅시다. 지금 회사 주변이라 참는 겁니다."

"어금니 너무 물지 마. 건강한 치아 흠집 나."

뭐가 그리도 즐거운지 싱글벙글인 재민이 수상하면서도 밉게 느껴진 라희가 아랫입술을 잘근잘근 씹어 대며 화를 삼켰다.

마침 갓길에서 대기 중인 택시 뒷좌석 문을 재민이 열어 주며 라희 에게 어서 타라며 턱짓을 해 보였다. 라희가 뾰족하게 날을 세운 눈으 로 재민을 노려봤다. 재민이 씨익 웃으며 라희의 뺨을 어루만지곤 톡톡 가볍게 터치했다.

"어서 타."

"알았어요."

"이따 예약한 일식집으로 어머니 모시고 잘 찾아와. 일찍 도착해도 되니까 시간 남았다고 밖에서 방황하지 않아도 돼."

"응. 그럴게요."

라희가 대답과 함께 고개를 끄덕이며 이내 택시로 올라탔다. 재민이 문을 닫아 주기 전 상체를 굽혀 라희와 눈높이를 맞췄다.

"아, 그리고 나도 손님 한 분 모시고 갈게."

"네? 손님이라뇨?"

"당신이랑 어머니께 소개해 드리고 싶은 분이 계셔."

"⋯⋯."

재민이 말간 눈동자를 반짝거리며 소개해 주고 싶은 사람이 있다고 한다. 누굴까. 그리고 기대하게 되는 이유는 뭘까?

라희의 심장이 쿵쿵 울렸다. 자신도 모르게 라희는 가슴에 손을 얹은 채 일렁이는 묘한 떨림의 이유를 고민했다.

✤　　✤　　✤

재민이 예약해 두었다는 일식집 앞에 라희와 신 여사가 탑승한 택시가 멈춰 섰다. 약속한 시간까지는 한결 여유가 있었다.

"엄마. 들어가자."

"그래."

라희가 신 여사와 팔짱을 끼고서 일식집 출입구로 향했다. 고급스럽지만 부담스럽게 화려하지 않은 인테리어가 신 여사의 시선을 확 사로잡았다. 분위기가 마음에 드는지 두리번 구경을 하면서 천천히 발걸음을 옮겼다.

"어서 오십시오, 고객님."

"안녕하세요."

"두 분이신가요?"

"아뇨. 예약했는데, 현재민으로 예약되었을 거예요."

"아, 네! 현재민 사장님께서 예약하셨습니다. 잠시만 기다려 주시겠습니까? 곧 룸으로 안내해 드리겠습니다."

예약 시간보다 일찍 도착했던 터라, 라희는 직원에게 천천히 안내해 줘도 된다며 일부러 서두를 필요 없다는 뜻을 전했다. 신 여사는 라희에게 잘했다는 듯 등을 토닥토닥해 줬다. 신 여사 역시 같은 마음이었다는 걸 말해 주고 있었다.

"희야. 엄마 화장실 좀 다녀올게."

"화장실? 나도 같이 갈까?"

"엄마 아직 치매 아니다? 팔팔하다고."

"푸핫! 내가 언제 엄마 치매라고 했어?"

"너도 볼일 볼 거 아니면 뭐 하러 따라간다고 하냐, 이거지."

"미쳐, 정말. 우리 엄마지만 너무 재밌어."

라희가 까르르 웃다가도 이내 직원에게 화장실 좀 다녀오겠다며, 룸 번호만 알려 달라고 했다.

운전대를 잡은 재민이 현 회장을 모시고 일식집에 도착했다. 아직까지는 조금은 서먹하긴 했으나 그전보다는 확실히 대화도 자연스러웠다. 현 회장과 재민이 나란히 일식집 안으로 들어섰다. 직원이 친절한 인사와 바로 예약한 사람인 자신을 알아봤다.

"3번 룸으로 모시겠습니다."

직원의 안내에 따라 현 회장과 재민이 뒤따랐다. 두 남자의 오묘한 떨림의 감정이 은근하게 느껴졌다.

똑똑. 직원이 노크로 인기척을 알렸다. 잠깐의 여유를 두고서 직원이 드르륵, 미닫이문을 부드럽게 열면서 한쪽 옆으로 물러섰다.

현 회장이 먼저 한발 앞서 안으로 향해 모습을 드러내고, 바로 뒤로 재민이 이어 들어왔다.

"……!"

현 회장의 등장에 라희는 당혹스러운 낯으로 소스라치게 놀랐다. 곧 의자를 밀고 벌떡 일어섰다. 신 여사는 라희를 한번 쳐다보다가 이내 현 회장과 재민을 쳐다봤다. 대충 짐작하며 신 여사도 불편한 다리지만 예의를 갖추려 일어섰다.

현 회장이 허리를 굽히며 신 여사에게 정중히 인사했다.

"불쑥 찾아뵈어 죄송합니다. 처음 뵙겠습니다. 재민이 아비 되는 사람입니다."

✤   ✤   ✤

참 많은 일이 있었던 하루임은 틀림없다. 몽환적인 꿈을 꾸고 있는 것처럼 몸이 붕 뜨는 기분이랄까. 이래서 인생은 호화찬란하고 즐거운 거라고 하는 듯싶었다.

다소 큰 충격으로 시작되었지만, 새로운 인연을 만나게 되는 건 여전히 떨리고 설렘으로 다가왔다. 라희는 다시금 간지럽게 가슴이 뛰었다.

현 회장과 오랜 인연의 끈이 이어져 있었을 줄이야. 라희는 물론 현 회장도 신 여사도, 그리고 재민도 마찬가지였을 테지만 말이다.

이 놀랍고 소중한 인연의 끈 중심에는 라희의 아빠 병준이 있었다. 참 오래 걸렸던 네 명이 한곳에 모이게 된 식사 자리. 라희는 아빠도 이 자리에 함께 있는 것처럼 느껴졌다. 아니, 진짜 제 옆에 있을 거라고 믿었다.

"라희라고 불러도 되겠니?"

"네? 아, 그럼요. 편하게 불러 주세요, 회장님."

여전히 긴장은 되는 듯 라희의 목소리가 적잖게 떨렸다. 물론 이전과는 다른 의미에서의 긴장이었다.

"그래, 괜찮다면 라희 너도 나를 편하게 아버지라 불러 줬으면 하는구나."

"아버지요……?"

"물론 내 잘못으로 시작이 어긋났지만 천천히 돌아가더라도 너에게 다가가고 싶구나. 아버지라 부르는 것이 부담스럽다면 아버님이라 불러도 좋아."

보고 싶고, 늘 그리운 그 이름 아버지.

라희는 아버지라는 단어만으로도 울컥하게 되었다. 눈시울이 뜨겁게 번진 그녀의 눈동자가 반짝거렸다. 현 회장은 따사로운 미소와 함께 고개를 끄덕였다. 현 회장은 자신을 경계했던 라희의 마음을 풀어 주고 싶었고, 지난날의 아픈 말을 잊어 줬으면 하는 바람이었다.

"병준이를 대신해서 앞으로는 내가 라희의 아버지가 되어 주마. 병준이만큼이나 다정하고 유쾌한 아버지는 되어 줄 수 있을진 모르겠지만, 내가 노력해야지 어쩌겠나."

현 회장의 따뜻한 마음이 고스란히 전해졌다. 눈시울이 뜨겁게 번졌다. 하지만 라희는 오히려 더 방긋 웃었다. 눈물을 참아 내기 위한 것도 있지만, 정말로 행복하다는 그녀의 진솔한 마음이었다.

"말씀만 들어도 감사해요. 그런데, 저보다도 재민 씨한테 더 애정과 관심을 주셨으면 해요. 이 사람, 생각보다 아버지 사랑에 목말라 있거든요."

"뭐? 라, 라희……!"

생각지도 못한 라희의 발언에 재민이 당황한 표정으로 막아 세웠다. 그러다가도 사레가 걸려 캑캑거리는 모습이 우스꽝스러웠다. 하지만 라희는 전혀 아랑곳하지 않고 배시시 웃으며 능청스럽게 어깨를 으쓱거렸다.

살짝 붉어진 얼굴. 재민은 모든 시선이 자신에게 쏠리자, 부끄러운지 낯이 홧홧해졌다. 결국 아무도 없는 벽 쪽으로 고개를 휙 돌렸다. 그런 재민의 보기 드문 반응에 세 사람이 웃음을 터뜨렸다.

현 회장이 또 한 번 라희에게 감동하게 되었다. 라희의 대답은 전혀 예상하지 못했었고 자신도 신경 쓰지 못한 부분이었다. 그동안 아버지와 아들이라는 연과 이름 아래에서도 서로의 상처를 혹시나 더 짙게 만들어 버릴까 봐, 보듬어 주지도 말조차도 꺼내지 못했었다.

술 한잔도 기울이지 못했었던 나날들. 현 회장은 라희의 뼈가 있는 한마디에 머리를 세게 얻어맞은 기분이었다. 옳은 말이었으니까.

또한 재민을 이토록 진심으로 아껴 주고 꿰뚫고 있는 라희에게 고마웠다. 라희가 원하는 바람처럼 앞으로 아들 재민과의 시간도 추억도, 관계도 현 회장은 노력해야겠다는 다짐을 하게 되었다.

재민과 라희가 귀엽게 티격태격하는 모습을 흐뭇하게 지켜보는 현 회장의 입꼬리는 유연하게 휘어진 채 내려올 줄을 몰랐다. 그리고 라희를 지그시 응시하며 병준에게 속삭이듯 약속했다.

'금지옥엽으로 키운 자네 딸, 마음도 참 청렴하고 예쁘구나. 꼭 병준이 자네 같아. 앞으로 내가 라희 잘 지켜 줄 테니, 하늘에서 지켜봐 주게.'

그리고 이제는 마음의 무거운 짐이자 꼭 갚아야 할 순간이 다가왔다.

현 회장은 병준에게 도움받았던 돈을 주식으로 지금껏 관리해 오고 있었다. 병준의 재산과 고마움을 더한 미안함을 전할 수 있게 되었다. 응어리져 있던 마음이 조금이나 풀어질 수 있는 순간이 왔음에 현 회장은 그저 감사했다.

"병준이에게 갚아야 할 은혜는 평생 라희와 이제 사돈이 될 사부인에게 갚겠습니다. 믿어 주십시오, 사부인."

"아니에요. 부담 가지실 필요 전혀 없으세요. 라희 아빠가 현 회장님만은 믿고 의지했던 친구였으니까요. 저 또한 인사드릴 기회는 없었지만, 현 회장님 얘기는 라희 아빠를 통해 늘 듣고 있었답니다. 참 좋은 사람, 참 좋은 친구라고요."

"부끄럽습니다. 전 그 친구한테 받은 것밖에 없는걸요."

그랬다. 병준은 현 회장이라면 연락이 뜸했어도 그건 아무런 믿음과 우정에 의심이 없었다. 절대로 제 사람, 그것도 도움을 받았던 사람은 모른 척하지 않았다.

무엇보다 다시 일어설 거라는 그 확신 하나로 병준은 현 회장에게 전 재산과 같은 큰 금액을 아무런 조건 없이 조용히 건넸다. 그리고 남편 병준을 믿는 신 여사도 흔쾌히 동의했었다.

'여보. 라희 아빠. 당신 말이 맞았어. 정말로 다시 일어섰어. 대한민국 최고, 아니 세계적인 기업으로 일으켜 세우셨어, 당신 친구.'

병준이 살아 있다면 얼마나 기뻐하고 자신이 더 자랑스러워했을까. 네 사람 모두 병준의 향수를 느끼게 되는 시간이었다.

주식을 넘기려는 현 회장에게 신 여사는 충분히 먹고 살 수 있는 상황이라며 거절의 의사를 내비쳤다. 하지만 현 회장은 절대로 그럴 수 없다고 기필코 주식을 넘기려는 의지를 보였다. 신 여사가 고민하는 것 같다가도 이내 자신은 괜찮다며 모두 라희에게 양도해 주면 승낙하겠다고 했다. 현 회장 역시 기쁘게 받아들였다.

어쩌다 보니 저녁 식사 자리가 상견례 자리로 바뀌어 버린 듯했다. 현 회장과 신 여사의 혼사에 관한 얘기가 잔잔하게 오가자, 재민은 시종일관 싱글벙글 표정 관리를 좀처럼 못 했고, 라희는 쑥스러움으로 말을 아꼈다.

툭. 툭툭.

'……?'

구두코로 발목을 건드리는 재민을 느끼고 라희가 고개를 들었다. 눈이 마주쳤음에도 계속해서 발 장난을 치는 재민에게 라희가 눈을 가늘게 늘어뜨렸다. 그러자 재민이 어찌나 순수하게 헤벌쭉 풀어진 얼굴로 웃는지, 라희는 그런 그가 귀여워 도무지 새어 나오는 웃음을 참을 수 없었다.

'사랑해.'

사랑해. 가슴을 설레게 하는 성스러운 말. 재민이 한 글자 한 글자에 힘을 실어 또박또박 입을 벙긋거렸다. 둘만의 은밀한 밀어를 나누는 것 같아 라희가 수줍게 미소를 지었다. 슬그머니 현 회장과 신 여사를 흘 깃거리다 '나도'라고 재민과 똑같이 입을 벙긋거렸다.

재민의 짓궂음이 또 발동되었다. 못 알아듣는 척 고개를 갸웃거리는 능청을 떨어 댔다. 귀를 슬쩍 내미는 시늉을 보이며 다시 반복해 보라 는 듯 보채는 행동에 라희의 미간이 좁혀졌다.

'또 시작이지. 현재민.'

부모님들도 다 계신 자리에서도 이러니 난감하면서도 귀엽다.

'나도!'

'뭐라고?'

계속해서 모르쇠로 일관하는 재민이 얄미웠다. 둘만 있었다면 매운 손바닥으로 널찍한 등짝을 철썩 내리쳤을 것이다. 입술을 일그러뜨리 며 재민을 노려보는 라희가 자신도 모르게 육성으로 시원하게 내뱉고 말았다.

"사랑한다고! 사랑…… 헉!"

목청껏 외친 라희가 순간 자신의 행동을 인지하면서 말을 끝맺지도 못하고 재빨리 손으로 입을 틀어막은 채 얼어 버렸다. 그대로 동상을 만들어도 될 만큼 미세한 움직임조차 없이 말이다.

"응…?"

"……?"

재민에게 공개 사랑 고백을 하게 되어 버린 꼴이 된 상황. 한창 대화 중이었던 현 회장과 신 여사의 대화가 뚝 끊기면서 라희를 멀뚱멀뚱 쳐 다보고 있었다. 당황한 기색이 역력한 라희의 얼굴은 손끝만 스쳐도 뻥 터질 정도도 새빨개져 있었다.

'아 진짜. 미치겠다, 공라희.'

라희가 사랑스러워 미칠 것 같았다. 재민은 터져 나오려는 웃음을 혀를 깨물면서까지 참아 내는 노력을 가했다. 씰룩쌜룩 물결치는 입술 에 온 힘을 다해 닫고 있었다. 하지만 그리 오래가진 못했다.

"박력 봐. 설레는 내 심장 어쩔 거야."

재민이 심장 위로 손을 얹은 채 동그란 원을 그리듯 쓸었다. 재민의 뻔뻔하고도 능글맞은 발언과 행동에 현 회장과 신 여사가 호쾌하게 웃었다. 라희는 민망함에 얼굴을 감싸고서 잔망스럽게 발을 굴렀다.

✛   ✛   ✛

참으로 스펙터클 했던 일식집에서의 희로애락. 그래도 그 끝은 어떠한 결말보다도 해피 엔딩이었다. 즐거웠던 맛있는 식사를 마치고서 그들은 일식집 밖으로 나왔다.

캄캄해진 하늘과 차가워진 밤공기. 하지만 현 회장과 신 여사, 라희와 재민의 마음만은 봄의 따스함처럼 맑고 화창했다.

"자, 식사는 마쳤으니 이제 둘이서 연인의 날을 즐기도록 해."

신 여사가 재민과 라희의 등을 토닥이며 연인의 날을 즐기라고 말했다. 그렇다. 오늘은 연인만의 날이 아닌 가족, 친구, 지인 등의 소중한 사람들과 따뜻하고 즐거운 시간을 보내는 크리스마스이브였다.

재민과 라희는 그렇게 의미를 두진 않았다. 하루하루가 그들에겐 특별했으니까. 이렇게 사랑하는 연인과 부모님이 함께 자리한 만남 그 자체가 가장 특별한, 기억에 남을 크리스마스이브일 것임이 분명했다.

"그래. 우리는 택시 타고 가면 되니, 신경 쓰지 말고 남은 크리스마스이브 둘이서 오붓하게 보내도록 하렴."

"크리스마스까지 같이 눈떠도 되니까, 이 엄만 전혀 신경 쓰지 말고. 호호."

"……엄마도 참!"

"하하. 센스 있는 사부인에 이 녀석이 왜 그렇게 껌벅 죽어나는지 알 것 같군요."

"저도 우리 재민이한테 홀라당 넘어갔다죠?"

현 회장과 신 여사가 예쁜 자식들을 보며 행복의 웃음이 유쾌하게 흩날렸다. 어머니 아버지의 행복한 웃음 속에서 재민과 라희도 웃고 있었다.

오랜 시간 보지 못했던 현 회장과 신 여사는 사랑하는 남편, 그리운 친구 병준에 대한 못다 한 이야기가 많았고, 더 추억하고 싶은 시간을 원했다. 현 회장의 집으로 가서 이어 이야기를 나누기로 했다. 택시를 타고 이동하면 된다며 두 사람을 보내려 했지만, 재민과 라희는 두 분의 만류에도 자택까지 모셔다드렸다.

✤ ✦ ✤

크리스마스와 연말 앞에서 축제와 같은 세상은 흥겹고 가슴 설레는 캐럴이 울려 퍼지며 떠들썩했다.

크리스마스는 연인들의 기념일과도 같은 날이다. 하지만 라희와 재민은 서로 둘의 관계에서 걱정과 고민, 불안에 떨고 있었기에 미리 크리스마스의 계획도 얘기도 나누지 못했었다. 특히나 최근 들어 불안한 위기가 있었기 때문에 더 정신이 없었던 것이었다.

신 여사가 오늘 밤이나 내일 오전 중으로 고창에 내려간다고 하니 재민은 셋이서 함께 식사를 하겠다는 생각만 머릿속에 가득했다. 라희는 오히려 재민의 그런 마음이 더 예뻤고 감동하게 되었다.

크리스마스이브를 망각하고 있었던 재민과 라희는 담담하고 태연했다. 고민했던 불안이 시원하게 해소, 나아가 해피 엔드로 매듭지어지고 신 여사와 현 회장이 연인의 날이라고 오붓한 시간을 보내라고 말하면서 재민과 라희는 그제야 점차 들뜨는 감정을 감출 수 없었다. 처음으로 함께 맞는 크리스마스이니까.

거리마다 빼곡한 사람들의 행렬에 재민과 라희는 둘만의 시간을 보내고 싶어 재민의 집으로 오게 되었다. 재민의 집에는 어느덧 라희의 흔적이 곳곳에 남아 있었다. 물론 라희의 집도 마찬가지지만.

따뜻한 물속에서 몸을 녹이고 싶었던 라희가 욕조에서 느긋하게 피로를 푸는 동안, 재민은 침실 욕실에서 간단하게 샤워만 하고 나왔다.

그녀가 나올 동안 재민은 테이블에서 가장 아끼는 와인과 와인글라스 두 개를 놓았다. 그리고 크리스마스 기분을 만끽하기 위해 케이크를 사려고 베이커리에 들렀지만, 날이 날인 만큼 역시나 모두 품절되어 있었다. 겨우 조각 케이크로 하나 남은 수플레 치즈케이크와 쿠키를 살 수 있었다.

재민은 나름대로 어색한 솜씨로 조각 케이크와 쿠키를 일전에 라희와 함께 구매했던 플레이팅 접시에 옮겨 담았다.

"뭐, 꽤 분위기는 나네."

가만히 자신이 플레이팅 한 것을 내려다본 재민이 흡족한 미소를 지었다.

그 다음 재민은 서재로 쓰는 방으로 들어갔다. 그리고 데스크 서랍에서 갈색 서류 봉투와 고급스러운 케이스를 꺼내 들었다. 서류 봉투와 케이스를 쥔 손에 어쩐지 힘이 들어갔다. 재민의 얼굴은 묘한 긴장감과 설렘의 미소가 옅게 퍼졌다.

다시 테이블로 돌아온 재민은 의자에 앉아 라희를 기다리고 있었다.

잠시 후, 라희가 욕실에서 나오는지 문이 열리는 소리가 들렸다. 슬리퍼를 끄는 소리가 점차 가까워지면서 가운을 입은 라희가 모습을 드러냈다.

"따뜻한 물에 몸 담그고 있으니까 기분 너무 좋아요."

"하도 안 나와서 쓰러졌나 싶어 막 들이닥치려던 참이었는데."

제법 능청스러워진 재민에 라희가 고개를 살짝 뒤로 젖히며 상쾌한 웃음을 터뜨렸다. 그러곤 앉아 있는 재민의 등 뒤로 가 목을 껴안고 뺨에 뽀뽀하며 그녀만의 애교를 보였다.

"이왕이면 뺨보다는 입술을 물어 주지."

"이따 내가 재민 씨 입술 물고 안 놔줄 거니까, 지금은 인내하세요."

새침한 표정으로 농염하게 귓가에 대고 속삭이는 라희. 재민은 애끓게 자신을 쥐었다 놓았다 하는 앙큼한 그녀 때문에 안달이 난다.

"그렇게 뽀얀 피부를 드러내고 가운 차림에 샤워 코롱 향기까지 풀풀 흘리면서 나보고 인내하라니. 나쁜 여자네."

"하하."

"난 진실을 말하는데 웃어?"

"미안. 미안."

라희가 재민의 뺨을 톡톡 두드려 주며 이내 옆으로 가 나란히 앉았다. 재민이 아끼고 아꼈던 와인을 라희를 위해 따려고 한다. 재민은 자랑스럽게 와인 병을 들고서 라벨을 보여 주며 으쓱거렸다. 그런 재민의 기를 팍팍 살려 주려는 라희가 짝짝 손뼉을 치며 환호성을 질렀다.

재민이 와인의 코르크를 손목을 이용해 유연하게 따고서, 코르크를 코 가까이 가져와 시향 했다. 기대 이상의 품격 있는 향에 재민의 기분도 한층 올랐다. 재민이 와인글라스에 와인을 따랐다.

"첫 크리스마스이브 기념 건배."

"처음은 뭐든지 참 설레죠. 건배."

두 개의 와인글라스가 두 사람의 미소와 함께 부딪쳤다. 우아하고도 싱그러운 소리가 분위기를 한껏 달콤하게 당겨 주었다.

"맛있다. 와인 맛은 잘 모르지만, 이건 진짜 맛있는 거 같아요."

"다행이다. 나도 아주 만족스러워."

재민과 라희는 와인의 맛에 반했다. 풍미 가득한 와인을 입 안에 머금으며 목을 적셨다. 벨벳처럼 부드러운 느낌의 와인이 혀에 닿아 입 안 전체를 물들였다.

와인 잔을 내려놓던 라희가 서류 봉투로 시선을 내렸다. 뭘까, 궁금해진 라희가 재민의 왼쪽에 놓여 있는 서류 봉투를 검지로 가리켰다.

"재민 씨. 저건 뭐예요? 웬 서류 봉투?"

"응? 아, 이거?"

라희가 먼저 발견하고 물어 오니, 재민은 대답할 수밖에 없다. 어차피 라희에게 건넬 것이었으니까 지금 이야기하나 나중에 하나 상관은 없었지만.

재민은 와인 잔을 손에서 놓고서 조금은 상기된 표정으로 서류 봉투와 보석 케이스로 보이는 케이스를 라희에게 건네었다.

"나랑 관련된 거예요?"

라희가 얼떨결에 받아 들긴 했지만, 고개를 갸웃거리며 선뜻 서류 봉투도 케이스도 열지 못하고 있었다. 재민이 어서 확인하라는 듯 턱짓해 보이자 그제야 라희가 케이스는 테이블에 놓아두고 서류 봉투부터 확인했다. 많은 양은 아니지만 그렇다고 적지는 않은 페이지 수의 종이들을 스윽 꺼내었다.

"어머. 이게 뭐야?"

서류를 확인한 라희가 웃음을 보였다. 그러곤 게슴츠레 뜬 눈으로 재민을 은근하게 쳐다봤다.

"혼인 신고서랑 매매 계약서네요?"

재민이 준비한 건 바로 혼인 신고서와 신혼집 매물로 심도 있게 고민해서 선택한 아파트의 매매 계약서였다. 신혼집 매매 계약서는 라희의 명의로 하기 위해 재민이 준비한 것이었다. 직접 작성하고 도장까지 찍으라며 말이다.

라희는 놀람과 코끝이 찡해지는 감동이 뒤섞인 감정에 가슴이 뻐근해졌다. 촉촉해지는 눈으로 각각의 서류를 양손에 쥔 채 가만히 내려다보고 있었다.

그런 라희를 턱을 괴고서 은근한 눈빛으로 지켜보던 재민이 이내 케이스를 손에 쥐었다. 그리곤 케이스를 열어 라희에게로 내밀었다.

"우와, 너무 예쁘다."

케이스 안에 놓인 것은 반지도 목걸이도 아니었다. 그보다 더 반짝이며 우아한 두 개의 도장이 나란히 자리하고 있었다.

재민이 직접 수제 도장 제작소에 의뢰한 단 하나뿐인 오직 둘만을 위한 특별한 도장이었다. 서예 전공가의 손으로 직접 조각된 재민과 라희의 이름이 새겨져 있었다. 베이지색 돌로 만든 라희의 도장, 그리고 검은 돌로 만든 도장은 재민의 것이었다.

라희의 입매가 유연한 호선을 그렸다. 그리고 도장에서 시선을 떼지 못했다. 이토록 특별하고 심장을 두드리는 선물은 처음이었다.

"도장 찍어."

"풋. 뭐예요. 막무가내로 도장 찍으라고 서류 준비에, 도장까지 파 와서 협박하네?"

"못 빠져나가게 심혈을 기울여서 작전을 짰지."

라희가 행복한 웃음을 터뜨렸다. 막무가내로 밀어붙이는 재민이 싫지 않았다. 아니 이렇게 추진력 있고 꼼꼼하고 발 빠른 행동력은 라희가 재민을 좋아하는 부분이었다.

"이거 프러포즈, 뭐 그런 거예요?"

"아니. 반지가 늦어져서 프러포즈는 아니고."

"아니고?"

"프러포즈 전야제, 뭐 그런 거라고 하자."

"하하."

프러포즈의 전야제라고 한다. 재민의 능청스러움에 라희는 다시금 빵 터져 버렸다.

그렇다. 재민은 이렇게 준비한 서류와 도장을 오늘 내놓을 생각은 없었다. 크리스마스이브, 그리고 상견례와 같은 만남. 이 감격스럽고 설레는 흥으로 진정되지 않는 감정을 그냥 넘겨 버리기엔 아쉬웠던 재민은 집에 들어오면서 딱 마음먹게 되었던 것이었다.

재민이 계획했던 프러포즈는 12월의 마지막 밤이었다. 프러포즈를 위해 반지도 제작 의뢰해 둔 상태였다. 반지는 그날에 맞춰 손에 넣을 수 있기에 오늘은 프러포즈의 전야제라고 유연하게 넘겨 버리는 그였다.

"자, 찍으시지요."

"우리 엄마가 도장은 함부로 찍는 거 아니랬는데요?"

"음, 그래?"

"쉽지 않을 거예요. 현재민 씨."

라희가 팔을 교차해 팔짱을 끼고서 웃음을 꾹 참는 얼굴로 버텼다. 그러자 재민이 눈을 가늘게 늘어뜨리며 라희를 빤히 응시했다. 그러다 이내 귀엽다는 듯 한쪽 입꼬리를 말아 올렸다.

"그렇게 쳐다봐도 소용없어요."

"그럼 본격적으로 협박에 들어가야 할 때군."

"어머. 협박?"

"이 시간부로 도장 찍을 때까지 내 집에서 한 발자국도 못 나갈 줄 알아."

"뭐라고요?"

"아니, 침대에서부터 당신 못 내려오도록 좀 강압적으로 협박해 볼까 해. 그 고집이 언제까지 이어질지 두고 보자고."

'무섭다, 저 진심인 눈 좀 봐!'

라희가 속으로 꿍얼꿍얼했다. 장난스럽게 말을 하고 있지만 재민의 눈은 진심으로 활활 끓는 모습이었다. 라희가 혀를 내두르며 고개를 절레절레 흔들었다. 정말이지 당해 낼 재간이 없는 남자였다.

인주 뚜껑을 연 라희가 도장을 인주에 콕콕 찍었다. 재민은 당연히 혼인 신고서와 매매 계약서에 찍을 줄 알고 느긋하게 지켜보고 있었다. 그런데 라희가 몸을 휙 틀더니 재민의 이마 정중앙에 도장을 꾹 찍었다.

"일단 현재민, 우량주 당신이 내 거라고 도장 찍어 놓고."

"하하하."

예상하지 못한 라희의 앙큼한 말과 행동에 오늘도 이렇게 혹 한 방 얻어맞게 된다. 재민은 뒤로 넘어갈 기세로 호쾌하게 웃었다. 언제 어디로 튈지 모르는 통통 튀는 매력의 그녀를 그는 사랑하지 않을 수가 없다.

재민이 서서히 웃음을 거두면서 본인의 도장을 쥐었다. 라희를 따라 인주를 톡톡 찍었다. 여며져 있는 라희의 가운 끈을 스르륵 풀어내며 가슴으로 손을 밀어 넣어 작은 어깨에 걸친 가운을 밀어냈다. 그리고 예쁘게 자리하고 있는 쇄골의 움푹 팬 곳에 도장을 꾹 찍었다.

"훗……! 왜 거기에다가……."

돌로 만든 도장의 차가움이 살결에 닿자 라희의 여린 어깨가 움츠러들었다. 길게 뻗은 재민의 손가락이 쇄골 라인과 도장이 찍힌 주변을 야릇하게 쓸듯 간질이자 그녀의 입에선 더운 숨이 흘러나왔다.

"우량주는 이제 내가 아니라 당신이지. 나보다 큰 보유 주식을 안게 된 당신으로 역전돼 버렸군."

재민이 라희의 입술에 입술을 누르듯 대고서 속삭였다. 라희가 미소를 보이며 재민의 목에 팔을 둘렀다. 그러자 재민이 입술을 벌려 그녀의 작은 입술을 삼켰다. 유연하고도 진득하게 빨아 당기고 놓으며 점차 농도 짙은 키스로 서로에게 파고들었다.

이마를 맞댄 채 살짝 벌어진 입술 새로 뜨거운 숨을 내뱉던 두 사람은 감았던 눈꺼풀을 떠올리며 서로의 눈동자를 지그시 응시했다. 그리고 어느새 똑 닮아 있는 미소를 지어 보였다.

"사랑해."

사랑한다는 그 성스러운 말을 전할 수 있는 상대가 있다는 것. 그리고 그 사랑하는 상대에게 들을 수 있다는 것. 그것만큼 행복한 건 없을 것이다.

"사랑해, 라희야."

지금 눈앞에 있는 이 매혹적인 짐승의 순정에 그녀는 평생을 곁에서 있겠다는 다짐으로 답했다.

"나도 사랑해. 사랑해요."

—fin

작가 후기

안녕하세요. 로맨스를 쓰고 있는 작가 태은입니다.

어느덧 2020년의 달력도 12월 한 장이 남았네요. 올해 참 힘든 시국 속에서 버티고 이겨 내는 모든 분들께 박수를 보냅니다. 평범했던 일상이 이토록 간절하고 소중하다는 걸 깨닫게도 되었죠. 하루하루 소중함을 안고서 저도 살아 보려고 합니다.

〈짐승다운 순정〉을 집필 기간이 개인적인 사정으로 인해 너무 오래 걸렸습니다. 그래도 이 작품만은 애정을 쏟아 집필했고, 집필하는 동안에도 너무나 즐거웠습니다.

부족한 글을 꼼꼼하게, 정성을 다해 매끄럽게 다듬어 주신 편집부에 감사드립니다.

저는 신작으로 다시 찾아뵙겠습니다. 늘 행복한 일만 가득하시길 바랍니다.

감사합니다!

―2020년 11월,

태은 올림.